Depuis *Légende*, son premier roman publié en 1984 et récompensé par le prix Tour Eiffel en France, **David Gemmell** n'a eu à son actif que des best-sellers. Reconnu comme le roi de l'heroic fantasy en Grande-Bretagne, cet ancien journaliste, grand gaillard de deux mètres, avait été videur dans les bars de Soho à Londres avant de prendre la plume. Sa gouaille naturelle lui avait toujours permis d'éviter de se servir de ses cent vingt kilos. Cette gouaille se retrouve dans ses ouvrages dont le rythme soutenu entraîne le lecteur dans des aventures épiques et hautes en couleur, où Gemmell savait mettre tout son coeur. Ce même coeur qui l'a abandonné en juillet 2006, à l'âge de cinquante-sept ans.

Du même auteur,
aux éditions Bragelonne,
en grand format :

Drenaï :
Légende
Druss la Légende
La Légende de Marche-Mort
Waylander
Waylander II :
Dans le royaume du loup
Waylander III :
Le Héros dans l'ombre
Le Roi sur le Seuil
La Quête des héros perdus
Les Guerriers de l'hiver
Loup Blanc
Les Épées de la Nuit et du Jour

Rigante :
1. *L'Épée de l'Orage*
2. *Le Faucon de Minuit*
3. *Le Cœur de Corbeau*
4. *Le Cavalier de l'Orage*

Jon Shannow :
1. *Le Loup dans l'ombre*
2. *L'Ultime Sentinelle*
3. *Pierre de sang*

Troie :
1. *Le Seigneur de l'Arc d'Argent*
2. *Le Bouclier du Tonnerre*
3. *La Chute des rois*

Romans isolés :
Dark Moon
L'Étoile du Matin
L'Écho du Grand Chant
Le Fantôme du roi
La Dernière Épée de pouvoir
Reine des batailles
Le Faucon éternel

Chez Milady,
en poche :

Drenaï :
Légende
Druss la Légende
Waylander
Waylander II :
Dans le royaume du loup
Waylander III :
Le Héros dans l'ombre
Le Roi sur le Seuil
La Quête des héros perdus
La Légende de Marche-Mort
Les Guerriers de l'hiver

Chez d'autres éditeurs :

Le Lion de Macédoine (cycle)
Renégats

www.milady.fr

David Gemmell

Waylander III
Le Héros dans l'ombre

Traduit de l'anglais (Grande-Bretagne) par Claire Jouanneau

Bragelonne

Milady est un label des éditions Bragelonne

Cet ouvrage a été originellement publié en France par Bragelonne

Titre original : *Hero in the Shadows*

ISBN : 978-2-8112-0827-1

Bragelonne – Milady
60-62, rue d'Hauteville – 75010 Paris

E-mail : info@milady.fr
Site Internet : www.milady.fr

Le Héros dans l'ombre *est dédié avec amour à Broo Doherty ;*
mille mercis pour toutes ces années à me soutenir,
à m'encourager, et pour ton sens de l'humour
qui a toujours fait mouche. Sois heureux, Broo !

Je tiens à remercier mes lecteurs tests, Jan Dunlop, Tony Evans, Alan Fisher, Stella Graham et Steve Hutt, dont les remarques et conseils ont été comme toujours inestimables. Merci également à mes éditeurs, Ursula Mackenzie, Liza Reeves et Steve Saffel. Je suis plus que reconnaissant envers Tim Walker et l'équipe d'Active Computers de Bexhill, qui sont intervenus lorsque mon ordinateur est retourné à l'état sauvage pour finalement rendre l'âme quelques jours avant la date de remise de mon manuscrit. Leur prompte assistance ainsi que le prêt d'un ordinateur ont permis que cette dernière aventure de Waylander arrive chez l'éditeur à temps.
Un remerciement tout particulier à Dale Rippke et Eric Harris ; grâce à eux, planifier le prochain roman du cycle de Drenaï a été pour moi un plaisir encore plus grand que d'habitude.

Prologue

Le capitaine mercenaire Camran Osir fit ralentir sa monture au sommet de la colline et pivota sur sa selle pour regarder le sentier forestier en contrebas. Les douze hommes placés sous son commandement sortirent d'entre les arbres en file indienne et firent halte pendant que leur chef scrutait l'horizon. Camran retira son heaume de fer et passa les doigts dans ses longs cheveux blonds. Il s'accorda un instant pour apprécier la brise chaude qui séchait son cuir chevelu. Il jeta un coup d'œil à la captive, sur le cheval à côté de lui. Ses mains étaient attachées. Elle lui lança un regard de défi. Il lui sourit, ce qui la fit blêmir. Elle savait qu'il allait la tuer et que sa mort serait douloureuse. Camran sentit le sang chaud qui gonflait son bas-ventre. Puis la sensation passa. Ses yeux bleus se rétrécirent et il scruta la vallée à la recherche d'éventuels poursuivants.

Satisfait de voir que personne n'était à leurs trousses, il essaya de se détendre. Bien sûr, il était toujours en colère, mais il se calma en se rappelant que ses cavaliers n'étaient que des brutes épaisses et peu civilisées.

Le raid s'était bien passé. Il n'y avait que cinq hommes dans le petit village agricole, et ils avaient été tués rapidement, sans pertes ni blessures dans les rangs des mercenaires d'Osir. Quelques femmes avaient réussi à s'échapper dans les bois avec leurs enfants, mais ils avaient capturé trois jeunes filles. Au moins, cela serait suffisant pour satisfaire les besoins charnels de ses cavaliers. Camran en avait lui-même capturé une quatrième – la brune qui était sur le cheval au dos creux à côté de lui. Elle avait bien tenté de s'enfuir, mais il l'avait rattrapée, avait sauté de cheval et l'avait plaquée au sol. Elle s'était défendue en silence, sans paniquer, jusqu'à ce qu'un coup au menton l'assomme pour le compte ; il l'avait alors jetée en travers de sa selle. À présent, il y avait du sang sur la joue pâle de la captive et un hématome violacé sur le côté de son cou. Sa robe jaune usée était déchirée à l'épaule ; elle avait glissé, révélant la naissance d'un sein. Camran s'efforça de ne pas penser à sa peau douce et se concentra sur des questions plus urgentes.

Oui, le raid s'était bien passé. Jusqu'à ce que cet idiot de Polian incite les autres à mettre le feu à la vieille ferme. La destruction gratuite des biens était un sacrilège, pour un homme éduqué comme Camran. C'était criminel ; un vrai gâchis. Les paysans, on pouvait toujours les remplacer, mais il fallait traiter les bons bâtiments avec respect. Et la ferme était bien bâtie. C'était manifestement l'œuvre d'un homme qui appréciait le travail de qualité. Camran était furieux – non seulement contre eux, mais contre lui-même ; au lieu de se contenter de tuer les prisonnières, il avait laissé ses besoins prendre le pas sur son sens commun. Il avait pris son temps, et plaisir, à écouter les cris de la première, s'était prélassé dans les supplications désespérées de la deuxième et dans les gémissements d'agonie de la troisième. Une fois que toutes furent mortes, il s'était penché sur le cas de la brune. Elle n'avait pas supplié, ni même produit le moindre son depuis qu'elle était revenue à elle pour découvrir qu'elle était pieds et mains liés. Elle serait à coup sûr la plus belle des moissons ; ses cris, quand ils sortiraient, seraient les plus purs et les plus doux.

Il avait remarqué les volutes de fumée au-dessus de sa tête au moment même où il déballait ses couteaux à dépecer à poignée d'ivoire. Il avait fait volte-face et avait vu les feux. Abandonnant sa captive sur place, il s'était précipité sur les lieux du sinistre. Polian lui avait décoché un sourire en le voyant arriver. Il souriait encore au moment de sa mort, lorsque la dague de Camran avait plongé entre ses côtes et avait embroché son cœur.

Cet acte de sauvagerie soudain avait intimidé les hommes.

— Je vous avais prévenus, non ? avait-il tonné. Jamais le matériel ! Jamais, à moins qu'on vous en ait donné l'ordre direct. Maintenant, réunissez la marchandise qu'on s'en aille d'ici.

Camran était venu retrouver la jeune femme. Il avait pensé la tuer, mais il n'y aurait pas pris plaisir. Il n'aurait pas éprouvé cette joie lente et lourde en regardant la flamme de la vie quitter ses yeux. En baissant le regard sur ses six petits couteaux dans leur bourse de toile bordée de soie, il avait senti le poids de la déception sur ses épaules. Il avait replié la bourse avec soin, l'avait nouée avec un ruban noir, puis avait mis la fille sur ses pieds, avait coupé la corde qui maintenait ses chevilles et l'avait hissée sur le cheval de feu Polian. La fille n'avait toujours pas prononcé un mot.

En s'éloignant, Camran avait regardé le bâtiment en flammes. Un profond sentiment de honte l'avait alors envahi. La ferme n'avait pas été construite à la hâte, mais avec une grande patience. Les planches avaient été façonnées avec amour ; les joints s'emboîtaient parfaitement. Même les cadres des fenêtres étaient gravés et décorés. Détruire un tel lieu était un sacrilège. Son père aurait eu honte de lui.

Okrian, l'imposant sergent de Camran, chevaucha à sa hauteur.

— Je ne suis pas arrivé à temps pour les en empêcher, monsieur.

Camran avait lu la peur dans les yeux de l'homme.

— Voilà ce qui arrive quand on est obligé d'employer de la racaille, avait répondu Camran. Espérons que nous trouverons de meilleures recrues lorsque nous arriverons à Qumtar. Panagyn ne nous donnera pas une grosse prime, avec seulement onze hommes.

— On en trouvera d'autres, monsieur. Des guerriers prêts à travailler pour une maison ou une autre, ça grouille à Qumtar.

— « Grouiller », c'est le mot. C'est plus comme autrefois, hein ?

— Rien ne l'est jamais.

Les deux hommes avaient continué de chevaucher en silence, perdus dans leurs souvenirs. Camran se rappelait les invasions des terres drenaïes, dix-huit ans plus tôt, quand il servait sous Kaem, en tant que sous-officier de l'armée vagrianne. Kaem avait promis que ce serait l'aube d'un nouvel empire. Et pendant un temps, cela avait été vrai. Ils avaient écrasé une à une les armées envoyées à leur rencontre, repoussant Egel, le plus grand des généraux drenaïs, jusque dans l'immensité de la forêt de Skultik, puis assiégeant la dernière forteresse, Dros Purdol. Malheureusement, ç'avait été l'apogée de la campagne. Sous le commandement du géant Karnak, Purdol avait tenu, puis Egel était sorti de Skultik et s'était abattu comme une tempête sur l'armée vagrianne. Kaem lui-même avait été tué par l'assassin Waylander et, en deux ans, les forces drenaïes avaient envahi la Vagria. Mais cela ne s'était pas arrêté là. Des mandats d'arrêt avaient été lancés contre la plupart des meilleurs officiers vagrians, accusés de crimes contre la population. C'était ridicule. Quel mal y a-t-il à tuer des ennemis, qu'ils soient soldats ou fermiers ? Cependant, de nombreux officiers avaient été capturés et pendus.

Camran s'était enfui par le nord dans les terres gothires, mais même là, des agents des Drenaïs avaient continué de le pourchasser. Il avait donc dérivé vers l'est, au-delà de la mer de Ventria, et avait servi dans diverses armées et bandes de mercenaires.

À trente-sept ans, il était à présent chargé du recrutement pour la maison Bakard, l'une des quatre maisons régnantes du Kydor. Elles n'avaient pas de véritable guerre à se livrer. Pas encore. Mais les maisons rassemblaient des soldats et il y avait beaucoup d'escarmouches dans les terres sauvages.

Les nouvelles du pays de Camran atteignaient rarement le Kydor, mais il avait appris avec plaisir la mort de Karnak, quelques années auparavant. Assassiné alors qu'il conduisait une parade. Merveilleux ! Tué, apparemment, par une femme portant l'arbalète du légendaire Waylander.

Camran fit un nouvel effort pour se concentrer sur les événements présents. Il regarda ses recrues. Les gars étaient toujours effrayés et désireux de lui faire plaisir dans l'espoir qu'il leur laisserait la prisonnière quand ils installeraient le campement. Camran allait anéantir cet espoir. Il comptait se servir de la fille, l'écorcher, puis leur faire enterrer le corps. À nouveau, il la dévisagea en souriant. Elle lui rendit froidement son regard sans rien dire.

Juste avant le crépuscule, Camran s'écarta du sentier et choisit un site pour le camp. Alors que les hommes descendaient de cheval, il s'enfonça dans la forêt avec la fille. Elle ne résista pas quand il la força à se coucher sur le sol, et elle ne cria pas lorsqu'il la prit. Comme il s'apprêtait à jouir, il ouvrit les yeux et vit qu'elle le fixait, le visage dénué d'expression. Cela lui gâcha le plaisir du viol et ruina son érection. La colère déferla en lui. Il tira son couteau et appuya le fil de la lame contre la gorge de la fille.

— L'Homme Gris va te tuer, dit-elle lentement.

Il n'y avait pas la moindre trace de peur dans sa voix. Seulement de la certitude. Camran marqua une pause.

— L'Homme Gris ? Un démon de la nuit, sans doute ? Un protecteur des paysans ?

— Il arrive, répondit-elle.

Les poils sur la nuque de Camran se hérissèrent sous l'effet de la peur.

— Je suppose qu'il s'agit d'un géant, ou quelque chose comme ça ?

Elle ne répondit pas. Il y eut un mouvement, à gauche, dans les buissons. Le cœur battant la chamade, Camran se releva à toute vitesse. Ce n'était qu'Okrian.

— Les hommes se demandaient si vous en aviez fini avec elle, dit le sergent.

Ses petits yeux se fixèrent sur la paysanne.

— Non, pas encore, répliqua Camran. Peut-être demain.

Le sergent haussa les épaules et retourna près du feu de camp.

— Un jour de plus à vivre, dit Camran à la fille. J'espère que tu vas me dire merci ?

— Je vais surtout te regarder mourir.

Il lui sourit, puis la frappa au visage, ce qui la plaqua au sol.

— Idiote de paysanne !

Mais les paroles de la fille lui revenaient sans relâche à l'esprit. Le matin suivant, à cheval, il se retournait constamment pour surveiller leurs arrières. Il commençait à avoir mal au cou. Il était sur le point d'éperonner sa monture, quand il décida de jeter un dernier coup d'œil au sentier. L'espace d'un battement de cœur, il crut voir une ombre disparaître entre les arbres, à environ huit cents mètres. Il cligna des yeux. S'agissait-il d'un cavalier ou simplement d'un daim ? Il n'en était pas sûr. Camran jura à voix basse, puis fit signe à deux de ses cavaliers.

— Revenez sur vos pas. Il y a peut-être un homme qui nous suit. Si c'est le cas, tuez-le.

Les cavaliers voltèrent et remontèrent le sentier. Le capitaine regarda la fille. Elle souriait.

Okrian rapprocha son cheval de celui de Camran.

— Que se passe-t-il, monsieur ? demanda-t-il.

— J'ai cru voir un cavalier. Repartons.

Ils chevauchèrent tout l'après-midi, ne s'arrêtant qu'une heure pour permettre aux chevaux de se reposer, puis ils établirent leur campement à l'abri d'une dépression du terrain, près d'un ruisseau. Les deux hommes que Camran avait envoyés en reconnaissance n'étaient pas revenus. Le capitaine fit appeler Okrian. Quand l'imposant mercenaire arriva, il lui parla de l'avertissement de la fille.

— L'Homme Gris ? Jamais entendu parler. Mais bon, je ne connais pas bien cette région du Kydor. S'il nous suit, nos gars vont l'avoir. Ce sont des durs à cuire.

— Alors, où sont-ils passés ?

— Ils doivent musarder quelque part. Ou alors ils l'ont attrapé et ils s'amusent avec lui. Il paraît que Perrin est un artiste, en ce qui concerne l'Aigle de Sang. Les gars disent qu'il peut ouvrir les côtes d'un homme, épingler ses tripes avec des branchettes, et maintenir le pauvre type en vie pendant des heures. Et pour la fille, monsieur ? Les gars aimeraient bien se distraire.

— D'accord. Prenez-la.

Okrian la prit par les cheveux et la traîna près du feu de camp. Les neuf mercenaires rassemblés là crièrent de joie. Okrian poussa sauvagement la fille dans leur direction.

L'homme le plus proche d'elle se leva et l'attrapa avant qu'elle ne tombe.

— Voyons à quoi elle ressemble ! cria-t-il.

Il commença à déchirer sa robe. Soudain, la fille pivota sur ses talons et donna un coup de coude dans le nez du mercenaire. Le sang gicla sur sa moustache et sa barbe et il recula en titubant. Le sergent surgit derrière la prisonnière, enroula ses bras autour d'elle et la serra avec force. Elle donna un coup de tête en arrière et lui défonça la pommette. Il la prit par les cheveux et lui fit violemment tourner la tête. Le mercenaire au nez en sang sortit une dague et avança vers elle.

— Espèce de salope ! grogna-t-il. Je vais t'étriper. Pas trop, histoire qu'on puisse quand même profiter de toi, ma petite pute, mais assez pour que tu cries comme un cochon qu'on égorge.

Incapable de bouger, la fille dévisageait l'homme au couteau avec une malveillance évidente. Elle ne le supplia pas et ne cria pas.

Soudain, un bruit sec et sourd retentit. Le mercenaire s'arrêta, un instant, perplexe. Tout en levant lentement la main gauche, il tomba à genoux. D'un doigt interrogateur, il toucha le carreau à empennage noir qui dépassait de sa nuque. Il essaya de parler, mais les mots ne venaient pas. Puis il s'écroula face contre terre.

Pendant quelques instants, personne ne bougea. Le sergent jeta la fille au sol et tira son épée. Un autre homme, plus près des arbres, grogna de douleur et de surprise lorsqu'un carreau lui transperça la poitrine. Il tomba en arrière, essaya de se relever, puis laissa échapper un gargouillis d'agonie.

L'épée à la main, Camran revint vers le feu de camp au pas de course, puis chargea en direction du sous-bois, ses hommes prenant position autour de lui.

Tout était silencieux ; il n'y avait aucun signe d'une présence ennemie.

— On retourne à découvert ! hurla Camran.

Les mercenaires coururent jusqu'à leurs montures et les sellèrent à la hâte. Camran se saisit de la fille, la força à monter à cheval, grimpa derrière elle et sortit du vallon à toute vitesse.

Comme les hommes traversaient la forêt au grand galop, des nuages à la dérive masquèrent la lune. Dans l'obscurité, les cavaliers durent ralentir le pas. Camran remarqua une ouverture entre les arbres. Il dirigea sa monture vers la lumière et déboucha sur le versant d'une colline. Okrian émergea presque aussitôt. Camran compta les hommes à mesure qu'ils sortaient de la forêt. Avec le sergent et lui, ils étaient huit. Il recompta soigneusement les cavaliers qui s'agitaient autour de lui. Le tueur avait fait une autre victime pendant leur fuite.

Okrian retira son heaume orné de plumes noires et frotta son crâne dégarni.

— Par les couilles de Shem ! grommela-t-il. On a perdu cinq gars et on n'a vu personne !

Camran regarda autour de lui. Ils étaient dans une clairière ; quelle que soit la direction qu'ils choisiraient, ils devraient retourner dans la forêt.

— On va attendre l'aube, dit-il.

Il mit pied à terre, força la fille à démonter et la tourna face à lui.

— Qui est l'Homme Gris ? demanda-t-il. (Elle ne répondit pas ; il la frappa violemment.) Réponds-moi, salope, siffla-t-il. Sinon je t'éventre et je t'étrangle avec tes entrailles !

— Toute la vallée lui appartient, dit-elle. Mon frère et les autres hommes que vous avez tués travaillaient la terre pour son compte.

— Décris-le.

— Il est grand. Ses cheveux sont longs, presque entièrement gris.

— Il est vieux ?

— Il ne bouge pas comme un vieux. Mais oui, il l'est.

— Et comment savais-tu qu'il allait venir ?

— L'année dernière, cinq hommes ont attaqué un village au nord de la vallée. Ils ont tué un fermier et sa femme. L'Homme Gris les a suivis. Quand il est revenu, il a envoyé une charrette chercher les corps et il les a fait exposer sur la place du marché. On n'a plus de problèmes avec les brigands, maintenant. Il n'y a que des étrangers comme vous pour apporter le mal sur les terres de l'Homme Gris.

— Il a un nom ?

— C'est l'Homme Gris. Je n'en sais pas davantage.

Camran s'écarta d'elle et regarda les arbres hantés par les ombres. Okrian le rejoignit.

— Il ne peut pas être partout à la fois, chuchota-t-il. Beaucoup de choses vont dépendre de la direction dans laquelle on va choisir d'aller. On allait vers l'est, alors peut-être qu'on devrait changer nos plans.

Le capitaine sortit une carte de ses fontes et l'étala au sol. Jusque-là, ils s'étaient dirigés vers la frontière est et Qumtar, mais à présent, Camran voulait juste en finir avec la forêt. En terrain découvert, l'assassin ne pourrait pas vaincre huit hommes en armes. Il étudia la carte au clair de lune.

— L'orée la plus proche est au nord-est, dit-il. À environ trois kilomètres. Quand il fera jour, ce sera faisable.

Okrian acquiesça mais ne répondit pas.

— À quoi tu penses ? demanda Camran.

Le sergent prit une profonde inspiration, puis se frotta le visage.

— Je repensais à l'attaque. Deux carreaux d'arbalète, coup sur coup. Pas assez de temps pour recharger. Donc, soit il y a deux hommes, soit il a une arbalète double.

— S'il y avait eu deux hommes, on aurait repéré des signes quand on a chargé dans le sous-bois, objecta Camran. Ils n'auraient pas tous les deux réussi à nous échapper.

— Exact. Donc, c'est un homme avec une arbalète double. Un homme… un assassin qui connaît son affaire. Après avoir tué les deux durs qu'on lui a envoyés, il a réussi à en descendre trois autres sans se faire voir.

— Je suppose que tu veux en venir quelque part, marmonna Camran.

— Il y avait un homme qui se servait d'une telle arme, il y a quelques années. Certains disent qu'il a été tué. D'autres pensent qu'il a quitté Drenaï et s'est acheté un palais en territoire gothir. Mais peut-être qu'en fait, il est venu au Kydor.

Camran rit.

— Tu crois qu'on est pourchassés par Waylander le Tueur ?

— J'espère que non.

— Par les dieux, mon vieux, on est à trois mille kilomètres de Gothir. Non, c'est juste un autre chasseur qui utilise la même arme. Qui qu'il soit, on est prêts à le recevoir, maintenant. Demande à deux hommes de faire le guet et dis aux autres de dormir un peu.

Camran alla rejoindre la fille, lui attacha les mains et les pieds, puis se coucha par terre. Il avait servi lors de six campagnes et savait combien il est important de se reposer chaque fois que c'est possible. Le sommeil ne vint pas instantanément. Il resta étendu dans l'obscurité, à repenser aux paroles d'Okrian.

Waylander. Même le nom le faisait frissonner. Une légende du temps de sa jeunesse, on disait que Waylander le Tueur était un démon qui avait pris forme humaine. Rien ne pouvait l'arrêter ; ni les murs, ni les gardes en armes, ni les sorts. On racontait que les prêtres terrifiants de la Confrérie Noire l'avaient pris en chasse. Ils étaient tous morts. Des garous créés par un shaman nadir avaient été envoyés à ses trousses. Même eux avaient été tués.

Camran frissonna. *Reprends-toi*, pensa-t-il. Dans le temps, on disait que Waylander avait presque quarante ans. Si c'était bien lui qui les suivait, il ne devait pas être loin de soixante ans, et un vieil homme ne peut ni tuer ni bouger aussi vite.

Non, décida-t-il, il ne pouvait pas s'agir de Waylander. Sur cette pensée, il s'endormit.

Il se réveilla en sursaut et se redressa. Une ombre passa sur son corps. Il se jeta sur sa droite, se baissa et chercha son épée à tâtons. Quelque chose le frappa au front et il tomba en arrière. Okrian lança un cri de guerre et s'élança. Camran se releva d'un bond, l'épée à la main. Des nuages masquèrent une fois de plus la lune, mais le capitaine eut le temps de voir une forme sombre disparaître dans l'obscurité des arbres.

— Qui faisait le guet ? hurla Camran. Par les dieux, je vais lui arracher les yeux, à cet abruti !

— Pas la peine, répliqua Okrian. (Il désigna un corps étendu dans une flaque de sang, la gorge ouverte ; un autre cadavre était recroquevillé à côté d'un rocher.) Vous êtes blessé.

Le sang de Camran s'écoulait d'une coupure peu profonde sur son front.

— Je crois que je l'ai touché, reprit Okrian, mais ça ne l'a pas arrêté.

Camran tamponna sa blessure, mais le sang continuait de couler.

— Tu vas devoir me recoudre, dit-il.

— Oui, monsieur.

La silhouette imposante du sergent alla prendre une trousse de médecine dans la sacoche de son cheval. Camran s'assit et attendit parfaitement immobile qu'Okrian achève sa tâche. Il regarda les quatre recrues restantes. Il sentait leur peur. Même quand le soleil commença à se lever, la tension ne faiblit pas : à présent, ils allaient devoir retourner dans la forêt.

Lorsque Camran s'installa sur sa selle derrière la prisonnière, le ciel était dégagé et lumineux. Il se tourna vers ses hommes.

— S'il attaque à la lumière du jour, dit-il, on le tue. S'il n'attaque pas, on sera sortis de la forêt d'ici peu. Alors, il arrêtera de nous suivre. Il ne s'en prendra pas à six hommes en armes en terrain découvert.

Ses paroles ne les convainquirent pas. D'ailleurs lui non plus n'y croyait pas vraiment. Ils s'approchèrent lentement des arbres, trouvèrent le sentier, puis pressèrent le pas, Camran en tête, Okrian juste derrière lui. Ils chevauchèrent une demi-heure. Okrian se retourna et vit deux chevaux sans cavalier. Il poussa un cri d'alerte. La panique les saisit tous, et ils accélérèrent le train, cravachant leurs montures de plus belle.

Camran émergea de la forêt et tira sur les rênes. Il était en sueur, à présent, et son cœur battait à tout rompre. Okrian et les deux autres survivants dégainèrent.

Un cavalier sur un cheval à la robe sombre sortit lentement d'entre les arbres, enveloppé dans une longue cape noire. Les quatre guerriers l'attendaient, immobiles. Camran cligna des yeux pour en chasser la sueur. Le visage de l'homme irradiait la force et semblait ne pas avoir d'âge. Il aurait pu avoir trente ou cinquante ans. Ses cheveux gris, parcourus de minces fils noirs, lui arrivaient aux épaules. Ils étaient maintenus par un bandeau de soie noire noué autour de son front. Son visage n'exprimait aucun sentiment, mais ses yeux sombres étaient fixés sur Camran.

Il s'approcha à moins de dix pieds d'eux, puis il tira sur les rênes et attendit.

Camran sentait la piqûre de sa sueur salée sur la coupure de son front. Il avait les lèvres sèches ; il passa la langue dessus. Un homme aux cheveux gris contre quatre guerriers. Il ne pouvait pas survivre. Pourquoi, alors, Camran avait-il peur au point d'en avoir mal au ventre ?

Au même instant, la fille se jeta à terre. Camran essaya de l'attraper, la rata et se concentra à nouveau sur le cavalier. Dans un intervalle extrêmement court, il y eut un mouvement sous la cape de ce dernier. Il leva les bras. Deux carreaux d'arbalète abattirent les cavaliers de part et d'autre d'Okrian. Le premier fut désarçonné, le second s'affala en avant et glissa sur le cou de son cheval. Okrian éperonna sa monture et chargea l'homme. Camran le suivit, sabre au clair. La main gauche de l'homme partit en un éclair. Un trait brillant de lumière argentée fendit l'air, défonça l'orbite gauche d'Okrian et s'enfonça dans son cerveau. Son corps se renversa en arrière et il laissa échapper son épée. Le sabre de Camran s'abattit sur l'assassin, mais celui-ci se pencha sur sa selle et la lame le manqua de quelques centimètres. Camran fit faire volte-face à sa monture.

Quelque chose le frappa à la gorge. Il fut soudain incapable de respirer. Il lâcha son épée et leva la main. Il saisit le manche du couteau de lancer et le sortit de sa gorge. Un flot de sang bouillonnant se déversa sur sa tunique. Son cheval se cabra et le fit tomber sur l'herbe. Il resta étendu, à s'étouffer avec son propre sang. Un visage apparut au-dessus du sien.

C'était la fille.

— Je te l'avais dit. (L'homme mourant la regarda avec horreur lever le couteau ensanglanté qu'elle tenait entre ses mains liées et le brandir devant son visage.) Ça, c'est pour les femmes, grogna-t-elle.

Et la lame s'abattit.

Chapitre premier

Waylander chancela légèrement sur sa selle ; sa colère s'évanouit sous le poids de la fatigue et de la douleur. Du sang avait coulé de l'entaille à son épaule, sur sa poitrine et son ventre, mais il avait séché. En revanche, la blessure sur son flanc saignait toujours. Il avait la tête qui tournait ; il s'agrippa au pommeau de sa selle et inspira lentement et profondément.

La villageoise était agenouillée à côté du corps du mercenaire. Il l'entendit dire quelque chose, puis vit qu'elle ramassait son couteau de lancer et poignardait l'homme au visage à de nombreuses reprises. Waylander détourna le regard ; sa vision se brouilla.

Quinze ans plus tôt, il aurait traqué ces hommes et s'en serait sorti sans une égratignure. À présent, ses blessures le lançaient et, la fureur l'ayant quitté, il se sentait vide de toute émotion. Il descendit de cheval avec précaution. Ses jambes faillirent le trahir, mais il garda la main sur le pommeau et s'affaissa contre le hongre brun. Sa faiblesse le mit en colère, ce qui lui donna un léger surcroît de force. Il prit une petite bourse de toile bleue dans une de ses sacoches et alla s'installer sur un rocher à proximité. Il ouvrit la bourse de ses doigts tremblants. Il resta quelques instants assis, reprit calmement sa respiration, puis défit sa cape noire et la laissa tomber sur le rocher. La fille vint près de lui. Du sang avait aspergé son visage et ses longs cheveux bruns. Waylander tira son couteau de chasse et coupa les liens qui retenaient ses poignets. Sous la corde, la peau était à vif et saignait.

Il essaya par deux fois de rengainer son arme, mais sa vision était floue. Il posa donc le couteau sur le rocher. La fille regarda sa tunique de cuir déchirée, tachée de sang.

— Vous êtes blessé, dit-elle.

Waylander acquiesça. Il défit la boucle de sa ceinture, leva la main droite et essaya de retirer sa chemise par la tête, mais il n'avait plus de forces. La fille vint promptement à son aide et le débarrassa du vêtement. Il y avait deux plaies : une estafilade plongeait dans son dos, depuis l'épaule gauche en courant sur la clavicule, et une blessure d'estoc plus importante qui entrait juste au-dessus de sa hanche gauche et ressortait dans son dos. Les deux orifices étaient bouchés avec de la mousse, mais du sang continuait de suinter. Waylander prit l'aiguille courbe insérée dans la bourse de toile. Lorsque ses doigts se refermèrent sur elle, il fut envahi par l'obscurité.

Quand il rouvrit les yeux, il se demanda tout d'abord pourquoi l'aiguille était si brillante et pourquoi elle flottait devant ses yeux. Puis il comprit qu'il regardait le croissant de lune dans le ciel dégagé. On avait étalé sa cape sur lui et, sous sa tête, une couverture était pliée en guise d'oreiller. Un feu de bois brûlait à proximité ; son odeur savoureuse arrivait à ses narines. Il essaya de bouger, mais la douleur des sutures qui tiraient sur sa chair meurtrie lui déchira l'épaule. Il se laissa retomber.

La fille s'approcha et lui caressa le front pour en chasser les cheveux collés par la sueur.

Waylander ferma les yeux et se rendormit. Il flottait dans un océan de rêves. Une créature géante à tête de loup s'abattit sur lui. Il tira deux carreaux dans sa bouche. Une seconde créature l'attaqua. N'ayant plus d'arme, il sauta sur la bête et essaya de l'étrangler à mains nues. Elle se transforma en une femme mince dont il brisa le cou sous la violence de sa prise. Il laissa échapper un cri de détresse, et regarda autour de lui. Le premier monstre qu'il avait tué s'était lui aussi métamorphosé. C'était à présent un petit garçon qui était étendu mort dans un pré couvert de fleurs printanières. Waylander regarda ses mains. Le sang qui les recouvrait remonta le long de ses bras, envahit sa poitrine et son cou, déferla sur son visage, dans sa bouche, et commença à l'étouffer. Il le recracha, lutta pour reprendre sa respiration, alla jusqu'à un ruisseau d'un pas chancelant, se jeta à l'eau et essaya de laver le sang qui couvrait son visage et son corps.

Un homme était assis sur la berge.

—À l'aide ! implora Waylander.

—Je ne peux pas, répondit l'homme.

Celui-ci se leva et se tourna pour montrer à Waylander les deux carreaux d'arbalète qui dépassaient de son dos.

Les terribles rêves se poursuivirent, des rêves de sang et de mort.

Quand enfin il se réveilla, il faisait noir, mais il se sentait mieux. Se déplaçant avec précaution pour ne pas déchirer ses sutures, il roula sur sa droite et se mit en position assise. La blessure au-dessus de sa hanche lui tira un grognement de douleur.

—Vous vous sentez mieux ? lui demanda la fille.

—Un peu. Merci pour le coup de main.

Elle rit.

—Qu'y a-t-il de si amusant ? demanda-t-il.

—Vous avez poursuivi treize hommes et vous avez reçu ces blessures pour me sauver. Et vous me remerciez, *moi* ? Vous êtes un drôle d'homme, seigneur. Vous avez faim ?

Il s'aperçut que c'était le cas. En fait, il était affamé. La fille prit un bâton et tira trois grosses boules de terre du feu. Elle en ouvrit une d'un coup sec, s'agenouilla et en examina le contenu. Elle leva les yeux et lui sourit.

Il trouva que c'était un bien joli sourire.

— Qu'est-ce qu'il y a là-dedans ? demanda-t-il.

— Des pigeons. Je les ai tués hier. Ils sont un peu trop frais, mais il n'y avait rien d'autre à manger. Mon oncle m'a appris à les cuire dans de l'argile, mais ça faisait des années que je n'avais pas essayé.

— Hier ? Mais j'ai dormi combien de temps ?

— Ça va et ça vient depuis trois jours.

Satisfaite de la cuisson du premier pigeon, elle ouvrit les deux autres boules. L'air se remplit de l'odeur de la viande rôtie. Waylander était si affamé qu'il en avait presque la nausée. Ils attendirent impatiemment que la viande ait refroidi, puis ils dévorèrent les volatiles. Le goût était fort, la texture assez semblable à du bœuf vieilli.

— Qui est Tanya ? demanda-t-elle.

Il lui lança un regard froid.

— Comment connais-tu ce nom ?

— Vous avez crié dans votre sommeil.

Il ne répondit pas tout de suite ; elle ne le pressa pas. À la place, elle nourrit le feu et s'assit en silence, une couverture sur les épaules.

— C'était ma première femme, dit-il enfin. Elle est morte. Sa tombe est très loin d'ici.

— Vous l'aimiez beaucoup ?

— Oui. Beaucoup. Tu es bien curieuse.

— Comment apprendre ce qu'on veut savoir, autrement ?

— Difficile de te contredire sur ce point. (Elle allait parler mais il leva la main.) Je préfère qu'on s'en tienne là sur ce sujet.

— Comme vous voudrez, seigneur.

— Je ne suis pas seigneur. Je suis propriétaire.

— Êtes-vous très vieux ? Vos cheveux sont gris et votre visage est ridé, mais vous bougez comme un jeune homme.

— Comment t'appelles-tu ? demanda-t-il.

— Keeva Taliana.

— Effectivement, Keeva Taliana, je suis vieux. Plus vieux que le péché.

— Alors, comment avez-vous fait pour tuer tous ces hommes ? Ils étaient jeunes et forts, et aussi féroces que des diables.

Soudain, il se sentit de nouveau épuisé. Elle eut immédiatement l'air inquiète.

— Vous devez boire beaucoup d'eau, dit-elle. C'est mon oncle qui disait ça. « Plaie de sang, plein de flotte. »

— Ton oncle était un sage. C'est aussi lui qui t'a appris à te servir de ton coude comme d'une arme ?

— Oui. Il m'a appris plein de choses. Mais aucune ne m'a été très utile quand les pillards ont attaqué.

Elle alla chercher une gourde dans une sacoche posée à proximité et la lui tendit. Waylander la prit et but avidement.

— N'en sois pas si sûre, dit-il. Tu es en vie. Les autres non. Tu as gardé ton sang-froid et tu t'es servie de ta tête.

— J'ai eu de la chance, répondit-elle un peu énervée.

— C'est vrai. Mais tu as planté la graine de la peur dans l'esprit du chef. C'est pour ça qu'il t'a laissée en vie.

— Je ne comprends pas.

— Tu lui as dit que l'Homme Gris allait venir.

— Vous étiez là ?

— J'étais là quand il a répété ce que tu lui avais dit à son sergent. J'étais sur le point de les tuer tous les deux quand le sergent t'a prise par les cheveux et t'a ramenée au feu de camp. Je n'étais plus en position pour agir. Si tu n'avais pas écrasé le nez de cet homme, je n'aurais pas eu le temps de venir t'aider. Donc, oui, tu as eu de la chance. Mais tu en as fait le meilleur usage.

— Je ne vous ai ni vu ni entendu, dit-elle.

— Eux non plus.

Sur ces mots, il s'allongea et se rendormit.

Quand il se réveilla, elle était blottie contre lui et dormait paisiblement. Il était agréable d'être aussi près d'un autre être humain, et il se rendit compte qu'il avait été seul trop longtemps. Il s'écarta d'elle, se leva et enfila ses bottes. À ce moment-là, un groupe de corbeaux qui se repaissaient des cadavres s'envola avec des croassements rauques. Le bruit réveilla Keeva. Elle s'assit, lui sourit, puis se retira derrière les rochers. Waylander sella deux des chevaux qu'elle avait attachés. Sous l'effort, ses plaies le lancèrent.

Il était toujours en colère à cause de la première blessure, celle qu'il avait reçue à l'épaule. Il aurait dû se douter que le chef enverrait une arrière-garde. Elle l'avait presque eu. L'un des hommes était accroupi sur une branche surplombant le sentier, l'autre se cachait dans les buissons. Sans le frottement de la botte du premier sur l'écorce, il n'aurait rien vu venir. Il avait levé son arbalète et tiré sur l'homme au moment où celui-ci sautait. Le carreau avait pénétré à la hauteur du ventre et s'était taillé un chemin jusqu'au cœur. Le mercenaire était presque tombé sur Waylander que son épée avait entaillé à l'épaule. Heureusement, l'homme était déjà mort au moment où le coup avait porté, si bien qu'il était dénué de force. Le second mercenaire s'était élancé, une hache à simple tranchant à la main. Le hongre s'était cabré, forçant l'assaillant à reculer. À cet instant, Waylander lui avait tiré un carreau en plein front.

Tu te fais vieux et lent, se réprimanda-t-il. *Deux assassins maladroits, et ils ont bien failli t'avoir.*

C'était probablement la colère qui l'avait poussé à attaquer leur camp – il avait besoin de se prouver qu'il était toujours capable de se mouvoir comme il le faisait dans le temps. Waylander soupira. Il avait eu de la chance d'en réchapper. Un homme avait même réussi à le blesser à la hanche avec sa lame. Deux ou trois centimètres plus haut et il était éventré ; dix centimètres plus bas, l'artère fémorale était sectionnée et c'était la mort à coup sûr.

Keeva revint en souriant et en lui faisant un signe de la main. Il se sentait un peu coupable. Au début, il ignorait que les pillards avaient une prisonnière. Il les avait simplement pourchassés parce qu'ils avaient attaqué ses terres. Le sauvetage de la jeune femme, bien que très gratifiant, n'était qu'un coup de chance, une heureuse coïncidence.

Keeva roula les couvertures et les attacha à l'arrière de sa selle. Ensuite, elle lui apporta sa cape et ses armes.

— Avez-vous un nom, seigneur ? demanda-t-elle. À part l'Homme Gris ?

— Je ne suis pas seigneur, dit-il.

Il avait ignoré sa question.

— Bien, Homme Gris. (Elle avait un sourire impudent.) Je m'en souviendrai.

Comme les jeunes sont résistants, se dit il. Keeva avait été témoin de tueries et de destructions, on l'avait violée, et elle était à présent à des lieues de chez elle en compagnie d'un étranger. Pourtant, elle parvenait encore à sourire. Il regarda alors ses yeux sombres et décela sous son sourire des traces de chagrin et de peur. Elle faisait de gros efforts pour avoir l'air désinvolte, pour le charmer. *Et pourquoi pas ?* pensa-t-il. C'était une paysanne qui avait pour seuls droits ceux que son maître lui accordait, et il lui en accordait peu. Si Waylander choisissait de la violer et de la tuer, il n'y aurait pas d'enquête et très peu de questions. Dans le fond, elle lui appartenait au même titre qu'une esclave. Pourquoi ne chercherait-elle pas à lui faire plaisir ?

— Tu es en sécurité avec moi, dit-il.

— Je sais bien, seigneur. Vous êtes un homme bon.

— Non, c'est faux. Mais tu peux croire ce que je te dis. Il ne te sera plus fait aucun mal, et je te ramènerai chez toi saine et sauve.

— Je crois ce que vous dites, Homme Gris, répondit-elle. Mon oncle disait que les mots n'étaient que des sons qui traversent l'air. Crois les actes, il disait, pas les mots. Je ne veux pas être un fardeau. Je m'occuperai de vos blessures pendant le voyage.

— Tu n'es pas un fardeau, Keeva, dit-il avec douceur.

Puis il éperonna son cheval et ils partirent. Elle chevaucha à côté de lui.

— Je leur ai dit que vous alliez venir. Je leur ai dit que vous alliez les tuer. Mais je n'y croyais pas vraiment. Je voulais juste qu'ils aient aussi peur que moi. Et puis vous êtes venu. Et ils étaient terrifiés. C'était merveilleux.

Ils chevauchèrent pendant des heures, vers le sud et l'ouest, jusqu'à ce qu'ils atteignent une vieille route pavée conduisant à un village de pêcheurs installé sur les rives d'un large fleuve aux flots abondants. Il y avait une quarantaine de maisons, en pierre pour la plupart. Les habitants donnaient à Keeva l'impression de prospérer. Même les enfants qui jouaient à proximité exhibaient des tuniques qui n'étaient pas rapiécées et ne montraient aucun signe d'usure. Et ils portaient tous des chaussures. Les gens reconnurent instantanément l'Homme Gris, et un attroupement se forma. Le chef du village, un petit gros avec des cheveux blonds qui se raréfiaient, se fraya un chemin à travers la foule.

— Bienvenue, monsieur, dit-il en s'inclinant bien bas.

Keeva décela de la peur dans les yeux de l'homme et sentit la tension nerveuse qui émanait des gens rassemblés autour d'eux. L'Homme Gris descendit de cheval.

— Jonan, c'est ça ?

— Oui, monsieur, Jonan, répondit le chef en s'inclinant de nouveau.

— Eh bien, soyez rassuré, Jonan, je ne fais que passer. J'ai besoin de nourriture pour poursuivre ma route, et ma compagne a besoin de vêtements neufs et d'une cape chaude.

— Tout de suite, monsieur. Vous pouvez attendre chez moi. Ma femme vous préparera des rafraîchissements. Je vais vous y conduire.

Le petit homme s'inclina encore une fois et se tourna vers la foule. Il fit un signe, et tous firent une révérence. Keeva descendit de son grand cheval et suivit les deux hommes. L'Homme Gris ne donnait pas l'impression d'être blessé, si l'on omettait le sang séché sur sa tunique déchirée.

La maison de Jonan était en briques de sable, l'avant était orné de boiseries noircies et le toit couvert de tuiles de terre cuite rouge. Jonan les conduisit dans un salon tout en longueur. Au nord de la pièce, il y avait une grande cheminée, elle aussi en brique, et de profonds sièges en cuir et une table basse devant l'âtre. Le plancher en bois poli était couvert de magnifiques tapis de soie chiatzes. L'Homme Gris s'installa dans un fauteuil et appuya la tête contre le haut dossier. Une jeune femme blonde entra. Elle adressa un sourire nerveux à Keeva et fit la révérence à l'Homme Gris.

— Nous avons de la bière, monsieur, dit-elle. Ou du vin. Ce qui vous fera plaisir.

— Juste de l'eau, merci, répondit-il.

— Il y a du jus de pomme, si vous préférez.

Il acquiesça.

— Ce serait parfait.

Le chef du village se balançait d'un pied sur l'autre.

— Je peux m'asseoir, monsieur ? demanda-t-il.

— Vous êtes chez vous, Jonan. Bien sûr, que vous pouvez vous asseoir.

— Merci. (Il s'affala dans le siège d'en face ; Keeva, qui se faisait discrète, s'assit en tailleur sur un tapis.) C'est un grand plaisir et un grand honneur de vous voir, monsieur, poursuivit Jonan. Si nous avions su que vous viendriez, nous aurions préparé une fête en votre honneur.

La femme revint avec une coupe de jus de pomme pour l'Homme Gris et une chope de bière pour Jonan. En se retirant, elle baissa les yeux sur Keeva et lui fit signe de la suivre. Keeva se leva et quitta la pièce, traversa le hall et une cuisine tout en longueur. La maîtresse de maison semblait nerveuse, mais elle proposa à son invitée de s'asseoir à la table en pin et remplit de jus de fruit une coupe en argile. Keeva la but.

— Nous ne savions pas qu'il venait, dit la femme nerveusement.

Elle s'assit en face de Keeva. Elle passa les doigts dans ses longs cheveux blonds et les attacha dans sa nuque pour dégager ses yeux.

— Ce n'est pas une inspection, dit Keeva avec douceur.

— Non ? Vous en êtes sûre ?

— J'en suis sûre. Des pillards ont attaqué mon village. Il les a pris en chasse et les a tués.

— Oui, c'est un terrible tueur. (Les mains de la femme tremblaient.) Il vous a fait du mal ?

Keeva secoua la tête.

— Il m'a sauvée de leurs griffes. Il me ramène chez moi.

— J'ai cru que mon cœur allait s'arrêter de battre, quand il est entré dans le village.

— Ce village lui appartient aussi ? demanda Keeva.

— Toutes les terres du Croissant lui appartiennent. Il les a achetées il y a six ans au seigneur Aric, mais il n'est venu ici qu'une seule fois depuis. On lui envoie les impôts. Jusqu'au dernier sou, s'empressa-t-elle d'ajouter.

Keeva ne répondit pas. À coup sûr, aucune communauté payant toutes ses taxes ne pouvait se permettre d'arborer d'aussi beaux vêtements, ni tant de meubles ouvragés et de tapis chiatzes. De plus, les inspections ne les rendraient pas si nerveux s'ils n'avaient rien à se reprocher. Cependant, dans son expérience limitée, le non-paiement des impôts était un véritable mode de vie, chez les fermiers et les pêcheurs. Son frère avait toujours réussi à soustraire un sac de grain sur vingt pour le vendre au marché afin d'améliorer le quotidien de sa famille en achetant des chaussures neuves, ou un meilleur lit pour lui-même et sa femme.

— Je m'appelle Conae, dit la femme, qui s'était un peu détendue.

— Keeva.

— Les pillards ont fait beaucoup de victimes dans votre village ?

— Cinq hommes et trois femmes.

— Tant que ça ? C'est terrible.

— Ils sont arrivés au crépuscule. Quelques femmes ont réussi à s'enfuir avec les enfants. Les hommes ont essayé de se battre. Ç'a été très vite terminé.

À l'évocation de ces souvenirs, Keeva fut prise d'un frisson.

— Votre mari était parmi eux ?

— Je ne suis pas mariée. Je vivais à Carlis avec mon oncle et, quand il est mort, l'année dernière, je suis allée travailler pour mon frère. Il a été tué. Ainsi que sa femme. Et ils ont brûlé notre maison.

— Ma pauvre, dit Conae.

— Je suis en vie.

— Vous étiez proche de votre frère ?

— Il était dur et me traitait comme une esclave. Sa femme était un peu mieux.

— Vous pourriez rester ici, suggéra Conae. Il y a plus de jeunes hommes que de filles, et une jolie créature comme vous pourrait se trouver un bon mari.

— Je ne cherche pas un mari, répondit Keeva. Pas encore, ajouta-t-elle en voyant l'inquiétude de Conae.

Elles restèrent assises dans un silence inconfortable pendant un moment, puis Conae sourit maladroitement et se leva.

— Je vais vous chercher des vêtements, dit-elle. Pour votre voyage.

Conae quitta la pièce, et Keeva s'enfonça dans son siège. Elle était fatiguée et affamée. *Est-ce mal de ne pas pleurer la mort de Grava ?* se demanda-t-elle en se représentant le large visage et les petits yeux froids de son frère. *C'était une brute, et tu le détestais. Ce serait hypocrite de te prétendre en deuil.* Elle fit un effort pour se lever et traversa la cuisine pour se couper une tranche de pain et se reverser une coupe de jus de pomme. Dans ce silence, elle entendait la conversation en cours dans le salon. Tout en mâchant, elle s'approcha de la cloison. Il y avait une petite trappe dans le mur pour passer la nourriture de la cuisine au salon. Elle colla l'œil à la fente et vit son sauveur se lever de son siège. Jonan fit de même.

— Il y a des corps dans les bois au nord-est, dit l'Homme Gris. Envoyez des hommes les enterrer et rassembler les armes et les choses qu'ils transportaient. Vous pouvez les garder pour vous. Vous trouverez aussi des chevaux. Vous me les amènerez chez moi.

— Bien, monsieur.

— Encore une chose, Jonan. Les profits que vous tirez de la contrebande n'ont rien à voir avec moi. Les taxes sur les produits en provenance du Chiatze reviennent au duc. Cependant, vous devriez garder à l'esprit que la contrebande est sévèrement punie. Je sais de source sûre que les inspecteurs du duc viendront le mois prochain.

— Vous faites erreur, monsieur. Nous ne...

Ses mots s'étouffèrent dans sa bouche lorsqu'il croisa le regard de l'Homme Gris.

— Si les inspecteurs vous pensent coupables, vous serez tous pendus. Alors, qui pêchera le poisson et me paiera mes taxes ? Êtes-vous tous aveugles, dans ce village ? C'est un village de pêcheurs, et pourtant vos enfants portent des vêtements de la meilleure étoffe, vos femmes arborent des broches d'argent, et, dans votre salon, il y a trois tapis qui coûtent une pleine année des profits d'un bon bateau de pêche. S'il reste de vieilles fripes dans le village, je vous suggère de les trouver. Et quand les inspecteurs viendront, tâchez de les porter.

— Nous suivrons vos conseils, monsieur, dit Jonan d'un ton accablé.

Keeva cessa de regarder par la fente au moment où Conae revenait avec une robe de laine bleue, unc paire de chaussures montantes à lacets et une cape brune en laine doublée de fourrure de lapin. Keeva enfila les vêtements. La robe était un peu grande, mais les chaussures lui allaient parfaitement.

Jonan appela les deux femmes, et elles revinrent dans le salon. L'Homme Gris était debout. Il mit la main dans la bourse pendue à sa taille et en sortit quelques piécettes d'argent pour payer les vêtements.

— C'est inutile, monsieur, dit Jonan.

L'Homme Gris l'ignora et se tourna vers Conae.

— Merci pour votre hospitalité, madame.

Conae fit la révérence.

Les chevaux attendaient les voyageurs dehors, leurs sacoches regorgeant de victuailles pour le trajet. L'Homme Gris aida Keeva à se hisser sur sa monture, puis s'installa en selle.

Sans un mot d'adieu, il quitta le village, Keeva à sa suite.

Chapitre 2

Ils chevauchèrent un moment en silence, et Keeva vit l'expression sévère sur le visage de l'Homme Gris. Elle supposait qu'il était en colère. Malgré cela, elle remarqua qu'il étudiait les alentours, les sens toujours en alerte. Le ciel s'obscurcit et une petite pluie fine se mit à tomber. Keeva ajusta son capuchon et s'emmitoufla dans sa nouvelle cape.

La pluie passa vite et le soleil fit une percée entre les nuages. L'Homme Gris fit monter une petite pente à son cheval et marqua une pause au sommet. Keeva le rejoignit.

— Comment vont vos blessures ? demanda-t-elle.

— Quasiment guéries.

— En si peu de temps ? Ça m'étonnerait.

Il haussa les épaules et, ne voyant pas de danger à l'horizon, il éperonna sa monture.

Ils chevauchèrent à bon train tout l'après-midi et entrèrent de nouveau dans la forêt. Une heure avant le crépuscule, l'Homme Gris trouva un emplacement pour établir le campement à côté d'un ruisseau et y alluma un feu.

— Vous êtes en colère contre les villageois parce qu'ils vous ont trompé ? demanda Keeva.

Elle regardait les flammes lécher le bois sec.

— Non. C'est leur stupidité qui me met en colère. (Il la dévisagea.) Tu écoutais ?

Elle acquiesça. Le visage de l'Homme Gris se radoucit.

— Tu es une fille futée, Keeva. Tu me rappelles ma fille.

— Elle vit avec vous ?

— Non. Elle vit loin d'ici, dans un autre pays. Ça fait plusieurs années que je ne l'ai pas vue. Maintenant, elle est mariée avec un vieil ami à moi. Ils ont eu deux fils, aux dernières nouvelles.

— Vous avez des petits-fils.

— D'une certaine manière. C'est ma fille adoptive.

— Vous avez des enfants à vous ?

Il se tut un moment, et, à la lumière du feu de camp, elle vit qu'une profonde tristesse s'emparait de lui.

— J'avais des enfants, mais ils sont… morts. Voyons un peu la nourriture que la femme de Jonan nous a préparée.

Il se leva avec souplesse et alla fouiller dans les sacoches. Il revint avec un gros morceau de jambon et du pain frais. Ils mangèrent en silence. Keeva rassembla du bois sec et alimenta le feu. Les nuages étaient de retour, mais la nuit n'était pas froide.

L'Homme Gris enleva sa chemise.

— Il est temps de retirer ces points de suture, dit-il.

— Vos blessures ne peuvent pas être guéries, objecta-t-elle sévèrement. Les sutures doivent au moins rester en place dix jours. Mon oncle…

— … était un sage, la coupa l'Homme Gris. Mais vois par toi-même.

Keeva s'approcha de lui et examina ses blessures. Il avait raison. La peau s'était refermée et avait commencé à cicatriser. Elle prit le couteau de chasse, coupa le fil avec soin et tira les points un par un.

— Je n'ai jamais entendu parler de quelqu'un qui guérisse si vite. (Pendant qu'elle parlait, il remettait sa tunique.) Vous pratiquez la magie ?

— Non. Mais une fois, j'ai été soigné par un monstre. Ça m'a changé.

— Un monstre ?

Il lui sourit.

— Oui, un monstre. Plus de deux mètres de haut, avec un œil unique au milieu du front – un œil avec deux pupilles.

— Vous vous moquez de moi, le réprimanda-t-elle.

L'Homme Gris secoua la tête.

— Non, je t'assure. Il s'appelait Kaï. C'était un phénomène – un homme bête. J'étais mourant, il a posé ses mains sur moi et toutes mes blessures se sont refermées ; elles avaient guéri en l'espace d'un battement de cœur. Depuis lors, je n'ai jamais été malade, jamais de coups de froid, ni de fièvre, ni de furoncles. Je crois que même le temps s'est ralenti, pour moi, parce qu'aujourd'hui, je devrais passer mes journées assis dans un bon fauteuil avec une couverture sur les genoux. Un sacré bonhomme, ce Kaï.

— Qu'est-ce qui lui est arrivé ?

Il haussa les épaules.

— Je n'en sais rien. Peut-être vit-il heureux quelque part, ou peut-être est-il mort.

— Vous avez eu une vie intéressante, dit-elle.

— Quel âge as-tu ?

— Dix-sept ans.

— Tu as été enlevée par des pillards, ils t'ont emmenée dans la forêt... Dans les années à venir, des gens entendront cette histoire et diront : « Tu as eu une vie intéressante. » Que leur répondras-tu ?

Keeva sourit.

— Je serai d'accord – et ils m'envieront.

À ces mots, il rit de bon cœur.

— Je t'aime bien, Keeva, dit-il.

Puis il ajouta du bois dans le feu, s'étendit et s'enveloppa dans une couverture.

— Moi aussi, je vous aime bien, Homme Gris.

Il ne répondit pas, et elle vit qu'il dormait déjà.

Elle regarda son visage à la lumière du feu. Il dégageait une impression de force – c'était le visage d'un combattant – et pourtant, elle n'y décelait aucune cruauté.

Keeva dormit et s'éveilla à l'aube. L'Homme Gris était déjà levé. Il était assis au bord du ruisseau et s'aspergeait le visage. Puis, à l'aide de son couteau de chasse, il rasa le chaume gris et noir sur son menton et ses joues.

— Tu as bien dormi ? demanda-t-il en revenant près du feu.

— Oui. Pas de rêves. C'était merveilleux.

Il avait l'air tellement plus jeune sans sa barbe de trois jours, peut-être trente-sept ou trente-huit ans. Pendant un instant, elle se demanda quel âge il avait en réalité. Quarante-cinq ? Cinquante-cinq ? Il ne pouvait pas avoir plus.

— Nous devrions avoir rejoint ton village à midi, dit-il.

Keeva frissonna en se rappelant les femmes massacrées.

— Il n'y a plus rien pour moi, là-bas. J'habitais chez mon frère et sa femme. Ils sont morts, et la ferme a brûlé.

— Qu'est-ce que tu comptes faire ?

— Je vais retourner à Carlis et chercher du travail.

— Il y a quelque chose que tu sais faire ?

— Non, mais je peux apprendre.

— Je peux t'employer chez moi, suggéra-t-il.

— Je ne veux pas être votre maîtresse, Homme Gris.

Il lui fit un grand sourire.

— Je t'ai demandé d'être ma maîtresse ?

— Non, mais pourquoi offrir de me prendre dans votre palais ?

— Tu as une si piètre opinion de toi ? répliqua-t-il. Tu es brave et intelligente. Je pense aussi que tu es digne de confiance et que tu me serais loyale. Chez moi, j'ai cent trente serviteurs qui s'occupent souvent de plus de cinquante invités. Tu pourrais nettoyer les chambres, préparer les lits de ces invités, aider en cuisine. Je te paierais deux pièces d'argent par mois. Tu aurais ta propre chambre, et un jour de repos par semaine. Penses-y.

— J'accepte, dit-elle.

— Alors, qu'il en soit ainsi.

— Pourquoi avez-vous autant d'invités ?

— Ma maison – mon palais, comme tu l'appelles – comprend plusieurs bibliothèques, une infirmerie et un musée. Des érudits viennent de tout le Kydor pour étudier chez moi. Il y a aussi un centre à part, dans la tour sud, pour les étudiants et les herboristes désireux d'analyser les herbes médicinales et leurs applications, et trois salles supplémentaires à l'écart pour le traitement des malades.

Keeva resta silencieuse un moment, puis elle le regarda dans les yeux.

— Je suis désolée, dit-elle.

— Pourquoi t'excuser ? Tu es une belle jeune femme, et je peux comprendre que tu craignes les avances malvenues. Tu ne me connais pas. Pourquoi devrais-tu me faire confiance ?

— Je vous fais confiance. Je peux vous poser une question ?

— Bien sûr.

— Si vous possédez un palais, pourquoi vos vêtements sont-ils si vieux, et pourquoi chevauchez-vous seul pour protéger vos terres ? Pensez à tout ce que vous pourriez perdre.

— Perdre ?

— Toute votre fortune.

— La fortune, ce n'est pas grand-chose, Keeva, c'est aussi minuscule qu'un grain de sable. Les richesses ne sont importantes que pour ceux qui en sont dépourvus. Tu parles de mon palais. Il n'est pas à moi. Je l'ai construit, je vis dedans. Mais un jour, je mourrai, et le palais aura un autre propriétaire. Qui mourra à son tour. Et ça continuera comme ça. Un homme ne possède rien d'autre que sa vie. Il tient brièvement des objets dans sa main. S'ils sont en métal ou en pierre, ils lui survivront probablement et appartiendront à quelqu'un d'autre pour une courte période. S'ils sont en tissu, avec un peu de chance, il leur survivra. Regarde autour de toi, les arbres et les collines. Suivant la loi du Kydor, ils m'appartiennent. Tu crois que les arbres en ont quelque chose à faire, de m'appartenir ? Ou les collines ? Ces mêmes collines qui étaient déjà baignées par les rayons du soleil quand mon ancêtre le plus éloigné foulait la terre. Ces mêmes collines qui seront encore couvertes d'herbe quand le dernier homme se changera en poussière.

— Je vois, dit Keeva. Mais avec toute votre fortune, vous pouvez avoir tout ce que vous désirez pour le reste de votre vie. Tous les plaisirs, toutes les joies vous sont accessibles.

— Il n'y a pas assez d'or dans le monde entier pour acheter ce que je veux.

— Et qu'est-ce que vous voulez ?

— Une conscience tranquille, répondit-il. Bon, souhaites-tu passer par ton village pour voir la tombe de ton frère ?

Manifestement, la conversation était terminée. Keeva secoua la tête.

— Non. Je ne veux pas y retourner.

— Alors, nous allons pousser jusqu'à chez moi. Nous devrions arriver à la tombée de la nuit.

Ils passèrent par la crête d'une colline et entamèrent une lente descente vers une large plaine. Il y avait des ruines à perte de vue. Keeva tira sur ses rênes et observa la plaine. À certains endroits, il ne restait que des pierres blanches, à d'autres, la forme des bâtiments était toujours reconnaissable. Vers l'ouest, adossés à une falaise de granit, grisaient les restes de deux hautes tours détruites à la base et qui s'étaient effondrées comme des arbres abattus.

— Quel était cet endroit ? demanda Keeva.

L'Homme Gris embrassa les ruines du regard.

— Une ancienne cité nommée Kuan-Hador. On ne sait pas qui l'a construite, ni pourquoi elle est tombée. Son histoire s'est perdue dans les brumes du temps. (Il regarda Keeva et sourit.) Je pense que les gens d'ici croyaient que les collines et les arbres leur appartenaient.

Ils reprirent leur descente vers la plaine. À une certaine distance vers l'ouest, Keeva vit un nuage de brouillard avancer entre les ruines irrégulières.

— En parlant de brume, dit-elle.

Elle montra le nuage à son compagnon. Waylander arrêta son cheval et regarda dans la direction qu'elle lui indiquait. Il glissa deux carreaux dans les fentes de sa petite arbalète noire.

— Pourquoi chargez-vous votre arme ? demanda Keeva.

— L'habitude.

Son expression était dure, ses yeux sombres semblaient défiants. Il dirigea sa monture vers le sud-est, à l'opposé du nuage.

Keeva le suivit et se retourna sur sa selle pour voir les ruines.

— Comme c'est étrange, dit-elle. La brume a disparu.

Il se retourna à son tour, puis déchargea son arme et remit les carreaux dans le carquois attaché à sa ceinture. Il vit qu'elle le regardait.

— Je n'aime pas cet endroit, dit-elle. Il me semble… dangereux, conclut-elle faiblement.

— Tu as un bon instinct, répondit-il.

Matze Chaï écarta les rideaux de soie de son palanquin et regarda les montagnes avec une malveillance évidente.

La lumière du soleil filtrait à travers les nuages et faisait briller les cimes enneigées. Le vieil homme soupira et referma les rideaux. Ses yeux sombres en amande se posèrent sur son maigre poignet ; il vit les taches de vieillesse sur sa peau sèche.

Le marchand chiatze tendit le bras vers un coffret en bois orné et en sortit un flacon contenant une lotion à la délicieuse odeur qu'il appliqua soigneusement sur ses mains. Ensuite, il se rallongea et ferma les yeux.

Il ne détestait pas les montagnes. La haine signifiait s'abandonner à la passion, et la passion, du point de vue de Matze Chaï, était le signe d'un esprit barbare. Il exécrait ce que représentaient les montagnes, ce que le philosophe appelait : « les Miroirs de la Mortalité ». Les cimes étaient éternelles, ne changeaient jamais, et, quand un homme les contemplait, sa propre nature éphémère était mise en évidence ; la fragilité de sa chair devenait apparente. Et qu'elle était fragile ! Il voyait arriver son soixante-dixième anniversaire avec un mélange d'appréhension et de malaise.

Il se pencha en avant et fit glisser un panneau dans la paroi, révélant un miroir rectangulaire. Matze Chaï regarda son reflet. Ses cheveux peu épais, tirés en arrière et tressés sur la nuque, étaient aussi noirs que dans sa jeunesse. Mais une minuscule ligne argentée à la lisière du front indiquait qu'il allait devoir les refaire teindre d'ici peu. Son visage mince n'était presque pas ridé, mais la peau de son cou pendait, et même le haut col de sa robe écarlate et doré ne parvenait plus à le cacher.

Le palanquin cahota vers la droite quand l'un des huit porteurs, épuisé par six heures de labeur, glissa sur une pierre. Matze Chaï fit sonner la clochette dorée vissée au panneau tendu de brocart à côté de la fenêtre. Le palanquin s'arrêta en douceur et les porteurs le posèrent au sol.

Kysumu, son *rajnee*, lui ouvrit la porte. Le petit guerrier lui tendit ensuite la main. Matze Chaï la prit et sortit du palanquin, sa longue robe lourdement brodée de soie jaune traînant sur le chemin rocailleux. Les six soldats composant sa garde firent asseoir leurs montures en silence. Derrière eux, la seconde équipe de porteurs descendit du premier des trois chariots. Habillés d'une livrée rouge et noir, les huit hommes s'avancèrent pour remplacer l'équipe précédente. Les hommes exténués montèrent dans le chariot d'un pas incertain et sans un mot.

Un autre serviteur portant la même livrée arriva en courant avec une coupe d'argent à la main. Il s'inclina devant Matze Chaï et lui tendit son vin coupé d'eau. Le marchand prit la coupe et but.

— Encore combien de temps ? demanda-t-il à l'homme.

— Le capitaine Liu dit que nous allons camper au pied de la montagne, monsieur. L'éclaireur a trouvé un site qui convient. Il dit que c'est à une heure d'ici.

Matze Chaï but encore un peu, puis rendit la coupe à moitié pleine au serviteur. Il remonta dans le palanquin et s'installa sur ses coussins.

— Rejoins-moi, Kysumu, dit-il.

Le guerrier acquiesça, retira son épée et son fourreau de la ceinture qui maintenait sa longue robe grise, et entra. Il s'assit en face du marchand. Les huit porteurs se saisirent des barres rembourrées, les hissèrent à hauteur de leur taille. Le porteur en chef chuchota un ordre, et ils levèrent les barres jusque sur leurs épaules. À l'intérieur du palanquin, Matze Chaï poussa un soupir satisfait. Il avait bien entraîné les deux équipes, en faisant attention à chaque détail. Un déplacement en palanquin était généralement assez similaire à un voyage dans un petit bateau sur une mer agitée. La cabine balançait de droite et de gauche, et en quelques minutes, ceux qui avaient une constitution délicate commençaient à avoir la nausée. Il n'en allait pas de même pour les gens qui voyageaient avec Matze Chaï. Ses équipes étaient composées de huit hommes de même taille, qui s'entraînaient plusieurs heures par jour à Namib. C'étaient de jeunes laboureurs bien payés et bien nourris ; des hommes sans imagination mais pleins de force.

Matze Chaï s'affala sur ses coussins, et fit glisser son regard sur le jeune homme mince aux cheveux noirs assis devant lui. Kysumu restait silencieux, son épée courbée d'un mètre posée sur ses genoux, ses yeux obliques noirs comme le charbon rendant son regard à Matze Chaï. Le marchand avait fini par apprécier le petit guerrier, car il parlait rarement et inspirait le calme. Il n'y avait jamais la moindre trace de tension en lui.

— Comment se fait-il que tu ne sois pas riche ? demanda Matze Chaï.

— Définissez la richesse, répondit Kysumu.

Comme d'habitude, son visage allongé ne trahissait pas la moindre expression.

— La possibilité d'acheter tout ce qu'on désire, quand on le désire.

— Alors, je suis riche. Tout ce que je désire, c'est un peu de nourriture et d'eau chaque jour. Ça, je peux me l'acheter.

Matze Chaï sourit.

— Alors, je vais reformuler ma question : comment se fait-il que tes célèbres talents ne t'aient pas rapporté des montagnes d'or et de pièces ?

— L'or ne m'intéresse pas.

Matze Chaï le savait déjà. C'était pour cela que Kysumu était le *rajnee* le plus demandé de toutes les terres des Chiatzes. Tout le monde savait qu'on ne pouvait pas l'acheter ; il ne trahirait donc jamais un noble qui louait ses services. Pourtant, c'était déconcertant : pour les Chiatzes, la loyauté envers les nobles avait toujours un prix, et il était parfaitement acceptable pour les guerriers et autres gardes du corps comme Kysumu de changer d'allégeance quand une meilleure offre se présentait. Les intrigues et la trahison étaient monnaie courante chez les Chiatzes – en particulier chez les politiciens, bien sûr. Ce qui rendait encore plus curieux que la noblesse hypocrite respecte tant Kysumu pour son honnêteté. Les nobles ne se gaussaient pas dans son dos, ne se moquaient pas de sa « bêtise ». Quand bien même elle mettait en exergue leur manque de moralité dans toute sa gloire. *Quelle race étrange nous sommes*, pensa Matze Chaï.

Kysumu avait fermé les yeux et respirait profondément. Matze Chaï l'étudia de près. Il ne faisait guère plus d'un mètre soixante-cinq, était un peu voûté ; il ressemblait davantage à un érudit ou à un prêtre qu'à un guerrier. Son visage allongé et sa bouche, légèrement courbée vers le bas, lui donnaient l'air mélancolique. C'était un visage ordinaire, ni beau ni laid. Son seul signe distinctif était une petite marque de naissance violette sur le sourcil gauche. Kysumu ouvrit les yeux et bâilla.

— As-tu déjà visité les terres du Kydor ? demanda le marchand.

— Non.

— Ils ne sont pas civilisés, et leur langue est dure à l'oreille et à l'esprit. Elle est gutturale et vulgaire. Absolument pas musicale. Parles-tu une langue étrangère ?

— Quelques-unes, répondit Kysumu.

— Les gens d'ici sont des rejetons de deux empires, les Drenaïs et les Angostins. Les deux langues ont la même origine.

Matze Chaï commençait à peine à raconter l'histoire du pays quand le palanquin s'arrêta subitement. Kysumu ouvrit la porte et sauta à terre avec légèreté. Matze Chaï fit tinter la clochette et le palanquin fut posé sur le sol caillouteux sans douceur, ce qui l'irrita. Il descendit pour admonester les porteurs et vit le groupe d'hommes en armes qui barraient la route. Il les étudia rapidement du regard. Il y avait là onze guerriers armés d'épées et de bâtons ; deux d'entre eux portaient un arc long.

Matze Chaï jeta un coup d'œil en arrière. Ses six gardes s'étaient rapprochés. Ils avaient l'air nerveux, ce qui ajouta à l'irritation du marchand. Ils étaient censés être des guerriers. Ils étaient *payés* pour être des guerriers.

Soulevant sa robe pour que l'ourlet ne touche pas la poussière, Matze Chaï s'avança vers les hommes en armes.

— Bonjour à vous, dit-il. Pourquoi avez-vous arrêté mon palanquin ?

Un barbu fit un pas en avant. Il était grand et large d'épaules, et portait une épée longue à la main et deux couteaux à lame courbe gainés dans son épaisse ceinture.

— C'est une route à péage, yeux-bridés. On ne passe pas sans payer.

— Et quel est le prix ? demanda Matze Chaï.

— Pour un riche étranger comme toi ? Vingt pièces d'or.

Il y eut du mouvement à droite et à gauche, et une douzaine d'hommes supplémentaires sortirent de derrière les rochers.

— Ça me semble excessif, dit Matze Chaï. (Il se tourna vers Kysumu et s'adressa à lui en chiatze.) Qu'en penses-tu ? Ce sont des bandits de grand chemin et ils sont plus nombreux que nous.

— Souhaitez-vous les payer ?

— Penses-tu qu'ils s'en tiendront à vingt pièces d'or ?

— Non. Quand nous aurons accédé à leur demande, ils en voudront davantage.

—Alors, je ne souhaite pas les payer.

—Retournez dans votre palanquin, murmura Kysumu. Je vais dégager la voie.

Matze Chaï se remit à regarder le barbu.

—Je suggère, dit-il, que vous vous écartiez. Cet homme est Kysumu, le *rajnee* le plus craint de tous les Chiatzes. Et en ce moment même, vous n'êtes qu'à quelques battements de cœur de la mort.

Le bandit rit.

—Il est peut-être tout ce que tu dis, yeux-bridés, mais pour moi, c'est qu'un nain couleur de vomi prêt à être cueilli.

—J'ai peur que vous ne commettiez une erreur, dit Matze Chaï, mais toute action a des conséquences, et un homme doit avoir le courage de les affronter.

Il s'inclina sèchement, ce qui en Chiatze aurait été insultant, se retourna et marcha lentement vers son palanquin. Il jeta un coup d'œil derrière lui et vit Kysumu s'avancer vers le barbu. Deux brigands se séparèrent du groupe pour se poster de part et d'autre de leur chef. Pendant un court instant, Matze Chaï douta de la sagesse de son choix. Kysumu avait soudain l'air minuscule et inoffensif, face à la force brute du bandit aux yeux ronds et de ses hommes.

Le chef leva son épée. La lame de Kysumu jaillit.

Quelques instants plus tard, quatre hommes étaient morts et les bandits en déroute couraient se cacher à l'abri des rochers. Kysumu essuya la lame de son épée et retourna auprès du palanquin. Il n'était pas essoufflé, n'avait même pas les joues rouges. Comme toujours, il avait l'air serein, en paix. Le cœur de Matze Chaï battait la chamade, mais il s'efforça de garder une expression neutre sur le visage. Kysumu avait bougé à une vitesse presque inhumaine, coupant, tailladant, tournoyant tel un danseur au milieu des brigands. Au même moment, les six gardes avaient chargé le deuxième groupe d'assaillants qui avait, lui aussi, fui à couvert. L'un dans l'autre, c'était une conclusion très satisfaisante, et qui justifiait d'avoir loué les services de gardes du corps.

— Crois-tu qu'ils reviendront ? demanda Matze Chaï.

— Peut-être, dit Kysumu avec un haussement d'épaules.

Puis il attendit en silence de nouveaux ordres. Matze Chaï appela un serviteur et demanda à Kysumu s'il voulait partager un peu de vin à l'eau. Le guerrier refusa. Matze Chaï prit une coupe avec l'intention de boire une gorgée, mais il en vida la moitié.

— Tu as bien œuvré, *rajnee*, dit-il.

— Nous devrions quitter les lieux, répondit Kysumu.

— Effectivement.

Lorsque Matze Chaï s'installa sur les coussins, la cabine du palanquin lui donna l'impression d'être un sanctuaire. Il tira doucement sur la corde de la clochette pour ordonner aux porteurs de redémarrer et baissa les paupières. Il se sentait en sécurité, presque immortel. Il ouvrit les yeux, regarda par la fenêtre et vit le soleil couchant envoyer ses derniers rayons au-dessus des montagnes. Il tendit la main et referma les rideaux en sentant sa bonne humeur s'évaporer.

Ils installèrent le camp une heure plus tard et Matze Chaï resta assis dans son palanquin à attendre que ses serviteurs déchargent ses meubles de nuit des chariots, qu'ils assemblent son lit laqué d'or et qu'ils étalent ses draps de satin et son édredon en duvet d'oie. Ensuite, ils érigèrent les poteaux et la structure de sa tente de soie bleu et or, étendirent une grande toile noire sur le sol et déroulèrent son tapis de soie favori pour la recouvrir. Enfin, ses deux sièges préférés, tous deux incrustés d'or et doublés d'un épais rembourrage de velours, furent placés à l'entrée de la tente. Quand Matze Chaï descendit du palanquin, le camp était presque prêt. Ses seize porteurs étaient rassemblés autour de deux feux allumés dans un fatras de rochers, deux des six gardes avaient commencé à patrouiller dans le périmètre, et le cuisinier était occupé à préparer un souper léger de riz épicé et de poisson séché.

Matze Chaï traversa le campement jusqu'à sa tente et s'enfonça avec satisfaction dans son siège. Il était fatigué de vivre comme un nomade de la frontière, à la merci des éléments, et il avait hâte que le voyage se termine. Six semaines de cette vie à la dure avaient sapé son énergie.

Non loin de lui, Kysumu était assis en tailleur sur le sol avec, sur les genoux, un morceau de parchemin punaisé à une planche de liège. Il dessinait un arbre à l'aide d'un bout de charbon taillé. Matze Chaï l'observait. Tous les soirs, il allait chercher son portefeuille en cuir dans le chariot des fournitures, il prenait un parchemin vierge et dessinait pendant une heure. Souvent des plantes ou des arbres, avait remarqué Matze Chaï.

Ce dernier possédait de nombreux dessins de ce genre, réalisés par quelques-uns des plus grands maîtres chiatzes. Kysumu avait du talent, mais il n'était en rien exceptionnel. Pour Matze Chaï, il manquait à ses compositions l'harmonie du vide. Les travaux de Kysumu débordaient de passion. L'art se devait d'être serein, dénué d'émotions humaines. Sévère et simple, propice à la méditation. Malgré cela, Matze Chaï décida qu'à la fin du voyage, il proposerait de lui acheter un dessin. Il serait impoli de ne pas le faire.

Un serviteur lui apporta une coupe de tisane parfumée et, la température chutant, posa une robe doublée de fourrure sur ses frêles épaules. Ensuite, deux des porteurs, utilisant des fourches en bois, apportèrent un brasier de fer rempli de charbons ardents dans la tente de leur maître.

Ils le posèrent sur un plateau de cuivre pour éviter que les cendres brûlent les inestimables tapis.

L'incident avec les bandits s'était avéré spirituellement exaltant. Alors que les montagnes parlaient en silence de la nature éphémère de l'homme, ce péril soudain avait mis en évidence l'amour que Matze Chaï éprouvait pour la vie. Cela le rendit conscient de la douceur de l'air qu'il respirait, de la sensation de la soie sur sa peau. Même la tisane qu'il était en train de boire était un délice presque insupportable à son palais.

En dépit de l'inconfort du voyage, Matze Chaï était bien obligé d'admettre qu'il se sentait mieux à présent que depuis des années. Il s'emmitoufla dans la fourrure, s'enfonça dans son siège et se mit à penser à Waylander. Ils s'étaient rencontrés pour la dernière fois à Namib, six ans auparavant. À cette époque, Matze Chaï revenait à peine de Drenan où, suivant les instructions de Waylander, il avait acheté un crâne à la Grande Bibliothèque. Waylander avait ensuite vendu sa maison et voyagé dans le Nord et l'Est à la recherche de nouvelles terres et d'une nouvelle vie.

Quelle âme agitée! pensa Matze Chaï. Mais Waylander était au beau milieu d'une quête qu'il n'achèverait jamais, une quête née du désespoir et d'un grand désir. Tout d'abord, Matze Chaï avait pensé que l'assassin cherchait la rédemption pour des péchés passés. Cela n'était que partiellement vrai. Non, ce que l'Homme Gris cherchait était une chimère.

Un hibou ulula à proximité, ce qui brisa la concentration du marchand.

Kysumu termina son dessin et le rangea dans son portefeuille de cuir. Matze Chaï lui fit signe de venir s'asseoir dans le second fauteuil.

— Je viens de m'apercevoir que si les bandits restants n'avaient pas paniqué et ne s'étaient pas enfuis, tu aurais été submergé par le nombre, dit-il.

— Effectivement.

— Ou si mes gardes n'avaient pas attaqué le second groupe à cet instant-là, ils auraient pu venir me tuer dans le palanquin.

— Ils auraient pu, reconnut le guerrier.

— Mais tu n'as pas pensé que c'était possible ?

— Je n'y ai pas pensé du tout.

Matze Chaï réprima un sourire, mais se laissa envahir par un sentiment de chaude satisfaction. Kysumu était un régal. Le compagnon idéal. Il ne faisait pas de vagues, ne jacassait pas, ne posait pas d'incessantes questions. En vérité, il était l'harmonie même. Ils restèrent ainsi un petit moment. Puis on apporta de la nourriture, et ils mangèrent en silence.

À la fin du repas, Matze Chaï se leva.

— À présent, je vais dormir, dit-il.

Kysumu se leva à son tour, remit son épée et son fourreau à sa ceinture et partit à l'écart du camp.

Le capitaine des gardes de Matze Chaï, un jeune homme du nom de Liu, s'approcha de son maître et s'inclina profondément.

— Puis-je vous demander, seigneur, où va le *rajnee* ?

— J'imagine qu'il cherche les bandits, au cas où ils nous suivraient.

— Quelques hommes ne devraient-ils pas l'accompagner, seigneur ?

— Je ne crois pas qu'il en ait besoin.

— Oui, seigneur, dit Liu.

Il s'inclina de nouveau puis fit mine de se retirer.

— Tu t'es très bien comporté, aujourd'hui, Liu, dit Matze Chaï. J'en parlerai à ton père quand nous rentrerons.

— Merci, seigneur.

— Cependant, tu étais effrayé, n'est-ce pas, lorsque le combat a commencé ?

— Oui, seigneur. Ça s'est vu ?

— J'en ai peur. Tâche de faire montre d'un peu plus de contrôle de tes expressions, la prochaine fois qu'un incident similaire se produira.

Au début, Keeva avait été à la fois surprise et déçue par le palais de l'Homme Gris. À leur arrivée, il faisait noir. Ils avaient lentement gravi une route de terre à travers la forêt et avaient débouché sur une étendue de gazon bien tondu, traversée par une large route pavée. Il n'y avait ni fontaines ni statues. Deux lanciers patrouillaient devant un bâtiment de plain-pied, long d'une soixantaine de mètres. Il y avait peu de fenêtres, et elles n'étaient pas éclairées. La seule lumière que voyait Keeva venait de quatre grosses lanternes de cuivre suspendues aux piliers de marbre de l'entrée imposante. *On dirait un mausolée*, pensa Keeva au moment où l'Homme Gris s'engageait sur la route.

Les portes noires s'ouvrirent, et deux jeunes hommes vinrent à leur rencontre en courant. Ils portaient tous deux une livrée grise. Épuisée, Keeva descendit de cheval. Les serviteurs emmenèrent les montures, et l'Homme Gris lui fit signe de le suivre à l'intérieur. Un vieil homme, grand et voûté, au visage allongé et aux cheveux blancs, les attendait. Lui aussi était vêtu de gris ; sa tunique de fine laine descendait jusqu'aux chevilles. Sur son épaule, un arbre avait été délicatement brodé en satin noir. Il s'inclina devant l'Homme Gris.

— Vous avez l'air fatigué, monsieur, dit-il d'une voix grave et profonde. Je vais vous faire préparer un bain chaud.

— Merci, Omri. Cette jeune femme va entrer à mon service. Faites-lui préparer une chambre.

— Bien sûr, monsieur.

L'Homme Gris traversa le hall en marbre et disparut sans un mot d'adieu. Il avait peu parlé depuis qu'ils avaient quitté les ruines, si bien que Keeva se demandait si elle avait fait ou dit quelque chose de mal. Elle était désorientée, incertaine ; elle regarda autour d'elle les tentures de velours, les tapis décorés, et les murs ornés de magnifiques tableaux.

— Suivez-moi, femme, dit Omri.

— J'ai un nom, dit-elle avec une pointe d'irritation.

Omri s'arrêta et se tourna lentement vers elle.

Elle s'attendait à une réponse cinglante, mais il se contenta de sourire.

— Mes excuses, jeune femme. Bien sûr que vous avez un nom, alors n'en faisons pas un secret. Je vous en prie, partagez-le avec moi.

— Je m'appelle Keeva.

— Bien, voilà qui est réglé, Keeva. Et maintenant, voulez-vous bien me suivre ?

— Oui.

— Bien.

Il traversa le hall, tourna à droite dans un large couloir menant à un grand escalier qui descendait dans l'obscurité. Keeva marqua un arrêt en haut des marches. Elle n'avait déjà aucune envie de passer la nuit dans cette bâtisse laide et plate, mais en plus en sous-sol… *Quel genre d'homme voudrait dépenser sa fortune à construire une maison enfouie sous terre ?* se demanda-t-elle.

Omri avait pris un peu d'avance sur elle, aussi pressa-t-elle le pas pour descendre l'escalier recouvert d'un tapis. Le bâtiment tout entier semblait sombre et lugubre. À l'occasion, des lanternes projetaient des ombres sinistres sur les murs. En l'espace de quelques minutes, Keeva se sentit perdue dans ce labyrinthe inextricable et désolé.

— Comment pouvez-vous vivre ici ? demanda-t-elle. (Sa voix résonna dans le couloir froid.) Cet endroit est horrible.

Son guide rit de bon cœur. C'était un son agréable, et elle se sentit plus proche du vieil homme.

— Il est étonnant de voir à quoi on peut s'habituer, répondit-il.

Ils franchirent plusieurs portes avant qu'Omri décroche une lanterne du mur et s'arrête devant une porte étroite. Il souleva le loquet et entra. Keeva le suivit. Omri alla jusqu'au centre de la petite pièce, prit la bougie posée sur la table ovale et présenta la mèche au-dessus de la flamme de la lanterne. Une fois la bougie allumée, il la plaça dans un bougeoir de bronze en forme de fleur ouverte. Keeva jeta un coup d'œil autour d'elle. Il y avait un lit contre le mur, un lit très simple, sans ornements, en pin. À côté, il y avait un petit meuble avec un autre bougeoir posé dessus. Le mur du fond était couvert de lourds rideaux.

— Reposez-vous un peu, dit Omri. Je vous enverrai quelqu'un, tôt demain matin, pour vous expliquer vos tâches.

— Et vous, qu'est-ce que vous faites, ici ? demanda-t-elle.

Les mots lui avaient échappé dans son angoisse d'être seule.

— Je suis Omri, le régisseur. Tout va bien ? On dirait que vous tremblez.

Keeva fit un grand effort pour sourire.

— Je vais bien. Vraiment.

Omri marqua une pause et passa la main dans ses cheveux blancs qui se faisaient rares.

— Je sais qu'il a combattu et tué les hommes qui ont attaqué votre village, et que vous avez été enlevée et…

maltraitée. Mais c'est une bonne maison, Keeva. Vous êtes en sécurité, ici.

— Comment savez-vous tout ce qui s'est passé ?

— L'une de nos invités est une prêtresse chiatze. Elle voit à de grandes distances.

— Elle pratique la magie ?

— Je ne sais pas si c'est de la magie. Elle ne jette pas de sorts. Elle se contente de fermer les yeux. Mais je dois l'admettre, ça dépasse mon entendement. À présent, reposez-vous.

Keeva entendit l'écho des pas du régisseur dans le couloir. Elle était peut-être en sécurité, mais elle était déterminée à ne pas rester plus que nécessaire dans cet horrible endroit. Elle n'avait jamais eu peur du noir, toutefois ici, dans ce palais souterrain, elle se retrouvait à fixer la petite bougie du regard en éprouvant une reconnaissance pitoyable pour sa lumière vacillante.

Fatiguée par sa longue chevauchée, elle enleva sa cape, la posa sur le dossier d'une chaise, puis quitta sa robe. Le lit était confortable, le matelas ferme, les couvertures propres, l'oreiller doux et accueillant. Keeva ferma les yeux et se laissa glisser dans un sommeil plein de rêves. Elle revit l'Homme Gris sortir de la forêt pour affronter les pillards, mais cette fois-ci, quand il vint la sauver, son visage était teint de toutes les couleurs. Il la prit par le bras et l'entraîna dans un grand trou creusé dans le sol. Elle hurla – et se réveilla, le cœur battant la chamade. La bougie avait coulé et s'était éteinte, laissant la pièce dans l'obscurité la plus complète. Keeva sortit de son lit et alla à tâtons chercher le loquet. Elle l'ouvrit. Dans le couloir, à bonne distance, il restait une lanterne allumée. Elle prit la bougie de rechange posée sur le meuble, courut jusqu'à la lanterne et alluma la mèche. Puis elle retourna dans sa chambre et s'assit en silence, s'admonestant pour sa peur.

« Dans la vie, lui avait dit son oncle, il y a deux sortes de gens : ceux qui fuient devant leurs peurs, et ceux qui les surmontent. La peur est une couarde. Si tu cèdes du terrain, elle devient une terrible brute prête à te massacrer. Si tu l'affrontes, elle rapetisse jusqu'à n'être qu'un minuscule insecte nuisible. »

S'armant de courage, elle souffla la bougie, s'étendit et ramena les couvertures sur elle. *Je ne céderai pas aux terreurs nocturnes*, pensa-t-elle. *Je ne paniquerai pas, mon oncle.*

Cette fois, elle dormit plus paisiblement et, lorsqu'elle se réveilla, la pièce était très faiblement éclairée. Elle s'assit et vit que la lumière filtrait entre les lourds rideaux du mur du fond. Elle se leva, traversa la pièce et alla les ouvrir. La lumière s'engouffra – Keeva découvrit la chatoyante baie bleue de Carlis sur les eaux de laquelle miroitait le soleil matinal. Elle était constellée de minuscules bateaux de pêche aux voilures d'un blanc étincelant. Au-dessus d'eux, des mouettes planaient et piquaient. Stupéfaite, la jeune fille ouvrit les portes de verre encadrées de bois et sortit sur le balcon incurvé. Tout autour d'elle, à différents niveaux, il y avait des balcons similaires ; la plupart étaient plus grands, certains plus petits, mais tous donnaient sur la magnifique baie.

Elle n'était pas du tout sous terre. Le palais de marbre blanc de l'Homme Gris avait été bâti sur la façade pentue d'une falaise, et comme elle était entrée par le haut, elle n'avait pas vu à quel point le palais était merveilleux.

Keeva baissa les yeux. Sous le balcon, elle vit des jardins en terrasses, des allées, des marches descendant jusqu'à la plage lointaine, où une rampe de bois s'avançait dans la mer. Une douzaine de bateaux à voile y étaient amarrés, voiles pliées. Elle regarda de nouveau le palais et vit qu'on avait érigé deux tours, au nord et au sud. C'était d'énormes bâtiments également dotés de terrasses.

Des jardiniers s'affairaient déjà de tous côtés sur une myriade de parterres de fleurs ; certains déterraient des plantes flétries, d'autres balayaient les chemins et rassemblaient les feuilles mortes dans de gros sacs qu'ils portaient sur leurs épaules. D'autres encore plantaient des bordures fraîches ou enlevaient les fleurs fanées des nombreux rosiers.

Keeva était tellement transportée par la beauté de la scène qu'elle n'entendit pas que l'on frappait doucement à la porte, ni même le craquement du loquet.

— Peut-être que vous devriez rentrer et vous habiller, dit une voix.

Keeva fit volte-face et vit une jeune femme aux cheveux blonds tressés. Elle portait une pile de vêtements propres et pliés. La femme lui sourit.

— Les prêtres pourraient vous voir, reprit-elle, et qu'adviendrait-il alors de leurs vœux ?

— Les prêtres ? demanda Keeva.

Elle rentra et accepta les vêtements que lui tendait la jeune femme.

— Des étrangers du Chiatze. Ils étudient les volumes anciens que le Gentilhomme garde dans sa bibliothèque de la tour nord.

Keeva prit un corsage de coton blanc dans la pile, le déplia et l'enfila par la tête. Le tissu était très doux – comme une brise d'été sur la peau. Elle frissonna de plaisir, puis mit la longue jupe grise. Elle avait une ceinture de cuir travaillé et une boucle d'argent brillante.

— Tout ça est à moi ? demanda-t-elle.

— Oui.

— C'est magnifique. (Keeva toucha l'arbre brodé sur l'épaule droite de sa blouse). Qu'est-ce que ça représente ?

— C'est la marque du Gentilhomme.

— L'Homme Gris ?

— En public, nous l'appelons le Gentilhomme, car ce n'est pas un seigneur mais il est beaucoup trop puissant pour être un simple propriétaire ou un marchand. Omri dit que vous êtes arrivés ensemble la nuit dernière. Vous avez couché avec lui ?

Keeva fut choquée.

— Bien sûr que non ! Et c'est très impoli de poser une question pareille.

La jeune femme rit.

— La vie est très différente, ici, Keeva. Nous parlons et pensons librement – sauf devant les invités du Gentilhomme. C'est un homme hors du commun. Nous ne sommes jamais battus, et il n'utilise pas les jeunes filles comme esclaves personnelles.

— Alors, peut-être que je vais me plaire, ici. Comment t'appelles-tu ?

— Je m'appelle Norda et tu vas travailler avec mon équipe dans la tour nord. Tu as faim ?

— Oui.

— Alors, allons prendre un petit déjeuner. Tu vas avoir beaucoup à apprendre aujourd'hui. Le palais est un vrai terrier de lapin, et la plupart des nouveaux arrivants se perdent.

Quelques minutes plus tard, après ce qui fut pour Keeva un voyage déconcertant à travers d'innombrables couloirs et plusieurs escaliers, les deux femmes débouchèrent sur une large terrasse pavée. Une longue table était recouverte de plats profonds remplis de viande cuisinée, de légumes, de poisson fumé, de fromages et de fruits. On avait posé du pain frais à un bout et des brocs d'eau et de jus de fruit à l'autre. Keeva suivit Norda, prit une assiette, la chargea de pain, et ajouta une motte de beurre et du poisson. Puis elles allèrent s'installer à une table près du mur.

— Pourquoi m'as-tu demandé si j'avais couché avec l'Homme Gris ?

— Le Gentilhomme ! la corrigea Norda.

— Oui, le Gentilhomme.

— Il y a une grande harmonie entre les servantes, ici. Le Gentilhomme n'a pas de favorite – ni Omri, d'ailleurs. Si le Gentilhomme avait couché avec toi, ç'aurait été source de discorde. Nombreuses sont les jeunes femmes qui aimeraient… le charmer.

— Il est terriblement attirant, mais il est très vieux, dit Keeva.

Norda rit de nouveau.

— Ce n'est pas une question d'âge. Il est beau, fort – et immensément riche. La femme qui capturera son cœur ne manquera jamais de rien, même si elle a dix vies à vivre.

— D'après ce que tu dis, c'est surprenant qu'il n'ait pas pris femme.

— Oh, il en a pris beaucoup ! (Norda se pencha en avant et baissa la voix.) Des femmes en or…

— Il *paie* pour son plaisir ? demanda Keeva avec étonnement.

— Toujours. Bizarre, non ? La plupart des filles d'ici se précipiteraient dans sa chambre au moindre geste de sa part. Et pourtant, il envoie sa voiture chercher des catins en ville. Oh, bien habillées et pleines de bijoux, mais des catins tout de même ! Depuis un an, sa favorite, c'est Lalitia – une putain rousse de la capitale.

Les joues de Norda rougirent et Keeva vit son regard bleu devenir froid.

— Manifestement, tu ne l'aimes pas.

— Personne n'aime Lalitia. Elle voyage dans une voiture dorée, avec des serviteurs en livrée qu'elle traite terriblement mal. Chez elle, on dit qu'elle fouette ses servantes, quand l'envie lui prend. C'est une créature vile.

— Alors, qu'est-ce qu'il lui trouve ?

Norda rit à voix haute.

— Oh, tu comprendras quand tu poseras les yeux sur elle ! J'ai beau la détester, je dois bien reconnaître qu'elle est incroyablement belle.

— J'aurais juré qu'il jugeait mieux les gens que ça, dit Keeva.

— Tu ne connais pas grand-chose aux hommes, hein ? demanda Norda avec un léger sourire. Quand Lalitia passe, tu entends le bruit des mâchoires qui touchent le sol. Les hommes forts, les hommes brillants, les érudits et même les prêtres tombent sous le charme de sa beauté. Ils voient ce qu'ils veulent voir. Au contraire, les femmes la voient comme elle est – une putain. Et pas aussi jeune qu'elle le prétend. Je dirais qu'elle est plus proche de quarante ans que des vingt-cinq qu'elle se vante d'avoir.

D'autres serviteurs avaient commencé à arriver, à se servir un petit déjeuner et à se chercher une place. Un jeune homme en cotte de mailles grise s'approcha. Il enleva son heaume et sourit à Norda.

— Bonjour, dit-il. Tu me présentes à la nouvelle recrue ?

Norda lui rendit son sourire.

— Keeva, voici Emrin, un sergent de la garde. Il se croit plus beau qu'il ne l'est et fera tout ce qui est en son pouvoir pour t'attirer dans son lit. Malheureusement, c'est dans sa nature. Ne le juge pas trop durement.

Keeva leva les yeux sur l'homme. Il avait un beau visage rond et des yeux bleus. Ses cheveux étaient blond clair, courts et très frisés. Emrin tendit la main et Keeva la serra.

—Ne crois pas tout ce que Norda raconte sur moi, dit-il. En fait, je suis une bonne âme cherchant la partenaire idéale de son cœur.

—Je suis sûre que tu l'as trouvée la première fois que tu t'es regardé dans un miroir, répondit Keeva avec un sourire innocent.

—C'est malheureusement vrai, dit-il avec une honnêteté désarmante.

Il déposa un baiser sur la main de Keeva, puis se tourna vers Norda.

—N'oublie pas de dire à ta nouvelle amie quel grand amant je suis.

—D'accord.

Puis s'adressant à Keeva :

—Les dix meilleures secondes de ma vie.

Les deux femmes rirent.

—Je crois que je ferais mieux de partir, dit Emrin, tant qu'il me reste une once de dignité.

—Trop tard, dit Keeva.

L'homme sourit et s'éloigna.

—Bien dit, commenta Norda. Il te poursuivra avec d'autant plus de vigueur.

—Je n'en ai pas envie.

—Oh, ne l'élimine pas d'office ! Comme il le dit, il est vraiment très bon au lit. Pas le meilleur que j'ai connu, mais plus que correct.

Keeva éclata de rire et Norda se joignit à elle.

—Alors, qui était le meilleur ? (Elle sut au moment même où elle avait parlé qu'elle n'aurait pas dû poser la question.) Je suis désolée, s'empressa-t-elle d'ajouter.

— Tu n'as pas à l'être, répondit Norda. (Elle posa les mains sur celles de Keeva.) Maintenant, nous ferions mieux de finir de déjeuner, parce que nous avons beaucoup de travail. Il y a plusieurs invités qui arrivent aujourd'hui, et l'un d'eux est un Chiatze. Crois-moi, il n'y a pas pire râleur.

Chapitre 3

Waylander nageait dans l'eau froide à longues brasses nonchalantes. Il sentait la chaleur du soleil sur son dos ; il plongea en profondeur, croisant des bancs de poissons argentés qui s'écartaient sur son passage. En tournant et virant, il ressentit un déferlement de joie. Sous l'eau, il trouvait le silence et – presque – le contentement. Il se détendit et laissa son corps remonter à la surface. Il émergea au soleil et prit une profonde inspiration. Il rejeta la tête en arrière pour dégager ses cheveux de ses yeux et fit du surplace en contemplant la baie.

Dans le port, en face de lui, une douzaine de bateaux déchargeaient leur cargaison ; plus loin, une vingtaine d'autres attendaient un signal pour accéder aux quais. Vingt-huit vaisseaux battaient le pavillon à l'arbre. Son pavillon.

Il lui semblait incroyable qu'un homme comme lui, qui s'y entendait peu en commerce, ait pu devenir si ridiculement riche. Peu importait combien il dépensait – ou plus exactement combien il donnait – il y avait toujours plus d'or dans ses coffres. Matze Chaï et d'autres marchands avaient fait de bons investissements avec son argent, mais même ses propres entreprises avaient formidablement bien payé. *Tout ça n'a aucun sens*, pensa-t-il tout en flottant. Il avait perdu le compte précis du nombre de bateaux qu'il possédait. Il y en avait plus de trois cents. Et il y avait les mines – d'émeraudes, de diamants, de rubis, d'or et d'argent – éparpillées un peu partout, de l'arrière-pays ventrian jusqu'aux montagnes orientales de Vagria.

Il se retourna et leva les yeux vers le palais de marbre blanc. Il en avait passé commande six ans auparavant, après une conversation oiseuse avec un jeune architecte qui parlait avec passion des bouleversants et délicieux problèmes des bâtisseurs et de son rêve de créer une merveille.

— Pourquoi devrions-nous toujours chercher des terrains plats ? avait demandé le jeune homme. Où est l'exploit ? Les observateurs devraient toujours rester bouche bée devant les grandes réalisations.

Après trois ans de travaux, le Palais blanc était effectivement une merveille, bien que le jeune architecte, un noble de la maison Kilraith, n'ait pas vécu assez longtemps pour le voir terminé. Une nuit, il avait été poignardé par des assassins d'une maison rivale. Ainsi allait la vie de la noblesse du Kydor.

Waylander nagea en direction de la plage de sable blanc. Omri, son régisseur, quitta son siège abrité par un olivier et vint à sa rencontre, une longue serviette de lin pliée sur le bras.

— Avez-vous bien profité de votre baignade, monsieur ? demanda-t-il.

Il enveloppa de la serviette les épaules de Waylander.

— C'était rafraîchissant. À présent, je suis prêt à m'attaquer aux affaires pressantes du jour.

— La dame demande audience dès que vous en aurez le temps, monsieur.

Waylander dévisagea le vieil homme.

— Quelque chose vous chiffonne, Omri ?

— Saviez-vous que c'est une mystique ?

— Non, mais ça ne m'étonne pas. J'ai connu beaucoup de prêtres qui avaient le Talent.

— Je trouve ça dérangeant, admit Omri. J'ai l'impression qu'elle peut lire mes pensées.

— Vos pensées sont donc si terribles ? demanda Waylander avec un sourire.

— Parfois, monsieur, reconnut sérieusement Omri. Mais ce n'est pas le problème. Mes pensées m'appartiennent.

— En effet. Quelque chose d'autre qui requière mon attention ?

— Nous avons reçu un message du seigneur Aric annonçant qu'il passera vous rendre visite dans dix jours, en se rendant au palais d'hiver.

— Il a encore besoin d'argent, dit Waylander.

— J'en ai peur, monsieur.

Une fois sec, Waylander alla s'abriter à l'ombre de l'olivier et enfila une chemise de soie noire et des jambières en cuir souple. En tirant sur ses bottes, il s'assit et contempla de nouveau la baie.

— La dame a-t-elle précisé pourquoi elle désirait me voir ?

— Non, monsieur, mais elle m'a parlé de votre combat contre les pillards.

Waylander perçut un ton critique dans la voix du vieil homme.

— La journée est trop belle pour les remontrances, Omri.

— Vous prenez beaucoup de risques, monsieur. Des risques tout à fait superflus. Nous disposons de trente gardes, au palais, et d'une douzaine de robustes forestiers. Nous aurions pu les envoyer à la poursuite des brigands.

— Tout à fait vrai, mais je n'étais pas loin.

— Et vous vous ennuyiez, ajouta le vieil homme. Vous allez toujours chevaucher dans la nature, quand vous vous ennuyez. J'en conclus qu'être riche vous déplaît. Je dois avouer que c'est difficile à comprendre.

— C'est terrible, l'ennui, dit Waylander. Il m'est apparu au cours des années que la richesse et l'ennui sont de grands camarades. Quand on est riche, on n'a pas à fournir d'efforts pour obtenir ce qu'on veut. Tous les plaisirs me sont accessibles.

— Apparemment pas tous, monsieur, sinon vous ne vous ennuieriez pas.

Waylander rit.

— C'est vrai. À présent, assez fouillé mon âme, mon vieil ami. Y a-t-il d'autres nouvelles ?

— Deux domestiques de la maison Bakard ont été assassinés à Carlis, il y a deux jours. Par des hommes engagés par la maison Kilraith, dit-on. Il y a beaucoup de tension en ville. Le marchand Vanis a réclamé une augmentation de son prêt. Il affirme avoir perdu deux bateaux dans une tempête et qu'il ne peut pas acquitter sa dette. D'autre part… (Omri sortit un morceau de parchemin de la poche de sa robe grise et le parcourut.) Le chirurgien Mendyr Syn vous demande si vous seriez prêt à recruter trois étudiants supplémentaires pour six pièces d'or par mois afin de l'assister. Il n'y a plus aucun lit de libre à l'infirmerie et Mendyr travaille quinze heures par jour au chevet des malades. (Omri replia le parchemin et le remit dans sa poche.) Ah oui, et… euh… Dame Lalitia vous invite à la fête qu'elle donne pour son anniversaire, dans trois jours.

Waylander était assis à l'ombre et regardait les pêcheurs lancer leurs filets dans la baie.

— Exigez le remboursement du prêt de Vanis, dit-il. C'est la troisième fois en un an qu'il nous donne une excuse pour éviter de rembourser une traite. Ses dettes ne l'ont pas empêché de s'acheter trois étalons et d'étendre son domaine de l'Est. Augmentez les fonds pour Mendyr Syn et dites-lui qu'il aurait dû demander de l'aide bien plus tôt. Et envoyez un message à dame Lalitia disant que j'assisterai avec plaisir à sa fête. Achetez un pendentif en diamant à Calicar et faites-le-lui livrer le jour de son anniversaire.

— Bien, monsieur. Puis-je faire deux remarques ? Premièrement, Vanis a beaucoup d'amis dans la maison Kilraith. La forclusion de son prêt va le mettre en faillite, et ce sera perçu comme une insulte à l'encontre de cette maison.

— S'il a tant d'amis que ça, ils n'ont qu'à payer ses dettes. Quelle était la seconde remarque ?

— À moins que ma mémoire ne me fasse défaut, n'est-ce pas la troisième fois que dame Lalitia fête son anniversaire ces quinze derniers mois ?

Waylander rit.

— Effectivement. Disons un *petit* pendentif en diamant.

— Bien, monsieur. Par ailleurs, la jeune femme que vous avez ramenée avec vous a été affectée à l'équipe de Norda. Désirez-vous qu'elle bénéficie d'un traitement spécial ?

— Laissez-lui un peu de marge, elle a beaucoup souffert. Elle est forte, mais elle a tout de même assisté au massacre de sa famille, a été cruellement maltraitée et menacée de mort. Il serait étonnant qu'elle n'en garde pas des séquelles. Surveillez-la de près, et soutenez-la un peu. Si elle s'avère être une mauvaise travailleuse, renvoyez-la.

— Très bien, monsieur. Et quel message dois-je adresser à la dame chiatze ?

— Aucun message, Omri. Je vais la voir tout de suite.

— Bien, monsieur. Serait-il discourtois de lui demander combien de temps elle compte rester, elle et ses domestiques ?

— Ce qui m'intéresse davantage, c'est de savoir pourquoi ils sont venus – et comment.

— *Comment*, monsieur ?

— Une prêtresse en robes de soie brodées avec trois domestiques apparaît à notre porte. Où était sa voiture ?

Où est passé son attelage ? D'où venaient-ils ? Ils n'ont pas séjourné à Carlis.

— Manifestement, ils sont venus d'autre part à pied, dit Omri.

— Et pourtant, leurs vêtements ne sont pas couverts de poussière et ne sont pas abîmés.

Omri fit le signe protecteur des cornes.

— Même si c'est discourtois, monsieur, j'aimerais beaucoup savoir quand ils comptent repartir.

— Je ne crois pas qu'il y ait de raison de les craindre, Omri. Je ne sens aucun mal en elle.

— Voilà qui est agréable à entendre, monsieur. Mais certains d'entre nous ne peuvent choisir ce qu'ils craignent. J'ai toujours été craintif. Je ne sais pas pourquoi.

Waylander posa la main sur l'épaule du vieil homme.

— Vous êtes une belle âme et un homme bon, dit-il. Vous vous intéressez aux gens et à leur bien-être. C'est rare.

Omri eut l'air embarrassé.

— J'aurais aimé être plus… disons viril. J'ai été une cruelle déception pour mon père.

— La plupart d'entre nous déçoivent leur père, dit Waylander. Si mon père avait vu ce que j'ai fait de ma vie, il se serait consumé de honte. Mais c'est sans importance. Nous vivons dans le présent, Omri. Et à présent, tu es un régisseur apprécié et respecté – voire même aimé par ceux qui sont sous tes ordres. Ça devrait te suffire.

— Peut-être. Mais vous êtes aimé et respecté par vos serviteurs. Cela vous suffit-il ?

Waylander eut un sourire triste mais ne répondit pas. Il s'éloigna et monta l'escalier de la terrasse en direction de la tour nord.

Quelques minutes plus tard, il quittait un escalier en colimaçon débouchant sur la plus grande salle de la bibliothèque. À l'origine, elle avait été prévue pour les réceptions officielles, mais comme la collection de parchemins anciens et de livres de Waylander s'agrandissait, le besoin de place s'était fait sentir. Il y avait maintenant cinq bibliothèques plus petites dans le palais même, et un musée imposant dans la tour sud. Il ouvrit la porte, entra et s'inclina devant la femme mince assise à la longue table ovale, des parchemins étalés autour d'elle. Il fut encore une fois émerveillé par sa beauté, l'or pâle de sa peau parfaite, et ses traits fins de Chiatze. Même sa tête rasée ne faisait que souligner son apparence exquise. Elle semblait presque trop frêle pour supporter le poids des lourdes robes de soie rouge et or qui paraient son corps.

— Qu'étudiez-vous, madame ? demanda Waylander.

Elle leva le regard sur lui. Ses yeux en amande n'avaient pas la couleur noisette foncée des autres Chiatzes ; ils étaient fauve doré, avec des taches bleues. Ils étaient déconcertants et semblaient fouiller les recoins de l'âme de Waylander.

— Je lisais ça, répondit-elle. (Sa main gantée effleura un parchemin ancien, sec et à moitié effacé.) D'après ce qu'on m'a dit, il s'agit d'une copie de cinquième génération des maximes d'un écrivain nommé Missael. C'était l'un des hommes les plus extraordinaires du Nouvel Ordre, après la destruction des Anciennes Races. Certaines personnes pensent que ses vers renferment des prophéties. (Elle sourit.) Mais les mots sont si vagues. Certains vers pourraient signifier n'importe quoi.

— Alors, pourquoi les étudiez-vous ?

— Pourquoi étudie-t-on de toute façon ? répliqua-t-elle. Pour une plus grande connaissance, et donc une meilleure compréhension. Missael raconte que le vieux monde a été détruit par l'envie, l'avarice, la peur et la haine. L'humanité a-t-elle tiré des leçons de cette destruction ?

— L'humanité n'a pas qu'une paire d'yeux, dit Waylander. Un million d'yeux voient trop et absorbent trop peu.

— Ah, vous êtes philosophe !

— Un très mauvais philosophe, au mieux.

— D'après vos paroles, vous semblez croire que l'humanité n'est pas capable de s'améliorer, d'évoluer et de se développer en une espèce plus délicate ?

— Les individus peuvent évoluer et changer, madame. J'en ai été témoin. Mais rassemblez-en un grand nombre et, en l'espace de quelques battements de cœur, vous obtenez une foule hurlante prête à s'adonner au meurtre et à la destruction. Non, je ne crois pas que l'humanité puisse changer.

— Vous n'avez peut-être pas tort, mais votre raisonnement laisse un goût de défaite et de désespoir. Je ne puis admettre une telle philosophie. Je vous en prie, asseyez-vous.

Il tira une chaise, la fit pivoter et s'assit.

— Le sauvetage de cette fille, Keeva, est tout à votre honneur, dit-elle de sa voix basse presque musicale.

— Au début, je ne savais pas qu'ils avaient une prisonnière, admit Waylander.

— Tout de même. Maintenant, elle a une vie – et une destinée – qui lui aurait autrement été refusée. Qui sait ce qu'elle accomplira, Waylander ?

— Je n'utilise plus ce nom, aujourd'hui. Et personne ne m'y associe au Kydor.

— Personne ne m'entendra le prononcer, promit-elle. Alors, dites-moi, pourquoi avez-vous pris les bandits en chasse ?

— Ils ont attaqué mes terres et mes gens. De quelle autre raison aurais-je eu besoin ?

— Peut-être aviez-vous besoin de vous prouver que vous êtes toujours l'homme que vous avez été. Peut-être que sous des extérieurs durs et expérimentés, vous avez compati à la douleur et à la perte des villageois et avez décidé que ces hommes mauvais ne causeraient plus jamais pareille détresse. Ou peut-être pensiez-vous à votre première épouse, Tanya, et au fait que vous n'étiez pas présent lorsque des pillards l'ont tuée, ainsi que vos enfants.

La voix de Waylander se durcit.

— Vous avez demandé à me voir, madame. Votre messager a dit que c'était assez important.

Elle soupira, puis le regarda de nouveau dans les yeux. Quand elle se remit à parler, sa voix était plus douce, son ton plein de regrets.

— Cela m'affecte, de vous avoir fait souffrir, Homme Gris. Veuillez me pardonner.

— Comprenons-nous bien, répondit-il froidement. J'essaie de garder ma douleur dans un endroit privé. Je n'y parviens pas complètement. Vous avez ouvert une fenêtre donnant sur cet endroit. J'apprécierais que vous ayez la courtoisie de ne jamais la rouvrir.

— Vous avez ma parole. (Elle resta silencieuse un moment, ses yeux dorés toujours rivés sur ceux de Waylander.) C'est parfois difficile pour moi, Homme Gris. Voyez-vous, rien ne m'est caché. Quand je rencontre quelqu'un pour la première fois, je vois tout. Sa vie, ses souvenirs, ses colères et ses souffrances ; tout cela est à nu devant moi. J'essaie de me fermer à ces milliers d'images et d'émotions, mais c'est douloureux et épuisant. Alors, pour la plupart, je les absorbe. C'est pourquoi j'évite la foule, car c'est comme me retrouver piégée sous une avalanche grondante d'émotions. Alors, permettez-moi de vous répéter que je suis désolée de vous avoir offensé. Vous avez été très bon pour moi et mes domestiques.

Waylander écarta les mains.

— C'est oublié, dit-il.

— C'est très généreux de votre part.

— Et ce sujet dont vous vouliez me parler ?

Elle détourna le regard.

— Ce n'est pas facile pour moi, commença-t-elle, car je dois une nouvelle fois vous demander pardon.

— Je vous ai déjà dit…

— Non, pas pour mes paroles d'il y a quelques minutes. En venant ici, je vous ai peut-être mis en danger. Mes domestiques et moi sommes pourchassés. Il est possible – mais improbable, je l'espère – que l'on nous retrouve. Je crois qu'il est de mon devoir de vous en parler et de vous offrir, en toute honnêteté, de quitter les lieux à l'instant même si tel est votre désir.

— Vous avez enfreint une loi chiatze ? demanda-t-il.

— Non, nous ne sommes pas des hors-la-loi. Nous cherchons la connaissance.

— Alors, qui vous pourchasse, et pour quelle raison ?

Elle le regarda enfin dans les yeux.

— Écoutez bien, Homme Gris, car je vais vous expliquer pourquoi je ne puis pas encore vous répondre. Comme je viens de vous le montrer, vos pensées et vos souvenirs me sont connus. Ils irradient de vous comme les rayons du soleil et, comme eux, ils se répandent dans tout le pays. C'est le cas de toute pensée humaine. Le monde en est submergé. Loin de ce palais, il y a des esprits sensibles à ces pensées, qui cherchent une résonance qui les mènera jusqu'à moi. Si je vous donnais le nom de ceux qui me recherchent, ils feraient partie de vos pensées. Et par le simple fait de penser à eux, vous pourriez alerter ceux qui veulent ma mort.

Waylander sourit.

— Comme je n'entends rien à la magie, passons à autre chose. Pourquoi êtes-vous venus ici ?

— En partie parce que vous y êtes, dit-elle simplement.

— Et l'autre partie ?

— C'est encore plus compliqué.

Cette fois, Waylander rit.

— Plus compliqué que des ennemis avec des pouvoirs magiques et qui peuvent lire les pensées à grande distance ? C'est une belle matinée, la brise est fraîche et le ciel est bleu. J'ai moi-même pris un bain rafraîchissant. Mon esprit est clair. Poursuivez, madame.

— Ce monde n'est pas le seul, Homme Gris.

— Je sais, il y a de nombreux pays.

— Ce n'est pas ce que je veux dire. En ce moment même, nous demeurons au Kydor. Mais il y a d'autres Kydor, un nombre infini. Et il y a un nombre infini de mondes Drenaïs. Beaucoup ont une histoire similaire, beaucoup diffèrent. Dans certains mondes, Waylander le Tueur a tué le roi drenaï et le pays a été débordé par les forces vagriannes. Dans d'autres, il a tué le roi et les Drenaïs ont gagné. Dans d'autres encore, il ne l'a pas tué et il n'y a pas eu de guerre. Vous me suivez ?

La bonne humeur de Waylander s'évapora.

— J'ai assassiné le roi. Pour de l'argent. C'était impardonnable. Mais c'est arrivé. Je ne peux rien y changer. Personne ne le peut.

— C'est arrivé *ici*, dit-elle avec douceur. Mais il y a d'autres mondes. Un nombre infini. Quelque part, en ce moment même, dans l'immensité de l'espace, une autre femme est assise en face d'un homme de grande taille. La scène est identique à celle-ci, si ce n'est peut-être que la femme porte une robe bleue plutôt qu'une robe dorée.

L'homme porte peut-être une barbe ; il est peut-être habillé différemment. Mais elle est moi, et il est vous. Et le pays dans lequel ils se trouvent se nomme Kydor.

Waylander inspira profondément.

— Il n'est pas moi. Je suis moi.

— Je suis sûre qu'il dit exactement la même chose.

— Et il a raison. Il est peut-être aussi sur le point de demander où mène cette conversation. Quelle importance, qu'il y ait deux Waylander, ou deux cents, s'ils ne peuvent jamais se rencontrer ni interagir ?

— Bonne question. J'ai vu certains de ces mondes. Dans tous, quelle que soit l'issue, l'homme nommé Waylander a un rôle à jouer.

— Pas dans ce monde-ci. Plus maintenant.

— Nous verrons. Voulez-vous que nous partions ?

— J'y réfléchirai, dit-il en se levant.

— C'est gentil à vous. Encore une petite chose…

— Oui ?

— Vous n'avez pas demandé à Keeva comment elle avait tué les pigeons qu'elle vous a préparés.

— Non, effectivement. (Il lui adressa un sourire moqueur.) J'avais d'autres choses en tête.

— Bien sûr. Elle a utilisé votre arbalète. Le premier carreau n'a pas atteint sa cible, mais ensuite elle en a tué trois sans coup férir – le dernier quand il prenait son envol.

— Impressionnant, dit-il.

— J'ai pensé que ça vous intéresserait.

Il s'arrêta sur le seuil de la porte.

— Au cours de vos recherches, avez-vous trouvé quelque chose concernant les ruines à l'ouest ?

— Pourquoi ?

— J'y suis passé, hier. Je… je n'ai pas aimé l'impression que m'a laissée cet endroit. Et pourtant, je l'ai souvent traversé. Cette fois-ci, il y avait quelque chose de différent.

— Vous vous êtes senti en danger ?

Il sourit.

— J'ai ressenti de la peur, et pourtant, je n'ai vu que de la brume.

— Je sais que les ruines ont cinq mille ans, dit-elle. Peut-être avez-vous senti l'esprit de quelqu'un qui est mort depuis longtemps. Mais si je trouve quoi que ce soit d'intéressant, je vous le ferai savoir, Homme Gris.

— Ce n'est probablement rien. Mais il faisait trop chaud pour qu'il y ait de la brume, et il m'a semblé qu'elle avançait contre le sens du vent. Si la fille n'avait pas été avec moi, je serais allé voir ce qui causait ce phénomène. Je n'aime pas les mystères.

Puis il tourna les talons et partit.

Au moment où l'Homme Gris quittait la bibliothèque, une petite porte s'ouvrit et un homme élancé et voûté se présenta devant la prêtresse. Comme elle, il avait la tête rasée. Il portait une robe de laine blanche qui lui arrivait aux chevilles, ainsi que des gants et des bottes assortis en cuir gris clair souple. Ses yeux fauves lancèrent un regard nerveux vers la porte d'entrée.

— Je ne l'aime pas, dit-il. C'est un sauvage, comme eux.

— Non, Prial. Il y a des ressemblances, mais il n'a pas leur cruauté.

— C'est un tueur.

— Oui, c'est un tueur. Et il savait que tu étais derrière la porte.

— Comment aurait-il fait ? Je me suis à peine autorisé à respirer.

— Il le savait. Il a un talent inconscient pour ce genre de choses. C'est à mon avis la raison pour laquelle il a survécu aussi longtemps.

— Et pourtant, il ne savait pas que l'un des pillards était caché dans l'arbre au-dessus de lui ?

La prêtresse sourit.

— Non. Mais il avait armé son arbalète quelques minutes plus tôt et la tenait prête quand l'homme a sauté. Comme je te l'ai dit, c'est un talent inconscient.

— Pendant un instant, j'ai cru que vous alliez le lui dire.

Elle secoua la tête.

— J'espère toujours que je n'aurai pas à le faire. Peut-être ne nous trouveront-ils pas avant que nous ayons mené notre mission à bien.

— Vous y croyez ?

— Je *veux* y croire.

— Moi aussi, Ustarte. Mais le temps presse, et nous n'avons toujours pas trouvé le moyen. J'ai épluché plus de deux cents volumes. Menias et Corvidal en ont au moins fait autant, et il en reste plus d'un millier à étudier. Vous est-il apparu que ces gens avaient oublié la vérité de Kuan-Hador ?

— Ils ne peuvent pas avoir totalement oublié, répliqua Ustarte. Même le nom du pays est resté identique. Nous avons trouvé des références à des démons et à des monstres, et aux héros qui les ont combattus. Des fragments pour la plupart, mais nous finirons par trouver un indice.

— Quand le portail va-t-il commencer à s'ouvrir ?

— C'est une question de jours plutôt que de semaines. Mais les créatures de la brume sont déjà là. L'Homme Gris a senti le mal qui les entoure.

— Alors, il va commencer à y avoir des morts, dit Prial avec tristesse.

— En effet, admit-elle. Et nous devons poursuivre nos recherches l'espoir au cœur.

— L'espoir m'abandonne, Ustarte. Combien de mondes verrons-nous tomber avant d'admettre que nous sommes trop faibles pour les sauver ?

La prêtresse soupira et se leva. Ses lourdes robes de soie bruissèrent.

— Ce monde-ci les a vaincus il y a trois mille ans. Il les a repoussés au-delà du portail. Malgré la puissance de leur sorcellerie et les alliés qu'ils avaient emmenés avec eux, ils ont été tenus en échec. Même le *kriaz-nor* ne les a pas sauvés.

Prial évita de la regarder dans les yeux.

— Pendant cinq ans, nous avons cherché en vain. À présent, nous disposons – au mieux – de quelques jours. Alors, ils enverront un *ipsissimus* qui sentira notre présence.

— Il est déjà ici, souffla-t-elle.

Prial fut pris d'un frisson.

— Vous l'avez vu ?

— Il y a un sort de couverture autour de lui. Je ne le vois pas, mais je sens son pouvoir. Il n'est pas loin.

— Alors, nous devons fuir tant que c'est possible.

— Il ne sait pas encore que nous sommes ici, Prial. Il me reste du pouvoir. Moi aussi, je sais comment masquer notre présence.

Il fit un pas vers elle, prit sa main gantée et la porta à ses lèvres.

— Je le sais, Ustarte. Mais vous ne pouvez tenir face à un *ipsissimus*. S'il ne nous a pas trouvés, c'est parce qu'il ne nous cherche pas encore. Quand ce sera le cas, il nous tuera.

Prial se mit à trembler, et la prêtresse sentit ses doigts se refermer sur sa main.

Elle l'observa attentivement ; il prit une grande inspiration tremblotante.

— Je suis calme, dit-il. Vraiment. (Puis il s'écarta d'elle, embarrassé par ce témoignage de faiblesse.) Ces vêtements m'irritent, se plaignit-il.

Il ouvrit sa robe et dégagea ses épaules. Ustarte le contourna et gratta la fourrure grise de son dos et de ses épaules.

Les yeux fauves de Prial se fermèrent et il grogna de plaisir, sa peur diminuant.

Mais elle reviendrait, Ustarte le savait.

Keeva était tendue et très énervée, quand elle atteignit les étranges appartements réservés à l'Homme Gris. Malgré les indications de Norda, elle s'était perdue deux fois dans le dédale de couloirs et d'escaliers ; elle était ressortie à un niveau inférieur et avait vu que le bâtiment qu'elle cherchait était un étage plus haut, et sur la droite. Elle monta un escalier en pierre qui coupait à travers une rocaille fleurie et arriva devant l'entrée. Elle resta sans bouger pendant un moment, surprise par la vue qui s'offrait à elle. Le bâtiment où vivait l'Homme Gris était enfoncé dans la falaise ; sa rude façade de pierre façonnée se confondait avec la roche naturelle qui l'entourait. Il était absolument invisible depuis la baie. Son apparence était sévère et peu avenante – il ne ressemblait pas à la demeure d'un homme riche.

Le malaise de Keeva s'accentua. Elle avait dit à l'Homme Gris qu'elle ne voulait pas être sa maîtresse, et moins d'un jour plus tard, il la convoquait dans ses appartements. Sa colère s'apaisa, et elle ressentit une soudaine tristesse. Pendant un petit moment, elle s'était permis de penser qu'elle pourrait être heureuse dans ce palais. Elle aimait bien Norda, et les autres filles de l'équipe étaient chaleureuses. Elles tenaient toutes Omri en haute estime, et elles travaillaient dans une atmosphère pleine de bonne humeur. *Oh bon,* pensa-t-elle, *autant oublier !* Elle s'avança et frappa à la porte.

L'Homme Gris ouvrit. Il était vêtu comme lors de leur première rencontre, avec des cuissardes sombres sur ses bottes d'équitation et une fine chemise de cuir souple. Il ne portait ni anneau, ni chaîne dorée, et ses vêtements n'arboraient ni broche ni broderies. Il lui fit signe d'entrer.

— Viens, dit-il.

Il se retourna et alla dans la salle principale. C'était une salle rectangulaire avec seulement deux chaises à l'assise recouverte de fourrure et un vieux tapis. Il n'y avait pas d'étagères ni d'armoires, et aucun ornement sur la cheminée. Des bûches étaient empilées à côté de l'âtre ; un tisonnier noirci était posé dessus. L'Homme Gris traversa la pièce et sortit par une porte à l'autre bout. Keeva le suivit, s'attendant à découvrir une chambre. La colère se remit à monter en elle.

Elle passa le pas de la porte et s'immobilisa sous l'effet de la surprise. Il ne s'agissait pas d'une chambre. Le mur de gauche faisait dix mètres de long ; il était recouvert de lambris de pin et de nombreuses armes y étaient pendues : des arcs longs, des arbalètes, des fléchettes de guerre chiatzes, des épées, des couteaux de toutes formes, certains petits, d'autres longs à double tranchant. Six lanternes étaient accrochées sur le mur de droite ; leur lumière projetait des ombres vacillantes sur un ensemble d'appareils étranges et de râteliers de bois. Des cibles avaient été disposées dans toute la pièce. Certaines étaient rondes ; d'autres, fabriquées avec de la corde, de la paille et des vieux vêtements, avaient une forme humaine.

L'Homme Gris alla jusqu'à une table et prit son arbalète. Il la chargea avec deux carreaux et la rapporta à Keeva. Puis il désigna la cible ronde à six mètres de là.

— Essaie de mettre les deux carreaux dans le mille, dit-il.

Keeva leva le bras, sa main assura sa prise sur la crosse usée et elle posa les doigts sur les deux détentes de bronze.

Comme elle s'en était aperçue en tirant sur les pigeons, l'arme était un peu déséquilibrée ; quand on appuyait sur les détentes, elle avait tendance à basculer légèrement vers l'avant. Prenant ce déséquilibre en compte, elle tira les deux carreaux. Ils traversèrent la pièce et allèrent se ficher dans le petit rond rouge au centre de la cible. L'Homme Gris ne dit rien. Il reprit l'arbalète, puis récupéra les projectiles sur la cible. Il reposa l'arbalète sur la table et ramassa deux lames de jet. Elles étaient en forme de losange, longues de près de dix centimètres ; elles étaient dépourvues de poignée mais des sillons y étaient creusés pour améliorer la prise.

— Fais bien attention. (Il lui tendit une lame.) C'est très coupant. (Elle la prit délicatement ; l'objet était plus lourd qu'il n'y paraissait.) Ce n'est pas qu'une question de vitesse et de direction, mais aussi de rotation. La lame doit atteindre sa cible la pointe la première. (Il désigna un homme de paille à proximité.) Tire là-dessus.

— Où ?

— Dans la gorge.

Elle leva la main et son bras se détendit subitement. La lame atteignit bien la cible à la gorge, mais pas du côté de la pointe ; elle rebondit et tomba par terre.

— Je vois ce que vous voulez dire. Je peux avoir l'autre ? demanda Keeva.

Il lui donna la lame. Cette fois-ci, elle se planta dans le menton de l'homme de paille.

— Mince ! jura-t-elle.

— Pas mal, dit-il. Tu as l'œil, et une excellente coordination. C'est rare.

— Chez une femme, vous voulez dire ?

— Chez n'importe qui. (Il alla extraire la lame de la cible, ramassa l'autre et revint auprès de Keeva.) Tourne le dos à la cible. (Keeva s'exécuta ; l'Homme Gris lui tendit une lame.) À mon signal, tu te retournes et tu tires... Vise la poitrine.

Il s'écarta d'elle.

— Maintenant, murmura-t-il.

Keeva pivota sur elle-même, la lame fendit l'air, rebondit sur l'épaule de la cible et frappa le mur. Des étincelles jaillirent de la pierre.

— Encore, ordonna-t-il.

Il lui donna la seconde lame. Cette dernière se planta dans la cible. Encore dans l'épaule, mais plus près de la poitrine.

— Pourquoi faisons-nous tout ça ? demanda-t-elle.

— Parce que nous en sommes capables, répondit-il avec un sourire. Tu es très talentueuse. Avec un peu de travail, tu pourrais être exceptionnelle.

— Si je voulais passer ma vie à lancer des couteaux, observa-t-elle.

— Tu m'as dit que tu n'avais pas de métier mais que tu étais prête à apprendre. Les tireurs d'élite peuvent gagner joliment leur vie dans les foires ou les jours de fête. Il n'y a pas un homme sur cent qui aurait pu tuer trois pigeons en quatre tirs avec une arme qui ne lui était pas familière. Il n'y en a pas un sur mille qui aurait pu le faire sans un entraînement rudimentaire. En bref, comme moi, tu es un phénomène. Le corps et l'esprit en harmonie. L'évaluation de la distance, l'équilibrage du poids, la puissance du lancer – tout ça requiert un jugement précis. Pour certains, il faut toute une vie pour acquérir cette capacité de jugement. Pour d'autres, il suffit de quelques instants.

— Mais j'ai raté la poitrine. Deux fois.

— Réessaie, dit-il en ramassant la lame.

Elle fit volte-face et tira droit dans la cible.

— En plein cœur, dit-il. Fais-moi confiance. Avec de l'entraînement, tu feras partie des meilleurs.

— Je ne crois pas avoir envie d'être douée avec les armes, répondit-elle. J'exècre les hommes de guerre, leurs attitudes, leur arrogance et leur cruauté sans bornes.

L'Homme Gris retira les lames de la cible, les emporta jusqu'à la table et entreprit de les nettoyer avec un chiffon doux. Il les rangea dans des fourreaux de cuir noir et se tourna vers Keeva.

— Dans le temps, j'étais fermier. Je vivais avec une femme que j'adorais. Nous avions trois enfants, un garçon de sept ans et deux bébés. Un jour, alors que j'étais parti chasser, un groupe d'hommes est venu chez moi. Ils étaient dix-neuf. Des mercenaires qui cherchaient du travail entre deux guerres. (Il se tut un moment.) J'en parle rarement, Keeva, mais aujourd'hui, tout est bien présent à mon esprit. (Il prit une grande inspiration.) Ces hommes ont attaché ma Tanya à un lit, puis – après un moment – ils l'ont tuée. Ils ont aussi tué mes enfants. Ensuite, ils sont partis.

» Je me rappelle les rires qui emplissaient l'air quand j'ai quitté la ferme, ce matin-là. Ma femme et mon fils jouaient à chat dans le pré pendant que les bébés dormaient dans leurs petits lits. À mon retour, tout était silencieux, et il y avait du sang sur les murs. Alors, moi aussi, j'exècre les hommes de guerre et leur cruauté.

Son visage était terriblement calme et ne montrait aucun signe du combat émotionnel qui faisait probablement rage sous la surface.

— C'est alors que vous êtes devenu chasseur d'hommes, dit Keeva.

L'Homme Gris ignora la question.

— Ce que je veux dire, c'est qu'il y aura toujours des hommes vils, tout comme il y aura toujours des hommes bons et pleins de compassion. Ça ne devrait pas t'influencer dans ton choix de développer ou non tes talents. Ce monde est troublé et sauvage. Cependant, il serait encore plus épouvantable si seuls les hommes mauvais prenaient le temps de maîtriser les armes.

— Votre femme connaissait-elle l'usage des armes ? demanda Keeva.

— Non. Et avant que tu poses la question, ça n'aurait fait aucune différence si elle avait été le meilleur archer du pays. Elle aurait été débordée par dix-neuf tueurs, et le résultat aurait été le même.

— Les avez-vous poursuivis, Homme Gris ? demanda-t-elle avec douceur.

— Oui. Ça a pris des années et, entre-temps, certains ont commis d'autres exactions. D'autres se sont mariés, se sont installés et ont fondé une famille à eux. Mais je les ai tous retrouvés. Jusqu'au dernier.

Soudain, la pièce fut très silencieuse et l'air très lourd. Keeva regardait l'Homme Gris : ses yeux étaient perdus dans le vague, et son visage avait une expression de tristesse infinie. À ce moment précis, elle comprit la raison d'être de ce lieu sinistre à côté du palais de marbre blanc chatoyant. L'Homme Gris n'avait pas de maison, car la maison de son cœur avait été détruite de nombreuses années auparavant. Elle jeta un coup d'œil aux cibles et aux râteliers d'armes autour d'elle. Quand ses yeux revinrent sur lui, leurs regards se croisèrent.

— Je ne veux pas apprendre ce métier, dit-elle. Je suis désolée si ça vous déçoit.

— Il y a bien longtemps que les gens ont cessé de me décevoir, Keeva Taliana, dit-il avec un sourire triste. Mais permets-moi de te poser une question : comment t'es-tu sentie quand tu as tué le capitaine des pillards ?

— Je ne veux pas en parler.

— Je comprends.

— Vraiment ? Vous êtes assassin depuis si longtemps que je me demande si vous pouvez comprendre. (Elle rougit en s'apercevant de ce qu'elle avait dit.) Je suis désolée si ça vous semble irrespectueux, Homme Gris. Ce n'est pas mon intention. Vous m'avez sauvé la vie et je vous en serai à jamais redevable. Mais je ne veux pas revivre les émotions que j'ai ressenties en tuant Camran. Ce que j'ai fait était inutile. Il était mourant. Je n'ai fait que lui infliger un surcroît de souffrance. Si je pouvais recommencer, je me contenterais de m'éloigner de lui. Ce qui me fait mal et me met en colère, c'est que pendant ces quelques battements de cœur, je me suis vautrée dans la boue de sa méchanceté. Je suis devenue lui. Vous comprenez ?

Il sourit tristement.

— J'avais déjà compris ça bien avant ta naissance, Keeva, et je respecte ce que tu viens de dire. Maintenant, tu ferais mieux de retourner à tes occupations.

Yu Yu Liang n'était pas un homme heureux. Non loin, les disputes faisaient toujours rage parmi la douzaine de survivants, et Yu Yu s'efforçait de comprendre ce qu'ils disaient. Sa compréhension de la langue des yeux-ronds était tout juste moyenne, et la plupart des mots et des phrases s'évanouissaient sans que ses oreilles puissent s'en saisir et que son cerveau puisse les traduire. Il était très concentré, car il savait que ce n'était qu'une question de temps avant que quelqu'un pointe un doigt accusateur dans sa direction.

Assis sur un rocher, l'épée qu'il avait volée sur les genoux, l'ancien terrassier faisait de son mieux pour avoir l'air silencieusement féroce – comme le guerrier qu'il prétendait être. Yu Yu n'était avec le groupe que depuis trois jours.

Dans ce court laps de temps, il avait entendu beaucoup de belles promesses de la part de feu leur chef, Rukar. Des promesses sur la vie nomade et sur les richesses qu'on pouvait tirer des marchands de passage. En fin de compte, Rukar s'était fait descendre par le *rajnee*, et Yu Yu avait couru plus vite qu'il ne l'avait jamais fait dans ses vingt-trois ans d'existence pour échapper aux épées tournoyantes des cavaliers qui les chargeaient.

À dire vrai, il ressentait une pointe de fierté à ce qu'un Chiatze les ait effrayés – un véritable *rajnee*. Pas un simulateur avec une arme volée. Yu Yu frissonna. Il fallait six ans d'entraînement avant qu'un *rajnee* puisse posséder une lame trempée de sang, et cinq années supplémentaires d'études philosophiques avant qu'il ait le droit de se battre. Mais seuls les tout meilleurs étaient autorisés à porter la robe grise et la ceinture noire qu'arborait l'homme qui avait tué Rukar. Dès que Yu Yu l'avait vu, il s'était doucement mis en retrait à l'arrière du second groupe, prêt à fuir au moment même où les cavaliers chargeraient.

En fait, Rukar était un homme mort au moment où le *rajnee* s'était approché de lui.

— Un seul petit combattant, dit un brigand, et vous fuyez tous comme des lapins.

Yu Yu comprit le mot « lapins » et sut que le moment de vérité approchait.

— Je ne t'ai pas vu t'opposer à lui, remarqua un autre homme.

— J'ai été pris dans la débandade, répondit le premier. C'était comme d'être au milieu d'un troupeau paniqué. Si je n'avais pas couru, je serais mort piétiné.

— Je croyais qu'on avait notre propre *rajnee* chiatze, dit un troisième. Par les couilles de Shem, où il était quand on avait besoin de lui ?

On y est, pensa Yu Yu avec détresse. Il tourna son visage barbu vers les douze hommes et leur lança un regard noir.

— Il m'a dépassé comme s'il avait le feu au cul, observa quelqu'un.

Des rires se firent entendre.

Yu Yu se leva lentement, son épée à deux mains lançant des reflets comme il la balançait à droite et à gauche d'une manière qu'il espérait menaçante. Il planta la lame dans le sol avec un mouvement dramatique et se dressa de toute sa taille.

— Quelqu'un pense que j'ai peur ? demanda-t-il d'une voix grave. Toi ? tonna-t-il. (Il fit un bond en avant et pointa un doigt accusateur vers l'homme le plus proche de lui, qui bascula en arrière sous l'effet de la surprise.) Ou toi ? (Personne ne parla ; en lui-même, Yu Yu poussa un soupir de soulagement.) Je suis Yu Yu Liang ! cria-t-il. Craint des rives de la rivière de Sang jusqu'aux côtes des mers de Jian. Je vous tue tous ! rugit-il.

À cet instant, il vit leurs visages passer de la surprise à la terreur absolue. C'était très satisfaisant. Soudain, l'un d'eux se leva d'un bond et courut vers le sud. Immédiatement, les autres le suivirent en laissant derrière eux leurs maigres possessions. Yu Yu rit et agita les mains.

— Lapins ! leur cria-t-il.

Il s'attendait que les hommes fuient sur une courte distance, mais ils continuèrent de courir. *Je ne peux pas être aussi terrifiant que ça*, pensa-t-il. *Ça doit être le feu qui se reflète sur les muscles de mes bras et de mes épaules.* Il baissa les yeux et serra les poings. Dix années passées à creuser avaient joliment aiguisé le haut de son corps. *La vie de guerrier n'est pas si dure, en fin de compte.* Le bluff et les bravades pouvaient faire des miracles.

Cela dit, leur réaction était pour le moins inhabituelle. Il plissa les yeux et regarda vers l'horizon pour voir s'ils revenaient.

— Je suis Yu Yu Liang, hurla-t-il d'une grosse voix.

Il se mit à rire et se retourna pour récupérer son épée.

Le petit épéiste à la robe grise se tenait là, silencieux, à la lumière du feu de camp.

Le cœur de Yu Yu s'arrêta de battre un court instant. Il fit un bond en arrière et son talon atterrit dans le feu. Il jura et sauta en avant, saisit maladroitement son épée, l'arracha du sol et l'agita d'avant en arrière en lançant un cri de guerre. Celui-ci aurait été plus impressionnant si sa voix n'avait pas déraillé dans les aigus.

Le *rajnee* restait parfaitement immobile et l'observait. Il n'avait pas tiré sa lame. Yu Yu brandit la sienne et lui lança un regard noir.

— Je suis Yu Yu Liang…, commença-t-il, cette fois-ci en chiatze.

— Oui, j'ai entendu, dit le guerrier. Es-tu gaucher ?

— Gaucher ? répéta Yu Yu, déconcerté. Non, je ne suis pas gaucher.

— Alors, tu tiens mal ton épée.

Le *rajnee* dépassa Yu Yu et regarda vers le sud.

— Allez-vous me combattre ? demanda Yu Yu.

— C'est ce que tu veux ?

— Ce n'est pas pour ça que vous êtes venu ?

— Non. Je suis venu pour voir si les bandits prévoyaient une autre attaque. Manifestement non. Où as-tu trouvé cette épée ?

— Elle est dans ma famille depuis des générations.

— Je peux la voir ?

Yu Yu était sur le point de la lui donner, mais il fit un bond en arrière, battant l'air de son arme.

— Vous voulez vous jouer de moi ? cria-t-il. Très malin !

Le *rajnee* secoua la tête.

— Je n'essaie pas de me jouer de toi, dit-il calmement. Adieu.

Il tourna les talons.

— Attendez ! appela Yu Yu. (L'homme s'arrêta et se retourna.) Je l'ai trouvée après une bataille, alors je l'ai prise. Son propriétaire s'en fichait. Il lui manquait un bon morceau de la tête.

— Tu es bien loin de chez toi, Yu Yu Liang. As-tu pour ambition d'être un brigand ?

— Non ! Je veux être un héros. Un grand combattant. Je veux me pavaner dans les marchés et entendre les gens dire : « Regarde, le voilà, c'est… »

— Oui, oui, coupa le *rajnee*. Yu Yu Liang. Eh bien, tout voyage commence par un premier pas, et tu sais déjà te pavaner. Maintenant, je te suggère de me suivre.

Sur ce, il s'éloigna.

Yu Yu rengaina son épée et jeta le baudrier sur son épaule. Puis il saisit le sac contenant ses maigres possessions et courut pour rattraper le *rajnee*.

Tout d'abord, l'homme ne s'adressa pas à Yu Yu, qui pressait le pas pour rester à sa hauteur. Au bout d'une heure de marche, le *rajnee* s'arrêta.

— Derrière ces arbres, il y a le campement de mon maître, le marchand Matze Chaï. (Yu Yu acquiesça sagement et attendit la suite.) Si quelqu'un te reconnaît, que comptes-tu dire ?

Yu Yu réfléchit un moment.

— Que je suis votre élève et que vous m'apprenez à être un grand héros.

— Es-tu stupide ?

— Non, je suis terrassier.

Le *rajnee* se tourna vers lui et soupira.

— Pourquoi es-tu venu dans ce pays ? insista-t-il.

Yu Yu haussa les épaules.

— Je ne sais pas vraiment. J'allais vers l'ouest quand j'ai trouvé l'épée, alors j'ai décidé de virer vers le nord-est.

Yu Yu ressentait un certain malaise à se placer sous le regard sombre de cet homme.

— Alors ? finit-il par dire. À quoi vous pensez ?

— Nous parlerons dans la matinée, dit Kysumu. Il y a beaucoup à dire.

— Alors, je suis votre élève ?

— Tu n'es *pas* mon élève. Si on te reconnaît, tu avoueras la vérité. Tu diras que tu n'es pas un voleur, que tu voyageais juste avec eux.

— Pourquoi je voyageais avec eux ?

— Quoi ?

— Si on me le demande.

Le *rajnee* prit une inspiration.

— Réponds que c'était pour te pavaner.

Puis il s'éloigna en direction des feux de camp.

Chapitre 4

Le premier hors-la-loi revint prudemment vers le feu de camp qui s'éteignait. Il était terrifié à l'idée que le *rajnee* en robe grise puisse être caché à proximité, prêt à jaillir pour leur arracher leur vie avec sa diabolique lame courbe. Les bandits avaient vu le corps de Rukar ouvert de l'épaule au ventre, ses entrailles qui se répandaient, et aucun d'entre eux n'avait envie de partager ce sort effroyable.

Comme le guerrier était manifestement parti, l'un des hommes rassembla du bois mort et le jeta dans le feu. Les flammes léchèrent le bois et le halo de lumière grandit.

— Qu'est-ce qui est arrivé à Yu Yu ? demanda l'un des brigands.

Tout en parlant, il cherchait des traces de lutte.

— Il a sans doute fui, répondit un autre. Il n'y a pas de sang.

Dans l'heure qui suivit, neuf hommes s'étaient rassemblés autour du feu. Trois étaient toujours cachés dans la plaine. Il faisait de plus en plus froid, et une légère brume commençait à envahir les environs, tourbillonnant comme de la fumée blanche.

— Où tu t'es caché, Kym ? demanda quelqu'un.

— Il y a des murs en ruine. J'étais allongé derrière.

— Moi aussi, dit un autre homme. Il devait y avoir un grand village, dans le coin.

— C'était une ville, dit Kym. (C'était un petit homme avec des cheveux jaunâtres et les dents proéminentes.) Je me rappelle que mon grand-père racontait des histoires sur elle, de chouettes histoires. Avec des monstres et des démons. Des trucs super. Mon frère et moi, on était au lit et on écoutait. On était terrifiés. (Il rit.) Ensuite, on n'arrivait plus à dormir, et ma mère gueulait après grand-père parce qu'il nous avait fait peur. Et puis la nuit suivante, on le suppliait de nous en dire plus.

— Bon, et alors, c'est quoi cette ville ? demanda Bragi, un homme aux épaules voûtées et aux cheveux noirs et clairsemés.

— Je crois qu'elle s'appelait Guanador. Grand-père disait qu'il y avait eu une grande guerre et que la ville entière avait été détruite.

— Et les monstres, dans tout ça ? demanda un autre homme.

Kym haussa les épaules.

— Il y avait des magiciens, avec des grands chiens noirs qui avaient des dents aiguisées en fer. Et puis des hommes-ours de plus de deux mètres, avec des griffes comme des sabres.

— Alors, pourquoi ils se sont fait battre ? demanda Bragi.

— Je ne sais pas, admit Kym. C'est qu'une histoire.

— Je déteste ce genre d'histoires, dit Bragi. C'est insensé. Et pis, qui les a battus, en plus ?

— J'en sais rien ! J'aurais mieux fait de me taire.

La brume s'épaissit et se dirigea vers le camp.

— Mince, y fait froid, s'écria Bragi.

Il ramassa une couverture et s'enveloppa avec.

— T'es toujours en train de te plaindre de quelque chose, dit un homme puissamment bâti au crâne rasé et à la barbe fourchue.

— Que la vérole t'emporte, Canja ! lança Bragi.

— Cela dit, il a raison, intervint un autre homme. Y caille sacrément. C'est ce brouillard. Il est glacé.

Les brigands se levèrent et cherchèrent du bois pour alimenter le feu. Puis ils se rassirent, enveloppés dans leurs couvertures.

— C'est pire que l'hiver, dit Kym.

Quelques instants plus tard, le froid était oublié ; un horrible cri avait retenti dans la nuit. Kym jura et tira son épée. Canja se leva d'un bond, la dague à la main, et scruta l'obscurité au-delà du feu. La brume était si épaisse qu'il n'y voyait pas à plus d'un mètre ou deux.

— Je parie que c'est ce *rajnee*, grogna-t-il. Il est toujours dans le coin.

Canja fit quelques pas dans la brume sous le regard de Kym.

Un bruit curieux se fit entendre. Les hommes se regardèrent et se levèrent précipitamment.

— Bon sang, qu'est-ce que c'était ? murmura l'un d'eux.

On aurait dit que quelque chose raclait le sol rocheux juste derrière le rideau de brume.

Le brouillard était encore plus épais. Il s'enroula autour du feu en le faisant siffler et crépiter. Puis retentit un bruit dégoûtant suivi d'un grognement. Kym se retourna et vit Canja reculer vers le feu en titubant. Du sang s'écoulait d'un trou béant dans sa poitrine. Il avait la bouche ouverte, mais aucun son n'en sortait. Une chose blanche s'enroula autour de sa tête et l'arracha à son corps. Bragi tourna les talons et courut sur quelques pas dans la direction opposée. Une gigantesque forme blanche émergea de la brume et un bras griffu s'abattit. Le visage de Bragi disparut dans une gerbe écarlate. Des serres déchirèrent son corps et le lancèrent très haut.

Kym hurla, recula vers le feu, prit un tison et l'agita devant lui.

— Va-t'en ! cria-t-il. Va-t'en !

Quelque chose de froid s'enroula autour de sa cheville. Il baissa les yeux et vit un serpent blanc qui glissait sur sa botte. Il fit un pas en arrière et posa le pied dans le feu. Les flammes léchèrent ses cuissardes. La douleur fut terrible mais ne l'empêcha pas de voir les énormes formes blanchâtres qui s'approchaient dans la brume de tous les côtés.

Kym lâcha le tison, sortit sa dague et plaça la pointe contre sa gorge. Il ferma les yeux et enfonça la lame dans sa jugulaire.

Quelque chose le frappa dans le dos, et il tomba hors du feu. S'étouffant avec son propre sang, il sentit des dents aiguisées lui déchirer le flanc.

La brume se referma sur lui.

Kysumu était assis en tailleur sur le sol, le dos appuyé contre un arbre. Il ne dormait pas mais était plongé dans une transe méditative qui servait à revitaliser ses muscles fatigués. La transe avait mis de longues minutes à s'installer, car les ronflements incessants de Yu Yu Liang, allongé à côté de lui, étaient particulièrement irritants, comme le bourdonnement d'un insecte qui vous vole autour du visage par un jour d'été.

Grâce à ses années d'entraînement, Kysumu était finalement parvenu à faire calmement abstraction de la présence de Yu Yu. Quand il eut réussi à se concentrer, il pensa au vide et s'accrocha à l'unique image d'une fleur bleue, vive et éthérée sur la toile de fond noire de l'espace infini et sans étoiles. Lentement – très lentement – il récita le Mantra des *rajnees*. Treize mots assemblés en un court poème.

À la fois
Océan et étoile
Les ailes de guingois
Pourtant je vole.

À chaque vers, Kysumu était un peu plus calme, son esprit plus détendu ; il sentait le sang battre dans ses veines et la tension quitter son corps. En s'entraînant ainsi une heure par jour, Kysumu n'avait pratiquement plus besoin de dormir.

Pourtant, cette nuit-là, quelque chose troublait sa transe. Il ne s'agissait pas de Yu Yu, ni même de la température qui chutait. Kysumu était habitué aux chaleurs et aux froids extrêmes. Il s'efforça de maintenir sa transe, mais elle s'estompa. Il redevint conscient de l'épée posée sur ses genoux. Elle semblait vibrer doucement sous ses doigts.

Ses yeux sombres s'ouvrirent soudain. Il balaya le camp du regard. La nuit s'était refroidie et une brume épaisse s'insinuait entre les arbres. Un cheval hennit de peur. Kysumu prit une inspiration et baissa les yeux sur son épée. La garde de bronze ovale luisait. Le *rajnee* posa sa main fine sur la poignée gainée de cuir et sortit l'arme de son fourreau noir laqué. La lame brillait d'une lumière bleue si vive qu'elle lui faisait mal aux yeux. Il se leva et vit que l'épée volée par Yu Yu Liang brillait elle aussi.

Soudain, une sentinelle hurla. Kysumu jeta son fourreau de côté et traversa le camp en courant. Il tourna derrière le chariot de provisions. Il n'y avait personne. Mais la brume prenait de l'ampleur, et Kysumu entendit un craquement qui en provenait. Il s'accroupit et examina le sol. Ses doigts touchèrent quelque chose de mouillé. À la lumière de l'épée, il vit que c'était du sang.

— Alerte ! cria-t-il. Alerte !

Quelque chose bougea derrière le mur de brouillard. Kysumu entrevit une colossale silhouette blanche qui disparut aussitôt. La brume s'avança jusqu'à ses jambes. Un froid glacé toucha sa peau. Instinctivement, Kysumu fit un bond en arrière. Il donna un coup d'épée vers le bas. Lorsqu'elle toucha la brume, un éclair bleu fendit l'air en crépitant. Un grognement profond et furieux retentit à proximité. Kysumu s'élança en avant et plongea son épée dans la brume. Il y eut un nouvel éclair bleu, et un coup de tonnerre résonna dans le camp.

Un autre garde poussa un cri, quelque part sur la gauche. Kysumu jeta un coup d'œil derrière lui et vit Yu Yu Liang donner des coups d'épée dans la brume, des éclairs s'échappant de sa lame. Le garde était au sol, près des arbres. Une chose blanche était enroulée autour de son pied et le tirait hors du camp. Kysumu traversa la clairière au pas de course. Le garde hurlait à pleins poumons. Quand Kysumu arriva à sa hauteur, il vit que ce qui semblait être la queue d'un grand ver blanc était enroulé autour de la cheville de l'homme. Il donna un coup d'épée, entaillant profondément la chair albinos. Yu Yu Liang apparut à côté de lui. Il poussa un cri aigu et planta sa lame dans le ver. La créature relâcha le garde qui s'efforça de retourner vers la relative sécurité du camp. Le ver disparut dans la brume.

Yu Yu lança un cri de guerre et s'élança à sa poursuite. Le bras gauche de Kysumu se détendit et il rattrapa le jeune homme par le col de son pourpoint en peau de loup. Il le tira vers l'arrière. Les jambes de Yu Yu Liang quittèrent le sol et il tomba lourdement.

— Reste avec moi, dit calmement Kysumu.

— Vous auriez pu simplement me le demander ! grogna Yu Yu.

Il frottait furieusement son derrière meurtri.

Kysumu recula au milieu du camp. Les gardes et les porteurs s'y étaient tous rassemblés, observant craintivement la brume et écoutant en silence mais avec horreur les cliquetis et grattements bizarres qui s'en échappaient.

La brume se mit à tourbillonner vers le haut. Kysumu donna un coup d'épée. Il y eut un éclair bleu, et un étrange cri de douleur se fit entendre.

Yu Yu vint à côté de Kysumu. Tout en faisant des moulinets avec son épée, il demanda :

— Qu'est-ce que c'est ?

Kysumu l'ignora. Deux chevaux hennirent et tombèrent.

— Reste ici ! dit Kysumu. Tiens la brume à distance !

Il se tourna et traversa la clairière. Le mur de brouillard s'ouvrit sur son chemin. Il y eut un mouvement sur sa gauche. Kysumu plongea à droite, fit une roulade et se releva dans un même mouvement. Un long bras griffu s'abattit dans la direction de son visage. Kysumu l'esquiva et le transperça de sa lame brillante. Un cri de douleur retentit et – l'espace d'un battement de cœur – le guerrier entrevit un visage terrifiant, avec de grands yeux rouges protubérants et de malfaisants crocs recourbés. Puis la créature disparut dans la fumée.

Le ciel commença à s'éclaircir ; la brume se retira vers les arbres.

Quelques instants plus tard, le soleil brillait sur les montagnes et la clairière avait retrouvé son calme. Deux chevaux étaient morts éventrés. Aucune trace de la sentinelle disparue.

Sous la lumière du soleil, l'épée de Kysumu perdit son éclat bleuté et retrouva sa couleur argentée.

À ses pieds, le bras griffu se tortillait toujours. Puis, lorsque le soleil le toucha, sa peau se boursoufla et noircit, puis finit par se détacher de ses os gris. De la fumée s'échappa du membre ; sa puanteur emplit l'air.

Kysumu retraversa la clairière, en marchant, cette fois. Yu Yu Liang le rejoignit.

— Peu importe ce que c'était, ça ne faisait pas le poids face à deux *rajnees*, dit-il joyeusement.

Matze Chaï souleva le rabat de sa tente et sortit.

— Que signifie tout ce bruit ? demanda-t-il.

— Nous avons été attaqués, répondit calmement Kysumu. Un homme est mort, et nous avons perdu deux chevaux.

— Une attaque ? Les voleurs sont revenus ?

— Non, pas des voleurs, dit Kysumu. Je crois que nous devrions partir d'ici. Et vite.

— Comme tu veux, *rajnee*. (Matze Chaï se pencha en avant et dévisagea Yu Yu.) Et qui est... cette personne ?

— Je suis Yu Yu Liang. Et j'ai aidé à combattre les démons. (Il leva son épée et bomba le torse.) Quand les démons sont arrivés, nous nous sommes élancés et avons donné..., commença-t-il sur un ton excité.

— Stop ! dit Matze Chaï. (Il leva sa main filiforme et Yu Yu se tut aussitôt.) Tiens-toi tranquille et ne dis rien. (Puis il se tourna vers Kysumu.) Toi et moi, nous poursuivrons cette conversation dans mon palanquin, en chemin.

Il lança un regard noir à Yu Yu et retourna sous sa tente. Kysumu s'éloigna.

Yu Yu courut après lui.

— Je ne savais pas que ces épées pouvaient briller comme ça.

— Moi non plus.

— Oh ! Je pensais que vous pourriez me l'expliquer. On fait une bonne équipe, hein ?

Kysumu se demanda un instant s'il avait commis un grand péché dans une vie antérieure, et si Yu Yu était sa punition. Il leva les yeux sur le visage barbu du jeune homme, puis s'éloigna sans un mot.

— Bonne équipe, ajouta Yu Yu.

Kysumu retraversa le camp. Il ne restait plus rien du bras coupé, mais, à l'orée du bois, il tomba sur de nombreuses traces de pattes griffues à trois doigts. Liu, le jeune capitaine des gardes, s'approcha de lui. Son regard était effrayé, et il jetait des coups d'œil inquiets en direction des arbres.

— J'ai entendu votre élève dire qu'il s'agissait de démons.

— Ce n'est pas mon élève.

— Ah, je vous prie de me pardonner, monsieur ! Mais vous croyez que c'étaient des démons ?

— Je n'ai encore jamais vu de démons, répondit doucement le *rajnee*. Mais nous pourrons en reparler quand nous serons en route et loin de ces bois.

— Oui, monsieur. Quoi qu'il en soit, nous avons eu de la chance que votre… votre ami ait été là pour nous aider avec son épée brillante.

— Ce n'est pas mon ami, dit Kysumu. Mais effectivement, c'était une chance.

Matze Chaï était assis dans son palanquin. Les rideaux étaient tirés.

— Crois-tu qu'il s'agissait de démons ? demanda-t-il au petit guerrier.

— Je ne vois pas d'autre possibilité. J'ai coupé le bras de l'un d'eux, et il a brûlé au soleil comme dans un fourneau.

— Je n'ai jamais entendu dire qu'il y avait des démons dans cette partie du monde, mais bon, ma connaissance du Kydor est limitée. Mon client ne m'a pas parlé de ça, quand il m'a invité.

Matze Chaï se tut. Il avait lui-même eu recours à un sorcier, jadis, pour invoquer un démon et tuer un rival en affaires. On avait retrouvé ce dernier le lendemain matin ; le cœur arraché. Matze Chaï n'avait jamais vraiment su si son décès était surnaturel ou si le sorcier avait en fait loué les services d'un tueur. On avait empalé le sorcier deux ans plus tard, car il avait participé à une tentative de coup d'État contre l'empereur du Gothir. On racontait qu'un démon cornu était apparu dans le palais et avait tué plusieurs gardes. Matze Chaï se demanda si l'un de ses nombreux ennemis avait payé un magicien pour envoyer les créatures de la brume le tuer. Il écarta presque immédiatement cette idée. La sentinelle était morte à l'autre bout du camp, tout comme les chevaux. Un sort visant Matze Chaï aurait sûrement été jeté directement sur sa tente. Il s'agissait donc d'un accident fortuit, mais il était pour le moins dérangeant.

— Liu m'a dit que ton épée luisait comme le plus brillant des clairs de lune, reprit Matze Chaï. Je n'avais jamais entendu parler de ça. Les épées des *rajnees* sont-elles magiques ?

— Je ne le pensais pas.

— Vois-tu une explication ?

— Les rituels des *rajnees* sont anciens. Chaque épée est bénie par cent quarante-quatre incantations. Le minerai de fer est béni avant d'être fondu, l'acier est béni, le prêtre armurier le trempe dans son propre sang après trois jours de jeûne et de prière. Enfin, on dépose l'épée sur l'autel du temple à Ri-ashon, et tous les moines se rassemblent dans ce lieu très saint pour baptiser l'épée et donner la bénédiction finale. Les épées des *rajnees* sont uniques. Plus personne ne connaît l'origine de la majeure partie de ces incantations ; certaines sont dites dans une langue inconnue, même des prêtres qui les récitent.

Matze Chaï avait écouté Kysumu sans rien dire. Il n'avait jamais entendu le guerrier – habituellement si laconique – parler si longuement.

— Je ne suis pas un expert de la chose militaire, commenta-t-il, mais je pense qu'à l'origine, les épées des *rajnees* ont été créées dans un autre but qu'affronter de simples épéistes. Sinon, pourquoi auraient-elles de telles propriétés surnaturelles à proximité des démons ?

— Je suis d'accord, dit Kysumu. Je dois méditer sur cette question.

— En attendant, peux-tu m'expliquer l'apparition du balourd vociférant qui se promène dans cette peau de loup malodorante ?

— C'est un terrassier, répondit le *rajnee.*

Son visage était impassible.

— Nous avons eu besoin de l'aide d'un terrassier ?

Kysumu acquiesça.

— Avec une épée *rajnee* volée.

Matze Chaï dévisagea le garde du corps.

— Où l'as-tu déniché ?

— C'est l'un des brigands qui nous ont attaqués. Je suis allé dans leur camp. Les autres ont fui, mais, lui, il est resté.

— Pourquoi ne l'as-tu pas tué ?

— À cause de l'épée.

— Tu en as eu peur ? demanda Matze Chaï.

Sa surprise lui avait momentanément fait oublier les bonnes manières.

Kysumu ne sembla pas troublé par cette remarque.

— Non, je n'en ai pas eu peur. Quand un *rajnee* meurt, son épée meurt avec lui. Elle se met à trembler, se fendille, et la lame se casse. L'épée est liée à l'âme de son propriétaire et ils passent ensemble dans l'autre monde.

— Alors, peut-être qu'il l'a volée à un *rajnee* qui n'est pas mort et qui la cherche.

— Non. Il ne mentait pas quand il a dit qu'il l'avait prise à un cadavre. Je l'aurais su. Je crois que l'épée l'a choisi.

Elle l'a aussi conduit dans ce pays et, en fin de compte, jusqu'à notre campement.

— Crois-tu que ces épées soient douées d'initiative ?

— Je ne peux pas vous l'expliquer, Matze Chaï. J'ai dû étudier cinq ans avant de commencer à comprendre ce concept. Laissez-moi donc vous dire ceci en guise d'explication : depuis notre rencontre, vous vous demandez pourquoi j'ai accepté cette mission. Vous êtes venu me voir parce qu'on vous avait dit que j'étais le meilleur. Mais vous ne vous attendiez pas que j'accepte de voyager hors des terres chiatzes. N'est-ce pas ?

— En effet, acquiesça Matze Chaï.

— J'avais de nombreuses propositions à étudier. Comme on me l'a appris, je suis allé m'asseoir dans le lieu sacré pour méditer avec mon épée sur les genoux, afin de demander au Très-Haut de me guider. Une fois mon esprit purgé de tout désir égoïste, j'ai considéré les différentes offres qui m'étaient faites. Quand j'en suis arrivé à la vôtre, j'ai senti mon épée chauffer. C'est alors que j'ai compris que je devais partir pour le Kydor.

— L'épée se languit-elle du péril ? demanda Matze Chaï.

— Peut-être. Mais je pense qu'elle montre juste au *rajnee* le chemin qui mène à la volonté du Très-Haut.

— Et ces chemins te mènent invariablement vers le mal ?

— Oui.

— Cette pensée n'est pas très réconfortante, conclut Matze Chaï.

Il décida qu'il ne désirait pas davantage d'explications. Il n'aimait pas l'excitation, et cette équipée avait déjà connu trop d'incidents. À présent, il lui semblait que la seule présence de Kysumu garantissait qu'ils connaîtraient d'autres aventures.

Chassant les histoires de démons et d'épées de son esprit, il ferma les yeux et imagina son jardin, avec ses arbres en fleur et leurs senteurs merveilleuses. Cette pensée le calma.

Un bruit rauque retentit à l'extérieur du palanquin. Le terrassier chantait bruyamment, d'une horrible voix discordante. Les yeux de Matze Chaï s'ouvrirent subitement. La chanson était écrite dans un dialecte rugueux du nord du Chiatze et portait sur les atouts physiques et les poils surnaturels d'une jeune fille de joie. Matze Chaï commençait à avoir mal derrière l'œil gauche.

Kysumu fit sonner la clochette et le palanquin s'arrêta en douceur. Le *rajnee* ouvrit la porte et sauta à terre avec grâce. Le chant cessa.

Matze Chaï entendit le balourd vociférant dire :

— Mais le couplet suivant était encore plus drôle.

Lalitia n'était pas femme à se laisser surprendre. Elle avait appris tout ce qu'il y avait à savoir sur les hommes avant ses quatorze ans, et avait perdu sa capacité à être surprise bien avant. Orpheline, forcée de se débrouiller par ses propres moyens dans les rues de la capitale dès l'âge de huit ans, elle avait appris à voler, à mendier, à courir et à se cacher. Comme elle dormait sur le sable à l'abri du débarcadère, il lui était arrivé d'observer, blottie dans l'obscurité, les meurtriers qui traînaient leurs victimes jusqu'au bord de la mer, les saignaient et les jetaient à l'eau. Elle avait écouté les prostituées bon marché de la taverne faire leur métier et pratiquer le coït avec leurs clients à l'abri du clair de lune. Bien souvent, elle n'était pas loin quand les officiers de la garde venaient récupérer leurs pots-de-vin auprès des filles de la taverne avant de se relayer pour s'amuser gratuitement avec elles.

La fillette rousse avait vite appris. À douze ans, elle était à la tête d'un gang de détrousseurs juvéniles opérant sur la place du marché ; ils donnaient un dixième de leur butin à la garde pour être sûr de ne pas se faire prendre.

Pendant deux ans, Lalitia – ou plutôt Rouquine Maligne, comme on l'appelait à l'époque – avait amassé sa part, cachant les pièces là où personne ne pourrait les trouver. Elle passait son temps libre accroupie dans les allées à observer les riches qui mangeaient dans les meilleures tavernes, notant la manière de bouger et de parler des dames du monde, la grâce langoureuse dont elles faisaient montre, le léger air d'ennui qu'elles prenaient lorsqu'elles étaient en compagnie d'un homme. Elles avaient toujours le dos droit, se mouvaient lentement, mais avec fluidité et assurance. Leur peau était crémeuse, jamais roussie par le soleil – car il ne les touchait jamais. En été, elles portaient des chapeaux à large bord avec des voiles vaporeux. Rouquine Maligne observait, absorbait leurs mouvements, les rangeait dans les recoins de sa mémoire.

À quatorze ans, la chance avait tourné. Alors qu'elle fuyait après avoir proprement détroussé un marchand, elle glissa sur un fruit pourri et tomba violemment sur les pavés. Le marchand l'avait retenue jusqu'à l'arrivée de la garde, qui l'avait emmenée.

— Impossible de t'aider, cette fois-ci, Rouquine, avait dit l'un d'eux. Tu viens de détrousser Vanis, et c'est quelqu'un d'important.

Le juge l'avait condamnée à douze ans de prison. Elle en passa trois dans un donjon infesté de rats, puis fut convoquée dans le bureau du capitaine des gardes, un jeune officier du nom d'Aric. Il était mince et avait le regard froid ; il était même beau, mais d'une manière vaguement dissolue.

— Je t'ai vue passer près du mur extérieur, ce matin, dit-il à la jeune fille de dix-sept ans. Tu n'as pas l'air d'une paysanne.

Rouquine Maligne avait utilisé son heure de promenade pour s'entraîner aux mouvements qu'elle avait observés chez les femmes du monde. Elle ne répondit pas au capitaine.

— Approche, que je te regarde, dit-il. (Elle s'avança ; il se rapprocha – puis recula.) Tu as des poux.

— Oui, dit-elle d'une voix rauque. Et des puces. Je crois qu'il y a un problème avec ma salle de bains. Peut-être pourriez-vous envoyer un serviteur la réparer.

Il lui adressa un sourire sardonique.

— Mais bien sûr, madame. Vous auriez dû me le faire savoir plus tôt.

— J'aurais bien voulu. (Elle prit une pose langoureuse.) Mais je suis tellement occupée.

Aric convoqua les gardes et la renvoya dans sa cellule. Une heure plus tard, deux soldats vinrent la récupérer. On l'escorta à travers la prison jusqu'à une salle de bains. Une baignoire en bronze remplie d'eau parfumée l'attendait, ainsi que deux prisonnières. Les gardes lui ordonnèrent de se déshabiller ; elle enleva sa robe dégoûtante et entra dans la baignoire. L'une des femmes versa de l'eau chaude sur ses cheveux gras, puis les frotta avec un savon à l'odeur merveilleuse. L'autre femme lui lava le corps. La sensation était exquise. Rouquine Maligne ferma les yeux. La tension quitta ses muscles.

Quand le bain fut terminé, et ses cheveux séchés, peignés et tressés, on l'habilla d'une robe de satin vert délavé.

La plus grande des deux femmes s'était penchée vers elle et avait murmuré :

— Ne t'habitue pas trop à ce traitement, ma belle. Aucune de ses filles ne dure plus d'une semaine. Il se lasse vite.

Rouquine Maligne dura un an. À dix-huit ans, elle fut graciée. Au début, Aric s'était amusé avec elle ; puis il avait entrepris de lui expliquer les secrets les plus ésotériques du comportement des riches. Elle avait durement gagné sa grâce, car les désirs charnels d'Aric étaient variés, et parfois douloureux. Rouquine Maligne accepta de servir de jouet aux hommes qu'Aric désirait impressionner, aux rivaux qu'il souhaitait exploiter, ou aux ennemis qu'il voulait détruire. Au cours des années qui suivirent, Lalitia – le nom sous lequel Rouquine Maligne était désormais connue – comprit que les hommes n'étaient que trop avides de révéler leurs secrets. Apparemment, l'excitation déliait les langues en même temps qu'elle ramollissait les cerveaux. Des hommes brillants devenaient de vrais enfants désireux de la contenter. Ils répandaient leurs secrets cachés depuis longtemps en essayant de l'impressionner avec leur intelligence. Quels idiots, ces hommes !

À sa manière, Aric avait été bon avec elle, car il l'autorisait à garder les présents de ses amants. En quelques années, Lalitia était presque riche. Aric lui donna même sa bénédiction lorsqu'elle épousa Kendar, le vieux marchand. Il mourut dans l'année qui suivit. Lalitia était ravie. À présent, la vie à laquelle elle avait toujours aspiré était à sa portée. La fortune de Kendar aurait dû être suffisante pour deux vies ; malheureusement, elle était fictive. À sa mort, il avait accumulé les dettes et, une fois encore, Lalitia dut vivre de son intelligence et de ses charmes.

Son second mari lui fit la mauvaise grâce de ne pas mourir, bien qu'il ait eu plus de soixante-dix ans au moment de leur mariage. Elle dut prendre des mesures drastiques. L'idée de l'empoisonner lui traversa l'esprit, mais elle l'abandonna. C'était un homme assez agréable, voire gentil. Lalitia épiça donc sa nourriture avec des herbes puissamment aphrodisiaques dont elle avait fait l'acquisition à grands frais. Quand il expira, le chirurgien qui vint prononcer sa mort ne put s'empêcher de remarquer qu'il n'avait jamais vu de cadavre plus heureux.

Lalitia était enfin vraiment riche.

Et elle entreprit de devenir pauvre à une vitesse qui défiait l'entendement. Elle commença par faire une série d'investissements dans la terre ; elle pensait que sa valeur allait se multiplier. Elle tomba en flèche. Un jour, son couturier lui adressa un message disant qu'il ne lui enverrait plus de robes si elle ne payait pas ses factures en souffrance. Lalitia fut abasourdie lorsqu'elle découvrit qu'elle n'avait plus assez d'argent pour payer sa dette.

Elle avait contacté Aric, qui avait encore une fois utilisé ses services.

À présent, à trente-cinq ans, elle avait des fonds, une belle maison à Carlis, et un amant si riche qu'il pourrait acheter tout le Kydor sans que sa fortune en souffre.

Appuyée sur l'oreiller de satin, elle regarda l'homme grand et solidement charpenté qui se tenait à côté de la fenêtre.

— Vous ai-je remercié pour le pendentif en diamant, Homme Gris ? demanda-t-elle.

— Je crois bien, répondit-il. Avec beaucoup d'éloquence. Alors, dites-moi, pourquoi ne voulez-vous pas assister à mon banquet ?

— Je ne me sens pas très bien depuis quelques jours. Je pense qu'il vaudrait mieux que je me repose.

— Vous vous sentiez bien, il y a quelques instants, remarqua-t-il sèchement.

— C'est parce que vous êtes un amant exquis. Où avez-vous acquis de telles compétences ?

Il ne répondit pas, mais se remit à regarder par la fenêtre. Les compliments glissaient sur lui comme l'eau sur l'ardoise.

— M'aimez-vous ? demanda-t-elle. Ne serait-ce qu'un peu ?

— Je vous adore.

— Alors, pourquoi ne me dites-vous jamais rien sur vous-même ? Voilà deux ans que vous venez me voir, et je ne connais même pas votre vrai nom.

Il tourna son regard sombre vers elle.

— Moi non plus, je ne connais pas votre vrai nom, dit-il. C'est sans importance. Je dois partir.

— Faites attention, dit-elle soudain.

Elle s'était surprise elle-même.

Il la dévisagea et demanda :

— À quoi ?

Elle était nerveuse.

— On entend dire des choses en ville… Vous avez des ennemis, conclut-elle misérablement.

— Vanis le marchand ? Oui, je sais.

— Il pourrait… embaucher des hommes pour vous tuer.

— Vraiment. Êtes-vous sûre de ne pas vouloir être présente à mon banquet ?

Elle acquiesça. Comme toujours, il traversa la pièce sans un mot d'adieu. La porte se referma derrière lui.

Idiote ! Idiote ! Idiote ! pesta-t-elle contre elle-même. Aric lui avait dit que Vanis préparait un assassinat. Son créancier mort, Vanis éviterait la faillite. Aric l'avait avertie : elle ne devait pas parler.

— Ça devrait être une soirée surprenante, avait-il dit. Le riche paysan massacré dans son propre palais. Un événement mémorable, à mon avis.

Au début, cela avait ennuyé Lalitia, car les cadeaux allaient cesser ; mais elle savait qu'au bout de deux ans, il n'y avait aucun espoir qu'il la demande en mariage. Et elle savait déjà qu'il voyait une autre courtisane du sud de la ville. Bientôt, il ne viendrait plus la voir. Mais à mesure que le jour passait, elle ne pouvait s'empêcher de penser à la mort de l'Homme Gris.

Aric avait toujours été bon avec elle, mais elle savait que si elle le trahissait, il n'hésiterait pas à la faire tuer. Et pourtant, elle avait presque couru le risque. Elle avait failli dire à l'Homme Gris que les tueurs l'attendaient.

— Je ne l'aime pas, dit-elle à voix haute.

Lalitia n'avait jamais aimé personne. Elle se demanda pourquoi elle voulait le sauver. En partie parce qu'il n'avait jamais cherché à la posséder. Il payait pour avoir du plaisir, mais n'était jamais cruel ni méprisant, ne la jugeait pas et n'était pas dominateur. Il ne remettait pas sa mauvaise vie en question et ne lui donnait aucun conseil.

Elle se leva du lit et alla, nue, jusqu'à la fenêtre devant laquelle il se trouvait quelques instants plus tôt. Elle le regarda passer les portes sur son hongre à la robe sombre, et le poids de la tristesse s'abattit sur elle.

Aric l'appelait « le riche paysan », mais il n'avait rien d'un paysan. Il irradiait la puissance. Cet homme avait une destinée. Il y avait quelque chose d'élémentaire, en lui, quelque chose d'inflexible.

Lalitia sourit.

— Je ne crois pas qu'ils vont te tuer, Homme Gris, murmura-t-elle.

Ces mots la rassérénérent. Elle en fut étonnée.

La vie, semblait-il, pouvait encore la surprendre.

Keeva n'avait jamais assisté à une « noble assemblée », même si dans son enfance, elle avait vu passer les calèches raffinées des riches et avait entraperçu les dames vêtues de satin et de soie qui se rendaient à ce genre de manifestations. Elle se tenait près du mur ouest de la Grande Salle avec dans les mains un plateau d'argent couvert de pâtisseries fines fourrées au fromage ou à la viande épicée. Elle faisait partie des quarante serviteurs qui se déplaçaient parmi les deux cents invités de l'Homme Gris.

Keeva n'avait jamais vu autant de satin et de joyaux : il y avait abondance de bracelets dorés incrustés de pierres précieuses, de boucles d'oreilles qui chatoyaient sous la lumière de cent lanternes, de robes et de tuniques brodées de perles et à liserés d'argent, de tiares brillantes, et même de chaussures ornées de rubis, d'émeraudes et de diamants.

Un jeune noble et sa compagne s'arrêtèrent devant elle. L'homme portait une courte cape bordée de zibeline par-dessus une veste en brocart rouge. Il prit une pâtisserie.

— Elles sont merveilleuses. Vous devriez les goûter, ma chère.

— Je vais goûter la vôtre, répondit la femme.

Sa robe de satin blanc bruissa quand elle s'approcha de son amant. Il lui sourit et mit un petit morceau de gâteau entre ses propres dents. Elle rit, se pencha et mordit dedans. Consciente qu'ils ne la voyaient même pas, Keeva resta impassible. C'était une sensation étrange. Leurs yeux ne croisèrent pas les siens une seule fois, et ils retournèrent se fondre dans la foule sans avoir remarqué sa présence. Les invités passaient devant elle ; certains s'arrêtaient pour prendre une pâtisserie, d'autres poursuivaient leur chemin pour se rendre sur la piste de danse. Quand son plateau fut vide, Keeva longea le mur, tourna l'angle et descendit le petit escalier qui menait aux cuisines, où se trouvait Norda. Cette dernière remplissait des coupes de vin fin.

— Quand arrive l'Homme Gris ? demanda Keeva.

— Plus tard, dit Norda.

— Mais c'est son banquet.

— Il est déjà là. As-tu remarqué le flot continu des invités qui traversent et se rendent dans la Petite Salle ?

Keeva l'avait effectivement remarqué, mais cela ne l'avait pas interpellée. Emrin, le jeune sergent, était posté à la porte du fond, et Keeva ne voulait pas qu'il la voie regarder dans sa direction. Elle souhaitait ne pas lui donner de raison de continuer à la poursuivre de ses assiduités.

— La plupart des nobles et des marchands présents ce soir vont chercher à obtenir une faveur du Gentilhomme, reprit Norda. Donc il passe les trois premières heures assis dans la salle Noisette à les recevoir. Omri est avec lui ; il note les requêtes.

— Il y a tellement de gens qui lui demandent des faveurs, commenta Keeva. Il doit être très aimé.

Norda laissa échapper un rire retentissant.

— Idiote, dit-elle.

Elle emporta son plateau et partit vers l'escalier.

Keeva était déconcertée ; elle regarda les autres filles autour d'elle et en vit certaines qui souriaient. Bien qu'elle ne sût pas pourquoi, elle en ressentit de l'embarras. Elle garnit son plateau et retourna dans la Grande Salle.

Un orchestre de vingt musiciens était en train de jouer une musique rapide et gaie. Les danseurs tourbillonnaient sur le sol ciré. Il faisait chaud, mais les larges portes donnant sur la terrasse étaient ouvertes et une fraîche brise maritime venait renouveler l'air de la pièce.

Pendant encore une heure, les gens continuèrent à danser et le son de la musique et des rires emplit la Grande Salle. Keeva commençait à avoir des crampes aux bras à force de porter son plateau. Il n'y avait plus grand monde qui mangeait. Norda longea discrètement le mur pour la rejoindre.

— Il est temps de remplacer tes pâtisseries par des rafraîchissements, dit-elle.

Keeva la suivit en cuisine.

— Pourquoi tu m'as traitée d'idiote ? demanda-t-elle.

La jeune femme blonde commença à verser du vin dans les verres en cristal.

— Il n'est pas aimé, répondit Norda. Ils le détestent tous.

— Mais pourquoi, s'il leur accorde des faveurs ?

— C'est justement pour ça. Tu ne connais donc rien à la noblesse ?

— Apparemment pas.

Norda fit une pause dans son travail.

— C'est un étranger et il est immensément riche. Ils l'envient, et l'envie conduit toujours à la haine. Peu importe ce qu'il fera, ils le détesteront toujours. L'année dernière, quand il y a eu une baisse des récoltes, le Gentilhomme a envoyé deux cents tonnes de grains et les a fait distribuer aux affamés. Une bien belle action, n'est-ce pas ?

— Bien sûr.

— Eh bien, cet acte généreux a empêché le prix du grain de monter et a réduit les profits que les nobles et les marchands auraient pu en tirer. Crois-tu qu'ils ont envie de le remercier ? (Norda sourit.) Tu vas apprendre, Keeva. Les nobles, c'est une race différente. (Son sourire s'effaça et son regard se fit froid et furieux.) Je ne pisserais même pas sur l'un d'eux s'il était en feu.

— Je n'en connais pas, dit Keeva.

— Et c'est mieux comme ça. (La voix de Norda s'était radoucie.) Ils ne nous apportent que le malheur, à nous autres. Allez, on ferait mieux d'y retourner.

Keeva remonta dans la Grande Salle avec un plateau de boissons. Elle commença à traverser la foule. Les musiciens faisaient une pause pour boire un rafraîchissement, et la plupart des nobles s'étaient rassemblés par petits groupes. Ils discutaient et riaient ; l'ambiance était légère. Il n'y avait toujours aucun signe de l'Homme Gris, mais Keeva repéra le seul noble qu'elle reconnaissait, le seigneur Aric de la maison Kilraith. Resplendissant, dans sa tunique de soie épaisse rayée noir et gris et gansée d'argent, il se tenait près de la terrasse et parlait à la jeune femme qui avait pris la pâtisserie de la bouche de son compagnon. Ils riaient, et Keeva vit Aric lui glisser quelque chose dans le creux de l'oreille. Il était beau, mince et élégant, ses traits étaient réguliers, bien que son nez fût un peu long au goût de Keeva. Il avait l'air plus jeune que dans son souvenir ; ses cheveux étaient uniformément bruns. Keeva croyait se rappeler qu'il avait des cheveux gris, quand il était passé par son village l'année précédente. Et son visage lui avait semblé plus rond. *Il s'est sans doute teint les cheveux*, pensa-t-elle. *Et il a perdu du poids. Il est mieux comme ça.*

Derrière Aric et sa compagne se tenait un homme à la barbe noire. Il était grand et avait des épaules carrées et des yeux enfoncés. Il portait une robe bleue brodée d'argent qui lui arrivait aux chevilles. Dans sa main droite, il avait un long bâton surmonté d'une torsade d'argent. L'homme ne parlait pas ; il tenait la main d'un garçon blond d'environ huit ans. Keeva s'approcha d'eux. Le barbu émergea de l'ombre du seuil de la terrasse et Keeva sentit ses grands yeux sombres aux paupières tombantes se poser sur elle. Elle en fut choquée, car elle s'était habituée à être invisible.

— Un verre, monsieur ? demanda-t-elle.

L'homme acquiesça. Il avait le visage large, et sa barbe noire renforçait encore cette largeur. Il lâcha la main du garçonnet et prit une coupe de cristal remplie de vin rouge.

— Je préfère nettement le blanc, dit-il d'une voix grave.

Il lui sourit et leva la coupe. Instantanément, le liquide perdit de sa couleur, passant du rouge écarlate au rose foncé, pour finir clair comme de l'eau. Keeva écarquilla les yeux. L'homme gloussa et but son vin transformé.

— Excellent, dit-il.

Elle baissa les yeux sur l'enfant qui ne disait rien. Elle croisa son regard bleu vif, et il lui sourit timidement.

— Je peux aller chercher quelque chose pour votre fils ? proposa-t-elle au barbu.

Il sourit et ébouriffa les cheveux du jeune garçon.

— C'est mon neveu et mon page, pas mon fils. Et, effectivement, ce serait très gentil.

— Nous avons du jus de pomme, de poire ou de pêche, dit-elle à l'enfant. Qu'est-ce que tu préfères ?

Le garçonnet regarda le barbu, qui se tourna vers Keeva.

— Il est très timide, mais je sais qu'il aime le jus de poire. Permettez-moi de surveiller votre plateau pendant que vous allez le lui chercher.

Le plateau se mit à léviter et alla se poser sur une petite table. Keeva applaudit de plaisir, et le petit garçon sourit.

— Allons, mon ami, intervint le seigneur Aric. Vous devriez garder vos tours pour ceux qui les apprécieront à leur juste valeur.

Keeva se dépêcha de descendre en cuisine, remplit une coupe de jus de poire frais et retourna dans la salle de bal. Le garçon accepta la boisson avec un sourire de remerciement et but.

Le seigneur Aric prit le barbu par le bras et le conduisit au centre de la salle. La brise souffla par la porte de la terrasse. Keeva laissa échapper un soupir de soulagement, car ses vêtements lui collaient à la peau à cause de la chaleur qui régnait dans la pièce. Non seulement c'était une chaude nuit d'été, mais les flammes des lanternes et les centaines de corps rassemblés avaient fait monter la température jusqu'à un niveau presque insupportable.

Le seigneur Aric ordonna à deux serviteurs de placer une table au milieu de la pièce. Puis il grimpa dessus et leva les bras au ciel.

— Mes amis, appela-t-il. Avec votre permission, je vous amène un peu de distraction. Je vous demande d'accueillir chaudement Eldicar Manushan, qui arrive de notre patrie angostine.

Il tendit la main vers le grand barbu qui la prit et monta sur la table. Les nobles et leurs dames applaudirent poliment. Aric sauta de la table et Eldicar Manushan promena son regard autour de lui.

— Il fait un peu chaud, chers amis, dit-il. Je vois que certaines dames se sentent mal et que leur poignet commence à les brûler à force d'agiter leur éventail. Permettez-moi de commencer par arranger un peu le climat.

Il posa son bâton à ses pieds, joignit ses mains en les levant bien haut, déplia les doigts et écarta les bras. Keeva vit ce qui lui semblait être une brume blanche s'échapper des paumes de l'homme et s'élever dans l'air.

Eldicar fit un mouvement de mains circulaire et la brume se roula en une boule qui se mit à grandir. D'un geste, il la fit flotter à travers la pièce jusqu'à un groupe de femmes munies d'éventails. Lorsque le nuage fut au-dessus de leur tête, leur visage changea et elles couinèrent d'aise. La boule se sépara en deux parties. L'une resta où elle était, l'autre sautilla sur place avant de se déplacer vers un autre groupe. Chaque fois qu'une boule s'arrêtait, elle se scindait sans pour autant perdre en taille.

Ceux qui étaient rafraîchis par les nuages applaudirent ; ceux qui n'étaient pas encore atteints étaient confondus. Keeva vit une boule flotter doucement dans sa direction. À mesure qu'elle approchait, elle sentait la fraîcheur s'intensifier, comme si une brise d'hiver soufflait dans la pièce.

C'était non seulement rafraîchissant, mais aussi enivrant. Il y eut bientôt des boules blanches dans toute la salle, et la température avait sérieusement baissé.

Toutes les conversations cessèrent. Eldicar Manushan baissa les bras.

— Maintenant, dit-il, le spectacle peut commencer. Mais tout d'abord, mes amis, je tiens à vous remercier pour votre accueil. Il est extrêmement satisfaisant de voir autant de grâce, de beauté et de culture aussi loin de chez soi. (Il s'inclina devant le public, qui accueillit ces compliments avec des applaudissements enthousiastes.) Permettez-moi aussi de remercier le seigneur Aric qui a eu la courtoisie et la générosité de m'inviter à passer mon séjour au Kydor dans sa demeure. (Nouvelle salve d'applaudissements.) À présent, un peu de distraction. Vous êtes sur le point de voir de simples images. Elles ne peuvent pas vous toucher, alors n'ayez pas peur. Surtout quand vous remarquerez qu'il y a un énorme ours noir parmi vous !

Il pointa soudain le doigt en direction du mur ouest. Une forme massive se redressa, et un rugissement à glacer le sang retentit. Les personnes les plus proches du féroce animal hurlèrent et reculèrent. En un instant, l'ours se remit à quatre pattes et se divisa en une douzaine de morceaux qui allèrent sur la piste de danse en sautillant. Keeva vit qu'il s'agissait de lapins noirs. Les rires résonnèrent dans la Grande Salle – ceux qui avaient été terrifiés un peu plus tôt furent ceux qui rirent le plus fort. Eldicar Manushan claqua dans ses mains et les lapins se transformèrent en merles, qui s'envolèrent et sortirent par la porte de la terrasse.

Un lion entra d'un bond. Les invités s'écartèrent, mais ils n'avaient plus vraiment peur. L'animal se mit sur ses pattes arrière et griffa l'air en poussant des grognements menaçants. Puis il fit les cent pas dans la pièce. Une jeune femme tendit le bras lorsqu'il passa devant elle ; sa main traversa la bête de part en part. Le lion se tourna vers elle et se dressa de toute sa hauteur. La femme cria, mais le lion éclata et se transforma en une multitude de colombes dorées qui volèrent en cercles dans la salle.

La foule en réclama davantage, mais Eldicar Manushan se contenta de s'incliner.

— J'ai promis au seigneur Aric de réserver mes tours les plus beaux – si je puis dire – pour la fête donnée par le duc au Palais d'hiver dans huit jours. Je n'ai fait que mon devoir en aiguisant votre appétit. Je vous remercie pour vos applaudissements.

Il s'inclina à nouveau et, cette fois-ci, il y eut un tonnerre d'applaudissements. Il descendit de la table, récupéra son bâton et alla retrouver Keeva et le garçonnet. Il prit une autre coupe, la fit virevolter dans ses mains et but le vin qu'elle contenait. Puis il regarda Keeva.

— Avez-vous apprécié le spectacle ? demanda-t-il.

— Oh oui, monsieur ! Je suis désolée de ne pas assister à la fête du duc. Comment s'appelle votre page ?

— Beric. C'est un bon garçon, et je vous remercie pour votre gentillesse envers lui.

Il prit la main de Keeva, la porta à sa bouche et la baisa. À ce moment précis, il y eut un mouvement de foule de l'autre côté de la salle. Vêtu d'une tunique, de cuissardes et de bottes noires, l'Homme Gris fit son entrée. Plusieurs femmes le repérèrent immédiatement, lui sourirent et lui firent la révérence. Il s'inclina, échangea quelques politesses, puis passa son chemin.

Keeva l'observa. Elle était frappée par l'assurance et la facilité avec lesquelles il saluait ses invités. Ses vêtements sans fioritures le rendaient particulièrement remarquable au milieu de la foule. Il ne portait ni broches ni bagues, et sa tunique n'était pas brodée. Malgré tout, pour Keeva, on ne pouvait ignorer qu'il était le maître des lieux. Autour de lui, les autres hommes flamboyaient comme des paons.

Passant de groupe en groupe, il se dirigeait vers le fond de la salle où se trouvait Keeva avec son plateau. Le seigneur Aric et son ami Eldicar Manushan s'avancèrent vers lui et le saluèrent.

— Désolé d'avoir manqué votre démonstration, dit-il au magicien.

— Monsieur, c'est moi qui vous présente mes excuses, répondit Eldicar. J'aurais dû attendre que vous soyez présent. Cependant, vous assisterez à un spectacle bien plus impressionnant lors de la fête du duc.

La musique reprit, et les danseurs regagnèrent la piste. Plusieurs invités s'approchèrent de l'Homme Gris. Keeva n'entendait plus la conversation, mais elle observait son visage pendant qu'il parlait aux nobles. Il était attentif, mais son regard semblait lointain ; Keeva ne pensait pas qu'il passait une soirée agréable.

Un jeune noble qui s'approchait de l'Homme Gris attira alors son attention. Il avait l'air nerveux et son front était en sueur en dépit de la brise fraîche que les boules blanches continuaient de souffler sur les gens. Keeva remarqua un autre homme qui se détacha d'un groupe proche et marcha vers l'Homme Gris. Leurs mouvements étaient furtifs ; elle sentit son cœur accélérer.

L'Homme Gris discutait avec une jeune femme en robe rouge quand le premier homme arriva derrière lui. Keeva vit quelque chose briller dans sa main. Avant qu'elle n'ait eu le temps de crier pour le prévenir, l'Homme Gris avait fait volte-face. De son bras gauche, il bloqua le couteau ; de sa main droite, doigts tendus, il frappa l'assassin à la gorge. Celui-ci se mit à étouffer et tomba à genoux. La longue lame valdingua sur le sol avec un bruit métallique. Le second assaillant s'élança, couteau brandi, mais il percuta la femme en robe rouge qui essayait de se sauver. L'assassin la poussa et elle tomba lourdement. Les musiciens s'étaient arrêtés de jouer et tous les danseurs s'étaient figés, les yeux rivés sur le tueur. Keeva vit le garde, Emrin, se précipiter vers lui, mais l'Homme Gris lui fit signe de ne pas intervenir. L'assassin était parfaitement immobile, le couteau pointé en direction de sa cible.

—Alors, dit l'Homme Gris, tu as l'intention de mériter ton salaire ?

—Pour l'honneur de la maison Kilraith ! cria le jeune noble en s'élançant.

L'Homme Gris fit un pas de côté, détourna le bras armé d'un revers de la main et fit tomber l'assassin, qui s'étala de tout son long sur le sol en pierre. La chute fut violente, mais l'homme roula sur le côté et se mit à genoux. L'homme Gris s'approcha et donna un coup de pied dans la main du tueur pour qu'il lâche son couteau. Le jeune noble se leva d'un bond et courut vers la terrasse. Emrin et deux gardes qui s'étaient joints à lui firent mine de s'interposer.

—Laissez-le partir, leur ordonna l'Homme Gris.

Il tourna son attention vers le premier assaillant et s'agenouilla auprès du corps inerte. Keeva baissa les yeux. La vessie de l'homme s'était vidée, souillant ses cuissardes grises hors de prix. Il avait les yeux ouverts et fixait sans le voir le plafond ornementé. L'Homme Gris se releva et se tourna vers Emrin.

—Enlevez le corps, ordonna-t-il.

Puis il quitta la pièce.

—Quel homme étrange ! dit Eldicar Manushan.

Reprenant ses esprits, Keeva regarda le petit Beric qui avait les yeux rivés sur le cadavre.

— Tout va bien, dit-elle. (Elle s'agenouilla et passa les bras autour des frêles épaules du garçonnet.) Il n'y a pas de danger.

— Et lui, il va bien ? demanda Beric d'une voix tremblante. Il ne bouge pas.

— Ils vont s'occuper de lui, l'assura Keeva. Peut-être que tu ferais mieux de partir.

— Je vais l'emmener dans sa chambre, dit Eldicar. Merci encore.

Il prit l'enfant par la main et traversa la foule.

Ne sachant que faire, les musiciens recommencèrent à jouer, mais la musique mourut quand ils s'aperçurent que personne ne dansait. Puis un premier noble quitta la pièce.

En l'espace de quelques minutes, la Grande Salle fut déserte. Keeva et les autres serviteurs débarrassèrent les coupes, les chopes et les plats, puis revinrent avec des éponges, des seaux et des torchons. Quand ils eurent fini, il était impossible de deviner que des centaines d'invités avaient dansé et dîné dans cette pièce.

En cuisine, alors qu'elles lavaient les plats et les couverts, Keeva écouta les autres filles parler de la tentative d'assassinat. Elle apprit que les deux jeunes gens étaient les neveux de Vanis, mais personne ne savait ce qui les avait poussés à essayer de tuer le Gentilhomme. Elles pensaient que ce dernier avait eu beaucoup de chance et qu'il était heureux qu'il ait tué le premier assaillant.

Comme l'aube approchait, Keeva alla dans sa chambre. Elle était fatiguée, mais les événements de la soirée tourbillonnaient dans sa tête. Elle s'assit un moment sur le balcon et regarda la lumière dorée du soleil scintiller sur les eaux de la baie.

Elle se demanda comment il avait senti qu'il était en danger. Avec la musique, il était impossible qu'il ait entendu l'homme arriver dans son dos. Pourtant, son bras était prêt à bloquer le coup alors même qu'il se retournait. Ses mouvements avaient été fluides et nonchalants. Elle frissonna en revoyant la scène. Pour elle, il ne faisait aucun doute que le coup à la gorge du jeune assassin n'était pas le fruit du hasard, contrairement à ce que pensaient les autres filles. Ce coup, il l'avait porté froidement et dans le but de tuer, et le geste trahissait une longue pratique.

Qui es-tu donc, Homme Gris ? se demanda-t-elle.

Waylander quitta la Grande Salle et descendit le couloir du deuxième niveau qui menait à la tour sud. Il tourna au premier angle, écarta une tenture de velours et appuya sur un bouton qui se trouvait sur le mur. Le panneau s'ouvrit avec un léger craquement. Waylander fit un pas en avant et referma le panneau derrière lui, se retrouvant dans une obscurité presque totale. Sans une hésitation, il descendit les marches. Il était en colère et ne faisait pas le moindre effort pour réprimer ses émotions. Il connaissait les deux jeunes gens qui l'avaient attaqué, leur avait parlé plusieurs fois quand ils accompagnaient leur oncle Vanis. Ils n'étaient pas très intelligents, mais n'étaient pas non plus stupides. En fait, ils n'étaient que de jeunes nobles ayant toute la vie devant eux.

Au lieu de quoi, l'un d'eux était étendu dans une pièce sombre, en attendant qu'on vienne le chercher, puis qu'on l'enfouisse sous la terre froide pour nourrir les vers et les asticots. Son ombre allait errer dans le Vide, effrayée et seule. Le second était quelque part dehors, dans l'obscurité, à réfléchir à ce qu'il allait faire, probablement sans imaginer qu'il allait bientôt mourir.

Waylander descendit l'escalier en comptant les marches. On en avait taillé cent quatorze dans la falaise. Quand il atteignit la centième, il vit le mur du bas, très faiblement éclairé par la lune.

Il fit une pause devant la haie qui cachait l'entrée inférieure, puis la contourna et traversa la zone rocheuse qui menait au chemin tortueux. Le ciel était clair, la nuit chaude. Il leva les yeux vers les fenêtres et la terrasse de la Grande Salle, beaucoup plus haut. Il y avait encore quelques personnes, mais elles ne tarderaient pas à partir.

Lui aussi.

Il verrait Matze Chaï le lendemain et lui expliquerait son plan. Le Chiatze serait horrifié, il le savait. À cette idée, il se sentit brièvement rasséréné. Matze Chaï était l'une des rares personnes qu'il appréciait et auxquelles il faisait confiance. Le marchand était arrivé juste avant la réception. Waylander avait envoyé Omri pour qu'il montre à Matze Chaï la suite qu'il lui avait réservée, et pour lui présenter ses excuses, car il n'avait pu l'accueillir lui-même. Lorsqu'Omri était revenu, il avait l'air ennuyé et un peu nerveux.

— Aime-t-il sa suite ? avait demandé Waylander.

— Il a dit que ça *suffirait*, avait répondu le régisseur. Ensuite, il a demandé à un de ses serviteurs portant un gant blanc de passer les chambres en revue pour voir s'il y avait de la poussière sur les étagères.

Waylander avait ri de bon cœur.

— C'est tout Matze Chaï !

— Je n'ai pas trouvé ça amusant, monsieur. En fait, c'était très agaçant. D'autres serviteurs ont enlevé les draps de satin du lit pour vérifier qu'il n'y avait pas de punaises, et d'autres encore se sont munis de serviettes et ont nettoyé et parfumé la chambre. Pendant ce temps, votre ami est resté assis sur le balcon sans rien me dire, à donner des ordres au chef de ses gardes. Vous m'avez dit que Matze Chaï parlait parfaitement notre langue, et pourtant il ne m'a pas dit un mot. Très discourtois. J'aurais aimé que vous soyez présent, monsieur. Peut-être se serait-il conduit d'une manière plus civilisée.

— Vous ne l'aimez pas ? avait demandé Waylander.

— Non, monsieur.

— Vous pouvez me croire, Omri, quand vous le connaîtrez mieux, vous le détesterez.

— Mais puis-je vous demander ce que vous, vous appréciez chez lui ?

— C'est une question que je me pose constamment, avait répondu l'Homme Gris en souriant.

— Je n'en doute pas, monsieur, mais – si vous me permettez – ce n'est pas une réponse.

— Une réponse complète ne ferait que renforcer votre confusion, mon ami. Je vous dirai simplement ceci. Il n'y a qu'une chose dont je sois sûr à propos de Matze Chaï : il ne s'appelle pas Matze Chaï. C'est une invention. À mon avis, il est de basse extraction, et il s'est taillé un chemin à coups de griffes dans la société chiatze. Il s'est réinventé chaque fois qu'il montait d'un échelon.

— Vous voulez dire que c'est un escroc ?

— Non, loin de là. Matze est comme une œuvre d'art vivante. Il a transformé une matière première qu'il trouvait grossière en un noble chiatze parfait. Je pense qu'il ne s'autorise même pas à se rappeler ses origines.

Waylander marchait sous la lumière de la lune. Il tourna en direction de ses appartements. Il s'arrêta au bord de la falaise pour contempler les eaux sombres. Le reflet de la lune produisait un miroitement brisé sur les petites vagues. Waylander profitait en silence de la douce brise qui soufflait sur son visage. Il aurait voulu parvenir aussi bien que Matze Chaï à se réinventer.

Il regarda les deux lunes ; celle, parfaite, qui était très haut dans le ciel, et sa jumelle fragmentée qui flottait à la surface de l'eau. Il se remémora les paroles du devin.

— Quand tu fermes les yeux et penses à ton fils, que vois-tu ? avait demandé le vieil homme.

— Je baisse les yeux et je vois son visage mort. Il est étendu dans le pré, et il y a des fleurs printanières autour de sa tête.

— Tu ne connaîtras pas le bonheur tant que tu ne *lèveras* pas les yeux pour le voir.

Ces mots ne signifiaient rien alors, et ils ne signifiaient toujours rien à présent. Le garçon était mort, assassiné, enterré. Waylander ne pourrait jamais lever les yeux pour voir son visage. À moins que le devin n'ait parlé de l'imaginer dans quelque paradis spirituel, très haut dans le ciel. Waylander respira profondément, puis il reprit sa route sur le chemin longeant la falaise.

Devant lui, il y avait une série de terrasses couvertes de fleurs et cachées par des buissons odorants. Waylander ralentit le pas, puis s'arrêta.

— Sors de là, mon garçon, dit-il d'un ton las.

Le jeune homme blond sortit de derrière un buisson. Il tenait une épée courte à poignée dorée – c'était une petite lame d'apparat pour les cérémonies officielles.

— La mort de ton frère ne t'a donc rien appris ? demanda Waylander.

— Vous l'avez tué ?

— Oui, je l'ai tué, répondit Waylander froidement. J'ai broyé sa gorge, et il s'est étouffé par terre. En mourant, il s'est pissé dessus. Ça arrive. C'est ça, la réalité. Il est parti. Et pourquoi ?

— Pour l'honneur, dit le jeune homme. Il est mort pour l'honneur de la famille.

— Qu'as-tu fait de ton intelligence ? répliqua Waylander. J'ai prêté de l'argent à ton oncle et, quand il n'a pas pu me rembourser, je lui en ai encore prêté. Je l'ai aidé parce qu'il m'avait fait des promesses – des promesses qu'il n'a jamais tenues. Pour qui est le déshonneur ? Maintenant, ton frère est mort. Tout ça pour que le gros Vanis échappe à la ruine. De toute façon, un homme aussi stupide ne pouvait que finir ruiné. (Waylander se rapprocha du jeune homme.) Je ne veux pas avoir à te tuer, mon garçon. La dernière fois que nous nous sommes rencontrés, tu m'as parlé de tes fiançailles avec une fille que tu adores. Tu m'as parlé d'amour, et d'un petit domaine sur la côte. Réfléchis. Si tu t'en vas maintenant, ça n'ira pas plus loin. Si tu fais le mauvais choix, tu vas sans doute mourir, car je n'offre jamais de seconde chance à un ennemi.

Il regarda le jeune homme et lut de la peur, ainsi que de la fierté, dans ses yeux.

— J'aime vraiment Sanja, mais le domaine dont je parlais appartient – *appartenait* à mon oncle. Sans ce domaine, je ne peux rien lui offrir.

— Alors, je te le donnerai comme présent de mariage, dit Waylander avec douceur.

Il sut au moment même où il prononçait ces mots qu'ils étaient inutiles.

La colère brilla dans les yeux du noble.

— Je suis de la maison Kilraith ! lança-t-il. Je n'ai pas besoin de ta pitié, paysan !

Il bondit en avant. Son épée décrivit un arc de cercle dans l'air. Waylander s'avança à la rencontre de la lame. Il leva le bras gauche pour bloquer le coup en saisissant le poignet du jeune homme, fit passer sa main droite derrière le bras tenant l'arme et lui fit une clé. Le noble poussa un cri et lâcha son épée lorsque son bras se brisa. Waylander le repoussa et ramassa l'épée. Le noble tomba de tout son poids. Il se remit à genoux. Il entreprit de se relever, mais sentit la pointe glacée de la lame contre sa gorge.

— Ne me tuez pas, implora-t-il.

Une grande tristesse s'abattit sur Waylander quand il vit le regard effrayé du blondinet. Il prit une profonde inspiration.

— Trop tard.

La lame s'enfonça dans la gorge du jeune homme, traversant la jugulaire. Du sang gicla de la veine sectionnée et le noble bascula en arrière, les jambes agitées de spasmes. Waylander lâcha l'épée, tourna le dos au mourant et parcourut les derniers mètres qui le séparaient de ses appartements.

Un autre homme, assis en tailleur sur le sol, l'attendait, silencieux. Il portait une robe gris pâle à carreaux et une longue lame chiatze était posée sur ses genoux. C'était un petit homme aux épaules voûtées et au visage fin. Il leva les yeux quand Waylander approcha.

— Vous êtes un homme dur, dit-il.

— Il paraît, répliqua froidement Waylander. Que voulez-vous ?

Le Chiatze se leva et passa son épée dans sa ceinture noire.

— Matze Chaï rentrera bientôt chez lui. Je désire rester au Kydor. Il a dit que vous pourriez avoir besoin d'un *rajnee*. Mais je vois qu'il s'est trompé.

— Pourquoi voulez-vous rester ? N'y a-t-il pas assez de travail en Chiatze ?

— Je dois résoudre un mystère.

Waylander haussa les épaules.

— Vous serez le bienvenu aussi longtemps que vous désirerez rester, dit-il. Si vous êtes arrivé avec Matze Chaï, on a déjà dû vous donner un logement. Mais je n'ai pas de travail pour un guerrier.

— C'est très gentil, Homme gris. (Le *rajnee* soupira.) Cependant, je dois vous prévenir que je traîne un… un fardeau.

À cet instant, un cri de choc et de surprise s'éleva du chemin derrière eux. Waylander fit volte-face. Un Chiatze barbu et râblé arrivait en courant, une longue épée courbe à la main. Il portait un vêtement grossier en peau de loup.

— Il y a un corps ! dit-il d'une voix criarde. Sur le chemin. On lui a coupé la gorge ! (Il jeta un regard à la végétation autour de lui.) Il y a des assassins. Ils peuvent être n'importe où. On devrait rentrer. Appelez les gardes !

— Voici Yu Yu Liang, déclara le *rajnee*. Le fardeau dont je vous parlais.

— Nous avons combattu des démons, ensemble, fit remarquer Yu Yu.

Waylander interrogea le *rajnee* du regard.

— Des démons ?

Le petit homme acquiesça.

— C'est une partie du mystère.

— Entrez, dit Waylander.

Il dépassa le *rajnee* et ouvrit la porte de ses appartements.

Quelques instants plus tard, ils étaient installés devant un feu, éclairés par des lanternes. Yu Yu Liang était assis sur un tapis, tandis que les deux autres hommes occupaient les deux seules chaises de la pièce.

— L'homme qui possède palais devrait vous donner meilleur appartement, dit Yu Yu à Waylander. Je traversé palais. Beaucoup argent et or, soie et velours. Sans doute il est riche salaud assis sur argent ?

— C'est *lui*, le propriétaire du palais, expliqua le *rajnee* en chiatze.

Yu Yu regarda les murs nus et sourit.

— C'est ça et, moi, je suis l'empereur du monde.

— Vous avez parlé de démons, dit Waylander.

Brièvement, sans mélodrame, le *rajnee* lui raconta l'attaque, la venue de la brume et des créatures étranges qu'elle abritait. Waylander écoutait attentivement.

— Le bras ! Parle-lui du bras ! intervint Yu Yu.

— J'ai coupé un membre à une créature. Sa peau était gris pâle. Quand les rayons du soleil l'ont touché, sa chair s'est mise à brûler. En quelques battements de cœur, le bras avait complètement disparu.

— Je n'ai jamais entendu parler de telles créatures au Kydor, dit Waylander. Ni d'attaques du genre que vous décrivez. En revanche, je me rappelle avoir lu quelque chose sur les épées brillantes. Je ne me souviens plus de l'ouvrage, mais c'est dans la bibliothèque nord. Je ferai une recherche dès demain. (Il regarda dans les yeux sombres du *rajnee*.) Quel est ton nom, guerrier ?

— Je m'appelle Kysumu.

— J'ai entendu parler de toi. Sois le bienvenu dans ma demeure.

Kysumu s'inclina en silence.

— J'ai récemment vu une brume semblable à celle que tu décris, reprit Waylander. J'ai ressenti une présence maléfique. Nous reprendrons cette discussion lorsque j'aurai fait mes recherches.

Kysumu se leva. Yu Yu se redressa d'un bond. Il tira sur la robe de Kysumu.

— Et les assassins ? demanda-t-il.

— L'assassin, c'était le cadavre, dit Kysumu.

— Oh !

Kysumu soupira. Il s'inclina à nouveau devant Waylander.

— Je vais demander à des gardes de venir chercher le corps.

Waylander acquiesça, puis s'éloigna. Il disparut dans une salle éclairée par des lanternes.

Chapitre 5

Matze Chaï dormit d'un sommeil sans rêves. À son réveil, il se sentait frais et revigoré. Sa suite était sublimement décorée, les couleurs des murs – des teintes pastel jaunes et roses – étaient coordonnées avec beaucoup de goût. Des œuvres des artistes les plus célèbres et les plus recherchés du Chiatze étaient accrochées un peu partout. Les rideaux de soie peints à la main filtraient la lumière matinale permettant à Matze Chaï de contempler la beauté de l'aube sans que ses yeux délicats aient à subir la dureté des rayons du soleil.

L'ameublement exquis était orné de feuilles d'or ; le lit était large et ferme et surmonté d'un baldaquin de soie. Même le pot qui était caché en dessous et que Matze Chaï avait utilisé par trois fois au cours de la nuit était décoré de motifs dorés. L'élégance était telle que le voyage en valait presque la peine. Matze Chaï tira sur le cordon à côté de son lit. La porte s'ouvrit, et un serviteur entra. Le jeune homme travaillait à son service depuis deux ans. Le marchand ne se rappelait pas son nom.

Le serviteur tendit une coupe d'eau fraîche à Matze Chaï, mais celui-ci la refusa d'un geste. L'homme sortit et revint avec un bol de céramique plein d'eau chaude parfumée. Matze Chaï s'assit dans son lit et le serviteur rabattit les couvertures. Le marchand se détendit pendant que le serviteur lui retirait sa chemise et son bonnet de nuit.

Son esprit s'évada alors que le jeune homme épongeait doucement sa peau et la séchait. Ensuite, il ouvrit un pot de crème odorante.

— Pas trop, lui recommanda Matze Chaï.

Le serviteur ne répondit pas, car Matze Chaï n'autorisait pas la conversation à une heure si matinale. Il se contenta de masser les épaules et les bras de son maître avec la crème. Puis il retira les longues épingles d'ivoire des cheveux de Matze Chaï, appliqua des huiles sur ces derniers, les brossa et les peigna avec habileté, puis il les tira en arrière et les attacha en chignon serré en haut de son crâne avant de remettre les épingles en place.

Un second serviteur entra. Il portait un plateau avec un petit pot à tisane en argent et une tasse en céramique. Il installa le plateau sur le côté du lit, puis alla prendre une lourde robe de soie jaune joliment brodée d'oiseaux chanteurs bleu et or dans une grande penderie. Matze Chaï se leva et tendit les bras. Le serviteur enfila la robe avec expertise, puis il passa derrière le marchand pour boutonner le haut du vêtement, après quoi il attacha le bas à des crochets d'ivoire au niveau de la taille. Il passa la ceinture dorée autour de cette dernière, la noua, puis recula d'un pas et s'inclina.

— Je prendrai ma tisane sur le balcon, dit Matze Chaï.

Instantanément, le premier serviteur alla tirer les rideaux. Le second prit un chapeau de paille à large bord, magnifiquement tressée.

Le marchand sortit sur le balcon et s'assit sur un banc courbe en bois. Il appuya son dos contre un grand coussin brodé. L'air était frais, et Matze Chaï eut l'impression qu'il était chargé de sel. Mais la lumière était vive et désagréable, et il fit signe à l'homme qui tenait le chapeau. Celui-ci accourut et le mit sur la tête de son maître en le plaçant sous le bon angle pour que le visage soit partiellement à l'ombre, puis noua le cordon sous le menton du marchand.

Matze Chaï sentit la pierre froide du balcon sous ses pieds. Il baissa les yeux et fit bouger ses orteils. Un instant plus tard, l'un des serviteurs s'accroupit et lui passa des chaussons fourrés.

Le marchand sirota sa tisane et décida que tout allait bien dans le monde ce matin-là. Il congédia ses serviteurs d'un geste de la main et resta tranquillement assis sous le soleil matinal. La brise était fraîche et le ciel bleu clair et sans nuages.

Il entendit un mouvement derrière lui ; un léger sentiment d'irritation vint perturber sa quiétude. Liu, le capitaine de ses gardes, se présenta dans son champ de vision et s'inclina bien bas. Il ne dit rien, attendant que son maître l'autorise à parler.

— Alors ? demanda Matze Chaï.

— Le maître des lieux demande audience, seigneur. Son serviteur, Omri, propose qu'il vienne vous voir tout de suite.

Le marchand s'adossa au coussin. Waylander avait beau être un *gajin* aux yeux ronds, ses manières étaient parfaites.

— Transmettez au serviteur que je serai honoré de recevoir mon vieil ami, dit-il.

Liu s'inclina encore une fois, sans pour autant prendre congé. Matze Chaï ressentit à nouveau de l'agacement mais ne le montra pas. Il interrogea le jeune soldat du regard.

— Autre chose, seigneur. Il y a eu un attentat sur la personne de votre… vieil ami, cette nuit. Au bal. Deux hommes armés de couteaux l'ont attaqué.

Matze Chaï acquiesça d'un infime mouvement de tête, puis fit signe au soldat de s'en aller. Il lui semblait qu'il y avait toujours quelqu'un pour essayer de tuer Waylander. Ne comprendraient-ils donc jamais ? Sa tasse était vide.

Il chercha du regard un serviteur pour la remplir, puis se rappela qu'il les avait fait sortir. Sa clochette était à l'autre bout de la pièce, sur la table de chevet. Il soupira. Puis, jetant un coup d'œil pour vérifier qu'on ne l'observait pas, il se reversa de la tisane. Il sourit. C'était une véritable libération de se servir soi-même. Cependant, ce n'était pas civilisé. Pourtant, il avait retrouvé sa bonne humeur ; il attendit patiemment la visite de Waylander.

Un nouveau serviteur fit entrer ce dernier, vint prendre la tasse vide et le pot de tisane et se retira sans un mot. Matze Chaï se leva et s'inclina profondément devant son client, qui fit de même avant de s'asseoir.

— C'est bon de vous voir, mon ami, dit Waylander. J'ai cru comprendre que le trajet n'a pas été sans heurts.

— C'est regrettable, mais il n'a effectivement pas été aussi ennuyeux qu'on aurait pu l'espérer.

Waylander rit.

— Vous ne changez pas, Matze Chaï. Et je ne saurais vous dire à quel point ça me réjouit. (Son sourire s'effaça.) Je vous présente mes excuses pour vous avoir imposé ce voyage, mais j'avais besoin de vous voir.

— Vous quittez le Kydor, dit Matze Chaï.

— En effet, oui.

— Pour où ? Ventria ?

Waylander secoua la tête.

— Je vais traverser l'océan de l'Ouest.

— Vraiment ? Mais pourquoi ? Il n'y a rien, là-bas – à part la fin du monde. C'est là que les étoiles plongent dans la mer. Il n'y a ni terre ni civilisation. Et même s'il y a une terre, elle sera déserte et stérile. Votre fortune ne vous sera d'aucune utilité.

— Elle ne m'est *déjà* d'aucune utilité, Matze Chaï.

Le vieux marchand soupira.

— Vous n'avez jamais aimé être riche, Dakeyras. C'est pourquoi vous l'êtes devenu – bien que je ne comprenne pas bien pourquoi. Vous n'avez que faire de votre fortune. Mais alors, qu'est-ce que vous désirez ?

— J'aimerais pouvoir répondre, dit Waylander. Je peux seulement vous dire que cette vie n'est pas pour moi. Je ne l'aime pas du tout.

— Que puis-je faire pour vous ?

— Vous gérez déjà un sixième de toutes mes entreprises et deux cinquièmes de ma fortune. Je vais vous donner des lettres pour tous les marchands avec lesquels je suis en affaires. Par elles, ils seront informés qu'au moment même où ils recevront mes instructions, vous parlerez en mon nom. Je leur dirai aussi que si je ne donne pas de nouvelles dans les cinq ans, mes entreprises et mon capital seront vôtres.

Matze Chaï était effaré. Il dut se concentrer pour réfléchir à la proposition de Waylander. Matze Chaï, qui était déjà riche, deviendrait du jour au lendemain la plus grosse fortune de tout le Chiatze. Dès lors, il n'aurait plus de raisons de se battre.

— Je ne peux pas accepter, dit-il. Vous devez y repenser.

— Vous pourrez toujours tout distribuer. Mais quoi que vous choisissiez, je quitterai ce monde pour ne pas revenir.

— Êtes-vous vraiment si malheureux, mon vieil ami ? demanda Matze Chaï.

— Ferez-vous ce que je demande ?

Matze Chaï laissa échapper un autre soupir, très profond.

— Je le ferai.

Waylander se leva et sourit.

— Je vais dire à vos serviteurs de vous apporter un deuxième pot de tisane, dit-il. Ç'aurait déjà dû être fait.

— Je suis servi par des crétins, admit Matze Chaï. Mais si je ne les employais pas, ils mourraient de faim dans la rue à cause de leur stupidité.

Après le départ de Waylander, Matze Chaï resta perdu dans ses pensées. Son affection pour son client *gajin* avait depuis longtemps cessé de le surprendre. Jadis, quand Waylander était venu le voir pour la première fois, il ne lui avait rien inspiré de plus que de la curiosité. Cela l'avait conduit à consulter ce vieux devin. Assis sur le tapis de soie au centre du sanctuaire du temple, il avait observé le prêtre jeter ses osselets.

— Cet homme représente-t-il un danger pour moi ?

— Pas si vous lui restez fidèle.

— Est-il mauvais ?

— Tous les hommes portent le mal en eux, Matze Chaï. La question est imprécise.

— Alors, que pouvez-vous me dire sur lui ?

— Il ne sera jamais heureux, car son désir le plus profond est inaccessible. Pourtant, il deviendra riche et fera de vous un homme riche. Cela vous suffit-il, marchand ?

— Quel est ce désir inaccessible ?

— Profondément enfoui dans son cœur, bien en deçà de sa conscience, il désire désespérément sauver sa famille de la peur et de la mort. Cela le pousse à aller toujours de l'avant, à chercher le danger, à se mesurer à des hommes violents.

— Pourquoi est-ce inaccessible ?

— Sa famille est déjà morte ; elle a été massacrée dans une orgie de dépravation irraisonnée.

— Il sait bien entendu qu'ils sont morts ?

— Bien entendu. Comme je l'ai dit, c'est un désir inconscient. Une partie de son esprit n'a jamais accepté qu'il soit arrivé trop tard pour les sauver.

— Mais il va me rendre riche ?

—Oh oui, Matze Chaï ! Il va vous rendre plus riche que vous ne pourriez l'imaginer dans vos rêves les plus fous. Assurez-vous cependant de reconnaître la richesse quand vous la posséderez.

—Je la reconnaîtrai.

Le serviteur voûté, Omri, attendait dans le couloir devant la porte de Matze Chaï. Lorsque Waylander sortit, il fit une rapide révérence.

—Le seigneur Aric attend de vous voir, monsieur ; il est en compagnie du magicien, Eldicar Manushan. Je leur ai fait servir des rafraîchissements dans la salle Chêne.

—Je l'attendais, dit froidement Waylander.

—Je dois dire qu'il a belle allure. Je crois qu'il s'est teint les cheveux.

Les deux hommes quittèrent le couloir et montèrent deux escaliers.

—Les corps ont été enlevés, monsieur. Emrin les a fait charger sur un chariot et les a emmenés à Carlis. Il va faire un rapport à l'officier de garde, mais je pense qu'il va y avoir une enquête officielle. Je suppose qu'on parle beaucoup de l'incident en ville. L'un des jeunes gens devait se marier la semaine prochaine. Vous avez même été invité à la cérémonie.

—Je sais. Lui et moi avons abordé le sujet cette nuit, mais il n'était pas d'humeur à écouter.

—C'est choquant. Pourquoi ont-ils fait ça ? Qu'avaient-ils à y gagner ?

—Eux, rien. C'est Vanis qui les a envoyés.

—C'est honteux. Nous devons en informer l'officier de garde. Vous pourriez porter plainte contre lui.

—Ce ne sera pas nécessaire, dit Waylander. Je suis sûr que le seigneur Aric a un plan pour démêler la situation.

— Ah, je vois ! Un plan qui, sans doute, repose sur de l'argent ?

— Sans doute.

Ils poursuivirent leur chemin en silence et débouchèrent sur un large couloir avec des colonnes et des arches, à l'étage supérieur du bâtiment.

Lorsqu'ils arrivèrent devant les portes en chêne gravé, Omri recula d'un pas.

— Je dois dire, monsieur, murmura-t-il, que je ne me sens pas très à l'aise en présence de ce magicien. Il y a quelque chose chez lui qui me dérange.

— Vous savez juger les gens, Omri. Je garderai en tête ce que vous venez de me dire.

Waylander poussa les portes et entra dans la salle Chêne.

La salle avait une forme octogonale. Des armes rares provenant de nombreux pays étaient pendues aux murs recouverts de panneaux de chêne : il y avait une hache de bataille et des arcs de chasse vagrians, des lances et des cimeterres ventrians ; des épées larges, des dagues et des boucliers angostins rivalisaient avec des *tulwars*, des lances, des piques et plusieurs arbalètes ciselées. Quatre porte-armure avaient été disposés dans la pièce ; ils arboraient des heaumes, des plastrons et des boucliers décorés. En guise d'ameublement, il y avait douze fauteuils et trois canapés jonchés de coussins ; le sol était garni de tapis de soie teinte à la main provenant du Chiatze. Les rayons du soleil entraient par les hautes fenêtres cintrées du mur est.

Le seigneur Aric était vautré sur un canapé, ses pieds bottés posés sur une table basse. En face de lui était assis le magicien ; son page se tenait à ses côtés. Aucun des deux hommes ne s'était levé à l'arrivée de Waylander. Aric agita la main et lui adressa un grand sourire.

— Bonjour, mon ami, lança-t-il. Je suis content que vous ayez trouvé le temps de passer nous voir.

— Vous êtes bien matinal, seigneur Aric, dit Waylander. J'ai toujours cru que les nobles considéraient comme peu civilisé de se lever avant midi – à part les jours de chasse, bien sûr.

— C'est vrai, mais il est des questions pressantes dont nous devons discuter.

Waylander s'assit et étendit les jambes. La porte s'ouvrit et Omri entra, portant un plateau sur lequel étaient posés un pot de tisane et trois tasses. Les trois hommes attendirent silencieusement que le régisseur les remplisse et sorte. Waylander prit une gorgée du breuvage. C'était de la camomille avec une pointe de menthe et du miel. Il ferma les yeux pour mieux en apprécier la saveur. Puis il regarda Aric. Le noble à la silhouette élancée faisait de son mieux pour avoir l'air à l'aise, mais on sentait une certaine tension en lui. Waylander regarda ensuite le magicien à la barbe noire, chez lequel il ne décela aucune nervosité. Apparemment pensif, Eldicar Manushan buvait tranquillement sa tisane. Waylander croisa le regard du petit garçon qui souriait nerveusement.

Le silence était de plus en plus pesant, mais Waylander n'essaya pas de le briser.

— Quelle tristesse, ce qui est arrivé cette nuit ! dit enfin Aric. Ces deux jeunes gens étaient appréciés, et ils ne s'étaient jamais attirés d'ennuis.

Waylander attendit la suite.

— Parellis – le blond – est... était cousin du duc au deuxième degré. J'ai cru comprendre que le duc avait accepté d'être aux côtés de Parellis à son mariage. C'est l'une des raisons qui ont poussé le duc à installer la cour d'hiver à

Carlis. Vous voyez les complications qui commencent à se faire jour.

— Non, dit Waylander.

Aric fut momentanément déconcerté. Puis il se força à sourire.

— Vous avez tué un parent du souverain du Kydor.

— J'ai tué deux assassins. Est-ce contraire à la loi, à Carlis ?

— Non, bien sûr que non, mon ami. Pour le premier, il y avait des centaines de témoins. Aucun problème. Mais le second, eh bien… (Il écarta les mains.) Personne n'a rien vu. À ce que j'ai compris, il n'y avait qu'une seule arme, une épée de cérémonie appartenant à Parellis. Ce qui tend à indiquer que vous l'avez dépossédé de son arme et l'avez tué avec. Par conséquent, on pourrait dire que vous avez tué un homme désarmé, ce qui d'après la loi est un meurtre.

— Eh bien, dit Waylander d'un ton décontracté, l'enquête établira les faits, et il y aura un jugement. Je m'y plierai.

— J'aimerais que ce soit aussi simple, dit Aric. Le duc n'est pas homme à pardonner facilement. Si les deux garçons avaient été tués dans la salle de bal, même lui aurait accepté l'issue. Mais je crains que la famille de Parellis cherche à vous faire arrêter.

Un étroit sourire se dessina sur les lèvres de Waylander.

— À moins que ? demanda-t-il.

— Bon, c'est là que je peux vous être utile, cher ami. Étant à la fois l'un des nobles éminents de la maison Kilraith et le premier magistrat de Carlis, je peux servir de médiateur entre les parties. Je suggérerais des réparations envers la famille du défunt – un simple geste de remords. Disons… vingt mille couronnes d'or pour la mère des enfants, plus l'annulation des dettes de leur oncle endeuillé, Vanis. De cette manière, la question sera réglée avant même l'arrivée du duc.

— Je suis touché que vous soyez prêt à de telles extrémités en mon nom, dit Waylander. Je vous en suis très reconnaissant.

— Oh, ce n'est rien ! Les amis sont faits pour ça.

— En effet. Bien, disons trente mille couronnes pour la mère. Je crois qu'elle a deux autres fils plus jeunes et que la famille n'est plus aussi riche que par le passé.

— Et Vanis ?

— Oh, qu'on annule sa dette ! dit Waylander. C'était une somme ridicule. (Il se leva et s'inclina devant Aric.) À présent, mon ami, je vous prie de m'excuser. J'ai beau me délecter de votre compagnie, des affaires pressantes m'attendent.

— Bien sûr, bien sûr, dit Aric.

Il se leva et tendit la main à Waylander. Celui-ci la serra, puis fit un signe de tête au magicien avant de quitter la pièce.

Le sourire d'Aric disparut à l'instant où la porte se refermait.

— Voilà une affaire rondement menée, dit-il froidement.

— Vous auriez préféré que ce soit difficile ? demanda Eldicar Manushan d'une voix douce.

— J'aurais préféré le voir se tortiller un peu. Il n'y a rien de plus écœurant qu'un paysan riche. Ça m'offense de devoir traiter avec lui. Jadis, il aurait été dépossédé par ceux qui lui sont supérieurs ; sa fortune aurait été utilisée par ceux qui comprennent la nature du pouvoir et son usage.

— Je comprends que ça vous fasse mal de venir quémander des miettes à sa table, dit Eldicar.

Le visage d'Aric blêmit.

— Comment osez-vous ?

Eldicar rit.

— Allons, allons, mon ami, comment appelez-vous cela ? Chaque année depuis cinq ans, ce riche paysan paie vos dettes de jeu, l'hypothèque de vos deux domaines, règle votre ardoise chez votre tailleur et vous permet de vivre à la manière des nobles. L'a-t-il fait de son propre chef ? Est-il venu vous voir chez vous pour vous dire : « Mon cher Aric, j'ai entendu dire que la fortune vous avait quitté, alors permettez-moi de payer toutes vos dettes » ? Non, il ne l'a pas fait ; c'est vous qui êtes venu le chercher.

— Je lui ai loué des terres ! explosa Aric. Nous avons fait affaire.

— Bien sûr. Et toutes les sommes que vous avez reçues depuis ? Y compris les cinq mille couronnes que vous avez demandées la nuit dernière ?

— C'est intolérable ! Prenez garde, Eldicar, ma patience a des limites.

— La mienne aussi, répliqua le magicien. (Sa voix s'était faite sifflante.) Exigerai-je de récupérer le présent que je vous ai donné ?

Aric cligna des yeux. Bouche bée, il se laissa tomber de tout son poids dans le canapé.

— Allons, Eldicar, inutile de se disputer. Je ne voulais pas vous manquer de respect.

Le magicien se pencha vers lui.

— Alors, souvenez-vous bien de ça, Aric : vous êtes à moi. Je décide de vous utiliser, de vous récompenser, ou de disposer de vous si c'est ce que je juge bon de faire. Dites-moi que vous comprenez.

— Oui. Je comprends. Je suis désolé.

— Bien. Maintenant, dites-moi ce que vous avez observé pendant notre entrevue avec l'Homme Gris.

— Ce que j'ai observé ? Qu'y avait-il à voir ? Il est entré, a accédé à toutes mes demandes et est reparti.

— Il n'a pas fait qu'accepter ce que vous lui demandiez ; il a augmenté la somme.

— Je sais bien. Sa fortune est légendaire. L'argent ne signifie rien pour lui, manifestement.

— Ne sous-estimez pas cet homme, prévint Eldicar.

— Je ne comprends pas. Je l'ai plumé comme un poulet, et il n'a pas offert la moindre résistance.

— La partie n'est pas terminée. Vous venez de voir un homme qui sait formidablement bien cacher sa colère. Son seul faux pas a été de montrer son mépris en augmentant la somme que vous lui extorquez. Cet Homme Gris est extraordinaire, et je ne suis pas encore prêt à l'avoir pour ennemi. Quand il révélera son jeu, vous ne ferez rien.

— Quand il révélera son jeu ?

Eldicar lui adressa un petit sourire.

— Vous reviendrez bientôt me voir avec des nouvelles fraîches, et nous en reparlerons alors. (Eldicar se leva.) Pour l'instant, j'ai envie d'explorer ce palais. Je l'aime bien. Il m'ira comme un gant.

Il prit la main de son page et quitta la pièce.

Certaines personnes pensaient que Vanis, le gros marchand, était incapable d'éprouver des regrets. Toujours jovial, il parlait souvent de la stupidité de ceux qui tenaient à revivre leurs erreurs passées, à s'en inquiéter et à les retourner dans leur esprit. « On ne peut pas changer le passé, avait-il coutume de dire, alors il faut apprendre de ses erreurs et avancer. »

Pourtant, Vanis était bien forcé de s'avouer qu'il éprouvait un léger regret – voire de la tristesse – à cause du décès de ses idiots de neveux. Ce sentiment était bien sûr adouci par les nouvelles que lui avait données Aric : ses dettes allaient être annulées et sa sœur Parla était sur le point de toucher une véritable fortune en or. Il disposerait aussitôt de la somme pour l'investir, car Parla était encore plus bête que ses deux enfants défunts.

La seule pensée de tout cet or et de ce qu'il en ferait submergea ses quelques regrets sous une cascade de plaisirs anticipés. Peut-être allait-il enfin intéresser Lalitia, la courtisane. Pour une raison inconnue de lui, elle avait repoussé toutes ses avances.

Vanis souleva sa considérable masse du canapé et marcha jusqu'à la fenêtre. Il observa les gardes qui patrouillaient dans l'enceinte de sa cour. Il ouvrit la fenêtre et sortit sur le balcon. Le ciel était dégagé, les étoiles brillaient, et la lune gibbeuse était accrochée juste au-dessus de la cime des arbres. C'était une belle nuit, chaude mais pas trop. Deux chiens de garde traversèrent le chemin pavé qui menait à la maison et disparurent dans les buissons. Ces créatures féroces le faisaient frissonner ; il espérait que les portes du bas étaient fermées. Il n'avait aucune envie de croiser l'un de ces monstres dans un couloir en pleine nuit.

Le portail de fer de la maison était fermé par une chaîne, aussi Vanis se détendit-il un peu.

En dépit de sa propre philosophie, il se surprit à repenser à ses erreurs des derniers mois. Il avait pris l'Homme Gris à la légère, croyant qu'il n'oserait pas s'obstiner dans cette affaire de dettes. Après tout, Vanis avait d'étroites relations avec la maison Kilraith, et l'Homme Gris – étant étranger – avait besoin de tous les soutiens dont il pouvait disposer afin de pouvoir gérer ses affaires à Carlis. Ce mauvais calcul lui avait coûté cher. Vanis aurait dû comprendre que la question n'allait pas être si facile à résoudre lorsqu'ils avaient fait enregistrer ses dettes et que tous les documents avaient été signés devant témoins à la guilde des marchands.

Il retourna à l'intérieur et se versa une tasse de Feu Lentrian, un spiritueux ambré plus efficace que les meilleurs vins.

Ce n'était pas sa faute, si les garçons étaient morts. Si l'Homme Gris n'avait pas menacé de le ruiner, rien de tout cela ne serait arrivé. C'était lui, le responsable.

Vanis se reversa de l'alcool et alla jusqu'à la fenêtre ouest. De là, il avait vue sur le palais de l'Homme Gris, qui brillait à la lumière de la lune, au loin, de l'autre côté de la baie. Il sortit à nouveau sur le balcon pour vérifier que les gardes étaient à leur poste. Un arbalétrier blond était assis sur la branche la plus basse d'un chêne, les yeux rivés sur l'enceinte du jardin. Deux autres gardes en patrouille passèrent sous le guetteur, et Vanis vit l'un des chiens de chasse noirs traverser le terrain d'un pas lourd. Le marchand rentra et se laissa tomber dans un fauteuil de cuir à proximité du flacon de Feu Lentrian.

Aric s'était moqué de lui quand il avait voulu louer les services de gardes du corps.

— C'est un marchand comme toi, Vanis. Tu crois qu'il se risquerait à embaucher des tueurs pour te régler ton compte ? Si l'un d'eux était capturé et le dénonçait, il perdrait tout. Nous récupérerions son palais, et ce qui reste de sa fortune dans ses coffres-forts. Par les cieux, il est presque souhaitable qu'il envoie des assassins.

— C'est facile à dire, pour toi, Aric. As-tu entendu parler des pillards qui avaient attaqué ses terres et qu'il a pris en chasse ? On dit qu'ils étaient trente. Et il les a tous tués.

— Foutaises ! s'était exclamé le noble. Ils étaient une douzaine, et je ne doute pas que l'Homme Gris avait presque tous ses hommes avec lui. Ce n'est qu'un mensonge pour enjoliver sa réputation.

— Un mensonge, hein ? Je suppose qu'on m'a menti quand on m'a dit qu'il avait tué Jorna d'un seul coup à la gorge, puis Parellis à l'aide de sa propre épée. À ce que j'ai cru comprendre, il n'a même pas versé une goutte de sueur.

— Deux jeunes idiots. Par les dieux, mon vieux, j'aurais pu en faire autant ! Quelle mouche t'a piqué, pour que tu engages des abrutis pareils ?

— C'était une erreur. Je croyais qu'ils allaient essayer de le surprendre dans les jardins du palais. Je ne m'attendais pas qu'ils l'attaquent pendant un bal, devant une centaine de témoins !

— De toute façon, c'est terminé. L'Homme Gris a cédé sans combattre. Il n'a même pas levé une épée. As-tu pensé à ce que tu allais faire des quinze mille couronnes de Parla ?

— Trente mille.

— Moins ma commission, bien entendu.

— D'aucuns penseraient que ta commission est un peu excessive, mon ami.

Vanis avait dû se contrôler pour ne pas se mettre en colère.

Aric avait ri avant de répondre :

— D'aucuns penseraient qu'en tant que premier magistrat de Carlis, je devrais faire une enquête pour savoir pourquoi deux garçons jusqu'ici exemplaires ont commis un tel acte. Et toi, qu'en penses-tu ?

— C'est très clair, avait grommelé Vanis. Ce sera donc quinze mille.

Plusieurs heures après cette conversation, Vanis en avait gardé un arrière-goût désagréable.

Il finit une troisième tasse de Feu Lentrian et se leva. Il traversa la pièce d'un pas incertain, ouvrit la porte et alla dans sa chambre. On avait rabattu les draps de satin de son lit. Vanis enleva sa robe et ses pantoufles et s'assit lourdement. Il avait la tête qui tournait. Il se laissa tomber sur l'oreiller et bâilla.

Une silhouette sombre s'approcha du lit et murmura :

— Tes neveux t'attendent.

Trois heures après l'aube, un serviteur apporta un plateau avec du pain frais et du fromage doux à Vanis. Il frappa doucement. Comme il n'entendait pas de réponse, il frappa plus fort. Pensant que son maître était profondément endormi, le serviteur retourna en cuisine. Il réessaya une demi-heure plus tard. La porte était toujours verrouillée, et aucun son ne provenait de la chambre.

Il alla chercher son chef qui ouvrit la porte à l'aide d'un double.

Vanis était étendu sur ses draps imbibés de sang, la gorge ouverte, un petit couteau courbe dans la main droite.

Dans l'heure qui suivit, le seigneur Aric, premier magistrat de la ville, était sur les lieux avec Eldicar Manushan, deux soldats de la garde et un jeune médecin. Le magicien ordonna à son page, à présent habillé d'une tunique de velours noir, d'attendre dehors.

— Ce n'est pas pour les enfants, dit Eldicar.

L'enfant acquiesça et resta dans le couloir, adossé au mur.

— Tout ça me semble assez évident, dit le médecin. Il s'est ouvert la gorge et est mort en l'espace de quelques battements de cœur. Comme vous pouvez le voir, le couteau est très aiguisé. Il n'y a que cette coupure – c'est une entaille profonde qui a ouvert la jugulaire.

— Ne trouvez-vous pas étrange qu'il ait commencé par enlever sa robe ? demanda Eldicar.

Il désigna le vêtement posé au sol, près du lit.

— Pourquoi ça, étrange ? intervint Aric. Il se mettait au lit.

— Pour mourir, dit le magicien. Pas pour dormir. Ce qui signifie qu'il savait qu'on retrouverait son corps. Rendons-nous à l'évidence, messieurs, Vanis n'était pas un bel homme. Chauve, monstrueusement gros et laid ; voilà la description qui convient. Pourtant, il se déshabille, s'assied sur les draps de satin et s'assure qu'on le trouvera dans la plus dégoûtante des positions. On aurait pu penser qu'il aurait gardé ses vêtements. Et puis je suis interloqué par la blessure elle-même. Très sale et douloureuse. Il faut beaucoup de courage pour s'ouvrir la gorge. C'est aussi efficace de s'ouvrir les veines aux poignets.

— Oui, oui, oui, dit le médecin. C'est très intéressant. Mais nous avons ici un mort, dans une pièce close, une arme à la main. Nous ne saurons jamais ce qui lui est passé par la tête au moment de son suicide. À ce que j'ai compris, ses neveux adorés ont été tués il y a à peine quelques jours. Manifestement, il avait l'esprit dérangé par la douleur.

Eldicar Manushan partit d'un rire tonitruant, dont le son contrastait horriblement avec la scène sanglante qui les entourait.

— Dérangé ? Ah oui, en effet ! Il avait tellement peur à l'idée de se faire tuer que la maison est entourée de gardes et de chiens. Une fois en sécurité, il se coupe la gorge. C'est effectivement ce que j'appelle être dérangé.

— Vous pensez donc qu'il a été assassiné, monsieur ? demanda froidement le médecin.

Le magicien marcha jusqu'au balcon et se pencha pour voir la cour en contrebas. Il se retourna vers ses interlocuteurs.

— S'il a été tué, jeune homme, c'est forcément par quelqu'un qui peut se déplacer assez silencieusement pour traverser un cordon de gardes, de chiens vicieux, escalader un mur, commettre son crime et repartir sans être vu ni senti.

— Précisément. (Il se tourna vers le seigneur Aric.) Seigneur, je vais faire venir le chariot de la morgue, et je préparerai un rapport.

Sur ces mots, le jeune médecin s'inclina devant Aric, fit un signe de tête à Eldicar, et quitta la pièce.

Aric regarda le corps obèse et grotesque qui gisait sur le lit. Il se tourna vers les deux soldats de la garde.

— Allez interroger les serviteurs et les gardes. Vérifiez que personne n'a rien vu ou entendu – n'importe quoi, même si ç'a paru sans importance sur le moment.

Les hommes saluèrent et sortirent. Eldicar Manushan ferma la porte derrière eux.

— Voulez-vous savoir ce qui s'est réellement passé ? demanda-t-il à voix basse.

— Il s'est tué, susurra Aric. Personne n'aurait pu l'atteindre.

— Demandons-le-lui.

Eldicar alla près du lit et posa la main sur le front du mort.

— Entendez-moi, murmura le magicien. Revenez du Vide pour occuper encore une fois cette coquille en ruine. Revenez dans le monde de la douleur. Revenez dans le monde de la lumière.

Le corps obèse fut pris d'un spasme, et un gargouillis s'échappa de sa gorge. Le cadavre se mit à trembler violemment. Eldicar mit les doigts dans la bouche du marchand et en extirpa un morceau de parchemin roulé en boule. Une respiration sifflante sortit des poumons de la victime, et sa gorge ouverte déversa ce qui restait de son sang.

— Parle, Vanis, ordonna Eldicar.

— Homme... Gris..., grinça le cadavre.

Le corps retomba sur le matelas, les membres toujours agités de soubresauts. Eldicar Manushan claqua des mains par deux fois.

— Retourne dans le précipice, dit-il froidement.

Le cadavre cessa de bouger.

Le magicien regarda le visage blême d'Aric, puis montra la boulette mouillée qu'il avait sortie de la gorge du marchand. Il la déplia et l'étala sur la table de chevet.

— Qu'est-ce que c'est ? demanda Aric.

Il prit un mouchoir parfumé dans sa poche et le mit sur son nez.

— On dirait la reconnaissance de la dette que l'Homme Gris a annulée. Elle contient toutes les promesses de remboursement de Vanis. (Eldicar rit encore une fois.) On pourrait dire que Vanis a dû ravaler ses promesses avant de mourir.

— Je vais le faire arrêter !

— Ne soyez pas idiot. Je vous ai dit que la partie n'était pas encore terminée. Quelle preuve aurez-vous contre lui ? Comptez-vous dire que la victime vous a parlé ? Je ne le souhaite pas. De grands événements vont bientôt se produire, Aric. C'est l'aube d'un nouvel âge. Cet incident est clos. Comme l'a dit le médecin, Vanis s'est suicidé dans un moment de profond désespoir.

— Comment l'Homme Gris a-t-il fait ? Les gardes, les chiens…

— Que savons-nous de lui ?

— Très peu de chose. Il est venu du Sud, il y a quelques années. Il a des intérêts dans toutes les grandes nations commerçantes, Gothir, Chiatze, Drenaï, Ventria. Il possède une énorme flotte de commerce.

— Et personne ne sait d'où il vient ?

— Non – pas vraiment. Lalitia jouit de ses faveurs, mais quand je lui ai demandé des renseignements sur lui, elle m'a dit qu'il ne parlait jamais de son passé. Elle croit qu'il a été soldat, bien qu'elle ignore dans quelle armée, et il parle savamment de tous les pays avec lesquels il est en affaires.

— Une femme, des enfants ?

— Non. D'après Lalitia, une fois, il a parlé d'une femme qui est morte. Mais ça fait plus d'un an qu'il couche avec Lalitia, et elle n'a toujours pas réussi à tirer de lui la moindre information utile.

— Alors, j'ai peur que le mystère reste entier, dit le magicien. Car d'ici quelques jours, l'Homme Gris aura quitté ce monde – comme beaucoup d'autres, d'ailleurs.

Juste avant l'aube, un jeune homme blond portant une tunique rouge brodée du serpent enroulé, emblème de Vanis, mena une petite barque au bord de la plage en contrebas du palais de Waylander. Il prit pied dans l'eau peu profonde et tira le bateau sur le sable. Puis il gravit les escaliers et traversa les jardins en terrasses. Quand il ne fut plus très loin des appartements de l'Homme Gris, il retira sa calotte noire. Les cheveux blonds partirent avec la coiffe. Waylander entra dans ses appartements, rangea la calotte dans un tiroir secret derrière une vieille armoire, puis enleva ses vêtements. Il roula la tunique rouge en boule et la jeta dans la cheminée, sur les bûches sèches. Il prit une petite boîte d'amadou posée à côté de l'âtre, frotta des silex et alluma un feu.

Il était d'humeur sombre. Il sentait le poids de la culpabilité sur ses épaules, même s'il ne se l'expliquait pas. Vanis avait mérité son sort. C'était un menteur, un tricheur et un minable assassin qui avait causé la mort de deux garçons innocents. *Dans n'importe quelle société un tant soit peu civilisée, on l'aurait jugé et exécuté*, pensa Waylander.

Alors pourquoi se sentait-il coupable ? Cette question l'ennuyait.

Peut-être parce que l'acte avait été si facile ? Il alla se verser de l'eau dans la petite cuisine et but à longues gorgées. Oui, ç'avait été d'une facilité déconcertante. En bon grippe-sou, Vanis avait embauché des gardes à la petite semaine. C'était l'un de ses serviteurs qui avait négocié. Les gardes n'avaient pas de commandant ; ils avaient été recrutés un par un à la taverne et dans le port, et on leur avait simplement dit de patrouiller dans le domaine. Une fois la nuit tombée, Waylander avait escaladé le mur d'enceinte, déguisé en garde, et avait traversé la cour jusqu'au grand chêne, à six ou sept mètres de la maison. Il s'était assis sur une branche et avait tranquillement attendu à la vue de tous, en faisant semblant de surveiller le mur, l'arbalète à la main. Les uns après les autres, les gardes étaient passés sous lui ; certains l'avaient regardé, et l'avaient même salué. Le maître-chien avait lui aussi été recruté indépendamment, mais pour éviter que ses bêtes ne s'attaquent aux gardes, il leur avait fait faire le tour du domaine afin qu'ils sentent l'odeur de chacun des hommes en tunique rouge. Alors que le dresseur était au milieu de sa ronde, Waylander était descendu de son perchoir et avait échangé quelques mots avec lui en caressant les chiens. Ceux-ci avaient reniflé ses bottes, puis l'avaient ignoré.

La suite avait été la simplicité même. Il avait patiemment attendu dans l'arbre qu'il fasse nuit noire, puis avait escaladé le mur de la maison et s'était caché derrière les rideaux de velours, à côté du lit du marchand.

Vanis n'avait pas souffert. L'exécution avait été rapide – il avait tranché la jugulaire de l'homme d'un seul coup. Le marchand n'avait pas eu le temps d'émettre un son qu'il s'était effondré sur son lit, son sang giclant sur les draps de satin. En guise de fioritures, il avait enfoncé le contrat dans la gorge du cadavre. De retour sur le balcon, il avait attendu que les gardes passent, puis était redescendu dans le jardin.

Une fois de l'autre côté du mur, il avait déambulé dans les rues quasi désertes de Carlis, était monté dans la barque qu'il avait laissée dans le port, et avait retraversé la baie à la rame.

C'était à ce moment qu'il avait commencé à ressentir de la culpabilité. Tout d'abord, il n'avait pas reconnu ce sentiment, l'attribuant au mal-être dont il souffrait depuis plusieurs mois déjà ; sa vie de richesse et de prodigalité ne lui apportait aucune satisfaction. Puis il avait compris que ce n'était pas aussi simple.

Oui, Vanis avait mérité la mort, mais en le tuant, Waylander avait renoué – ne serait-ce que brièvement – avec ce style de vie qui l'avait jadis empli de mépris et de honte, avec les jours sombres où il avait été Waylander le Tueur, tueur à gages. Il avait su dès ce moment pourquoi la culpabilité montait en lui. Cet acte lui avait rappelé un innocent désarmé dont le meurtre avait déclenché une guerre terrible et provoqué la mort de milliers d'hommes.

Il n'y a aucun rapport entre un roi drenaï et un marchand obèse et meurtrier, pensa-t-il pour se rassurer.

Il sortit nu à la lumière dorée de l'aube, et traversa la terrasse pour gagner une petite cascade qui coulait sur les rochers. Il pénétra dans le bassin peu profond et se plaça sous la chute. Il espérait presque que l'eau laverait l'amertume de ses souvenirs. Personne ne peut changer le passé. Si c'était possible, il reviendrait à temps dans sa petite ferme pour sauver Tanya et leurs enfants des pillards. Dans ses cauchemars, il continuait de la voir attachée au lit, une blessure béante au ventre. Dans la réalité, elle était déjà morte à son arrivée, mais dans ses rêves elle était toujours vivante et l'implorait de venir à son aide. Son sang avait coulé sur le sol, était remonté le long des murs et s'était répandu sur le plafond. Il pleuvait des gouttes cramoisies. « Sauve-moi ! » implorait-elle. Lui essayait maladroitement de défaire les nœuds de la corde ensanglantée, sans succès. Il se réveillait invariablement en sueur, le corps parcouru de tremblements.

L'eau fraîche se déversait sur son corps, lavant le sang sur ses mains.

Il sortit de l'eau et s'assit sur un bloc de marbre blanc pour se sécher au soleil. Il pensa qu'un homme pouvait toujours chercher des excuses pour ses actions, ou s'amender pour ses bêtises ou sa méchanceté. Mais en fin de compte, les actes d'un homme lui appartenaient, et il devait en répondre devant la Cour de l'Âme.

Qu'auras-tu à dire pour ta défense ? se demanda-t-il. *Quelles excuses fourniras-tu ?*

Il était vrai que si les pillards n'avaient pas massacré sa famille, Dakeyras ne serait jamais devenu Waylander. S'il n'était pas devenu Waylander, il n'aurait pas pris la vie du dernier roi drenaï. Peut-être alors la terrible guerre contre Vagria n'aurait-elle pas eu lieu. Des centaines de villes et de villages n'auraient pas été brûlés, et des dizaines de milliers d'hommes ne seraient pas morts.

Assis au soleil, sa culpabilité se mêla à du chagrin. Il avait du mal à croire qu'il avait un jour été un officier drenaï amoureux d'une gente dame qui ne voulait rien de plus que fonder une famille dans une ferme à elle. Il se rappelait à peine les pensées et les rêves de ce jeune homme. Un fait était certain : le jeune Dakeyras ne se serait jamais déguisé pour massacrer un homme sans défense dans son lit.

À cette pensée, Waylander frissonna.

Au cours des années, il avait souvent essayé de changer de vie. Il s'était autorisé à aimer une autre femme, Danyal, et l'avait aidée à élever les deux orphelines, Miriel et Krylla.

Après la guerre vagrianne, il avait construit une cabane dans les montagnes et avait vécu la vie paisible de Dakeyras, père de famille. Il avait presque fini par être heureux. Après la mort de Danyal dans un accident de cheval, il s'était occupé seul des filles. Krylla avait épousé un jeune homme et était partie dans une contrée lointaine pour vivre dans une ferme et construire une famille.

C'est ensuite que les tueurs étaient venus. Dakeyras ne voyait pas pourquoi Karnak, le souverain des Drenaïs, avait envoyé des assassins pour le tuer. C'était incompréhensible. Jusqu'au jour où il découvrit que le fils de Karnak avait involontairement causé la mort de Krylla au cours d'une beuverie. Craignant que Waylander cherche à se venger, Karnak avait réagi précipitamment en lui envoyant des assassins. Ils échouèrent. Et moururent. Le temps de la mort et du sang était revenu.

Finalement, Waylander avait essayé de refaire sa vie dans la lointaine cité gothire de Namib. Cette fois encore, des assassins étaient venus le dénicher. Il les avait conduits dans les profondeurs de la forêt qui bordait la ville, en avait tué trois et avait capturé le quatrième. Au lieu de l'exécuter, il avait passé un marché avec lui. Karnak avait offert une fortune en or contre la tête de Waylander. Comme preuve de sa mort, il voulait sa célèbre double arbalète. L'un des assassins morts ressemblait vaguement à Waylander ; celui-ci lui avait donc coupé la tête et l'avait mise dans un sac. Puis il avait donné son arbalète au survivant.

— Avec ces preuves, tu vas devenir riche, avait-il dit. Notre affaire est-elle conclue ?

— Oui, avait répondu l'homme.

Il était rentré à Drenan et avait empoché la récompense. Le crâne et l'arbalète furent exposés dans le Musée de marbre.

Une fois de plus, Waylander avait voyagé dans des contrées lointaines ; il avait choisi de vivre une vie d'abondance au Kydor.

Mais à présent, il était redevenu un assassin. Non par nécessité, mais à cause de son orgueil mal placé.

C'était une pensée déplaisante.

Dans dix jours, le bateau viendra me chercher, se dit-il. *Quand j'aurai traversé l'océan, peut-être trouverai-je une vie sans mort et sans violence. Un monde sans hommes, une grande terre de montagnes et de ruisseaux. Peut-être que là, je serai heureux.*

À l'intérieur de lui, il entendit un petit rire moqueur.

Tu seras toujours Waylander le Tueur. C'est dans ta nature.

Ustarte, la prêtresse, se tenait à côté de la fenêtre. Loin, en contrebas, elle voyait l'Homme Gris assis près de la cascade. Même de là où elle se trouvait, elle percevait sa honte. Elle se détourna. Ses trois acolytes au crâne rasé attendaient en silence, assis autour de la table. Leurs émotions étaient fortes et leurs pensées troublées. Prial était le plus effrayé des trois, car c'était celui qui avait le plus d'imagination. Il pensait à la cage et aux fouets de feu. Son cœur battait la chamade.

Le puissant Menias, un petit homme lourd d'humeur toujours maussade, ressentait lui aussi la peur, mais elle s'accompagnait chez lui d'un sentiment de frustration et de colère. Il détestait les Maîtres de tout son être et rêvait du jour où il changerait et les détruirait en arrachant la chair de leurs os. Il avait refusé de s'échapper par le portail. Il les avait tous encouragés à rester et à se battre.

Corvidal, à la silhouette élancée et aux yeux sombres, était le plus calme des trois, mais c'était le seul que la situation contentait. Tout ce qu'il désirait, c'était être avec

Ustarte. La prêtresse sentait son amour, et, bien qu'elle ne pût le lui rendre de la manière qu'il espérait, elle en tirait une grande joie, car il avait permis à Corvidal de se libérer de la haine qui enchaînait toujours Menias. Le simple fait que l'amour puisse vaincre la haine redonnait espoir à Ustarte.

— On y va ? demanda Prial.

— Pas encore.

— Mais nous avons échoué, dit Menias. Nous devrions rentrer, trouver les autres survivants et poursuivre le combat.

Ustarte revint à la table dans un bruissement de soie. Corvidal se leva et tira la chaise de la prêtresse. Elle regarda son visage doux et lui adressa un sourire de remerciements en s'asseyant. Comment dire à Menias qu'il n'y avait pas d'autres survivants, qu'elle avait ressenti leur mort de l'autre côté de la porte ?

— Je ne peux pas me contenter d'abandonner ces gens à leur sort.

Ils restèrent silencieux pendant un moment. Puis Prial prit la parole.

— Les portes s'ouvrent. Les Tueurs de la Brume ont déjà été vus. Le *kriaz-nor* ne va pas tarder à arriver. Les armes ridicules de ce monde ne les arrêteront pas, Ustarte. Je n'ai aucune envie d'assister aux horreurs à venir.

— Et pourtant, les habitants de ce monde les ont vaincus il y a trois mille ans, répondit-elle.

— Mais, à l'époque, leurs armes étaient plus puissantes, dit Menias de sa voix profonde.

Elle sentit la frustration et la colère de son acolyte.

— Où ont-ils acquis la connaissance pour fabriquer de telles armes ? répliqua-t-elle. Et où se trouvent ces armes, à présent ?

— Comment le saurions-nous ? intervint Corvidal. Les légendes parlent de dieux, de démons et de héros fantastiques. Il n'y a pas d'Histoire de cette période, dans ce monde. Rien que des fables.

— Pourtant il y a des indices, dit Ustarte. Toutes les légendes parlent d'une guerre entre les dieux. Ce qui me laisse penser qu'il y a eu une discorde à Kuan-Hador, et que certains d'entre eux au moins ont pris le parti de l'humanité. Sinon, comment les hommes auraient-ils pu créer les épées de lumière ? Comment auraient-ils gagné ? Oui, nous avons échoué dans notre tentative pour empêcher l'ouverture des portes, et nous n'avons toujours pas réussi à trouver où étaient passées les armes que l'humanité a utilisées au cours de la première guerre. Mais nous devons continuer.

— C'est trop tard pour ce monde, Ustarte, dit Prial. Je pense que nous devrions utiliser le peu de pouvoir qui nous reste pour ouvrir une porte.

Ustarte réfléchit à ses paroles, puis secoua la tête.

— Le pouvoir qui me reste, je l'utiliserai à aider ceux qui combattront l'ennemi. Je ne fuirai pas.

— Et qui va se battre ? demanda Menias. Qui va s'opposer au *kriaz-nor* ? Le duc et ses soldats ? Ils vont se faire tuer – ou pire. Ils vont les capturer et les Unir. D'autres nobles seront séduits par des promesses de richesse ou de vie prolongée, ou de position dans le nouvel ordre. Les humains sont si faciles à corrompre.

— Je pense que l'Homme Gris va se battre, dit-elle.

— Un humain ? s'étonna Menias. Nous risquons notre vie à cause de notre foi en un seul humain ?

— Il y en aura d'autres. Il y a un autre indice qui relie les légendes entre elles. Toutes les histoires parlent du retour des héros. Ils meurent, et pourtant les gens croient qu'ils reviendront quand ce monde aura besoin d'eux. À mon avis, ceux qui ont aidé l'humanité ont subtilement Uni les héros pour que leurs descendants aient le pouvoir de combattre le mal au cas où il reviendrait.

— Sauf votre respect, Éminente, dit Corvidal, c'est un espoir, pas un avis. Il n'y a pas la moindre parcelle de preuve pour étayer cette hypothèse.

— C'est plus qu'un espoir, Corvidal. Nous connaissons le pouvoir de l'Union, car c'est par elle que nous existons. Nous savons aussi que nos propres maîtres interdisent aux Unis d'engendrer – ou de porter – des enfants. Ils ne veulent pas courir le risque de créer des êtres qui pourraient décider de leur propre destinée. Mais je crois que c'est ce qu'ont fait les anciens : ils ont amélioré leurs alliés humains et ont permis à leurs talents de passer de génération en génération. Nous voyons ça tout autour de nous. Les shamans du Nadir qui sont capables de fondre l'homme et le loup en d'effrayantes créatures. Les prêtres de la Source dont l'esprit peut s'élever et dont les pouvoirs peuvent guérir de terribles maladies. Nous avons appris grâce à nos études qu'avant la venue des Anciens, l'humanité avait peu de dons. Les Anciens ont imprégné certains membres de l'espèce humaine avec ces pouvoirs. Les anciens ont dit à leurs alliés qu'à l'avenir, si le mal revenait, leurs pouvoirs refleuriraient. D'où les légendes sur le retour des rois et des héros. Je ressens ce pouvoir chez l'Homme Gris.

— Ce n'est qu'un tueur, dit Prial avec mépris.

— Il est plus que ça. Il y a en lui une noblesse d'esprit et une puissance qu'on ne trouve pas chez les hommes ordinaires.

— Je ne suis pas convaincu, insista Prial. Je suis de l'avis de Corvidal. Vous risquez nos vies sur la base d'un espoir bien mince.

Voyant qu'ils étaient tous d'accord, Ustarte s'inclina.

—Je vais ouvrir un portail pour que vous puissiez partir, dit-elle tristement.

—Mais vous allez rester ? demanda Corvidal.

—Oui.

—Alors, je reste avec vous, Éminente.

Menias et Prial échangèrent un regard, puis Prial parla :

—Je resterai jusqu'à l'arrivée du *kriaz-nor*. Mais je n'ai aucune intention de sacrifier ma vie inutilement.

—Et toi, Menias ? demanda la prêtresse.

Il haussa ses puissantes épaules.

—Où vous serez, je serai, Éminente.

Yu Yu Liang se racla la gorge et cracha dans la mer. Il était désespéré. Sa quête pour devenir un héros était bien différente de ce à quoi il s'était attendu. Quand il était terrassier, il recevait quelques pièces en fin de semaine. Il les utilisait pour se payer de la nourriture, de l'alcool, un logement et des filles de joie. Il ne manquait jamais de nourriture, n'avait jamais assez de femmes, et buvait beaucoup trop d'alcool. Mais, avec le recul, cette vie n'était pas si déplaisante qu'il y paraissait sur le moment.

Il ramassa un caillou plat et le lança au loin au-dessus des vagues. Le galet ricocha, plana sur cinq ou six mètres et disparut dans l'eau.

Yu Yu soupira. Maintenant, il avait une bonne épée, pas d'argent, pas de femmes, et était assis sous le soleil d'une terre étrangère à se demander pourquoi il était parti si loin de chez lui. Il n'avait jamais eu l'intention de quitter les terres chiatzes. Au début, il voulait juste aller dans les montagnes de l'Ouest et rejoindre une bande de voleurs de grand chemin. C'est alors qu'il avait traversé un champ de bataille et était tombé sur le *rajnee* mort. Il se rappelait le moment où il avait vu l'épée. Elle dépassait du sol, derrière un buisson. Le soleil s'était reflété sur sa lame pendant que Yu Yu dépouillait le cadavre. Le *rajnee* n'avait pas d'argent, aussi Yu Yu s'était-il relevé pour aller ramasser l'arme. Elle était belle ; sa lame brillait, la longue poignée à deux mains était magnifiquement ouvragée et gainée de cuir. Le pommeau était en argent, gravé d'une fleur de montagne. Yu Yu avait sorti l'épée de la terre.

Par la suite, il avait oublié son objectif de départ et, gagné par l'envie de découvrir des terres lointaines, avait décidé de se diriger vers le nord-est. C'était très étrange ; assis dans la baie de Carlis, il ne parvenait absolument pas à se rappeler pourquoi il avait trouvé l'idée si bonne.

Deux jours plus tard, quelque chose d'encore plus bizarre s'était produit. Il avait croisé le chemin d'un marchand qui voyageait dans une carriole avec ses deux jolies filles et son fils attardé. La carriole avait perdu une roue, et ils étaient assis au bord de la route. Nouvellement détrousseur et hors-la-loi, Yu Yu aurait dû voler l'or de cet homme, violer ses filles et repartir plus riche et plus détendu. C'était son intention, et il s'était approché du groupe avec une expression qu'il pensait être menaçante. Pour montrer son hostilité, il avait saisi la poignée de son épée et s'était tenu prêt à la tirer pour terrifier ses victimes.

Une heure plus tard, il avait réparé la carriole et escorté le marchand jusqu'à son village, à dix kilomètres vers l'est. En récompense, on lui avait offert un bon repas, et il avait reçu un baiser sur la joue de la part des deux sœurs, et un petit sac de provisions de la part de leur mère. *Tu es trop stupide pour être voleur*, s'était-il dit en reprenant sa route.

À présent, sa stupidité l'avait amené au Kydor, un pays où les hommes aux traits chiatzes étaient visibles comme… comme… Il chercha une métaphore, mais ne trouva rien d'autre que « des verrues sur le cul d'une putain ». Ce n'était pas très satisfaisant ; il cessa de chercher des métaphores. Cependant, le problème était bien réel. Comment un guerrier chiatze pouvait-il devenir voleur de grand chemin dans un pays où il serait instantanément identifié partout où il irait ? C'était impossible.

À cet instant, une jeune femme blonde arriva sur la petite plage. À l'étonnement de Yu Yu, elle l'ignora et enleva sa robe et ses sous-vêtements. Une fois nue, elle courut jusqu'à l'eau et plongea. Elle remonta à la surface et nagea avec de longs mouvements déliés. Elle amorça un virage et s'approcha de Yu Yu. Elle fit du surplace, rejeta la tête en arrière et passa les mains dans ses cheveux.

— Pourquoi ne nagez-vous pas ? lança-t-elle. Vous n'avez pas chaud dans votre peau de loup ?

Yu Yu dut admettre qu'il avait effectivement chaud. Elle éclata de rire et s'éloigna vers les eaux plus profondes.

Yu Yu quitta ses habits le plus vite possible et se jeta à l'eau. Il atterrit sur le ventre, ce qui était douloureux. Mais pas aussi déplaisant que ce qui suivit : il coula comme une pierre. Battant désespérément des bras, il lutta pour remonter à la surface. Sa tête émergea et il prit une grande goulée d'air. Pendant un moment il fut ballotté à la surface, puis il expira et coula à nouveau dans l'eau froide.

Il fut pris de panique. Quelqu'un l'attrapa par les cheveux et le tira vers la surface. Il se débattit et parvint à ressortir la tête de l'eau.

— Prenez une grande inspiration et retenez-la, lui ordonna la femme. (Yu Yu s'exécuta et flotta à côté de la jeune fille.) C'est l'air dans vos poumons qui vous permet de flotter.

Rassuré par sa présence, Yu Yu se détendit un peu. Elle disait vrai. Tant qu'il gardait de l'air dans sa poitrine, il ne coulait pas.

— Maintenant, laissez-vous aller en arrière, dit-elle. Je vais vous soutenir.

Il sentit les bras de la jeune femme passer sous son dos, et il s'abandonna avec gratitude. Il regarda sur sa droite et se retrouva face à une paire de seins parfaits. L'air gicla de ses poumons et il coula. Ses bras le poussèrent vers la surface et il cracha de l'eau.

— Mais quel genre d'idiot plonge dans la mer sans savoir nager ? demanda-t-elle.

— Je suis Yu Yu Liang, parvint-il à articuler entre deux bouffées d'air.

— Bon, alors laisse-moi te montrer, Yu Yu Liang.

Les quelques minutes qui suivirent furent un véritable bonheur. Elle lui enseigna un mouvement rudimentaire qui lui permettait de se mouvoir dans l'eau. Le soleil réchauffait le dos de Yu Yu, et l'eau rafraîchissait son corps. Finalement, elle lui demanda de nager vers les eaux peu profondes, près de la plage. Il la regarda patauger jusqu'à ses vêtements. Il la suivit.

Elle escalada des rochers et enleva le sel de son corps sous une petite chute d'eau. Yu Yu avait les yeux rivés sur elle ; il était impressionné par sa beauté. Puis il grimpa à son tour et se rinça. Ils redescendirent sur la plage et la femme s'assit sur un rocher pour se sécher au soleil.

— Tu es arrivé avec le seigneur Matze Chaï, dit-elle.

— Je suis… garde du corps.

Excité par la nudité de la jeune femme, Yu Yu se sentait comme étourdi. Sa compréhension de la langue des yeux-ronds, qui était au mieux faible, était à présent presque nulle.

— J'espère que tu combats mieux que tu nages, dit-elle.

— Je suis grand guerrier. Je combattu démons. Je peur de rien.

— Je m'appelle Norda. Je travaille au palais. Tous les serviteurs ont entendu ces histoires de démons dans la brume. C'est vrai ? Ou est-ce qu'il ne s'agissait que de voleurs ?

— Démons, oui. Je coupe bras d'un et il brûle. Ensuite… parti. Reste rien. Moi fait ça.

— Vraiment ? demanda Norda.

Yu Yu soupira.

— Non. Kysumu coupé bras. Mais je fais, si je plus près.

— Je t'aime bien, Yu Yu Liang, dit-elle avec un sourire.

Elle se leva, se rhabilla et remonta vers les rochers pour rejoindre le chemin.

— Je t'aime bien aussi, lança-t-il.

Elle se retourna, lui fit un signe d'adieu et disparut.

Yu Yu resta assis un moment, puis il s'aperçut qu'il avait faim. Il mit ses vêtements, passa son épée dans sa ceinture et remonta la pente. *Peut-être que la vie au Kydor ne sera pas si déplaisante*, pensa-t-il.

Kysumu était assis sur le balcon de leur chambre. Il dessinait les falaises et la ville de l'autre côté de la baie. Il leva les yeux lorsque Yu Yu entra.

— Je me suis bien amusé, dit ce dernier. J'ai nagé avec une fille. Elle était belle, avec des cheveux blonds et des seins comme des melons. Des beaux seins. Je suis un excellent nageur.

— J'ai vu, dit Kysumu. Mais si tu veux devenir *rajnee*, tu dois mettre de côté tous tes désirs charnels et te concentrer sur le spirituel, sur le voyage de l'âme vers la véritable humilité.

Yu Yu réfléchit, puis conclut que c'était une plaisanterie. Il ne l'avait pas comprise, mais il rit par politesse.

— J'ai faim, dit-il.

Elphons, duc de Kydor, engagea son cheval de bataille gris sur la pente qui conduisait aux herbages de la plaine d'Eiden. Derrière lui, s'ébranlèrent ses aides et sa garde personnelle composée de quarante lanciers. Elphons avait cinquante et un ans, et le long voyage depuis la capitale l'avait grandement fatigué. De constitution solide, le duc souffrait depuis peu de vives douleurs aux articulations, en particulier aux coudes, chevilles et genoux, qu'il avait sensibles et enflés. En laissant derrière lui le climat humide et froid de la capitale pour la douceur de la région de Carlis, il avait espéré que son état s'améliorerait ; pour le moment, toutefois, l'évolution n'était pas flagrante. De temps à autre, il avait également un peu de mal à respirer.

Il se retourna vers le convoi de cinquante lourds chariots, dont le premier transportait son épouse et ses trois dames d'honneur. Niallad, son fils âgé de quinze ans, montait un cheval et trottait à la hauteur du convoi ; son armure toute neuve scintillait au soleil. Elphons soupira et éperonna sa monture.

Le temps avait été clément durant la traversée des montagnes, et la température montait régulièrement à mesure qu'ils descendaient vers les plaines. Au début, la chaleur avait été agréable après les vents d'altitude, mais à présent, elle devenait intolérable. Des gouttes de sueur dégoulinaient sur le large visage du duc. Il souleva son casque estampé d'or et ôta son bonnet de mailles d'argent, exposant sa chevelure grise, épaisse et ébouriffée.

Lares, son aide mince, à la calvitie naissante, trottait à côté de lui.

— Il fait une chaleur incroyable, sire, dit-il en retirant le bouchon de sa gourde en cuir pour verser de l'eau sur un mouchoir en lin.

Il tendit celui-ci à Elphons, qui l'appliqua sur son visage et sa barbe poivre et sel. Instantanément, la brise brûlante se fit fraîche sur sa peau. Le duc dégrafa sa lourde cape rouge et la passa à Lares.

Loin devant, Elphons vit les chariots des marchands s'enfoncer dans la forêt épaisse qui bordait le lac de Cepharis. Il se rembrunit aussitôt. Ils avaient repéré le convoi dans la matinée sous la forme d'un nuage de poussière à l'horizon. Lentement, ils avaient gagné du terrain et n'avaient plus qu'un demi-mile de retard sur lui. Elphons avait hâte d'arriver au lac pour retirer son armure et nager un peu dans ses eaux fraîches, et il n'avait pas vraiment envie de les partager avec au moins trois douzaines de charretiers et leurs familles. Comme d'habitude, le jeune Lares avait deviné les pensées de son maître.

— Je pourrais les rattraper et leur demander de partir, sire.

C'était une idée tentante, mais Elphons la repoussa aussitôt. Les charretiers avaient aussi chaud que lui, et ce lac n'appartenait à personne. Non, la simple vue du convoi du duc attendant patiemment suffirait à les faire reprendre la route promptement. D'ici là, cependant, Elphons et les siens ne pourraient faire autrement que d'avaler la poussière soulevée par les marchands.

Il tapota le cou lisse de son cheval.

— Tu es fatigué, Osir, et j'ai bien peur de ne plus être aussi léger qu'il y a quelques années.

Le cheval s'ébroua et rejeta la tête en arrière.

Le duc éperonna doucement la bête, qui reprit sa longue descente. Un nuage solitaire passa brièvement entre le Soleil et la Terre, et Elphons goûta avec délice ces deux secondes de répit.

Et puis, le nuage s'en alla. Comme le lac n'était plus très loin, le duc but le contenu de sa gourde et se retourna sur sa selle pour regarder les chariots rouler avec circonspection. Il y avait des éboulis sur le flanc de la colline, et un véhicule mal manœuvré risquait de se retourner et de se disloquer sur la pente rocailleuse.

Aldania, son épouse aux cheveux argentés, lui fit un signe de la main. Il lui répondit. Quand elle souriait, elle redevenait jeune et, pensa-t-il, infiniment désirable. Ils étaient mariés depuis vingt-deux ans, et le duc était toujours conscient de sa chance. Fille unique d'Orien, l'avant-dernier roi drenaï, elle avait fui ses terres durant la guerre contre Vagria. À l'époque, Elphons était un jeune chevalier. Ils s'étaient rencontrés à Gulgothir, la capitale gothire. Dans d'autres circonstances, cette histoire d'amour entre une princesse et un chevalier n'aurait pas pu durer, mais, comme le frère d'Aldania, le roi Niallad, avait été assassiné et que l'Empire drenaï était en ruine, ses prétendants n'étaient pas légion. Après la guerre, une fois le Drenaï devenu une république, ils étaient encore moins nombreux. Le nouveau maître du Drenaï, le géant adipeux Karnak, avait déclaré qu'Aldania n'était plus la bienvenue chez elle. Ainsi, Elphons avait-il gagné sa main et son cœur, avant de la ramener au Kydor et de vivre vingt-deux belles années de bonheur.

Perdu dans ces souvenirs heureux, Elphons oublia la chaleur et ses douleurs et continua de chevaucher le cœur léger. Elle était tout ce dont il avait rêvé : une amie, une maîtresse, une conseillère avisée en temps de crise. Il n'avait qu'une seule chose à lui reprocher : la manière dont elle avait élevé leur fils. Elle était complètement folle de Niallad et refusait d'entendre la moindre critique à son sujet.

Elphons aimait son fils, mais il s'inquiétait pour lui. Il était trop craintif. Le duc se retourna vers Niallad. Celui-ci lui fit un signe. Elphons lui sourit et agita la main. *Si je pouvais retourner en arrière,* pensa le duc, *j'étranglerais ce maudit conteur.* Niallad n'avait que six ans lorsqu'il entendit le récit détaillé de la mort de son oncle, le roi drenaï. Après cela, il avait eu des cauchemars pendant des mois et des mois, persuadé que le maléfique Waylander le pourchassait. Durant la majeure partie de cet été-là, le garçon s'était invité dans le lit de ses parents.

Elphons avait fini par faire venir l'ambassadeur du Drenaï, un homme agréable, père d'une famille nombreuse, pour qu'il explique à Niallad comment le monstrueux Waylander avait été capturé et décapité. Sa tête écorchée était désormais exposée dans un musée de Drenan à côté de l'arbalète de l'infâme assassin.

Pendant un temps, les cauchemars du garçon cessèrent, jusqu'à ce que leur parvienne la nouvelle du vol de l'arbalète et du meurtre de Karnak.

Aujourd'hui encore, neuf années plus tard, Niallad refusait de voyager sans une garde rapprochée. Il détestait la foule et, autant que possible, évitait tous types de rassemblements. Lors des cérémonies officielles, lorsque Elphons l'obligeait à être présent, il restait constamment à côté de son père, les yeux écarquillés, le visage ruisselant de sueur. Personne ne le lui faisait remarquer, évidemment, même si tout le monde s'en rendait compte.

Le duc se retourna vers la piste. Il était presque au pied de la colline. Il mit sa main en visière et regarda en direction du lac bordé d'arbres, situé à quatre cents mètres de là. Il ne voyait personne nager. C'était curieux. Les charretiers devaient avoir poursuivi leur route. Des hommes hardis, assurément. Pourtant, ils étaient accompagnés de femmes et d'enfants. Une bonne baignade leur aurait fait le plus grand bien. Peut-être la proximité du duc les avait-elle dissuadés de s'arrêter. Elphons espérait qu'il y avait une autre raison.

Lares vint se positionner à sa hauteur et fit signe aux vingt éclaireurs de se détacher du convoi. Les cavaliers les dépassèrent au petit galop, puis foncèrent vers la forêt.

C'était bien triste, mais ces précautions étaient devenues nécessaires. Ces deux dernières années, on avait attenté à la vie du duc à trois reprises. Tels étaient les mœurs en Angostin. La force et la ruse étaient nécessaires pour se maintenir au pouvoir. *Et la chance*, pensa Elphons. Les quatre maisons principales du Kydor avaient conclu une trêve fragile, cependant, les disputes étaient fréquentes et le recours à la force ne pouvait pas toujours être évité. L'année dernière encore, le seigneur Panagyn, de la maison Rishell, avait mené une guerre courte mais sanglante contre le seigneur Ruall de la maison Loras et le seigneur Aric de la maison Kilraith. Il y avait eu trois batailles décisives ; Panagyn avait perdu un œil lors de la troisième, et Ruall avait perdu ses deux frères lors de la deuxième. Le seigneur Shastar, de la modeste maison Bakard, n'avait pas respecté le traité signé avec Panagyn et s'était récemment allié à Aric et Ruall, ce qui présageait une nouvelle guerre. C'était la raison pour laquelle Panagyn avait envoyé des assassins tuer Elphons – du moins était-ce l'avis du duc. La loi était claire : les forces du duc ne pouvaient être utilisées pour arbitrer un conflit opposant deux maisons. Néanmoins, si le duc venait à mourir, ses trois mille soldats rejoindraient sans doute Panagyn. Ce dernier était une brute, toutefois, en tant que soldat, il était respecté. Avec ces renforts, il pourrait gagner la guerre civile et devenir duc lui-même.

Tôt ou tard, se dit Elphons, il lui faudrait tuer Panagyn ; autrement, Niallad serait en grand danger. Le fils d'Elphons n'était pas encore prêt à commander. Peut-être même ne le serait-il jamais. Cette pensée fit frissonner le duc. Il leva les yeux vers le ciel.

— Donnez-moi encore cinq ans, pria-t-il la Source.

Cela laisserait peut-être à son fils le temps de changer.

Le duc tira sur ses rênes, tandis que ses cavaliers se dispersaient avant d'entrer dans la forêt. Quelques secondes plus tard, ils faisaient demi-tour et galopaient en direction du convoi. Le capitaine, un jeune homme nommé Korsa, arrêta sa monture juste devant lui.

— Il y a eu un massacre, mon seigneur, annonça-t-il aussitôt en oubliant de saluer.

Elphons fixa intensément le visage blême du soldat.

— Un massacre ? Que veux-tu dire ?

— Ils sont tous morts, sire. C'est une véritable boucherie !

Elphons éperonna son cheval et se dirigea vers le lac. Ses quarante lanciers s'élancèrent à sa suite.

Les chariots étaient éparpillés au milieu des arbres à une quinzaine de mètres de la berge. Des chevaux, en revanche, il n'y avait pas trace. Il y avait du sang partout sur les troncs et la terre. Elphons défourailla sa longue épée et examina le carnage. Lares et Korsa descendirent de cheval, tandis que les autres cavaliers attendaient nerveusement les ordres, leur arme à la main.

Un vent d'hiver froid soufflait sur le lac. Elphons frissonna. Il mit pied à terre et marcha jusqu'à la rive. Bizarrement, de la glace flottait sur l'eau. Elle fondait rapidement. Il en ramassa un peu. Sous ses pieds, la boue craquait quand il marchait. Il rengaina son épée et retourna près de Lares et Korsa, qui examinaient un chariot renversé. Les planches brisées étaient couvertes de sang, et une traînée rouge et gluante s'enfonçait entre les arbres, comme laissée par un ver géant. Sur son chemin, plusieurs buissons avaient été déracinés.

Elphons se tourna vers un de ses soldats.

— Rejoins les autres et dis-leur de ne plus bouger.

L'homme fit volte-face et, avec soulagement, sortit de la forêt.

Il y avait de la glace fondue partout. Le duc examina le sol. Bien que la terre fût retournée, il réussit à trouver une empreinte juste derrière le chariot. On aurait dit celle d'un ours, sauf que la patte était plus fine et plus longue. Griffue à trois doigts.

En l'espace de quelques minutes, quelque chose s'était abattu sur les charretiers et leurs familles, les avait tués, avait massacré leurs chevaux, avant de les emporter dans les profondeurs de la forêt. Ce genre de chose ne pouvait s'accomplir dans la discrétion. Les victimes avaient dû crier de peur et de douleur. Cependant, alors qu'il se trouvait à peine à quelques centaines de mètres de là, Elphons n'avait rien entendu. Et puis, comment de la glace pouvait-elle se former par une telle chaleur ?

Elphons suivit un peu la piste ensanglantée. Des oiseaux morts jonchaient le sol. Leurs plumes étaient couvertes de givre.

Lares marchait sur la terre imbibée de sang. Il tremblait.

— Quels sont vos ordres, sire ?

— Si nous contournons le lac par le nord, dans combien de temps arriverons-nous à Carlis ?

— Au crépuscule, sire.

— Dans ce cas, c'est ce que nous allons faire.

— Je n'arrive pas à croire que nous n'ayons rien entendu. Nous n'avons jamais perdu la forêt de vue.

— On a usé de sorcellerie pour tuer ces gens, dit le duc en faisant le signe des Cornes Protectrices. Une fois que ma famille sera en sécurité à Carlis, je reviendrai avec les hommes d'Aric et un prêtre de la Source. Le mal qui se dissimule au milieu de ces arbres sera détruit. Je le jure.

Il était encore tôt lorsque Waylander se rendit à la bibliothèque de la tour nord et monta l'escalier de fer en colimaçon jusqu'au troisième étage et la section des antiquités. Les trois acolytes de la prêtresse Ustarte étaient assis à la table centrale, où ils étudiaient des rouleaux de parchemin. Ils ne levèrent même pas les yeux quand il entra dans la salle.

Des hommes étranges, pensa-t-il. Malgré les pierres épaisses des murs de la tour, la chaleur était déjà intense, ce qui ne les empêchait pas de porter une robe lourde et grise ainsi qu'un bonnet, une écharpe en soie et des gants fins. Waylander passa à côté d'eux en faisant mine de ne pas les avoir vus et sentit leurs regards se poser sur son dos. Il eut un sourire en coin. Les prêtres ne l'avaient jamais vraiment aimé.

Il s'arrêta pour examiner les rayonnages. Plus de trois mille documents étaient stockés ici ; il y avait des volumes reliés de cuir, des parchemins défraîchis et même des tablettes en argile ou en pierre. Certaines d'entre elles étaient indéchiffrables et attiraient des savants venus d'aussi loin que Ventria ou Angostin.

Sa recherche aurait été beaucoup plus simple si le vieux bibliothécaire Cashpir n'avait été victime d'une fièvre qui l'empêchait de se lever. Sa connaissance de ces lieux était phénoménale, et c'était grâce à lui que Waylander avait pu rassembler tant de documents précieux. Il essaya de se rappeler le jour où il avait consulté un texte sur les épées de lumière. Une tempête faisait rage ; le ciel était noir et lourd. Il était assis à la place des prêtres et travaillait à la lueur d'une lanterne.

Il se torturait l'esprit depuis trois jours dans l'espoir de recouvrer la mémoire. Il se tourna vers la fenêtre ouverte et les volets de bois tout neufs. Alors, tout lui revint.

Les vieux volets n'étaient pas étanches, et la pluie avait éclaboussé les rayonnages tout proches, endommageant les documents qu'ils abritaient. Waylander et Cashpir avaient déposé quelques rouleaux sur la table. Des rouleaux qu'il avait lus par hasard. Les étagères touchées étaient encore vides. Waylander traversa la salle pour se rendre dans le modeste bureau utilisé par Cashpir. Il y régnait un désordre absolu. Des rouleaux de parchemin étaient éparpillés partout, et, sur la table de travail, le cuir du sous-main était totalement dissimulé sous des piles de livres et de documents. Cashpir avait un esprit étonnant, mais aucun sens de l'organisation.

Waylander fit le tour de la table et s'assit, puis, en fouillant parmi les parchemins, tenta de se souvenir de ce qui avait attiré son attention le jour de la tempête. Un des rouleaux parlait de créatures géantes à la fois humaines et animales. Waylander lui-même avait été pourchassé par un monstre de ce type vingt ans auparavant – la bête censée le tuer avait été envoyée par un shaman nadir.

Il étudia les rouleaux, les examina un à un avant de les déposer par terre, à ses pieds. Finalement, il saisit un parchemin jaunissant et le reconnut immédiatement. Par endroits, l'encre était devenue quasi illisible, et des taches de moisissure s'étaient formées. Cashpir avait traité les autres documents avec une solution de son invention supposée les conserver. Waylander prit le rouleau et retourna dans la salle principale, près de la fenêtre. Il lut les premières lignes à la lumière du soleil :

« De la glorieuse Kuan-Hador, ne restaient plus que des ruines mornes et dentelées, témoignage de l'arrogance vaine des hommes. Aucun signe des Dieux-Rois. Le soleil brûlant ne projetait plus l'ombre d'aucun Guerrier de la Brume. L'histoire de la cité, tout comme celle de ses héros et de ses vilains, a été effacée de ce monde. Ne subsistent plus que quelques légendes orales contradictoires, des récits déformés de créatures de la glace et du feu, de guerriers armés d'épées de lumière qui combattaient des démons mi-hommes, mi-bêtes.

Il est certes facile de comprendre comment sont nées de telles légendes lorsqu'on visite ces ruines. On y voit des statues effondrées à tête de loup et corps d'homme. On y voit les restes d'énormes arches bâties, semble-t-il, sans aucune raison. L'une d'entre elles, baptisée "la Folie de Hador" par l'historien Ventaculus a été excavée dans une falaise de granit. Il s'agit en effet d'une pièce très curieuse. Les gravures qui ornent ses piliers internes paraissent s'enfoncer dans la roche de la falaise, comme si celle-ci avait poussé telle de la mousse.

J'ai recopié nombre de ces pictogrammes, et plusieurs de mes collègues ont passé des décennies à tenter de déchiffrer leur langage complexe. Jusque-là, nos efforts n'ont guère été couronnés de succès. Il apparaît néanmoins que Kuan-Hador était unique dans l'ancien monde. Son architecture, les techniques de ses artisans sont très particulières. Nombre de pierres sont noircies par le feu, et il est fort probable que la cité ait été détruite par un grand incendie, résultat d'un conflit avec une civilisation voisine. Très peu d'artefacts ont été retrouvés sur place, même si le roi de Symilia a en sa possession un miroir d'argent qui ne ternit jamais, prétendument découvert parmi les ruines de la ville mystérieuse. »

Waylander fit une pause dans sa lecture. Suivaient une série de descriptions de sites remarquables, ainsi qu'une suggestion de plan. Comme le texte était d'un ennui prodigieux, il le parcourut en diagonale jusqu'au paragraphe de conclusion :

« Comme souvent lorsqu'il s'agit d'une civilisation déchue, on a fréquemment dit de Kuan-Hador qu'elle était décadente. Les nomades qui peuplent encore les terres qui ceignent la cité parlent de sacrifices humains et de démons. Il ne fait aucun doute que la ville abritait de puissants magiciens. À en juger par les statues et les pictogrammes que nous sommes parvenus à déchiffrer partiellement, il ne m'étonnerait guère que les maîtres de Kuan-Hador aient eu quelques connaissances dans l'art de la magie de l'Union. Il est parfaitement probable que des exemples récents de ces pratiques abjectes – chez les Nadirs ou autres peuples barbares – soient un héritage laissé par Kuan-Hador.

Pour ma part, j'ai pris note de plusieurs des légendes racontant la chute de la cité. Celle qui circule le plus concerne le retour des épées de lumière. Dans les tribus nomades du Varnii – qui sont des cousines lointaines des Chiatzes –, les shamans récitent des vers à l'occasion des fêtes des saisons. En voici la première et la dernière strophe :

Ne cherche point les Hommes d'Argile,
Ensevelis dans des ténèbres contrefaites ;
Leurs épées brillantes gisent à leur côté,
Leurs yeux sont clos, leurs paupières scellées.

La mort attend les Hommes d'Argile,
Alignés, blêmes, en cohortes sublimes ;
Elle les attendra jusqu'au jour
Où se jouera la bataille ultime.

Une traduction plus complète est consultable dans l'appendice n° 5. L'historien Ventaculus a écrit une étude importante sur le sujet, dans laquelle il affirme que ces vers sont en réalité une métaphore et racontent la mort et la résurrection des vertus héroïques, thème effectivement courant chez les peuples guerriers. »

Waylander rangea le rouleau à sa place, sur les rayonnages, et sortit de la bibliothèque. Quelques minutes plus tard, il émergea sur la terrasse centrale, devant la salle des banquets. Kysumu l'attendait là, accoudé à la balustrade, perdu dans la contemplation de la baie et de la mer. En entendant Waylander approcher, le petit guerrier se retourna et s'inclina bien bas. Waylander s'inclina à son tour.

— Je n'ai pas découvert grand-chose, dit-il au *rajnee*. À part des récits concernant une cité ancienne qui dominait ces terres dans l'ancien temps. Apparemment, elle aurait été détruite par des combattants armés d'épées lumineuses.

— Une cité de démons, commenta Kysumu.

— C'est ce que j'ai lu, en effet.

— Ils vont revenir.

— Vous avez une imagination débordante, rétorqua Waylander. La cité est tombée il y a trois mille ans. Le parchemin que j'ai déchiffré date, lui, d'un bon millier d'années. L'attaque d'un simple convoi de marchands ne suffira pas à me convaincre.

— Moi aussi, j'ai découvert un rouleau, dit Kysumu. On y parle de nomades qui évitent de passer à proximité de ces ruines, car leurs légendes affirment que les démons n'ont pas tous été tués, qu'ils se sont enfuis dans un autre monde et attendent de pouvoir revenir.

— Soit. Néanmoins, les indices sont un peu minces.

— Peut-être. Mais lorsque je vois des oiseaux voler vers le sud, je sais que l'hiver est proche. Même si les oiseaux sont *minces*, Homme Gris.

Waylander sourit.

— Admettons que vous ayez raison et que les démons de Kuan-Hador soient sur le point de revenir ; que préconisez-vous ?

— Je ne préconise rien du tout. Je les combattrai. Je suis *rajnee.*

— Matze Chaï me dit que vous croyez que c'est votre épée qui vous a conduit jusqu'ici.

— Je ne crois rien, Homme Gris. C'est un fait. Maintenant que je suis ici, je sais qu'elle ne m'a pas trompé. Les ruines sont-elles loin du palais ?

— À moins d'une journée de cheval.

— Me prêterez-vous une monture ?

— Je vais faire mieux que cela, dit Waylander. Je vais vous accompagner.

Il était une règle que Yu Yu Liang savait incontournable : dans la vie, une once de bonne fortune ne vient jamais sans plusieurs onces de poisse. Lesquelles, comme il en avait fait l'expérience, vous tombent dessus d'une hauteur toujours très importante. Comme disait sa mère : « Lorsque défile le cortège de l'empereur, le ramasseur de crottin n'est jamais long à venir. »

La blonde Norda venait tout juste de quitter son lit, et Yu Yu était heureux comme il ne l'avait pas été depuis des mois. Et ce en dépit de la critique que lui avait assené la jeune femme.

— On ne fait pas la course, lui avait-elle chuchoté, tandis qu'il l'agrippait.

Il s'était figé, le cœur battant la chamade.

— Comment cela, la course ? était-il parvenu à demander entre deux bouffées d'air.

— Eh bien, oui, ralentis la cadence ! Nous avons tout notre temps.

Si Nashda, le dieu estropié de tous les travailleurs, était apparu à ce moment-là pour lui offrir l'immortalité, Yu Yu n'aurait pas été plus satisfait. Tout d'abord, il y avait cette superbe femme allongée sous lui, ses jambes dorées enroulées autour de ses hanches. Ensuite, il n'y avait aucun terrassier devant sa porte pour lui crier de se dépêcher. Et enfin, il semblait bien que cette glorieuse créature n'avait pas l'intention de lui demander de l'argent. Ce qui était parfait, puisqu'il n'avait pas le moindre sou en poche. Ne lui avait-elle pas dit qu'ils avaient tout leur temps ? Décidément, il devait être au paradis.

Il suivit son conseil. Il y avait nombre de plaisirs nouveaux à découvrir, et quelques obstacles à franchir. Embrasser une femme qui avait toutes ses dents lui fut étonnamment agréable. Presque aussi agréable que le fait qu'il n'y eût pas de sablier posé à côté du lit pour décompter le temps qui lui restait.

La vie ne pouvait décemment pas être plus belle.

Malheureusement, l'idée qu'il y aurait sans doute un prix à payer pour ces moments de félicité le frappa lorsque la fille sortit et qu'il enfila sa chemise en laine rugueuse. Ses épaules couvertes de griffures le faisaient souffrir. Elle lui avait également mordu l'oreille. Cela l'avait soulagé sur le moment, mais à présent, il avait mal.

Cela ne l'empêcha toutefois pas de siffloter un air joyeux en quittant sa chambre – pour se retrouver face aux gardes de l'Homme Gris.

Le premier, un gars râblé à la chevelure blonde frisottée le regarda avec malveillance.

— Tu as fait une grossière erreur, sale porc à l'œil bridé, lui dit-il. Tu crois que tu peux voler nos femmes impunément ?

Dans le village de Yu Yu, il y avait un temple de la Source, où venaient étudier de nombreux enfants. La langue des yeux-ronds ne les intéressait guère, mais les prêtres y servaient deux repas par jour, ce qui était une motivation bien assez grande. Yu Yu avait appris très vite, mais le manque de pratique l'empêchait de comprendre rapidement les phrases trop complexes. Apparemment, il avait commis une erreur quelque part et était accusé d'avoir volé le porc d'une femme borgne. Il regarda le visage de son interlocuteur et n'y lut que de la haine. Il se tourna alors successivement vers les deux autres gardes. Eux aussi le considéraient en plissant les yeux.

— On va te donner une bonne leçon, continua le premier homme. On va t'apprendre à rester avec les tiens. Compris, homme jaune ?

Yu Yu n'avait rien à voir avec ce vol de cochon, cependant, il ne comprenait que trop bien quel genre de leçon souhaitait lui dispenser le garde.

— J'ai dit : « Compris, homme jaune ? » !

La haine de l'homme se mua soudain en choc, puis en vide incrédule, comme le poing gauche de Yu Yu s'abattait sur son nez. Lorsque jaillit son poing droit, le garde était déjà inconscient. Il s'effondra sur le sol en saignant abondamment des narines. Un autre garde se rua sur Yu Yu qui le frappa aussitôt au visage, avant de le réceptionner d'un coup de genou dans l'entrejambe.

L'homme lâcha un étrange râle de douleur et tomba dans les bras du Chiatze, qui le repoussa et le gratifia d'un crochet du gauche dans la mâchoire.

— Vous aussi, vous donnez des leçons ? demanda Yu Yu au dernier garde.

L'homme secoua vigoureusement la tête.

— Ce n'était pas mon idée, expliqua-t-il, désespéré. Je ne voulais pas venir.

— Je ne suis pas un voleur de porcs, dit Yu Yu avant de sortir dans le couloir, sa bonne humeur définitivement envolée.

Les gardes se comptaient par vingtaines dans le palais de l'Homme Gris. Ils reviendraient bien plus nombreux, et il ne s'en tirerait pas sans un bon passage à tabac. Dans le meilleur des cas.

Yu Yu avait déjà subi ce genre de traitement par le passé – des pluies de coups de pieds et de poings. La dernière fois, il y avait un an de cela, il avait frôlé la mort. Son bras gauche avait été brisé en trois endroits. On lui avait également cassé plusieurs côtes, ce qui lui avait valu d'avoir un poumon perforé. Il avait mis des mois à s'en remettre, des mois de privations et de famine. Incapable de travailler, il avait d'abord été contraint de mendier du riz à l'hospice des pauvres, avant de retourner au temple de la Source. Certains prêtres l'avaient reconnu et l'avaient accueilli chaleureusement. Là-bas, on s'occupa de ses os brisés et on lui donna à manger. Lorsqu'il fut guéri, il retourna sur les lieux de son passage à tabac, retrouva les huit hommes qui l'avaient battu et les massacra. Le dernier lui donna du fil à retordre. Shi Da culminait à plus de deux mètres, était très musclé et incroyablement costaud. D'ailleurs, c'était lui qui lui avait cassé les côtes en lui donnant des coups de pied. Yu Yu avait beaucoup réfléchi avant de défier Shi Da. Toutefois, il s'agissait d'une question d'honneur. Et puis, il suffisait de s'arranger pour que le *timing* soit parfait.

Yu Yu avait agi dans la taverne Chong. Un coup de barre de fer sur la nuque, puis deux autres, tandis que le géant tombait à genoux. Alors, comme il était à moitié conscient, Yu Yu l'avait provoqué en duel.

— Alors, tu acceptes, oui ou non ? lui avait-il demandé.

Un gargouillement incompréhensible était sorti de la bouche de Shi Da.

— Je suppose que cela veut dire oui, avait dit Yu Yu, avant de lui donner un coup de pied dans la mâchoire.

Le géant s'était écroulé lourdement, puis avait roulé sur lui-même pour se mettre à genoux. De façon totalement inattendue, il était même parvenu à se relever. Pris de panique, Yu Yu avait laissé tomber sa barre de fer et s'était mis à le frapper au visage des deux mains. Après avoir donné un ultime et faible coup, Shi Da s'était effondré sur le côté.

Soulagé et magnanime, Yu Yu n'en avait alors profité pour frapper l'homme à terre qu'un nombre de fois limité. Malheureusement. Il aurait mieux fait de lui grimper dessus et de le battre à mort. Une fois remis, le géant avait juré de retrouver Yu Yu, de lui arracher le cœur et de le donner à manger à ses chiens.

Ce jour-là, Yu Yu avait pris la décision de vivre dans les montagnes comme un hors-la-loi.

En terre étrangère, il venait de se faire encore plus d'ennemis. Sans vraiment savoir pourquoi. *A posteriori*, le sens de la phrase prononcée par le garde frisé devint plus clair. Yu Yu comprit que l'autre l'avait traité de porc aux yeux bridés et qu'il lui en voulait, non pas d'avoir volé un cochon, mais d'avoir fait l'amour avec cette femme blonde. Ainsi, la forme de ses yeux et sa peau dorée lui interdisaient-elles de se lier d'amitié avec les femmes du Kydor… Pourquoi devrait-il rester avec les siens ? C'était un mystère. Yu Yu avait creusé des tranchées pendant neuf ans, et il n'avait jamais trouvé une collègue séduisante.

À part peut-être Pan Jian.

Elle était d'ailleurs la seule femme à œuvrer dans cette corporation. Une femme monstrueuse, avec des bras énormes, un visage rond et plat et plusieurs mentons, dont deux ornés de grosses verrues. Un soir, alors qu'il était épuisé et complètement saoul, il lui avait fait des avances.

— Fais-moi d'abord quelques compliments, et j'y réfléchirai, avait-elle répondu.

Yu Yu l'avait examinée de ses yeux embués, cherchant une vague trace de féminité.

— Tu as de belles oreilles…

Pan Jian avait éclaté de rire.

— Bon, je me contenterai de cela, avait-elle dit.

Ils avaient copulé dans un fossé.

Elle avait été renvoyée deux jours plus tard pour s'être disputée avec le contremaître. La dispute avait été brève. Selon l'homme, Pan Jian avait un cul plus gros que celui d'une vache. Et moins beau. En conséquence de quoi, elle lui avait cassé la mâchoire.

Tandis qu'il montait à l'étage supérieur, Yu Yu se surprit à regretter d'être loin de Pan Jian. Lui faire l'amour revenait un peu à escalader un hippopotame adipeux, cependant, cela n'avait pas été désagréable. D'autant qu'il avait découvert en elle une tendresse insoupçonnée. Après, elle lui avait parlé de sa vie, de ses espoirs, de ses rêves. Il se souvenait parfaitement de cette douce nuit. La lune était pleine. C'était le lendemain de l'équinoxe d'automne. Pan Jian avait parlé de s'installer près du Grand Fleuve et d'ouvrir une boutique, de cultiver le jonc pour confectionner des chapeaux et des paniers. Elle avait des mains tellement grosses, qu'il avait du mal à l'imaginer fabriquant des objets aussi délicats. Mais il n'avait rien dit.

— Et j'aurai un chien, avait-elle ajouté. Un petit chien, pareil à celui du juge. Un blanc.

— Ils sont très chers.

— Et très beaux, avait-elle dit d'un ton rêveur.

À la lumière de la lune, son visage ne lui avait plus paru aussi laid.

— Tu as déjà eu un chien ? lui avait-il demandé.

— Oui. Un bâtard. Une chienne très gentille. Elle me suivait partout. Très mignonne, avec de grands yeux marron.

— Elle est morte ?

— Oui. Tu n'as pas oublié cet hiver horrible, il y a quelques années ? La famine ?

Un frisson avait parcouru l'échine de Yu Yu. Non, il n'avait pas oublié. Des milliers de gens étaient morts.

— J'ai dû la manger.

Yu Yu avait hoché la tête, compatissant.

— Elle avait bon goût ?

— Pas mal. Elle était juste un peu coriace. Tu vois ces bottes ? avait-elle demandé en désignant de son bras énorme ses chaussures fourrées. Eh bien, c'est elle. Je les ai faites pour ne jamais l'oublier.

Elle caressa affectueusement la fourrure.

Yu Yu sourit en se remémorant ces moments. C'était toujours la même chose avec les femmes, pensa-t-il. Même lorsqu'elles semblaient très fortes, elles étaient sentimentales.

En émergeant dans le hall d'entrée, Yu Yu vit l'Homme Gris et Kysumu qui marchaient sous le soleil. Il se hâta de les rejoindre.

— Vous allez quelque part ?

— Vous savez monter à cheval ? demanda l'Homme Gris.

— Je suis un excellent cavalier, répondit-il.

— Es-tu déjà monté à cheval ? insista Kysumu.

— Non.

L'Homme Gris rit avec bienveillance.

— Je possède une jument grise très douce et patiente, dit-il. Elle t'apprendra à monter.

— Où allons-nous ? demanda Yu Yu.

— À la chasse au démon, dit Kysumu.

— Décidément, ce n'est pas mon jour…

Ils chevauchèrent pendant plusieurs heures. Au début, Yu Yu trouva la large selle plutôt confortable. Et puis, être si loin du sol était une sensation excitante. Du moins jusqu'à ce qu'ils atteignent les premières dépressions et descentes, dans lesquelles la jument se mit à trotter, faisant sautiller un Yu Yu à l'arrière-train tout endolori. L'Homme Gris finit par mettre pied à terre pour l'aider à régler ses étriers, qui semblaient trop hauts.

— S'habituer au rythme du trot n'est pas chose aisée, dit-il, mais cela viendra.

Cela ne vint pas assez vite au goût de Yu Yu. Après deux heures de ce régime, il avait les fesses en compote.

Au lieu de les conduire directement aux ruines, l'Homme Gris voulut d'abord passer par le plateau qui surplombait la plaine d'Eiden. De là, il était possible de deviner les contours de l'ancienne Kuan-Hador, car des dépressions marquaient les emplacements des murailles disparues. On voyait même les tracés des rues, qui reliaient ce qui restait des édifices de la ville. Plus loin, à l'est, là où la cité se lovait au creux de la falaise de granit, s'élevaient deux tours à la coupe circulaire, dont l'une était à moitié écroulée. D'énormes pierres jonchaient d'ailleurs le sol à plus de cinquante mètres à la ronde.

Les ruines couvraient une zone vaste et disparaissaient à l'horizon.

— C'était une ville gigantesque, remarqua Kysumu. Je n'en ai jamais vu d'aussi grande.

— Elle s'appelait Kuan-Hador, dit l'Homme Gris. Certains historiens affirment qu'elle comptait plus de deux cent mille habitants.

— Que leur est-il arrivé ? demanda Yu Yu en venant vers ses compagnons.

— Personne ne le sait, répondit l'Homme Gris. De nombreuses ruines portent des traces d'incendie, on peut donc penser que la ville est tombée durant une bataille.

Kysumu sortit à moitié son épée de son fourreau. L'acier brillait au soleil, mais n'émettait pas cette radiance bleue, observée durant l'attaque des démons.

— La cité paraît paisible, aujourd'hui, fit remarquer Yu Yu Liang.

L'Homme Gris éperonna sa monture et la mena jusqu'à la pente abrupte. Les chevaux posèrent avec précaution leurs sabots sur la piste caillouteuse et entamèrent la descente. À l'arrière, Yu Yu commençait à avoir chaud. Il dégrafa l'attache de sa cape en peau de loup avec l'intention de l'accrocher au pommeau de sa selle. La cape ondula dans la brise et effraya la jument, qui se cabra et sauta en dehors de la piste. Elle se mit aussitôt à glisser et fléchit les pattes arrière.

— Tirez sur les rênes ! cria l'Homme Gris.

Yu Yu fit de son mieux, mais l'animal continua sa folle descente. La jument luttait pour ne pas perdre l'équilibre sur l'éboulis. Elle se remit dans l'axe de la pente, se redressa et, toujours prise de panique, commença à courir. Son cavalier terrifié s'accrocha comme il pouvait, et la descente se poursuivit dans un nuage de poussière. Par deux fois, il faillit être désarçonné. Il finit par lâcher les rênes pour agripper le pommeau.

La jument grise ralentit et s'arrêta, toute tremblante. Des jets de vapeur sortaient de ses nasaux. Délicatement, Yu Yu lui tapota le cou, puis reprit les rênes. Comme le nuage de poussière se dissipait, il constata qu'ils étaient arrivés dans la plaine. Il se retourna et vit l'Homme Gris et Kysumu loin au-dessus, qui poursuivaient leur descente circonspecte. Le cœur de Yu Yu battait bruyamment dans sa poitrine, et la tête lui tournait.

Quelques minutes plus tard, l'Homme Gris le rejoignit.

— Vous devriez mettre pied à terre pour laisser la jument se reposer un peu.

Yu Yu hocha la tête, essaya de bouger, puis laissa échapper un grognement incrédule.

— Je ne peux pas, dit-il. Mes jambes ne m'obéissent plus. Elles sont comme collées aux étriers.

— Les muscles internes de vos cuisses ont été trop sollicités, expliqua l'Homme Gris. Cela arrive à presque tous les apprentis cavaliers, ajouta-t-il en descendant de sa monture et en s'approchant de Yu Yu. Laissez-vous tomber, je vous rattraperai.

Avec un autre grognement, Yu Yu se pencha sur sa gauche. L'Homme Gris le prit par le bras et l'aida à mettre pied à terre. Une fois au sol, Yu Yu se sentit un peu mieux, même s'il avait du mal à marcher. Il massa ses muscles endoloris et sourit à l'Homme Gris.

— Ma cape lui a fait peur.

— Elle s'en remettra. Mais, vous vous avez eu de la chance. Si elle était tombée, ce pommeau aurait eu raison de votre rate.

Kysumu arriva à son tour avec la cape de Yu Yu.

— Vous avez vu ma chevauchée ? lui demanda celui-ci.

Le *rajnee* tout de gris vêtu hocha la tête.

— Très impressionnante, dit-il en descendant de sa monture.

Il dégaina à moitié son épée pour en examiner la lame ; aucune trace de lueur surnaturelle, juste le gris argenté de l'acier.

— Peut-être sont-ils partis, suggéra Yu Yu, plein d'espoir.

— Nous verrons, dit Kysumu.

Après avoir attaché les chevaux, l'Homme Gris et Kysumu entreprirent de parcourir les ruines. Comme il avait toujours mal aux cuisses, Yu Yu se contenta d'errer dans ce qui restait d'une grande maison, où il finit par s'asseoir sur un mur écroulé. Il faisait chaud, et les événements de la journée – l'amour avec la fille blonde, la bagarre et la folle chevauchée – avaient grandement entamé ses réserves d'énergie. Il bâilla et regarda où en étaient les autres. L'Homme Gris était parti à l'est ; il était en train d'escalader quelque ruine. Kysumu était hors de vue.

Il déboucla son ceinturon, s'allongea à l'ombre, roula sa cape sous sa tête et ferma les yeux.

Il fut réveillé en sursaut par Kysumu, qui grimpait sur son muret.

Yu Yu se sentit étrangement désorienté. Il se leva et jeta un regard circulaire sur les ruines.

— Où est-il ? demanda-t-il.

— L'Homme Gris est parti explorer la forêt de l'Est à cheval.

— Non, pas lui, je parle de l'homme à la robe dorée.

Yu Yu marcha sur le mur et contempla la plaine.

— Tu as rêvé, dit Kysumu.

— Vous avez sans doute raison. Dans mon rêve, un homme me posait des questions auxquelles je n'avais pas de réponses.

Kysumu retira le bouchon de sa gourde en cuir et but avec parcimonie. Puis il la passa à Yu Yu.

— Alors, il n'y a pas de démons ? demanda celui-ci d'un air joyeux.

— Non, mais il y a bien quelque chose. Je le sens.

— Quelque chose ? Quelque chose de maléfique ? demanda Yu Yu, nerveux.

— Je ne sais pas. C'est comme un murmure dans mon âme.

Kysumu s'assit et ferma les yeux. Yu Yu but encore un peu d'eau, puis se tourna vers le soleil déclinant. Ce serait bientôt le crépuscule, et il n'avait aucune envie de se retrouver au milieu de ces ruines une fois la nuit tombée.

— Au fait, pourquoi voulez-vous à tout prix trouver ces démons ? demanda-t-il au *rajnee.*

Un tic déforma le visage de Kysumu. Il ouvrit ses yeux sombres.

— Ne me dérange pas lorsque je médite, dit-il sans colère aucune. C'est douloureux. (Yu Yu lui demanda pardon et se sentit bête.) Tu ne pouvais pas savoir. Cependant, pour répondre à ta question, je ne *veux* pas trouver ces démons. Je suis *rajnee.* J'ai juré de combattre le mal où qu'il soit. C'est le devoir de tout *rajnee.* Dans le camp de Matze Chaï, nous avons rencontré le mal. Cela ne fait aucun doute. C'est pour cela que mon épée m'a conduit jusqu'ici. C'est pour cela que *tu* es ici, ajouta-t-il en regardant Yu Yu droit dans les yeux.

— Je n'ai pas l'intention de combattre le mal, se défendit ce dernier. Je veux juste devenir riche et être heureux.

— Je croyais que tu voulais te pavaner sur les marchés pour que les gens t'admirent et prononcent ton nom avec fierté.

— Oui, aussi.

— Le respect se mérite, Yu Yu. Tu te débrouillais bien, avec les trous ?

— Oh, oui, vous pouvez le dire !

— D'accord… Essaie d'être sérieux une minute. Quel genre d'ouvrier étais-tu ?

— J'étais bon, répondit Yu Yu. Je travaillais dur. Mon contremaître me complimentait souvent. Même quand il n'y avait pas beaucoup de travail, j'étais toujours dans les premiers à être embauchés. Je n'étais pas paresseux.

— Tu étais donc un ouvrier respecté.

— Oui. Mais j'étais payé pour ça. Qui me paiera pour combattre des démons et devenir un héros ?

— En combattant le mal, on gagne beaucoup plus que des montagnes d'or et de pierres précieuses, Yu Yu.

La récompense est certes impalpable, mais elle nourrit l'âme et gonfle le cœur de fierté.

— Oui, mais elle ne nourrit pas le corps.

— C'est vrai, acquiesça Kysumu. Repense à ce que tu as ressenti lorsque, après avoir combattu les démons dans le camp de Matze Chaï, tu as assisté au lever du jour et à la dissipation de la brume. Ton cœur était alors plein de fierté, parce que tu avais résisté et survécu.

— Oui, c'était agréable, admit Yu Yu. Presque aussi agréable que de faire l'amour avec Norda.

Kysumu soupira.

Yu Yu marcha jusqu'à l'extrémité du mur écroulé.

— Je ne vois pas l'Homme Gris. Pourquoi est-il parti tout seul ?

— C'est un solitaire. Il aime être seul.

Le soleil disparaissait derrière les montagnes à l'ouest.

— J'espère qu'il va bientôt rentrer, dit Yu Yu. Je n'ai pas envie de passer la nuit ici. Au fait, reprit-il en ramassant sa cape et en se l'attachant autour des épaules, qu'est-ce qu'un « *pria-shath* » ?

Le visage de Kysumu se figea.

— Où as-tu entendu ce mot ?

— C'est l'homme doré de mon rêve. Il m'a demandé si j'étais un *pria-shath*.

— Et tu ne connais pas ce mot ?

— Je ne crois pas, répondit Yu Yu avec un haussement d'épaules.

— Que t'a-t-il dit d'autre ?

— Je ne me souviens pas. Tout est flou dans ma tête.

— Essais de te rappeler.

Yu Yu s'assit en se grattant le sommet du crâne.

— Il m'a posé beaucoup de questions dont je ne connaissais pas la réponse. Il me semble qu'il m'a parlé des étoiles. Ah… et il m'a dit comment il s'appelait… Qin quelque chose…

— Qin Chong ?

— Oui, exactement. Comment le savez-vous ?

— Je t'expliquerai plus tard. Continue, je te prie.

— Je lui ai dit que je creusais des tranchées, que je ne comprenais rien à ce qu'il me racontait. Alors, il a rétorqué : « Vous êtes un *pria-shath.* » Et puis, vous êtes arrivé, et je me suis réveillé. Qu'est-ce qu'un *pria-shath* ?

— Un Porteur de Lanterne, répondit Kysumu. Il me cherchait. C'est pour cette raison que l'épée m'a conduit jusqu'ici. Je dois entrer en contact avec cet esprit. Ce qui implique d'entrer en transe. Pendant ce temps, tu devras monter la garde.

— Monter la garde ? Que se passera-t-il si les démons arrivent ? Vous vous réveillerez, n'est-ce pas ?

— Cela dépendra de la profondeur de la transe. Bon, tais-toi, maintenant.

Kysumu baissa la tête et ferma les yeux.

Le soleil finit de descendre derrière les montagnes, et les ténèbres s'installèrent sur la plaine d'Eiden.

Moyennement enthousiaste, Yu Yu s'assit sur un muret. Comme il aurait voulu rentrer chez lui, reprendre une pelle et creuser, tout simplement ! Si seulement il n'avait pas trouvé cette épée, si seulement il était resté pour affronter la colère du géant Shi Da…

— Tu ne m'as causé que des ennuis, dit-il à l'arme posée sur ses genoux.

Soudain, il lâcha un juron.

Une douce lumière bleue était apparue sur toute la longueur de la lame.

Chapitre 6

Waylander attacha son cheval près du lac et marcha avec précaution au milieu des chariots abandonnés, examinant les empreintes. Après la traversée du col, les marchands s'étaient arrêtés ici pour permettre à leurs bêtes de se reposer. Il vit des empreintes plus petites que les autres qui menaient à la berge. Une paire de chaussures et une chemise jaune étaient posées sur un rocher, ce qui signifiait qu'au moins un enfant avait eu l'intention de se baigner. Le sol était trop retourné pour déterminer ce qui s'était passé ensuite. Waylander était tout juste capable de dire que les adultes s'étaient regroupés, avant de marcher ensemble vers le lac. Les éclaboussures sur les arbres et les flaques de sang dans l'herbe sèche résumaient la tragédie qui s'était jouée ici. Ils avaient été massacrés – tués par de grosses créatures, dont les pattes munies de griffes avaient laissé de profondes traces dans la terre.

L'état de l'herbe était également étonnant. Kysumu lui avait expliqué que la « brume » était toujours accompagnée d'un grand froid. La végétation semblait effectivement avoir souffert de températures extrêmement basses.

Waylander se déplaça avec minutie sur les lieux du carnage, examina les empreintes laissées par les cavaliers qui avaient, les premiers, découvert le massacre. Vingt, ou peut-être trente chevaux étaient entrés dans ce bois, avant de repartir là d'où ils étaient venus. Tout autour du site gisaient les cadavres de dizaines et de dizaines d'oiseaux. Il trouva même un renard mort dans un buisson, au nord des chariots. Il ne semblait pas avoir reçu de coups.

L'Homme Gris s'aventura plus profondément dans la forêt, suivit les cadavres d'oiseau et l'herbe brûlée par le givre jusqu'à atteindre ce qu'il pensait être le point d'origine de tout cela. Il s'agissait d'un cercle parfait d'une dizaine de mètres de diamètre. Waylander le contourna et tenta de comprendre ce qui s'était passé. Une brume glaciale s'était formée ici, avant de se déplacer vers l'ouest, comme poussée par un vent violent. La chose avait tué toutes les créatures qu'elle avait croisées sur sa route, y compris les charretiers et leurs familles.

Mais où étaient passés les cadavres, les os, les vêtements déchiquetés ?

Il retourna vers les chariots et s'arrêta pour examiner une zone où les buissons avaient été écrasés et déracinés. La terre y était gorgée de sang. Un cheval mort avait été traîné jusqu'ici. Waylander trouva davantage d'empreintes griffues. Une créature avait tué un cheval et l'avait tiré dans les profondeurs de la forêt. Cependant, la piste ensanglantée s'arrêtait brusquement. Waylander s'accroupit et effleura du bout des doigts les traces laissées sur le sol. À cet endroit précis, le cadavre du cheval semblait s'être volatilisé. Pourtant, il n'avait pas été dévoré sur place. Même un démon haut de trois mètres n'aurait pu dévorer un cheval tout entier. Cependant, rien ne laissait croire que d'autres créatures l'avaient rejoint pour partager son festin. Il n'y avait pas d'os brisés et abandonnés, pas d'entrailles, ni de viscères.

Waylander se releva et regarda autour de lui. Au-delà de ce point, les empreintes griffues se dirigeaient toutes dans la même direction, vers le lac. Après avoir massacré les marchands et leurs chevaux, les démons s'étaient rassemblés là où il se tenait, avant de… disparaître. C'était incroyable, mais il n'y avait aucune autre explication. Ils étaient retournés là d'où ils étaient venus en emportant les corps avec eux.

La lumière déclinait. Waylander récupéra son cheval et se mit en route.

Qu'est-ce qui avait permis aux démons de se matérialiser ici ? Ils n'étaient certainement pas tombés sur ce convoi par hasard. D'après ce qu'il savait, il y avait eu deux attaques en tout : la première contre Matze Chaï et ses hommes, la seconde contre ces infortunés marchands. Dans les deux cas, il y avait un grand nombre d'hommes et de chevaux.

Ou une grande quantité de nourriture.

Waylander sortit de la forêt et entreprit de faire le tour du lac. Durant toutes les années qu'il avait passées au Kydor, il n'avait eu vent d'aucune attaque de ce type. Alors, pourquoi maintenant ?

Comme il chevauchait vers l'autre côté du plan d'eau, le soleil commençait à disparaître derrière les montagnes. Un sentiment de malaise grandissait en lui, tandis qu'il prenait la direction des ruines lointaines. Il saisit son arbalète et prépara deux carreaux.

Lorsque l'épée s'était mise à briller, Yu Yu avait eu peur. Mais la peur était finalement un sentiment fort supportable, et il aurait donné tout ce qu'il possédait pour le ressentir de nouveau. Des nuages dissimulaient la lune et les étoiles, et la seule source de lumière était justement son épée. Tout autour de lui et au-delà des murailles de la cité en ruine, des choses semblaient bouger furtivement. Des gouttes de sueur lui coulaient dans les yeux, tandis qu'il essayait de percer les ténèbres qui régnaient derrière les murs dentelés. Par deux fois, il avait tenté de réveiller Kysumu. La seconde fois, il l'avait même secoué violemment, sans aucun résultat. Autant essayer de réveiller un mort.

Il avait la bouche sèche. Il entendit quelque chose gratter la pierre sur sa gauche et bondit en brandissant son arme. À la lumière de sa lame, il vit une ombre s'enfuir derrière des rochers. Un grondement bas résonna tout près de lui et se répercuta dans l'atmosphère nocturne. Yu Yu était littéralement terrifié. Ses mains commencèrent à trembler. Il serrait si fort la poignée de son épée qu'il ne sentait même plus ses doigts. Non, ce ne sont que des chiens sauvages, se dit-il. *Ils sont à la recherche de nourriture. Il n'y a rien à craindre.*

Des chiens sauvages qui provoqueraient l'embrasement de l'épée *rajnee*?

D'une main qu'il avait du mal à contrôler, il essuya la sueur de ses yeux, puis se tourna vers les chevaux. Ils étaient attachés au milieu des ruines. La jument grise frissonnait de terreur. Elle avait les yeux écarquillés et les oreilles plaquées contre le crâne. Le bai de Kysumu martelait nerveusement le sol de ses sabots. De là, Yu Yu distinguait à peine le contour des collines et la pente par lesquelles ils étaient arrivés quelques heures plus tôt. Cependant, il se croyait capable de bondir sur sa selle, de fuir et de laisser les ruines derrière lui en quelques secondes.

Cette pensée eut sur lui le même effet qu'une gorgée d'eau glacée dans la bouche d'un homme mourant de soif.

Il jeta un coup d'œil à Kysumu. L'homme semblait d'un calme absolu. Sentant sa colère monter, Yu Yu jura à voix haute.

—Il faut être idiot pour chasser les démons, dit-il d'une voix haut perchée.

Loin au-dessus de sa tête, une trouée se forma dans la couche nuageuse, et l'éclat de la lune baigna les ruines inquiétantes de Kuan-Hador. Plusieurs silhouettes sombres s'éparpillèrent aussitôt pour se cacher parmi les rochers. Comme Yu Yu les suivait du regard, la trouée se boucha et la lumière s'éteignit. Il se lécha les lèvres et retourna près de Kysumu.

— Réveillez-vous ! cria-t-il en poussant l'homme du bout du pied.

La lumière revint. Une fois de plus, les formes noires se dispersèrent. Mais elles étaient plus proches à présent. Yu Yu essuya ses mains moites sur ses cuissardes, brandit de nouveau sa lame et la balança de droite à gauche pour détendre les muscles de ses épaules.

— Je m'appelle Yu Yu Liang, cria-t-il. Je suis un excellent escrimeur et je ne crains rien, ni personne !

— Je peux goûter ta peur, dit une voix sifflante.

Yu Yu recula, butta contre une pierre et s'écroula. Il se releva maladroitement.

À ce moment précis, une énorme forme noire se précipita sur lui, la gueule ouverte, les crocs tournés vers son visage. Yu Yu décrivit un arc avec sa lame, qui s'abattit sur le cou de la bête, mordit dans sa chair et ses os, avant de ressortir avec un jet de sang. Le corps sans vie de la créature lui tomba dessus et le déséquilibra. Yu Yu heurta violemment le sol, se remit immédiatement à genoux et se releva. De la fumée s'élevait de la carcasse étendue à ses côtés, et une puanteur terrible emplissait l'atmosphère.

Cinq autres bêtes se rapprochaient lourdement de lui, piétinaient les pierres qui jonchaient le sol et l'encerclaient. Yu Yu reconnut en elles des chiens, mais d'une espèce qu'il n'avait encore jamais rencontrée. Ils avaient les épaules incroyablement musculeuses et la tête énorme. Leurs yeux le fixaient et brillaient d'un éclat féroce.

À sa gauche, la jument se cabra soudain, libéra ses rênes enroulées autour d'un rocher et sauta par-dessus le muret. Le bai l'imita bientôt, et les deux chevaux s'enfuirent au galop vers les collines. Les énormes chiens ne parurent même pas le remarquer.

La voix s'adressa une nouvelle fois à lui, et il se rendit compte qu'elle résonnait uniquement dans sa tête :

— *Ton ordre a connu un déclin sans précédent depuis la Grande Bataille. Mes frères seront heureux d'apprendre que vous n'êtes plus rien, aujourd'hui. Les puissants* riaj-nors, *qui étaient autrefois des lions, ne sont plus que des macaques apeurés armés d'épées lumineuses.*

— Sors de ta tanière, et le macaque se fera un plaisir de détacher ta tête vérolée de tes épaules.

— *Tu ne me vois donc pas ? Hmm, de mieux en mieux !*

— Oui, mais *moi*, je te vois, créature de ténèbres, tonna la voix de Kysumu. (Le petit *rajnee* vint se positionner à côté de Yu Yu.) Tapi dans l'ombre, tu préfères rester à l'abri du danger, ajouta-t-il.

Yu Yu se tourna vers Kysumu et vit que l'homme faisait face au mur est. Il plissa les yeux, tenta de distinguer une silhouette, mais ne vit rien du tout.

Les chiens-démons commencèrent à bouger. Kysumu n'avait toujours pas dégainé son épée.

— *Je vois qu'il y a encore des lions dans ce monde. Mais les lions sont mortels.*

Les chiens bondirent. La lame de Kysumu frappa à gauche, puis à droite. Deux des monstres tombèrent en se tortillant sur les rochers. Un troisième attaqua Yu Yu et le mordit à l'épaule. Avec un cri de douleur, l'homme enfonça de toutes ses forces son épée dans le ventre de l'animal. Dans son agonie, celui-ci desserra les crocs et laissa échapper un hurlement féroce. Yu Yu libéra son arme et l'enfonça dans le crâne de la bête, où elle resta coincée. Désespérément, il tira dessus pour la dégager. Les deux derniers chiens attaquèrent à leur tour. L'épée de Kysumu trancha la gorge du premier, tandis que le second bondissait à la gorge de Yu Yu.

À ce moment-là, un carreau noir se matérialisa dans la tête de la créature, puis un autre lui transperça le cou. Le molosse s'écroula aux pieds de Yu Yu. Celui-ci récupéra son épée et se retourna pour découvrir l'Homme Gris sur son destrier, une petite arbalète à la main.

— Il est temps de partir, dit-il en désignant l'est.

Une brume épaisse se propageait dans toute la cité en ruine, muraille grise avançant dans leur direction. L'Homme Gris fit demi-tour et partit au galop. Kysumu et Yu Yu le suivirent. La blessure de ce dernier était très douloureuse et saignait abondamment. Néanmoins, cela ne l'empêcha pas de courir.

Loin devant, l'Homme Gris galopait sans se retourner.

— Que la vérole vous ronge la figure ! cria Yu Yu.

En se retournant, il vit que la muraille de brume était toute proche et qu'elle se déplaçait trop vite pour lui. Kysumu le remarqua aussi. Yu Yu tituba et faillit tomber, mais Kysumu le retint par le bras.

— Allez, encore un effort ! lui dit-il.

— Nous ne... pourrons pas... lui échapper.

Kysumu ne dit rien, et les deux hommes continuèrent d'avancer dans l'obscurité. Yu Yu entendit des bruits de sabots et leva la tête ; l'Homme Gris revenait avec la jument et le bai. Kysumu aida le blessé à grimper sur sa selle, puis courut vers sa propre monture.

La brume était réellement toute proche à présent, et Kysumu entendait des bruits de bêtes dans son dos.

La jument ne se fit pas prier pour filer à toute allure, forçant Yu Yu à agripper fermement le pommeau de sa selle. Le temps d'arriver au pied de la colline, la jument haletait déjà bruyamment, mais la panique qui s'était emparée d'elle lui donna la force de gravir la pente abrupte.

Un peu plus haut, l'Homme Gris fit volte-face pour examiner la plaine.

La brume tourbillonnait en contrebas, mais n'avançait plus. Yu Yu commença à vaciller sur sa selle. Il eut le temps de sentir la main de Kysumu se refermer sur son bras avant de sombrer dans les ténèbres.

Mendyr Syn, le grand chirurgien vêtu de bleu, remit le cataplasme sur l'épaule de l'homme inconscient et soupira.

— C'est la première fois que je vois une blessure réagir de cette manière, expliqua-t-il à Waylander. C'est une simple morsure, pourtant, la plaie s'élargit au lieu de se refermer. Son état a empiré depuis que vous êtes arrivés.

— En effet, dit Waylander. Que pouvez-vous faire ?

L'homme d'âge mûr haussa les épaules, puis entreprit de se laver les mains dans une bassine.

— J'ai nettoyé la blessure avec du *lorassium*. En principe, cela devrait empêcher toute infection. Cependant, son sang refuse de coaguler. En fait, si ce n'était impossible, je dirais qu'il y a quelque chose dans cette plaie qui ronge la chair de cet homme.

— Est-il mourant ?

— J'en ai bien peur. Son cœur est mis à rude épreuve. Sa température ne cesse de chuter. Il ne survivra pas à cette nuit. En réalité, il devrait déjà être mort, mais c'est un solide gaillard, ajouta-t-il en s'essuyant les mains avec une serviette propre et en regardant le visage grisâtre de Yu Yu Liang. Vous dites qu'il a été mordu par un chien ?

—Oui.

—J'espère que ce monstre a été tué.

—Il l'a été.

—Peut-être l'animal avait-il un genre de poison sur les crocs. Peut-être avait-il mangé quelque chose qui lui est resté coincé entre les dents. De la viande avariée… Je ne peux rien pour lui, confessa le chirurgien dépité en se pinçant l'arrête du nez.

—Je vais rester avec lui, dit Waylander. Vous devriez aller vous reposer. Vous avez l'air épuisé.

Mendyr Syn acquiesça d'un hochement de tête. Il leva les yeux vers Waylander.

—Je suis désolé. Vous m'avez grandement aidé dans mes recherches. Aujourd'hui, l'occasion m'est donnée de rembourser ma dette, mais il semblerait que j'en sois incapable.

—Vous n'avez aucune dette à rembourser. Vous avez aidé nombre de personnes qui en avaient besoin.

Comme le chirurgien se relevait, la porte s'ouvrit et entrèrent Ustarte, la prêtresse au crâne rasé, et Kysumu. La femme s'inclina devant Waylander, puis devant le chirurgien.

—Pardonnez mon intrusion, dit-elle en fixant les yeux bleu pâle de Mendyr Syn. Je me suis dit que je pouvais peut-être vous aider. Toutefois, je ne souhaite aucunement vous offenser.

—Je ne suis pas une personne arrogante, madame, rétorqua le chirurgien. S'il y a quoi que ce soit que vous puissiez faire pour cet homme, ne vous gênez pas ; je vous en serai extrêmement reconnaissant.

—C'est très aimable à vous.

Elle s'approcha du lit et, d'une main gantée, souleva le cataplasme pour examiner la blessure suppurante.

— Je vais avoir besoin d'un récipient métallique et de plus de lumière, dit-elle.

Mendyr sortit de la pièce, puis revint avec un bol en cuivre et une seconde lanterne, qu'il plaça à côté du lit.

— Il est peut-être trop tard pour le sauver, reprit-elle. Tout dépendra de la force de son corps et de la puissance de son esprit.

Ustarte plongea la main dans une poche de sa robe rouge et produisit un disque de cristal bleu serti d'or d'une dizaine de centimètres de diamètre.

— Prenez une chaise et asseyez-vous à côté de moi, demanda-t-elle à Mendyr Syn.

Le chirurgien s'exécuta. Ustarte se pencha vers lui et posa la main sur le bol de cuivre. Des flammes y jaillirent, qui brûlèrent sans aucun combustible. Alors, elle tendit le disque de cristal au chirurgien.

— Regardez la blessure à travers ceci, dit-elle.

Mendyr mit le disque devant son œil et sursauta.

— Par Missael ! murmura-t-il. De quel genre de magie s'agit-il ?

— De la pire de toutes. Il a été mordu par un *kraloth*. Voyez le résultat.

Waylander les rejoignit.

— Puis-je voir ? demanda-t-il.

Mendyr Syn lui donna le cristal, et il se pencha sur la blessure. Des dizaines d'asticots lumineux y grouillaient et rongeaient la chair, grossissant à vue d'œil. Ustarte sortit une aiguille longue et extrêmement pointue de sa robe et la tendit au chirurgien.

— Prenez cela, dit-elle. Embrochez les asticots et jetez-les au feu. Une simple égratignure infligée par un *kraloth* est le plus souvent mortelle, précisa-t-elle en se tournant vers

Waylander. De minuscules œufs sont déposés dans la plaie et les vers que vous voyez apparaissent très rapidement.

— Il survivra, si nous retirons tous ces asticots ? demanda-t-il.

— Ce ne sera qu'un début. Lorsque la blessure sera nettoyée, je montrerai à Mendyr Syn comment préparer un nouveau cataplasme, qui détruira les œufs qui subsistent encore dans la plaie. Toutefois, sachez qu'il n'est pas impossible que des vers se soient introduits plus profondément dans son corps afin de le ronger de l'intérieur. Peut-être se réveillera-t-il, peut-être pas. Peut-être sera-t-il aveugle ou bien fou.

— Vous semblez très bien connaître l'ennemi que nous avons combattu, dit doucement l'Homme Gris.

— Je le connais trop bien et trop peu à la fois. Mais nous rediscuterons de cela quand j'aurai fini d'expliquer certaines choses à Mendyr Syn.

— Nous attendrons dehors, sur la terrasse, dit Waylander.

Il s'inclina, tourna les talons et quitta la pièce.

Kysumu lui emboîta le pas, et les deux hommes s'engagèrent dans le large couloir qui conduisait au jardin en terrasses qui surplombait la baie. La nuit était claire, et les premières lueurs de l'aube donnaient des couleurs au ciel. Waylander avança d'un pas traînant jusqu'à la balustrade en marbre et se perdit dans la contemplation des eaux scintillantes.

— Votre transe vous a-t-elle appris quelque chose ? demanda-t-il à Kysumu.

— Non, admit le *rajnee*.

— Pourtant, vous êtes convaincu que l'esprit d'un *rajnee* mort a visité votre ami.

— Oui.

— Cela n'a aucun sens. Pour quelle raison un *rajnee* mort apparaîtrait-il à un simple ouvrier et non à l'un des siens ?

— Je me suis posé cette question cent fois.

Waylander regarda du coin de l'œil le petit guerrier.

— Cela vous trouble ? lui demanda-t-il.

— Bien sûr. Et puis, j'ai honte d'avoir fait courir un pareil danger à Yu Yu.

— Il a choisi de rester ; il aurait pu prendre ses jambes à son cou.

— Certes. Cela ne cesse d'ailleurs pas de me surprendre.

— Et vous, vous auriez fui ? demanda calmement Waylander.

— Non, mais je suis *rajnee*.

— Ce soir, j'ai vu un homme effrayé armé d'une épée lumineuse combattre des démons pour protéger un ami. Que pensez-vous de cet homme ?

Kysumu sourit et s'inclina bien bas.

— Je pense qu'il a le cœur d'un *rajnee*, répondit-il simplement.

Les deux hommes restèrent assis en silence, perdus dans leurs pensées pendant une heure. Lentement, le ciel s'éclaircit et le chant des oiseaux emplit l'atmosphère. Waylander s'adossa à sa chaise, las. Il ferma les yeux et s'assoupit. Instantanément, des couleurs tourbillonnantes l'entraînèrent dans un songe.

Il fut réveillé en sursaut par l'arrivée de la prêtresse en robe rouge.

— Est-il mort ? demanda-t-il.

— Non. Je pense qu'il va s'en sortir.

— Vous avez retrouvé tous les… œufs ?

— J'ai reçu une aide précieuse, expliqua-t-elle en s'asseyant à côté de lui. Son âme était gardée. Une énergie intense s'est déversée dans tout son corps.

— Qin Chong, chuchota Kysumu.

Ustarte se tourna vers lui.

— J'ignore le nom de cet esprit. Je n'ai pas réussi à communier avec lui.

— C'était bien Qin Chong, répéta Kysumu. La légende dit qu'il fut le premier *rajnee.* Il est apparu à Yu Yu au milieu des ruines. Mais pas à moi, ajouta-t-il pensif.

— Ni à moi, dit-elle. Que savez-vous de lui ?

— Très peu de chose. Ses exploits sont transmis dans des fables et des chroniques exagérées, voire totalement inventées. Si l'on en croit toutes ces histoires, il aurait combattu des dragons, des dieux malfaisants, des vers géants cachés sous terre. Il avait une épée de feu baptisée « Pien'chi », et on l'appelait souvent « le Potier ».

— Les légendes racontent-elles comment il est mort ?

— Oui, mais d'une dizaine de manières différentes : brûlé vif, transpercé par une épée, noyé au fond de l'océan... Certains disent même qu'il est parti dans le monde des morts pour reprendre sa bien-aimée et qu'il n'en est jamais revenu. D'autres affirment que des ailes lui sont poussées dans le dos et qu'il s'est envolé au paradis. Enfin, certains croient que les dieux sont apparus à sa mort pour le transformer en montagne et lui permettre de veiller sur son peuple.

Ustarte garda le silence pendant quelques secondes, puis dit :

— Peut-être Yu Yu pourra-t-il nous en apprendre davantage lorsqu'il se réveillera.

— J'aimerais que vous me parliez de ces *kraloths*, intervint Waylander. Que sont-ils, au juste ?

— Ce sont des chiens maléfiques, répondit Ustarte, des créatures artificielles, nées de la magie noire. Ils sont très puissants, et les armes ordinaires ne peuvent rien contre eux… À moins, reprit-elle en le regardant dans les yeux et en souriant, de les toucher à la tête ou en haut du cou. Comme vous le savez, leur morsure est très douloureuse. Ils sont dirigés par un *bezha* – un maître-chien.

— Je crois l'avoir vu, dit Kysumu. Enfin, juste ses yeux.

— Il devait être vêtu d'une robe de nuit, reprit Ustarte. Il s'agit d'un vêtement d'un noir absolu, qui absorbe la lumière, littéralement invisible.

— Pourquoi sont-ils venus ici ? demanda Waylander.

— Ils forment l'avant-garde de deux terribles ennemis. Mes condisciples et moi avons tout fait pour empêcher leur arrivée. Apparemment, nous avons échoué.

— De quels ennemis parlez-vous ? s'enquit Kysumu.

— Des démons d'Anharat et des sorciers de Kuan-Hador.

— J'ai lu les légendes d'Anharat, dit Kysumu. Le Seigneur des Démons. Je crois me rappeler qu'il a été chassé du monde à l'issue d'une guerre. Il me semble également qu'il avait un frère, ami des hommes.

— Son frère s'appelait Emsharas, et il est effectivement venu en aide à l'humanité. Grands étaient les héros qui ont combattu Anharat. Des hommes forts, des hommes de principes, courageux. Les hommes de Kuan-Hador.

— Je ne comprends pas, la coupa Kysumu. Si ces hommes étaient des héros, pourquoi devrions-nous craindre leur retour ?

— L'homme ne tire aucune leçon du passé. C'est sa malédiction. Mon peuple et moi avons étudié la Grande Guerre. Nous avons découvert que deux guerres se jouaient en même temps. La première – appelons-la « la Guerre des Démons » –, a causé des horreurs et des dévastations importantes. Les hommes n'ont réussi à repousser la déferlante maléfique que grâce à l'aide d'Emsharas. Cependant, cette intervention a marqué le début du déclin de Kuan-Hador. Pour permettre aux seigneurs de la cité de se débarrasser des démons rebelles, Emsharas leur a révélé les secrets de la magie unificatrice. Ainsi, des guerriers plus puissants furent-ils créés à partir d'hommes et de bêtes – panthères, lions, loups et ours. Finalement, les légions de démons d'Anharat furent défaites et chassées du monde. Kuan-Hador a donc sauvé l'humanité.

— Comment les héros sont-ils devenus mauvais ? demanda Kysumu.

— En sombrant petit à petit dans les ténèbres. Au début, le monde connut la paix et la tranquillité sous la loi bienveillante de la cité. Les gens de Kuan-Hador étaient fiers de ce qu'ils avaient accompli. Cependant, cette guerre leur avait énormément coûté. Ils demandèrent donc aux autres nations de les aider. De grandes quantités d'or et d'argent arrivèrent de partout. Mais l'année suivante, ils en demandèrent davantage. Plusieurs nations refusèrent. Les seigneurs de Kuan-Hador virent dans cette attitude un affront fait aux sauveurs de l'humanité et envoyèrent leur armée piller ces nations. Ainsi avait-on basculé vers la tyrannie. Comme ils avaient sauvé l'humanité, ils se sentaient le droit de la commander. Ceux qui s'opposèrent à eux furent considérés comme des traîtres et écrasés sans aucune pitié par les *kriaznors*, les légions de guerriers animaux. Ainsi commença la seconde guerre – ce que nous appelons aujourd'hui « la Grande Guerre ». Au début, l'homme combattit l'homme. Kuan-Hador était puissante, mais il s'agissait d'une simple cité-État, et ses ressources étaient limitées. À cette époque, Emsharas n'était plus de ce monde, mais ses descendants aidèrent les rebelles. Lentement, ils repoussèrent les légions de *kriaz-nors*. En désespoir de cause, les dirigeants de Kuan-Hador s'allièrent à Anharat, ouvrirent des portails pour permettre à ses démons de revenir dans le monde des humains.

Ustarte se tut, se leva et se tourna vers la baie.

—Mais ils ont perdu, une fois de plus, dit Kysumu.

—En effet, reprit-elle doucement. Les rebelles avaient leurs propres légions – les *riaj-nors*, des hommes au cœur noble, très courageux et puissamment armés. Les *rajnees* sont les derniers joyaux de cet ordre exceptionnel, mais, semble-t-il, vous êtes le seul d'entre eux à avoir été attiré ici. Là où combattaient autrefois des légions entières, il n'y a plus qu'un seul guerrier et un ouvrier blessé, dit-elle dans un soupir. La Grande Guerre a pris fin, et les survivants de Kuan-Hador se sont retirés dans un autre monde grâce à un portail. La ville fut incendiée et un sorcier – peut-être un groupe de sorciers – a scellé le portail avec des sorts puissants pour empêcher l'ennemi de revenir. Ces sorts ont tenu pendant des siècles. Mais, aujourd'hui, leur pouvoir faiblit. Le portail s'ouvrira avant longtemps, et les légions de *kriaz-nors* envahiront ces terres. Pour le moment, il ne s'ouvre que par intermittence, et quelques démons seulement parviennent à passer. Les sorciers qui surveillaient le portail sont morts depuis longtemps, tout comme les *riaj-nors*. Aujourd'hui, plus personne ne serait en mesure de les battre. C'est pour cela que j'avais espéré reproduire les sorts originaux – entreprise quasiment vouée à l'échec. De cette époque, ne subsistent que des énigmes, des textes amputés et des légendes inutilisables. Mon seul espoir réside désormais dans Yu Yu et l'esprit de Qin Chong. Il semblerait, continua-t-elle en se tournant vers Kysumu, que les épées *rajnees* n'aient pas perdu leur pouvoir. Dans ce cas, comment se fait-il que vous soyez le seul à être arrivé jusqu'ici ?

— Nombreux sont ceux qui ne respectent plus les anciennes traditions, répondit-il d'une voix triste. La plupart des *rajnees* ne sont que de vulgaires gardes du corps intéressés par l'argent. Ils ne répondront pas à l'appel de leur épée et n'entreprendront certainement pas un long voyage en terre étrangère.

— Et vous, Homme Gris ? Combattrez-vous les seigneurs démons ?

— Pourquoi le ferais-je ? demanda-t-il, amer. Ce ne sera qu'une guerre de plus, l'histoire d'hommes avides voulant s'emparer de ce qui ne leur appartient pas. Et lorsqu'ils seront affaiblis, d'autres hommes avides viendront leur reprendre ce qu'ils auront volé.

— Cette guerre-ci sera différente, rétorqua la prêtresse avec douceur. S'ils gagnent, le monde fera l'expérience d'une terreur véritable. On arrachera les enfants à leur mère pour en faire des monstres guerriers. Ou pour leur voler les organes dont auront besoin les nouveaux seigneurs. Des milliers d'hommes seront massacrés au nom de la science occulte. La magie la plus horrible sera pratiquée quotidiennement.

Waylander parla alors d'une voix glaciale :

— Pendant les Guerres vagriannes, les nourrissons étaient pris à leur mère et jetés contre des murs de pierre, les enfants massacrés, les hommes tués par milliers. Les femmes étaient violées et mutilées. Ces horreurs étaient commises par des hommes, non par des démons. Une mère qui a perdu la chair de sa chair se moque de savoir si le coupable a usé de magie ou de force brute. Non, j'en ai assez de la guerre, madame.

— Dans ce cas, considérez qu'il s'agira d'une bataille contre le mal, insista-t-elle.

— Regardez-moi. Suis-je armé d'une épée de lumière ? Vous connaissez ma vie, madame. Croyez-vous que j'ai passé mon existence à combattre pour la lumière ?

— Non, concéda Ustarte. Il vous est arrivé d'arpenter les chemins du mal. Vous êtes donc mieux placé que quiconque pour comprendre sa nature. Car vous en êtes revenu. Vous avez combattu les ténèbres et redonné au peuple drenaï l'espoir en retrouvant l'Armure de Bronze. Aujourd'hui, un mal plus grand encore est à notre porte.

— Comment se fait-il que vous en sachiez autant sur ce mal ? lui demanda-t-il.

— Parce que j'en suis née, répondit-elle.

Elle porta sa main gantée à son col, défit les agrafes qui fermaient sa robe, tira sèchement et laissa tomber cette dernière sur le sol. L'éclat de l'aube illumina son corps mince, mit en valeur les rayures noires et dorées de sa fourrure. Les deux hommes restèrent immobiles, tandis qu'elle retirait ses gants et levait une main bien haut. La fourrure s'arrêtait au poignet, mais ses doigts semblaient étonnamment courts. Elle plia la main, et de longues griffes argentées jaillirent du bout de ses doigts.

— Je suis le fruit d'une Union, Homme Gris. Une expérience ratée. J'étais supposée être une nouvelle forme de *kraloth* – une machine à tuer rapide et puissante. Au lieu de quoi, la magie qui a engendré cette monstruosité a également développé mon esprit. Vous avez devant vous l'avenir de l'humanité. Le trouvez-vous beau ?

Waylander ne dit rien, car il n'y avait rien à dire. Le visage d'Ustarte était humain et d'une beauté indicible, tandis que son corps était félin. La jonction entre les parties humaine et animale était particulièrement laide.

Kysumu passa derrière la prêtresse, ramassa sa robe et la lui tendit. Ustarte sourit pour le remercier et se rhabilla.

— Mes condisciples et moi sommes arrivés par le portail. Six sont morts en voulant passer. Nous sommes venus sauver ce monde. Nous aiderez-vous ?

— Je ne suis pas général, madame. Je suis un assassin. Je ne commande aucune armée. Vous voudriez que j'affronte seul une armée de démons ? Pour quoi faire ? Pour mourir vite et auréolé de gloire ?

— Vous ne seriez pas seul, intervint Kysumu.

— Je suis toujours seul, rétorqua Waylander, avant de les laisser sur la terrasse.

Il examina l'armure. À la lumière de la lanterne, elle brillait comme si elle avait été taillée dans un éclat de lune. Le casque ailé était parfaitement poli ; son visage se reflétait sur la visière. La cotte de mailles fixée à la base du cou était incroyablement délicate. Elle scintillait comme une rivière de diamants. La cuirasse était magnifiquement ouvragée, ornée de runes qu'il était incapable de déchiffrer.

— Elle vous irait parfaitement, monsieur, dit l'armurier, dont la voix se répercuta sous le dôme de la salle.

— Je n'en veux pas, répondit Waylander en tournant les talons et en s'engageant dans un long couloir incurvé.

Il tourna à gauche, puis à droite, poussa une porte et entra dans une autre salle.

— Essayez-la, insista l'armurier en soulevant le casque pour le lui donner.

Waylander ne répondit pas. En colère, il sortit de la pièce et s'immobilisa dans le couloir sombre. Puis il se remit en marche. Il y avait des croisements partout et, bientôt, il fut complètement perdu. Il arriva devant des marches, qu'il entreprit de grimper. Après une longue montée, il arriva au sommet et s'assit, épuisé. Il y avait une porte devant lui, mais il hésitait à l'ouvrir. Instinctivement, il savait ce qu'elle dissimulait. Pourtant, il n'avait pas le choix. Avec un profond soupir, il poussa la porte et se retrouva face à l'armure.

— Pourquoi ne la voulez-vous pas ? demanda l'armurier.

—Parce que je ne la mérite pas, dit-il.

—Personne ne la mérite.

La scène s'estompa, et Waylander se retrouva assis au bord d'un torrent. Le ciel était clair et bleu, l'eau pure et fraîche. Il mit ses mains en coupe et but, puis il s'adossa au tronc d'un saule pleureur, dont les branches tombaient tout autour de lui. L'endroit était paisible, et il y serait bien resté jusqu'à la fin de ses jours.

—Le mal a un prix, dit une voix.

Il regarda sur sa gauche. Juste derrière le rideau de branches se tenait un homme au regard froid. Il avait du sang sur le visage et les mains. Il s'agenouilla au bord du torrent pour se laver. Alors, le cours d'eau tout entier devint rouge et se mit à fumer et à bouillonner. Les branches du saule s'assombrirent et ses feuilles tombèrent. L'arbre gronda. Waylander s'en éloigna. L'écorce se fendit, libérant des hordes d'insectes, qui se dispersèrent sur le bois mort.

—Pourquoi faites-vous cela ? demanda Waylander à l'homme.

—C'est ma nature, répondit l'autre.

—Le mal a un prix, dit Waylander en s'avançant vers lui.

Un couteau apparut dans sa main. D'un geste souple, il trancha la gorge de l'homme. Du sang jaillit de la blessure, et la victime s'écroula. Le corps disparut soudain. Waylander resta parfaitement immobile. Il avait les mains couvertes de sang. Il voulut les nettoyer dans le ruisseau, mais l'eau devint écarlate et se mit à siffler et à bouillonner.

—Pourquoi faites-vous cela ? demanda une voix.

Surpris, Waylander se retourna et vit l'homme à côté du saule mourant.

—C'est ma nature, lui dit-il, tandis qu'un couteau scintillant apparaissait dans la main de l'inconnu…

Il se réveilla en sursaut. Il se leva de sa chaise et sortit dans la lumière du jour. Il avait dormi moins de deux heures et se sentait désorienté. Il marcha jusqu'à la plage, où il trouva Omri. Sur une petite table de bois, des serviettes blanches pliées, une cruche d'eau fraîche et un gobelet l'attendaient.

— Vous avez l'air épuisé, monsieur, dit le serviteur aux cheveux blancs. Peut-être devriez-vous renoncer à nager et prendre un petit déjeuner.

Waylander se dévêtit. Il s'avança dans l'eau et commença à s'activer. Ses idées s'éclaircirent, mais il ne parvint pas à se débarrasser de l'impression dérangeante laissée par son rêve. Il fit demi-tour et nagea avec aisance et grâce vers la plage. Il sortit de l'eau et passa sous la cascade pour enlever le sel et le sable de sa peau.

Omri lui tendit une serviette.

— Pendant que vous nagiez, je suis allé chercher des vêtements propres, monsieur.

Waylander se sécha, puis passa une chemise de douce soie blanche et pour finir une paire de jambières en cuir.

— Merci, mon ami, dit-il.

Omri sourit et lui servit un gobelet d'eau.

Norda descendit l'escalier en courant et fit une révérence à l'Homme Gris.

— Un nombre important de cavaliers a été aperçu sur la colline, monsieur. Il y a des chevaliers, des lanciers et des archers. Le seigneur Aric est à leur tête. Emrin pense que le duc est avec eux.

— Merci, Norda, fit Omri. Nous arrivons tout de suite.

La jeune fille les gratifia d'une nouvelle révérence, puis tourna les talons et s'éloigna au pas de course. Omri se retourna vers son employeur.

— Allons-nous avoir des ennuis, monsieur ? s'enquit-il.

— Nous allons le savoir très bientôt, répondit Waylander en tirant sur ses bottes.

— Puis-je vous suggérer de vous raser d'abord ?

Waylander passa la paume de sa main sur sa barbe poivre et sel naissante.

— Il vaut mieux ne pas faire attendre le duc, dit-il avec un sourire en coin.

Les deux hommes gravirent ensemble les différentes terrasses du jardin.

— Mendyr Syn m'a demandé de vous dire que le guerrier chiatze dort paisiblement à présent. Son cœur bat régulièrement et sa blessure se referme.

— Bien. C'est un homme courageux.

— Puis-je vous demander comment il a été blessé ? demanda Omri.

Waylander le regarda et vit de la peur dans ses yeux.

— Il a été mordu par un gros chien.

— Je vois. Les serviteurs disent qu'il y a eu un massacre dans la forêt, près du lac. Apparemment, le duc serait arrivé sur les lieux juste après et aurait décidé d'y retourner avec des renforts pour enquêter.

— C'est tout ce que disent les serviteurs ? demanda Waylander, tandis qu'ils gravissaient les marches.

— Non, monsieur. Ils disent que des démons hantent ces terres. Est-ce la vérité ?

— Oui, répondit Waylander. C'est la vérité.

Omri posa une main sur sa poitrine, fit le signe des Cornes Protectrices et ne dit plus rien.

— Avez-vous déjà rencontré le duc ? lui demanda Waylander.

— Oui, monsieur. Trois fois.

— Parlez-moi de lui.

— C'est un homme fort de corps et d'esprit, et un bon chef, juste et toujours constant. Il est issu de la maison Kilraith, mais, comme c'est l'usage, il a renoncé à la diriger lorsqu'il est devenu duc. C'est donc Aric qui a hérité de sa place. Il a épousé une princesse drenaïe, a plusieurs enfants, mais un seul fils. On dit que son couple est une réussite.

— Cela faisait bien longtemps que je n'avais entendu dans une même phrase les mots « princesse drenaïe ». Il n'y a plus de roi dans ce pays, dit Waylander.

— En effet, monsieur, confirma Omri. L'épouse du duc, Aldania, était la sœur du roi Niallad, qui avait été assassiné juste avant la Guerre vagrianne. Une fois le conflit terminé, le despote Karnak lui aurait interdit de rentrer chez elle. Il lui a confisqué toutes ses terres, tous ses capitaux et l'a officiellement bannie. Elle a donc épousé Elphons et est venue vivre au Kydor.

Ils atteignirent l'entrée. Au-delà de la double porte, Waylander vit des hommes et des chevaux, qui attendaient sous le soleil. Il ordonna à Omri de faire préparer des rafraîchissements et entra dans la salle de réception. Aric était là, portant un casque et une plaque de poitrine. Eldicar Manushan, le magicien à la barbe noire, se tenait contre le mur du fond accompagné de son page blond. Un jeune homme vêtu d'habits sombres et équipé d'une cotte de mailles qui lui recouvrait les épaules était également là. Son visage était vaguement familier à Waylander. Un nœud se forma dans son ventre lorsqu'il comprit pourquoi. C'était le petit-fils d'Orien et le neveu de Niallad, le roi drenaï. Pendant une fraction de seconde, Waylander revit en esprit les traits du monarque torturé. Il repoussa ce souvenir et se concentra sur l'homme imposant installé sur la grande chaise en cuir. Le duc était massif, avait les épaules larges et les avant-bras puissants. Il leva les yeux, et son regard froid croisa celui, sombre, de l'Homme Gris.

Waylander s'inclina.

— Bonjour, mon seigneur, et bienvenue dans ma demeure.

Le duc hocha courtoisement la tête et lui fit signe de prendre place en face de lui.

— Avant-hier, commença-t-il, une quarantaine de charretiers et leurs familles ont été massacrés à moins de deux heures de cheval d'ici.

— Je sais, dit Waylander. Je suis passé par là-bas hier soir.

— Dans ce cas, vous savez également que les tueurs n'étaient pas… comment dire… de ce monde ?

Waylander opina du chef.

— Oui, des démons. Ils devaient être une trentaine. Ils se déplacent debout et, d'après les empreintes laissées dans la terre, mesurent au moins deux mètres cinquante.

— J'ai l'intention de trouver leur antre et de les tuer, annonça le duc.

— Vous ne la trouverez pas, mon seigneur.

— Pourquoi cela ?

— J'ai suivi les traces. Les démons sont apparus dans un cercle situé à environ deux cents pas des chariots, et sont repartis par un autre cercle en emportant les corps.

— Ah ! fit Eldicar Manushan. En ce cas, il s'agit d'une manifestation de Troisième Degré. Un sort très puissant a dû être jeté sur cette zone.

— Avez-vous déjà eu affaire à des sorts de ce type ? lui demanda le duc.

— Malheureusement, oui, sire. On les nomme les « sorts-portails ».

— Et pourquoi sont-ils de Troisième Degré ? s'enquit Waylander.

— D'après les textes anciens, répondit le magicien, la magie des portails comporte trois degrés. Les sorts de Troisième Degré ouvrent des portes sur Anharat et ses démons, mais ne laissent passer que des bêtes assoiffées de sang et dépourvues d'intelligence. Les sorts de Deuxième Degré, dit-on, laissent passer des démons très puissants chargés de s'en prendre à un ennemi particulier.

— Et les sorts de Premier Degré ? demanda le duc.

— Un tel sort provoquerait l'arrivée d'un des compagnons d'Anharat, voire d'Anharat lui-même.

— Je n'ai qu'une connaissance très limitée de la magie et de ses applications, lâcha le duc. Ce jargon sonne comme du charabia à mes oreilles. Vous dites qu'un sort de Troisième Degré est responsable de la présence de ces démons, ici ?

— Oui, monsieur.

— Comment cela a-t-il pu advenir ?

— Encore une fois, commença Eldicar Manushan en écartant les bras, nous devons nous fier à la parole des Anciens, telle qu'elle est retranscrite dans les textes. Il y a des milliers et des milliers d'années, les hommes et les démons se partageaient ce monde. Les démons avaient pour chef un dieu sorcier appelé Anharat. Après avoir perdu la guerre, lui et les siens ont été chassés de ce monde, bannis dans une autre dimension. Cette terre, qui aujourd'hui prospère sous votre autorité, a joué un grand rôle dans la défaite d'Anharat. À l'époque, on l'appelait Kuan-Hador, et ses habitants avaient une excellente connaissance de la magie. Après la disparition d'Anharat et de ses légions, Kuan-Hador a connu une période de prospérité et de développement culturel. Cependant, Anharat avait toujours des adeptes au sein des tribus sauvages, qui ont fini par s'allier pour détruire Kuan-Hador et massacrer sa population. Le monde a alors sombré dans les ténèbres et la désolation.

— Oui, oui, dit le duc. J'ai toujours aimé les histoires, mais je préférerais que vous sautiez quelques siècles pour en arriver à la période qui nous intéresse et aux démons qui ont attaqué ces marchands.

— Bien sûr, sire. Toutes mes excuses. Je pense qu'un des sorts utilisés au cours de cette guerre originelle a été réactivé d'une manière ou d'une autre, ce qui a provoqué l'ouverture d'un portail de Troisième Degré. Il se peut qu'un sorcier soit intervenu, mais il est également possible que la cause de ce malheur soit entièrement naturelle. En effet, un éclair a très bien pu s'abattre sur l'autel de pierre qui a servi aux incantations.

— Pourriez-vous inverser ce sort ? demanda le duc.

— Si nous parvenions à en trouver la source, mon seigneur, je pense que je le pourrais.

Le duc se tourna vers Waylander.

— J'ai ouï dire que quelques-uns de vos hommes avaient récemment été attaqués par ces démons, mais que deux d'entre eux étaient armés d'une épée magique capable de les repousser. Est-ce la vérité ?

— Absolument.

— J'aimerais voir ces hommes.

— L'un d'entre eux est gravement blessé, mon seigneur, expliqua Waylander. J'envoie immédiatement quérir le second.

Un serviteur fut envoyé chercher Kysumu, qui arriva quelques minutes plus tard. Il s'inclina bien bas devant le duc, puis devant Waylander, et s'immobilisa, le visage impassible.

— Mon seigneur, dit Eldicar Manushan, j'aurais besoin d'examiner cette épée. Je pourrais peut-être identifier le sort qui la protège.

— Donnez-lui votre arme, ordonna le duc.

— Aucun homme n'a le droit de toucher une lame *rajnee*, rétorqua doucement Kysumu, excepté celui pour qui elle a été forgée.

— Oui, certes, concéda le duc. J'ai, moi aussi, le plus profond respect pour les traditions. Toutefois, les circonstances sont particulières. Alors, obéissez, je vous prie.

— Je ne peux pas, dit Kysumu.

— C'est insensé, protesta le duc sans élever la voix. Je pourrais appeler cinquante de mes hommes dans cette salle. Vous n'auriez alors d'autre issue que d'obtempérer.

— Si vous faites cela, nombre de vos soldats mourront, dit Kysumu avec calme.

— Vous me menacez ? l'interrogea le duc en se penchant en avant.

Waylander se leva et vint se placer entre le duc et Kysumu.

— J'ai toujours pensé que, dans des circonstances aussi extraordinaires, il y avait une différence subtile entre menace et promesse. J'ai étudié des textes parlant des épées *rajnees*. Elles sont liées au guerrier qui les utilise. Lorsque l'un d'entre eux meurt, son arme se brise et noircit. Peut-être la même chose se produirait-elle si cet homme permettait à Eldicar Manushan de la prendre. Vous conviendrez que ce serait fort regrettable, étant donné l'efficacité de cette épée contre les démons.

Le duc se leva à son tour et s'approcha du petit guerrier.

— Croyez-vous que votre lame deviendrait inutilisable si vous la confiiez à un autre ? demanda-t-il.

— J'en suis intimement persuadé, répondit Kysumu. J'ai déjà été témoin de ce phénomène. Il y a trois ans, un *rajnee* s'est rendu et a offert son épée à son adversaire. La lame s'est brisée en mille morceaux dès que l'autre s'est saisi de la garde.

— Si ce que vous dites est vrai, intervint Aric, comment expliquez-vous que votre compagnon en possède une ? Il n'est pas *rajnee* me semble-t-il, et l'épée n'a pas du tout été forgée pour lui.

— L'épée l'a choisi, expliqua Kysumu.

Aric éclata de rire.

— Dans ce cas, dit-il, il s'agit d'une lame particulièrement volage et nous pourrions l'examiner à la place de la vôtre.

— Non, car elle appartient désormais à Yu Yu Liang. Il est mon élève. Comme il est inconscient, je parle pour lui. Son épée ne sera ni touchée ni examinée par qui que ce soit.

— Nous sommes dans une impasse, intervint le duc. Je ne souhaite pas vous contraindre par la force, et il n'est pas dans mon désir de causer la mort d'un homme brave et la destruction d'une arme aussi puissante. Nous allons tenter de découvrir la source de la magie de ces démons ; acceptez-vous de nous accompagner et de nous aider avec votre épée ?

— Bien sûr.

Le duc se tourna vers Waylander.

— Je vous serais reconnaissant d'offrir l'hospitalité à mon fils Niallad et à sa garde.

Le prénom du jeune homme frappa l'Homme Gris comme la pointe d'une dague, mais il garda son calme et s'inclina.

— Ce sera un plaisir, mon seigneur.

— Mais, père, je veux venir avec vous, protesta Niallad.

— Ce serait pure folie de risquer ma vie et celle de mon héritier à la fois, dit doucement le duc. Nous ne connaissons pas encore la nature de notre ennemi. Non, mon fils, vous resterez ici. Gaspir et Naren resteront avec vous. Vous serez en sécurité.

Le jeune homme s'inclina, défait.

Eldicar Manushan s'approcha de lui.

— Auriez-vous l'amabilité de vous occuper de mon page, Beric ? demanda-t-il. C'est un bon garçon, mais il est un peu nerveux lorsque nous sommes séparés.

Niallad regarda le jeune page aux boucles blondes et lui sourit d'un air désabusé.

— Vous savez nager, Beric ? lui demanda-t-il.

— Non, monsieur, répondit le garçon. Mais j'aime m'asseoir au bord de l'eau.

— Dans ce cas, nous irons à la plage pendant que les anciens joueront à leurs jeux de grands.

La réplique de Niallad était chargée de sarcasmes. Le duc s'empourpra, embarrassé.

— Il est temps de partir, finit-il par dire.

Tandis que les hommes évacuaient la salle, Eldicar Manushan s'arrêta devant Waylander.

— Le *rajnee* s'est fait mordre, si j'ai bien compris. Comment va sa blessure ?

— Elle est en voie de guérison.

— Étrange. Habituellement, les morsures de ce type sont mortelles. Vous devez avoir un chirurgien très compétent.

— En effet. Il a découvert des vers translucides dans la plaie. Des vers d'une nature très bizarre.

— C'est un praticien très compétent, assurément. Serait-il également mystique ?

— Je ne pense pas. Il s'est servi d'un artefact ancien, d'une sorte de cristal bleu. C'est grâce à lui qu'il a pu diagnostiquer l'infection.

— Ah ! J'ai entendu parler de ces… artefacts. Ils sont très rares.

— C'est ce que j'ai cru comprendre.

Eldicar Manushan resta quelques secondes sans rien dire.

— Le seigneur Aric m'a informé de la présence d'une prêtresse dans votre palais. On dit qu'elle a des dons de clairvoyance. J'aimerais beaucoup la rencontrer.

— Malheureusement, elle nous a quittés hier, répondit Waylander. Je pense qu'elle est retournée en territoire chiatze.

— Comme c'est dommage.

— Il y a des requins, mon oncle ? demanda le jeune page en tirant sur la robe d'Eldicar Manushan.

Waylander examina le visage du garçon et y vit tout l'amour et l'admiration que l'enfant avait pour le magicien.

Eldicar Manushan s'agenouilla près du garçon.

— Des requins, Beric ?

— Dans la baie. Parce que Niallad veut nager.

— Non, il n'y a pas de requins, répondit l'homme en le prenant brièvement par les épaules.

— Je le lui ai déjà dit, intervint Niallad en traversant la salle. Ils préfèrent les eaux plus fraîches et profondes.

Deux soldats robustes au visage sévère arrivèrent. Niallad les avisa et sourit.

— Voici mes gardes du corps, Gaspir et Naren. Il n'y a pas meilleurs combattants dans tout le Kydor.

— Votre vie est-elle menacée ? demanda Waylander.

— Toujours, répondit Niallad. Ma famille est constamment menacée par des assassins ; c'est notre malédiction. Mon oncle était le roi du Drenaï, vous savez ? Il a été tué par un traître, un lâche, expliqua le jeune homme, comme Waylander hochait la tête. Frappé dans le dos pendant qu'il priait.

— La prière peut être une activité dangereuse, dit Eldicar Manushan.

Le garçon le considéra d'un œil interrogateur.

— On ne plaisante pas avec une affaire aussi grave, lâcha-t-il soudain.

— Je ne plaisantais pas, jeune homme, rétorqua le magicien avant de s'incliner et de quitter la salle.

— Je ne serai pas assassiné, reprit Niallad en le regardant partir. Gaspir et Naren veilleront sur moi.

— Absolument, dit Gaspir, le plus grand des gardes du corps. Quelle plage est la plus sûre ? demanda-t-il à Waylander.

— Mon serviteur Omri vous y conduira. Je vous y ferai servir des boissons fraîches et apporter des serviettes.

— C'est très aimable à vous, dit Gaspir.

— Dans combien de temps oncle Eldicar sera-t-il de retour ? demanda le page.

— Je l'ignore, mon garçon, répondit Waylander. Sans doute après la tombée de la nuit.

— Où pourrais-je l'attendre ? Je n'aime pas l'obscurité.

— Je vous ferai préparer une chambre très bien éclairée et vous enverrai quelqu'un pour vous tenir compagnie jusqu'à son retour.

— Keeva ? J'aime beaucoup Keeva.

— Alors, ce sera Keeva, promit Waylander.

Chapitre 7

Waylander regarda le duc et ses soldats s'éloigner, puis retourna sur la terrasse. Le soleil brillait intensément et mettait à rude épreuve ses yeux fatigués, mais la brise qui soufflait depuis la baie lui fouettait agréablement le visage. Omri le rejoignit et écouta les instructions de son maître. Le serviteur aux cheveux blancs s'inclina et s'éloigna.

Waylander descendit d'une terrasse à l'autre, passa à côté de la cascade, traversa le jardin de roches et se dirigea vers ses appartements spartiates. La porte était entrouverte. Il passa sous le porche et ferma les yeux. Il se sentait calme et ne percevait aucun danger. Il poussa la porte et passa le seuil. La prêtresse Ustarte était assise près de l'âtre, ses mains gantées posées sur ses genoux, sa robe rouge à haut col boutonnée jusqu'au menton. Elle se leva.

— Je suis désolée d'être entrée chez vous sans votre permission, dit-elle en inclinant la tête.

— Vous êtes la bienvenue chez moi, madame.

— Pourquoi avoir dit à Eldicar Manushan que j'étais partie ?

— Vous le savez bien.

— C'est vrai, admit-elle. Mais comment avez-vous appris qu'il était notre ennemi ?

Il s'approcha d'elle et se versa un gobelet d'eau.

— Parlez-moi de lui, dit-il en ignorant sa question.

—Je ne le connais pas, même si je connais ses maîtres. C'est un *ipsissimus* – un sorcier très puissant. Je ressens les émanations de son pouvoir depuis un certain temps. Il a traversé le portail pour deux raisons : *primo*, pour se faire des alliés dans ce monde, *secundo*, pour briser le Grand Sort qui empêche leurs armées de nous envahir.

—Est-il roi ?

—Non, il est juste un serviteur du Conseil des Sept. Croyez-moi, il a plus de pouvoir que n'importe lequel de nos rois. Il a compris tout de suite que vous mentiez – en êtes-vous conscient ?

—Bien sûr.

—Dans ce cas, pourquoi avoir agi de la sorte ?

Waylander choisit d'ignorer sa question.

—Êtes-vous assez puissante pour contenir ses pouvoirs ?

—Non. Pas directement.

—Alors, vos compagnons et vous devez quitter ce palais. Trouvez une autre cachette ou bien, retournez là d'où vous êtes venus.

—Je ne puis partir maintenant.

Waylander saisit la cruche, sortit dans le jardin où il la vida sur les fleurs, avant de la remplir à la cascade. De retour à l'intérieur, il proposa de l'eau fraîche à la prêtresse, qui secoua la tête.

—Que possède Eldicar Manushan qui puisse intéresser d'éventuels alliés ? demanda-t-il en se versant un gobelet d'eau.

—Avez-vous observé Aric ?

—Il m'a semblé plus mince, en meilleure forme.

—Plus jeune ?

—Je vois, fit Waylander. Est-ce la réalité ou juste une illusion ?

— C'est la réalité, Homme Gris. Peut-être certains serviteurs d'Aric y ont-ils laissé la vie, mais ce que vous avez vu est bien réel. Les Sept maîtrisent depuis bien longtemps l'art de l'amélioration et de la régénération, comme ils maîtrisent celui, ignoble, de l'Union.

— Si je tuais le magicien, cela vous aiderait-il à garder le portail scellé ?

— Peut-être. Sauf que vous ne pourrez pas le tuer.

— Il n'est personne que je ne puisse tuer, madame. C'est ma malédiction.

— Je connais votre talent, Homme Gris. Mais je le répète : Eldicar Manushan ne peut pas être tué. Vous pourriez lui transpercer le cœur de vos flèches ou lui trancher la tête. Cela ne changerait rien. Coupez-lui un bras, et il repoussera aussitôt. Les Sept et leurs serviteurs sont immortels et virtuellement invulnérables.

— Virtuellement ?

— L'usage des sorts est délicat et dangereux. Le recours aux démons de Troisième Degré est parfois périlleux. Une fois faits chair, ils ne vivent que pour se nourrir. Toutefois, les démons des Deuxième et Premier Degrés sont encore plus dangereux. Ils n'existent que pour tuer. S'ils échouent à tuer leur cible désignée, ils se retournent contre le sorcier qui les a fait apparaître. Si Eldicar Manushan appelait un démon de Premier Degré à son aide et si ce démon était contrarié dans sa mission, il pourrait très bien se retourner contre le magicien et l'entraîner dans le royaume d'Anharat pour le réduire en morceaux.

— C'est une faiblesse intéressante.

— Certes. Mais c'est pour cette raison qu'il a emmené le garçon avec lui. Il est son *loachai*, son familier. Eldicar jette ses sorts à travers l'enfant. Si les choses devaient mal tourner, l'enfant serait tué.

Waylander jura en silence. Il traversa la pièce et s'assit dans le fauteuil en cuir, à côté de l'âtre. Il se sentait très las. Ustarte était installée en face de lui.

— Peut-il lire dans les pensées comme vous le faites ? lui demanda-t-il.

— Je ne le pense pas.

— Pourtant, il a compris que j'ai menti, lorsque je lui ai dit que vous étiez partie.

— Il l'a senti, confirma-t-elle en hochant la tête. C'est un *ipsissimus* et son pouvoir est grand. Grand, mais pas infini. Il peut appeler des démons, créer des illusions, rajeunir des gens et augmenter leur force. Il peut se régénérer en cas de blessure. Je perçois votre confusion, continua-t-elle en le regardant avec intensité. Qu'est-ce qui vous dérange ?

— Le garçon, répondit Waylander. Manifestement, il aime son oncle. D'ailleurs, Eldicar Manushan semble l'apprécier aussi. J'ai du mal à croire que cet enfant ne soit qu'un outil.

— Et vous doutez de la nature de l'*ipsissimus* ? Je vous comprends, Homme Gris. Vous autres, humains, êtes des créatures extraordinaires. Vous êtes capables de compassion et d'amour comme aucune autre créature, mais aussi d'une haine inouïe, dont la force et la noirceur obscurciraient le soleil lui-même. Il vous est difficile d'admettre que ces deux extrêmes soient en chacun de vous. Lorsque vous considérez l'œuvre d'hommes mauvais, vous vous dites que ce sont des monstres, qu'ils sont différents, voire inhumains. Car, accepter le contraire menacerait les fondements de votre existence. Ne voyez-vous pas que vous êtes un exemple de cette ambivalence, Homme Gris ? Votre haine et votre soif de vengeance ont fait de vous un être sauvage, sans pitié, indifférent à la souffrance d'autrui. Jusqu'où seriez-vous allé si vous n'aviez rencontré le prêtre Dardalion et n'aviez été touché par la pureté de son âme ? Eldicar Manushan n'est pas un monstre. C'est un homme. Il sait rire et être joyeux. Il sait serrer un enfant dans ses bras et sentir la chaleur de l'amour. Et il est capable d'ordonner l'exécution de milliers d'innocents sans le moindre remords. Il tue, torture, viole et estropie. Cependant, il a des émotions. Il aime le garçon, mais il aime encore plus le pouvoir. Les sorts d'Eldicar Manushan deviennent encore plus puissants lorsqu'ils sont jetés par l'intermédiaire d'un *loachai*. Le garçon est en quelque sorte un récipient, la source d'une énergie spirituelle inexploitée.

— Vous en êtes certaine ?

— Je sens leurs énergies à tous les deux. Lorsqu'ils sont unis, ils deviennent terriblement forts, dit-elle en se levant. Maintenant, vous devez rejoindre le duc, Homme Gris.

— Je crois que je vais rester ici pour me reposer. Le duc a bien une centaine de soldats avec lui. Il n'a pas besoin de moi.

— C'est vrai, mais Kysumu si. Eldicar Manushan craint l'épée de lumière. S'il le peut, il tuera le *rajnee*. Kysumu a besoin de vous, Waylander.

— Ce n'est pas mon combat, rétorqua celui-ci, bien qu'il sût au fond de lui-même qu'il ne pouvait pas laisser Kysumu seul face à son destin.

— Vous vous trompez. Cela a toujours été votre combat, ajouta la prêtresse en se dirigeant vers la porte.

— Que voulez-vous dire ?

— Le temps est aux héros, répondit-elle doucement. Même aux héros de l'ombre autrefois touchés par le mal.

Waylander la regarda sortir et refermer la porte derrière elle. Il lâcha un juron entre ses dents, se leva et se rendit dans son armurerie. D'un coffre situé dans le fond de la salle, il tira un lourd sac en toile de lin. Il le posa sur une table, l'ouvrit et en sortit un protège-épaules en cuir noir renforcé par un maillage également noir. Il fouilla une nouvelle fois dans le coffre et en sortit deux autres sacs, ainsi qu'un ceinturon muni de deux fourreaux. Avec précaution, il déballa les deux épées courtes. Elles avaient des poignées arrondies et des quillons sombres en forme de griffes. Les lames claires étaient luisantes d'huile. À l'aide d'un tissu doux, il les nettoya en prenant soin d'éviter leurs tranchants effilés comme des lames de rasoir. Il boucla le ceinturon autour de sa taille mince et mit les armes dans leur fourreau.

Son baudrier doté de couteaux de lancer pendait au dossier d'une chaise. Il le souleva, retira les six lames en forme de diamant, les aiguisa et les remit en place. Il revêtit le protège-épaules et enfila le baudrier. Enfin, il prit sa petite arbalète et un carquois chargé de vingt carreaux.

Il sortit de la maison et monta jusqu'aux dépendances, où se trouvait l'écurie.

Tu n'apprendras donc jamais, se dit-il.

Yu Yu Liang fut réveillé par la lumière qui se déversait par la haute fenêtre voûtée. Elle se réfractait, aveuglante, sur son couvre-lit blanc. Il soupira et ressentit brusquement un profond regret. Son épaule lui faisait mal, mais il ne se rappelait pas pourquoi. Toutefois, l'intensité de la douleur lui fit prendre conscience qu'il était de retour dans le monde des vivants. La chaleur du soleil et le chant de la brise finirent de le tirer du royaume d'harmonie exquise qu'il avait appris à aimer, et il se sentit triste. Une silhouette se dessina au-dessus de lui – un visage fin, ascétique, un nez long, aquilin.

— Comment vous sentez-vous ? demanda l'homme.

Ce bruit était une intrusion de plus, et la joie accumulée durant ces années passées en compagnie de Qin Chong s'évanouit aussitôt. La question fut répétée.

— Je suis de nouveau fait de chair, répondit Yu Yu. Cela m'attriste.

— De chair ? Je parlais de votre blessure, jeune homme.

— Ma blessure ?

— Votre épaule. Vous avez été mordu. Le Gentilhomme et votre ami chiatze vous ont conduit à moi. Vous avez été sévèrement touché, jeune homme, et vous êtes resté inconscient environ quatorze heures.

— Des heures ?

Yu Yu ferma les yeux. C'était incompréhensible. Durant ses voyages, il avait vu des mondes naître, des étoiles s'éteindre. Il avait vu de vastes empires s'élever des brumes de la sauvagerie, avant d'être avalés par l'océan. La douleur qui pulsait dans son épaule gauche s'imposa à lui.

— Pourquoi suis-je de retour ? demanda-t-il.

L'homme paraissait inquiet.

— La nuit dernière, vous avez été mordu par un monstre démoniaque, expliqua-t-il lentement. Heureusement, la plaie est propre, maintenant. Vous vous en remettrez. Je m'appelle Mendyr Syn et je suis chirurgien. Vous vous trouvez dans le palais de Dakeyras, le Gentilhomme.

Mordu, la nuit dernière.

Yu Yu grogna et essaya de s'asseoir. Immédiatement, Mendyr Syn posa la main sur son épaule valide pour l'empêcher de se redresser.

— Restez allongé, ou vous allez casser les sutures.

— Non. Je dois m'asseoir, marmonna Yu Yu.

Mendyr Syn l'attrapa alors par le biceps droit pour l'aider.

— Ce n'est pas très recommandé, jeune homme. Vous êtes encore très faible.

Le chirurgien empila des coussins derrière le blessé, et Yu Yu se laissa tomber en arrière.

— Où est Kysumu ?

— Il est parti avec le duc et ses hommes, mais il sera bientôt de retour, à n'en pas douter. Comment vous sentez-vous ?

— J'ai mal.

Mendyr Syn remplit un gobelet d'eau fraîche et le porta aux lèvres de Yu Yu. Le goût était divin, et le liquide coula délicieusement dans la gorge parcheminée du blessé. Il appuya la tête contre les coussins, ferma les yeux et sombra dans un sommeil sans rêves. Lorsqu'il se réveilla, le soleil ne baignait plus son lit, mais le mur du fond.

Il était seul et avait de nouveau soif. Il souleva le couvre-lit et essaya de poser les jambes par terre.

— Reste où tu es, homme jaune, dit une voix. Tu n'es pas en état de te lever.

Une nouvelle silhouette était apparue dans la pièce. Il leva les yeux vers le visage de l'homme et remarqua son nez gros et rond, ses yeux décolorés. C'était un sergent aux cheveux dorés qu'il avait rencontré de nombreuses années auparavant. Tout était tellement confus dans sa tête.

— De quoi as-tu besoin ? lui demanda l'homme.

— J'ai soif, répondit Yu Yu.

Le sergent remplit un gobelet, s'assit sur le lit et l'offrit au blessé, qui s'en saisit et but goulûment.

— Merci.

Yu Yu essaya de réfléchir. Des scènes innombrables se bousculaient dans sa tête, telles des perles dans un sac. Il ferma les yeux et entreprit de faire lentement le tri. Il avait quitté les terres chiatzes après sa bagarre avec Shi Da. Ensuite, il avait rencontré des voleurs, puis Kysumu. Ensemble, ils étaient venus… Pendant quelques instants, son esprit dériva. Alors, il se souvint du palais de l'Homme Gris. Il ouvrit aussitôt les yeux.

— Où est mon épée ?

— Tu ne pourras pas t'en servir avant quelque temps, mais elle est bien ici, contre ce mur.

— Donnez-la-moi, je vous prie.

— Bien sûr.

— Et prenez-la bien par le fourreau, le mit en garde Yu Yu.

Le garde alla chercher l'arme, revint la poser sur le lit, puis retourna s'asseoir près de la porte.

— Pourquoi êtes-vous ici ? demanda Yu Yu.

— Le Gentilhomme m'a ordonné de te protéger. Il semble penser que tu as des ennemis.

— Êtes-vous l'un d'entre eux ?

L'homme soupira.

— Oui. Je serai honnête avec toi. Je ne t'aime pas, homme jaune. Néanmoins, le Gentilhomme est mon employeur. Comme il me traite bien, je lui obéis. Sans discuter. Je me moque que tu vives ou que tu meures. Toutefois, tant que je serai en vie, je ne laisserai aucun de tes autres ennemis t'approcher.

Yu Yu sourit.

— Puissiez-vous vivre des siècles !

— Est-il vrai que tu as été attaqué par des chiens-démons ?

Des bribes de souvenirs lui vinrent – les ruines, le clair de lune, les molosses noirs se déplaçant comme des ombres.

— C'est vrai.

— À quoi ressemblaient-ils ?

— Imaginez un croisement entre un loup et un porcelet, répondit Yu Yu avec un frisson involontaire.

— Tu as eu peur ?

— Oui, très. Comment va votre nez ?

— Ça fait mal, dit l'homme en haussant les épaules. J'aurais dû me rappeler le conseil de mon père : « Si tu veux te battre, bats-toi et ne perds pas de temps en palabres. » Tu cognes sec, homme jaune.

—Mon nom est Yu Yu.

—Et moi, Emrin.

—Heureux de faire… ta connaissance.

—Modère ton enthousiasme. J'ai bien l'intention de me venger dès que tu seras remis.

Yu Yu sourit, puis s'endormit. Lorsqu'il se réveilla, il faisait nuit. Emrin avait accroché une lanterne au mur opposé. Le soldat somnolait sur sa chaise. Yu Yu regarda s'il n'y avait pas quelque chose à manger dans la pièce. Non, rien. Lentement, il laissa glisser ses jambes sur le sol et se servit de son épée comme d'une canne pour se lever. Ses jambes étaient encore faibles.

Emrin se réveilla.

—Où crois-tu aller comme cela ?

—Je vais chercher à manger.

—La cuisine se trouve deux étages plus bas. Tu n'y arriveras jamais. Patiente un peu. Une des filles t'apportera le souper dans une petite heure.

—Je n'aime pas rester allongé. Je n'aime pas être… faible.

Soudain, ses jambes cédèrent sous son poids et il se laissa tomber sur le lit. Il jura dans sa langue.

—D'accord, dit Emrin. Je vais t'aider. Mais tu ne peux tout de même pas te balader nu comme un ver.

Il rassembla les vêtements de Yu Yu et les jeta sur le lit. Yu Yu parvint à enfiler ses jambières et Emrin l'aida à mettre ses bottes en peau de loup. En revanche, le blessé étant incapable de lever le bras gauche pour passer sa chemise, c'est torse nu et soutenu par le garde qu'il se dirigea vers la porte.

—Tu es plus lourd que tu en as l'air, homme jaune, dit Emrin.

— Et toi, moins fort que prévu, Nez Cassé.

Emrin gloussa et ouvrit la porte. Lentement, ils traversèrent le couloir et se dirigèrent vers l'escalier.

Quelques minutes après qu'ils eurent quitté la chambre, un petit globe de lumière se matérialisa devant la porte. Il en émanait un air froid. Le globe gonfla, forma une boule de brume glaciale et grossit jusqu'à occuper tout l'espace, du sol au plafond. À l'intérieur de ce brouillard artificiel se firent entendre des bruissements inquiétants. Soudain, deux énormes créatures en jaillirent. Elles étaient blanches comme un os et dépourvues de poils. La première tourna brusquement la tête, entra dans la chambre de Yu Yu et se mit à frapper violemment le lit. Le cadre se brisa et le lit vola contre le mur. La seconde baissa la tête et scruta le couloir de ses petits yeux rouges malveillants. Un troisième monstre sortit de la brume – un serpent aux écailles blanches et à la tête longue et plate dotée de quatre narines, qui entreprirent sans attendre de renifler l'atmosphère au-dessus du tapis. Alors, la bête commença à ramper en ondulant en direction de l'escalier.

La brume se déplaça, traversa les autres créatures et suivit le serpent.

La cuisine faisait seize mètres de long sur six de large, et était équipée de plusieurs fours en fer habillés de pierres. Le mur nord était recouvert d'étagères qui accueillaient assiettes, cruches et tasses. Il y avait également cinq énormes placards splendidement ouvragés, dont les portes en verre laissaient voir des plats et des gobelets en cristal. Sous les étagères, des tiroirs renfermaient couverts et ustensiles de cuisine. Il y avait deux portes principales : l'une dans le mur est menait à l'escalier et à la tour sud, l'autre donnait sur un escalier en colimaçon qui débouchait dans la salle des banquets.

Il n'y avait pas de fenêtres et, en dépit de nombreuses cheminées dissimulées qui évacuaient une grande partie de la chaleur produite par les fours, la salle devenait invivable lorsqu'on y préparait de grandes quantités de nourriture et que s'y activaient des dizaines de serviteurs.

Même à cette heure, alors que les cuisiniers dormaient et que la pièce n'était éclairée que par deux lanternes, la chaleur emmagasinée lors de la préparation du repas du soir était encore perceptible. Keeva prit un couteau dans un tiroir, ouvrit un garde-manger et en sortit un morceau de pain croustillant, un peu de jambon rôti au miel et du beurre, qu'elle disposa sur la longue table en marbre.

— C'est un couteau à viande, dit Norda en riant. Es-tu donc à ce point ignorante, petite fermière ?

Keeva lui tira la langue et continua de couper maladroitement des tranches de pain.

— Un couteau est un couteau, dit-elle. S'il est aiguisé, il peut trancher du pain.

Norda roula les yeux en faisant mine d'être horrifiée.

— Il y a des couteaux à poisson, des couteaux à pain, des couteaux à viande, des couteaux à crustacés, des couteaux à fruits, des couteaux à fromage. Il faudra apprendre tout cela, autrement, tu ne serviras jamais lors des grands banquets organisés par le Gentilhomme.

Keeva l'ignora, souleva la cloche qui recouvrait le beurre et en étala sur son pain.

— Ah, oui ! reprit Norda. J'avais oublié les couteaux à beurre.

— Quel gâchis de métal ! se moqua Keeva.

Norda rit de nouveau.

— Il en est des couteaux comme des hommes : chacun a sa fonction. Certains sont de grands chasseurs, d'autres de parfaits amants.

— Chut ! Pas devant le garçon !

— Il dort, rétorqua Norda en riant. Les enfants sont tous pareils. D'abord ils veulent jouer, ensuite ils crient famine, mais, le temps de leur préparer quelque chose à manger, ils s'endorment en vous laissant une montagne de pain sur les bras. Il est tellement mignon, ajouta-t-elle en regardant le garçon aux cheveux blonds allongé sur un banc, la tête posée sur son bras. Un jour, celui-ci sera un bourreau des cœurs, j'en suis certaine. Ces yeux bleus en feront fondre plus d'une. Elles se déshabilleront sans qu'il ait besoin d'ouvrir la bouche !

— Il ne sera peut-être pas comme cela, rétorqua Keeva. Peut-être tombera-t-il amoureux de la première femme qu'il connaîtra, se mariera-t-il et fondera-t-il une famille.

— Peut-être, concéda Norda. Il peut effectivement devenir complètement inintéressant…

— Oh, tu es vraiment incorrigible ! s'exclama Keeva avant de mettre du jambon entre deux tranches de pain et de croquer à pleines dents dans son repas.

— C'est dégoûtant ! Tu as du beurre sur le menton !

Keeva s'essuya avec son avant-bras et lécha le beurre résiduel.

— Trop bon pour être gâché ! dit-elle en riant devant l'expression médusée de Norda. Et si tu me montrais ces fameux couteaux.

La femme blonde ouvrit un placard en pin et en sortit une poignée de couteaux au manche en ivoire, puis elle les disposa devant Keeva. Il y en avait d'extrêmement pointus, parfois longs de vingt bons centimètres, et d'autres au bout arrondi, qui ne dépassaient guère cinq centimètres.

— À quoi sert celui-ci ? demanda Keeva en désignant un engin recourbé comme un *tulwar* et terminé par un genre de fourchette.

— À couper le fromage. D'abord tu coupes ton morceau, puis tu retournes la lame pour le transpercer avec ces pointes.

— Ils sont très beaux, remarqua Keeva en examinant les manches finement sculptés.

À l'autre bout de la pièce, la porte s'ouvrit, et Keeva vit entrer Emrin. Il soutenait Yu Yu Liang. Le visage du Chiatze était gris d'épuisement, ce qui ne l'empêcha pas de sourire jusqu'aux oreilles en voyant Norda. Cela ne fit pas vraiment plaisir à Emrin, qui pinça ses lèvres séduisantes.

— Ah, je sens que je commence à aller mieux ! se réjouit Yu Yu. Deux femmes superbes – et de la nourriture !

Emrin le lâcha et Yu Yu tituba, ne retrouvant l'équilibre que grâce à son épée. Le garde s'arrêta devant la grande table, dégaina son couteau de chasse et se coupa plusieurs morceaux de viande. Norda courut jusqu'à Yu Yu et l'aida à s'asseoir.

— Mes deux hommes favoris, dit-elle.

— Tu as beaucoup trop de favoris, lâcha Emrin.

Norda se tourna vers Keeva et lui fit un clin d'œil.

— Il s'est battu pour moi, tu sais. En vrai galant homme.

— Je ne me suis pas battu pour toi, aboya Emrin. Je me suis battu *à cause de* toi. Ce n'est pas tout à fait la même chose.

— Comme il est beau avec toutes ses cicatrices, continua Norda. Ses yeux noirs et boudeurs, ce gros nez enflé…

— Ça suffit, Norda ! lui ordonna Keeva en contournant la table pour prendre le garde par le bras. Moi, en tout cas, je suis fière de toi.

— Pourquoi ? demanda Norda. Parce qu'il s'est jeté, le nez devant, sur le poing fermé de Yu Yu ?

— Oh, la ferme, Norda ! dit Keeva. Il a passé la journée à surveiller Yu Yu et l'a même aidé à descendre jusqu'ici. Ce n'est pas facile, pour un homme, de mettre sa colère de côté pour accomplir son devoir.

— Ouais, c'est un type bien, confirma Yu Yu. Je l'aime bien. Tout le monde l'aime bien. Bon, on peut manger maintenant ?

— Mais il tremble, ma parole ! s'exclama Norda en venant se mettre derrière lui. Il ne devrait pas être debout, l'imbécile !

Une brise fraîche filtra par la porte ouverte. Keeva courut la verrouiller, pendant que Norda allait chercher une couverture afin de couvrir les épaules du blessé.

— Je ne m'étais pas rendu compte que cela s'était rafraîchi, dit Emrin.

Les deux femmes l'ignorèrent et continuèrent de s'activer autour du blessé, lui préparant de la nourriture et lui servant un gobelet de jus de pêche.

Le garde s'éloigna de la table. Il entendait des bruits derrière la seconde porte. Il fit un pas en avant, et la porte s'ouvrit soudainement. Entrèrent le vieil Omri, deux soldats et un jeune homme. Omri salua Emrin d'un hochement de tête, puis demanda à Keeva de servir de quoi manger à Niallad et ses deux gardes du corps.

Le fils du duc s'arrêta devant l'enfant endormi et le considéra en souriant.

— J'ai bien l'impression que nous l'avons épuisé, à la plage, dit-il.

Keeva découpa une dizaine de tranches de jambon, les disposa sur trois plats et les offrit aux nouveaux arrivants. Le jeune noble la remercia, tandis que les deux gardes se jetèrent sur la viande sans rien dire. L'un d'entre eux, le plus grand, un homme à la barbe épaisse et aux yeux marron enfoncés, regardait du coin de l'œil l'épée de Yu Yu posée sur la table. La poignée était noire et dépourvue d'ornements, tout comme le fourreau en bois laqué.

— Elle me paraît bien ordinaire, dit-il en tendant la main.

— Ne la touchez pas, lâcha Yu Yu.

— Sinon quoi ? aboya l'homme avec agressivité, sans arrêter son mouvement.

— Faites comme il dit, Gaspir, intervint le jeune noble. C'est son épée, après tout.

— Bien, monsieur, concéda le garde du corps en lançant un regard noir à Yu Yu. De toute façon, ce ne sont que des âneries. Une épée magique ! Voyez-vous cela !

Le jeune Beric se réveilla et s'assit. Il cligna des yeux, s'étira – et soudain, se mit à crier. Keeva suivit son regard. Une brume blanche s'engouffrait dans la cuisine en passant sous la porte. Yu Yu la vit à son tour et marmonna un juron. Il grogna, attrapa son épée et la tira de son fourreau. La lame émettait une lueur bleue. Yu Yu essaya de se lever, mais retomba contre la table.

— Que se passe-t-il ? cria Omri, le teint livide de peur.

— Des démons… arrivent, répondit Yu Yu en se redressant.

Le bandage de son épaule commençait à s'imbiber de sang.

Omri s'éloigna de la brume et se dirigea vers la porte par laquelle il était entré quelques instants plus tôt. Emrin vit que le vieil homme tremblait de manière incontrôlée.

— Calmez-vous, mon ami, murmura-t-il.

— Je dois sortir d'ici, rétorqua Omri.

La brume s'épaississait à un rythme régulier, et la température baissait rapidement. Gaspir et Naren s'éloignèrent également de la table, l'épée à la main. Keeva attrapa un long couteau à viande et le soupesa.

— Il faut fuir ! hurla Omri d'une voix chevrotante.

Emrin se tourna vers lui au moment où le vieillard prenait la direction de l'autre porte. Il faillit le suivre, mais se figea, car un filet de brume était en train de se faufiler au niveau du sol. Omri avait presque atteint la porte. Le sergent cria :

— Non, Omri ! La brume…

Trop tard. Omri tira le verrou. La porte s'ouvrit violemment vers l'intérieur, et le nuage enveloppa le vieil homme. Un bras massif terminé par des griffes féroces s'abattit sur Omri, tailla dans sa chair et ses os ; une giclée de sang éclaboussa la table en marbre. Un second coup réduisit son crâne en bouillie.

Emrin se précipita sur la porte, la referma et tira le verrou au moment où le corps sans vie d'Omri s'écroulait sur le sol. Il y eut un choc brutal, et les panneaux en bois de la porte se fendirent. Emrin dégaina son épée et recula jusqu'au centre de la pièce.

Un nouveau coup, mais dans l'autre porte, cette fois. Yu Yu tituba sur quelques pas, puis tomba. Le sergent le prit par le bras et l'aida à se relever. Le page avait cessé de crier et s'était recroquevillé sur le banc. Keeva voulut le prendre, mais il se tortilla et alla rejoindre les autres. Le jeune Niallad sortit sa dague et posa une main sur l'épaule du garçon.

— Sois courageux, Beric. Nous te protégerons, dit-il d'une voix chevrotante.

Le page s'accroupit et se faufila sous la table, où il trouva Norda, qui se cachait le visage avec ses mains.

La brume glaciale se propageait sur le sol en pierre de la cuisine. Soudain, la porte de droite céda, et le nuage s'engouffra à l'intérieur. Yu Yu brandit son épée. Des éclairs bleus en jaillirent, qui crépitèrent et s'enfoncèrent dans la brume. Un terrible cri de douleur leur parvint.

— Soulève ton épée ! dit Yu Yu au sergent.

Emrin s'exécuta. Les deux lames entrèrent en contact. Instantanément, une flamme bleue passa de l'une à l'autre.

— Vous aussi! ordonna Yu Yu à Gaspir et Naren.

Ainsi, leurs lames respectives s'embrasèrent.

— Cela ne va pas durer longtemps, les prévint Yu Yu. Attaquez maintenant!

L'hésitation des gardes ne dura qu'une fraction de seconde. Emrin chargea la brume le premier et la transperça de son épée. Il y eut des éclairs. La brume se retira un peu. Gaspir et Naren se joignirent à lui. Une énorme silhouette blanche jaillit du nuage et fonça sur Gaspir, le barbu, qui se retrouva à terre. Naren fut pris de panique et tenta de fuir. Dès qu'il eut tourné le dos, la bête allongea le bras. Keeva vit Naren se cambrer, tandis que des griffes lui transperçaient la poitrine de part en part. Une rivière de sang se mit à jaillir du mourant. Emrin enfonça sa lame dans le ventre du monstre et la poussa vers le haut. La créature hurla de douleur, jeta le corps de Naren, puis se tourna vers le sergent. Keeva leva le bras et lança le couteau à viande. Comme la bête s'apprêtait à bondir sur Emrin, la lame l'atteignit à l'œil, où elle s'enfonça profondément. Au même moment, Yu Yu Liang fit quelques pas en chancelant et donna un grand coup de son épée *rajnee* droit devant lui. L'arme traversa la gorge glabre de la créature, trancha muscles et os. La bête monstrueuse tomba sur le côté, s'effondra sur la table, qui se renversa.

La brume recula, s'évanouit par la porte ouverte et disparut sous la porte fermée.

Dans la pièce, la température commença à remonter. Gaspir entreprit de se relever et ramassa son épée. Elle ne brillait plus. La lame de Yu Yu, elle, émettait encore une lumière bleue mais avec de moins en moins d'intensité. Le blessé était à genoux et respirait bruyamment. Sa plaie s'était rouverte. Son pansement était imbibé, et son torse nu maculé de sang. Emrin vint près de lui.

— Tiens bon, homme jaune, dit-il doucement. Je vais t'aider à t'asseoir.

Yu Yu n'avait plus de force. Il se laissa faire. Keeva et Norda aidèrent le sergent à soulever et installer le blessé.

— Ces choses sont-elles parties ? demanda Niallad en scrutant la cage d'escalier plongée dans les ténèbres.

— L'épée ne brille plus, répondit Keeva. Je pense qu'elles ne sont plus là. Mais elles peuvent revenir.

Le jeune noble la regarda et s'efforça de sourire.

— Magnifique lancer, dit-il. J'ai rarement vu un couteau à viande jouer aussi bien son rôle.

Keeva se tut. Elle regardait fixement le corps sans vie du vieil Omri. Un homme aussi doux et gentil ne méritait pas de mourir de cette manière.

— Que fait-on maintenant ? demanda Gaspir. Faut-il rester ou sortir d'ici ?

— Restons... un peu, dit Yu Yu. La cuisine... facile à défendre. Seulement deux entrées.

— Je suis d'accord, acquiesça Gaspir. À vrai dire, pour le moment, rien ne pourrait m'obliger à emprunter cet escalier.

Pendant qu'il parlait, un cri lointain résonna de manière étrange. Puis un autre.

— Des gens meurent, là-haut, dit Emrin. Nous devrions les aider !

— Mon devoir est de protéger le fils du duc, rétorqua Gaspir. Néanmoins, si vous voulez foncer à l'étage, ne vous gênez pas. Quoique, sans son épée magique, continua-t-il en jetant un coup d'œil à un Yu Yu presque inconscient, vous ne durerez pas plus de quelques battements de cœur.

— Je dois y aller, insista Emrin, avant de se diriger vers la porte.

— Non ! cria Keeva.

— C'est pour cela que l'on me paie ! Je suis sergent de la garde !

Keeva contourna la table.

— Écoute-moi, Emrin. Tu es un homme courageux. Nous l'avons tous constaté. Mais Yu Yu est blessé et, sans toi, nous serions quasiment sans défense. Tu dois rester ici. L'Homme Gris t'a demandé de protéger Yu Yu. Tu ne pourras pas accomplir ton devoir si tu montes.

D'autres cris retentirent. Emrin se tourna vers la cage d'escalier noire.

— Fais-moi confiance, insista Keeva en le prenant par le bras.

Les cris continuaient, et Emrin était tiraillé par le doute.

— Tu ne peux rien pour eux, reprit Keeva. Il faut barricader ces portes, ajouta-t-elle à l'intention de Gaspir. Utilisons ces placards. Emrin et moi allons nous occuper de celle-ci.

— Je ne prends pas mes ordres d'une simple servante, lâcha Gaspir.

— Ce n'était pas un ordre, rétorqua Keeva en masquant sa colère. Je vous demande pardon. Mais il faut absolument bloquer ces ouvertures, et seul un homme très fort peut déplacer ces meubles.

— Faites ce qu'elle dit, intervint Niallad. Je vous aiderai.

— Dépêchons-nous, les mit en garde la servante. L'épée de Yu Yu brille de nouveau.

Chapitre 8

Chardyn, le prêtre de la Source, était connu pour ses sermons virulents. Son charisme et sa voix puissante lui permettaient d'attirer l'attention de foules importantes et de convertir régulièrement de nouveaux adeptes. Il n'y avait pas meilleur orateur et, dans un monde plus juste, il aurait été promu père supérieur depuis bien longtemps. Cependant, en dépit de ses aptitudes, ceux qui ne l'aimaient pas n'avaient aucun mal à lui mettre des bâtons dans les roues. En effet, le prêtre avait un gros défaut : il n'avait pas la foi.

Ou plutôt, il ne l'avait plus, car, deux décennies auparavant, quand il était jeune et passionné, son engagement avait été total et sincère. À l'époque, il croyait vraiment en la Source. Sa foi l'avait aidé à traverser guerres et épidémies, périodes de pauvreté et de famine. Lorsque sa mère était tombée malade, il était rentré chez lui avec la ferme conviction que ses prières la sauveraient. Il était arrivé dans la propriété familiale, s'était précipité à son chevet et avait prié la Source de bénir Ses serviteurs et de toucher sa mère de Sa main. Puis il avait donné l'ordre que fût organisée une fête afin de célébrer le miracle à venir.

Sa mère était morte juste avant le crépuscule en souffrant atrocement et en crachant du sang. Chardyn était resté à ses côtés, avait regardé dans ses yeux morts. Puis, il était descendu au rez-de-chaussée, où les domestiques disposaient les couverts finement ouvragés. Dans un accès soudain de fureur incontrôlée, Chardyn avait renversé les tables, éparpillé assiettes et plateaux. Les serviteurs avaient fui sa colère.

Il était sorti dans la nuit pour hurler sa rage à la face des étoiles.

Chardyn resta pour les funérailles et dit la prière du Voyage de l'Âme, tandis que le corps de sa mère était allongé à côté de celui de son père et de leurs deux enfants morts en bas âge. Après quoi il était retourné au monastère nicoléen, où son maître Parali officiait en tant que père supérieur. Le vieillard l'avait accueilli en le prenant par les épaules et en l'embrassant sur la joue.

— Je suis triste pour vous, mon garçon.

— J'ai prié la Source, mais Elle ne m'a pas répondu.

— Cela arrive parfois. Comme il arrive qu'Elle réponde d'une façon qui ne nous convient pas. Mais nous sommes Ses serviteurs, pas Ses maîtres.

— Je n'ai plus la foi, avait avoué Chardyn.

— Vous avez déjà connu la mort. Vous avez vu trépasser des bébés. Vous avez enterré des parents avec leurs enfants. Durant ces épreuves, votre foi ne vous a jamais abandonné.

— Elle était ma mère. Elle aurait dû être sauvée.

— Nous naissons, nous vivons brièvement et nous mourons. Ainsi va la vie. Je connaissais bien votre mère. C'était une femme de qualité, et je suis persuadé qu'elle demeure désormais au paradis. Soyez reconnaissant pour la vie qu'elle a eue et l'amour qu'elle vous a donné.

— Reconnaissant ? s'était emporté Chardyn. J'avais organisé une fête pour remercier la Source de l'avoir guérie. Maintenant, j'ai l'air d'un idiot. On ne m'y prendra plus. Si la Source existe, eh bien, qu'Elle soit maudite et qu'Elle sache que je ne veux plus avoir affaire à Elle !

— Comptez-vous abandonner votre prêtrise ?

— Oui.

— Dans ce cas, je prierai pour que vous retrouviez la paix et la joie.

Après cela, Chardyn avait passé une année à travailler dans une ferme. C'était un travail difficile et mal payé, qui lui fit regretter les petits luxes auxquels il s'était habitué lorsqu'il était prêtre, le confort du temple, l'abondance de nourriture, le temps dévolu à la méditation.

Une nuit, après une journée passée à faucher et lier le foin pour les mois d'hiver, Chardyn était assis autour d'un feu à écouter les histoires de ses collègues, pour la plupart des gens simples qui, avant de manger leur repas de viande rôtie, remercièrent la Source de leur avoir donné une si belle récolte. L'année précédente, après une récolte calamiteuse, ils L'avaient remerciée de les avoir épargnés. À ce moment-là, Chardyn avait compris que la religion était une valeur sûre. Qu'il y ait abondance ou famine, on remerciait toujours la Source. Lorsqu'on survivait à la peste, c'était forcément grâce à une intervention divine. Lorsqu'on en mourait, la Source nous envoyait dans l'au-delà. Louée soit la Source ! La foi, en dépit de ses fondements cosmiques stupides, apportait bonheur et contentement. Mais alors, pourquoi se casser le dos dans une ferme, alors qu'on pouvait rendre les gens heureux en prêchant ? En tout cas, Chardyn serait bien plus heureux dans une belle maison pleine de serviteurs zélés.

Il avait donc revêtu sa robe bleue, traversé le Kydor et rejoint un petit temple du centre de Carlis. Quelques semaines plus tard, ses sermons avaient conquis les paroissiens. Deux ans plus tard, les coffres du monastère regorgeaient de donations, et les plans d'un nouveau bâtiment deux fois plus grand étaient à l'étude. Trois années plus tard, le nouveau temple était tout juste assez grand pour accueillir les fidèles de Chardyn.

L'adulation dont il était l'objet contrastait avec le mépris affiché des autorités de son Église. Parali leur avait tout raconté. Néanmoins, Chardyn ne lui en voulait pas. Il vivait désormais dans une grande maison et avait de nombreux serviteurs. Par ailleurs, il était parvenu à mettre suffisamment d'argent de côté pour pouvoir satisfaire son goût pour la nourriture raffinée, les vins hors de prix et les femmes douces.

De fait, il était aussi heureux que possible. Enfin, il l'était, jusqu'à ce matin, et l'arrivée des soldats du duc, lequel exigeait sa présence dans les ruines de la vallée pour exorciser d'anciens démons. Chardyn n'avait pourtant aucune expérience des démons. C'était par ailleurs un sujet qui l'intéressait fort peu. Cependant, comme il n'aurait pas été très sage de refuser, il rassembla rapidement quelques rouleaux traitant d'exorcisme et se joignit aux cavaliers.

La chaleur était quasi insupportable. La petite compagnie descendait lentement dans la vallée. Au loin, Chardyn voyait le duc et ses aides, Aric et le magicien Eldicar Manushan. Derrière eux, venaient cinquante archers, vingt lanciers lourdement protégés et cinquante cavaliers armés de longs sabres.

Une fois arrivé au pied de la colline, Chardyn sortit un premier rouleau de sa sacoche et commença à le lire en essayant de mémoriser quelques incantations. Malheureusement, elles étaient beaucoup trop complexes, et il y renonça rapidement. Le deuxième rouleau parlait d'eau bénite ; comme il n'en avait pas avec lui, il le rangea aussi. Le troisième traitait d'imposition des mains sur des personnes possédées. Chardyn se retint de jurer, chiffonna le parchemin et le jeta par terre.

Il chevaucha en écoutant les hommes parler autour de lui. Ils étaient nerveux et effrayés – émotions qu'il commençait à ressentir aussi, tant ces histoires de marchands massacrés et d'attaque nocturne étaient terrifiantes.

Un lancier vint à sa hauteur.

— Je suis heureux que vous soyez avec nous, monsieur, dit-il. J'ai entendu certains de vos sermons. Vous êtes un homme saint, béni par la Source.

— Merci, mon fils, répondit Chardyn.

Le lancier retira son casque et pencha la tête. Le prêtre lui posa la main sur les cheveux.

— Puisse la Source vous bénir et vous protéger.

D'autres soldats s'agglutinèrent autour de lui, mais le prêtre leur fit signe de s'éloigner.

— Voyons, mes amis, attendez que nous soyons arrivés à destination.

Il sourit, exsudant une bonhomie et une confiance qu'il ne ressentait pas.

Chardyn n'avait encore jamais visité les ruines de Kuan-Hador, et il fut surpris par leurs dimensions. Le duc guida ses cavaliers loin dans la cité avant de mettre pied à terre. Les soldats le suivirent. On enfonça des piquets dans le sol afin d'attacher les chevaux. Ensuite, on ordonna aux archers de se répartir tout autour du camp pour en protéger le périmètre. Chardyn approcha de l'endroit où discutaient le duc, Aric, Eldicar Manushan et un guerrier chiatze petit et mince, vêtu d'une longue robe.

— C'est ici qu'a eu lieu la dernière attaque, dit le duc en retirant son casque et en se passant la main dans les cheveux, qu'il avait épais, poivre et sel. Percevez-vous la présence du mal ? demanda-t-il au prêtre.

Chardyn secoua la tête.

— Je ne sens rien, à part la chaleur intense du soleil.

— Et vous, magicien ? Sentez-vous quelque chose ?

— Sentir le mal n'est pas mon fort, mon seigneur, répondit Eldicar Manushan en croisant le regard du prêtre, qu'il considéra d'un air amusé.

Ou plutôt d'un air moqueur, pensa Chardyn. Eldicar Manushan se tourna ensuite vers le guerrier chiatze.

— Votre épée brille-t-elle ? lui demanda-t-il.

L'homme dégaina partiellement son arme, puis la remit dans son fourreau.

— Non, pas encore.

— Peut-être devriez-vous vous balader dans ses ruines pour voir si le mal ne s'y tapit pas, proposa le magicien.

— Qu'il reste plutôt ici pour le moment, intervint le duc. J'ignore combien de temps il faut à la brume pour se former ; en revanche, je sais que les bêtes qui l'habitent ont tué les charretiers en quelques battements de cœur.

— Comme vous voudrez, sire, dit Eldicar Manushan en s'inclinant.

Le bruit d'un cheval lancé au galop leur parvint. Chardyn se retourna et vit l'Homme Gris, qui traversait la vallée. Il entendit Aric jurer dans sa barbe, et nota que toute trace d'amusement avait quitté le visage du magicien. Cela lui fit plaisir. Un jour, il avait rendu visite à l'Homme Gris pour lui demander de faire un don au nouveau temple, et avait reçu mille pièces d'or sans même avoir à promettre d'ajouter son nom sur le rouleau d'honneur ou l'autel en marbre.

— La Source vous bénira, monsieur, lui avait dit le prêtre.

— Espérons que non. Ceux de mes amis qu'Elle avait bénis sont tous morts.

— N'êtes-vous pas croyant, monsieur ?

— Que j'aie ou non la foi n'empêchera pas le soleil de se lever.

— Mais, alors, pourquoi me donner ces mille pièces d'or ?

— J'aime vos sermons, prêtre. Ils sont vivants, intéressants, et ils encouragent les gens à s'aimer et à montrer de la compassion pour leur prochain. Que la Source existe ou pas, ce sont des valeurs qu'il faut chérir.

— En effet, monsieur. Dans ce cas, pourquoi ne pas donner deux mille pièces d'or ?

L'Homme Gris avait souri.

— Ou bien cinq cents.

— Mille pièces, c'est amplement suffisant, avait ajouté le prêtre en gloussant. Je plaisantais, bien sûr.

L'Homme Gris mit pied à terre, attacha sa monture et vint dans leur direction. Chardyn remarqua qu'il se déplaçait avec la grâce de celui qui a confiance dans sa force. Il portait une cotte de mailles, des jambières et des bottes. Deux épées étaient accrochées à son ceinturon, et une petite arbalète pendait dans son dos. Il ne portait pas le moindre morceau de métal brillant ; même sa cotte de mailles avait été teinte en noir. Bien qu'il ait choisi la prêtrise, Chardyn avait grandi dans une famille de soldats. Pourtant, c'était la première fois qu'il voyait une armure volontairement ternie. La plupart des guerriers souhaitaient se faire remarquer et briller dans les batailles. Contrairement à l'Homme Gris, apparemment. Chardyn examina furtivement l'équipement de son cheval. Les étriers, la bride et même les boucles des sacoches étaient ternes. Intéressant.

L'Homme Gris hocha la tête à son intention et s'inclina devant le duc.

— Nous ne vous attendions pas, dit ce dernier, mais je vous remercie de vous être donné le mal de nous rejoindre.

Il y avait dans la voix du duc une trace de sarcasme, que l'Homme Gris ne sembla pas remarquer. Il avisa l'alignement d'archers.

— Si la brume apparaît, ils seront submergés. Ils devraient être plus groupés et prêts à tirer dès qu'ils apercevront l'ombre d'un grand chien noir. La morsure de ces bêtes transmet un poison dont il est difficile de se débarrasser.

— Mes hommes sont de grands guerriers, intervint Aric. Et ils sont assez grands pour se défendre.

— Comme vous voudrez, dit l'Homme Gris avec un haussement d'épaules.

Puis il attira l'attention du Chiatze en lui tapotant sur le bras et l'entraîna un peu plus loin.

— Quelle arrogance ! lâcha Aric.

— Une arrogance justifiée, rétorqua Chardyn.

— Que voulez-vous dire ?

— Rien d'autre que ce que j'ai dit, mon seigneur. C'est un homme puissant – et pas uniquement parce qu'il est riche. Il suffit de le voir bouger. Comme l'aurait dit mon père, l'Homme Gris est fait de cendres dangereuses.

Le duc rit.

— Cela faisait bien longtemps que je n'avais entendu cette expression. Toutefois, je suis d'accord avec vous.

— Je n'ai jamais rien entendu de ce genre, s'étonna Aric. Cela ne veut rien dire.

— C'est une référence à une vieille histoire, expliqua le duc. L'histoire d'un homme dangereux, d'un hors-la-loi appelé Karinal Bezan, qui aurait tué de très nombreux ennemis, dont la plupart en combat singulier. Il a été arrêté et condamné au bûcher. Lorsque le bourreau s'est avancé avec sa torche pour mettre le feu au tas de bois, Karinal, qui était parvenu à libérer une de ses mains, l'a agrippé, et ils sont morts ensemble, le bourreau hurlant de douleur, le hors-la-loi riant assez fort pour couvrir les crépitements du brasier. Quelque temps après, l'expression « brûlez-le, mais ne marchez pas trop près de ses cendres » est apparue pour décrire un certain type d'homme. Notre ami est de ceux-là. Cela étant dit, je vous conseillerais d'ordonner à vos hommes de se rapprocher du camp et de faire attention à ces chiens noirs.

— Oui, sire, dit Aric en faisant de son mieux pour contenir sa colère.

Le duc se leva et s'étira.

— Quant à vous, monsieur, reprit-il en s'adressant à Chardyn, vous devriez passer parmi les hommes pour leur offrir la bénédiction de la Source. Ils sont trop nerveux, et cela les aiderait à reprendre courage.

Et à moi, qui va me donner du courage ? pensa le prêtre.

Waylander résuma à Kysumu la conversation qu'il avait eue avec la prêtresse. Le *rajnee* tapota la poignée noire de son épée.

— Rien ne prouve qu'il soit l'ennemi. Autrement, je le tuerais immédiatement.

— Ustarte affirme qu'il ne peut pas être tué.

— Vous y croyez ?

Waylander haussa les épaules.

— J'ai du mal à croire qu'on puisse survivre à une flèche dans le cœur, mais le pouvoir des magiciens dépasse parfois l'entendement.

Kysumu avisa les archers, qui se rapprochaient du campement.

— Si la brume arrive, nombre d'entre eux mourront, dit-il doucement.

Waylander hocha la tête en regardant Chardyn, le prêtre, arpenter les ruines pour donner sa bénédiction aux soldats.

— Vous croyez qu'Eldicar Manushan a prévu de tous nous tuer ? reprit Kysumu.

— J'ignore tout de ses plans, répondit Waylander. Cependant, Ustarte m'a dit qu'il cherchait des alliés, ce qui pourrait signifier qu'il ne va pas tenter de nous tuer tous, tout de suite.

Kysumu fixa les yeux sombres de Waylander.

— Pourquoi êtes-vous venu jusqu'ici, Homme Gris ? demanda-t-il.

— Il faut bien que je sois quelque part.

— Certes.

— Et vous, *rajnee* ? Pourquoi souhaitez-vous combattre des démons ?

— Oh, je ne souhaite combattre ni des démons ni autre chose. Quand j'étais jeune, je voulais être un grand escrimeur. Je rêvais de gloire, de richesse. J'étais comme Yu Yu, dit Kysumu en souriant. Je voulais que les gens s'inclinent devant moi.

— Plus maintenant ?

— Ainsi sont les jeunes gens. Ils accordent trop d'importance au prestige, sont souvent trop fiers. J'ai vite compris que cela n'avait pas de sens, que la gloire était éphémère. Comme une feuille de chêne. « Regardez-moi, je suis la plus verte, la plus grande, la plus belle de toutes les feuilles. Aucune autre n'est aussi majestueuse. » Puis arrive l'automne, et enfin l'hiver, qui vient à bout de toutes les feuilles, des grandes et vertes, comme des petites et ratatinées.

— Je comprends, toutefois, cela ne justifie aucunement votre présence ici. Nous pouvons nous battre ou nous enfuir, gagner ou bien perdre – quelle différence cela fera-t-il ?

— La gloire est fugace, expliqua Kysumu, mais l'amour et la haine sont éternels. Je ne suis peut-être qu'une toute petite feuille dans le vent de l'Histoire, mais je combattrai le mal où qu'il soit, à tout prix. Le démon que je tuerai n'apparaîtra jamais dans la maison d'un fermier pour tuer toute sa famille. Le bandit que je transperce de ma lame ne violera plus, ne tuera plus, ne pillera plus. Si je dois donner ma vie pour sauver ne serait-ce qu'une seule âme, je le ferai volontiers.

Chardyn s'approchait en enjambant des monceaux de pierres brisées.

— Désirez-vous que je vous bénisse ? demanda-t-il.

Waylander secoua la tête, mais Kysumu se leva et s'inclina. Le prêtre posa la main sur la tête du *rajnee.*

— Puisse la Source vous chérir et vous protéger de ceux qui vous voudraient du mal, murmura-t-il.

Kysumu le remercia et se rassit.

— Puis-je me joindre à vous ? demanda Chardyn. Vous pensez que les démons vont venir ? continua-t-il, comme Waylander lui faisait signe de prendre place.

— Pourquoi, vous avez préparé un sort pour les accueillir ? demanda l'Homme Gris.

— Non, admit le prêtre en se penchant vers les deux hommes. Mon expérience des démons et de l'exorcisme est, comme qui dirait, extrêmement limitée, ajouta-t-il avec un sourire en coin.

— J'admire votre honnêteté, dit Waylander. Cependant, si vous n'êtes pas capable de les combattre, je vous conseille de partir. Car s'ils arrivent, cet endroit deviendra très dangereux pour un homme désarmé.

— Malheureusement, je ne puis partir. Ma présence est réconfortante pour ces hommes, dit-il avec un sourire forcé qui ne trompa pas Waylander. Peut-être pourrai-je jeter un de mes sermons à la gueule d'un démon ?

— Si la brume se forme, restez à côté de nous, prêtre.

— Je suivrai votre conseil. Merci.

Ils restèrent assis en silence pendant quelque temps, jusqu'à l'arrivée d'Eldicar Manushan. Le magicien s'arrêta devant l'Homme Gris.

— Voudriez-vous vous dégourdir les jambes avec moi ? lui demanda-t-il.

— Pourquoi pas ? répondit Waylander en se levant avec grâce.

Le magicien s'éloigna des deux autres en zigzaguant entre les pierres.

— Je crois que vous vous trompez à mon sujet, dit-il. Je n'ai pas de mauvaises intentions et je ne souhaite pas qu'il vous arrive quoi que ce soit.

— Je suis heureux de l'entendre. Cela m'évitera bien des nuits d'insomnie et d'inquiétude.

Eldicar Manushan rit de bon cœur.

— Je vous aime bien, Homme Gris. Sincèrement. Il n'y a aucune raison que nous soyons ennemis. Je peux exaucer vos vœux les plus secrets. C'est en mon pouvoir.

— Je ne pense pas, dit Waylander. Je n'ai aucune envie de recouvrer la jeunesse.

Le magicien sembla momentanément étonné.

— Normalement, j'aurais tendance à ne pas prendre au sérieux ce genre de phrase, finit-il par dire. Mais pas cette fois, cependant. Votre vie vous satisfait-elle si peu ? Êtes-vous réellement si pressé de mourir ?

— Pourquoi cherchez-vous à devenir mon ami ?

— Regardez autour de vous, dit Eldicar en désignant le camp d'un geste du bras. Des hommes effrayés, petits, malléables. Le monde est peuplé de tels hommes. Ils vivent pour être conquis et dominés. Regardez-les se tapir derrière des rochers, prier pour que leur vie insignifiante ne se termine pas cette nuit. S'ils étaient des animaux, ils seraient des moutons. Vous, en revanche, êtes un prédateur, une créature supérieure.

— Tout comme vous ? demanda Waylander.

— Oui, comme moi – j'ai toujours détesté la fausse modestie. Vous êtes riche et donc puissant, car le monde est ainsi fait. Vous pourriez être très utile à Kuan-Hador.

Waylander rit doucement et jeta un regard circulaire sur les ruines.

— Ceci, reprit-il, est Kuan-Hador.

— Kuan-Hador a certes été détruite dans cette réalité, rétorqua Eldicar Manushan. Mais il en existe bien d'autres. Kuan-Hador est éternelle. De ce fait, elle finira par vaincre. Ce monde a été le nôtre. Il le redeviendra. Ce jour-là, je vous conseille vivement d'être de notre côté, Dakeyras.

— Ce jour-là ne se lèvera peut-être jamais.

— Vous vous trompez. La bataille sera sanglante, et de nombreux hommes mourront. Toutefois, son issue ne fait aucun doute.

— Je suppose que vous allez bientôt me dire ce qui va m'arriver si je ne me range pas de votre côté, dit Waylander.

Eldicar Manushan secoua la tête.

— Vous n'avez aucunement besoin d'entendre mes menaces, Homme Gris. Comme je vous l'ai dit, vous êtes un prédateur. Vous êtes aussi très intelligent. Je vous demande simplement de considérer sérieusement ma proposition.

Eldicar Manushan mit les mains dans son dos et s'en retourna vers le duc et ses officiers.

L'après-midi fut chaud et moite ; de lourds nuages d'orage obscurcissaient le soleil. Elphons, duc de Kydor, se donna du mal pour sembler détendu. Un peu plus loin, à l'est, l'Homme Gris était étendu sur le sol, apparemment endormi. Le petit combattant chiatze était assis en tailleur non loin de là, les yeux fermés. Le prêtre Chardyn faisait les cent pas, ne s'arrêtant qu'occasionnellement pour observer les ruines.

Les hommes semblaient un peu plus à l'aise qu'à leur arrivée, même si Elphons savait que leur humeur était fragile, dans le meilleur des cas. Tout comme lui, ils n'avaient jamais combattu des démons.

— Nos épées trancheront-elles la chair des démons ? avait-il demandé à Eldicar Manushan.

— Il se dit que la peau des démons est beaucoup plus épaisse que du cuir, avait répondu le magicien en écartant les bras. Mais, il existe de nombreuses sortes de démons…

— Vous pensez qu'ils viendront ?

— Pour le savoir, nous avons jusqu'à la tombée de la nuit.

Le duc se leva péniblement et rejoignit le prêtre, qui marchait comme un lion en cage. L'homme paraissait terrifié, ce qui n'était pas vraiment un signe encourageant. Les prêtres se doivent d'être sereins.

— J'ai entendu dire que le nouveau temple est déjà rempli de fidèles, dit le duc. Il faudrait que j'assiste à un de vos offices.

— Ce serait un honneur, mon seigneur. Il est vrai que Carlis compte de plus en plus de croyants.

— La religion est une bonne chose. Grâce à elle, les pauvres se satisfont de leur sort.

Chardyn sourit.

— Croyez-vous que ce soit là sa seule fonction ?

— Qui sait ? répondit le duc. Personnellement, je n'ai jamais assisté à un miracle, et la Source ne s'est jamais adressée à moi. Je suis surtout et d'abord un soldat. Je ne crois que ce que je vois et peux toucher. Je n'ai pas beaucoup de temps à consacrer à la foi.

— N'avez-vous jamais prié ?

— Si, une fois, répondit le duc en gloussant. Ce jour-là, j'étais entouré de guerriers zharns et mon épée s'était brisée, alors, j'ai effectivement dit une prière.

— Prière qui a été entendue, puisque vous êtes toujours en vie.

— Je me suis jeté sur eux et j'ai enfoncé ma lame brisée dans la gorge du premier homme. Comme ses camarades se ruaient sur moi, mes soldats se sont regroupés et les ont repoussés. Mais parlez-moi plutôt de votre foi. Quelle est son origine ?

— J'ai accepté la vérité de la Source il y a de nombreuses années, répondit Chardyn en regardant ailleurs. Rien de ce que j'ai appris depuis n'a pu me faire changer d'avis.

— Avoir la foi dans des moments aussi difficiles que ceux que nous sommes en train de vivre doit être très réconfortant, dit le duc en voyant Waylander se réveiller doucement. Seuls les vieux soldats sont capables de dormir juste avant la bataille, ajouta-t-il en souriant.

L'Homme Gris se leva.

— S'ils viennent, la bataille ne sera pas bien longue, dit-il.

— Vous pensez à la glace ? demanda le duc en hochant la tête. J'ai vu les oiseaux morts dans la forêt. Complètement gelés. J'espère que nos archers feront mouche avant qu'ils ne soient sur nous. Alors, si la Source est avec nous, ajouta-t-il avec un regard pour Chardyn, nous finirons le travail à l'épée.

— Avoir un plan est toujours une bonne chose, fit remarquer l'Homme Gris.

— Le mien ne vous plaît pas ?

Waylander haussa les épaules.

— Les empreintes que j'ai vues ont été laissées par des créatures beaucoup plus grosses que des ours. Oublions ces démons un instant, mon seigneur. Imaginons que ce camp soit pris pour cible par une vingtaine d'ours. Combien de bêtes croyez-vous que vos archers et vos cavaliers pourraient tuer ?

— Je vois ce que vous voulez dire, mais n'oubliez pas que je suis le seigneur de ces terres. Il est de mon devoir de protéger la population de cette région. Je n'ai d'autre issue que d'affronter ce mal. Avec un peu de chance, notre courage et notre force suffiront à le repousser.

L'Homme Gris se tourna vers les montagnes à l'ouest.

— Nous serons fixés très bientôt, dit-il, tandis que le soleil disparaissait derrière les pics rocheux.

Comme les ténèbres s'installaient dans le fond de la vallée, un minuscule éclat de lumière apparut derrière une colonne à moitié écroulée. La poussière se mit à tourbillonner autour de lui, et l'humidité de l'air fut comme aspirée. Lentement, il prit forme, grâce aux molécules de terre, d'air et d'eau qui le constituaient. Une silhouette se matérialisa, petite, maigre, nue sous le clair de lune. Sa peau d'abord tachetée se couvrit d'écailles et devint grise. Des bras lui poussèrent, et une robe de ténèbres l'enveloppa. Sa petite bouche dépourvue de lèvres s'ouvrit, emplissant d'air ses poumons tout neufs.

Niaharzz devint conscient de la chaleur de l'air qui l'entourait, de la terre molle sous ses pieds, de la douceur de la robe de soie posée sur la peau grise de ses épaules. La membrane qui recouvrait ses orbites se souleva, et il cligna des yeux. Pendant quelques secondes, il fut incapable de bouger, pétrifié qu'il était par la joie exquise d'être constitué de matière solide. Ses membres tremblaient.

Lorsqu'il eut recouvré ses esprits, il fit un pas de côté et regarda derrière la colonne. À une trentaine de pas, vers l'est, se tenaient les humains. Il leva la tête et goûta l'atmosphère avec ses narines. L'odeur de la chair lui rappela qu'il avait l'estomac vide, et l'arôme entêtant de la peur que ressentaient ces créatures roses et pâles le fit frissonner de désir. Instinctivement, il ouvrit la bouche, révélant ses crocs pointus. Les souvenirs d'un passé glorieux affluèrent soudain : le parfum enivrant de femelles terrifiées, les jeunes aux os cassants et à la moelle sucrée.

Niaharzz étouffa sa faim et s'appuya contre la pierre.

Dans le passé, il avait été un dieu, arpentant ces terres comme bon lui semblait, se nourrissant quand il avait faim. Mais, aujourd'hui, il n'était qu'un serviteur, qui ne mangeait que lorsque ses maîtres le lui permettaient. Tant qu'ils contrôleraient le portail, lui ne serait qu'un esclave.

Cette nuit, justement, il avait de la nourriture à portée de la main.

Niaharzz mit son bonnet de ténèbres sur sa tête et le tira jusque devant son visage, comme un voile. Puis il longea un muret et chercha du regard le guerrier qui possédait cette terrible épée de lumière. Il était assis sur une pierre, son arme terrifiante posée sur les genoux. Un autre homme se tenait à ses côtés, grand et vêtu de noir. Niaharzz l'examina. Celui-ci était également dangereux, il le sentait. Pourtant, il n'émanait aucune magie de lui.

Ne prends aucun risque, se dit-il. L'esprit de Niaharzz était immortel, ce qui n'était pas le cas du corps du démon fait de chair et de sang. *Surtout, reste loin de cette épée*, se répéta-t-il. *Et ne te fais pas voir.*

Il s'accroupit et tendit la main. Sept étincelles jaillirent de ses doigts et dansèrent dans l'ombre d'une colonne, formant bientôt d'énormes *kraloths* aux mâchoires impressionnantes, inondées de poison.

Niaharzz était tenté de les envoyer sur le petit guerrier, mais il avait vu celui-ci détruire plusieurs de ses créatures la nuit précédente. Ses *kraloths* mourraient en vain.

Non, les Géants de Glace se chargeraient de le déchiqueter. Il fit donc un signe à ses chiens, qui reculèrent, se tapirent dans l'ombre et se dirigèrent aussitôt vers les archers.

Sur les genoux de Kysumu, l'épée s'embrasa. Le *rajnee* se leva de sa pierre, y monta et brandit sa lame.

— L'ennemi est tout près ! cria-t-il.

Les hommes s'activèrent. Les fantassins dégainèrent leurs épées et saisirent leurs boucliers, les archers placèrent des flèches sur leurs arcs. Chardyn plissa les yeux et repéra quelque chose dans les ruines.

— Là ! hurla-t-il en pointant le doigt vers l'ouest.

Le premier molosse noir chargea les archers. Une volée de flèches le prit pour cible. La plupart passèrent en sifflant autour de la silhouette noire. L'une d'entre elles atterrit sur son dos et rebondit, inutile, sans même lui avoir marqué la peau.

— Le cou ou la tête ! cria Waylander.

Six autres chiens apparurent. Ils se déplaçaient très rapidement. Le premier atteignit le muret derrière lequel étaient accroupis les archers. Il bondit par-dessus ce rempart de fortune et referma sa mâchoire sur le visage d'un soldat. S'ensuivit un bruit d'os broyés qui donna envie de vomir à Chardyn.

À présent que les *kraloths* attaquaient les archers, le camp était devenu un véritable pandémonium.

— Occupez-vous des chiens, ordonna Waylander à Kysumu. Je me charge de retrouver leur maître.

L'épée de lumière à la main, Kysumu courut parmi les ruines. L'Homme Gris disparut dans l'ombre.

Chardyn se retrouva tout seul.

Au loin, il vit une muraille de brume avancer sur la vallée.

En humant ce parfum de sang, Niaharzz se mit à trembler. Il avait tellement faim. Il serait bientôt l'heure de faire un bon repas. Lorsque les Géants de Glace auraient terminé le travail. Néanmoins, il espérait bien avoir le temps d'enlever au moins une victime vivante avant que leur chair à tous ne gèle. Sa viande serait fondante, succulente et savoureuse, et ne se briserait pas lorsqu'il y planterait ses crocs.

Niaharzz se rapprocha avec circonspection du bord de la colonne et risqua un coup d'œil. Le guerrier à l'épée lumineuse avait rejoint les archers, mais le démon avait du mal à le voir dans la cohue. Les soldats, paniqués, essayaient de fuir. Ce qui n'avait pas empêché le *rajnee* de tuer deux de ses chiens, maudit soit-il ! Heureusement, plus d'une dizaine d'archers étaient à terre, morts pour la plupart. Il en entendit cependant deux qui criaient encore.

Quel bruit délicieux ! C'était presque aussi bon que de manger. Niaharzz essaya de distinguer les différents degrés d'émotions contenus dans les hurlements. De la peur qui noue l'estomac à celle qui vous ôte le contrôle de vos sphincters. Il cligna des yeux, étonné, touché d'une façon inattendue. Au milieu de toute cette peur, il était une émotion subtilement différente. Puissante, certes, mais non pas douce. Rugueuse... Cette émotion, il l'avait déjà goûtée, des milliers d'années plus tôt, lorsqu'il avait arpenté ces terres noires pour la dernière fois. Niaharzz se concentra dessus, la sépara du flot qui émanait de la bataille.

Alors, il comprit.

C'était de la colère. Mais pas la colère bouillonnante, extravagante de l'homme qui se bat. Non, celle-ci était plus froide, contrôlée – et toute proche.

Niaharzz se figea.

Il y avait un homme tout près de lui. Vraiment tout près ! Sûrement le grand personnage qui se tenait tout à l'heure à côté du guerrier à l'épée de lumière. Niaharzz eut peur. Ce n'était pas un sentiment totalement déplaisant, car il lui faisait davantage prendre conscience de son enveloppe charnelle. Lentement, très lentement, il tourna la tête.

L'homme était à une vingtaine de mètres, sur sa droite. Il scrutait les ténèbres dans une autre direction que la sienne.

Cela faisait tellement longtemps que Niaharzz n'avait pas senti ses crocs s'enfoncer dans de la chair vivante, ni eu du sang chaud dans la gorge…

Caché sous sa cape de nuit, il rassembla ses forces, s'éleva dans les airs et commença à flotter en silence parmi les ombres. L'homme s'avança vers un mur dentelé, puis se retourna. À présent, il lui tournait le dos.

Le *bezha* vola dans sa direction, les bras tendus, ses griffes rétractiles jaillissant du bout de ses doigts.

— Il est l'heure de mourir, dit doucement l'homme.

Niaharzz eut à peine le temps d'assimiler ses paroles. Sa proie pivota sur ses talons, le bras droit tendu. Une forme sombre rampa sur le petit objet que l'homme serrait dans sa main.

Trop tard pour fuir sa prison de chair, trop tard pour protester contre son destin si cruel et injuste.

Le carreau lui transperça le crâne, lui traversa le cerveau…

Le corps disparut instantanément. La cape noire vola un instant dans le vent, pas plus lourde qu'un brin d'herbe. Waylander l'attrapa.

Au milieu des ruines, les quatre *kraloths* restant s'enflammèrent, rapetissèrent à vue d'œil. Bientôt, ils ne furent plus que des étincelles suspendues au-dessus des pierres. Elles scintillèrent le temps de quelques battements de cœur, puis s'éteignirent.

Dans la main de Waylander, la cape semblait ne pas avoir d'existence matérielle. Elle roulait entre ses doigts, s'écoulait presque comme un liquide. Plus bizarre encore fut la sensation qu'il ressentit lorsqu'il essaya de l'examiner. Son regard refusait de se fixer sur elle, glissait sur son poignet, les rochers, ne souhaitait pas l'avoir dans sa ligne de mire.

— La brume arrive ! cria Chardyn.

Waylander se tourna vers l'ouest et vit le mur blanc qui avançait vers le campement. Rapidement, il roula la cape, la coinça dans son ceinturon et courut rejoindre les soldats terrifiés.

— Archers ! Tenez votre position ! hurla le duc en dégainant sa longue épée et en se mêlant à ses hommes.

Eldicar Manushan s'éloigna du campement et se jucha sur un rocher. La brume continuait de se dérouler sur les ruines de la ville. Le magicien tendit le bras droit, paume ouverte, vers la muraille blanche et cotonneuse. Alors, il se mit à déclamer d'une voix puissante. La brume ralentit sa progression. Son épée de lumière à la main, Kysumu rejoignit Waylander. L'Homme Gris le considéra un instant. Le *rajnee* avait l'air parfaitement calme. Le prêtre Chardyn arriva derrière eux.

— Ne devriez-vous pas être en train de prier ? lui demanda Waylander.

Chardyn eut un sourire forcé.

— Le jour est mal choisi pour jouer les hypocrites, répondit-il.

Comme la brume se rapprochait, la température chuta. Eldicar Manushan continua de déclamer d'une voix assurée et forte. Aric avait aussi dégainé son épée et se tenait aux côtés du duc et de ses soldats. Ceux des archers qui étaient encore vivants bandèrent leur arc et attendirent, tendus.

La brume ralentit, s'arrêta un instant devant le magicien, puis reprit sa route en passant des deux côtés du rocher sur lequel avait grimpé l'homme. Celui-ci continua néanmoins de chanter. Soudain, il fut secoué et faillit perdre l'équilibre. Sa voix se tut. Instantanément, la brume l'enveloppa. Waylander vit une silhouette massive fondre sur le magicien et un bras puissant terminé par des griffes lui déchirer la poitrine. Juste avant que le nuage ne se referme définitivement, il vit également le bras droit de Manushan se détacher de son corps.

— Nous devrons nous passer de magie, dit-il.

Kysumu bondit sur la brume. Sa lame brillante l'effleura, provoquant un vif éclair bleu. Une énorme forme blanche dominait le petit *rajnee*. Waylander lui tira un carreau dans l'œil. La tête massive fut projetée en arrière. Kysumu en profita pour frapper la bête à la poitrine, avant de pivoter sur ses talons et de lui assener un coup de revers et de lui trancher le cou. Le monstre tomba.

De la glace commençait à se former sur la roche, et la brume avançait inexorablement. Waylander et Chardyn se placèrent derrière Kysumu. Des hurlements et des bruits d'os brisés résonnaient tout autour, tandis que les bêtes de glace s'attaquaient aux soldats du Kydor.

Un serpent blanc se rapprocha furtivement des pieds de Waylander. L'épée de l'Homme Gris s'abattit aussitôt à la base du cou de l'animal à tête plate, mais parvint à peine à érafler son cuir. La lame de Kysumu, elle, lui trancha net la tête. Ce faisant, elle effleura l'épée de Waylander, qui s'embrasa et repoussa la brume. Pendant un bref instant, l'homme regarda son épée briller d'un éclat bleu.

— La magie peut être transférée, dit-il. Nous avons une chance de nous en tirer ! Il faut rejoindre le duc !

Son regard croisa celui de Kysumu, qui comprit son intention. Comme un seul homme, les deux combattants s'enfoncèrent dans la brume et se laissèrent guider par le bruit de la bataille. Le prêtre leur emboîta aussitôt le pas. Le *rajnee* tua un autre monstre, puis grimpa sur un muret de pierre. Le duc et plusieurs soldats lourdement armés se battaient bravement. Kysumu bondit et toucha la longue épée du duc avec sa lame illuminée. L'épée s'embrasa et la brume se retira quelque peu, laissant au Chiatze le temps de faire le tour de tous les soldats afin de charger de magie leurs armes.

La voix d'Eldicar Manushan se fit de nouveau entendre. Son chant gagna progressivement en force, et la brume se rétracta, s'éloigna des survivants, rapetissa de façon spectaculaire jusqu'à n'être pas plus grosse qu'une pierre.

Eldicar Manushan descendit de son rocher sans s'arrêter de chanter. Il tendit la main, attira le petit globe de brume, avant de le projeter dans les airs, où il explosa avec un bruit de tonnerre en illuminant furtivement le ciel.

Il n'en restait plus rien.

Waylander rengaina son épée et fixa sévèrement le magicien. Il ne paraissait avoir aucune blessure grave. Seule sa manche droite avait été arrachée. Malgré les quelques déchirures que présentait sa tunique, il n'avait pas perdu la moindre goutte de sang.

Le duc s'avança vers lui en retirant son casque couvert de givre et en le jetant au sol.

— Bien joué, magicien. Je croyais que vous aviez été tué.

— Juste jeté à terre, mon seigneur.

— Les avez-vous détruits ?

— Disons qu'ils ne reviendront plus ici. J'ai détruit leur portail.

— Nous vous devons une fière chandelle, dit le duc en lui donnant une tape sur l'épaule.

Puis il regarda les corps inanimés de ses soldats. Trente de ses hommes avaient été tués et douze autres blessés.

— Nous l'avons échappé belle, reprit-il, tandis que, dans sa main, l'épée perdait son éclat surnaturel et reprenait l'aspect de l'acier. Merci à vous, Chiatze, dit-il à Kysumu. Dommage que nous ayons découvert ce prodige un peu tard.

— Je l'ai découvert en même temps que vous.

Le duc les laissa pour aller organiser les premiers secours.

Waylander s'approcha d'Eldicar Manushan.

— Moi qui croyais que vous aviez été massacré.

— Oui, j'ai sérieusement craint pour ma vie.

— J'ai également bien cru qu'on vous avait arraché le bras, mais je vois qu'il ne s'agissait que de votre manche.

— J'ai eu de la chance, dit Eldicar. Vous aussi, d'ailleurs. Vous avez tué un *bezha*. Ce n'est pas donné à tout le monde, Homme Gris. Comment y êtes-vous parvenu ?

Waylander le gratifia d'un sourire froid.

— Peut-être vous montrerai-je un jour, dit-il.

Eldicar Manushan gloussa.

— Espérons que non. Mais nous parlerons plus tard, ajouta-t-il, sérieux.

Il s'inclina poliment et entreprit de s'occuper des blessés avec Chardyn.

Waylander se retrouva seul. La température remontait lentement, mais il y avait toujours de la glace sur le sol. Il fut pris d'un frisson et décida d'aller voir Kysumu. Le guerrier chiatze remettait son épée dans son fourreau.

— Croyez-vous qu'ils soient partis pour de bon ? demanda le *rajnee*.

— Qui sait ? répondit Waylander en haussant les épaules.

— Vous avez vu le magicien tomber ?

— Oui.
— Ce monstre l'avait presque coupé en deux.
— Je sais.
— La prêtresse avait raison, alors. Il ne peut pas être tué.
— Il semblerait bien, acquiesça l'Homme Gris.

Soudain, il se sentit extrêmement las et s'assit sur un muret à demi écroulé. Arriva alors Aric, qui s'était délesté de son armure. Il offrit à Waylander une gourde. Celui-ci but goulûment, puis tendit la gourde à Kysumu, qui n'en voulut pas.

— Je n'ai jamais vu cela, commença Aric. J'ai bien cru que nous étions condamnés. Sans votre épée, nous ne serions plus là. Mille mercis à vous, *rajnee*.

Kysumu s'inclina. Sur leur gauche, un homme hurla de douleur. Son cri faiblit rapidement, puis mourut dans sa gorge. Aric détourna les yeux.

— Une victoire chèrement payée, dit-il.
— Il en est ainsi la plupart du temps, rétorqua Waylander en se relevant. Bon, je rentre chez moi. J'enverrai des chariots pour les blessés. Ceux qui ont été mordus devront être soignés en priorité. Ceux qui sont aptes à monter à cheval devraient partir sans attendre. Je m'arrangerai pour que Mendyr Syn les accueille.

Il tourna les talons, traversa le champ de bataille et alla détacher son cheval. Kysumu l'imita et, ensemble, ils quittèrent les ruines.

Comme les deux cavaliers arrivaient au pied de la colline et entamaient, silencieux, une montée prudente, des nuages dérivèrent devant la lune. Lorsqu'ils furent au sommet, le ciel s'était éclairci, mais ils n'avaient toujours pas prononcé la moindre parole. Waylander était perdu dans ses pensées. Si ces démons avaient été appelés par Eldicar Manushan, pourquoi le magicien avait-il fini par les faire disparaître? Et s'il était le maître de ces créatures, pourquoi l'avaient-elles attaqué? Quelque chose ne tournait pas rond dans cette histoire, mais quoi? Waylander tenta de reconstituer les événements en esprit: Eldicar juché sur son rocher, sa voix forte, sa posture confiante, la brume qui ralentit, puis se retire. Et puis, le magicien avait vacillé et sa confiance était retombée. Le charme avait été rompu. Une main griffue s'était abattue sur lui. Seule la découverte accidentelle du véritable pouvoir de l'épée de Kysumu avait permis au duc et à ses soldats d'échapper au massacre.

Deux heures plus tard, alors qu'il ne savait toujours pas qu'en penser, Waylander chevauchait vers son palais dans un paysage planté d'arbres clairsemés. À la lumière du jour naissant, il vit qu'une centaine de personnes attendaient devant la double porte massive. De nombreuses torches et lanternes avaient été allumées, et ses gardes, commandés par Emrin, formaient un cordon entre le palais et la foule. Plusieurs de ses soldats avaient dégainé leur épée.

Emrin se détacha du groupe et courut à sa rencontre.

—Que se passe-t-il? demanda Waylander.

—Des démons ont attaqué le palais, monsieur. Deux hommes sont morts, mais dix-neuf personnes sont portées disparues, parmi lesquels le chirurgien, la prêtresse étrangère et ses compagnons. Et votre ami Matze Chaï. Les démons sont apparus près de la longue cuisine et ont tué Omri et un des gardes du corps du duc – un certain Naren, il me semble.

—Et le fils du duc?

—Il va bien, sire. Nous avons tué un démon – Yu Yu et moi. Ensuite, la brume s'est retirée dans le palais. Nous sommes restés où nous étions un certain temps. Il y a eu des cris, beaucoup de cris, ajouta Emrin en inspirant profondément et en fuyant le regard de Waylander. Mais je ne sais pas ce qui s'est passé.

Il prit son courage à deux mains, se retourna vers son employeur et attendit la sentence.

— Quand êtes-vous sortis de la cuisine ?

— Il y a environ une heure. Comme l'épée de Yu Yu ne brillait plus, nous avons défait nos barricades et sommes remontés par la salle des banquets. Nous n'avons rien vu, à part du givre sur les murs du couloir. Alors, nous sommes sortis et avons découvert que la plupart des serviteurs et invités avaient fui – comme vous pouvez le constater. Il y en a d'autres sur la plage – une quarantaine.

— Vous avez traversé le palais pour arriver jusqu'ici ? demanda Waylander.

— Oui, monsieur.

— C'était très courageux, Emrin. Avez-vous vu des traces de la brume ?

— Non, monsieur. Je ne me suis pas arrêté en chemin pour examiner les lieux. J'ai traversé la salle des banquets en courant, puis la terrasse. En fait, j'ai couru jusqu'à la plage.

— Combien de serviteurs de Matze Chaï sont portés disparus ?

— D'après le capitaine de sa garde, dix, monsieur.

— Allez le chercher, je vous prie.

Emrin s'inclina, tourna les talons et s'enfonça dans la foule. Waylander vit Keeva, assise sous les arbres. Le page était endormi, sa tête blonde posée sur l'épaule de la jeune femme.

Quelques instants plus tard, Emrin était de retour avec le capitaine chiatze. L'homme s'inclina bien bas devant Waylander et Kysumu.

— Racontez-moi cette attaque, dit l'Homme Gris.

L'homme se tourna vers Kysumu et parla rapidement en chiatze.

— Le capitaine regrette que sa maîtrise de la langue du Kydor ne soit pas assez bonne pour nous décrire ces événements en détail, expliqua le *rajnee* à leur hôte. Il préférerait, si cela ne vous offense pas, que je lui serve de traducteur.

— Vous pouvez me parler directement dans votre langue, répondit Waylander en un excellent chiatze.

Le capitaine s'inclina encore plus bas.

— Je m'appelle Liu, noble sire. C'est un très grand honneur pour moi que d'être le capitaine des troupes de Matze Chaï. Malheureusement, je n'ai pas réussi à rejoindre mon maître pour le protéger de ce terrible danger. Je dormais, noble sire, lorsqu'un cri m'a réveillé. Je me suis levé, me suis habillé rapidement et suis sorti de ma chambre. Au début, je n'ai rien vu de spécial ; en revanche, j'ai immédiatement remarqué que la température était anormalement basse. J'ai tout de suite compris, sire, car la brume avait déjà attaqué notre camp. J'ai bouclé ma cuirasse, pris mon épée et tenté de me rendre dans la suite de mon maître. Mais la brume était déjà là, qui emplissait le couloir. Elle est venue vers moi, alors, j'ai fui. Dans mon dos, j'entendais les portes s'ouvrir, j'entendais... j'entendais... J'ai entendu des hommes se faire massacrer, sire. Je ne me suis pas retourné. Je n'aurais rien pu faire pour eux.

Waylander remercia l'homme, détacha son arbalète de sa ceinture et chargea deux carreaux. Sans un mot, il s'avança vers la double porte. Emrin jura dans sa barbe, avant de lui emboîter le pas, l'épée à la main. Waylander s'arrêta devant la porte et regarda son sergent.

— Ne me suivez pas. Nous avons besoin de vous ici. Envoyez dix chariots dans la ville en ruine. Prévoyez une grande quantité de bandages et d'eau fraîche. Les démons ont aussi attaqué les hommes du duc, et il y a de nombreux blessés.

Waylander poussa la porte et s'engouffra dans les ténèbres. Kysumu lui emboîta le pas.

Pendant presque une heure, l'Homme Gris arpenta les couloirs déserts, ouvrit toutes les portes qui se trouvaient sur son chemin, emprunta tous les escaliers, traversa couloirs et entrepôts. Il ne fit aucun effort pour être discret. À vrai dire, Kysumu aurait juré qu'il souhaitait ardemment rencontrer quelque monstre sur sa route. Sa colère, bien que contrôlée, était lisible dans chacun de ses mouvements.

Enfin, ils arrivèrent dans la cuisine. Le cadavre d'Omri gisait dans une flaque de sang congelé à côté de celui du garde du corps Naren. L'Homme Gris s'agenouilla près du vieux serviteur.

— Vous méritiez mieux que cela, dit-il.

Le visage d'Omri figurait un masque de terreur glacé, et ses yeux étaient grands ouverts. L'Homme Gris resta ainsi agenouillé pendant de longues secondes avant de se relever.

— Omri était peureux de nature, reprit-il. Il abhorrait la violence. Elle le terrifiait. Mais il était d'une gentillesse et d'une compassion rares. Dans ce pays, vous ne trouverez personne pour dire du mal de lui.

— De tels hommes sont précieux, observa Kysumu. Heureusement, vous en étiez conscient.

— Évidemment. Sans ceux de son espèce, il n'y aurait même pas de civilisation. Les hommes comme Omri se préoccupent des autres et, ce faisant, ils créent et œuvrent pour le bien-être de chacun. C'est Omri qui m'a persuadé de permettre à Mendyr Syn d'ouvrir un hôpital ici. Avant cela, il a levé des fonds pour construire deux écoles à Carlis. Il a passé sa vie à travailler pour les autres. Et voilà comment on l'a remercié : en envoyant un monstre le massacrer.

L'Homme Gris jura doucement, puis entreprit d'examiner la pièce. Sur le parquet, non loin des corps, il remarqua une grande tache sombre, comme si on avait versé de l'huile sur le bois. Elle faisait dans les deux mètres cinquante de long. C'était tout ce qui restait de la créature qui avait tué Omri. Un couteau à viande à longue lame était posé au milieu de la tache. Le métal était piqué par la rouille et le manche en ivoire semblait avoir subi la morsure du feu.

Les deux hommes sortirent de la cuisine et montèrent au premier étage de la tour sud, qui accueillait l'hôpital de Mendyr Syn. Plusieurs lits de la première salle commune étaient retournés et il y avait du sang sur le sol. L'atmosphère était encore froide, et les corps avaient disparu. Au deuxième étage, ils découvrirent une scène encore plus chaotique. Des éclaboussures de sang maculaient les murs et le plafond. La plupart des lits étaient réduits à l'état d'éclats de bois.

Kysumu désigna un lit situé près de la fenêtre la plus éloignée. Un corps y était étendu. L'Homme Gris traversa le plancher souillé et s'arrêta devant la couche. Il s'agissait d'une femme âgée. Elle était morte, et ses mains étaient repliées sur sa poitrine. Waylander l'examina. Il nota un état de *rigor mortis* avancé.

— Elle était déjà morte lorsque les démons sont apparus, dit Kysumu. Son décès date sans doute d'hier après-midi.

— Oui, acquiesça l'Homme Gris en jetant un regard circulaire sur les lits brisés et les murs couverts de sang.

— Un jour, j'ai visité les ruines d'une maison détruite par un tremblement de terre. Tout y était cassé, sauf un œuf posé dans une assiette fêlée.

— Apparemment, les démons ne s'intéressent pas aux morts, remarqua Waylander. Il y avait plus de trente personnes, ici, continua-t-il. Sans compter Mendyr Syn et ses assistants. Plus de trente âmes suppliantes envoyées dans le Vide.

Le troisième étage, celui de la bibliothèque médicale, ne semblait avoir subi aucun dommage. La porte du bureau de Mendyr Syn était ouverte, et ses papiers éparpillés sur ses deux tables de travail. L'Homme Gris fouilla la pièce et trouva le disque de cristal bleu donné par Ustarte sous une pile de documents. Il le mit dans sa poche et monta au niveau supérieur, où se trouvaient les suites des invités. Le tapis du couloir y était humide et les murs froids.

Waylander ouvrit la porte de la suite de Matze Chaï et traversa le tapis de soie chiatze pour se rendre dans la chambre à coucher. Le soleil se levait, et des rais rosés filtraient entre les lattes des stores. Pour la première fois depuis le début des recherches, Kysumu vit l'Homme Gris se relaxer. Il l'entendit même lâcher un gloussement grave.

Matze Chaï ouvrit les yeux et bâilla. Il jeta un coup d'œil à sa table de chevet.

— Où est ma tisane ? demanda-t-il.

— Elle arrivera avec un peu de retard, ce matin, répondit l'Homme Gris.

— Dakeyras ? Que se passe-t-il ?

Matze Chaï se redressa en faisant tomber le bonnet de nuit bleu pâle qui recouvrait le filet tendu sur ses cheveux soigneusement laqués.

— Je suis désolé de vous avoir réveillé, mon cher ami, reprit doucement l'Homme Gris, mais nous vous croyions mort. Les démons ont attaqué le palais, cette nuit. De nombreuses personnes ont été tuées. À présent, je vais vous laisser et vous envoyer vos serviteurs.

— C'est très aimable à vous, dit Matze Chaï.

Waylander quitta la pièce.

Kysumu s'inclina pour saluer Matze Chaï et suivit son ami.

— Il est béni des dieux, dit-il.

— Je suis soulagé qu'il n'ait rien, lui confia Waylander. Matze Chaï est un bon ami – peut-être même mon seul ami. Il est incorruptible et loyal. J'aurais été profondément attristé de le compter parmi les victimes de cette attaque.

— Comment se fait-il qu'il ait survécu ? demanda Kysumu.

— Qui peut le dire ? répondit l'Homme Gris avec un haussement d'épaules. Matze Chaï prend toujours une potion pour dormir. Peut-être a-t-elle ralenti son rythme cardiaque et l'a-t-elle rendu indétectable. Ou bien ces créatures assoiffées de sang préfèrent-elles une chair plus jeune. Matze est un homme extraordinaire, mais il y a bien peu de viande sur ses vieux os.

— Heureux de constater que votre moral s'est amélioré, dit Kysumu.

— Pas tant que cela, en réalité, rétorqua l'Homme Gris. Tâchez de retrouver Emrin et demandez-lui de faire monter les serviteurs de Matze Chaï.

— Où comptez-vous aller ?

— Je vais voir dans la tour nord.

— Nous ne l'avons pas encore visitée. Vous êtes sûr que c'est prudent ?

— Les démons sont partis, je le sens.

L'Homme Gris saisit les carreaux dont il avait chargé son arbalète et les rangea dans son carquois. Sans un mot de plus, il s'éloigna.

Chapitre 9

Lorsqu'il ne fut plus dans le champ de vision du *rajnee*, Waylander s'arrêta au milieu d'un couloir et s'assit sur un banc recouvert de velours. Il était tellement soulagé d'avoir retrouvé Matze Chaï vivant, qu'il était tout tremblant. Il s'adossa contre le mur et respira profondément pour se calmer. La mort de Mendyr Syn et Omri l'attristaient, toutefois, il ne les connaissait pas depuis très longtemps. En revanche, Matze Chaï faisait partie de sa vie depuis trois décennies ; il était l'ancre qui l'empêchait de partir à la dérive. Jusqu'à ce jour, pourtant, il ne s'était pas réellement rendu compte à quel point le vieil homme comptait pour lui.

Après le soulagement vint rapidement une colère profonde et intense, une colère froide et terrible contre la cruauté arrogante de ces hommes capables de faire subir de telles horreurs à des innocents. Il n'était certes pas naïf au point de croire que les guerres étaient déclenchées par des hommes épris de justice. Les guerres étaient le fait de personnages avides de pouvoir, qui n'avaient que faire des victimes innocentes. Ces gens-là vivaient pour la gloire et toutes les joies stériles qui vont avec. *Un seul Omri valait davantage que dix mille assassins de ce type*, pensa-t-il.

Lorsqu'il eut retrouvé son calme, Waylander se remit en route, fonçant vers la tour nord au pas de course, montant les marches quatre à quatre. Il ralentit quand il fut au premier étage. Les étagères avaient été renversées, les manuscrits, rouleaux et autres volumes reliés de cuir éparpillés sur le sol. Il s'agenouilla et posa la main sur le tapis. Il était humide et froid. Sur sa gauche, il y avait deux taches de deux mètres cinquante sur le sol et du sang tout autour. Les condisciples d'Ustarte s'étaient bien battus, semblait-il.

Avançant avec précaution au milieu des débris, il atteignit une deuxième volée de marches et grimpa à l'étage supérieur. Derrière un angle, il butta sur le corps d'un grand loup doré éventré, les yeux vitreux. La bête fut secouée de spasmes et tenta de relever la tête. Puis elle s'affaissa et mourut.

Il l'enjamba et arriva devant les corps de deux des acolytes de la prêtresse. Waylander essaya de se rappeler leur nom. Il y avait Prial. Il était étendu sur le dos, la poitrine ouverte, les côtes écartées. L'autre était couché tout près. Il avait des griffures profondes dans le dos, et la partie inférieure de sa colonne vertébrale était à nu.

Waylander continua d'avancer. La porte des appartements d'Ustarte avait été arrachée de ses gonds. Il s'arrêta dans l'encadrement et examina l'intérieur. Les meubles avaient été jetés contre les murs, et le tapis richement ouvragé déchiré en plusieurs endroits. Aucun signe d'Ustarte. L'Homme Gris se rapprocha de la fenêtre. Du sang en tachait le rebord. Il se pencha et regarda au-dessous. Il y avait un balcon deux étages plus bas, et, sur la balustrade, une autre tache de sang.

Il rebroussa chemin et ressortit dans le couloir. Le corps du loup doré avait disparu. À sa place, gisait le troisième acolyte d'Ustarte.

Waylander rejoignit un Emrin inquiet devant le palais.

— Le palais est sûr, annonça-t-il. Dites aux serviteurs qu'ils peuvent regagner leurs appartements.

— Oui, monsieur. Certains d'entre eux ont quitté votre service. Ils sont retournés à Carlis. Et ceux qui restent sont terrifiés.

— Je ne leur en veux pas. Envoyez quelques hommes récupérer les cadavres qui gisent dans la cuisine et la tour nord. Et donnez du travail aux serviteurs pour leur changer les idées. Dites-leur qu'ils auront tous un mois de gages supplémentaire.

— Oui, monsieur. Ils vous en seront très reconnaissants. Avez-vous trouvé la prêtresse ?

— Elle et les siens sont morts, répondit Waylander en regardant le jeune homme dans les yeux. Maintenant qu'Omri n'est plus de ce monde, je vais avoir besoin de quelqu'un pour faire fonctionner la maisonnée. Je pense que vous êtes parfait pour ce rôle. Votre traitement est doublé.

— Merci, monsieur.

— Inutile de me remercier. Votre tâche sera difficile et votre traitement ne sera pas volé. Les chariots sont-ils partis ?

— Oui, monsieur. J'ai également envoyé des messagers à l'hôpital de Carlis, où travaillent deux des assistants de Mendyr Syn. Ils devraient être bientôt là pour nous aider à soigner les blessés.

Waylander se dirigea vers Yu Yu Liang, qui était assis au pied d'un arbre. Keeva était côté de lui, le bras toujours enroulé autour des épaules du jeune page. Le garçon leva les yeux vers l'Homme Gris et eut un sourire nerveux.

— Tu as eu très peur ? lui demanda Waylander.

— Oui, monsieur. Mon oncle est-il sain et sauf ?

— Il l'était la dernière fois que je l'ai vu. Comment vous sentez-vous ? s'enquit-il auprès de Yu Yu.

— Je me sens comme un homme qui va jeter son épée à la mer, comme un homme qui a envie de rentrer à la maison pour creuser des tranchées.

— Vous pouvez le faire, lui dit Waylander. Vous êtes un homme libre.

— Plus tard. D'abord, nous devons trouver les Hommes d'Argile.

Beaucoup de serviteurs rechignèrent à rentrer au palais. Néanmoins, lorsque les plus hardis eurent franchi le pas, les autres suivirent. En tout, cependant, quarante-cinq des employés de l'Homme Gris quittèrent son service et partirent pour Carlis.

Waylander traversa la salle des banquets et trouva Kysumu assis en tailleur sur la terrasse. Le *rajnee* avait les bras écartés et la tête baissée. L'Homme Gris passa à côté de lui en silence pour le laisser méditer.

Le soleil était haut dans le ciel bleu et pur et illuminait la myriade de fleurs multicolores des jardins en terrasses. Une brise légère charriait un parfum de rose. Dans ce contexte, les événements de la nuit perdaient de leur réalité, revêtaient les atours d'un rêve. Waylander continua jusqu'à ses appartements. La porte était ouverte et une tache écarlate maculait son chambranle.

À l'intérieur, la prêtresse Ustarte gisait, nue, dans un coin de la pièce. Elle présentait de nombreuses blessures aux flancs, aux bras et aux jambes, et sa fourrure rayée était imbibée de sang. Waylander s'agenouilla près d'elle. Elle était inconsciente. Il l'allongea sur le dos et l'examina. Ses blessures étaient profondes. L'Homme Gris sortit le cristal bleu de sa poche, le déplaça lentement au-dessus de la chair déchirée mais ne vit aucune trace d'asticots surnaturels. Il fouilla dans sa trousse de secours, en sortit une grande aiguille incurvée et entreprit de recoudre les plaies les plus grandes. Ustarte ouvrit les paupières et le fixa de ses yeux dorés. Puis elle les referma. Waylander continua de s'occuper d'elle. Sa fourrure n'était pas du tout douce comme celle d'un chat. Elle était épaisse, rêche, et recouvrait des muscles incroyablement souples et puissants. De fait, elle était beaucoup plus forte que sa silhouette gracile le laissait supposer. Il s'en rendit compte lorsqu'il tenta de la soulever pour la porter jusqu'à son lit. Elle pesait le poids de deux grands hommes, au moins. Incapable de la déplacer, il alla chercher un oreiller et quelques couvertures. Après avoir épongé le sol avec de vieux linges et s'être lavé les mains, il lui glissa l'oreiller sous la tête et la couvrit.

Ayant fait tout ce qui était en son pouvoir, il se rendit à la cascade, se déshabilla et resta longuement sous l'eau froide.

Une fois rafraîchi, il rentra dans ses appartements. Il trouva des vêtements propres, s'habilla et retourna auprès de la prêtresse. Sa respiration était superficielle et son teint livide. Elle ouvrit les yeux et essaya de parler, effort qui lui arracha une grimace.

— Ne dites rien, lui conseilla-t-il. Reposez-vous. Je vais vous chercher un peu d'eau.

Il revint avec un gobelet, lui souleva la tête et l'aida à tremper ses lèvres dans le liquide pur. Elle but un peu et se rallongea.

— Dormez, lui dit-il. Vous êtes en sécurité, maintenant.

C'était un mensonge, évidemment, mais il avait prononcé ces mots sans même y penser.

Il sortit sur le pas de la porte et s'assit sur les marches. Les bateaux des pêcheurs voguaient dans la baie ; leurs voiles immaculées brillaient, aveuglantes, sous le soleil. Waylander s'adossa à l'encadrement de la porte.

Eldicar Manushan avait été littéralement coupé en deux en combattant les démons dans les ruines. L'attaque du palais avait eu lieu au même moment, et le magicien ne pouvait avoir géré ces deux événements en même temps. Waylander réfléchit longuement à l'assaut subi par le palais. Trois cibles distinctes avaient été visées : Mendyr Syn, Yu Yu

Liang et Ustarte. Comme Yu Yu et l'épée *rajnee* se trouvaient dans les locaux de l'hôpital, il n'était pas impossible que la mort tragique du chirurgien n'ait pas été prévue. La colère de Waylander déborda et sa carcasse fatiguée fut secouée de tremblements. La vie était pleine de ce genre de tragédies insensées.

Sa première femme, Tanya, et leurs trois enfants étaient morts uniquement parce qu'une bande de brigands avait décidé de se diriger vers le sud-est et non plus le sud-ouest. Ce même jour, il avait choisi de chasser le grand gibier au lieu de rester chez lui pour réparer la clôture sud de son pré.

— Tu n'as pas le temps de t'apitoyer sur ton sort, se dit-il à voix haute en chassant ces souvenirs épouvantables.

L'avenir du Kydor lui importait peu. Les guerres étaient horribles, mais elles faisaient partie de la vie et il n'y pouvait rien. Cependant, l'ennemi avait invité la mort sous son toit, et cela était loin de lui être égal. Des démons avaient été libérés dans son palais. Omri était un homme bon. Des griffes lui avaient pourtant labouré le torse. Mendyr Syn avait passé son existence à soigner les autres, et il avait vécu juste assez longtemps pour voir ses patients être massacrés.

Jusque-là, cette guerre n'avait pas été la sienne.

Maintenant, tout avait changé.

Il appuya la tête contre le bois de l'encadrement et ferma les yeux. Le soleil était chaud sur son visage. Une douce brise lui chuchotait à l'oreille. Il dormait presque lorsqu'il entendit des bruits de pas sur les marches. Ses yeux sombres s'ouvrirent aussitôt et il dégaina son couteau en forme de diamant.

Keeva arriva, portant un plateau chargé de nourriture. Waylander se leva et lui barra la route de ses appartements.

— Emrin m'a demandé de vous apporter un petit déjeuner, expliqua-t-elle.

— C'est toi qui as lancé un couteau à viande sur cette bête ?

— Oui, comment le savez-vous ?

— J'ai vu l'arme sur le sol. Où as-tu visé ?

— J'ai visé l'œil.

— Et tu l'as eu ?

— Oui. Le couteau s'y est enfoncé jusqu'à la garde.

— Excellent. Je voudrais que tu fasses quelque chose pour moi, reprit-il en la regardant dans les yeux.

— Bien sûr.

— Dans la discrétion, évidemment. Personne ne devra savoir. Tu comprends ? Personne.

— Vous pouvez me faire confiance, Homme Gris. Je vous dois la vie.

— Va dans la tour nord et entre dans les appartements de la prêtresse Ustarte sans que personne ne te voie. Prends quelques vêtements et ses gants. N'oublie pas ses gants. Mets tout dans un sac et reviens ici.

— Elle est toujours en vie ?

Waylander entra à reculons dans sa maison et lui fit signe de le suivre. Keeva s'arrêta sur le pas de la porte et avisa la prêtresse endormie ; un de ses bras dépassait de sous la couverture. Keeva se rapprocha d'elle et regarda de plus près le membre couvert de fourrure et les griffes qui terminaient ses doigts courtauds. Elle eut un mouvement de recul.

— Par tous les dieux ! Qu'est-elle donc ?

— Elle est juste très sérieusement blessée, répondit-il doucement. Personne ne doit savoir qu'elle a survécu à l'attaque. Compris ?

— Est-elle un démon ?

— Je ne sais pas ce qu'elle est, Keeva. En revanche, je suis certain qu'il n'y a rien de mauvais en elle. Me feras-tu confiance ?

— Oui, Homme Gris. Vivra-t-elle ?

— Je l'ignore. Ses blessures sont profondes et il n'est pas impossible qu'elle ait des hémorragies internes. Je ferai mon possible pour la soigner.

Ustarte ouvrit les yeux. Sa vision d'abord trouble se fixa lentement sur le plafond décoré au-dessus d'elle. Sa gorge était sèche, et elle avait mal. Pour commencer, elle ressentit une douleur sourde et rythmée. Puis des aiguilles brûlantes s'enfoncèrent dans son dos et ses flancs. Elle geignit.

Instantanément, une silhouette se matérialisa au-dessus d'elle. Le personnage lui souleva la tête et trempa ses lèvres dans de l'eau. Elle but lentement, laissant le temps au liquide frais de couler dans sa gorge parcheminée. Des remous lui secouèrent l'estomac, mais elle fit l'effort de les réprimer. *Ne pas Changer maintenant*, pensa-t-elle au bord de la panique. Elle fixa le visage de l'Homme Gris et lut instinctivement dans ses pensées. Il était inquiet pour elle.

— Je vivrai, murmura-t-elle. Si je ne deviens pas… une bête.

Elle capta dans son esprit l'image d'un loup mourant dans l'escalier de la bibliothèque. Son chagrin la submergea et ses yeux s'emplirent de larmes.

— Ils sont morts pour moi, ajouta-t-elle.

— Oui, confirma-t-il.

Ses larmes coulèrent sur ses joues et elle commença à sangloter. Elle sentit la main de l'Homme Gris sur son épaule.

— Calmez-vous, Ustarte ! Vous allez arracher vos sutures. Vous aurez le temps de pleurer plus tard.

— Ils me faisaient confiance. Je les ai trahis.

— Vous n'avez trahi personne. Vous n'êtes pour rien dans l'apparition de ces démons.

— J'aurais pu ouvrir un portail pour les mettre en sécurité.

— Vous allez me mettre en colère, dit-il tout en la caressant doucement. Tout le monde a déjà rêvé de changer le passé, de corriger une faute pour éviter une tragédie. Les êtres vivants font des erreurs. Il en est ainsi du jeu féroce de la vie. Vos acolytes vous suivaient parce qu'ils vous aimaient et qu'ils croyaient en vous. Oui, ils sont morts en essayant de vous protéger. Ils ont pris des risques en connaissance de cause. À vous de vivre et de donner un sens à leur sacrifice. Vous m'entendez ?

— Je vous entends, Homme Gris. Mais nous avons perdu. Le portail va s'ouvrir et le mal de Kuan-Hador sera bientôt de retour.

— Peut-être… Cependant, nous sommes toujours en vie. J'ai eu beaucoup d'ennemis, Ustarte, des ennemis puissants. Certains étaient à la tête de nations entières, d'armées ou de démons. Mais ils sont tous morts, et moi, je suis en vie. Et tant que je vivrai, je n'accepterai pas la défaite.

Elle ferma les yeux et se laissa porter par sa douleur. On souleva la couverture qui la couvrait. L'Homme Gris examinait ses blessures.

— Elles sont en voie de guérison, dit-il. Pourquoi ce changement vous fait-il si peur ?

— Il fait grandir mon corps. Les sutures n'y résisteront pas. Si cela devait m'arriver… tuez-moi. Je ne serai plus Ustarte, mais une créature blessée qui voudra vous massacrer. Vous comprenez ?

— Je comprends. Reposez-vous maintenant.

Ustarte aurait aimé pouvoir se reposer, mais elle savait que si elle ne restait pas consciente, la métamorphose aurait lieu. Elle resta immobile. Son esprit se mit à vagabonder. À plusieurs reprises, elle faillit se laisser aller. Elle revit les enclos et ressentit à nouveau cette peur terrible. La fille infirme arrachée à son foyer et conduite sous terre, dans l'horreur permanente des enclos. Des couteaux pointus s'enfonçant dans sa chair, des liquides toxiques coulant dans sa gorge. Chaque fois qu'elle vomissait, on lui versait davantage de liquide dans la bouche. On lui avait jeté des sorts, plus coupants que des lames, plus brûlants que le feu, plus froids que la glace.

Et puis, le jour où son corps frêle avait été uni à celui de la bête… Sa terreur et sa colère l'avaient inondée, ses molécules s'étaient déversées dans sa carcasse humaine. Cette douleur indescriptible, ces muscles gonflés, pris de crampes. L'enfant avait été balayée par une mer de ténèbres. Cependant, elle s'était accrochée à sa personnalité, en dépit des grondements de la bête en elle. En sentant sa présence, celle-ci s'était calmée.

Des rêves étranges suivirent. Elle se vit en train de courir à quatre pattes, juchée sur de longs membres qui la propulsaient dans la plaine à une vitesse incroyable. Elle se vit bondir sur le dos d'un cerf, elle sentit ses crocs se refermer sur la gorge de sa proie, et le sang de l'animal qui coulait dans sa gueule… Elle faillit se perdre dans ce souvenir de sang, mais elle resta accrochée à ce qu'était Ustarte.

Elle se rappelait le jour où elle avait commencé à entendre des voix.

— Ce nouveau *kraloth* a un comportement étrange, mon seigneur. Il dort vingt heures d'affilée et, lorsqu'il se réveille, il semble complètement perdu. Ses muscles tremblent et ses pattes arrière sont sujettes à des spasmes fréquents.

— Tuez-le, avait dit une seconde voix, froide et dure.

— Bien, mon seigneur.

Un souvenir de mort déferle sur Ustarte avec une énergie folle, et son esprit jaillit des ténèbres de son corps animal. Elle sent à nouveau l'appel de la chair, et la puissance phénoménale de ses membres. Ses yeux s'ouvrent. Elle veut se redresser et parler. Un grognement guttural sort de sa gorge. Ses pattes frappent les barreaux de fer de la cage. Un homme vêtu d'une longue tunique verte passe un bâton entre les barreaux. À son extrémité, quelque chose de pointu, qui s'enfonce dans sa chair. Son flanc s'embrase.

Instinctivement, elle sait que c'est du poison. Aujourd'hui encore, elle ignore complètement comment elle s'en est sortie. Elle ne peut que supposer que l'altération qu'elle a subie l'a dotée de capacités de récupération hors norme, d'un système lymphatique capable d'assimiler le poison, de le décomposer et de le rendre inoffensif.

Elle s'assied sur son arrière-train, attend en silence que la substance censée la tuer se dissipe. Il y a trois hommes avec elle dans la pièce. Le premier se prépare à rentrer auprès des siens. Le deuxième pense au repas qu'il a manqué. Le troisième a des envies de meurtre.

Au moment même où elle en prend conscience, l'homme lui ferme les portes de son esprit. Un sort doré traverse la salle, se faufile dans sa cage et recouvre son corps d'une avalanche de coups de fouet enflammé. Elle se tord de douleur.

Elle est tellement désespérée de ne pas pouvoir fuir cette souffrance qu'elle s'enfonce au plus profond de son corps de bête, laissant le contrôle de ses sens à l'animal qui est en elle. Celui-ci se met à faire les cent pas dans sa cage, à donner de grands coups de patte dans les barreaux, à les plier. La souffrance augmente encore. Ustarte veut fuir encore plus loin, s'évader de ce corps, se défaire de cette chair torturée.

À ce moment-là, elle découvre la clé qui lui sauvera la vie.

La bête se retire. L'esprit d'Ustarte enfle. Le corps s'écroule sur le sol, où il se tord dans tous les sens, se soumettant au Changement.

Lorsqu'elle se réveille, elle est étendue sur un lit. Son corps n'est plus celui de l'animal, mais il n'est plus vraiment humain non plus. Ses épaules, son torse sont couverts d'une épaisse fourrure rayée, ses doigts sont terminés par des griffes rétractiles.

— Vous êtes un mystère pour moi, mon enfant, dit une voix.

Elle tourne la tête et voit le troisième homme assis près de son lit. Il est extraordinairement beau, il a les cheveux dorés et les yeux d'un bleu éclatant. Les yeux d'un oncle bienveillant, pense-t-elle. Pourtant, il n'y a aucune bonté en lui.

— Un mystère que nous finirons par résoudre.

Deux jours plus tard, on l'emmène dans les montagnes et on l'enferme dans la prison d'un palais. Là sont retenues d'autres créatures mi-homme, mi-bête, mutantes, résultats d'expériences ratées. Il y a un serpent avec un visage d'enfant, qui ne sort jamais de sa cage en forme de dôme et qu'on nourrit de rats vivants. La créature ne parle pas, mais, la nuit, elle chantait d'une voix haut perchée et pénétrante. Pour l'âme d'Ustarte, le son de cette voix est une véritable souffrance. Souffrance qui se répète toutes les nuits pendant les cinq années qu'elle passe dans cet endroit horrible.

Des actes indicibles sont pratiqués sur son corps. Avec le temps, elle apprend à tuer et à se nourrir. Les deux premières années, elle refuse de tuer des hommes. En conséquence de quoi Deresh Karany, le beau sorcier aux cheveux d'or, lui inflige des souffrances terribles. Il réussit finalement à la briser et lui apprend à obéir. Elle commence par tuer une jeune femme, puis un homme puissant mais manchot. Après cela, elle apprend à oublier le visage de ses victimes. De temps à autre, Deresh Karany la force à Changer avant d'attaquer un humain sans défense. Ses longs crocs et ses griffes impitoyables déchirent alors la chair, arrachent les membres, brisent les os comme du verre.

Elle est un bon *kraloth*, obéissant et digne de confiance. Pas une seule fois – sous sa forme animale ou humaine – elle ne se retourne contre ses geôliers. Elle ne montre même pas les crocs. Elle fait ce qu'on lui dit sans rechigner. Ainsi, petit à petit, ils commencent à la négliger, à ne plus faire attention à elle. Ils sont persuadés de l'avoir matée. Elle lisait dans leurs pensées. Pas une seule fois, depuis ce fameux premier jour, elle ne leur a révélé ses véritables pouvoirs. Elle se donne beaucoup de mal pour ne pas trahir son talent. Ustarte sait que Deresh Karany est capable de les sentir. Un jour, il s'avance vers elle avec une dague à la main. Les pensées de la prisonnière sont on ne peut plus claires : « *Je vais lui enfoncer cette lame dans la gorge.* »

— Bonjour, mon seigneur, dit-elle.

— Bonjour, Ustarte, répond-il en s'asseyant à côté d'elle. Je suis très content de toi.

Je vais te tuer !

— Merci, mon seigneur. Que dois-je faire pour vous satisfaire ?

Il sourit en rangeant sa dague dans son fourreau.

— Les créatures de ce palais sont uniques. Les créations jumelles sont tellement rares. Qu'est-ce que cela te fait de passer d'une forme à l'autre ?

— Cela me fait mal, mon seigneur.

— Quelle forme te donne le plus de plaisir ?

— Aucune, mon seigneur. Lorsque je suis comme aujourd'hui, presque humaine, j'éprouve de la satisfaction à étudier ou à contempler le ciel. Lorsque je suis *kraloth*, j'apprécie la force, la puissance et le goût de la chair.

— Oui, dit-il en hochant la tête. La bête n'a aucun pouvoir d'abstraction. Comment la contrôles-tu ?

— Je ne la contrôle pas complètement, mon seigneur. Elle est féroce et sauvage. Elle obéit car elle sait qu'elle ne peut nier mon existence, mais elle essaie constamment de prendre le dessus sur moi.

— L'esprit du tigre est toujours en vie ?

— Je le crois.

— Intéressant, fit-il avant de sombrer dans le silence et de se perdre dans ses pensées. Quand nous étions en ville, j'ai senti que tu essayais d'ouvrir mon esprit. Te souviens-tu de cela ?

Elle attend un peu avant de répondre, tout en sachant qu'il lui est impossible de mentir totalement.

— Oui, mon seigneur. C'était très étrange. Un peu comme d'émerger d'un sommeil profond. J'ai soudainement entendu des voix lointaines. Cependant, j'étais consciente qu'il ne s'agissait pas véritablement de sons.

— Et cela ne s'est pas reproduit depuis ?

— Non, mon seigneur.

— Si cela t'arrive de nouveau, préviens-moi.

— Oui, mon seigneur.

— Nous sommes contents et fiers de tes progrès, Ustarte.

— Merci, mon seigneur. Cela me fait très plaisir.

Un jour, tandis qu'elle se promène sous sa forme semi-humaine, elle voit qu'une poterne est ouverte. Elle s'arrête dans l'encadrement et regarde longuement le chemin de montagne qui conduit à la forêt. En esprit, elle examine les environs et sent la présence mentale des gardes. Elle lit dans leurs pensées. La porte a été laissée ouverte pour elle. Elle se concentre et met son talent à contribution. Cinq autres gardes sont cachés derrière des rochers à une cinquantaine de pas de la poterne. Ils sont armés de lances, et deux d'entre eux portent un filet très résistant.

Ustarte tourne les talons et se rend dans la zone d'exercice principale.

Les mois s'écoulent, et ils lui font de plus en plus confiance. Désormais, elle participe à l'organisation de l'entraînement de ses semblables. Arrive alors Prial. Il est enchaîné et, sous sa forme de loup, tente de mordre les gardes. Ustarte entre en contact avec son esprit et sent sa colère et sa peur.

— *Calme-toi*, chuchote-t-elle dans la tête du prisonnier. *Sois patient, car notre heure va bientôt venir.*

Waylander resta assis près de la prêtresse endormie. Sa respiration était régulière, mais son visage luisant de transpiration montrait que sa température était en train de monter. Il alla chercher une cuvette d'eau fraîche dans la cuisine. Il trempa un linge dans l'eau, l'essora et l'appliqua sur le front d'Ustarte. Elle s'agita et ouvrit les yeux.

— Ça fait du bien, murmura-t-elle.

Avec douceur, il lui tamponna le linge sur les joues, et elle se rendormit.

Waylander se releva et s'étira. Soudain, il s'immobilisa pour écouter attentivement. Il courut vers la fenêtre, tira les volets, puis sortit dans la lumière du jour en fermant la porte derrière lui.

Eldicar Manushan et le page Beric arpentaient son jardin en terrasses et se dirigeaient vers ses appartements. Le magicien était vêtu d'une tunique de soie scintillante bleu pâle. Il n'avait ni pantalon, ni chausses d'aucune sorte. Son page, qui se contentait d'un pagne, portait des serviettes sur l'épaule.

— Bonne journée à vous, Dakeyras, dit Eldicar Manushan avec un large sourire.

— Bonne journée. Où allez-vous donc ?

— À la plage. Beric commence à apprécier la mer.

Le page leva les yeux vers son oncle et sourit.

— L'eau est très froide, dit-il.

— Vous vous êtes trompés de chemin, expliqua Waylander. Retournez jusqu'au grand rosier jaune, puis tournez à droite. Des marches vous conduiront directement à la mer.

Eldicar Manushan considéra les murs grossièrement taillés des appartements de Waylander.

— J'ai cru comprendre que vous viviez ici, reprit-il. Vous êtes un homme curieux. Vous bâtissez un magnifique palais, mais vous préférez vivre dans une grotte taillée dans une falaise. C'est étrange.

— En effet. Il m'arrive de ne pas comprendre moi-même.

— On peut aller à la mer, mon oncle ? Il commence à faire tellement chaud.

— Tu peux y aller, Beric. Je te rejoins tout de suite.

— Ne tardez pas trop, dit l'enfant en courant vers le rosier jaune.

— Les jeunes ont tellement d'énergie, observa Eldicar Manushan en s'asseyant sur une pierre, à l'ombre d'un arbre en fleur.

— Ils sont tellement innocents, ajouta Waylander.

— En effet. Quelle tristesse, lorsque l'innocence est définitivement perdue ! Je ne me suis pas trompé de chemin, Dakeyras, je voulais vous parler.

— Eh bien, je suis là ! Parlez.

— Je suis vraiment désolé pour la mort de vos employés. Je n'y suis pour rien.

— Oui, ce n'est qu'une malheureuse coïncidence.

Eldicar soupira.

— Je ne vous ai pas menti. Les miens se sont alliés avec… un groupe très puissant. Ainsi en est-il de la guerre. Je veux que vous sachiez que ce n'est pas moi qui ai fait venir ces monstres dans votre palais.

— Qu'êtes-vous venus chercher ici ? demanda Waylander. Ces terres ne sont pas riches.

— Certes, mais elles nous appartiennent. Autrefois, mon peuple les possédait et les gérait. On nous a chassés par la force, mais ce ne pouvait être que temporaire. Le temps est venu pour nous de revenir chez nous. Il n'y a rien de mauvais dans notre démarche. C'est humain, c'est tout. Nous voulons reprendre ce qui est à nous, et nous sommes prêts à nous battre pour cela. Mais s'agit-il de votre combat ? Vous n'êtes pas natif du Kydor. Vous avez un beau palais, des serviteurs et une liberté que seule la richesse peut apporter. Et il n'y a aucune raison pour que cela change. Vous êtes un homme fort et dangereux, cependant, vous ne pèserez pas de manière significative dans cette bataille, et ce, quel que soit le camp que vous choisirez d'aider.

— Dans ce cas, pourquoi vous donner tant de mal pour m'avoir de votre côté ?

— En partie parce que je vous apprécie, répondit le magicien en souriant. Mais aussi parce que vous avez tué le *bezha*. Très peu d'hommes auraient pu en faire autant. Notre cause n'est pas injuste, Dakeyras. Ces terres étaient à nous. Les hommes aussi se battent pour ce qu'ils croient juste, n'est-ce pas ?

Waylander haussa les épaules.

— J'ai entendu dire que, dans un passé lointain, ces terres étaient immergées. Appartiennent-elles pour autant à la mer ? Les hommes possèdent ce qu'ils ont le pouvoir de garder. Si vous avez le pouvoir de prendre ce pays, prenez-le. Néanmoins, je réfléchirai à votre proposition.

— Ne soyez pas trop long, le conseilla Eldicar Manushan en partant rejoindre son page. Au fait, reprit-il en se retournant, avez-vous trouvé le corps de la prêtresse ?

— J'ai trouvé le corps d'une créature non humaine, répondit Waylander.

Eldicar Manushan resta un moment sans rien dire.

— Elle était une création, une expérience ratée pleine d'amertume et de haine. Mon maître, Deresh Karany, a investi énormément de temps et de passion dans sa formation, mais elle l'a trahi.

— C'est lui qui a envoyé ces démons ?

— Je ne suis qu'un modeste serviteur, répondit Eldicar en écartant les bras. Je ne connais rien des plans de mon maître.

Et il s'éloigna.

Waylander resta assis devant sa demeure pendant quelques minutes. Il était un chasseur entraîné à traquer sa proie et à la tuer. Cette situation-ci, cependant, était infiniment plus subtile et dangereuse.

Sans compter qu'il y avait un nouveau joueur dans la partie, un joueur resté dans l'ombre.

Qui était ce Deresh Karany ?

Durant les trois jours suivants, la vie du palais recouvra un semblant de normalité. Les serviteurs étaient toujours nerveux, et nombre d'entre eux avaient acheté à des marchands de Carlis des amulettes, qu'ils portaient autour du cou ou accrochaient à leur porte. Le temple accueillait tous les jours de nouveaux convertis pressés d'être bénis par Chardyn et les trois autres prêtres.

Chardyn passait des heures chaque jour à compulser des parchemins et à étudier, apprenant du mieux qu'il pouvait les vieux sorts censés être efficaces contre les cas de possession ou les manifestations démoniaques. Il sortit également une boîte finement ouvragée dissimulée sous l'autel. Il l'ouvrit et y trouva deux objets – un anneau doré orné d'une cornaline taillée et un collier talisman – dont on disait qu'ils avaient été bénis par le grand Dardalion, premier abbé des Trente.

— Tu n'es qu'un hypocrite, se dit-il en passant le collier autour de son cou.

Dans l'hôpital du palais, beaucoup de soldats moururent dans d'atroces souffrances en dépit du cristal fourni aux chirurgiens par Waylander. Aucun de ces praticiens n'avait l'expérience de Mendyr Syn. Toutefois, il y eut des survivants. Le duc leur rendait visite tous les jours pour les encourager. Aux estropiés, il promit un lopin de terre à proximité de la capitale et une bonne pension.

On vit très peu Waylander pendant ces trois jours. Emrin se chargea d'accueillir les visiteurs et de leur dire que le Gentilhomme n'était pas chez lui pour le moment.

Dans son palais d'hiver, de l'autre côté de la baie, le duc entreprit d'organiser une grande fête. Les seigneurs du Kydor, Panagyn, de la maison Rishell, Ruall, de la maison Loras, et Shastar, de la maison Bakard, arrivèrent à Carlis et furent logés dans trois tours. Aric, de la maison Kilraith, occupait la quatrième. Des invitations furent envoyées à tous les chefs des familles nobles mineures, ainsi qu'à une poignée de riches marchands, dont l'Homme Gris.

L'excitation était à son comble parmi les invités, car ceux qui avaient vu Eldicar Manushan à l'œuvre avaient déjà raconté ses exploits partout. Et le magicien avait promis un spectacle qui ferait date.

À l'ouest des appartements de l'Homme Gris se trouvait une corniche invisible depuis le palais, car surplombée par une avancée rocheuse. On y trouvait des bancs, confectionnés à partir de troncs fendus sur la longueur, disposés autour d'une souche polie par le temps. Waylander était étendu sur un de ces bancs. À sa droite, était assise la prêtresse Ustarte, vêtue d'une robe de soie verte. Son visage était toujours blême, et ses yeux trahissaient sa fatigue et les souffrances qu'elle avait endurées. En face d'elle étaient installés Yu Yu Liang et Kysumu.

L'épaule de Yu Yu guérissait rapidement, mais il regrettait de ne plus être dans son lit d'hôpital. Ustarte l'avait beaucoup questionné sur son expérience avec l'esprit du *riaj-nor* originel. Malheureusement, Yu Yu se rappelait à peine tout ce qu'on lui avait raconté. Par ailleurs, il n'y avait pas compris grand-chose, même lorsque l'esprit de Qin Chong en personne s'était adressé à lui. Il y avait de la tension dans l'air. L'Homme Gris était allongé sur le côté, le buste relevé. Sa posture était décontractée, mais son visage était figé et ses yeux rivés sur Yu Yu. C'était extrêmement déconcertant. La prêtresse était déçue, et seul Kysumu semblait détendu et à son aise. Toutefois, Yu Yu pensait que ce n'était qu'une façade.

— Je suis désolé, dit-il en chiatze. Je me souviens que le grand homme est venu vers moi. Il m'a appelé « *pria-shath* », ce qui, selon Kysumu, signifie « Porteur de Lanterne ». Après, il m'a pris par la main et nous avons volé. Dans les nuages, sous les étoiles. Pendant tout ce temps, il n'a pas cessé de me parler. Je pensais pouvoir me rappeler tout en détail, mais, dès que je me suis réveillé, les images ont commencé à s'évanouir. Parfois, quelques détails me reviennent – comme lorsque je me suis souvenu que la magie de l'épée était transmissible –, mais c'est tout.

L'Homme Gris posa les jambes sur le sol et s'assit.

— Lorsque je vous ai parlé devant mon palais, commença-t-il, vous m'avez dit que vous vouliez trouver les Hommes d'Argile. Vous vous rappelez ?

— Oui, les Hommes d'Argile. Je me rappelle.

— Qui sont-ils ?

— Ils attendent sous le Dôme. C'est ce qu'il m'a dit. Ils attendent le Porteur de Lanterne.

— Où est ce dôme ?

— Je l'ignore. Je ne sais plus rien, répondit Yu Yu, qui commençait à s'agiter.

— Reste calme, dit Kysumu en lui posant la main sur le bras. Tout se passera bien.

— Ah, oui ? marmonna Yu Yu. Je ne suis pas un idiot, vous savez.

— Tu es l'Élu, le *Pria-shath.* Voilà pourquoi tu as été attiré jusqu'ici, reprit Kysumu. Alors, reste assis calmement, et laisse-nous continuer à chercher la vérité. Tu es d'accord ?

Yu Yu ferma les yeux et se pencha en arrière.

— Oui, je suis d'accord. Toutefois, mon esprit se vide. Je sens que la purge a commencé.

— Non, tes souvenirs vont revenir. Qin Chong t'a dit que tu devais trouver les Hommes d'Argile qui vivent dans un endroit appelé « le Dôme ». Il a ajouté que ces Hommes d'Argile attendaient le Porteur de Lanterne. As-tu vu les Hommes d'Argile lors de tes voyages avec Qin Chong ?

— Oui ! Oui, je les ai vus. C'était après une grande bataille. Il y avait des milliers de guerriers – des hommes comme vous, Kysumu, en robe grise, blanche ou rouge. Ils s'agenouillaient pour prier sur le champ de bataille, puis ils organisaient un tirage au sort. Alors, certains guerriers s'éloignaient des autres et gravissaient les collines. Qin Chong était avec eux. Avec eux et avec moi, si vous voyez ce que je veux dire. Et il a dit : « Ce sont les Hommes d'Argile. »

— C'est très bien, l'encouragea Kysumu. Qu'a-t-il dit d'autre ?

— Il a dit que je devais les trouver. Après, on a flotté au-dessus des collines et des vallées, on a traversé une baie, on s'est assis dans un bois, et il m'a parlé de sa vie, m'a demandé de lui raconter la mienne. Je lui ai parlé des tranchées et des fondations que j'ai creusées. Il a dit que c'était un métier honorable. Ce qui est vrai, car, sans fondations…

— Oui, oui, fit Kysumu, incapable de dissimuler son impatience. Occupons-nous plutôt des Hommes d'Argile. En a-t-il reparlé ?

— Non, je ne crois pas.

L'Homme Gris se pencha vers lui.

— Quand ils ont effectué ce tirage au sort, combien d'hommes sont partis dans les collines avec Qin Chong ?

— Plusieurs centaines, je dirai, répondit Yu Yu.

— Dont l'Homme Noir, ajouta Ustarte.

Yu Yu sursauta, surpris, et considéra la prêtresse blessée.

— Oui, comment le savez-vous ? Je l'avais presque oublié moi-même.

— Mes blessures m'ont diminuée, mais je n'ai pas perdu tous mes pouvoirs, expliqua-t-elle. Parlez-nous de lui.

— C'était un magicien, je crois. Il avait la peau très sombre. Il était grand et bien bâti. Il portait une robe bleue et un long bâton blanc, incurvé au sommet. Enfin, je ne suis pas certain qu'il était magicien. Il était le parent d'un personnage célèbre. Son petit-fils ou son arrière-petit-fils.

— Emsharas, tenta Ustarte.

— Voilà ! s'exclama Yu Yu. Le petit-fils d'Emsharas, qui était lui aussi magicien.

— Il était même beaucoup plus que cela, ajouta Ustarte. D'après la légende, il se serait rebellé contre son frère Anharat et serait venu en aide aux humains de Kuan-Hador dans leur guerre contre les démons. Grâce à ses pouvoirs, les guerriers de Kuan-Hador ont pris le dessus et chassé les démons dans une autre dimension. En ce temps-là, Kuan-Hador était un exemple de pureté et de courage. Plus tard, lorsque la cité a sombré dans le mal et qu'une seconde guerre a éclaté, les descendants d'Emsharas ont pris les armes contre l'empire. Il y a eu de nombreuses batailles, mais on ne sait rien du destin de ces descendants.

— Nous ne sommes pas plus avancés, se plaignit Kysumu.

— Au contraire, intervint l'Homme Gris. La dernière bataille à laquelle vous ayez assisté s'est déroulée à Kuan-Hador ? demanda-t-il à Yu Yu.

— Oui.

— Dans quelle direction les Hommes d'Argile sont-ils partis ?

— Le sud… ou bien le sud-ouest. Enfin, par là.

— Aujourd'hui, il y a des forêts dans cette région, continua l'Homme Gris. Elles recouvrent une zone très large en allant vers Qumtar. Vous rappelez-vous un détail particulier du paysage ?

Yu Yu secoua la tête.

— Non, je revois uniquement des collines.

— Nous devons nous y rendre, dit l'Homme Gris.

À sa droite, Ustarte laissa échapper un gémissement grave. Sa tête s'affaissa contre le dossier du banc. Waylander se précipita vers elle.

— Aidez-moi, demanda-t-il à Kysumu.

Ensemble, au prix d'un effort considérable, ils soulevèrent la prêtresse, la transportèrent jusqu'à sa chambre et l'allongèrent sur le lit.

Ses yeux dorés s'ouvrirent.

— J'ai… besoin d'un peu de… repos, chuchota-t-elle.

Les hommes la laissèrent et rejoignirent Yu Yu.

— Où en est votre blessure ? lui demanda l'Homme Gris.

— Elle va mieux.

— Pensez-vous pouvoir monter à cheval ?

— Bien sûr. Je suis un excellent cavalier.

— Kysumu et vous prendrez la direction des ruines, puis bifurquerez vers le sud.

— Que devrons-nous chercher ? demanda Yu Yu.

— Tout ce qui vous semblera familier. Les Hommes d'Argile se sont éloignés du champ de bataille. Sont-ils allés loin ? À plus d'une journée de marche, par exemple ? Ont-ils dressé un campement ?

— Non, je ne pense pas. Il me semble que les collines étaient proches de la ville en flammes.

— Dans ce cas, vous devrez trouver ces collines. Je vous rejoindrai dans un jour ou deux.

Kysumu se rapprocha de l'Homme Gris.

— Et si les démons revenaient ? Vous n'aurez pas nos épées pour vous protéger.

— Réglons un problème à la fois, mon ami. Emrin vous fournira deux bonnes montures et des provisions pour une semaine. Et surtout, ne dites à personne où vous allez.

Le seigneur Aric de la maison Kilraith passa à côté des deux gardes qui flanquaient la porte et précéda Eldicar Manushan jusque dans ses appartements, où un troisième garde délesta poliment Aric de sa dague au pommeau orné d'un rubis. Le seigneur Panagyn de la maison Rishell était installé dans un fauteuil. Ses pieds bottés étaient reposés sur le plateau en verre de la table. C'était un homme gros et laid aux cheveux couleur de fer et au nez bulbeux. Seul le morceau d'argent qui dissimulait son œil gauche égayait un peu son visage.

— Salut à vous, cousin ! dit Aric d'un ton enjoué. Je vois que vous êtes confortablement installé.

— Aussi confortablement que possible, compte tenu du fait que je me trouve dans la forteresse de mon ennemi.

— Toujours aussi méfiant, cousin. Vous ne mourrez pas ici, je vous le promets. Permettez-moi de vous présenter mon ami Eldicar Manushan.

Le magicien aux larges épaules s'inclina.

— C'est un plaisir, mon seigneur.

— Jusque-là, le plaisir n'est que pour vous, grogna Panagyn en posant les pieds par terre. Si vous aviez l'intention de vous allier à la maison Rishell, Aric, vous pouvez rentrer chez vous. Vous avez soutenu ce renégat de Shastar. S'il n'avait pas fini par changer de camp, j'aurais tué Ruall, comme j'ai tué ses frères.

— Certes, dit Aric. Vous avez parfaitement raison, puisque c'est moi qui ai convaincu Shastar de changer de camp.

— En plus, vous avouez !

— Oui, j'avoue, concéda Aric en s'asseyant en face de l'homme stupéfait. Mais c'est de l'histoire ancienne. Des défis plus importants nous attendent. Nous nous sommes fait la guerre pour le contrôle du Kydor, qui n'est en définitive qu'un tout petit pays. Supposez maintenant que nous nous emparions des terres des Chiatzes et des Gothirs. Et que nous allions plus loin encore. Le Drenaï, la Vagria, la Lentria. Imaginez que nous devenions les souverains de véritables empires.

Panagyn gloussa sans retenue.

— Oui, cousin, et nous parcourons nos empires dans des chariots tirés par de poules avec des dents. Je crois d'ailleurs qu'en arrivant ici, j'ai aperçu par la fenêtre une poule avec de sacrées canines.

— Je ne vous en veux pas de faire preuve de cynisme, Panagyn, dit Aric. Je vais même vous donner une dernière occasion de rire... Non seulement nous pourrions diriger ces empires, mais nous serions immortels. Immortels comme des dieux..., ajouta-t-il avant de se taire pendant de longues secondes. Alors, vous n'avez plus envie de vous moquer ?

— Non. En revanche, j'ai très envie de goûter cette drogue qui semble vous faire tellement d'effet.

Aric éclata de rire.

— Comment va votre œil ? demanda-t-il.

— Mal, Aric. C'est très douloureux, évidemment. En arrachant la flèche, j'ai été obligé de le crever.

— Dans ce cas, une petite démonstration facilitera peut-être les négociations.

Aric se tourna vers Eldicar Manushan. Le magicien leva la main. Du bout de son index jaillit une petite flamme bleue, qui se mit à tourbillonner sur elle-même, se transformant en une boule lumineuse.

— Qu'est-ce que c'est ? demanda Panagyn.

Soudain, la boule traversa en volant la pièce et perça la pièce d'argent qui recouvrait l'orbite vide du gros homme. Panagyn eut un mouvement de recul et grogna. Il jura et, instinctivement, chercha sa dague.

— Vous n'aurez pas besoin de ça, dit Eldicar Manushan. Calmez-vous et attendez que la douleur se dissipe. Le résultat vous surprendra grandement, mon seigneur. Je pense que vous n'avez déjà presque plus mal. Alors, comment vous sentez-vous ?

— Je ressens une démangeaison dans l'orbite, marmonna Panagyn. Comme si quelque chose s'y était logé.

— C'est effectivement le cas. Retirez votre cache, mon seigneur.

Panagyn s'exécuta. Les paupières avaient été cousues. Eldicar Manushan les effleura du bout des doigts. La peau se rétracta, et les muscles des paupières se gonflèrent d'une force nouvelle.

— Ouvrez l'œil maintenant, ordonna le magicien.

Panagyn lui obéit.

— Par le ciel ! chuchota-t-il. Je vois. C'est un miracle.

— Non, juste de la magie, rétorqua Eldicar Manushan en le regardant de près. Je n'ai pas tout à fait réussi la couleur. Le bleu de votre œil droit est un peu plus profond.

— Par tous les dieux, je me fiche de la couleur ! reprit Panagyn. Je ne souffre plus et je vois…

Il se leva, marcha jusqu'à la fenêtre et contempla la baie. Puis il se retourna vers les deux hommes.

— Comment avez-vous fait ? demanda-t-il.

— Ce serait beaucoup trop long à expliquer, mon seigneur. Disons simplement que votre corps s'est régénéré. Les yeux sont assez simples à reproduire. Contrairement aux os, qui demandent un travail plus important. La perte d'un bras, par exemple, nécessite plus d'une douzaine de sorts et des semaines de convalescence. À présent, si vous le voulez bien, mon seigneur, regardez bien votre cousin.

— C'est déjà formidable de pouvoir le regarder tout court, dit Panagyn. Et que suis-je censé remarquer ?

— Comment le trouvez-vous ?

— Eh bien, je trouve surtout qu'il s'est teint les cheveux et la barbe.

— Ce n'est pas de la teinture, le corrigea Eldicar Manushan. Je l'ai rajeuni de dix ans. Il a désormais le physique d'un homme d'une trentaine d'années, et il le gardera pendant plusieurs siècles, voire davantage.

— Par les dieux, il semble réellement avoir rajeuni ! murmura Panagyn. Vous pourriez me faire la même chose ?

— Bien sûr.

— Qu'exigerez-vous de moi en échange ? L'âme de mon fils aîné ? demanda Panagyn avec un rire forcé, totalement dénué de joie.

— Je ne suis pas un démon, seigneur Panagyn. Je suis un homme, tout comme vous. Ce que je demande, c'est votre amitié et votre loyauté.

— Et vous ferez de moi un roi ?

— À terme, oui. J'ai une armée, qui attend de pénétrer sur ces terres. Je n'ai pas envie de la voir combattre dès son arrivée. Je préférerais qu'elle pénètre sur des terres amies, qui seront la base de notre expansion. Vous disposez de plus de trois mille soldats. Aric, lui, pourrait en faire venir quatre mille de plus. Il serait regrettable de voir ces hommes s'entre-tuer prématurément.

— D'où vient cette armée ? demanda Panagyn. Du pays des Chiatzes ?

— Non. Un portail s'ouvrira à une cinquantaine de kilomètres d'ici. Mille de mes hommes le traverseront. Faire passer toute mon armée prendra du temps. Peut-être une année. Peut-être un peu plus. Alors, lorsque notre base sera solidement établie, nous conquerrons les terres des Chiatzes. Pour commencer. Le royaume ancien sera restauré. Et votre récompense dépassera vos espérances les plus folles.

— Et les autres ? s'enquit Panagyn. Le duc, Shastar et Ruall ? Seront-ils de la partie ?

— Malheureusement, non, répondit Eldicar Manushan. Le duc n'a aucun désir de conquête, ni la volonté de s'enrichir. Shastar et Ruall lui sont loyaux et le resteront. Non, le royaume du Kydor sera partagé entre votre cousin et vous.

— Doivent-ils mourir ? demanda Panagyn.

— J'en ai peur. Cela vous pose-t-il un problème, mon seigneur ?

— Non. Tout le monde doit mourir un jour, dit Panagyn avec un sourire.

— Tout le monde ? Non, observa Aric.

Pendant les nuits qui suivirent l'attaque du palais, nombreux furent les serviteurs à avoir du mal à trouver le sommeil. Seuls dans leur chambre, ils allumaient souvent une lanterne et récitaient des prières. Et quand ils finissaient par s'endormir, leur sommeil était léger ; le moindre souffle de vent contre les volets en bois suffisait à les réveiller en sursaut, le visage trempé de sueur froide. Toutefois, ce n'était pas le cas de Keeva, qui n'avait pas aussi bien dormi depuis des années. Son sommeil était profond, sans rêves et, surtout, réparateur.

Elle savait pourquoi. Lorsque les démons étaient venus, elle ne s'était pas tapie dans un coin ; elle avait pris une arme et s'en était servie. Oui, elle avait eu peur, mais la peur ne l'avait pas paralysée. Elle se rappela son oncle, se revit assise à côté de lui au bord de la rivière.

— Tu entendras des gens te dire que la fierté est un péché. Ne les écoute pas. La fierté est vitale. À condition qu'elle ne soit pas excessive, évidemment. Dans ce cas-là, il s'agit davantage de stupidité et d'arrogance. Non, ce qui compte réellement, c'est d'être fière de ce que tu es. Aussi, ne te montre jamais méchante, mesquine ou cruelle. Ne fais jamais le mal autour de toi, quoi qu'il t'en coûte. Sois fière, ma fille. Droite.

— Est-ce ainsi que vous avez vécu votre vie, mon oncle ?

— Non. Je te parle donc en connaissance de cause...

Keeva sourit en repensant à cette scène.

Elle était assise sur le lit de la prêtresse. Ustarte dormait paisiblement. Keeva se retourna en entendant l'Homme Gris entrer. Il était entièrement vêtu de noir, et ses habits étaient de grande qualité. Il lui fit signe, et elle le suivit dans l'armurerie.

— Ustarte est en danger, dit-il.

— On dirait pourtant que ses blessures guérissent.

— Oui, mais il ne s'agit pas de cela. Elle a des ennemis. Bientôt, ils viendront la chercher.

Il s'interrompit et la fixa de ses yeux sombres.

— Que voulez-vous que je fasse ? demanda-t-elle.

— Qu'as-tu envie de faire ?

— Je ne comprends pas.

— Tu as le choix entre deux chemins distincts, Keeva. Le premier mène tout droit au palais et à ta chambre. Le second, lui, conduit à des contrées que tu n'as peut-être pas envie de visiter.

Il désigna d'un geste du bras un banc situé à l'autre bout de la pièce. Sur celui-ci étaient posés une paire de jambières en cuir, ainsi qu'un pourpoint de chasse doté d'épaulettes, et un ceinturon équipé d'un couteau à manche en os.

— C'est pour moi ?

— Uniquement si tu en as envie.

— Que voulez-vous dire, Homme Gris ? Soyez plus clair.

— J'ai besoin de quelqu'un pour accompagner Ustarte dans un endroit à peu près sûr. Cette personne devra être intelligente, courageuse et capable de garder son calme lorsque la situation se compliquera. Je ne te demande pas d'être cette personne, Keeva. Je n'en ai pas le droit. Si tu choisis de retourner dans ta chambre, je ne t'en voudrai absolument pas.

— Quel est cet endroit à peu près sûr ?

— Il est à une journée de cheval d'ici. Prends le temps de réfléchir, lui dit-il en se rapprochant d'elle. Je serai avec Ustarte.

Keeva resta toute seule dans l'armurerie. Elle s'avança jusqu'au banc et caressa le pourpoint. Le cuir en était doux et légèrement huilé. Elle sortit le couteau de chasse de son fourreau et le soupesa. Il était parfaitement équilibré et avait deux tranchants. Des pensées contradictoires l'assaillirent. Elle devait la vie à l'Homme Gris, et cette dette était très importante à ses yeux. Toutefois, elle aimait la vie au palais. Elle était certes fière d'avoir tenu tête aux démons, mais elle ne souhaitait pas pour autant faire face à de nouveaux dangers. Elle avait eu de la chance lorsque le village avait été attaqué. Camran aurait pu la tuer, ce jour-là. Alors, l'Homme Gris était apparu, et elle avait eu encore plus de chance. Peut-être avait-elle épuisé sa bonne fortune ? En tout cas, si elle acceptait d'escorter la prêtresse, elle ne pourrait plus compter que sur elle-même.

— Que dois-je faire, mon oncle ? chuchota-t-elle.

Aucune réponse ne lui parvint du royaume des morts, mais Keeva se rappela un conseil souvent entendu : « Lorsque tu doutes, fais ce qui est juste, ma fille. »

Chapitre 10

Waylander approcha du lit. Les yeux dorés d'Ustarte étaient ouverts. Il s'assit à côté d'elle.

— Vous avez eu tort de faire cela, dit-elle d'une voix presque inaudible.

— Je l'ai laissée prendre la décision.

— Non. Elle vous doit la vie. Elle se sentira obligée de se porter volontaire.

— Je sais, mais je n'avais pas vraiment le choix, admit-il.

— Il vous reste la possibilité de vous allier à Kuan-Hador, lui rappela-t-elle.

Il secoua la tête.

— S'ils n'avaient pas apporté la mort et la destruction jusque dans ma maison, je serais resté neutre. Je ne leur pardonnerai jamais ce qu'ils ont fait.

— Il y a autre chose…

Il rit de bon cœur.

— Parfois, j'oublie que vous lisez en moi comme dans un livre ouvert.

— Et puis, je communique avec les esprits, ajouta-t-elle.

Le sourire de Waylander s'effaça. La première nuit où il l'avait veillée, Ustarte lui avait parlé d'Orien, le roi drenaï, qui lui était apparu en songe. Ç'avait été un choc pour lui, car le même esprit lui avait rendu visite plusieurs années auparavant pour lui proposer de se racheter en retrouvant l'Armure de Bronze.

— Vous est-il réapparu ?

— Non. Il m'a juste demandé de vous faire savoir qu'il ne vous en veut pas.

— C'est étrange. J'ai quand même tué son fils.

— Je sais, dit-elle tristement. Mais vous étiez un autre homme à l'époque. Le bien qui subsistait en vous a heureusement repris le dessus. Il vous a pardonné.

— Je préférais quand il me haïssait.

— Parce que vous êtes incapable de vous pardonner vous-même.

— Pouvez-vous lire les pensées des esprits ?

— Non. Pourtant, il m'a plu tout de suite.

— C'était un roi, dit Waylander. Un grand roi. Il a sauvé le Drenaï et forgé une nation. Quand il est devenu vieux et presque aveugle, il a abdiqué en faveur de son fils Niallad.

— J'ai lu tout cela dans votre mémoire. Il a caché l'Armure de Bronze et vous l'avez retrouvée.

— Il me l'avait demandé. Je ne pouvais pas refuser.

— D'autres auraient refusé à votre place. Aujourd'hui, il vous demande une autre faveur.

— Cela n'a aucun sens. L'Armure de Bronze a permis au Drenaï de prendre le dessus sur un ennemi très dangereux. Mais assister à une fête… En quoi aller à une fête serait-ce faire une faveur à un roi mort ?

— Il ne me l'a pas dit, toutefois je pense que vous courrez un grand danger si vous acceptez de vous y rendre. Vous le savez, n'est-ce pas ?

— Je le sais.

Keeva sortit de l'armurerie. Waylander se retourna et la vit qui se tenait dans l'encadrement de la porte. Elle portait le pourpoint sombre, les jambières, une paire de bottes à franges et, autour de la taille, le ceinturon et le couteau de chasse. Ses longs cheveux noirs étaient coiffés en arrière et noués en une queue-de-cheval. Waylander se leva.

— Les vêtements sont à ta taille, dit-il.

Il se faufila dans l'armurerie, ouvrit un placard et décrocha une double arbalète de petite taille. Il fit signe à Keeva de s'approcher et posa l'arme sur une table. Il l'examina à la lumière d'une lanterne et huila un peu les cannelures destinées à accueillir les carreaux. Lorsqu'il eut terminé, il tendit l'arbalète à Keeva.

— Je l'ai fait fabriquer pour ma fille Miriel, mais elle lui a préféré un arc de chasse plus traditionnel. Elle est considérablement plus légère que la mienne et peut tuer jusqu'à quinze pas.

Keeva souleva l'arbalète et l'examina. Sous tous les angles elle avait la forme d'un T. La poignée était fixée au centre de l'arme. L'arrière en était profilé de façon à pouvoir reposer confortablement sur le poignet. Il n'y avait pas de détentes en bronze, juste deux boutons noirs qui dépassaient de la crosse.

Waylander tendit à la jeune femme deux carreaux noirs.

— Charge d'abord la cannelure inférieure, conseilla-t-il.

Keeva essaya de charger l'arme mais ne parvint pas à trouver la corde cachée par le mécanisme.

— Laisse-moi te montrer.

Sous l'arbalète, il y avait une sorte d'anneau. Waylander tira dessus, ce qui engagea la corde inférieure et la rendit visible. Il pencha l'arme vers le bas, glissa un premier carreau dans la cannelure, puis il remit l'anneau en place et tendit l'engin à Keeva. La jeune femme tendit le bras et visa une cible toute proche. L'Homme Gris l'observa tandis qu'elle rechargeait l'arme. Elle avait toujours du mal à actionner le mécanisme inférieur.

— Ne laisse pas les cordes tendues trop longtemps, car ça pourrait affaiblir les ailes. Quand tu auras le temps, entraîne-toi à la charger et à la décharger. Tu verras, c'est très facile.

— Je n'ai pas envie que ça devienne facile, rétorqua-t-elle. Je conduirai Ustarte où vous voudrez, et je reviendrai pour vous rendre cette arme. Je vous ai déjà dit que je ne voulais pas devenir une tueuse, et je n'ai pas l'intention de changer d'avis.

— Je comprends tout à fait, et je te suis très reconnaissant de bien vouloir m'aider. Je te retrouverai demain en fin d'après-midi. Après ça, tu seras libre d'aller où bon te semblera.

Waylander dégotta un morceau de charbon et un parchemin, sur lequel il dessina deux losanges. Dans le premier, il traça une ligne qui allait de gauche à droite, dans le second, une ligne qui courait dans le sens contraire.

— Vous contournerez les ruines de Kuan-Hador par le sud-ouest et vous dirigerez vers les montagnes. Un kilomètre et demi plus loin, vous atteindrez une fourche et tournerez à gauche. Continuez sur cette route jusqu'à ce que vous voyiez un arbre foudroyé. Après cela, ne lâchez pas des yeux les troncs des arbres qui bordent la piste. Des symboles comme ceux-ci vous indiqueront la direction à suivre. Si vous ne commettez pas d'erreurs, vous arriverez au pied d'une falaise, dans laquelle vous repérerez facilement une profonde grotte. Vous mettrez pied à terre et attacherez vos chevaux à l'intérieur, où vous trouverez une source, des provisions et de l'avoine.

Keeva retira les carreaux des cannelures de l'arbalète et détendit les cordes.

— J'ai entendu la prêtresse vous dire que vous courrez un grand danger à cette fête. Dans ce cas, pourquoi vous y rendre ?

— Pourquoi, en effet ?

— Vous feriez mieux de vous montrer prudent.
— Je suis toujours prudent.

Niallad, fils du puissant duc Elphons et héritier du trône disparu de Drenan, se regardait dans un grand miroir. Il était nu et n'aimait pas ce qu'il voyait. Son visage fin, avec ses grands yeux bleus et sa bouche pulpeuse, ressemblait à celui d'une jeune fille. En plus, il était entièrement glabre. Ses épaules et ses bras étaient maigrichons, en dépit des exercices qu'il s'imposait depuis de nombreuses semaines. Son torse, glabre lui aussi, était dépourvu de muscles, et ses côtes étaient saillantes. Dire que son père était une force de la nature…

Sans compter que ses peurs refusaient de disparaître. Lorsqu'il était au milieu d'une foule, il se mettait à transpirer abondamment, avait les mains moites et son rythme cardiaque s'accélérait. Il rêvait tout le temps de ténèbres, de labyrinthes, de couloirs inconnus, de bruits de pas dans son dos.

Il se détourna du miroir et ouvrit le coffre situé sous la fenêtre, duquel il sortit une tunique grise et des jambières noires. Il s'habilla, enfila ses bottes de cavalier et boucla le ceinturon auquel était suspendue sa dague. Quelqu'un frappa doucement à sa porte.

— Entrez, dit-il.

C'était Gaspir, son garde du corps. L'homme désigna la dague du doigt.

— Pas d'arme, jeune seigneur, expliqua-t-il. Ce sont les ordres de votre père.

— Oui, bien sûr. Nous allons entrer sans aucune arme dans une salle pleine d'ennemis.

— Seuls les amis du duc sont invités, rétorqua Gaspir.

— Panagyn n'est pas son ami, et je n'ai aucune confiance en Aric.

Le garde du corps à la large charpente haussa les épaules.

— Même si Panagyn était un ennemi, il serait bête de tenter quoi que ce soit lors d'un banquet auquel sont conviés tous les alliés du duc. Ne vous en faites pas. Ce soir, nous assisterons à une célébration.

— Y aura-t-il beaucoup de monde ? demanda Niallad en essayant de dissimuler son malaise.

— Pour l'instant, j'ai compté une centaine de convives, mais d'autres sont en train d'arriver.

— Je descends tout de suite. A-t-on commencé à servir le repas ?

— Oui. Les plats sont très appétissants.

— Alors, allez manger, Gaspir. J'arrive dans quelques minutes.

Le garde secoua la tête.

— J'ai l'ordre de ne pas vous laisser seul, jeune seigneur. Je vous attendrai dans le couloir.

— Je croyais que nous ne courions aucun danger ?

L'homme réfléchit un instant, puis hocha la tête.

— Je ferai comme vous voudrez, finit-il par dire. Je vous attendrai en bas. Ne tardez pas trop, monsieur.

De nouveau seul dans le sanctuaire de sa chambre, Niallad sentit la panique l'envahir doucement. Non pas qu'il eût réellement peur d'être attaqué. Il savait, en son for intérieur, que cela n'arriverait sans doute pas. Pourtant, il n'arrivait pas à se défaire de sa peur. Son oncle se trouvait dans son propre jardin lorsque son assassin, Waylander, lui avait tiré dans le dos. Son propre jardin ! Une fois le roi tué, l'anarchie s'était installée dans le pays et l'armée vagrianne s'était déversée chez ses voisins, pillant, brûlant et tuant des milliers d'innocents.

Niallad s'assit sur son lit, ferma les yeux et s'obligea à respirer lentement et profondément. *J'y arriverai*, se dit-il. *J'irai tout seul jusqu'à la galerie. Je ne regarderai pas tous ces gens. Je vais tourner à gauche, descendre l'escalier… et me retrouver au milieu de cette masse d'invités.*

Son cœur se mit à battre deux fois plus vite. Cette fois-ci, cependant, il sentait également monter la colère. *Je ne me laisserai pas intimider*, se promit-il. Il se leva, traversa sa chambre et ouvrit la porte. Immédiatement, il entendit le brouhaha des conversations et des rires, les cliquetis des couverts et des assiettes. Tous ces bruits constituaient un concert dissonant et vaguement menaçant. Niallad marcha jusqu'à la balustrade et regarda en bas. Au moins cent cinquante personnes étaient déjà présentes. Son père et sa mère étaient assis juste en dessous de lui ; leurs chaises étaient surélevées sur une estrade circulaire. Le seigneur Aric se tenait tout près, tout comme le magicien Eldicar Manushan et le petit Beric. Le garçon leva les yeux et le vit. Niallad sourit et lui fit signe. Les hommes qui entouraient le duc levèrent la tête à leur tour. Niallad les salua d'un hochement de tête et fit un pas en arrière. À l'autre bout de la salle, il distingua le gros prêtre Chardyn qui parlait à un groupe de femmes. Et tout près, non loin de la terrasse, l'Homme Gris, seul. Il portait un pourpoint sans manches en soie brossée grise, par-dessus une chemise noire. Ses longs cheveux poivre et sel étaient coiffés en arrière et retenus par un mince bandeau noir. Il n'arborait aucun ornement, aucun bijou. Pas d'anneaux aux doigts. Comme s'il avait senti qu'on l'observait, l'Homme Gris leva les yeux, avisa le garçon et leva son gobelet. Niallad ne connaissait pas très bien cet homme, cependant, il remarqua qu'il y avait de l'espace autour de lui, ainsi que, toute proche, une terrasse accueillante.

Récemment, on avait érigé une arche au pied de la cage d'escalier, fermée désormais par une double porte. Un garde se tenait sous ce porche. Il s'inclina en voyant arriver Niallad. La porte filtrait les bruits de la grande salle, et le jeune homme considéra un instant l'idée d'engager la conversation avec ce garde afin de retarder un peu plus le moment où il devrait affronter la foule. Mais l'homme ne lui laissa guère le temps de réfléchir, il souleva la barre de la porte et poussa les deux battants. Niallad avança et se dirigea directement vers l'Homme Gris.

— Bonsoir, monsieur, dit poliment le garçon. J'espère que vous vous amusez bien.

— C'est très aimable à votre père de m'avoir invité, répondit l'Homme Gris en serrant la main du jeune Niallad.

De près, le garçon constata que la tenue de l'Homme Gris n'était pas totalement dénuée d'ornements. Sa ceinture était pourvue d'une boucle en fer poli magnifique et inhabituelle, en forme de pointe de flèche. Des boucles identiques – quoique plus petites – décoraient ses bottes.

Un grincement métallique attira l'attention de Niallad. À une table toute proche, un cuisinier affûtait un grand couteau à viande. Un sentiment de panique menaça de reprendre le contrôle du garçon. L'Homme Gris parla.

— Je n'aime pas les foules, dit-il doucement. Je n'y suis pas à mon aise.

Niallad fit de son mieux pour se calmer. Était-il en train de se moquer de lui ?

— Ah oui ? s'entendit-il dire.

— Oui. Sans doute parce que je suis un peu solitaire et que j'ai beaucoup voyagé seul. J'aime la paix que je trouve dans la nature sauvage. Ces réunions bruyantes et inutiles me tapent sur les nerfs. Et si nous prenions un peu l'air sur la terrasse ?

— Pourquoi pas, dit Niallad, soulagé.

Ils passèrent sous l'arche et sortirent sur les dalles de pierre. La nuit était fraîche et le ciel clair. Niallad sentit l'odeur de la mer. Cela l'aida à retrouver son calme.

— Je suppose, commença-t-il, que cette aversion pour la foule se dissipe à mesure qu'on s'habitue à être entouré de gens.

— Oui, il en est de même pour la plupart des problèmes de ce genre, acquiesça l'Homme Gris. Le tout est de faire l'effort de s'habituer lentement.

— Que voulez-vous dire ?

— Si vous vous retrouviez face à un chien qui montre les dents, que feriez-vous ?

— Je resterais immobile, répondit Niallad.

— Et s'il attaquait ?

— J'essaierais de le tuer. À condition d'avoir une arme sur moi, bien sûr. Autrement, je crierais et lui donnerais un coup de pied.

— Que se passerait-il si vous tentiez de vous enfuir ?

— Il me rattraperait et me mordrait. Les chiens sont ainsi.

— Eh bien, avec la peur, c'est la même chose ! expliqua l'Homme Gris. On ne peut pas lui tourner le dos. Essayez, et elle vous mordra les mollets. La plupart des peurs disparaissent lorsqu'on les affronte.

Un serviteur sortit sur la terrasse avec un plateau chargé de coupes en cristal remplies de vin coupé d'eau. Niallad en prit une et remercia l'homme, qui s'inclina et s'éloigna.

— Il est rare de voir un noble remercier un serviteur, remarqua l'Homme Gris.

— Est-ce une critique ?

— Non, un compliment. Resterez-vous longtemps à Carlis ?

— Quelques semaines seulement. Mon père souhaitait s'entretenir avec les seigneurs des quatre maisons pour tenter d'éviter une nouvelle guerre.

— Espérons qu'il y parviendra.

À ce moment-là apparut Gaspir. Le garde du corps s'inclina.

— Votre père vous demande, jeune seigneur, dit-il.

Niallad serra la main de l'Homme Gris.

— Je vous remercie de m'avoir tenu compagnie, monsieur.

L'Homme Gris s'inclina, et Niallad retourna dans la grande salle. Ces quelques minutes passées avec l'Homme Gris l'avaient calmé, mais son cœur se remit à battre la chamade dès qu'il se retrouva au milieu de la foule.

Affronter la cohue, se dit-il. *Elle n'est qu'un chien qui gronde, alors que toi, tu es un homme. Quand tu auras passé suffisamment de temps avec les invités, tu pourras retourner dans ta chambre.*

Niallad avança d'un air féroce et déterminé.

Waylander regarda le jeune homme se faufiler jusqu'à son père. Son garde du corps le suivait de près. Puis il aperçut Eldicar Manushan, qui déambulait et parlait aux invités en souriant. Waylander remarqua que la robe du magicien scintillait et paraissait changer de couleur à mesure qu'il avançait. À première vue, elle était gris argenté, mais ses plis étaient mis en valeur par des reflets roses et rouges, jaune citron et or. Le regard de Waylander erra dans la salle. Le décor avait un peu changé depuis sa dernière visite. L'escalier n'était plus accessible, tout comme les arches conduisant à la bibliothèque, fermées désormais par de lourdes portes en chêne. Ce nouveau style lui déplut. L'ancien était plus ouvert, plus agréable.

Un serviteur lui offrit à boire, mais il refusa et s'enfonça dans la foule. Il voyait le garçon, Niallad, qui discutait avec son père et le grand et mince seigneur Ruall. Le jeune homme semblait une fois de plus mal à l'aise ; un film de sueur lui couvrait le visage.

Waylander voulut pousser la porte de la bibliothèque, mais elle était fermée de l'intérieur. Eldicar Manushan apparut soudain.

— Vous êtes très élégant, monsieur, lui dit-il. À côté d'une tenue aussi sobre, nous avons tous l'air de vulgaires paons, ajouta-t-il avec bonne humeur.

— Quelle étrange robe..., observa Waylander.

— Oui, c'est ma favorite, acquiesça Eldicar Manushan. Elle a été tissée avec la soie d'un ver très rare. La chaleur et la lumière la font changer de couleur. Au soleil, elle prend une teinte dorée. C'est réellement un habit merveilleux. Avez-vous réfléchi à ma proposition ? continua-t-il à voix basse.

— J'y ai réfléchi.

— Consentirez-vous à devenir un ami de Kuan-Hador ?

— Je ne crois pas.

— Ah, quel dommage ! Toutefois, nous nous occuperons de cela un autre jour. Pour le moment, profitez bien de votre soirée.

Le magicien lui donna une tape dans le dos. À ce moment précis, Waylander ressentit un froid intense. Ses sens s'aiguisèrent et son rythme cardiaque s'accéléra. Eldicar disparut dans la foule.

Waylander eut soudain envie de s'en aller loin d'ici.

Il retourna sur la terrasse. Niallad regagnait sa chambre. Il montait tranquillement les marches, comme s'il était parfaitement à son aise, mais Waylander le sentit tendu. Niallad atteignit la galerie, puis tourna à droite, en direction de sa chambre. Un sentiment de tristesse s'abattit sans prévenir sur l'Homme Gris.

— La soirée est belle, dit le prêtre Chardyn. Pourquoi avez-vous l'air si sévère ?

— Je pensais au passé, répondit Waylander.

— Un passé pas très plaisant, apparemment.

— Quand on vit longtemps, rétorqua Waylander en haussant les épaules, on accumule forcément de mauvais souvenirs perdus au milieu des bons.

— Tout à fait vrai, mon ami. Cependant, certains souvenirs sont pires que d'autres. Il faut toujours garder à l'esprit que la Source est pardon.

Waylander éclata de rire.

— Nous sommes seuls, ici, prêtre. Personne ne peut nous entendre. Vous ne croyez pas en la Source, n'est-ce pas ?

— Qu'est-ce qui vous fait croire cela ? demanda Chardyn à voix basse.

— Vous êtes resté debout face aux démons, ce qui fait de vous un homme brave. En revanche, j'ai bien vu que vous n'aviez aucun sort à leur opposer et que vous ne croyiez en aucun dieu omnipotent capable de vous protéger. J'ai connu un prêtre de la Source dans le passé. Il avait la foi. C'est quelque chose que je sais reconnaître chez un homme.

— Et vous, monsieur ? s'enquit Chardyn. Avez-vous la foi ?

— Oh, oui, je suis croyant ! Je le regrette, mais je suis bien croyant.

— Dans ce cas, pourquoi la Source n'a-t-elle pas frappé ces démons comme je l'ai demandé dans mes prières ?

Waylander sourit.

— Qui dit que la Source n'est pas intervenue ?

— C'est Eldicar Manushan qui les a détruits. Je ne suis peut-être pas un saint homme, mais je puis vous affirmer qu'il n'y a pas eu de miracle ce soir-là.

— Vous pensez que la Source utilise les hommes bons pour remplir ses propres desseins ? Ce n'est pas toujours le cas. J'ai connu un homme, un assassin et un voleur. Un gredin qui avait la moralité d'un rat d'égout. Pourtant, cet homme a donné sa vie pour moi et, avant cela, il a même sauvé une nation tout entière.

— Qui peut dire avec certitude que c'est la Source qui l'a inspiré ? demanda Chardyn avec un sourire en coin. Où étaient les miracles visibles, les éclairs dans le ciel, les anges de lumière ?

Waylander haussa les épaules.

— Mon père m'a raconté l'histoire d'un homme qui vivait dans une vallée. Un orage a éclaté, la rivière est sortie de son lit et a tout inondé. Un cavalier est passé tout près de la maison de cet homme et lui a dit : « Montez avec moi. Votre maison sera bientôt sous les eaux. » L'homme a rétorqué qu'il n'avait pas besoin d'aide, car la Source veillait sur lui. Comme l'eau continuait de monter, il s'est réfugié sur son toit. Deux nageurs sont arrivés et lui ont crié : « Sautez à l'eau. Nous vous aiderons à atteindre la terre ferme. » Mais l'homme leur a dit de partir, car il avait confiance en la Source. Tandis qu'il était assis sur sa cheminée et que la pluie continuait de tomber à torrent, un bateau est arrivé. « Sautez », lui a dit le batelier, mais l'autre a encore refusé. Quelques minutes plus tard, l'eau l'a emporté et il s'est noyé.

— Quelle est la morale de votre histoire ? demanda Chardyn.

— L'âme de l'homme s'est présentée devant la Source. Le défunt était très en colère. « J'ai cru en vous, et vous m'avez laissé tomber », lui a-t-il dit. « Mon fils, a rétorqué la

Source, je t'ai envoyé un cavalier, deux nageurs et un batelier. Qu'est-ce que tu voulais de plus ? »

Chardyn eut un sourire.

— Pas mal. Je la raconterai dans un de mes sermons.

Puis il se tut.

À l'intérieur, Eldicar Manushan, Aric et Panagyn s'apprêtaient à monter à l'étage. Un garde leur ouvrit la porte. Waylander vit de nombreux invités quitter la salle dans le calme. La plupart étaient des hommes de Panagyn. Son expression se durcit. Les battements de son cœur s'emballèrent, tandis qu'une impression de danger l'envahissait. Il s'avança jusqu'à la porte de la terrasse et vit un groupe de soldats qui traversaient le jardin.

Les cinq hommes montèrent les marches. Waylander agrippa le prêtre, surpris, par le bras et l'entraîna dans la nuit. Les gardes les dépassèrent, puis fermèrent les lourdes portes et les bloquèrent avec une barre de fer, avant de s'en aller.

— Qu'est-ce que vous faites ? demanda Chardyn. Comment allons-nous faire pour rentrer, maintenant ?

— Faites-moi confiance, prêtre. Vous êtes mieux où vous êtes. Je ne donne pas souvent de conseils, ajouta-t-il en se penchant sur lui, mais, si j'étais vous, je ne bougerais pas d'ici.

— Je ne comprends pas.

— Toutes les sorties ont été bloquées. L'escalier est inaccessible. Il ne s'agit plus du tout d'un banquet. Un massacre est sur le point d'avoir lieu.

Sans un mot de plus, Waylander s'en fut dans les ténèbres.

Lorsqu'il eut atteint la poterne ouest, il s'arrêta et se retourna vers le palais, qui se découpait sur la toile de fond étoilée. La colère monta en lui, mais il la réprima. Tous ceux qui se trouvaient dans cette salle des banquets étaient destinés à mourir. Ils seraient massacrés comme du bétail.

Est-ce pour cela que tu souhaitais ma présence ici, Orien ? se demanda-t-il. *Afin que je meure pour avoir tué ton fils ?*

Il rejeta aussitôt cette idée. La malice était étrangère au vieux roi. Waylander avait assassiné son fils, cependant le vieil homme lui avait donné l'occasion de trouver l'Armure de Bronze et d'expier ses péchés. Ne serait-ce que partiellement. Mais, alors, pourquoi était-il apparu à Ustarte ? Il n'y avait plus d'armure mystique à trouver, ni de grande et périlleuse quête à entreprendre. Waylander avait fait acte de présence, comme on le lui avait demandé.

Pourquoi souhaites-tu que je sois là ?

En esprit lui apparut alors le visage d'un jeune homme terrifié, d'un garçon qui abhorrait la foule et vivait dans la peur d'être assassiné. Le petit-fils d'Orien.

Waylander lâcha un juron, tourna les talons et courut vers le palais.

Une trompette retentit, et toutes les conversations cessèrent dans la salle. Sur la galerie nord, le seigneur Aric et Eldicar Manushan apparurent, dominant la foule.

— Chers Amis, dit Aric. Le moment que vous attendiez avec autant d'impatience que moi est enfin arrivé. Notre ami Eldicar Manushan va vous divertir et vous émerveiller au-delà de vos rêves les plus fous.

Un tonnerre d'applaudissements éclata. Le magicien leva les mains.

Comme toutes les portes étaient fermées, la température montait dans la grande salle. Manushan réitéra alors le tour exécuté dans le palais de Waylander. Des globes de brume blanche rafraîchirent l'atmosphère en tournant et en virevoltant au-dessus des spectateurs. De nouveaux applaudissements saluèrent le prodige.

Un énorme lion à la crinière noire apparut au centre de la pièce, et se rua sur les invités. Des cris s'élevèrent, pour vite se changer en rires de soulagement quand le fauve se transforma en une nuée de rossignols qui s'envolèrent pour se réfugier sous le plafond. La foule était en liesse. Les oiseaux firent le tour de la salle avant de se métamorphoser en un petit dragon doré au museau allongé et aux narines incandescentes. Il fondit sur les spectateurs près du mur ouest et les gratifia d'un torrent de flammes. De nouveau, les rires succédèrent aux hurlements quand les victimes constatèrent que le feu n'avait pas même roussi leurs robes de satin et leurs chemises en soie.

Sur l'estrade, le duc Elphons applaudit poliment avant de prendre la main de sa femme, Aldania, dans la sienne. Un homme grand et élancé se pencha à la gauche du duc pour lui murmurer quelques mots. Elphons hocha la tête en souriant.

À cet instant, la voix d'Eldicar Manushan résonna dans la salle :

— Chers amis, je vous remercie pour vos applaudissements. Il est temps de vous offrir le bouquet final de la soirée, apothéose qui reléguera ce que vous venez de voir au rang des tours de passe-passe les plus grossiers.

Des colonnes de fumée noire se formèrent au centre de la salle. Palpitant, se convulsant, elles s'entremêlèrent comme des serpents en rut. Le pilier se scinda en une dizaine de nuages, d'où surgirent d'énormes chiens sombres, les mâchoires écumantes de venin.

La dernière volute de fumée flotta jusqu'aux sièges du duc et de la duchesse. Elle s'éleva devant eux pour former une arche obscure d'où sortit un guerrier armé de deux épées. Il portait un heaume noir lamellé et richement décoré, et un pourpoint de soie de la même couleur, fendu à la taille. Ses lames longues et recourbées étaient si sombres qu'on les eût crues taillées dans la nuit. Un fourreau contenant une troisième épée pendait à sa ceinture.

Il s'avança vers Elphons, s'inclina et lança une de ses épées en l'air. La deuxième suivit, puis il tira rapidement la troisième qui s'envola alors que la première lame retombait. Il la rattrapa et commença à virevolter en jonglant avec les épées.

Pendant ce temps, les molosses s'approchaient silencieusement des spectateurs.

Le guerrier fit tourner les lames de plus en plus vite.

Ce qui arriva ensuite fut si rapide que peu le remarquèrent. Le jongleur eut un mouvement de poignet et l'une des épées partit se ficher dans le torse du seigneur Ruall. Immédiatement après, la deuxième s'enfonça dans la gorge d'Elphons, duc de Kydor, et la dernière plongea dans le cœur de la duchesse Aldania.

Le silence tomba sur la pièce.

Alors, l'un des chiens se jeta les crocs en avant sur un spectateur et lui arracha la gorge.

— Ça, c'est de la vraie magie ! hurla le seigneur Aric.

D'autres nuages apparurent et des *kraloths* en émergèrent. La foule paniqua et lutta pour ouvrir les portes bloquées. La fumée revint. Il y avait une cinquantaine de chiens démoniaques à présent.

Ils sautèrent dans la foule, leurs mâchoires déchiquetant la chair et la soie. Les yeux brillant, Aric observait ce spectacle hallucinant depuis la galerie. Il vit un jeune homme traverser la salle et bondir pour attraper la rambarde de l'escalier, mais un *kraloth* lui sauta dessus et lui broya la jambe. Le noble s'accrocha à la rambarde avec l'énergie du désespoir. Le molosse retomba, emportant avec lui la moitié du membre entre ses crocs. Aric montra la scène au seigneur Panagyn. En dépit de son moignon sanguinolent, le jeune homme avait presque atteint l'escalier. Aric fit un signe à Gaspir, le garde du corps à côté de lui. L'homme dévala la galerie et arriva près du noble au moment où ce dernier se croyait sauvé. Il tendit une main pleine d'espoir vers Gaspir, mais l'homme à la barbe noire le repoussa.

Quand il toucha le sol, un *kraloth* se jeta sur lui et lui arracha le visage.

Les mêmes scènes se jouaient partout dans la salle. Aric exultait. Il se retourna pour parler à Eldicar Manushan et s'aperçut que le mage avait abandonné le garde-fou de la galerie pour aller s'asseoir sur un banc avec son page. Il semblait perdu dans ses pensées.

Aric observa le cadavre du duc.

Dommage que tu sois mort si vite, crétin prétentieux ! J'aurais préféré que tu voies d'abord tes fidèles mourir en hurlant.

À ce moment précis, Aric perçut un mouvement sur la galerie est. Le jeune Niallad venait de sortir de sa chambre et il contemplait, horrifié, le carnage qui se déroulait à ses pieds.

Aric chercha Gaspir des yeux. Le mercenaire se tenait à côté d'un des hommes de Panagyn. Eux aussi avaient noté la présence du garçon. Gaspir regarda son maître. Aric hocha la tête. Le garde du corps sortit sa dague.

Niallad ne pouvait en croire ses yeux. Les cris emplissaient ses oreilles. La grande salle était jonchée de cadavres et partout le sang s'étalait. Sur une table, un bras arraché se vidait lentement sur les assiettes d'un blanc immaculé. D'énormes chiens noirs se disputaient les derniers survivants.

Niallad vit un homme tambouriner à une porte en appelant à l'aide. Un molosse se jeta sur lui et lui broya le crâne entre ses puissantes mâchoires.

Niallad découvrit soudain les corps de ses parents, assassinés sur leurs trônes. Un chevalier tout de noir vêtu s'approcha de son père et retira l'épée qui le transperçait. Le cadavre d'Elphons s'affaissa.

— Assassin ! hurla le jeune homme.

Le guerrier leva la tête, puis regarda Eldicar Manushan, qui s'était penché par-dessus la balustrade pour assister à la boucherie. Les seigneurs Aric et Panagyn étaient à ses côtés.

À ce moment-là, Niallad ne comprit pas pourquoi ces hommes restaient ainsi à ne rien faire. La nausée l'envahit et il commença à perdre le sens des réalités.

Mais il vit Gaspir s'approcher, accompagné d'un autre homme.

— Ils ont tué mon père, Gaspir, dit-il.

— Et ils vont vous tuer aussi, répondit le garde du corps.

Niallad remarqua leurs lames, et s'enfuit dans sa chambre. Il avait les jambes molles. Toute sa vie, il avait craint un moment semblable, et ce jour était arrivé. Étrangement, la terreur disparut pour laisser la place à une colère froide. Ses membres arrêtèrent de trembler, et il se rua vers son lit où il avait laissé son baudrier et sa dague.

Il sentit la garde d'ébène sous ses doigts, et il sortit l'arme de son fourreau avant de se retourner pour faire face à ses assaillants.

— Je te croyais mon ami, Gaspir, lâcha-t-il.

Nulle peur n'habitait sa voix, et il en conçut une immense fierté.

— J'*étais* votre ami, répliqua le barbu, mais je sers le seigneur Aric. Je te tuerai rapidement, mon garçon. Tu ne finiras pas dans la gueule des monstres.

Le garde du corps avança d'un pas, et l'autre homme se décala sur la droite.

— Pourquoi ? demanda Niallad.

— Cette question n'a aucune importance, dit l'Homme Gris, en entrant par la porte du balcon. Autant demander à un rat pourquoi il véhicule des maladies. Il le fait parce que telle est sa nature. C'est la seule vie qu'il connaisse.

Les deux assassins hésitèrent. Gaspir jeta un coup d'œil à l'Homme Gris qui, les pouces passés dans sa ceinture, ne semblait pas armé.

— Tue le gamin, ordonna-t-il à son comparse, avant d'avancer vers le nouvel arrivant.

L'Homme Gris ne bougea pas d'un centimètre, mais sa main effleura la boucle de son ceinturon. En une fraction de seconde, Gaspir vit glisser la boucle triangulaire logée au milieu du ceinturon.

La main eut un mouvement flou.

Une lumière éblouissante explosa dans l'orbite droite de Gaspir, transperçant son crâne d'une langue de feu.

Il recula.

Niallad vit son sauveur s'avancer vivement, saisir le bras armé de Gaspir et le tordre brutalement. Le garde du corps lâcha la dague que l'Homme Gris rattrapa par la garde et renvoya d'un geste souple. Un gémissement retentit à la gauche du jeune homme. Le second assassin tituba, la lame enfoncée dans le cou. Pourtant, il brandit son arme et se jeta sur Niallad. Celui-ci esquiva et, sans réfléchir, planta sa propre dague dans le torse du soldat, lui transperçant le cœur.

L'homme s'écroula sans un bruit.

Gaspir grognait, à genoux, une main collée à son œil blessé. L'Homme Gris écarta la main d'une taloche, et récupéra son couteau de lancer. Le garde du corps hurla de douleur et s'effondra. L'Homme Gris trancha calmement la gorge de Gaspir puis, ignorant les plaintes du mourant qui se tordait sur le sol, il s'approcha de Niallad.

— Mes parents sont morts, dit le jeune homme.

— Je sais, dit le guerrier en le dépassant pour se diriger vers la porte. (Il ferma la porte avant de se retourner vers lui.) Respire profondément, dit-il, et regarde-moi dans les yeux.

Niallad s'exécuta.

— Écoute-moi maintenant. Si tu veux t'en sortir, tu dois comprendre ta condition. Tu n'es plus le fils de l'homme le plus puissant du duché. À partir d'aujourd'hui, tu es un hors-la-loi. On va te pourchasser et essayer de te tuer. Tu es tout seul et il va falloir apprendre à penser comme un fugitif. Alors, attache ton baudrier et suis-moi.

Le seigneur Shastar de la maison Bakard était affalé contre le mur ouest. Sa chemise était déchirée, et son dos lacéré saignait abondamment. Il regardait les sombres molosses déchirer la chair d'hommes dont certains n'étaient pas encore morts.

Shastar resta immobile, conscient que le moindre geste attirerait l'attention des créatures. Non loin de là, gisaient les cadavres du duc, de sa femme et de Ruall.

Le guerrier qui les avait assassinés se tenait à côté, les bras croisés.

Un des molosses s'approcha de Shastar.

Le noble se tétanisa.

La truffe du monstre frémit, le mufle si près de Shastar que ce dernier pouvait renifler l'haleine fétide de la bête. L'homme ferma les yeux, s'attendant d'un instant à l'autre à sentir les crocs le déchiqueter. Soudain, près de lui, une mourante émit un râle. Le chien se jeta sur elle, et Shastar entendit un bruit d'os brisés.

Des voix résonnaient non loin. Il ouvrit les yeux et découvrit Eldicar Manushan, le magicien, paradant au milieu des corps. Il faisait le tour des molosses et les effleurait. Chaque fois, le chien disparut.

Enfin, la grande salle fut plongée dans un silence étrange.

— Par les dieux, quel carnage ! entendit Shastar.

Il jeta un coup d'œil à droite, et vit le seigneur Aric louvoyer entre les flaques de sang et les membres arrachés.

Le noble crut rêver.

Comment un homme aussi raffiné que le seigneur Aric avait-il pu participer à un tel massacre ? Ils se connaissaient depuis des années. Ils avaient chassé ensemble, parlé d'art et de poésie. Jamais il n'aurait soupçonné le monstre qui se cachait en lui.

Shastar observa le magicien qui inspectait les cadavres. Il le vit se diriger vers l'escalier de la galerie est.

Aric s'approcha du corps d'Elphons, et le fit rouler au pied du trône. Le seigneur de la maison Kilraith arracha la cape du cadavre, puis s'en servit pour éponger le sang maculant le siège avant de s'y asseoir et de contempler la salle.

— Aucun signe de l'Homme Gris, dit Eldicar Manushan en le rejoignant.

— Comment ? Il est forcément ici !

À cet instant, une ombre tomba sur Shastar. Il leva les yeux sur le guerrier tout en noir qui le dominait. Ses traits étaient chiatzes, mais il avait les yeux dorés. Le meurtrier se pencha sur lui. Shastar constata que ses pupilles étaient allongées comme celles d'un chat.

— Celui-ci vit toujours, lâcha le guerrier.

Il attrapa Shastar par le bras et le força à se lever. La force de l'homme surprit le noble. Il était mince et courtaud, pourtant il souleva le corps trapu du seigneur de la maison Bakard d'un seul mouvement.

— Eh bien, eh bien ! persifla Eldicar Manushan en s'approchant. Les aléas de la guerre ne cesseront jamais de me surprendre. (Il regarda Shastar dans les yeux.) Avez-vous une idée des chances de survivre à une attaque menée par autant de *kraloths* ? Une sur un million. (Il examina le dos du noble.) À peine une égratignure ; néanmoins cette blessure vous tuera si elle n'est pas soignée.

— Pourquoi tout cela ? demanda Shastar.

— Je vous assure que je n'y ai pris aucun plaisir, répondit le mage. Ce genre d'aventure ne me réjouit pas. Cependant, il n'y a que deux manières de traiter avec des ennemis potentiels : s'en faire des alliés, ou les tuer. Et je n'avais pas le temps de contracter autant d'alliances. Mais comme vous avez eu la chance d'échapper à la mort, je me vois dans l'obligation de vous proposer de servir ma cause. Je peux soigner vos blessures, vous rendre la jeunesse et vous donner des siècles de vie.

— Nous n'avons pas besoin de lui ! s'exclama Aric.

— C'est à moi d'en décider, mortel, cracha Eldicar Manushan. Qu'en dites-vous, seigneur Shastar ?

Le noble garda le silence quelques instants.

— Si m'allier avec vous signifie une collusion avec un ver de terre comme Aric, répondit-il, je me vois contraint de refuser.

— Vous devriez réfléchir un peu avant de répondre, répliqua Eldicar aimablement. La mort est extrêmement définitive.

Shastar sourit et fondit sur Manushan. Il attrapa la dague du mage, la sortit de son fourreau et l'enfonça dans la poitrine d'Eldicar.

Le magicien tituba… puis se redressa. Il saisit la garde et retira lentement l'arme.

Du sang goutta de la lame.

Eldicar Manushan brandit la dague avant de la lâcher. Au lieu de tomber, elle flotta.

— C'est très douloureux, dit-il l'air contrit, mais je comprends votre colère. Reposez en paix.

La lame se tourna et fila vers Shastar, se glissant entre ses côtes et plongeant dans son cœur.

Le noble hoqueta et tomba à genoux. Il essaya lui aussi de retirer la lame, mais il s'écroula face contre terre avant d'avoir réussi.

— Quel dommage ! déclara le mage. J'appréciais cet homme. Il alliait l'honneur au courage. Bref, où en étions-nous ? Ah, oui, l'Homme Gris ! (Il regarda vers la galerie est.) Vos hommes en mettent du temps pour exécuter une tâche pourtant aisée, Aric…

L'intéressé se leva du trône et ordonna à deux gardes d'aller chercher Gaspir.

Quelques instants plus tard, l'un des hommes les interpella depuis la rambarde.

— Seigneur ! Gaspir et Valik sont morts. Il n'y a aucune trace du garçon ou de l'Homme Gris. Ils ont dû s'enfuir par les jardins bordant la plage.

— Trouvez-les ! hurla Aric.

— Un conseil judicieux, murmura Eldicar Manushan. Il serait infiniment préférable de le retrouver avant qu'il ne le fasse.

Le mage s'agenouilla près du corps de Shastar et récupéra sa dague, non sans l'avoir essuyée sur les chausses du cadavre. Rangeant son arme, il remarqua que sa robe étincelante était tachée de sang. Il soupira et se fraya un chemin au milieu des corps pour aller ouvrir la porte donnant sur l'escalier. Il rejoignit la galerie et tomba sur Beric, toujours assis sur le banc. Il prit le garçon par la main et l'entraîna dans leurs appartements.

— C'est l'heure de la communion, dit Beric.

— Je sais.

Eldicar s'installa sur une vaste couche, le garçon à côté de lui. Il n'avait pas lâché sa main. Le mage ferma les yeux et tenta de se détendre.

La communion ne fut pas aisée, car il dut d'abord masquer ses sentiments. Il n'avait pas voulu ce carnage. Il n'était d'après lui pas nécessaire. La majorité des gens présents ne constituaient pas une menace pour les plans de Kuan-Hador. Il aurait pu s'arranger pour que seuls le duc et ses plus fidèles alliés soient tués. Il ne voulait pas de ce genre de pensées une fois la communion établie.

Deresh Karany ne souffrait aucune critique.

Eldicar se concentra sur son enfance et sur le petit voilier que son père lui avait construit pour qu'il aille sur le lac. Une époque heureuse où son Talent était encore brouillon, imprécis, et où il désirait devenir guérisseur.

Il sentit la douloureuse intrusion dans son esprit. Il avait l'impression qu'une griffe chatouillait la chair de son cerveau.

— *Un succès des plus relatifs, Eldicar Manushan*, fit la voix de Deresh Karany.

— *Mais pas un échec, seigneur. Le duc et ses alliés sont morts.*

— *L'homme Gris vit toujours, ainsi que les deux Porteurs d'Épée.*

— *J'ai envoyé huit* kriaz-nors *à la rencontre des Porteurs. Deux sections. L'une sous les ordres de Trois-Épées et l'autre sous ceux de Griffe-Rouge.*

— *Communie avec les sections. Donne-leur trois jours, pas un de plus.*

— *Bien, seigneur.*

— *Et en ce qui concerne cette traîtresse d'Ustarte ?*

— *Je pense qu'elle est vivante et qu'elle se cache dans le palais de l'Homme Gris. Une troupe de soldats appartenant au seigneur Aric est déjà en route.*

— J'aimerais qu'elle soit capturée vivante.

— Cela fait partie de leurs instructions. J'aurais préféré disposer de plus de kriaz-nors.

— Quand le portail s'effondrera, d'autres arriveront. En attendant, utilise les créatures d'Anharat. Dis-moi, pourquoi avoir proposé la vie sauve au dénommé Shastar ?

— Il était courageux.

— C'était un ennemi potentiel. Tu as le cœur faible, Eldicar. Ne le laisse pas t'influencer quand tu exécutes les ordres. Nous sommes puissants, car nous obéissons. Nous ne doutons pas.

— Je comprends, seigneur.

— Je l'espère. J'ai risqué ma réputation en te défendant après la débâcle de Parsha-noor. Il me serait douloureux de voir que tu n'es pas digne de ma confiance. Tu communieras quand tu auras retrouvé la prêtresse.

— Bien, seigneur.

Le lien se rompit, et Eldicar ne put réprimer un gémissement.

— Vous saignez du nez, constata Beric.

Le mage s'essuya avec un mouchoir. Une migraine le saisit.

— Vous devriez vous étendre, reprit le jeune garçon.

— C'est ce que je vais faire, répondit Manushan en se levant.

Il se dirigea vers sa chambre.

Couché sur le dessus-de-lit en satin, la tête sur l'oreiller moelleux, le magicien repensait au désastre de Parsha-noor.

Eldicar avait laissé un jour de plus à ses ennemis pour qu'ils réfléchissent à une reddition éventuelle. Un jour de plus !

Ils refusèrent.

Deresh Karany avait fait son apparition sur le champ de bataille. Tout d'abord, il avait envoyé une cohorte de démons arracher le cœur du roi ennemi, puis il avait lâché une horde de *kraloths* dans la ville, terrorisant ainsi ses habitants.

Oh, ils s'étaient bien vite rendus après ça!

Quand les portes de la ville s'étaient enfin ouvertes, Deresh Karany avait ordonné que vingt-six mille citoyens – un habitant sur trois – soient exécutés. Dix mille de plus avaient été envoyés à Kuan-Hador pour être Unis. Eldicar fut jugé par le Conseil des Sept pour avoir accordé ce fameux jour de plus. Il n'avait échappé à l'empalement que grâce à l'intervention de Deresh Karany.

Son nez ne saignait plus.

Eldicar ferma les yeux et rêva de voiliers.

—Quoi qu'on en dise, c'était une bonne nuit de travail, lâcha le seigneur Panagyn en enlevant son bandeau argenté pour examiner la boucherie. Ruall, Shastar et Elphons sont morts avec la plupart de leurs capitaines et alliés. (Il regarda le cadavre d'Aldania.) Dommage pour la femme! Je l'ai toujours admirée.

Aric appela deux gardes et leur ordonna de rassembler une équipe pour enlever les corps. Il semblait morose. Panagyn l'attrapa par l'épaule.

—Pourquoi cette mine défaite, cousin? Le gamin s'est enfui, et alors? Il n'ira pas loin.

—Ce n'est pas Niallad qui m'inquiète, répondit Aric. C'est l'Homme Gris.

—J'ai déjà entendu parler de lui. Un riche marchand et votre principal créancier, ricana Panagyn. Vous avez toujours aimé vivre au-dessus de vos moyens, cousin.

—Il est dangereux. Il a tué Vanis. Il est entré dans sa maison malgré les gardes, et il lui a tranché la gorge.

— Je croyais que c'était un suicide.

— On vous a mal renseigné.

— Admettons. Vous avez cinquante hommes qui passent la ville au peigne fin pour le retrouver, alors détendez-vous. Savourez la victoire.

Aric traversa la grande salle pour prendre l'escalier. Il passa à côté du guerrier en noir qui avait assassiné le duc. Tranquillement assis sur les marches, le soldat avait les bras croisés et les yeux fermés. Aric se dirigea vers la chambre de Niallad, Panagyn sur les talons.

Aric se pencha sur le corps de Gaspir.

— Un coup de couteau dans l'œil puis égorgé, observa Panagyn.

Aric s'en moquait éperdument. Il passa sur le balcon. Au bout du jardin, un portail de fer interdisait l'accès à la plage. Il distinguait les torches et les lanternes de ses hommes. Il n'y avait pas de bateaux sur la grève, les fugitifs avaient dû nager jusqu'à la baie. Il n'y avait pas d'autre moyen de s'enfuir. L'entrée du palais fourmillait de gardes.

L'Homme Gris n'avait pas été vu de ce côté.

Son cousin l'interpella. Aric se retourna et découvrit le seigneur de la maison Rishell agenouillé près du second cadavre. Il lui montrait le couteau planté dans le cou de l'homme. Le manche ouvragé était en ivoire.

— Regardez ça, dit Panagyn. N'est-ce pas la lame de Gaspir ?

— Si, répondit Aric, perplexe.

Panagyn regarda l'autre corps en réfléchissant.

— Donc, l'Homme Gris a tué Gaspir, pris son couteau, et planté la lame dans le cou de mon neveu avant que ce dernier ne tue le garçon. Non, ç'aurait pris trop de temps. Il a pris le couteau et l'a lancé. (Panagyn sourit.) Je vois ce que vous voulez dire avec votre « dangereux ». Je ne peux pas m'empêcher de reconnaître qu'il a du talent.

— Vous prendrez la mort de votre parent avec une grande retenue, railla Aric. Vous cachez si bien votre tristesse que j'en suis admiratif.

Panagyn gloussa, avant de passer la main dans les cheveux du cadavre.

— C'était un brave garçon. Pas très intelligent, certes... Mais le chagrin serait malvenu la nuit où presque tous nos ennemis ont péri.

Panagyn alla se servir un verre de vin.

— Tous les *miens* ne sont pas morts, rectifia Aric.

— Et ils ne le seront jamais, mon cousin. C'est le fardeau des chefs. Je vais me coucher. La nuit a été longue, mais pleine de satisfactions. Vous devriez aller dormir, il y aura fort à faire demain.

— Je ne me reposerai que lorsque l'Homme Gris sera capturé.

Pendant ce temps, on évacuait les corps jonchant la salle des banquets. Aric descendit l'escalier et partit dans la nuit. Une colonne éclairée par des flambeaux remontait de la plage. Aric attendit. Son capitaine, Shad, un homme fin aux traits marqués, s'approcha et s'inclina.

— Aucune trace sur la plage, seigneur. J'ai envoyé des bateaux pour chercher en mer, et des cavaliers ratisser la rive opposée. Nous avons aussi organisé une inspection méthodique des maisons en ville.

— Ils n'ont pas eu le temps d'arriver au Palais blanc, répondit Aric. Êtes-vous certain qu'aucun invité n'a quitté la grande salle sans autorisation ?

— Un seul, seigneur. Chardyn, le prêtre. Les gardes ont pensé que son nom avait été oublié sur la liste par erreur.

— Je me moque du prêtre.

— Personne d'autre, seigneur. La deuxième équipe a aperçu un autre homme avec le prêtre quand elle a fermé la porte ouest. D'après la description, il s'agit de l'Homme Gris. Il a dû contourner le palais et escalader le mur pour entrer dans la chambre du garçon.

— Ça, nous le savons déjà, lâcha Aric. Nous devons découvrir ce qu'il s'est passé après.

— Ils ont dû filer vers la plage, seigneur. La marée montait, ils n'ont pas pu éviter les falaises. Nous les trouverons. Le soleil ne va pas tarder à se lever. S'ils nagent dans la baie, les marins les attraperont. Les voulez-vous vivants ?

— Non. Tuez-les, mais rapportez-moi leurs têtes.

— Bien, seigneur.

Aric tourna les talons. L'odeur de la mort envahissait la salle, et l'homme la laissa derrière lui en montant l'escalier. S'arrêtant au sommet, il contempla la grande salle. Les cris des mourants lui revenaient à l'esprit. Il en avait retiré un plaisir surprenant. En y repensant, il trouvait cette bouffée de plaisir déconcertante. Il ne se connaissait pas ce caractère cruel. De fait, enfant, il détestait la chasse.

Comme c'est étrange !

Aric était plongé dans ses pensées. Panagyn avait mentionné la mort d'Aldania. Aric s'arrêta un instant sur ce fait. Il avait toujours apprécié la duchesse. Elle avait toujours été gentille avec lui. Alors, pourquoi n'avoir rien éprouvé à sa mort ? Pas même une pointe de regret ou de culpabilité.

Tu es juste fatigué. Il n'y a pas de quoi t'inquiéter.

Aric ouvrit la porte de ses appartements. Il faisait sombre à l'intérieur. Les serviteurs n'avaient pas allumé les lanternes. Il eut un frisson de colère avant de se rappeler que les domestiques avaient été évacués de la salle avant le spectacle d'Eldicar. Après, dans le chaos qui avait suivi le massacre, il n'était guère étonnant qu'ils aient oublié leurs devoirs.

Après avoir traversé la pièce principale, il sortit sur le balcon pour observer à nouveau la plage. Malgré la distance, il distinguait nombre d'embarcations que l'on tirait sur la grève, et les bateaux de pêche réquisitionnés par ses hommes rentraient au port. Manifestement, l'Homme Gris et Niallad n'avaient pas fui à la nage.

Où peuvent-ils être ?

Au même moment, il entendit un frémissement derrière lui. Il se retourna et découvrit une silhouette qui sortait de l'ombre.

Un objet luisant fila vers son visage.

Aric se jeta en arrière et bascula par-dessus la rambarde du balcon.

Son crâne heurta la pierre.

Les ténèbres l'enveloppèrent.

Aric reprit conscience avec un goût de sang dans la bouche. Il essaya de bouger, mais quelque chose retenait son bras. Il ouvrit les yeux.

Il était couché, face contre terre, un bras coincé dans les branches d'un buisson. Il s'en dépêtra, et grogna quand une vive douleur monta de son flanc. Il resta allongé quelques instants pour reprendre ses esprits.

Il y avait quelqu'un dans sa chambre.

On l'avait attaqué, et il était tombé du balcon. Le buisson avait amorti sa chute, mais il devait avoir une côte cassée. Il s'agenouilla et constata que du sang maculait le sol.

La panique envahit Aric. Il chercha des traces de blessure. Une goutte de sang tomba sur sa main. Son visage ! Il toucha doucement sa mâchoire. Elle était humide et douloureuse. La lame lui revint en mémoire. Le projectile l'avait ouvert du menton jusque derrière l'oreille.

Aric se releva en gémissant, puis tituba jusqu'au palais. Deux gardes en faction l'aperçurent et se précipitèrent à son aide.

Il fut reconduit dans ses appartements en quelques minutes, puis Eldicar Manushan le rejoignit pour examiner ses blessures.

— Vous avez deux côtes brisées et le poignet gauche foulé, déclara le magicien.

— Et mon visage ? Vais-je garder une cicatrice ?

— Justement, je m'en occupe immédiatement. Qu'est-il arrivé ?

— J'ai été attaqué, ici même, dans cette chambre.

Eldicar sortit sur le balcon, puis revint.

— Il y a un petit rebord entre votre balcon et celui du fils d'Elphons, dit le magicien. L'Homme Gris n'a pas quitté le palais. Il s'est contenté de passer dans vos appartements en attendant que la traque cesse.

— Il aurait pu me tuer, murmura Aric.

— Il a bien failli. La lame est passée à un cheveu de la jugulaire. Quel adversaire extraordinaire ! Il s'est caché là où personne n'aurait pensé à le chercher, au cœur même de la forteresse ennemie. Quel dommage qu'il refuse de nous rejoindre !

Aric gisait sur son lit en proie à la nausée. Eldicar reprit la parole :

— Vous avez de la chance, Aric. Votre corps amélioré vous a permis de réagir bien plus vite qu'un humain normal, vous évitant de mourir égorgé. De même, il vous a permis de résister à la chute.

— Quelles sont ces autres… *améliorations*, Eldicar ?

— Comment cela ?

— J'ai l'impression d'avoir… changé sous d'autres aspects. D'avoir perdu… quelque chose.

— Rien de ce que vous avez perdu ne manquerait à un serviteur de Kuan-Hador. Maintenant, refermons cette coupure.

Plus la chevauchée durait, plus Keeva se sentait anxieuse. Dès le début, elle avait compris que la tâche serait difficile.

La plupart des chevaux se méfiaient d'Ustarte. Les narines frémissantes, ils couchaient les oreilles. Son odeur les effrayait. En désespoir de cause, Emrin avait choisi une vieille jument cassée par la monte. Presque aveugle, elle avait laissé la prêtresse l'approcher. Le soldat avait décroché une selle d'un tréteau.

— Je ne peux pas monter comme tout le monde, avait déclaré Ustarte à un Emrin interdit. Mes jambes sont… déformées.

— Nous pourrions opter pour une schabraque dans ce cas, répondit-il, embarrassé. Nous en avons quelques-unes, même si elles ne sont pas très confortables pour les longs voyages. D'un autre côté, vous n'aurez aucun mal à chevaucher en amazone sur cette bonne vieille Crin-Gris. Qu'en pensez-vous, madame ?

— Vous êtes très gentil, je suis désolé de vous causer tant de tracas.

— Ne vous inquiétez pas, avait répliqué le soldat. J'ai préparé des vivres pour trois jours et deux sacs de picotin pour les chevaux.

Il s'était enfoncé dans l'écurie, et était revenu avec une schabraque en peau de léopard. Il l'avait fixée sur le ventre et le cou de l'animal. Puis il s'était retourné vers Keeva, déjà installée sur un grand hongre alezan clair.

— Il faut nous hâter, lâcha Ustarte. Des cavaliers arrivent de la ville.

Emrin avait essayé de mettre la prêtresse en selle. En vain.

— Vos robes… doivent être très lourdes, avait-il expliqué.

Le soldat avait fouillé la stalle et trouvé un tabouret. Ustarte était montée dessus avant de se glisser précautionneusement sur le dos de la jument.

— Accrochez-vous à la crinière, madame. Keeva prendra les rênes. Emportez le tabouret. Il vous sera utile si vous voulez remonter.

Keeva avait avancé sur son alezan et s'était baissée pour attraper les rênes de la jument. Le cheval n'avait pas bougé d'un pouce. Le soldat avait claqué l'animal sur la croupe, et les deux montures étaient sorties sous le clair de lune.

Keeva avait aperçu une troupe de cavaliers émergeant d'une colline à huit cents mètres de là.

Une heure plus tard, les deux femmes n'avaient guère avancé. La jument s'arrêtait régulièrement et restait sans bouger pendant plusieurs minutes en soufflant bruyamment. Ses flancs étaient déjà trempés de sueur.

— Ils ne nous poursuivent pas encore, observa calmement Ustarte. Ils doivent fouiller le palais.

— Si un infirme avec des béquilles nous traquait, il nous aurait déjà rattrapées, ajouta Keeva.

— Ma monture est vieille et fatiguée, s'excusa la prêtresse. Je vais marcher à côté d'elle.

Sur ces mots, la femme démonta, et Keeva l'imita. Elles continuèrent à avancer dans l'ombre des arbres.

Elles marchaient depuis une heure quand Ustarte s'immobilisa en soupirant. Keeva distingua des larmes sur les joues de la prêtresse.

— Que se passe-t-il ? demanda-t-elle.

— La tuerie a commencé.

— Au palais ?

— Non, à la réception du duc. L'*ipsissimus* a invoqué des démons. Les gens sont massacrés. Quelle ignominie !

— Et l'Homme Gris ? s'inquiéta Keeva

— Il n'y est pas. Mais il n'est pas loin, répondit Ustarte en s'asseyant sur le tabouret. Il escalade l'arrière du palais et s'introduit dans une chambre. Il attend.

— Et les cavaliers à vos trousses ?

— Ils rassemblent leurs montures et se préparent à partir en chasse. L'un des serviteurs leur dit nous avoir vues près des écuries.

— Alors, il ne faut plus tarder. Avec des chevaux rapides, ils nous auront rattrapées en moins d'une heure.

Ustarte utilisa le tabouret pour remonter en selle. La vieille jument semblait avoir recouvré quelques forces, et elles menèrent bon train.

Mais en abordant les collines accidentées surplombant les ruines de Kuan-Hador, la rosse trébucha et s'arrêta.

La prêtresse démonta, et colla son oreille sur le ventre de l'animal.

— Son cœur fatigue. Elle ne me portera pas plus loin.

— Nous ne pouvons pas continuer à pied, dit Keeva. La route est encore longue.

— Je sais, souffla Ustarte.

Après avoir repoussé le tabouret, la prêtresse se déshabilla lentement. La lune joua sur la fourrure couvrant son dos et ses flancs. Elle confia ses gants, ses robes de voyage et ses chaussures de cuir à Keeva.

— Continue, reprit Ustarte. Je te rejoindrai là où la piste croise la route de la montagne.

— Je ne peux pas vous laisser ici. J'ai fait une promesse à l'Homme Gris.

— Il le faut, pourtant, répondit la prêtresse. Je vais m'occuper de nos poursuivants, et nous nous retrouverons au croisement. Maintenant, pars, je dois me préparer. Allez !

Keeva se pencha pour prendre les rênes de la jument, mais Ustarte l'en empêcha.

— Laisse-la, souffla la prêtresse. Elle peut encore me rendre un service.

Keeva fut sur le point de discuter, mais Ustarte se jeta sur l'alezan. Terrifié par l'odeur, le hongre se cabra avant de partir au galop.

— Je suis désolée, ma vieille, dit la prêtresse à la jument. Tu mérites mieux que cela.

Ustarte ouvrit la gorge de l'animal d'un coup de griffe et le sang jaillit. La rosse tenta de se dresser, mais la prêtresse tenait fermement les rênes. Le sang continua à couler, et les pattes avant du cheval le trahirent. Ustarte se coucha contre l'animal et colla sa bouche à la blessure.

Elle but.

Des spasmes la parcoururent et ses muscles se gonflèrent.

Même si elle n'était pas une grande cavalière, Keeva maîtrisa sa peur quand le cheval s'emballa et descendit la pente. Les rênes dans une main, le pommeau de la selle dans l'autre, elle chevauchait avec détermination. Le hongre terrifié par l'odeur animale d'Ustarte ne tarda pas à se calmer, et ralentit à un trot confortable avant même d'aborder la première courbe.

Keeva tira doucement sur les rênes et le cheval s'arrêta. Elle prit le temps de caresser le long cou de l'animal en lui parlant d'une voix douce, puis elle se retourna sur sa selle pour observer le sommet de la colline.

Keeva était en colère. Elle avait promis à l'Homme Gris de défendre Ustarte. Pourtant, la prêtresse se préparait à affronter l'ennemi.

Seule.

Keeva fit volter sa monture. Elle devait retrouver Ustarte.

Maintenant.

Revenir sur ses pas lui prit du temps. La route était escarpée. Quand elle arriva à l'endroit où elle avait laissé Ustarte, il n'y avait aucun signe de la prêtresse-animal. La vieille jument gisait en travers de la route, la gorge ouverte, au milieu d'une mare de sang. Un hurlement terrifiant retentit dans le lointain. Le hongre s'immobilisa. Keeva lui flatta l'encolure. Le meuglement déchira de nouveau la nuit, accompagné par des hennissements paniqués.

Keeva se figea, et la peur l'envahit. Elle était partagée entre le puissant désir de se porter à l'aide de la prêtresse, et celui, plus fort encore, de fuir aussi loin que possible.

Il n'y avait pas de bonne solution à ce dilemme. Si elle se précipitait au secours hypothétique d'Ustarte, elle risquait d'être capturée. Elle ne pourrait donc plus honorer la promesse qu'elle avait faite. Si elle obéissait à la prêtresse et continuait sa route, elle trahissait aussi la confiance de l'Homme Gris. Luttant pour garder son calme, Keeva se souvint des dernières paroles d'Ustarte :

« Je vais m'occuper de nos poursuivants, et nous nous retrouverons au croisement. Maintenant, pars, je dois me préparer. Allez ! »

Elle allait s'occuper de leurs ennemis, et elle n'envisageait pas l'échec. Keeva regarda le cheval mort. Ustarte devait se préparer, et tuer l'animal faisait partie de cette préparation. La jeune fille glissa de sa selle et s'agenouilla près du cadavre. Le sang maculait la route, et Keeva découvrit une trace sur une pierre.

Une énorme patte griffue.

En l'examinant de plus près, elle reconnut l'empreinte d'un grand félin.

Le silence était revenu. Au loin, les gémissements et les cris de terreur avaient cessé.

Keeva recula jusqu'au hongre et se remit en selle. Elle guida sa monture jusqu'à la plaine, évitant les ruines de Kuan-Hador baignées par la lune et le lac luisant au-delà.

Deux heures plus tard, alors que l'aube approchait, elle s'arrêta à un carrefour de la route de la montagne et mit pied à terre avant d'attacher son cheval à un arbre. Elle remonta un peu la sente pour s'asseoir sur une pierre. Elle dominait la plaine noyée dans l'obscurité.

Quelques nuages glissaient dans le ciel étoilé, jetant des ombres furtives sur la vallée. Keeva aperçut un mouvement sur la plaine et tenta d'en identifier l'origine. Quelque chose se déplaçait rapidement.

Un loup… peut-être.

Keeva ne l'avait pas vu plus d'une seconde, mais elle savait que ce n'était pas cela. Les nuages masquèrent la lune, et Keeva attendit calmement qu'elle réapparaisse. Elle perçut un froissement un peu plus bas sur la route, et, l'espace d'un instant, elle eut la vision d'un énorme animal rayé traversant la sente pour s'enfoncer entre les arbres. Le vent rabattit l'odeur de la bête jusqu'aux naseaux du cheval et ce dernier hennit de terreur. Keeva se précipita sur sa monture et délogea l'arbalète du pommeau. Elle s'empressa de la charger.

Un feulement sourd retentit depuis le boqueteau. Un grondement grave émis par des poumons colossaux. Keeva braqua son arme dans sa direction.

Le silence revint.

L'aube filtra à travers les arbres. Les buissons s'écartèrent.

Ustarte apparut.

Elle avait le visage et les bras couverts de sang. Keeva abaissa son arbalète et retira les deux carreaux avant de se précipiter vers elle.

— Êtes-vous blessée ? demanda-t-elle.

— Seulement à l'âme, répondit la prêtresse avec tristesse. N'aie crainte, Keeva. Ce sang n'est pas le mien.

En restant sous le vent pour ne pas effrayer le cheval, Ustarte s'enfonça sous les arbres et se dirigea vers un bruit de source. Keeva la suivit et vit des larmes sur le visage de la prêtresse. Arrivée près de la rivière, Ustarte se pencha pour plonger son corps difforme dans l'onde claire. Elle se débarrassa des dernières traces de sang, puis remonta sur la rive. Elle contempla ses mains tordues, et fondit en larmes. Assise à côté d'elle, Keeva resta muette.

— Tout ce que je voulais, finit par lâcher Ustarte, c'était protéger ce monde des maléfices de Kuan-Hador. Je n'ai réussi qu'à y contribuer. Mon peuple est mort, et j'ai tué.

— Ils nous pourchassaient, glissa Keeva.

— Ils obéissaient à leur seigneur. Est-ce moins grave si je me dis que ceux qui ont péri sous mes griffes étaient mauvais ? Moi, j'ai flairé leurs pensées en fondant sur eux. C'étaient des maris, pensant à leurs femmes et enfants qu'ils ne reverraient plus. Telle est la nature du mal, Keeva. Il nous corrompt tous. On ne peut pas le combattre et rester pur.

Keeva alla chercher la robe de soie rouge de la prêtresse et l'aida à s'habiller.

— Nous devons atteindre la grotte, dit-elle.

Elle menait son cheval à dix pas devant Ustarte, qui progressait sous les arbres à la recherche des signes gravés par l'Homme Gris.

Elles cheminèrent pendant une heure encore avant d'atteindre la falaise. Elles n'eurent aucun mal à trouver la cachette indiquée par l'Homme Gris. C'était une grande pièce contenant des caisses et deux lanternes. Elles n'eurent pas à faire usage de ces dernières, car la lumière tombait depuis une fente dans la paroi au-dessus de leurs têtes.

Keeva délesta le cheval de sa selle et entreprit de le bouchonner. Puis elle lui donna son picotin. Au fond de la grotte, un mince écoulement d'eau formait une petite flaque avant de s'infiltrer dans une faille du sol. Quand le hongre eut fini de manger, elle l'attacha près du point d'eau pour qu'il puisse boire à loisir.

Étendue sur le sol, Ustarte dormait.

Keeva sortit dans la lumière de l'aube. La sente était caillouteuse, et elle ne détecta nulle trace de leur passage. Elle s'assit et observa les branches des chênes vibrant sous la brise. Un couple de pigeons passa en trombe, leurs ailes claquant dans l'air frais. Elle sourit, sentant disparaître un peu de la tension accumulée.

Un faucon pèlerin piqua et lacéra l'un des pigeons d'un coup de serres. L'oiseau tomba comme une pierre, suivi de près par le rapace. Le faucon assura sa prise, puis plongea son bec dans les chairs de sa victime encore frémissante.

La fatigue s'abattit sur Keeva, et elle s'adossa à la pierre en fermant les yeux. Elle somnola sous la caresse du soleil en rêvant de son oncle.

Elle avait neuf ans. Les villageois avaient amené la vieille sorcière sur la grande place. Keeva était sortie acheter des pommes pour le gâteau de son oncle. Elle avait vu la foule se moquer de la vieille femme, lui cracher dessus et lui donner des coups de bâton. Son visage était couvert de sang.

Ils avaient attaché la sorcière à un pieu puis entassé des fagots à ses pieds. Ils l'avaient aspergée d'huile avant de mettre le feu au bois sec. Elle avait poussé des cris atroces. Abandonnant les pommes, Keeva avait couru jusqu'à la maison. Son oncle l'avait serrée dans ses bras en lui caressant les cheveux.

— C'est une mauvaise femme, avait-il dit. Elle a empoisonné toute sa famille pour récupérer un héritage.

— Mais ils riaient pendant qu'elle brûlait.

— Oui, je m'en doute bien. Telle est la nature du mal, Keeva. Il se répand. Il naît dans chaque bouffée de haine, chaque insulte, chaque acte de convoitise. La foule détestait la vieille femme et, par cette haine, les gens ont attiré une once de mal en eux. Elle disparaîtra chez certains, mais trouvera un terrain fertile chez d'autres.

Enfant, Keeva n'avait rien compris. Mais elle s'en était souvenue.

Elle ouvrit les yeux. Le soleil était presque au zénith. Elle se leva en s'étirant.

Assise tranquillement dans les ombres de la grotte, Ustarte aussi était réveillée.

— Ils nous suivent toujours ? demanda Keeva.

— Non. Certains sont retournés à Carlis avec les morts et les blessés. D'autres sont postés au Palais blanc pour arrêter l'Homme Gris. Mais ils reviendront.

— L'Homme Gris sait-il qu'ils sont au palais ?

— Oui.

— Bien, soupira Keeva. En ce cas, il saura les éviter.

— Non, lâcha Ustarte. Il est déjà sur place. Sa colère est grande, mais son esprit est froid. Les chasseurs se rapprochent des Porteurs d'Épée.

— Vous parlez de Yu Yu et de ses amis ?

— Oui. Deux sections de *kriaz-nors* les poursuivent. L'une vient du sud, l'autre du nord.

— Qu'est-ce qu'un *kriaz-nor* ?

— Ce sont des hybrides comme moi. Plus forts, plus rapides, et plus dangereux que n'importe quel humain… ou presque.

— Presque ?

Un sourire las barra le visage de la prêtresse.

— Rien n'égale la puissance de l'Homme Gris.

— Et ça vous fait de la peine ? demanda Keeva en voyant des larmes couler sur les joues d'Ustarte.

— Bien sûr. Une étincelle brille toujours au sein des ténèbres noyant son âme. Le dernier souvenir d'un homme bon et généreux. Je lui ai demandé de se battre pour nous, et il a accepté. Si cette étincelle s'éteint, ce sera ma faute.

— Elle ne s'éteindra pas, affirma Keeva en posant la main sur l'épaule de la prêtresse. C'est un héros. Mon oncle m'a dit que les héros ont une âme particulière, bénie par la Source. Mon oncle était un sage.

— Prions pour que ton oncle ait raison, murmura Ustarte.

Chapitre 11

Adossé à la falaise, Niallad était silencieux. À une centaine de mètres en dessous, la mer s'écrasait contre les rochers. Immobile, l'Homme Gris se tenait près de lui, le visage calme, sans une trace de nervosité. Ils n'avaient pas bougé depuis deux heures. Le soleil était levé depuis longtemps, et les vêtements du jeune homme étaient presque secs.

Niallad n'arrêtait pas de repenser aux événements de la nuit : la mort de ses parents, la trahison de Gaspir, l'intervention de l'Homme Gris. Tout cela semblait si irréel. Son père ne pouvait pas être mort, n'est-ce pas ? C'était l'homme le plus fort, le plus résistant du duché. Il revit le corps de sa mère, étendu sur le sol. Un abîme s'ouvrit en lui, et il sentit les larmes lui brûler les yeux.

L'Homme Gris lui toucha le bras.

Niallad cligna des yeux et se tourna vers lui.

L'homme lui fit signe de garder le silence. Niallad acquiesça et leva la tête. Ils étaient à trois mètres sous un surplomb. Ils entendaient des gardes parler à l'extérieur des appartements de l'Homme Gris.

— C'est stupide, dit l'un des soldats. Il ne va pas revenir. On a fouillé l'endroit et on n'a trouvé que quelques armes, des vieux vêtements… Rien qui vaille le coup de risquer sa vie.

Niallad ne put s'empêcher d'approuver. Il ne comprenait pas pourquoi l'Homme Gris l'avait amené ici. Après avoir tué Aric, son sauveur l'avait entraîné sur la plage. Là-bas, ils avaient volé l'un des nombreux bateaux laissés par les soldats qui avaient quadrillé la baie. Ils avaient ramé jusqu'à un point situé à trois cents mètres de la grève sous le Palais blanc, et l'Homme Gris avait entrepris de finir le trajet à la nage. Niallad l'avait suivi.

Sur la plage, l'Homme Gris lui avait fait signe de rester silencieux, et ils avaient grimpé jusqu'à cet endroit. L'homme semblait agir dans un but précis. Mais les heures passaient, et il se contentait de rester assis.

Qu'est-ce qu'il attendait ?

Le temps passa, et Niallad sentit une crampe envahir sa jambe gauche. Il l'étendit.

— C'est pas trop tôt, reprit un garde. Je commençais à croire que tu nous avais oubliés.

— Gren a tenu la jambe d'une des servantes. Une blonde. Un joli morceau. Bien pourvu.

— En parlant de morceau, j'espère que tu nous as laissés du petit déjeuner.

— Rien de neuf au sujet des fugitifs ? demanda un autre.

— J'en ai bien l'impression. Dommage que vous ayez été coincés ici, les gars, vous avez raté la fête. Un des groupes a été attaqué par une bête sauvage. Trois morts, cinq blessés.

— Des gars de chez nous ?

— Juste un : le vieux Pikka. Il a eu le crâne défoncé. Les autres venaient de la maison Rishell. En ville, on raconte que le duc est mort avec la majorité de ses courtisans... De la sorcellerie, ajouta-t-il en baissant la voix.

— Qu'est-il arrivé au duc ?

— Il paraît que des démons sont apparus dans la salle. Ils ont tué tout le monde. C'est l'Homme Gris qui les aurait invoqués. Shad a dit de ne pas en parler. Dès qu'ils auront trouvé le corps du fils d'Elphons, le seigneur Aric deviendra le nouveau duc.

— L'Homme Gris ? Voilà ce qui arrive quand on accueille des étrangers et qu'on les laisse se comporter en seigneur.

— Ç'a toujours été un gars bizarre, dit une autre voix. Il a failli tuer le seigneur Aric la nuit dernière. Il l'a ouvert sur toute la mâchoire. À une bite de moineau près, c'était la gorge qui prenait. Shad est en train d'interroger le régisseur. Il est courageux, mais on ne va pas tarder à l'entendre hurler. Si j'étais vous, je me dépêcherais de manger. Y a rien comme un homme qui crie pour couper l'appétit.

Niallad entendit les deux premiers gardes s'éloigner. Les autres restèrent silencieux pendant un moment.

— À mon avis, la Norda, elle doit être bonne au lit, finit par lâcher l'un d'eux.

— Je n'en doute pas, Gren. Jusqu'à ce que Marja le découvre et te coupe la queue.

— Plaisante pas avec ça ! répondit Gren. Tu sais qu'elle en serait capable !

Niallad se retourna vers l'Homme Gris, mais il avait disparu.

Surpris, le jeune noble inspecta les alentours. Il n'avait rien entendu, pas même le froissement du tissu contre la pierre. Il resta assis à se demander comment réagir.

Un grognement retentit au-dessus de lui, suivi par un coup sourd. Il leva les yeux et découvrit l'Homme Gris penché par-dessus le surplomb.

— Passe par la gauche et grimpe, dit-il.

Niallad s'exécuta et se hissa au sommet.

Les deux gardes étaient morts.

L'Homme Gris tirait l'un des cadavres vers une bâtisse rudimentaire. Niallad était pétrifié. Quelques instants auparavant, ces deux hommes discutaient d'une jolie femme. Ils parlaient pour la dernière fois. Niallad comprit que l'Homme Gris avait attendu la relève pour s'assurer que les deux corps ne seraient pas découverts avant longtemps.

Cet homme est terrifiant, pensa le garçon. *Moi qui croyais que Gaspir était le guerrier le plus redoutable du pays. Mais il n'a été qu'une feuille arrachée à un arbre par la fureur de la tempête de l'Homme Gris. Et d'autres feuilles viennent de tomber.*

Niallad entendait toujours la voix des gardes résonner dans son esprit. Des gens ordinaires, avec des rêves ordinaires.

L'Homme Gris s'occupa du second cadavre, puis revint avec un seau d'eau pour nettoyer le sang répandu.

— Rentre, dit-il calmement.

Niallad obéit à contrecœur. Les corps étaient à côté de la porte. L'Homme Gris referma derrière lui, et le guida dans la grande pièce sans fenêtre. Il alluma deux lanternes et les accrocha à un mur. Niallad découvrit des râteliers chargés d'armes et quelques cibles, certaines rondes comme celles des archers, d'autres en forme de silhouette humaine.

— Ils vous croient responsables du massacre, souffla Niallad.

— Ça ne m'étonne pas. Le meurtre et le mensonge vont souvent de pair.

— Je croyais que vous aviez tué Aric.

— Moi aussi. Le tapis a glissé sous mon pied quand j'ai attaqué. Je me fais peut-être trop vieux pour ce genre d'exploit.

L'Homme Gris enleva son pourpoint de soie, ses bottes et ses chausses, puis entassa le tas de vêtements sur un banc. Il s'approcha d'un coffre et en tira une chemise de chasse, des braies de cuir et des mocassins montants. Il s'habilla rapidement, passa une épée à sa ceinture et par-dessus son épaule un baudrier avec sept couteaux de lancer.

— Déshabille-toi, dit-il à Niallad, en sortant une seconde chemise de cuir noir.

— Pourquoi m'avoir sauvé ? demanda le garçon.

— Pour honorer une dette, gamin, finit-il par répondre.

— Mon nom est Niallad. J'apprécierais que vous vous en souveniez.

— Très bien, Niallad. Change-toi, et trouve une arme appropriée. Je suggère une épée courte, mais il y a aussi quelques sabres. Prends aussi un couteau de chasse.

— Auprès de qui avez-vous contracté cette dette ?

L'Homme Gris s'immobilisa.

— On n'a pas le temps pour les questions.

— Je suis le fils du duc…, balbutia Niallad, et il revit le corps de son père. Je suis duc de Kydor. Je vous ai vu tuer quatre hommes cette nuit. Je veux savoir pourquoi je suis ici et quelles sont vos intentions.

L'Homme Gris s'assit sur un banc. Il se passa la main sur le visage, et Niallad remarqua à quel point il avait l'air fatigué. Il n'était plus très jeune, et ses yeux étaient cernés de noir.

— J'avais prévu d'embarquer sur un navire et de quitter ce pays, expliqua l'Homme Gris. Je voulais trouver un endroit sans guerres, sans meurtriers, sans politiciens retors…, sans convoitise. Tel était mon plan. Au lieu de cela, me voici de nouveau pourchassé. Pourquoi t'ai-je sauvé ? Parce qu'un fantôme a visité l'une de mes amis. Parce que tu es jeune et que je savais que tu avais peur d'être assassiné. Parce que je suis un abruti et que quelque part au fond de moi subsiste une trace d'honneur. Choisis une arme à présent, et gardons les questions pour plus tard. Quand nous serons loin d'ici.

— Qui était ce spectre ? insista le garçon.

— Ton grand-père, Orien, le Roi des Batailles.

— Pourquoi venir vous voir ?

— Il ne l'a pas fait. Comme je te l'ai dit, il a visité une amie, répondit l'Homme Gris en posant sa main sur l'épaule de Niallad. Je sais que cette nuit a été terrible pour toi, mais, crois-moi, ça ne fait que commencer. Nous n'avons pas le temps de discuter maintenant. Remettons ça à plus tard. D'accord ?

L'homme s'éloigna. Niallad ôta sa tunique et enfila la chemise. Elle était trop grande, mais assez agréable à porter. Ensuite, il examina les armes sur les râteliers. Il jeta son dévolu sur un sabre à la lame d'acier bleuie, avec un panier de laiton noirci. Il était parfaitement équilibré. Il choisit un fourreau et une ceinture, mais cette dernière était trop grande.

— Tiens, fit l'Homme Gris en lui envoyant un baudrier correspondant un peu mieux à sa taille.

Niallad s'en équipa et ajusta le sabre.

— Que fait-on à présent ? demanda-t-il.

— On vit... ou on meurt, répondit l'Homme Gris.

Emrin sentit sa tête basculer en avant. Il saignait de la bouche. Son torse n'était plus qu'un océan de souffrance.

— Ah, on fait moins l'malin, à présent ! dit Shad.

Son poing s'abattit sur la tempe du régisseur. La chaise sur laquelle il était attaché vacilla, puis tomba.

— Relevez-le ! ordonna Shad.

On l'empoigna rudement. On releva sa chaise, et la nausée l'envahit.

Shad agrippa les cheveux de l'ex-soldat et lui redressa brutalement la tête.

— Eh ben, t'as plus rien d'amusant à nous dire, Emrin ?

Emrin n'y voyait plus que d'un œil, mais il regarda sans répondre le visage émacié de son tortionnaire. Il voulut rassembler assez de courage pour l'insulter, mais ses réserves étaient épuisées.

— Vous voyez bien, les gars, qu'il était pas si coriace que ça, ricana Shad.

— Je n'sais rien, murmura Emrin.

Les phalanges de Shad s'écrasèrent sur son visage et la tête du régisseur partit en arrière.

Emrin cracha une dent cassée et s'affala de nouveau. Son bourreau lui releva de nouveau la tête.

— Là, tout de suite, maintenant, je me fous royalement de ce que tu sais ou pas. Je t'ai toujours haï ! Tu le savais pas ? Ben, t'étais bien le seul ! Ah, il est loin le temps où tu te pavanais, les poches pleines de l'argent de l'Homme Gris, hein ? L'époque où tu te payais les plus belles filles, en nous regardant de haut, nous, la piétaille. Alors, tu sais ce que je vais faire ? Je vais te frapper jusqu'à ce que t'en crèves. Je vais t'regarder t'étouffer avec ton propre sang. Qu'est-ce que t'en dis ?

— Du calme, Shad, dit un autre soldat. C'est pas la peine d'en arriver là.

— Oh, toi, ferme ta gueule ! Si t'as pas d'couilles, t'as qu'à attendre dehors !

Le désespoir étreignit Emrin quand il entendit grincer le loquet de la porte.

— Bon ! Par quoi allons-nous ouvrir les festivités, Emrin ? Et si on te coupait les doigts, en guise de hors-d'œuvre ? Ou alors…

Emrin sentit la pointe d'une dague glisser contre son entrejambe. Pour la première fois depuis le début de l'interrogatoire, il hurla. Le cri résonna dans la salle Chêne.

Emrin se rejeta en arrière d'un coup et la chaise tomba au sol. Il lutta furieusement contre ses liens.

— Relevez-le ! cracha Shad.

Les deux autres gardes s'approchèrent.

Dans cette position, Emrin vit la porte s'ouvrir et l'Homme Gris entrer, une petite arbalète à double courbure à la main.

— Libérez-le, dit-il calmement sur le ton de la conversation, et vous vivrez.

Les trois soldats reculèrent avant de tirer leurs armes.

— Très courageux, railla Shad, mais ton arme n'a que deux carreaux et nous sommes trois.

L'Homme Gris leva la main. Un carreau fendit l'air et vint s'enfoncer dans la gorge du tortionnaire. Ce dernier vacilla, puis tomba à genoux, suffocant dans son propre sang.

— Vous n'êtes plus que deux à présent. Libérez-le.

Les deux gardes jetèrent un coup d'œil nerveux à leur comparse agonisant. L'un se décida à trancher les liens d'Emrin, puis il lâcha son arme et recula contre le mur. L'autre garde l'imita. L'Homme Gris dépassa Emrin et se dirigea vers Shad. Ce dernier tentait faiblement d'extraire le projectile fiché dans sa gorge. L'Homme Gris le sortit d'un seul coup. Le sang gicla de la blessure. Toussant et crachant, Shad roula au sol. Ses jambes frémirent une fois et il mourut.

Emrin parvint à s'agenouiller puis à se lever. Il tituba, et l'Homme Gris le rattrapa.

— Accroche-toi. Respire à fond. Il faut que tu sois en état de chevaucher.

— Oui, monsieur.

Un jeune homme apparut près du blessé. C'était Niallad, le fils du duc.

— Je vais vous aider, dit-il en passant son épaule sous le bras d'Emrin.

— Allez aux écuries, dit l'Homme Gris. Sellez trois montures, dont le gris. Je vous rejoins.

Aidé par le garçon, Emrin quitta la pièce. Le cadavre du garde qui avait quitté la pièce gisait sur le tapis, la gorge tranchée. Les deux hommes sortirent au soleil. L'air frais redonna des forces à Emrin et, arrivé aux écuries, il n'eut plus besoin de l'aide de Niallad pour marcher.

Norda les attendait avec quelques sacs de provisions. Elle courut vers Emrin.

— Oh, mon pauvre chéri ! dit-elle en lui caressant le visage.

— Pas très joli, hein ?

— Tu seras toujours très beau pour moi, répondit-elle. Bon, tu ferais mieux de t'occuper des chevaux. Le Gentilhomme veut que l'on selle son gris. Il me l'a dit. Écoute-moi bien à présent, Emrin. Cet homme est quelqu'un de bien, mais il a beaucoup d'ennemis. Fais attention à lui, d'accord ?

Malgré la douleur, Emrin ne put s'empêcher d'éclater de rire.

— Moi ? Le protéger, *lui* ? Ah, Norda, elle est bien bonne, celle-là !

L'Homme Gris sortit du palais et descendit l'allée gravillonnée. Norda s'inclina en le voyant. Emrin lut de la détermination sur le visage de son maître.

— Peux-tu monter ? demanda l'Homme Gris.

— Oui, monsieur.

Niallad revint des écuries avec les chevaux sellés. L'Homme Gris enfourcha sa monture et se tourna vers Norda.

— Merci, jeune femme. (Norda fit une petite révérence.) Et dis à Matze Chaï de rentrer chez lui.

— Je n'y manquerai pas, monsieur.

Emrin s'approcha d'une monture et se hissa péniblement sur la selle. Il emboîta le pas à ses deux compagnons, chevauchant vers la forêt.

Ils étaient en route depuis une heure quand le jeune homme prit la parole :

— Les gardes vont donner l'alerte. De combien de temps disposons-nous avant qu'ils se lancent à notre poursuite ?

— Nous avons de la marge, répondit l'Homme Gris.

— Vous les avez tués ? finit-il par demander.

— Oui.

— Vous leur aviez promis la vie sauve s'ils le libéraient. Quel genre d'homme êtes-vous donc ?

Emrin fronça les sourcils en entendant cette question.

L'Homme Gris ne répondit pas. Il fit volter son cheval et s'approcha d'Emrin.

— Dirigez-vous vers les bois, en gardant les ruines au sud. Si vous voyez de la brume, évitez-la. Je vous rejoindrai au crépuscule.

— Oui, monsieur, dit Emrin, alors que l'Homme Gris repartait. Et merci !

Il joua de l'étrier et rattrapa le jeune homme.

Niallad était rouge de colère.

— Il n'attache aucun prix à la vie humaine, lâcha-t-il.

— Il ne se moque ni de la mienne ni de la vôtre, répliqua Emrin. Je m'en accommode parfaitement.

— Vous cautionnez ses actions ?

Emrin dépassa le jeune homme puis fit volte-face.

— Regardez-moi ! rugit-il en luttant pour contenir sa rage. Ces hommes étaient sur le point de me battre à mort. Vous croyez que leur mort me chagrine ? Quand j'étais enfant, avec mes amis, un jour nous nous sommes mis en tête d'aller chasser le cerf. Une vraie fête. Nous avions des lances toutes neuves et quelques-uns avaient des arcs. Nous étions sept. Nous sommes allés dans la montagne et nous avons vite trouvé une piste. Pour nous rapprocher de notre proie, nous nous sommes enfoncés dans des grands fourrés. Soudain, un énorme grizzli a surgi de nulle part. L'un de mes copains, un abruti du nom de Steff, lui a décoché une flèche… Seuls deux d'entre nous sont revenus de la montagne.

— Quel rapport avec l'Homme Gris ?

— Quand on irrite un ours, il ne faut pas s'étonner si on se fait étriper.

Trois-Épées avait chaud. Le soleil tapait durement sur ses cheveux noirs lustrés, et nul souffle d'air ne venait battre contre sa grande chemise de soie sombre. Il s'immobilisa quelques instants, les mains posées sur les pommeaux de ses deux épées courbes. Une troisième lame était suspendue dans son dos, sa poignée accrochée à son casque ornementé. Le *kriaz-nor* scruta la lande avant de la traverser rapidement pour aller se glisser dans l'ombre des arbres. Ses trois compagnons tout de noir vêtus le suivaient de près.

À la faveur de l'ombre, Trois-Épées marqua une pause, profitant de la fraîcheur. Ses yeux dorés étaient rivés sur la piste. Unc pointe d'irritation le saisit. On aurait dû leur donner un chien de chasse. En dépit de ses talents de pisteur, ils avaient déjà perdu la trace trois fois. C'était frustrant.

Deresh Karany leur avait laissé trois jours pour tuer les Porteurs d'Épée, et deux s'étaient déjà écoulés. S'ils échouaient, il y avait fort à parier que l'un d'eux serait exécuté. Il avait très peu de chance d'être choisi, mais avec Deresh Karany, on ne savait jamais.

Il examina sa section. Quatrième-du-Roc serait sûrement choisi. Tout juste sorti du camp d'entraînement Roc, il n'avait pas encore reçu son nom de guerre. Il était habile, pourtant. Comme son nom l'indiquait, il avait fini quatrième sur cinquante dans le classement de l'année.

Trois-Épées ordonna à ses compagnons de ne pas bouger. Puis, il avança un peu plus loin sur la piste descendant au sud entre les arbres. Il perçut le bruit de l'eau qui coule sur les rochers et s'approcha encore un peu plus sous les buissons. Le sol était plus meuble par ici, et il découvrit une empreinte entre deux fourrés. Un sabot. Un peu plus loin, près du ruisseau… Une trace de pied !

Il appela ses *kriaz-nors* et attendit qu'ils le rejoignent.

— Une demi-journée. Peut-être moins, analysa-t-il, son regard brûlant fixé sur l'empreinte. Les bords sèchent et ils s'effritent.

L'énorme Bras-de-Fer s'approcha. Il écarta son fourreau de sa bedaine avant de se mettre à quatre pattes pour renifler la trace. Les yeux clos, il élimina les odeurs de ses compagnons. Un renard mâle avait uriné dans les buissons, masquant presque entièrement l'arôme délicat laissé par les humains. Il ouvrit de nouveau les yeux et planta son regard dans celui de son capitaine aux trois armes.

— L'un d'eux est très fatigué, expliqua-t-il. C'est celui qui a du sang sur lui. L'autre – le *riaj-nor* – est fort.

— Ce n'est pas un *riaj-nor*, corrigea Trois-Épées. Cet ordre a disparu. Il paraît qu'une pâle imitation existe toujours, ils se nomment les « *rajnees* ». Dans ce monde ils se sont ramollis. Ça arrive parfois.

— Pas à nous, glissa Quatrième-du-Roc.

Le capitaine se retourna vers le jeune guerrier à l'imposante stature.

— Jusqu'à ce que des idiots commencent à penser ainsi, répliqua-t-il.

Le jeune soldat émit un grondement sourd et se redressa. Trois-Épées s'approcha du *kriaz-nor* en colère.

— Tu te crois prêt à m'affronter ? Tu penses que tu es assez fort ? Défie-moi, tas de merde ! Fais-le, et je prendrai ta tête avant de me régaler de ton cœur !

L'espace d'un instant, Quatrième-du-Roc sembla sur le point de tirer sa lame. Sa main oscilla au-dessus de la poignée sombre, puis il se détendit.

— Voilà qui est sage, souffla Trois-Épées. Tu vas peut-être vivre assez longtemps pour te faire un nom.

— Si on se dépêche, décréta Bras-de-Fer, on les aura rejoints à la tombée de la nuit.

Vif-comme-le-Vent, le plus grand des quatre, se redressa. Il avait la barbe fournie et des petits yeux aux pupilles fendues enchâssés dans leurs orbites.

— Autant fondre sur eux à minuit, dit-il. Ils dormiront à poings fermés.

— Je préférerais les tuer au combat, objecta Quatrième-du-Roc.

— C'est parce que tu es jeune, répondit Vif-comme-le-Vent avec légèreté. Leur goût est meilleur quand ils sont détendus. Pas vrai, Trois-Épées ?

— Oui, c'est vrai. La rage et la peur contractent les muscles. Je ne sais pas pourquoi. Enfin bon, nous attaquerons à minuit. Reposons-nous une heure.

Le capitaine s'approcha du ruisseau. Bras-de-Fer le rejoignit.

— Aucun signe de la section de Griffe-Rouge. Ils doivent être presque aussi proches que nous.

— Peut-être même plus, dit Trois-Épées en recueillant de l'eau dans sa main avant de la porter à sa bouche fine.

— Alors, pourquoi attendre une heure ? murmura le colosse. Tu veux que Griffe-Rouge arrive avant nous ?

— Je ne l'aime pas, sourit le capitaine. Il y a trop de félin en lui. Un jour, il faudra que je mange son cœur. Je parie qu'il n'aura pas bon goût.

— Alors, pourquoi lui laisser la gloire de la mise à mort ?

— Les légendes regorgent d'histoires sur la grandeur des *riaj-nor* et des poisons enchantés qui suintent de leur lame. Si Griffe-Rouge triomphe d'une telle épée et s'arroge le cœur de son porteur, je serai déçu, mais je saurai m'en arranger.

— Tu penses qu'il en est capable ?

Trois-Épées réfléchit un moment.

— Malgré toutes ses qualités d'escrimeur et sa grande férocité, Griffe-Rouge est un inconscient. Je ne serais ni surpris ni chagriné si un *riaj-nor* le taillait en pièces.

— Tu as dit que ces guerriers n'étaient que de pâles imitations de leurs ancêtres, souligna Bras-de-Fer.

— J'ai répété ce que l'on m'a dit. Je préfère réserver mon jugement jusqu'à ce que je constate ça de mes propres yeux.

Trois-Épées détacha les deux fourreaux de sa ceinture et les posa sur le sol. Il s'étendit sur le côté, puis ferma les yeux.

Oui, Griffe-Rouge arrivera en premier. Il se précipitera pour affronter les humains sans penser à leurs capacités. Il se reposera sur sa vitesse surnaturelle et ses prouesses de combattant. Avec un peu de chance, il en souffrira considérablement. Alors, ses hommes achèveront les humains. Et je pourrai me joindre à eux avec ma section pour le festin rituel. C'était une agréable pensée.

Il laissa son corps se détendre.

Traverser ces contrées était plaisant. Cela faisait neuf ans que le capitaine opérait dans l'armée et qu'il côtoyait des centaines d'autres *kriaz-nors,* comme lui, dormant dans la même tente que neuf de ses compagnons. Neuf ans à marcher en formation et à attaquer des villes. Ici, le ciel semblait plus grand, et Trois-Épées appréciait la liberté que lui conférait cette mission.

Il sommeilla un moment avant de s'apercevoir qu'il rêvait. Il se vit à côté d'une cabane, ses enfants jouant près des arbres, non loin d'un ruisseau. Il s'assit en maugréant.

D'où peut bien venir une telle idiotie ?

— Un cauchemar ? demanda Bras-de-Fer.

— Non, répondit le capitaine en retroussant la manche de sa tunique noire pour examiner la mince fourrure de loup qui recouvrait son bras. J'ai hâte que l'armée débarque. La vie militaire me manque.

— Les ronflements de Dague-du-Ciel et l'odeur des pieds de Neuvième-du-Bois ne me manquent pas, souffla le pisteur.

Trois-Épées se leva et récupéra ses deux armes.

— J'en ai marre de cet endroit, déclara-t-il. Nous n'attendrons pas minuit.

Kysumu attacha les chevaux avant de leur donner le reste du picotin. Le soleil se couchait quand il revint au campement et prépara un petit feu. Yu Yu dormait déjà, la tête posée sur sa cape, les genoux remontés, comme un enfant. Kysumu inspecta les arbres, leurs troncs brillants dans la lumière du soleil mourant. Quel dommage d'avoir oublié son parchemin et le charbon de bois ! À la place, il ferma les yeux, et essaya de méditer. Yu Yu roula sur le dos et commença à ronfler doucement.

Kysumu soupira.

Pour la première fois depuis plusieurs années, il se sentit perdu, décalé de son centre. Il ne parviendrait pas à méditer. Un insecte voleta près de son visage et il le chassa. Il identifiait le problème, et savait très bien quand les graines du trouble avaient été semées. Mais cela ne rendait pas la situation plus facile à accepter. Kysumu repensa à ses années d'entraînement, et surtout à Lys-Orangé et à la Nuit Douce-Amère.

Cette Nuit demeurait un mystère. Tous les apprentis en avaient entendu parler, mais personne n'en connaissait la signification. Les *rajnees* qui l'avaient vécue juraient de garder le silence à son sujet.

Kysumu avait intégré le temple à l'âge de treize ans. Il voulait devenir le plus grand des *rajnees*. Il s'était acharné, avait travaillé jour et nuit, s'imprégnant des enseignements, supportant les contraintes. Il ne s'était jamais plaint du froid glacial qui régnait dans sa cellule en hiver, ou de la chaleur étouffante de l'été. À seize ans, on l'avait envoyé travailler dur dans une pauvre ferme le temps d'une saison. Il devait connaître la vie du plus humble des fermiers. Kysumu s'était escrimé quinze heures par jour sur un sol aride, et cela pour un bol de soupe claire et un quignon de pain. Il dormait sur un lit de paille sous un appentis. Il avait attrapé des furoncles et la dysenterie, et ses dents s'étaient déchaussées.

Mais il s'était obstiné.

Il avait fait la fierté de son maître, Mu Cheng. Celui-ci était une légende au sein des *rajnees*. On l'appelait « Œil-du-Cyclone ». Il avait quitté le service de l'empereur pour rejoindre le temple en qualité de professeur pendant dix ans. Chaque fois que Kysumu s'était senti sur le point d'abandonner, il avait pensé au dédain qu'il lirait dans les yeux de Mu Cheng, et il avait puisé dans cette seule image le courage nécessaire pour continuer.

Œil-du-Cyclone fut celui qui enseigna la Voie du Sabre à Kysumu. Ce fut la plus difficile des leçons, car il avait dû passer des années à se contrôler, à se forger un corps capable de supporter les vicissitudes de l'existence, outrepassant parfois ses propres limites. C'était cette discipline qui l'avait empêché de devenir l'escrimeur qu'il avait toujours rêvé d'être.

— En combat, la Voie du Sabre n'est que vide et abandon, disait souvent Mu Cheng. Non pas l'abandon face à l'ennemi, mais celui du contrôle, pour laisser le corps entraîné réagir sans pensée consciente. Sans peur, sans colère et sans imagination. L'arme n'est pas une extension du corps, c'est le corps qui doit être une extension de l'arme.

Deux années d'intenses efforts physiques avaient été nécessaires. À la fin, Kysumu avait développé un style d'une rapidité et d'une précision exceptionnelles. Mu Cheng s'était déclaré satisfait, tout en soulignant que le jeune homme avait encore beaucoup à apprendre.

Et était venue la Nuit Douce-Amère.

Mu Cheng l'avait emmené dans un petit palais à flanc de colline surplombant le Grand Fleuve. C'était un superbe bâtiment avec de grandes tours magnifiquement ouvragées et décoré de statues élégantes. Ses murs étaient peints d'or et de carmin, et les jardins charmants. Des chemins s'enroulaient autour de fontaines scintillantes et de parterres de fleurs épanouies. L'air embaumait la rose, le jasmin et le chèvrefeuille.

Mu Cheng l'avait attiré à l'intérieur et il l'avait suivi, tout à son étonnement. Ils étaient passés dans une grande pièce où une table chargée de plats avait été dressée. Les deux hommes s'étaient assis sur des chaises dorées jonchées de coussins en satin. Cela faisait six ans que l'apprenti mangeait du maïs, du poisson bouilli, du pain dur et des biscuits salés. Il avait déjà goûté du miel, mais rarement. Devant lui, foisonnaient pâtisseries, viandes salées, fromages – des délices en tous genres. Kysumu les avait fixés. Mu Cheng avait sorti une petite fiole qu'il avait vidée dans un verre en cristal avant de l'offrir au jeune homme. L'apprenti l'avait bu d'un trait. Rien ne s'était passé pendant quelques instants, puis la plus exquise des sensations l'avait envahi. Il avait éclaté de rire.

— Qu'est-ce que c'est ? avait-il demandé.

— Un mélange d'huiles et d'arômes concentrés. Comment te sens-tu ?

La voix du maître était étrange, comme si les mots flottaient à l'intérieur du crâne de Kysumu. Ils résonnaient avant de disparaître.

— Je me sens… merveilleusement bien.

— C'est le but. Mange à présent.

Kysumu avait goûté l'une des pâtisseries. Elle était succulente. Son corps semblait sur le point d'exploser de plaisir. Il en avait pris une autre, puis une autre. Il n'avait jamais connu un tel ravissement de toute sa vie. Mu Cheng lui avait servi du vin. La soirée avançait et l'élève avait manqué de s'évanouir de bonheur. C'était une toute nouvelle expérience. Il avait tellement apprécié ce festin, qu'il n'avait pas remarqué que son maître ne mangeait rien et se contentait de boire de l'eau.

Quand le soleil s'était couché, deux jeunes femmes étaient venues accrocher des lanternes à des crochets de laiton. Kysumu les avait contemplées, se délectant de la façon dont leur robe de soie collait à leur corps. Elles étaient sorties et une autre jeune femme les avait remplacées. Sa chevelure noire était retenue par un délicat filet argenté. Elle avait les yeux noirs et brillants. Elle s'était assise à côté de l'élève, et avait passé ses doigts dans ses cheveux. Il avait frémi à son contact et l'avait dévisagée. Sa peau claire était sans défaut et ses lèvres rouges étaient humides. Elle l'avait pris par la main et l'avait entraîné en se levant.

— Va avec elle, avait soufflé Mu Cheng.

La jeune femme avait conduit Kysumu jusqu'à une chambre circulaire contenant un grand lit aux draps de satin. Une forte odeur d'encens imprégnait les lieux. Devant lui, la femme avait décroché la broche de son épaule. Sa robe avait glissé comme une onde frémissante pour s'effondrer à ses pieds. Kysumu avait dévoré des yeux sa nudité. Elle avait guidé les mains du jeune homme jusqu'à ses seins. Kysumu avait gémi. Il avait les jambes en coton. Elle l'avait poussé vers le lit en le déshabillant.

— Qui es-tu ? avait-il dit d'une voix rauque.

— Je m'appelle Lys-Orangé.

Ce furent là ses seules paroles.

Et pendant les quelques heures qui avaient suivi, le jeune *rajnee* avait découvert le véritable sens du mot « extase ». Après, il avait sombré dans un sommeil repu.

À l'aube, le jeune homme s'était réveillé avec le chant des oiseaux. Il avait mal partout et son crâne résonnait comme un gong. Il s'était assis en grognant. Son aventure nocturne lui était revenue, et une vague de joie avait balayé son mal de tête. Il s'était retourné vers la femme, mais elle avait disparu.

Il s'était levé, s'était habillé, puis avait exploré le palais jusqu'à ce qu'il eût retrouvé le lieu de ses agapes.

Son maître était toujours là.

La table aussi.

— Tu prendras bien ton petit déjeuner avec moi, avait dit Mu Cheng en désignant un verre d'eau et une tranche de pain noir.

— Attendons-nous plus de nourriture ? demanda Kysumu.

— Voilà tout ce que tu auras.

— Et Lys-Orangé ?

— Elle est partie.

— Partie ? Où ?

— Dans le monde des hommes, Kysumu.

— Je ne comprends pas.

— Tu as le choix. Devenir un *rajnee* ou un soldat de fortune évoluant au milieu des hommes et des femmes.

— Pourquoi m'avez-vous fait ça ?

— Il est facile de renoncer à des plaisirs auxquels on n'a jamais goûté. Nul besoin de force pour s'y résigner. Seulement maintenant, tu sais ce que le monde peut t'offrir. Désormais, le souvenir de cette nuit te suivra partout, sombre et séduisant, se frottant à ta volonté. Sous bien des aspects, c'est l'épreuve la plus ardue des *rajnees*. C'est pourquoi on l'appelle « la Nuit Douce-Amère ».

Mu Cheng avait raison. Bien des années après, Kysumu rêvait toujours de Lys-Orangé et de sa peau d'albâtre. Pourtant, il résista à l'envie de la retrouver, elle, ou quelqu'un lui ressemblant. Il ne céda jamais, car il était le meilleur *rajnee* possible.

Alors pourquoi ne parvenait-il pas à communier avec l'esprit du plus grand *rajnee* à avoir foulé le sol de ce monde ? Comment cet esprit avait-il pu préférer visiter un terrassier libidineux, voleur d'épée ?

Voilà pourquoi Kysumu ne parvenait pas à atteindre le degré de relaxation nécessaire pour méditer. Cette pensée l'agaçait.

Yu Yu Liang se redressa, puis s'étira avant de se lever. Il entama une série d'exercices d'assouplissement sous les yeux éberlués du *rajnee*.

— Où as-tu appris cela ? demanda Kysumu.

Le terrassier l'ignora et continua ses exercices. Le *rajnee* s'assit doucement pendant que Yu Yu exécutait la difficile danse du héron et du léopard – une série de mouvements rituels interrompus par des phases d'immobilité absolue. Ensuite, Yu Yu tira son épée, et commença une deuxième série d'exercices d'échauffements, bloquant, attaquant, sautant et virevoltant. La surprise de Kysumu se mua en stupéfaction. La démonstration continua et Yu Yu gagna encore en souplesse et en vitesse jusqu'à ce que la lame devienne floue.

Il s'arrêta enfin, rengaina son épée, puis vint s'agenouiller devant le *rajnee*.

— Sais-tu qui je suis ? demanda la voix de Yu Yu Liang.

— Vous êtes Qin Chong, le Premier *rajnee*.

— C'est exact.

— J'ai tenté de vous contacter, mais vous ne m'avez pas entendu.

— Je t'ai entendu. Mais j'avais besoin de toute mon énergie pour communier avec le *Pria-shath*. Il m'a dit que tu étais habile avec cette lame. Que la Source honore ses paroles d'une once de vérité, car l'ennemi est sur nous.

Chapitre 12

Qin Chong n'avait pas fini sa phrase que les ombres vomirent quatre guerriers en noir. Ils pénétrèrent dans la clairière, leur lame courbe à la main. Kysumu se leva et sortit son épée.

Occupant encore le corps de Yu Yu Liang, Qin Chong vint à leur rencontre. Sans hâte, les bras ballants, sa lame raclant le sol.

Kysumu se détendit selon le principe de la Voie du Sabre, adoptant le grand vide où il n'y a ni peur ni exaltation, juste une paisible harmonie.

Les quatre guerriers se dispersèrent, et le jeune *rajnee* remarqua le parfait équilibre de leurs mouvements. Il les sentit doués d'une grande force et d'une rapidité exceptionnelle. Ils irradiaient l'assurance.

Ils ne chargèrent pas, et Kysumu nota qu'ils agissaient en fonction du plus massif d'entre eux. Une broche d'argent en forme de griffe de lion brillait sur sa robe de soie noire ouverte jusqu'à la taille.

Peut-être est-ce là un symbole d'autorité chez les kriaz-nors.

Le chef s'approcha de Qin Chong, qui restait immobile, l'épée baissée.

Le *kriaz-nor* se rua sur lui. Sa vitesse était époustouflante… surhumaine. L'épée noire fila vers le visage de Qin Chong.

La lame du Premier *rajnee* para l'attaque.

Les deux guerriers entamèrent une danse mortelle.

Le *kriaz-nor* attaquait sans cesse. Ses hommes restaient immobiles. Les deux armes s'entrechoquaient régulièrement, composant une musique rythmée, mais discordante dans la clairière. Les lames crachaient des étincelles. Kysumu n'avait jamais assisté à un combat aussi spectaculaire. On avait l'impression que les deux guerriers avaient chorégraphié leurs mouvements avant de s'entraîner pendant plusieurs années. Les épées étaient trop rapides pour les yeux du jeune *rajnee*. Elles scintillaient sous la lumière de la lune.

Il y avait du sang sur la peau de loup de Qin Chong.

Les lames se rencontrèrent de nouveau en un tourbillon de métal furieux. Aucun des duellistes n'avait ouvert la bouche, et l'affrontement recommença avec une férocité nouvelle. Kysumu vit le sang gicler de la joue du chef, ouverte par l'épée de Qin Chong.

Le *kriaz-nor* recula.

— Je serai fier de manger ton cœur ! dit-il. Tu es valeureux.

Le *rajnee* ne répondit pas. Le *kriaz-nor* reprit le combat. Qin Chong sauta sur la droite, l'épée de Yu Yu Liang fila en arc serré. Le *kriaz-nor* tituba quelques instants avant de se retourner. Son ventre s'ouvrit et ses entrailles se répandirent à ses pieds. Il eut un cri étranglé et tenta une dernière charge, mais Qin Chong le devança, para son attaque et lança un estoc qui mordit dans le cou du *kriaz-nor*, lui tranchant presque la tête. L'énorme guerrier s'effondra.

Tous furent pétrifiés.

Le *rajnee* regarda les trois autres soldats. La défaite de leur chef avait anéanti leur belle assurance. Soudain, l'un d'eux poussa un cri de guerre et se jeta sur le jeune homme. Kysumu n'attendit pas de recevoir la charge, il avança. L'épée du *kriaz-nor* descendit sur lui, et il feinta, sa lame tranchant net le poignet du guerrier. L'épée du *kriaz-nor* vola en l'air, la main toujours agrippée à la poignée. Le guerrier sortit une dague dentelée et renouvela son assaut, mais Kysumu enfonça profondément sa lame dans le torse de son adversaire. Le jeune *rajnee* plongea son regard dans les yeux dorés du *kriaz-nor* et regarda la vie quitter les pupilles. Il libéra son épée, puis vint se placer à côté de Qin Chong. Les deux derniers guerriers, un instant tétanisés, disparurent dans la forêt.

— D'autres ne vont pas tarder à venir, dit Qin Chong. Partons !

Il rengaina son épée et courut vers les chevaux. Kysumu le suivit et ils sautèrent en selle. Ils forcèrent leurs montures sur plusieurs kilomètres, et arrivèrent enfin dans une petite vallée. Qin Chong quitta la piste et démonta. Kysumu l'imita. Le Premier *Rajnee* remit les hongres sur la route et frappa leur croupe. Les chevaux filèrent vers le sud. Qin Chong retourna vers les arbres et enjoignit Kysumu de le suivre avant de descendre une pente boisée jusqu'à un ruisseau.

Ils marchèrent ainsi sur cinq cents mètres avant de s'arrêter près d'un vieux chêne. Une branche les surplombait à trois mètres du sol. Qin Chong détacha son fourreau et le lança sur la rive près du tronc. Il se tourna vers Kysumu.

— Tu vas me faire la courte échelle, dit-il.

Qin Chong prit appui sur les mains du jeune *rajnee* et sauta. Il agrippa la branche, puis l'enserra de ses jambes avant de se laisser pendre la tête en bas, les bras tendus vers Kysumu. L'épée du jeune homme vint rejoindre celle de Qin Chong, et il sauta pour attraper les mains tendues. Il se rétablit et prit place sur la branche. Les deux *rajnees* remontèrent jusqu'au tronc puis redescendirent sur le sol.

De retour sur la terre ferme, Qin Chong prit la direction du sud-est, grimpant toujours plus haut jusqu'à atteindre une petite grotte créée par un éboulement rocheux en surplomb. Il s'y assit, le souffle court. Kysumu s'affala à côté de lui. Du sang coulait toujours de la poitrine blessée du Premier *Rajnee*.

— Le *Pria-shath* avait raison, dit Qin Chong. Tu sais te servir d'une épée. Heureusement, cependant, que ton adversaire était en proie à la panique.

— Je n'ai jamais vu des guerriers aussi rapides, concéda Kysumu.

— C'est l'avantage de l'Union, expliqua Qin Chong.

— Comment avez-vous fait pour que le corps de Yu Yu les égale ?

— Chez tous les animaux, les muscles travaillent en harmonie rythmique pour répartir les charges. Quand un homme porte une coupe à ses lèvres, il n'utilise pas toute sa force pour cela, seulement quelques muscles de son biceps. S'il soulève une pierre, il en utilisera plus. Imagine que vingt hommes forment ce muscle. Si on doit lever cette pierre dix fois, les deux premiers hommes le feront une fois, puis les deux suivants et ainsi de suite. Mais il est aussi possible d'utiliser les vingt hommes à la fois, même si ce n'est pas très sage. C'est ce que j'ai fait, même si Yu Yu m'en voudra un peu quand il se réveillera. (Il sourit.) Ah, j'ai apprécié cette ultime incarnation, l'odeur de la forêt, l'air frais dans mes poumons.

— Vous le respirerez de nouveau, quand nous aurons trouvé les Hommes d'Argile. Vous reviendrez nous aider.

— Non, Kysumu. C'étaient mes derniers moments sur ce monde.

— Mais j'ai tant de questions à vous poser.

— Une seule question brûle dans ton cœur, Porteur d'Épée. Pourquoi Yu Yu est-il devenu le *Pria-shath* et pas toi ?

— Pouvez-vous me le dire ?

— Il vaut mieux que tu découvres la vérité seul. Adieu, Kysumu.

Sur ces mots, il ferma les yeux.

Il était parti.

Niallad rêvait de son père. *Ils chassent au faucon dans la campagne non loin du château. L'oiseau de son père, le légendaire Eera, a tué trois lièvres. Celui de Niallad, jeune et inexpérimenté, s'est posé sur un arbre proche et refuse de répondre à l'appel du jeune homme.*

— *Sois patient, lui souffle son père quand ils s'assoient. L'oiseau et l'homme ne deviennent jamais amis. Ce sont des partenaires. Il restera tant qu'on le nourrira. En revanche, il n'offrira jamais ni amitié ni loyauté.*

— *Je croyais qu'il m'aimait. Il danse dès que je m'approche.*

— *Nous verrons.*

Ils attendent quelques heures, puis le faucon s'envole pour ne jamais revenir.

Niallad se réveilla. L'espace d'un battement de cœur, il se crut toujours dans le confort de l'amour paternel. Puis, la réalité le rattrapa à une vitesse foudroyante, et il gémit. L'Homme Gris était assis à côté des chevaux. Il ne se retourna pas. Il n'était qu'une silhouette auréolée par la lune, et Niallad devina qu'il surveillait la plaine à l'affût de poursuivants éventuels. Il les avait rejoints quelques heures auparavant et les avait guidés jusqu'à cet endroit désert près des arbres. L'Homme Gris n'avait presque pas adressé la parole au jeune homme.

Niallad se leva et s'approcha.

— Puis-je m'asseoir ? demanda-t-il à l'Homme Gris, qui acquiesça. Je suis désolé pour ce que je vous ai dit la dernière fois. Je me suis comporté comme un ingrat. Sans vous, un homme en qui j'avais confiance m'aurait assassiné. Et Emrin serait mort.

— Tu n'as pas eu tort. Je suis un tueur. Tu as fait un mauvais rêve ?

— Non, un bon.

— Je vois. Ils peuvent être plus douloureux pour l'âme qu'une flamme.

— Je n'arrive pas à croire que mon père est mort, lâcha le jeune homme. Je pensais qu'il vivrait toujours, ou qu'il mourrait l'épée à la main, au milieu des cadavres de ses ennemis.

— La mort nous surprend toujours.

Ils restèrent assis en silence. La présence de l'Homme Gris apaisait Niallad.

— J'avais confiance en Gaspir, finit par dire le jeune homme. Il parvenait toujours à chasser mes peurs. Il était si fort, si fidèle. Je ne me fierai plus jamais à personne.

— Certaines personnes sont dignes de confiance, répliqua l'Homme Gris. Si tu te méfies de tout le monde, tu n'auras plus jamais de véritables amis.

— En avez-vous ?

— Non, répondit-il en souriant. Je parle donc d'expérience.

— Que va-t-il arriver maintenant ? Vous avez une idée ?

— Les hommes qui nous traqueront seront mieux choisis. Des gens expérimentés, des pisteurs, des forestiers.

— Même des démons ? souffla le garçon en tentant de cacher sa peur.

— Oui, même des démons.

— Nous sommes perdus, n'est-ce pas ? Panagyn et Aric commandent à des milliers d'hommes. Je n'ai rien. Si je retournais à la capitale, je ne saurais pas vers qui me tourner.

— Les armes ne servent à rien si personne ne les dirige, dit l'Homme Gris. Je reviendrai quand tu seras en lieu sûr. Nous verrons à ce moment-là.

— Vous repartez pour Carlis ? Pourquoi ?

L'Homme Gris ne répondit pas. Il se contenta de désigner la plaine. Niallad distingua un groupe de cavaliers, perdu sur l'horizon.

— Réveille Emrin, ordonna l'Homme Gris. Il est temps de partir.

Yu Yu ouvrit les yeux en pestant. Il l'avait l'impression qu'un troupeau de bœufs avait passé la nuit à piétiner son corps. Il se redressa en étouffant un grognement de douleur. Kysumu était assis à l'entrée de la grotte, l'épée sur les genoux.

— Je ne veux pas être un héros, grommela Yu Yu.

— Ça fait des heures que tu dors, soupira Kysumu.

Le petit *rajnee* se leva à son tour et sortit de leur abri. Yu Yu s'agenouilla et grogna de nouveau. Il remarqua alors les sutures récentes de sa toute nouvelle blessure à l'épaule.

— Chaque fois que je me bats, je suis touché, dit-il, sans savoir où se trouvait Kysumu. Chaque fois. Et quand un grand héros occupe mon corps, il est blessé. J'en ai assez de toutes ces blessures. Dès qu'on aura trouvé les Hommes d'Argile, je rentre à la maison. J'ai des tranchées à creuser. (Il réfléchit un moment, se rappelant la menace pesant sur sa tête.) Non, je vais d'abord pénétrer chez Shi Da, et lui trancher la gorge. *Après*, je creuserai mes tranchées.

— Tu parles tout seul, lâcha Kysumu en revenant avec des mûres.

Il en offrit quelques-unes à son compagnon qui s'assit et les mangea avec voracité. Elles ne firent qu'aiguiser son appétit.

— Qin Chong m'a rendu visite, déclara Kysumu.

— Je sais, j'étais là. Enfin, en moi. Enfin, on s'en moque ! Quoi qu'il en soit, il m'a complimenté sur ma force et ma rapidité. On s'est bien battu, hein ? J'ai bien failli lui couper la tête à ce salaud !

— Tu t'es bien battu, accorda Kysumu, mais six autres *kriaz-nors* vont nous tomber dessus.

— Six ? Ça fait beaucoup. Je ne sais pas si je pourrai en tuer autant.

— *Tu* ne pourrais même pas en tuer un seul, lâcha Kysumu, une ombre d'irritation dans la voix.

— Je sais d'où vient votre colère. Qin Chong ne vous a pas expliqué pourquoi vous n'étiez pas le *Pria-shath*.

— Exact, soupira le jeune homme. J'ai passé ma vie à lutter pour devenir le parfait *rajnee*, pour mériter ce nom. Je voulais défendre les idéaux imposés par des hommes comme Qin Chong. J'aurais pu devenir riche, posséder un palais, régner sur une province. J'aurais même pu me marier avec Lys-Orangé.

— Lys-Orangé ? interrogea Yu Yu.

— Ça n'a pas d'importance. J'ai renoncé à ces richesses pour rester un humble bretteur. Que puis-je faire de plus pour mériter les honneurs ?

— Je ne sais pas, lui répondit Yu Yu. Je n'ai rien fait de tout cela. D'un autre côté, je ne voulais pas non plus être le *Pria-shath*

Il partit à la recherche d'autres mûres, et en trouva un buisson à soixante pas. Elles étaient encore un peu vertes, mais il se délecta de leur saveur. Yu Yu n'arrivait pas à comprendre la passion de Kysumu pour cette histoire de *Pria-shath*. Qu'y avait-il de si fabuleux à crever de faim et à être pourchassé par une bande de tueurs ?

Personnellement, j'aurais préféré que Qin Chong choisisse Kysumu.

Une fois le buisson ratissé, Yu Yu se retourna et s'immobilisa. La grotte s'ouvrait sur le flanc d'une colline bombée. Le jeune homme l'observa, se remémorant son voyage spirituel avec Qin Chong.

Il fila vers l'abri aussi vite que ses membres contusionnés le lui permirent.

— On y est ! cria-t-il à Kysumu. C'est la colline des Hommes d'Argile !

— Tu en es sûr ?

— Certain.

Les deux hommes ressortirent pour examiner les lieux.

— Comment entre-t-on ? demanda Kysumu.

— Je ne sais pas.

Ils firent le tour de la colline. Aucun arbre ne poussait aux alentours, et il n'y avait aucune autre entrée à part celle de la caverne où ils avaient dormi. Kysumu monta jusqu'au sommet et observa les abords. Il finit par rejoindre Yu Yu.

— Aucune trace de passage, déclara le *rajnee*.

Ils retournèrent dans la grotte, et Kysumu examina les murs de pierre.

Aucune faille.

Yu Yu attendit dehors. Lui aussi était éberlué. Dans son rêve, le *riaj-nor* marchait jusqu'au flanc de la colline et disparaissait à l'intérieur. Il ne se souvenait pas d'une caverne ni de cet éboulis un peu plus haut, qui formait un léger surplomb.

Il retourna au buisson de ronces et scruta la grotte. Il était terrassier et maçon depuis son plus jeune âge, il s'y connaissait vaguement en mouvements de terrain. Peut-être que la zone de la colline s'était érodée pour mettre à jour la grotte.

— Je n'ai rien trouvé, dit Kysumu en rejoignant son ami.

Yu Yu l'ignora et retourna à la colline, juste à gauche de leur abri. Il avait encore mal, mais il tendit la main, et trouva une prise. Il commença lentement son ascension. Sans ses hématomes et sa fatigue, l'escalade aurait été facile. Dans son état, il grogna de douleur en se hissant sur le surplomb.

— C'est là ! hurla-t-il, en faisant signe au *rajnee* de monter.

Kysumu grimpa avec aisance. Un bloc de roche haut de près de deux mètres et large d'un mètre au moins s'insérait dans la paroi.

— On dirait une porte, dit le jeune rajnee.

Il appuya dessus, mais en vain.

Yu Yu ne répondit pas. Il observait l'orée de la forêt. Six guerriers venaient d'apparaître. Kysumu les aperçut également.

— Heureusement qu'ils n'ont pas d'arcs, murmura-t-il. Peut-être pourrai-je les tuer pendant qu'ils grimperont.

Son compagnon s'approcha de la porte en tendant la main. Ses doigts touchèrent la pierre et elle se troubla comme une mare dans laquelle on jette un caillou. Des vaguelettes ourlèrent la surface du roc. Yu Yu les observa un instant, puis avança. Sa main traversa la pierre comme si elle n'était que de la brume froide.

— Je sais comment entrer, dit-il à Kysumu qui surveillait les *kriaz-nors*.

Il désigna la plaque de pierre.

— Mais qu'est-ce que tu me racontes ?

Yu Yu se retourna ; la roche avait repris son apparence normale.

— Prenez ma main, dit-il.

— Vous êtes coincés, petits hommes ! cria l'un des *kriaz-nors* en se précipitant vers eux.

Kysumu tira son épée.

Yu Yu toucha de nouveau la roche, et le voile réapparut. Il attrapa son compagnon par le bras et l'entraîna à travers la brume.

Ils se retrouvèrent dans les ténèbres.

— Magnifique ! ricana Yu Yu. Mais dans quoi on s'est encore fourrés ?

Immédiatement, une série de lanternes s'alluma. Kysumu détourna le regard sous l'effet de la lumière si soudaine. Comme ses yeux s'habituaient à la clarté, il découvrit un petit tunnel menant à une grande salle voûtée. Se libérant de Yu Yu, il se dirigea vers la caverne.

Des centaines de statues d'argile blanche s'alignaient sur plusieurs rangs au cœur de la colline. Chacune représentait un bretteur *riaj-nor*. La sculpture était d'une extraordinaire précision. Un rocher s'était détaché du plafond, brisant trois statues du premier rang dans sa chute. Kysumu ramassa un morceau de visage pour l'examiner. Il n'avait jamais vu un tel degré de finesse d'exécution. Reposant le fragment avec respect, il déambula parmi les fantômes d'argile et regarda tous ces visages.

Ils ont l'air si humains... si nobles.

Le jeune *rajnee* était ébahi. Il lui semblait déceler un héroïsme modeste sur ces visages. Il se trouvait au milieu de ceux qui avaient combattu un mal incommensurable pour sauver l'humanité. La fierté l'envahit.

Quel privilège de contempler ces héros !

Yu Yu s'affala contre la paroi et ferma les yeux.

Kysumu finit par le rejoindre.

— Et maintenant, que doit-on faire ? demanda-t-il.

— Vous, vous faites ce que vous voulez, répondit Yu Yu en posant sa tête sur ses bras. Moi, j'ai besoin de me reposer.

Kysumu se leva. Les terribles Hommes d'Argiles l'hypnotisaient. Chaque visage était différent, mais toutes les statues portaient la même armure : des casques ouvragés qui descendaient sur la nuque, et des broignes courtes sur le torse. De plus, chaque guerrier portait une tunique ouverte jusqu'au nombril et dans le dos. Leurs épées ressemblaient à la sienne, longues et légèrement courbes. Kysumu se fondit de nouveau dans la masse, se demandant lequel était Qin Chong.

Les lanternes dispensaient un éclairage très efficace. Le *rajnee* en examina une, et ne trouva ni huile ni aucun autre combustible. Un globe de verre était posé sur une coupelle, et une vive lumière flottait en son centre.

Lentement, Kysumu fit le tour de la salle voûtée. Il remarqua une grande plaque de pierre couverte d'objets dorés. Des anneaux, des broches ou des bracelets étaient entassés. Il y avait aussi des colliers, des amulettes, des porte-bonheur représentant des animaux, des chiens, des chats, et même une tête d'ours. Kysumu retourna auprès de Yu Yu. Il ne le réveilla pas. Son compagnon avait l'air épuisé.

Un coup sourd résonna dans la salle.

Les kriaz-nors *ont dû escalader le surplomb*, pensa-t-il. *Ils cherchent à entrer. Ils n'arriveront jamais à ouvrir la porte, mais, tôt ou tard, nous devrons sortir et les affronter.*

— Nous vous avons enfin trouvés, mes frères, dit-il en regardant les Hommes d'Argile. Mais que fait-on à présent ?

Matze Chaï restait assis en silence. Il attendait le début de l'interrogatoire. Il avait appris le massacre du Palais d'hiver, et savait que Waylander était redevenu un fugitif. Par contre, il ignorait pourquoi on l'avait convoqué dans la salle Chêne du palais de l'Homme Gris.

Le jeune Liu, capitaine de sa garde, se tenait à sa droite. Eldicar Manushan le magicien leur faisait face, assis en compagnie de deux seigneurs qui lui avaient été présentés sous les noms d'Aric et Panagyn. Matze les détesta dès le premier regard. Aric ressemblait à une fouine satisfaite, alors que le visage de son comparse était plat et brutal. Un jeune garçon blond et élancé se tenait derrière le magicien. Malgré lui, celui-ci ressentit une certaine sympathie pour lui, chose étrange alors qu'il ne supportait pas les enfants.

Le silence s'éternisa.

Eldicar prit enfin la parole.

— Si mes informations sont exactes, l'individu connu sous le nom d'Homme Gris est un de vos clients.

Matze ne répondit pas, se contentant de soutenir le regard de Manushan avec une expression de mépris glacé.

— Êtes-vous déterminé à ne répondre à aucune de mes questions ? continua le magicien.

— Je n'avais pas vu cela comme une question, répondit le marchand. Cela ressemblait plus à une affirmation. Je n'ai jamais caché l'objet de ma visite. Je gère les opérations financières de l'Homme Gris, comme vous l'appelez, en Chiatze.

— Veuillez m'excuser, Matze Chaï, lâcha Eldicar avec un léger sourire, mais sous quel nom connaissez-vous cet homme ?

— Dakeyras.

— Et d'où vient-il ?

— D'un pays du lointain Sud-Ouest, le Drenaï ou la Vagria. Je n'ai pas à fouiller dans la vie privée de mes clients. Ma charge est de faire fructifier leurs ressources. Tel est mon talent.

— Savez-vous que votre Dakeyras, aidé par une infâme sorcière, a causé la mort d'une centaine de personnes, dont le duc et la duchesse ?

— Si vous le dites, répliqua Matze en portant un mouchoir de soie rouge délicatement parfumé à ses narines.

— Pour le dire, on le dit, espèce de crottin bridé ! s'exclama le seigneur Panagyn.

Le marchand ne lui accorda pas même un regard ; il fixait Eldicar Manushan.

— Votre client a également enlevé l'héritier d'Elphons au beau milieu du carnage.

— Un homme des plus doués, vous en conviendrez, dit Matze. Mais pas très intelligent, manifestement.

— Et pourquoi ? demanda le magicien.

— Il invoque des démons pour éliminer le duc et ses alliés, mais, de façon surprenante, il omet de tuer les deux seigneurs les plus puissants. Au lieu de les tuer finalement – chose qu'il n'aurait eu aucun mal à accomplir –, il décide de fuir, s'encombrant au passage du fils d'Elphons, abandonnant son château à ses ennemis. Et je ne parle pas de son domaine ni de la majeure partie de sa fortune. Je me demande bien ce qu'il cherchait à accomplir. Quelle fabuleuse débauche de bêtise.

— Où voulez-vous en venir ? grogna Aric.

— Je pensais que c'était clair. Comme vous le savez, mon client n'a pas commis ces meurtres. Il n'avait aucune raison d'assassiner le duc, et il n'aurait sûrement pas invoqué des démons pour le faire, même s'il en était capable. Arrêtons ces foutaises. Je me moque de qui règne sur ce duché ou de qui a appelé ces démons. Ce genre de trivialités ne m'intéresse absolument pas. Je suis marchand. Seul le commerce m'importe.

— Très bien, Matze Chaï, ronronna Eldicar. Écartons toute notion de culpabilité et d'innocence. Nous voulons trouver l'Homme Gris, et nous avons besoin que vous nous révéliez tout ce que vous savez à son sujet.

— J'assure à mes clients une grande discrétion. Je ne parle jamais de leurs affaires.

— Je ne pense pas que vous compreniez à quel point votre situation est périlleuse, monsieur, répondit le magicien d'une voix plus coupante. L'Homme Gris est notre ennemi, et nous devons le capturer. Plus nous en saurons à son sujet, plus aisée sera notre tâche. Je suis sûr que vous préférez parler de votre plein gré, que de tout avouer entre deux cris de douleur. (Eldicar sourit en se renfonçant dans son fauteuil.) Quoi qu'il en soit, laissons de côté pareilles considérations, et essayons de trouver un moyen qui vous ferait revoir votre position et devenir mon ami.

— L'amitié est toujours la bienvenue, répondit le marchand.

— Vous êtes vieux. La mort approche. Aimeriez-vous redevenir un jeune homme ?

— Qui ne le souhaiterait pas ?

— Alors, je vais vous en donner un avant-goût, en témoignage de bonne volonté.

Eldicar leva la main, et un globe de fumée bleue apparut. Il se propulsa contre le visage d'un Liu effrayé, et s'infiltra dans ses narines. Le garde chiatze tomba à genoux en s'étouffant. Des volutes bleutées s'échappèrent de ses poumons, et il lutta pour reprendre son souffle. La fumée entoura Matze Chaï. Le marchand tenta de retenir sa respiration, mais la brume se colla à lui, et il finit par inspirer. Un frémissement parcourut ses membres. Son cœur battit plus vite, ses muscles se gorgèrent d'énergie. Une vigueur nouvelle l'envahit. Il avait retrouvé ses forces. Sa vision s'éclaircit, et il vit plus nettement qu'il ne l'avait fait depuis des années. Il se tourna vers le jeune capitaine, qui s'était relevé. Les traits de Matze Chaï se figèrent en découvrant des traces de gris dans ses cheveux noirs.

— Comment vous sentez-vous, Matze Chaï ? demanda Eldicar Manushan.

— C’est très agréable, répondit froidement le marchand. En revanche, il aurait été plus poli de demander à mon capitaine s’il ne s’opposait pas à perdre de sa jeunesse.

— Je vous ai rendu vingt ans, Matze Chaï. Je peux vous en offrir encore vingt. Vous pouvez retrouver forces et virilité, jouir de votre fortune d’une manière qui vous est interdite depuis plusieurs dizaines d’années. Ne désirez-vous pas que nous soyons amis ?

— Mon client est unique, magicien, répondit le marchand en soupirant. Certains hommes sont des peintres habiles, d’autres des sculpteurs. D’autres encore cultivent toutes les fleurs possibles, et ce quel que soit le climat. Manifestement, vous êtes doué pour tous les arts mystiques. Mon client, lui, ne maîtrise qu’un seul talent, une seule terrible compétence. C’est un tueur. De toute ma longue et jusqu’alors calme existence, je n’ai jamais rencontré son égal. Il a affronté des démons, des magiciens et des garous. Il est toujours là. (Matze Chaï eut un faible sourire.) Mais je pense que vous le savez déjà. Il était censé mourir lors de votre massacre ; il a survécu. À présent, vous pensez le traquer. C’est une illusion, c’est lui qui vous chasse. Vous êtes déjà morts. Je ne veux pas me lier d’amitié avec des cadavres.

Eldicar le regarda en silence quelques instants avant de reprendre la parole :

— Tu vas souffrir, marchand.

Le mage leva la main en direction de Liu. La dague de l’officier glissa hors de son fourreau, pivota et plongea dans l’œil droit du capitaine.

Liu s’effondra sans un bruit.

Matze ne bougea pas, les mains sur les cuisses, et les gardes s’approchèrent.

Trois-Épées recula. Bras-de-Fer continua à marteler la porte de pierre avec le pommeau de son arme.

— Ça suffit ! dit Trois-Épées. Ça ne sert à rien.

— Comment ont-ils fait pour passer, alors ?

— Je ne sais pas. Mais on a fouillé les alentours, et c'est la seule issue. Il faut attendre.

Les deux *kriaz-nors* descendirent pour rejoindre les autres. Vif-comme-le-Vent et Quatrième-du-Roc étaient assis dans la grotte. Les deux survivants du groupe de Griffe-Rouge se tenaient à l'écart. Trois-Épées les appela. Ils étaient tous frais émoulus de l'enclos. Comment Griffe-Rouge avait-il pu être assez bête pour les choisir ? Non, c'était tout à fait son genre. Griffe-Rouge aimait briller, et les bleus de l'enclos sont plus faciles à impressionner que les vétérans.

— Racontez-moi le combat, demanda le capitaine.

L'un des guerriers prit la parole :

— Griffe-Rouge nous a ordonné de nous tenir en arrière pendant qu'il effectuait la mise à mort. Il a affronté celui qui portait une peau de loup. Tout s'est passé très vite. L'humain était aussi rapide qu'un *kriaz-nor*. Griffe-Rouge est mort. Alors Sixième-de-la-Colline a attaqué l'autre humain. Il est mort aussi.

— Et vous êtes partis ?

— Oui, seigneur.

Trois-Épées recula et sortit une de ses lames. D'un geste d'une rapidité fulgurante, il décapita le *kriaz-nor*. Le compagnon de ce dernier tourna les talons pour fuir, mais le capitaine le rattrapa au bout de quelques pas et son épée décolla la tête du fuyard.

Il revint près de Bras-de-Fer.

— De la viande fraîche, dit-il. Mais laisse les cœurs. Je ne veux pas que du sang de lâche coule dans mes veines.

Au même moment, le sol trembla tellement que Trois-Épées manqua de tomber.

— Un tremblement de terre ! hurla Bras-de-Fer.

Un craquement étouffé, comme le bruit d'un orage lointain, résonna autour d'eux. Un rocher roula au bas de la colline.

— Ça vient de l'intérieur, continua le guerrier en désignant la grotte.

Un autre roc tomba, rebondit contre le surplomb et s'écrasa non loin.

— Tout le monde dans la forêt ! ordonna Trois-Épées.

Bras-de-Fer récupéra quand même l'un des cadavres avant de suivre ses camarades.

À son réveil, Yu Yu se sentit plus fort. Son corps meurtri semblait plein de vigueur. Kysumu était assis en tailleur à côté de lui, les yeux clos, en pleine méditation. Yu Yu se redressa, et contempla les rangs d'argile blanche de l'armée fantomatique.

Il alla se promener au milieu des statues. Il cherchait Qin Chong. En vain. Il finit par examiner les statues brisées. Il reconstitua les têtes autant que possible. Une grande tristesse l'envahit au beau milieu de son travail. Dans ses mains, il tenait le visage du *riaj-nor* qui l'avait visité dans ses rêves.

— Que dois-je faire à présent ? murmura-t-il. Je suis venu.

Pas de réponse.

Yu Yu reposa les morceaux d'argile et se rassit près de son ami. C'était Kysumu qui aurait dû devenir *Pria-shath*. C'était un *rajnee* expérimenté.

Yu Yu attendit la fin de la transe. Au bout de quelques minutes, Kysumu ouvrit les yeux.

— Tu te sens mieux ? demanda le bretteur.

— Oui, répondit Yu Yu d'un air malheureux.

— Qin Chong est-il venu te voir dans ton sommeil ?

— Non.

— As-tu la moindre idée de ce que nous devons faire à présent ?

— Non ! Aucune ! s'exclama Yu Yu. Je ne vois pas comment des statues pourraient nous aider !

Il se leva et s'éloigna du *rajnee*. Il en avait assez de ces questions. De sa vie, il ne s'était jamais senti aussi inutile. Il longea les murs, terminant son périple près du plateau couvert de bijoux. Dans son esprit apparut l'image des guerriers s'alignant pour déposer leurs parures sur la pierre. Il ramassa un anneau avant de le laisser tomber. Dans ses visions, les soldats s'enfonçaient dans la colline. Il n'avait trouvé que des statues. Où étaient passés les guerriers ? Les avait-on recouverts d'argile ? La tête brisée de Qin Chong était vide. Il n'y avait trace ni d'ossements ni de cheveux à l'intérieur. Cette hypothèse paraissait donc peu probable. À quoi pouvaient servir ces statues ?

Yu Yu retourna la question dans sa tête jusqu'à la migraine.

« Tu dois réveiller les Hommes d'Argile », lui avait soufflé Qin Chong.

— Réveillez-vous ! hurla Yu Yu.

— Qu'est-ce qui te prend de crier comme ça ? grogna Kysumu.

Yu Yu ne répondit pas. Incapable de trouver une réponse, il retourna vers les bijoux. Son regard tomba sur un bâtonnet doré long d'une dizaine de centimètres. À côté, il vit un socle circulaire avec un trou au milieu. Yu Yu enfila le bâtonnet dans la base. Le bâton se terminait en crochet, comme la crosse d'un berger.

— Mais qu'est-ce que tu fais ? s'enquit Kysumu en s'approchant de lui.

— Rien. Je passe le temps. Quelque chose doit pendre à ce crochet.

— On a d'autres préoccupations autrement plus importantes.

— Je sais, dit Yu Yu en continuant à fourrager dans les bracelets et les anneaux. (Il dénicha une cloche dotée d'un anneau.) J'ai trouvé ! Elle est belle.

Il accrocha la cloche au bâton.

— C'est vrai, concéda Kysumu.

Yu Yu sonna la cloche, qui tinta légèrement. La cloche continua à se balancer, et le son se fit plus fort. Le bruit commença à résonner sous la voûte de la salle, s'amplifiant sans cesse. Les murs de pierre se mirent à vibrer, et des ornements tombèrent. Kysumu voulut parler, mais Yu Yu n'entendit rien. Il se protégeait les tympans de ses mains.

De la poussière tomba du dôme, et des fissures lézardèrent les parois.

Le son de la cloche était plus puissant que le tonnerre à présent. La nausée mit Yu Yu à genoux. Kysumu avait protégé ses oreilles lui aussi, et il s'était ramassé sur lui-même, un masque de douleur sur le visage.

Les statues d'argile tremblaient. Yu Yu vit de petites fêlures apparaître sur la plus proche de lui ; elles s'étendirent peu à peu comme une toile d'araignée. Le terrible grondement continuait. Le crâne de Yu Yu était en feu.

Il s'évanouit.

Chapitre 13

Kysumu tomba à genoux. Il saignait du nez. Le bruit était si puissant maintenant qu'il avait transcendé la notion de son. Son corps n'était que douleur : ses oreilles, ses yeux, ses doigts, son ventre… Ses articulations le brûlaient. Le *rajnee* lutta pour se relever, et bascula contre le plateau de pierre où la cloche résonnait toujours. Il tâtonna, parvenant enfin à prendre l'objet entre ses mains.

Le carillon cessa immédiatement.

Kysumu vacilla… puis tomba à nouveau.

Il avait du mal à respirer. Tout autour de lui la poussière formait un épais brouillard. Il releva le col de sa robe et le plaqua contre sa bouche. Ses tympans vibraient toujours et ses mains tremblaient.

C'est alors qu'il remarqua la lueur filtrant par les fissures marbrant les statues. Il cligna des yeux et tenta de se concentrer. On avait l'impression que le soleil lui-même était prisonnier de l'argile. La lumière s'intensifia et la terre s'effrita. Quand la poussière retomba enfin, Kysumu constata que la plupart des formes étaient maintenant baignées d'une lueur dorée. La salle resplendissait. Il ferma les yeux sous la violence de l'assaut lumineux. S'il se protégeait encore les oreilles quelques secondes auparavant, il avait à présent les mains collées sur le visage.

Il attendit quelques battements de cœur, puis écarta ses doigts. La lumière s'écrasait toujours contre ses paupières, et il décida d'attendre encore. Enfin, la luminosité faiblit. Kysumu écarta les mains et ouvrit les yeux.

Plus d'Hommes d'Argile. La caverne contenait des centaines de *riaj-nors* en chair et en os.

Kysumu se leva et s'approcha. Ils attendirent en silence. Le bretteur s'inclina respectueusement.

— Je m'appelle Kysumu, dit-il en chiatze traditionnel. Est-ce que Qin Chong est parmi vous ?

Un jeune guerrier s'avança. Il portait une grande tunique de satin argenté, son épée dépassant d'un fourreau noir. Il ôta son casque et ne prit pas la peine de s'incliner.

— Qin Chong n'a pas survécu à la transformation.

Kysumu plongea son regard dans celui de l'homme. Ses pupilles étaient deux fentes noires entourées d'or. À cet instant précis, le jeune *rajnee* eut l'impression d'être transpercé jusque dans son âme. Le désespoir l'envahit.

Ce n'était pas des hommes. Pas du tout. C'était des créatures comme les *kriaz-nors*.

— Je suis Ren Tang, dit le guerrier. Es-tu le *Pria-shath* ?

— Non, répondit Kysumu en se retournant. La cloche l'a assommé.

Ren Tang s'approcha de Yu Yu. D'autres guerriers se rassemblèrent autour de lui. De la pointe du pied, Ren Tang bouscula le corps du jeune homme.

— Par le Très-Haut, c'est donc le *Pria-shath*, lâcha-t-il. Nous avons traversé les siècles pour aider un misérable humain dans une peau de loup.

Quelques guerriers ricanèrent. Kysumu s'agenouilla à côté de Yu Yu et constata que lui aussi avait saigné du nez. Il le retourna, et son compagnon gémit. Le *rajnee* le mit en position assise.

— Je suis malade, murmura Yu Yu.

Il ouvrit les yeux et sursauta en regardant les guerriers autour de lui. Un juron lui échappa.

— Tu as réussi, Yu Yu, dit Kysumu. Tu as rendu la vie aux Hommes d'Argile.

— Sonner une cloche n'est pas un exploit, railla Ren Tang.

— J'ai parlé avec Qin Chong, répliqua Kysumu d'un ton cassant. C'était un homme puissant. Il comprenait aussi le sens de la courtoisie et des bonnes manières.

Les pupilles félines de Ren Tang se rivèrent sur Kysumu.

— Tout d'abord, *humain*, Qin Chong n'était pas un homme. C'était un *riaj-nor* comme nous. Ensuite, je me moque de tes opinions. Nous avons effectué un tirage au sort pour savoir qui se battrait pour les humains quand le sortilège du portail commença à faiblir. Réjouis-toi de nous voir prêts à vous défendre, mais n'en attends pas plus.

— Ça ne fait rien, dit Yu Yu en se levant. Je me moque de leur irrespect. Qin Chong les a envoyés pour combattre. Qu'ils le fassent. (Il fixa Ren Tang.) Savez-vous qui sont vos ennemis et où ils se trouvent ?

— Tu es le *Pria-shath*, répondit le guerrier d'une voix méprisante. Nous attendons tes ordres.

— Très bien, répliqua Yu Yu. Tout d'abord, prenez quelques *riaj-nors* avec vous et sortez. Des ennemis rodaient dehors il y a peu.

Ren Tang remit son casque. Il remonta le tunnel suivi par une poignée de guerriers. Il revint quelques secondes plus tard.

— Nous ne pouvons pas sortir, dit-il. La porte ne s'ouvre pas.

— Ah oui ? grogna Yu Yu. Bravo, cervelle de cul ! On échoue au premier ordre ?

Ren Tang resta pétrifié quelques instants, puis son épée déchira l'air, la pointe s'arrêtant à un cheveu de la gorge du *Pria-shath*.

— Tu oses m'insulter ?

— Quelle insulte ? ricana Yu Yu. Tu attends depuis des milliers d'années, et ton premier geste est de tirer ton arme contre celui qui peut te faire sortir d'ici. Avec quel animal as-tu été croisé ? Un âne ?

Ren Tang gronda. Il ramena son épée en arrière et frappa.

La lame de Kysumu bloqua l'attaque.

Ren Tang feula de plus belle, et ses yeux lancèrent des éclairs.

— Tu ne peux pas me vaincre, humain. Je pourrais t'arracher le cœur avant même que tu ne bouges.

— Essaie, répondit calmement le *rajnee*.

Un guerrier s'approcha.

— Ça suffit ! coupa-t-il. Ren Tang, rengaine ton arme. Toi aussi, humain.

Il dominait la plupart des *riaj-nor*, et semblait un peu plus massif. Son armure ne se différenciait en rien des autres, ni son casque ouvragé ni sa plaque de poitrine en or, mais sa longue tunique de soie était d'un pourpre profond.

— Je suis Song Xiu.

À ces mots, il s'inclina respectueusement devant les deux hommes. Il jeta un coup d'œil à Ren Tang, et ce dernier recula en rangeant son épée dans son fourreau.

— Pourquoi cette colère ? demanda Yu Yu à Ren Tang.

Le *riaj-nor* se retourna sans répondre et rejoignit les siens.

— Il est furieux car nous avons obtenu une grande victoire hier, expliqua Song Xiu. Après toutes ces années de souffrances et de guerre, nous pensions que la paix demeurerait, que nous pourrions nous reposer et nous étendre au soleil. Nous espérions appeler des filles de joie, nous accoupler et boire jusqu'à en perdre la tête. Quel jour glorieux ! Mais le mage noir nous a révélé qu'un jour, le sortilège s'affaiblirait. Alors, Qin Chong a demandé à tous les *riaj-nor* de tirer au sort, pour déterminer qui quitterait le monde que nous connaissions et embrasserait le long sommeil.

» Et nous voilà de nouveau au combat, prêts à mourir pour une cause qui n'est pas la nôtre. Ren Tang n'est pas le seul à bouillonner, humain. Si nous avons accepté, c'est parce que Qin Chong nous a promis de nous commander. Mais il est mort. Il s'est frayé un passage à travers deux continents, il a triomphé de dangers inimaginables... et il a péri écrasé sous un rocher dans une colline creuse. Et notre colère t'étonne ?

— Vous ne vouliez pas être ici, répondit Yu Yu en haussant les épaules. Moi non plus. Mais *nous y sommes*. Quittons cet endroit, j'ai besoin d'air frais.

Yu Yu s'engagea dans le tunnel et s'approcha de la porte. Il tendit la main. Ses doigts s'écrasèrent contre la pierre. Pas la moindre trace de voile.

— Manquait plus que ça, souffla-t-il.

Il donna un violent coup de pied dans la roche. La porte se fissura, puis s'effondra sur le surplomb, provoquant de petits éboulis.

Yu Yu fit volte-face et décocha un sourire triomphant à Kysumu.

— Vous avez vu ? Personne ne m'a soufflé la solution, déclara-t-il. Je l'ai fait d'instinct ! Pas mal, hein ?

Sur ces belles paroles, il sortit et entreprit de rejoindre la terre ferme. Kysumu ne tarda pas à l'imiter, suivi des *riaj-nor*.

Les guerriers s'éparpillèrent ; deux d'entre eux s'approchèrent du *kriaz-nor* décapité. L'un se baissa et plongea son doigt dans la blessure béante. Il lécha le sang sur sa main.

— La mort est récente, conclut-il. (Il arracha un lambeau de chair, le fourra dans sa bouche, mais le cracha bien vite.) Ç'a le goût de la peur.

Kysumu s'éloigna et examina l'horizon. Yu Yu le rejoignit.

— Tout va bien, *rajnee* ?

— Regarde-les, Yu Yu. J'ai rêvé toute ma vie de marcher sur leurs traces. Et que sont-ils ? Mi-animaux, mi-hommes – et aussi vils que nos ennemis. Je pensais rencontrer de grands héros. À la place…

— Ils sont là, répondit son compagnon. Ils ont subi un sort qui les a… tués… pendant des siècles pour protéger une génération à venir. N'est-ce pas un acte des plus héroïques ?

— Comment pourrais-tu comprendre ? grogna le *rajnee*.

— Moi, le pauvre terrassier ? C'est ça ?

— Non, non, souffla Kysumu en attrapant l'épaule de son ami. Il n'y a là aucun déshonneur. Comprends-moi : je me suis privé de tous les plaisirs. Aucune nourriture sophistiquée, pas d'alcool, pas de femmes, aucun jeu d'argent. Ma robe, mes sandales et mon épée, voilà toutes mes possessions. J'ai accepté tout ça, car j'avais foi en l'ordre des *rajnees*. Ma vie avait un but noble. Mais j'ai vécu un mensonge. Pour gagner leur guerre, nos ancêtres n'ont fait qu'imiter nos ennemis. Sans honneur, sans principes. Alors, dis-moi, à quoi sert ma vie ?

— Vous, vous êtes honorable et vous suivez un code. Vous êtes un homme de valeur. Le passé importe peu. Quoi qu'il arrive, vous êtes ce que vous êtes. Quand j'ai commencé à creuser des tranchées, on nous a dit que les fondations devaient être profondes d'un mètre vingt. Au premier tremblement de terre, tous les nouveaux bâtiments se sont écroulés. On aurait dû pousser jusqu'à deux mètres. Vous voyez ce que je veux dire ? On avait creusé pour construire des maisons instables. Mais ça ne signifie pas que j'étais un mauvais terrassier. J'étais un grand terrassier. Une légende parmi les terrassiers.

Il s'interrompit. Ren Tang et Song Xiu approchaient.

— Quels sont vos ordres, *Pria-shath* ? demanda ce dernier.

— Savez-vous comment empêcher le portail de s'ouvrir totalement ?

— Bien sûr. Le sortilège a utilisé le pouvoir des lames *riaj-nors*, expliqua Song Xiu. Il nous suffit de nous rassembler près du portail et de poser nos épées contre lui.

— C'est tout ? s'exclama Yu Yu. On s'approche du portail et on le tapote avec une épée ? On pouvait le faire tout seuls !

— Il faut être plus de deux, corrigea Ren Tang.

— Combien ? demanda Kysumu.

— Dix, vingt… tous, répondit Song Xiu en plissant le front. Je ne sais pas. Mais ça ne servira à rien si le portail est complètement activé. Nous devons agir pendant qu'il est encore bleu.

— Bleu ? interrogea Yu Yu.

— J'ai assisté au lancement du premier sortilège, dit Song Xiu. Tout a commencé avec un éclair blanc qui a frappé l'entrée. Après la couleur a foncé, tirant sur le bleu clair d'un ciel d'hiver. Puis elle a viré à l'argent, comme une lame. Quand la lumière a disparu, l'argent s'est terni, et le gris a pris sa place. Nous nous tenions devant un mur de pierre. Une fois les Hommes d'Argile choisis, on nous a expliqué que quand le sortilège s'affaiblirait, le jeu de couleurs reprendrait à l'inverse. Quand il arrivera au blanc, le sort sera épuisé. Si nous pouvons ramener le portail aux lueurs de l'argent, il se refermera.

— Autant s'y mettre tout de suite, alors ! conclut Yu Yu.

Eldicar Manushan était malade. La communion avait été plus douloureuse qu'à l'accoutumée. Mais elle avait duré plus longtemps, aussi, atteignant les limites de son endurance. Pourtant, c'était la torture infligée à Matze Chaï par Deresh Karany qui lui avait retourné l'estomac. Qui aurait soupçonné une telle résistance chez un vieil homme à la vie si rangée. Il avait résisté aux bubons déchirant sa peau et aux plaies suppurantes qui rongeaient ses chairs. La douleur enflammant son crâne l'avait affaibli, et les gros vers festoyant dans ses blessures avaient fait du beau travail, mais ce fut la lèpre qui le brisa. La délicatesse du vieillard frisait l'obsession. Voir sa peau s'effriter et peler lentement avait eu raison de sa volonté.

— *Heureusement que tu lui as donné ces vingt années, Eldicar. Il n'aurait pas survécu sinon.*

— *Effectivement, seigneur.*

— *Tu parais souffrant.*

— *La communion est toujours une épreuve.*

— *Alors, penses-tu que nous ayons tout appris du marchand?*

— *Je le crois, seigneur.*

— *De toute manière, c'est suffisant. L'Homme Gris est un assassin connu autrefois sous le nom de Waylander. C'est presque amusant. Niallad a vécu dans la peur de rencontrer cet homme, et, à présent, il chemine à ses côtés.*

Le magicien eut l'impression que sa tête allait exploser. Il s'effondra contre le mur de la cave.

— *Il faut être plus résistant, Eldicar. Prends exemple sur le Chiatze. Va, maintenant.*

Libéré de la souffrance, Eldicar hurla. Il tomba à genoux. Il faisait froid dans la cave. Il s'assit, le dos au mur. Matze Chaï avait été laissé inconscient non loin de là, attaché sur une chaise. Nu, son corps était couvert de furoncles suintants, et sa peau montrait les blancs stigmates de la lèpre. Des vers grouillaient sur ses cuisses maigres.

Je voulais être guérisseur, pensa Manushan.

Il se remit sur ses pieds en soupirant, et se dirigea vers la porte. Il se retourna vers le prisonnier. Il n'y avait personne d'autre avec lui. La porte ouverte n'était pas gardée. Deresh Karany ne semblait plus s'intéresser au marchand.

Eldicar revint auprès du vieil homme. Il prit une profonde inspiration, et posa les mains sur le visage couvert de sang de Matze Chaï. La magie de Karany était puissante. Détruire la lèpre était la tâche la plus difficile. Elle était bien enchâssée dans les chairs. Eldicar œuvra en silence, tout à sa concentration. Il tua d'abord les vers, puis soigna les furoncles. Le marchand grogna et commença à se réveiller. Eldicar le plaça dans un profond sommeil avant de reprendre son travail. Focalisant tout son pouvoir dans ses mains, Manushan inonda d'énergie vitale les veines de Matze Chaï. Les yeux fermés, il traqua chaque poche de maladie et les éradiqua toutes.

Pourquoi faire cela ? se demanda-t-il.

Il n'avait aucune réponse rationnelle. Peut-être allait-il orner le lac acide de sa vie d'une unique fleur resplendissante. Il recula pour examiner son œuvre. La peau du marchand était impeccable.

— Tu ne t'en es pas trop mal tiré, Matze Chaï. Tu as gardé tes vingt ans de moins.

Après avoir refermé la porte derrière lui, Eldicar remonta au premier étage et entra dans la salle Chêne. Beric était assis près de la fenêtre du fond. Le seigneur Aric était vautré sur un canapé non loin de lui.

— Où est Panagyn ? demanda le magicien.

— Il se prépare à donner la chasse à l'Homme Gris, répondit Aric. Je crois qu'il a hâte de lui courir après. Vous avez tiré quelque chose du bridé ?

— Oui. L'Homme Gris est un assassin du nom de Waylander.

— J'en ai entendu parler. J'aurais bien aimé assister au supplice.

— Pourquoi ? demanda Eldicar d'un air las.

— Je m'ennuie, ça m'aurait distrait.

— Je suis bien triste de l'apprendre, mon ami. Pourquoi ne pas rendre visite à dame Lalitia ?

— Ah, voilà une bonne idée ! dit Aric, soudain de meilleure humeur.

Le petit groupe avait monté le camp dans une clairière proche du sommet de la colline dominant la plaine d'Eiden. À l'écart, Waylander observait les ruines de Kuan-Hador. Derrière lui, la prêtresse Ustarte dormait. Emrin et Niallad écorchaient trois lièvres chassés par Keeva le matin.

— Tout a l'air si paisible sous la lune, souffla Keeva. (Waylander hocha la tête.) Vous avez l'air fatigué.

— Je le suis, répondit-il. Je suis trop vieux pour tout ça.

— Je n'ai jamais compris le sens de la guerre, reprit Keeva. À quoi sert-elle ?

— À pas grand-chose. En général, tout tourne autour de la mortalité et de la peur de disparaître.

— La peur de la mort pousse les hommes à s'entre-tuer ? Ça me dépasse.

— Je ne parlais pas des soldats, Keeva. Je parlais des chefs. Ceux qui désirent le pouvoir. Plus ils se croient puissants, plus ils se voient divins. La gloire devient une sorte d'immortalité. Le chef ne peut pas mourir et son nom continue à résonner des siècles durant. Tout cela n'est que foutaises. Quoi qu'il arrive, ils meurent et retombent en poussière.

— Vous êtes très fatigué, lâcha Keeva en entendant le mépris las teintant ses paroles. Pourquoi ne pas vous reposer ?

Ustarte se réveilla et les appela. Waylander la rejoignit, Keeva sur ses talons.

— Comment vous sentez-vous ? demanda Waylander.

— Plus forte, répondit-elle en souriant. Et pas seulement grâce au repos : Yu Yu Liang a découvert les Hommes d'Argile.

— Et ?

— Les *riaj-nor* sont de retour. Ils sont déjà en route pour le portail. Ils sont trois cents et, quand ils l'atteindront, le pouvoir de leurs épées scellera l'ouverture pour mille ans encore. (Son sourire disparut.) Mais rien n'est encore gagné. Ça fait plusieurs jours que l'*ipsissimus* exerce un sort de dispersion sur le portail. S'il parvient à rompre l'enchantement, rien sur cette Terre ne pourra le reproduire.

— Vous connaissez la magie, intervint Emrin en s'approchant. Ne pouvez-vous pas… lancer vos propres sortilèges sur le magicien ?

— Je n'ai que très peu de magie, Emrin. J'ai un talent de précognition, et il fut un temps où je pouvais voyager à travers les mondes. Je ne sais pas pourquoi, mais ce pouvoir a presque disparu. Je pense qu'il faisait partie de l'Union qui m'a créée. Cette magie s'évanouit peu à peu. Mais je ne peux pas affronter l'*ipsissimus*. Il faut espérer que les *riaj-nor* nous sauveront.

Elle se releva maladroitement et agrippa le bras de Waylander.

— Venez, marchons un peu.

Ils s'éloignèrent, et Keeva alluma un petit feu. Emrin et elle s'assirent à côté pour préparer les lièvres. Niallad se leva et partit dans les bois.

— Ils ont torturé Matze Chaï, souffla Ustarte. J'en ai perçu de brefs instants. Il a été d'une bravoure extraordinaire.

— Des instants ?

— Un sort de dissimulation protège le magicien et son *loachai*. Je ne peux pas *voir* les événements autour d'eux. Mais je me suis ancrée dans les pensées de Matze Chaï.

— Est-il toujours en vie ?

— Oui. Il y a autre chose. Le *loachai* a soigné Matze, le ramenant des portes de la mort.

— Pour que son maître le torture à nouveau ?

— Je ne pense pas. L'espace d'un instant, j'ai eu l'impression que le sort de dissimulation se levait, et j'ai perçu une de ses pensées – plutôt un écho de ses émotions. Ce supplice l'avait attristé et écœuré. En soignant Matze Chaï, il s'offrait un minuscule acte de rébellion. C'est mystérieux. J'ai l'impression que nous avons négligé quelque chose, une chose essentielle. Ça trotte dans mon esprit, mais je n'arrive pas à mettre le doigt dessus.

— J'ai la même impression, murmura Waylander. Ça me tracasse depuis la bataille avec les démons. J'ai vu le magicien être déchiqueté. Mais juste avant, il a vacillé. Sa magie fonctionnait et la brume reculait, mais il m'a semblé perdre toute assurance. Il a même balbutié. Le brouillard s'est abattu sur lui, et l'un de ses bras a été arraché. Pourtant, quelques secondes plus tard, j'ai entendu sa voix s'élever de nouveau, et il a maîtrisé les démons.

— Un *ipsissimus* est doué de grands pouvoirs, commenta Ustarte.

— Alors, pourquoi les a-t-il perdus durant ces brefs instants ? Et où était son *loachai* ? Ça ne cadre pas avec ce que vous m'avez raconté au sujet d'un magicien et de son *loachai*. Le gamin joue le rôle de bouclier pour Eldicar.

— À ce moment-là, l'enfant était avec Yu Yu et Keeva. Lorsque les démons les ont attaqués, Manushan a peut-être senti le danger. Il aurait pu en perdre sa concentration.

— Ça n'a pas de sens, grogna Waylander. Il abandonne son bouclier et quand ce bouclier est en péril, il se fait tailler en pièces ? Non. Si le *loachai* avait été envoyé contre les démons et son maître menacé, je l'aurais compris. Vous m'avez expliqué que le maître est celui qui dispose du pouvoir, et qu'il le canalise à travers son *loachai*. Donc, si le maître était en danger, ce lien aurait pu être coupé, laissant le gamin sans défense. Mais ça ne s'est pas passé ainsi. C'est Eldicar qui a affronté les démons.

Ustarte réfléchit un instant.

— Il ne peut pas être le *loachai*, tenta-t-elle. Vous me dites que le garçon a environ huit ans ? Aucun enfant ne pourrait développer le pouvoir d'un *ipsissimus*, quel que soit son Talent. De même, personne de cet âge ne pourrait exsuder une aura aussi maléfique.

— Beric est un brave garçon, dit Niallad en émergeant des ténèbres. Je l'aime beaucoup. Il n'y a pas une once de mal en lui.

— Je l'aime aussi, dit Waylander, mais quelque chose cloche dans cette histoire. Eldicar a déclaré qu'il n'avait pas invoqué les démons chez moi. Je l'ai cru. Il a parlé de Deresh Karany.

— Je connais cet homme, lâcha la prêtresse d'une voix froide. Son âme est d'une noirceur inimaginable. Mais c'est un adulte. J'aurais senti la présence de deux *ipsissimus*. (Elle se tourna vers le jeune homme.) Veuillez pardonner mon intrusion, mais je vais lire dans vos pensées. Je dois vérifier certains événements dans votre mémoire. Souvenez-vous de cette nuit où vos parents ont été assassinés.

— Je ne veux pas, répondit Niallad en reculant.

— Je suis désolée, souffla Ustarte, mais c'est de la plus haute importance.

Le jeune homme s'immobilisa, et prit une grande inspiration. Waylander remarqua qu'il rassemblait tout son courage. Niallad hocha la tête, et la prêtresse ferma les yeux.

— Je vois, chuchota Ustarte, je vois l'enfant. Vous le regardez. Il se tient près du magicien.

— Oui, je me rappelle. Où voulez-vous en venir ?

— Concentrez-vous. Quelle impression vous a-t-il donnée ?

— Il se contentait d'observer.

— Il observait le carnage ?

— Je suppose.

— Son visage ne trahit aucune émotion. Ni choc, ni surprise, ni... horreur ?

— Ce n'est qu'un enfant, répliqua Niallad. Il ne devait pas comprendre ce qui se passait. C'est un gamin merveilleux.

Ustarte se tourna vers l'endroit où Emrin et Keeva s'affairaient.

— Vous êtes tous sous le charme de l'enfant. Même au pire moment de la torture, Matze Chaï n'avait que des pensées agréables pour Beric. Ce n'est pas normal, Homme Gris. (Elle reporta son regard sur Niallad.) Rappelez-vous tous les moments que vous avez partagés avec Beric. Je dois les voir.

— Il y en a peu, dit Niallad. Je l'ai rencontré pour la première fois dans le palais de l'Homme Gris. Nous sommes allés à la plage tous les deux.

— Qu'avez-vous fait ensuite ?

— J'ai nagé, et Beric s'est assis sur le sable.

— Il ne vous a pas rejoint ?

— Non, sourit Niallad. Je l'ai taquiné à ce sujet, et je l'ai même menacé de l'emporter avec moi. Je l'ai attrapé, mais il s'est agrippé à un rocher et je n'ai pas réussi à le déloger.

— Je n'ai pas vu de rocher dans votre mémoire.

— Il doit être quelque part. J'ai failli me rompre le dos en essayant d'en décrocher Beric.

Ustarte saisit Niallad par le bras.

— Concentrez-vous sur son visage. Regardez-le avec attention. Je dois le voir précisément.

Elle se figea, et Waylander vit son corps frémir comme si on l'avait piquée. Elle recula, les yeux exorbités sous l'effet de la terreur.

— Ce n'est plus un enfant, murmura-t-elle. C'est devenu un Uni.

Waylander s'approcha.

— Expliquez-vous ! lâcha-t-il.

— Vos soupçons se confirment, Homme Gris. Eldicar Manushan est le *loachai.* Quant à celui qui nous apparaît sous les traits d'un enfant… c'est Deresh Karany. L'*ipsissimus.*

— C'est impossible ! murmura Niallad. Vous vous trompez !

— Non. Il bénéficie d'un sort de charme. Tous ceux qui l'approchent sont affectés. C'est une bonne protection. Qui pourrait se méfier d'un bel enfant aux cheveux blonds ?

Plongée dans des souvenirs terrifiants, Ustarte s'éloigna. Elle avait franchi la frontière entre les mondes pour échapper aux maléfices de Deresh Karany. Et elle le retrouvait ici. Tout à coup, ses espoirs de victoire semblaient aussi fragiles qu'un nuage de fumée.

Elle aurait dû se douter qu'il viendrait. Elle aurait dû songer qu'il changerait de forme. L'étrange magie de l'Union obsédait Karany. Grâce à la prêtresse, il avait compris que ses possibilités ne s'arrêtaient pas au seul plan physique. Avec un bon équilibre, on pouvait développer les prouesses du corps, mais aussi celles de l'esprit. Déjà presque immortel, Karany désirait toujours plus de pouvoir. Il avait multiplié les expériences horribles sur de pauvres victimes pour percer les secrets de l'Union.

Il s'était pris de passion pour Ustarte. La prêtresse eut la nausée. Il s'était acharné sur elle pour comprendre comment elle pouvait changer de forme, pour trouver la source de son pouvoir. Un jour, elle avait fini attachée sur une table. Deresh l'avait ouverte et lui avait ôté un rein, pour le remplacer par un organe chargé de magie prélevé sur le sujet d'une Union ratée. La douleur fut indescriptible, et seule sa grande force avait sauvé la prêtresse de la folie.

Reprenant peu à peu ses esprits dans sa cellule, elle avait senti l'organe bouger en elle comme une créature vivante. Des filaments s'en échappaient, caressant les muscles de son dos et s'infiltrant dans ses poumons. Des spasmes terribles la tordaient. Sa vie lui était volée. Dans la panique, elle Changea. Le corps étranger fut broyé, mais un minuscule filament se libéra et vint se loger à la base du crâne d'Ustarte où il mourut. Du poison suinta de son cadavre. Une humeur brûlante. La prêtresse-tigre devint folle de rage et lacéra le plâtre des murs avec ses énormes griffes. Enfin, son système assimila la toxine, comme il l'avait déjà fait auparavant, et elle fut hors de danger. Le poison ne pouvait plus la tuer, mais il la transforma.

Quand Ustarte se réveilla sous forme humaine, elle se sentit différente. Nauséeuse, elle resta assise au beau milieu des meubles ravagés par sa forme bestiale. Soudain, son esprit s'ouvrit et elle perçut les pensées de toutes les créatures dans la prison.

Simultanément.

Elle hurla sous le choc, mais elle ne s'entendit pas. Son cerveau semblait proche de l'explosion. Maîtrisant sa panique, elle se concentra et créa des compartiments dans son esprit, qu'elle isola du tumulte environnant. Elle ne pouvait rien contre les pensées les plus puissantes… celles nées de la souffrance.

Celles qui venaient de Prial.

Les deux assistants de Karany se livraient à des expériences sur lui.

La colère submergea Ustarte, et sa rage palpita comme un volcan. Elle se leva et se concentra sur les assistants. Autour d'elle, l'air se troubla puis sembla s'écarter. Une fraction de seconde plus tard, elle se trouvait avec les tortionnaires dans l'une des salles d'Union. La prêtresse ouvrit la gorge du premier homme d'un coup de griffes. Le second tenta de fuir, mais elle lui sauta sur le dos, l'écrasant sous son poids. En frappant le sol de pierre, les os du visage du tortionnaire éclatèrent.

Ustarte libéra Prial.

— Comment… ? murmura Prial. Tu… es apparue comme ça.

Sa fourrure était couverte de sang, et quelques instruments émergeaient encore de ses chairs meurtries. La prêtresse les retira doucement.

— Nous partons, dit-elle.

— L'heure est venue ?

— Oui.

En fermant les yeux, elle émit un message pour toutes les créatures Unies de la prison. Et elle disparut.

Les appartements de Deresh Karany étaient vides. Elle se souvint qu'il devait se rendre en ville pour rencontrer le Conseil des Sept. Deresh projetait une fois de plus d'ouvrir un portail sur un monde pour l'envahir. Cet univers les avait vaincus par le passé.

Dehors, des craquements sinistres et des cris résonnèrent. Ustarte s'approcha de la fenêtre. Des créatures Unies s'emparaient du terrain d'exercices. Les gardes terrifiés s'enfuyaient.

Ils n'allèrent pas bien loin.

Une heure plus tard, la prêtresse guidait l'évasion des cent soixante-dix prisonniers jusque dans les forêts de la montagne.

— Ils vont nous pourchasser, dit Prial. Nous n'avons nulle part où aller.

Les jours suivants lui donnèrent raison : des troupes de *kriaz-nors* accompagnées de chiens envahirent les bois.

Les fugitifs se battirent avec l'énergie du désespoir et remportèrent de jolies victoires. Pourtant, peu à peu, leur nombre décrut, et ils furent repoussés toujours plus haut dans les montagnes. Certains évadés partirent seuls, montant plus encore, jusqu'à la neige. Ustarte envoya de petits groupes au sud et à l'est. À cause de leurs difformités et de leur monstruosité, la prêtresse leur conseilla d'éviter la compagnie des hommes.

À l'aube du dernier jour, plusieurs centaines de *kriaz-nors* escaladèrent les pentes boisées pour attaquer son campement. Ustarte rassembla les vingt survivants restés avec elle.

— Tenez-vous près de moi, ordonna-t-elle. Et suivez mes mouvements.

Elle se concentra et visualisa le portail tel qu'elle l'avait vu dans les pensées de Karany.

L'air se voila.

Ustarte tendit les bras.

— Maintenant ! hurla-t-elle au moment même où les *kriaz-nors* attaquaient.

La prêtresse s'avança. Une multitude de lumières colorées l'entourèrent. Ces dernières se dissipèrent, et elle se retrouva dans un pré à l'ombre d'une imposante chaîne de montagnes. Le soleil illuminait un beau ciel bleu. Seul neuf de ses compagnons parvinrent à la rejoindre. Des *kriaz-nors* hébétés se tenaient un peu plus bas. En haut, une énorme arche de pierre se découpait à flanc de colline. Sous cette arche, la pierre luisait, des étincelles bleutées courant le long de sa surface.

Les *kriaz-nors* se ressaisirent et chargèrent. Accompagnée par Prial, Menias, Corvidal et Sheetza, une jeune fille à la peau écailleuse, Ustarte se précipita vers le portail. Les autres vinrent à la rencontre des guerriers de Karany.

La prêtresse rassembla tout son pouvoir. L'espace d'une seconde, la pierre à l'intérieur de l'arche s'effaça, et des ruines fantomatiques éclairées par la lumière de la lune apparurent. L'image commença à disparaître et Ustarte traversa l'arche avec ses derniers compagnons.

Le portail se referma derrière elle. Ce n'était plus qu'un mur de pierre.

Sheetza s'écroula. Ustarte remarqua un couteau fiché dans son dos. La jeune fille avait sombré dans l'inconscience. La prêtresse saisit l'arme et la jeta au loin. Elle apposa ses mains sur la blessure et la referma. Le cœur de la jeune fille ne battait plus. Se concentrant sur son pouvoir, Ustarte obligea le sang à circuler de nouveau.

— J'ai cru qu'on m'avait poignardée, gémit Sheetza en ouvrant les yeux. Mais je n'éprouve aucune douleur. Sommes-nous en sécurité à présent ?

— Nous ne risquons plus rien, répondit la prêtresse en cherchant le pouls de la jeune fille.

Rien. Seule la magie d'Ustarte forçait le sang à circuler. La jeune fille était bel et bien morte.

La prêtresse distingua un lac scintillant au loin, et le petit groupe se mit en route. Une fois arrivés, Corvidal se baigna avec Sheetza. La jeune fille évoluait avec la grâce d'un dauphin. Elle sortit de l'eau en riant. Elle s'assit sur la berge et aspergea Menias. Il se précipita sur elle, l'agrippa, et ils tombèrent dans le lac.

Ustarte s'éloigna. Prial la rejoignit et s'assit à côté d'elle.

— Peut-être que d'autres ont pu fuir, dit-il.

La prêtresse ne répondit pas. Elle observait Sheetza.

— Je ne te connaissais pas ces dons de guérisseuse.

— Je n'en ai pas. Sheetza est mourante. Son cœur a été transpercé.

— Mais elle nage, s'étonna Prial.

— Quand la magie disparaîtra, elle s'éteindra. Dans quelques heures, peut-être une journée. Je ne sais pas.

— Oh, Éminente ! Nous sommes donc maudits ? Avons-nous commis des crimes atroces dans une vie antérieure ?

Cette nuit-là, Ustarte parla avec Sheetza. La prêtresse sentait faiblir la magie imprégnant la jeune fille. Elle tenta de renouveler son énergie, mais en vain. La fatigue envahit Sheetza et elle s'allongea.

— Qu'allons-nous faire dans ce monde, Éminente ? demanda la jeune fille.

— Nous allons le sauver, répondit Ustarte. Nous tiendrons Deresh Karany en échec.

— Est-ce que les gens d'ici vont m'accepter ?

— Quand ils te connaîtront, ils t'adoreront, Sheetza. Tout comme nous.

La jeune fille sourit en s'endormant. Ustarte resta à son chevet et, un peu plus tard, la fille-lézard mourut.

Toujours perdue dans ses pensées, la prêtresse ne vit pas Waylander approcher, jusqu'à ce qu'il pose la main sur son épaule.

— Comme j'étais arrogante en croyant pouvoir m'opposer à Deresh Karany et au Conseil des Sept, lâcha-t-elle. Arrogante et stupide.

— Disons plutôt courageuse et altruiste, corrigea Waylander. Mais ne vous jugez pas encore. Demain, Emrin et

Keeva emmèneront le gamin à travers les hauts cols. Ils vont essayer d'atteindre la capitale. Une fois qu'ils seront en sécurité, nous vérifierons l'immortalité du magicien.

— Ne l'affrontez pas, Homme Gris.

— Je n'ai pas le choix.

— Nous avons tous le choix. Pourquoi perdre la vie aussi inutilement ? Il ne peut pas mourir.

— Ça n'a rien à voir avec lui, Ustarte. Ces hommes ont assassiné mes serviteurs et torturé mon ami. Quel homme serais-je si je ne les combattais pas ?

— Je ne veux pas vous voir mourir, dit-elle. J'ai déjà assisté à trop de morts.

— J'ai eu une longue vie, prêtresse. Peut-être même trop longue. Nombre d'hommes bien meilleurs que moi sont maintenant dans leur tombe. La mort ne m'effraie pas. Et même si j'acceptais de vous écouter et ne pourchassais pas Deresh Karany, il reste un fait que je ne peux pas ignorer : Matze Chaï est toujours leur prisonnier. Et je n'abandonne jamais un ami.

Chapitre 14

Le seigneur Aric de la maison Kilraith se prélassait dans son carrosse qui descendait l'avenue des Pins. À travers les vitres, il observait les maisons alentour. Il y avait peu de monde dans les rues de Carlis. Les détails du massacre du duc et de ses courtisans et serviteurs étaient déjà assez choquants, mais quand la nouvelle se répandit que des démons étaient responsables de cette tuerie, la terreur s'était abattue sur les habitants. La plupart s'étaient barricadés chez eux, redécouvrant par la même occasion les joies de la prière. Plusieurs centaines de familles s'étaient rassemblées dans le temple, dans l'espoir que ses murs les protégeraient des esprits mauvais. Ils espéraient que Chardyn ferait une apparition, mais le prêtre avait préféré se cacher.

Le carrosse roulait dans la ville fantôme.

Aric n'était pas de bonne humeur. Comme il l'avait dit à Eldicar Manushan, il s'ennuyait. Lui interdire d'assister au supplice du Chiatze était d'une impolitesse crasse. Quelque chose dans les hurlements de douleur avait allégé le malaise qui s'était emparé d'Aric ces derniers temps.

Il se ragaillardit un peu en pensant à Lalitia, la petite rousse qu'il avait découverte dans la prison. Elle était aussi courageuse qu'ambitieuse, et dotée d'un corps dont elle avait vite appris à user. La vie, la vraie !

Avant, Aric était seigneur du Croissant. La vie était déjà agréable grâce aux impôts levés sur les fermiers et les pêcheurs. Mais pas aussi agréable que celle d'autres nobles, celle de Ruall en particulier, dont les revenus étaient dix fois supérieurs à ceux d'Aric.

Une nuit, dans le palais du vieux duc, à Masyn, Aric avait participé à un tournoi de jeux avec de fortes mises de départ. Il avait gagné vingt mille pièces d'or. Ruall était celui qui avait le plus perdu. Aric était quant à lui passé d'une relative aisance à la richesse. Il avait dépensé sans retenue, et au bout d'un an, il devait presque autant que ce qu'il avait gagné.

Alors, il joua de nouveau. Et il perdit. Beaucoup. Plus il perdait, plus il jouait.

Seules la mort du vieux duc et l'accession d'Elphons à son trône l'avaient sauvé de la destitution. À cette époque-là, Aric était devenu le maître de la maison Kilraith. Avec de nouveaux impôts à collecter, il était parvenu, au moins, à honorer les intérêts de ses dettes.

L'arrivée de l'Homme Gris fut une bénédiction. Il avait prêté les terres du Croissant contre l'équivalent de dix ans d'impôts. Une somme suffisante pour sauver Aric de ses dettes.

Enfin, s'il n'avait pas suivi Ruall sur une course de chevaux privée en pariant quarante mille pièces d'or… Aric était aux anges, car si leurs chevaux étaient de force égale, le seigneur de la maison Kilraith avait payé le lad pour qu'il fasse boire une potion au pur-sang de son adversaire. La décoction diminuerait considérablement l'endurance du cheval.

La potion avait fonctionné mieux que prévu. Le cheval était mort dans la nuit. Ruall lui avait substitué une autre bête, et Aric ne put rien objecter. Le nouveau cheval battit celui d'Aric d'une demi-longueur.

Ce souvenir le remplissait toujours d'amertume, et même la mort de Ruall peinait à l'effacer : l'éclair de surprise dans les yeux du seigneur quand l'épée noire l'avait ouvert en deux, et cette expression de souffrance horrifiée quand la vie l'avait quitté.

Aric se rappelait la nuit où Eldicar Manushan avait frappé à sa porte. Il était presque minuit. Aric était à moitié ivre, et sa tête le lançait. Il avait insulté le serviteur venu annoncer un visiteur, et lui avait jeté son gobelet au visage. Il l'avait raté de deux bons mètres.

Le mage à la barbe noire s'était avancé dans la grande pièce, un charmant enfant à ses côtés. Il s'était incliné, avant de s'approcher du noble aux yeux voilés.

— Je vois que vous souffrez, seigneur, avait-il dit. Effaçons cette migraine.

Il avait touché le front d'Aric, et le noble crut qu'une brise fraîche nettoyait l'intérieur de son crâne. Il se sentit merveilleusement bien. En fait, cela faisait plusieurs années qu'il n'avait éprouvé une sensation aussi agréable.

Le gamin s'était assoupi sur un canapé, et les deux hommes avaient longuement parlé.

L'aube approchait quand le mage évoqua la notion d'immortalité. Aric était sceptique. Qui ne le serait pas? Eldicar lui avait glissé ces quelques mots à l'oreille:

— Désirez-vous une preuve?

— Bien entendu.

— Le serviteur que vous avez essayé d'assommer avec votre gobelet, vous est-il cher?

— Pourquoi?

— Sa mort vous dérangerait-elle?

— Sa mort? Pourquoi mourrait-il?

— Il n'est plus très jeune. Il ne survivra pas quand je lui ôterai le peu d'années qui lui restent pour vous les transférer.

— Vous plaisantez, je suppose.

— Absolument pas, seigneur Aric. En quelques minutes, je peux vous rendre force et jeunesse. Mais la force vitale que je vais vous conférer doit venir de quelqu'un.

En y repensant, Aric ne comprenait pas comment il avait pu hésiter. En quoi la mort d'un serviteur pouvait-elle avoir de l'importance ? Pourtant, à l'époque, il s'était demandé si l'homme avait de la famille. Hallucinant ! Alors que l'aurore pointait, le magicien s'était emparé d'un miroir superbement ouvragé posé sur un guéridon. Il s'était approché du noble en lui présentant la glace.

— Regardez-vous tel que vous êtes.

Aric avait examiné ses traits lourds, ses yeux gonflés, tous les stigmates de l'âge et d'une vie de débauche.

— À présent, examinons les possibilités, avait repris Eldicar.

Le reflet s'était brouillé, et Aric avait soupiré, envahi par une profonde nostalgie en regardant l'homme qu'il avait été. Une grande beauté, un air de rapace et des yeux brillants.

— Est-il si important, ce serviteur ? avait susurré Eldicar Manushan.

— Non.

Une heure plus tard, la jeunesse et la vitalité promises à Aric étaient siennes. Le domestique était mort dans son lit.

— Il lui restait peu de temps à vivre, expliqua le magicien. Il faudra trouver quelqu'un d'autre sous peu.

Aric était trop aveuglé par le plaisir pour s'en soucier.

Le carrosse tourna à droite, dans le Carré des Marchands. Aric repéra l'enseigne de la *taverne des Étoiles*, un visage de femme auréolée d'étoiles peint sur un bouclier aux couleurs vives. Il se souvint d'avoir rencontré Rena ici pour la première fois. Elle l'avait diligemment servi et était habile à la révérence. Elle n'était pas très futée, mais elle était agréable au lit, et elle l'aimait. Il l'avait engagée comme gouvernante dans une villa confortable qu'il possédait en dehors de Carlis, sur les berges du lac des Saules. Elle lui avait donné une fille, une enfant exquise, aux cheveux bouclés et très précoce. Elle adorait s'asseoir sur les genoux de son père pour qu'il lui raconte des histoires de l'ancien temps riches en fées et en magie.

Le carrosse ralentit en montant la côte. Le cocher claqua du fouet, et les deux chevaux accélérèrent l'allure. Aric se renfonça dans son siège de cuir rembourré de crin.

Rena sanglotait pour un motif quelconque en ce jour-là, mais Aric était incapable de se souvenir de la raison. Elle pleurait beaucoup ces derniers mois. *Les femmes peuvent se montrer si égoïstes*, pensa Aric. Elle aurait dû comprendre qu'avec sa jeunesse et sa vigueur renouvelées, il aurait besoin d'autres exutoires.

La docile et replète Rena était parfaite pour le notable d'âge mur qu'il était devenu, mais elle n'avait pas ce qu'il fallait pour danser toute la nuit en robe de satin ou pour assister aux divers banquets et événements auxquels se rendait Aric désormais. Après tout, elle n'était qu'une vulgaire gouvernante.

Il se rappela soudain pourquoi elle pleurait. Il avait pourtant essayé de lui expliquer. Elle n'avait pas démordu de cette histoire de promesse de mariage. Elle aurait dû comprendre qu'on ne pouvait astreindre un homme jeune et puissant au serment prêté par le noble vieillissant et proche de la ruine qu'il avait été. Cette promesse avait été faite par un autre homme. Mais elle n'était pas assez intelligente pour l'accepter, et elle s'était mise à geindre. Il lui avait intimé le silence. Elle ne l'avait pas écouté.

Il avait donc été obligé de l'étrangler. Une expérience savoureuse. À ce délicieux souvenir, il regretta de ne pas avoir fait durer un peu plus la chose.

En d'autres circonstances, Aric aurait élevé l'enfant seul, mais l'assassinat du duc n'allait pas s'échafauder tout seul. Il n'avait pas de temps à perdre. Par ailleurs, Eldicar Manushan avait souligné que la force vitale de l'enfant serait bien plus efficace que celle du serviteur, qui n'avait procuré à Aric qu'un avant-goût de l'immortalité.

— La chair de votre chair vous offrira des années de jeunesse et de santé, avait-il expliqué.

Aric n'en douta pas. Il s'était tenu immobile dans la chambre de l'enfant endormie, et avait senti affluer en lui une fantastique vitalité quand elle était morte.

Le carrosse s'arrêta et le seigneur de la maison Kilraith en descendit. Une femme mure et ventripotente lui ouvrit la porte. Elle s'inclina, puis le mena à une chambre richement meublée. Vêtue d'une robe de soie verte très simple, Lalitia lisait, assise sous une lanterne.

— Du vin pour mon invité, dit-elle à la grosse femme.

Aric traversa la pièce, baisa la main de la jeune femme, puis s'assit sur un canapé en face d'elle.

Il étudia la jeune femme, la blancheur de son cou, la courbure magnifique de ses seins. Soudain, il se demanda ce qu'il ressentirait en plongeant une dague à travers cette soie d'émeraude. Il imagina une fleur de sang s'y épanouissant.

Eldicar aurait dû le laisser assister à la torture du bridé. Toute la journée, il avait pensé à la musique de la souffrance.

Et Lalitia ne lui était plus d'aucune utilité. Il n'avait donc aucune raison de la garder en vie.

— Vous semblez de charmante humeur, mon seigneur, souffla la jeune femme.

— Je le suis, très chère. Je me sens… immortel.

Quelque chose dans le comportement d'Aric éveilla une étincelle de peur dans le cœur de Lalitia. Elle n'arrivait pas à déterminer quoi. Il semblait détendu, mais ses yeux brillaient étrangement.

— J'ai été tellement soulagée quand j'ai appris que vous aviez survécu au massacre. Ç'a dû être terrifiant.

— Non. C'était un bonheur ineffable de voir autant d'ennemis périr au même moment. J'aimerais pouvoir le revivre.

La peur de Lalitia augmenta.

— Vous allez devenir le nouveau duc, donc.

— Un temps seulement, répondit-il en se levant et en sortant sa dague.

Lalitia se figea.

— Je suis si las, Rouquine, continua-t-il sur un ton affable. Plus rien ne m'intéresse. Et si tu criais pour moi ?

— Ni pour vous ni pour personne, répliqua-t-elle.

Aric s'approcha, et la jeune femme roula sur le côté. Sa main glissa derrière un coussin de satin et elle en retira un fin couteau.

— Ah, Rouquine, tu as toujours été si délicieuse ! lâcha le seigneur. Je ne m'ennuie plus du tout.

— Approchez-vous encore et vous ne vous ennuierez plus jamais.

La porte derrière Lalitia s'ouvrit, et Chardyn, le prêtre de la Source, fit son entrée. Aric sourit en le voyant.

— Voilà donc votre cachette, prêtre. Qui y aurait pensé ? Mes hommes ont fouillé les maisons de votre congrégation. Ils n'ont pas pensé aux putes du coin.

Le prêtre massif ne réagit pas.

— Qu'est-il advenu de vous, Aric ? finit-il par demander.

— Ce que je suis devenu ? Quelle question ridicule ! Je suis plus jeune, plus fort… et immortel.

—Quand je vous ai rendu visite l'année dernière, au lac des Saules, vous sembliez heureux. Vous jouiez avec une enfant, si je me souviens bien.

—Ma fille. Une créature exquise.

—Je ne savais pas que vous aviez une fille. Où est-elle ?

—Elle est morte.

—Avez-vous souffert ? continua Chardyn, d'une voix basse et apaisante.

—Souffert ? Oui, je suppose.

—Avez-vous souffert ? répéta le prêtre.

Aric plissa le front. La voix de cet homme était presque hypnotique.

—Comment osez-vous m'interroger ? s'insurgea-t-il. Vous êtes un fugitif… un criminel. Oui, un traître !

—Pourquoi n'avez-vous pas souffert, Aric ?

—Arrêtez ! hurla le noble en reculant.

—Qu'est-ce qu'ils vous ont fait, mon garçon ? Je vous ai vu avec cette enfant. Vous l'aimiez profondément.

—L'aimer ? (Pendant un moment, Aric resta pétrifié. Il se retourna, oubliant sa dague.) Oui, je… crois me rappeler avoir éprouvé…

—Qu'avez-vous ressenti ?

—Je ne veux pas parler de ça avec vous, prêtre ! cria Aric. Écoutez, partez et je ne rapporterai pas votre présence. Partez. Je dois… je dois parler avec Rouquine.

—Vous avez besoin de *me* parler, Aric, répondit Chardyn.

Le seigneur de la maison Kilraith fixa le large prêtre, plongeant son regard dans ses yeux sombres et profonds. Il ne pouvait s'en détacher. Il était prisonnier du regard de Chardyn.

—Parlez-moi de l'enfant. Pourquoi n'avez-vous pas souffert ?

— Je… ne sais pas, admit Aric. J'ai posé la question à Eldicar… la nuit des meurtres. Je ne comprenais pas mes réactions. Je ne ressens… rien. Je lui ai demandé si j'avais perdu quelque chose en regagnant ma… ma jeunesse.

— Qu'a-t-il répondu ?

— Que je n'avais rien perdu. Non, pas exactement. Il a dit que je n'avais rien perdu qui puisse servir à Kuan-Hador.

— Et maintenant, vous voulez tuer Lalitia ?

— Oui, ça me divertirait.

— Rappelez-vous, Aric. Souvenez-vous de l'homme assis avec sa fille près du lac. Tuer Lalitia l'aurait-il amusé ?

Aric s'arracha aux yeux du prêtre et s'assit, contemplant la dague qu'il tenait.

— Vous me troublez, Chardyn, souffla-t-il.

Il se rendit compte que sa tête le lançait. Il posa l'arme sur la table, et se massa les tempes.

— Comment s'appelait votre fille ?

— Zarea.

— Où est sa mère ?

— Elle est morte aussi.

— Comment ?

— Je l'ai étranglée. Elle n'arrêtait pas de pleurer, vous comprenez ?

— Avez-vous tué votre fille également ?

— Non, c'est Eldicar. Son énergie vitale était très forte. Elle m'a procuré énormément de jeunesse et de force. Vous ne pouvez nier ma bonne santé.

— Je vois bien plus que ça, lâcha Chardyn.

Aric leva la tête. Lalitia le dévisageait, le visage tordu par le dégoût.

Le prêtre vint s'asseoir à côté du noble.

— Vous m'avez dit un jour qu'Aldania avait été bonne avec vous. Vous vous rappelez ?

— Oui. Ma mère venait de mourir, et elle m'avait invité au château de Masyn. Elle m'a pris dans ses bras pendant que je pleurais.

— Pourquoi pleuriez-vous ?

— Ma mère était morte.

— Votre fille est morte. Avez-vous pleuré ?

— Non.

— Qu'avez-vous éprouvé à la mort de votre mère ? Rappelez-vous.

Aric entra en lui-même. Il reconnut l'homme qu'il avait été, les joues pleines de larmes, mais il ne comprenait plus pourquoi l'homme sanglotait.

Comme c'est étrange, pensa le seigneur.

— Vous aviez raison, Aric, murmura le prêtre. Vous avez perdu quelque chose. Plus exactement, Eldicar vous l'a volé. Vous avez perdu toute notion d'humanité, de compassion et d'amour. Vous n'êtes plus humain. Vous avez tué une femme qui vous aimait, et laissé mourir une enfant que vous adoriez. Vous avez participé à un massacre ignoble au cours duquel Aldania a été sauvagement assassinée. Cette femme qui avait été si bonne.

— Mais... je suis immortel maintenant, répondit Aric. Il n'y a que ça qui compte.

— Oui, vous êtes immortel. Immortel et blasé. Vous ne vous ennuyiez pas près du lac, la dernière fois. Vous riiez. Un son agréable. Vous étiez heureux. Personne n'avait eu à mourir pour que vous vous sentiez bien. Vous ne voyez donc pas comment ils vous ont abusé ? Ils vous ont donné une vie plus longue, en vous ôtant les émotions nécessaires pour apprécier cette existence.

Le crâne d'Aric était sur le point d'exploser. Il pressa ses mains contre ses tempes.

— Arrêtez, Chardyn. Vous allez me tuer ! Ma tête est en feu !

— Je veux que vous pensiez à Zarea, et à cette journée près du lac, continua le prêtre. Je veux que vous vous accrochiez à ce souvenir. Souvenez-vous de ses petits bras autour de votre cou, de son rire enfantin résonnant à vos oreilles. L'entendez-vous, Aric ? L'entendez-vous ?

— Je l'entends.

— Avant que nous ne rentrions, elle vous câlinait. Elle vous a dit quelque chose. Vous rappelez-vous ?

— Oui.

— Dites-le.

— Je ne veux pas.

— Dites-le, Aric.

— Elle a dit : « Je t'aime, papa ! »

— Et qu'avez-vous répondu ?

— Que je l'aimais aussi. (Aric grogna, puis tomba en arrière, les yeux fermés.) Je ne peux pas réfléchir… J'ai mal !

— C'est le sortilège, Aric. Il se bat pour vous empêcher de vous rappeler. Voulez-vous vous souvenir de ce que l'on ressent quand on est humain ?

— Oui !

Chardyn déboutonna son col et ôta son collier doré. Un talisman y était enfilé, un morceau de jade taillé en forme de larme et couvert de runes.

— Cette amulette a été bénite par le père Dardalion. Elle est censée protéger des sorts et soigner les maladies. Je ne sais pas vraiment si elle est enchantée, ou si ce n'est qu'une babiole. Mais si vous le désirez, je vais la passer autour de votre cou.

Aric contempla le jade. Une partie de lui voulait repousser la pierre et enfoncer sa dague dans la gorge du prêtre. L'autre voulait se souvenir de ce qu'il éprouvait quand sa fille lui disait qu'elle l'aimait. Il s'assit bien droit et fixa Chardyn.

— Aidez-moi ! dit-il.

Chardyn passa l'amulette autour du cou du seigneur.

Rien ne changea. La douleur revint, manquant de l'aveugler. Il sanglota. Il sentit la main de Chardyn prendre la sienne et la poser sur la larme de jade.

— Serrez-la et pensez à Zarea.

Je t'aime, papa !

Au tréfonds de lui-même, bien au-delà de la souffrance, une vague d'émotions submergea son esprit. Il sentit de nouveau les bras de sa fille autour de son cou, ses cheveux doux frottant contre sa joue.

Un instant, une joie pure l'envahit. Puis il se vit. Debout près du petit lit de son enfant, savourant le vol de son énergie vitale. Les larmes glissèrent sur ses joues. Lalitia et Chardyn gardaient le silence. Peu à peu, les sanglots s'espacèrent. Aric gémit et ramassa la dague d'un geste vif, retournant la pointe contre sa gorge.

Chardyn eut juste le temps d'agripper son poignet.

— Non ! hurla le prêtre. Ne faites pas ça, Aric ! Vous avez été faible de désirer un tel don. Mais vous n'avez pas tué votre femme. Pas vous ! Vous étiez la proie d'un sortilège. Comprenez-vous ? Ils se sont servis de vous.

— J'ai ri quand Aldania est morte, balbutia Aric. J'ai savouré cette boucherie. Et j'ai tué Rena et Zarea.

— Pas vous, Aric ! répéta Chardyn. Le magicien est le véritable meurtrier. Posez cette dague, et aidez-nous à découvrir un moyen de le détruire.

Aric se détendit, et le prêtre lâcha sa main. Le seigneur de Kilraith se leva lentement et se retourna vers Lalitia.

— Je suis désolé, Rouquine. À toi, je peux présenter des excuses, mais je ne pourrai jamais demander aux autres de me pardonner. (Il revint à Chardyn.) Je vous remercie, prêtre, de m'avoir rendu ce qu'on m'avait volé. Mais je ne peux pas vous aider. La culpabilité me ronge trop. (Chardyn ouvrit la bouche pour répondre, mais Aric l'arrêta d'un geste.) J'ai entendu ce que vous disiez au sujet d'Eldicar, et il y a du vrai. Mais j'ai fait un choix. Je l'ai laissé tuer un homme pour nourrir ma vanité. Si j'avais été plus fort, ma Rena et ma Zarea seraient encore en vie. Je ne peux pas vivre ainsi.

Il ouvrit la porte et sortit. Il s'enfonça dans la nuit sans se retourner. Il monta dans son carrosse et ordonna au cocher de l'emmener au lac des Saules.

Une fois arrivé, il renvoya l'homme et longea la villa déserte. Il marcha sur les berges éclairées par la lune. Il s'assit sur la jetée et se rappela cette journée magnifique quand sa fille et lui riaient et jouaient au soleil.

Puis il se trancha la gorge.

Le seigneur Panagyn s'était toujours cru immunisé contre la peur. Il avait combattu et affronté ses ennemis toute sa vie. Il laissait la peur aux misérables. C'est pour cela qu'il ne reconnut pas immédiatement le pincement de ses entrailles ni les premières lueurs de panique assiégeant son esprit.

Il courait dans la forêt, écartant de ses mains la végétation, ignorant les branches et les brindilles qui le griffaient. Il s'arrêta près d'un vieux chêne pour reprendre son souffle. La sueur coulait sur son visage et poissait ses cheveux courts et gris. En regardant autour de lui, il n'était plus très sûr de repérer sa position par rapport à la piste. Mais ça n'avait plus d'importance. Il fallait survivre. Peu habituées à la course, ses jambes étaient douloureuses et pleines de crampes. Il dut s'accroupir. Son fourreau se coinça dans une racine et le pommeau de son sabre de cavalerie s'enfonça entre ses côtes.

Panagyn gémit, puis se pencha sur la gauche pour libérer son arme.

Une brise fraîche soufflait entre les arbres. Il se demanda si ses hommes avaient survécu. Il en avait vu courir en jetant leur arc, et tenter de rejoindre les falaises. Waylander ne pouvait pas tous les tuer, quand même ! Ce n'était pas possible. Un homme seul ne peut pas tuer douze soldats expérimentés.

— Ne négligez pas la menace que représente cet homme, l'avait averti Eldicar Manushan. C'est un tueur talentueux. Si j'en crois Matze Chaï, c'est le meilleur assassin que ce monde ait connu.

— Vous le voulez mort ou vif ? avait demandé Panagyn.

— Tuez-le, avait répliqué le magicien. Attention, il voyage avec une femme douée de clairvoyance. Je vais lancer un sort de dissimulation sur vos hommes et vous, qui empêchera la femme de vous détecter. Mais il ne fera rien pour vous cacher aux yeux de Waylander, ou des autres. Vous avez compris ?

— Bien sûr, je ne suis pas idiot !

— Malheureusement, l'expérience m'a appris que c'était la phrase préférée des crétins. Quant à la prêtresse, je préférerais qu'elle me soit ramenée vivante. Mais si cela s'avérait impossible, tant pis. Attention, c'est une hybride, une changeforme. Elle peut se transformer en tigre. Si elle adopte cette apparence, il faudra la tuer. Si vous pouvez la surprendre sous sa forme semi-humaine, attachez-la par les poignets et les chevilles, puis bandez-lui les yeux.

— Et les autres ?

— Tuez-les tous. Ils ne servent à rien.

Panagyn avait soigneusement choisi ses soldats. Ils s'étaient battus à ses côtés lors de nombreuses batailles. Des hommes durs et solides. Aucun risque qu'ils paniquent et fuient. De même, ils n'auraient aucun scrupule à tuer leurs prisonniers.

Où s'étaient-ils fourvoyés ? pensa Panagyn.

Il avait brillamment anticipé la fuite de Waylander vers les routes des hauteurs, et il avait guidé ses hommes jusqu'à un endroit appelé « les Roches de Parsitas ». Ils y avaient laissé leurs chevaux et escaladé les falaises, surplombant les fugitifs. De là, ils s'étaient glissés dans la forêt, se positionnant de part et d'autre de la sente, et avaient préparé leurs arbalètes. Plus bas, Panagyn avait repéré les cavaliers et aperçu la prêtresse au crâne rasé qui fermait la marche. Il avait ordonné à ses hommes de viser haut, pour tuer les cavaliers, mais épargner la garou.

Panagyn lui-même s'était accroupi près d'un arbalétrier à la gauche de la piste, dissimulé par un épais buisson. Ils avaient attendu en silence, à l'affût des bruits de sabots sur le sol dur.

Le temps avait passé.

Une goutte de sueur avait perlé sur la joue de Panagyn. Il avait résisté à l'envie de l'essuyer, soucieux d'éviter tout bruit importun. Le bruit de la chevauchée s'était rapproché. Il avait regardé l'arbalétrier lever son arme.

Un bruit sourd suivi de celui d'une chute avait retenti de l'autre côté de la piste. Quelqu'un avait crié. Un gargouillis avait suivi le cri, puis plus rien. Panagyn avait risqué un coup d'œil. L'un de ses hommes sortait des buissons. Le blessé l'avait vu se retourner et lever son arbalète. Un carreau noir était apparu en plein milieu de son front. Il avait titubé, tirant en l'air avant de s'effondrer. Son corps s'était convulsé quelques instants.

À sa droite, un homme avait hurlé et s'était dressé, les mains crispées sur le trait fiché dans son cou. Le soldat juste à côté de Panagyn s'était tourné et préparé à tirer. Le seigneur avait vu quelque chose fendre l'air, et le soldat s'était écroulé. Panagyn n'avait pas vu où le carreau l'avait touché.

Ce tueur invisible avait semé la panique dans les rangs.

D'autres soldats étaient sortis de leur cachette, tirant sur les ombres. Un autre homme s'était effondré, un trait enfoncé dans l'œil. Les survivants avaient lâché leurs armes et pris la fuite.

Le seigneur Panagyn s'était redressé et avait couru entre les arbres, trébuchant sur les buissons, les bras heurtant les broussailles. Il avait émergé sur un flanc de colline, glissé à moitié le long d'une pente, et continué à fuir tant que ses poumons le lui avaient permis.

À présent, assis contre l'arbre, il reprenait peu à peu ses esprits. Si seulement il pouvait regagner la falaise et retrouver les chevaux…

Il se releva, et son pied se coinça dans une racine. Il tomba de tout son long. La chute lui sauva la vie.

Un carreau noir se ficha dans le chêne. Panagyn roula sur la droite, et plongea entre les arbres. Il escalada un surplomb, puis se laisser rouler de l'autre côté, retombant sur le sentier. Plusieurs cavaliers le regardaient, immobiles sur leur monture. La prêtresse rasée se tenait un peu plus loin.

Personne ne bougea.

Panagyn recula en tirant son épée.

Une silhouette tout de noir vêtue apparut. Ses longs cheveux noirs striés d'argent étaient maintenus en place par un bandeau de cuir. Il était armé d'une petite arbalète à double courbure. Quatre de ses hommes émergèrent de l'autre côté de la piste, brandissant leurs armes. Une femme à la chevelure sombre marchait derrière eux. Elle aussi disposait d'une petite arbalète.

Panagyn reporta son attention sur Waylander. Le visage de l'assassin irradiait la détermination et la mort. Le seigneur lut sa fin imminente dans ses yeux.

— Affronte-moi comme un homme ! hurla Panagyn d'un ton désespéré.

— Non, lâcha Waylander en levant son arbalète.

— Ne tirez pas ! hurla Niallad.

Panagyn jeta un coup d'œil au jeune homme qui pressa son cheval en avant.

— Ce n'est pas un jeu, Niallad, siffla l'assassin. Cet homme est l'un des traîtres qui ont organisé le meurtre de tes parents. Il mérite de mourir.

— Je sais, répondit le jeune homme. Mais c'est un seigneur du Kydor. On ne peut pas l'abattre comme un vulgaire bandit. N'avez-vous aucune notion du code de la chevalerie ? Il vous a défié.

— La chevalerie ? s'exclama Waylander. Où était ce code quand les démons ont débarqué ? Penses-tu qu'il se cachait avec ses tueurs pour nous défier ?

— Non, rétorqua le jeune homme, sûrement pas. Et je reconnais que Panagyn est une insulte à tout ce qu'un noble est censé représenter. Mais je ne partagerai pas cette honte et je ne permettrai pas qu'on insulte mes valeurs. Si vous ne relevez pas son défi, je le ferai.

Waylander eut un sourire sans joie et soupira.

— Très bien..., *mon seigneur*. Il en sera fait comme... *vous* le désirez. Je vais le tuer dans le plus grand respect des règles de la courtoisie.

L'assassin tendit son arbalète au jeune homme, puis avança en tirant l'une de ses épées courtes.

— Eh bien, Waylander ! railla Panagyn. Tu es très fort pour abattre des hommes par surprise. Voyons comment tu te débrouilles face à un bretteur formé en Angostin.

Chapitre 15

Tout en avançant, Waylander relâcha les muscles de ses épaules. Panagyn était imposant, et son sabre de cavalerie avait été forgé spécialement pour lui. Il était plus lourd qu'une arme classique, et plus long de quinze bons centimètres. L'homme allait sûrement commencer le duel par une charge soudaine, en s'appuyant sur sa force brute pour repousser son adversaire. Waylander s'était surpris lui-même en acceptant ce duel. Les codes de chevalerie étaient surtout bons pour les conteurs et les bardes. Il faut toujours tuer ses ennemis avec le minimum d'efforts. Quarante ans de combats et de périls lui avaient appris cette leçon. Un enseignement durement gagné.

Alors, pourquoi fais-tu cela ? se demanda-t-il tandis que Panagyn jouait lui aussi des épaules, en faisant passer son sabre d'une main à l'autre.

Et il comprit.

De tels codes doivent exister, et le monde serait un endroit bien sombre si des jeunes gens comme Niallad arrêtaient de croire en ces notions. Peut-être qu'avec un peu de temps, il pourrait s'arranger pour appliquer ces codes au Kydor. Waylander en doutait.

Tu te fais vieux, tu te ramollis, songea-t-il.

Panagyn chargea. Au lieu de reculer, Waylander se précipita à sa rencontre, bloqua l'attaque et écrasa le nez du traître d'un coup de tête. Le gros noble recula. Waylander se fendit.

Panagyn para *in extremis*, puis recula encore. Waylander le contourna. Panagyn sortit une dague et la lança. Waylander esquiva et Panagyn en profita pour frapper. Waylander se jeta sur le sol et faucha le noble juste sous le genou droit au moment où ce dernier soutenait tout le poids du corps.

Panagyn s'écroula lourdement.

Waylander se releva d'un bond, et assena un violent coup de taille à son adversaire ; l'épée glissa sur le crâne du traître, lui entaillant le cuir chevelu. Panagyn hurla de rage et chargea de nouveau. Waylander feinta à gauche et planta son épée dans la panse du noble. La lame s'enfonça profondément. Waylander agrippa la garde à deux mains, inclina l'épée, et se fraya un chemin jusqu'au cœur du seigneur Panagyn. Le traître s'effondra contre lui.

— De la part de Matze Chaï, cracha Waylander. Va pourrir en enfer !

Panagyn s'écroula. Waylander posa le pied sur la poitrine du cadavre, et libéra son arme, puis il essuya sa lame sur la luxueuse tunique du noble.

Il recula, puis se tourna vers les chevaux. Et s'immobilisa.

Niallad se tenait bien droit, l'arbalète qu'il lui avait lui-même remise braquée sur lui.

— Il vous a donné un nom, Homme Gris, dit le jeune homme, le visage blême. C'est un vieux mot pour « étranger » ou « vagabond ». Dites-moi que c'est ce à quoi il pensait. Dites-moi que vous n'êtes pas le traître qui a tué mon oncle.

— Baissez votre arme, jeune homme, souffla Emrin. C'est l'homme qui vous a sauvé la vie.

— Parlez ! cria Niallad.

— Que désires-tu entendre, mon garçon ? répondit Waylander.

— La vérité.

— La vérité ? Très bien. Tu vas l'avoir. Je suis bien Waylander le Tueur et, oui, j'ai tué le roi. Je l'ai assassiné pour de l'argent. Ça m'a hanté toute ma vie. Il n'y a aucun espoir de repentir quand on élimine la mauvaise cible. Alors, si tu veux utiliser cette arme contre moi, fais-le. C'est ton droit !

Waylander ne quittait pas des yeux l'arme dans les mains du jeune homme. C'était l'arme dont il s'était servi pour tuer le roi, l'arbalète qui avait donné la mort à nombre d'ennemis. Le temps s'arrêta et il pensa qu'il était juste de périr par sa propre arme, abattu par le seul parent de l'innocent souverain, dont le meurtre avait plongé le monde dans le chaos. Il se détendit. Il était prêt.

Soudain, le vent tourna. Ustarte s'était approchée et le cheval de Niallad perçut son odeur. Il se cabra. Niallad vida les étriers et son doigt se crispa involontairement sur la détente.

Le carreau plongea dans le torse de Waylander.

Celui-ci se tourna à moitié, fit trois pas hésitants, puis s'écroula dans l'herbe non loin du cadavre de Panagyn.

La prêtresse fut la première auprès de lui. Elle le retourna et retira le projectile.

— Je ne voulais pas tirer ! geignit Niallad.

Kecva et Emrin sautèrent de selle et se précipitèrent auprès de Waylander. Ustarte leur fit signe de reculer.

— Laissez-moi faire, dit-elle.

Elle passa le bras sous un Waylander inconscient, le souleva puis s'enfonça dans la forêt avec lui.

Quand il ouvrit les yeux, il reposait sur un tapis de feuilles. La prêtresse était à son chevet. La main de l'Homme Gris glissa jusqu'à sa blessure.

— Je pensais qu'il m'avait tué, murmura-t-il.

— Il l'a fait, répondit Ustarte, le cœur lourd.

Kysumu contemplait les ruines de Kuan-Hador. Dans le soleil couchant, la plaine semblait immensément calme. S'éloignant des *riaj-nor*, il s'accroupit et tira son épée. Une grande tristesse le submergea. Elle pesait comme un rocher sur son cœur.

Il se remémora son maître, Mu Cheng, l'Œil-du-Cyclone. Il se rappela les années d'entraînement. Dans sa grande patience, Mu Cheng s'était attaché à révéler les secrets de la Voie du Sabre au jeune garçon. Comment se relâcher et devenir une arme vivante. « L'épée, disait Mu Cheng, n'est pas une extension de l'homme. C'est l'homme qui doit devenir une extension de l'épée. Sans émotion, sans crainte et sans excitation. Calme et en harmonie, le *rajnee* accomplit sa mission quoi qu'il en coûte. » Kysumu avait essayé. Il avait lutté de toutes ses forces pour maîtriser la Voie. Ses talents de bretteur confinaient à l'excellence, mais il n'avait jamais atteint la perfection sublime d'Œil-du-Cyclone.

« Un jour, cela viendra, disait Mu Cheng. Et ce jour-là, tu seras le *rajnee* ultime. »

Deux ans plus tard, Kysumu était devenu le garde du corps de Lu Fang, un marchand. Il ne tarda pas à découvrir pourquoi le commerçant avait besoin d'un protecteur *rajnee*. L'homme était si amoral qu'il en devenait maléfique. Ses activités couvraient la prostitution, l'esclavage et le trafic de narcotiques mortels. Après cette découverte, Kysumu s'était précipité dans les appartements de Lu Fang pour lui annoncer qu'il ne pouvait plus être son garde du corps.

— Tu m'as donné ta promesse, *rajnee*, railla le marchand. Et tu serais prêt à me laisser sans protection ?

— Je resterai jusqu'à demain midi, répondit le jeune homme. Vous demanderez à vos serviteurs de vous trouver d'autres gardes durant la matinée. Après, je partirai.

Lu Fang le maudit, mais ce n'était que des mots vides de sens pour le jeune *rajnee*. Il n'y avait aucun honneur à défendre un individu comme Lu Fang. Il sortit sur le balcon situé sous les appartements du commerçant. Deux silhouettes masquées montaient silencieusement les marches de l'escalier. Kysumu leur barra le passage, brandissant son épée.

Les deux hommes hésitèrent.

— Partez, murmura-t-il, et vous vivrez.

Les deux assassins se regardèrent. Ils avaient de fines dagues, mais aucun n'avait une épée. Ils redescendirent, et Kysumu descendit avec eux. Arrivés à la dernière marche, ils s'enfuirent en courant.

Une autre silhouette apparut. Mu Cheng.

Dominant la plaine d'Eiden et les ruines fantomatiques de l'ancienne cité, il se souvint de sa surprise en voyant son vieux maître.

Les yeux de Mu Cheng étaient injectés de sang et une barbe naissante émaillait ses joues. Sa robe était sale, mais son épée était impeccable. Elle luisait sous la lumière de la lanterne.

— Écarte-toi, apprenti, souffla Mu Cheng. La canaille meurt cette nuit.

— Je lui ai annoncé que je ne pouvais plus le servir, répondit Kysumu. Je quitte son service demain.

— J'ai promis qu'il mourrait cette nuit. Écarte-toi.

— Je ne peux pas, maître. Vous le savez. Jusqu'à demain midi, je suis son *rajnee*.

— Alors, je ne peux pas te sauver, répliqua Mu Cheng.

L'attaque fut si rapide que Kysumu eut à peine le temps de la parer. Les deux bretteurs engagèrent alors une série d'assauts et de parades à une vitesse hallucinante. Kysumu ne pourrait jamais se rappeler précisément quand cela se produisit, mais pendant le combat, il découvrit la Voie du Sabre. Il s'était relâché. Sa lame bougeait de plus en plus vite, projetant des éclairs surnaturels dans les airs. Mu Cheng fut obligé de reculer, jusqu'au moment fatal où l'épée de Kysumu lui ouvrit le torse.

Œil-du-Cyclone mourut sans un mot. Son épée chut sur le parquet et la lame éclata en une centaine de fragments. Le jeune *rajnee* contempla le visage de cet homme qu'il aimait. La voix de Lu Fang tomba depuis le balcon.

— Ils sont morts ? Ils sont partis ?

— Ils sont partis, répondit Kysumu en s'éloignant de la maison.

Deux jours plus tard, le commerçant était poignardé à mort sur un marché.

À présent, Kysumu ne comprenait plus pourquoi il avait désiré rejoindre les *rajnees*. Autour de lui, les grivoiseries gutturales des *riaj-nor* résonnaient dans la nuit.

Quel imbécile j'ai été ! Mon enseignement repose sur des mensonges. J'ai gâché ma vie en essayant d'être à l'image des héros de légende. Et maintenant, je découvre qu'ils sont mi-hommes, mi-bêtes… sans aucune notion d'honneur.

Yu Yu Liang s'installa à côté de lui.

— Les démons, vous pensez vraiment qu'ils vont venir ? lui demanda-t-il.

— Oh, oui, ils vont venir !

— Et vous êtes toujours triste ? (Le jeune *rajnee* hocha la tête.) J'ai réfléchi à ce que vous m'avez dit, Kysumu. Je pense que vous avez tort.

— Tort ? s'exclama Kysumu en désignant les *riaj-nor*. Tu trouves qu'ils ressemblent à de grands héros mystiques ?

— Je ne sais pas. Mais j'ai discuté avec Song Xiu, et il m'a expliqué que l'Union affecte le corps en bien des points. Par exemple, les *riaj-nor* ne peuvent pas avoir d'enfants.

— Où veux-tu en venir, Yu Yu ? siffla le *rajnee*.

— Quelle que soit votre opinion à leur égard, *ils* ont triomphé de leurs ennemis. Mais une fois morts – de vieillesse ou ce que vous voulez –, qui pouvait les remplacer ? Les hommes normaux n'étaient ni assez rapides ni assez forts. Alors, les anciens se mirent en quête d'hommes spéciaux. Des hommes comme vous, Kysumu. Il n'y a pas de mensonge, aucune affabulation. Tant pis si les guerriers originels étaient des hybrides. L'Ordre des *rajnees* a toujours été... pur. Voilà pourquoi ils ont fait rêver notre peuple pendant toutes ces années.

» Je sais que je m'explique mal, je ne suis pas un... orateur. Vous avez été élevé dans le culte de ce peuple de guerriers. Ce sont de fiers combattants. Ils ont livré bataille et ils sont morts pour nous. On vous a appris à respecter le code des *rajnees*. C'est un bon code. Vous ne jurez pas, vous ne mentez pas, vous ne volez pas, et vous ne trichez pas. Vous vous battez pour vos idéaux, et vous ne cédez pas au mal. Dites-moi où vous voyez une erreur là-dedans.

— Il n'y en a pas, Yu Yu. Mais tout repose sur un mensonge.

Le terrassier soupira en se relevant. Song Xiu et Ren Tang les rejoignirent.

— Le portail est à une heure de marche, dit Song Xiu. Il y aura des gardes. L'un de nos éclaireurs a relevé la piste d'un petit groupe de *kriaz-nors*. D'après moi, ils nous ont vus arriver, et ils sont partis faire un rapport à leurs maîtres.

— Il y aura des démons dans ces ruines, souffla Yu Yu. Ils seront précédés par une brume. D'énormes chiens noirs et... des créatures ressemblant à des ours blancs... et des serpents.

— Nous les avons déjà affrontés, dit Ren Tang.

— Moi aussi, et je ne suis pas pressé que ça se reproduise, répondit le terrassier.

— Et tu as raison, ajouta Kysumu d'une voix douce. Tu as rempli ta mission, Yu Yu. Tu devais trouver les Hommes d'Argile, et tu as réussi. À présent, nous allons avoir besoin d'autres talents. Tu devrais retourner sur la côte.

— Je ne peux pas partir maintenant, répondit Yu Yu.

— Tu ne peux rien faire de plus. Je ne veux pas te froisser, mais tu n'es pas un combattant. Tu n'es pas un *rajnee*. Beaucoup parmi nous – peut-être même tous – trouveront la mort sur cette plaine. Cela fait partie de notre entraînement. Tu es très courageux, Yu Yu. Mais maintenant, c'est à nous de faire nos preuves. Comprends-tu ? Je veux que tu vives. Je veux que tu rentres chez toi et que tu te trouves une épouse. Fonde une famille.

Yu Yu garda le silence un moment, puis il secoua la tête.

— Je ne suis pas un combattant, rétorqua-t-il calmement et avec beaucoup de dignité, mais je suis le *Pria-shath*. C'est moi qui ai conduit ces hommes ici, et je les emmènerai jusqu'au portail.

— Ah ! lâcha Ren Tang. Je crois que je t'aime bien, humain. (Il passa son bras autour des épaules du terrassier, et l'embrassa sur la joue.) Reste près de moi, je vais t'apprendre à manier cette pique à démon.

— Il est temps de se mettre en marche, souligna Song Xiu.

Yu Yu Liang, le terrassier chiatze, prit la tête des *riaj-nor*, et se dirigea vers la plaine d'Eiden.

Norda était presque sûre de rêver. Elle avait eu peur au début, mais elle se sentait bien à présent. Elle se demandait où le rêve allait l'emporter. Pourvu que cela n'implique pas Yu Yu Liang.

Le début du songe semblait très réel. Eldicar Manushan l'avait fait appeler, car Beric avait besoin que quelqu'un s'occupe de lui pendant que le magicien s'absentait. Ce n'était pas une corvée, Beric était un enfant adorable. Mais Norda fut un peu étonnée quand on lui annonça que le garçon l'attendait dans la bibliothèque de la tour nord. Il se faisait tard et, d'après son expérience, les enfants n'aimaient pas les endroits sombres et glacés.

Norda avait gravi l'escalier en colimaçon et était tombée à sa grande surprise sur quatre soldats vêtus de noir qui patientaient dans l'antichambre de la bibliothèque, juste sous la tour. La terreur l'avait paralysée. Cela faisait plusieurs jours que des rumeurs couraient dans tout le palais au sujet de ces créatures aux yeux de chat et aux manières dédaigneuses.

L'un d'eux s'inclina et sourit, découvrant ainsi des dents acérées. Il lui fit signe de monter l'escalier. Norda ne se doutait pas encore qu'elle évoluait dans un rêve. Elle était montée et avait trouvé Beric allongé sur un canapé, uniquement vêtu d'une robe blanche avec une ceinture. La chambre de la tour était glaciale, une brise froide soufflait depuis les fenêtres ouvertes.

— Tu dois avoir froid, dit-elle en frissonnant.

— Oui, Norda, répondit-il d'un air candide.

Elle eut soudain besoin de le réconforter, et elle traversa la pièce pour s'asseoir à côté de lui. Il se nicha contre elle.

Et elle comprit qu'elle rêvait.

La tête lui tournait un peu quand il s'approcha. Elle était remplie d'amour et de satisfaction, proche de l'extase. Elle contempla le visage radieux de l'enfant, et remarqua une grosseur sur les tempes. De grosses veines bleues palpitaient sur son front. Ses yeux disparaissaient peu à peu sous des sourcils broussailleux, leur couleur de ciel se muant en or sombre. Ce qu'elle avait pris pour un sourire n'en était pas un. Ses lèvres se retroussaient pour dévoiler des dents de plus en plus grosses qui se chevauchaient. Le visage de

Beric n'était qu'à quelques centimètres du sien, et Norda fronça les sourcils en observant ce changement. Elle était toujours pleine d'amour pour Beric, même s'il n'avait plus rien d'un enfant.

Norda regretta d'avoir dîné de fromage et de pain, et d'avoir fait descendre le tout avec un gobelet de vin rouge. Le pain et le fromage provoquaient toujours des rêves chez elle. Mais la présence de Beric dans ce songe était bien étrange. En général, Norda rêvait d'hommes plus… virils, des hommes comme Yu Yu Liang et Emrin. Même l'Homme Gris était déjà intervenu dans ses rêves les plus érotiques.

— Tu n'es plus aussi mignon maintenant, Beric, souffla Norda en caressant la peau grise du visage du garçon.

Ses doigts effleurèrent les cheveux à présent d'un noir de jais. Ils ressemblaient plutôt à une fourrure. L'enfant posa ses mains griffues sur ses épaules. Elle s'aperçut que ses bras étaient couverts d'écailles grises. Quelque chose lui toucha la jambe. C'était une longue queue écailleuse, elle aussi, et dotée d'un crochet à son extrémité. Elle éclata de rire.

— Qu'est-ce qui vous amuse, très chère ? demanda la créature.

— Ta queue, répondit-elle. Les longues queues. (Elle rit de plus belle.) Emrin a une longue queue. Celle de Yu Yu est plus courte, mais plus épaisse. Par contre, elles n'ont pas de crochet. C'est bien la dernière fois que je bois du vin lentrian !

— Effectivement, siffla le monstre.

La queue remonta vers son ventre, le crochet éraflant la peau.

— Ça fait mal ! s'exclama Norda. C'est la première fois que je souffre dans un rêve !

— C'est la dernière fois, assura Deresh Karany.

Le crochet s'enfonça dans les entrailles de la jeune femme.

Eldicar Manushan gravit l'escalier et frappa doucement à la porte. En entrant, il accorda à peine un regard à l'enveloppe informe qui, quelques minutes auparavant, était encore une jeune femme pleine de vie. Le corps desséché avait été poussé dans un coin.

Deresh Karany se tenait près de la fenêtre du balcon, le regard perdu dans la nuit.

Eldicar trouvait cette forme Unie répugnante, et il comprit que son maître s'était débarrassé de son sort de charme.

— Êtes-vous revigoré, seigneur ? demanda le magicien.

Deresh se retourna lentement. Les jambes tordues, les genoux à l'envers, les pieds tournés à quatre-vingt-dix degrés vers l'extérieur, il se servait de sa longue queue pour garder l'équilibre. Son visage gris se déforma.

— Rafraîchi, mon ami. Pas plus. Son essence était très puissante, et j'ai eu une vision. Panagyn et Aric sont morts. L'Homme Gris va venir ici. Il espère nous tuer.

— Et le portail, seigneur ?

— Les *riaj-nor* se battent pour l'atteindre. (Deresh Karany se dirigea maladroitement vers le canapé. Ses pattes griffues s'accrochèrent au tapis et il manqua de tomber.) Que je déteste cette forme ! Quand le portail sera ouvert et que ce monde sera à nous, je trouverai un moyen d'annihiler cette… cette ignominie.

Eldicar garda le silence. Deresh était devenu obsédé par la Double Union et la capacité de changer d'apparence à volonté. À en juger par ce qu'il voyait, Karany avait parfaitement réussi. Il pouvait prendre la forme d'un enfant magnifique ou celle de cette monstruosité, mi-reptile, mi-lion. La seconde apparence correspondait parfaitement à sa personnalité.

— À quoi penses-tu, Eldicar ? demanda soudain Deresh.

— Je réfléchissais au problème de l'Union, seigneur. Vous avez maîtrisé l'art du Double Changement. Je suis certain que vous parviendrez à rendre la forme la plus puissante… moins choquante à la vue.

— Oui, j'y arriverai. As-tu disposé les gardes comme je te l'ai indiqué ?

— Oui, seigneur. Trois-Épées et son groupe patrouilleront le long des accès inférieurs. Les soldats de Panagyn se chargent des parcs et des autres entrées. Si Waylander se risque ici, il sera capturé ou éliminé. Mais nous ne craignons rien, il ne peut pas nous tuer.

— Il pourrait t'assassiner, Eldicar, souffla Deresh. Je pourrais décider de ne pas te relever. Raconte-moi ce que tu as éprouvé quand un démon d'Anharat t'a arraché le bras.

— C'était une douleur inimaginable, seigneur.

— Voilà pourquoi je ne veux pas que Waylander arrive jusqu'à moi. Il ne peut pas me tuer, mais il peut me faire souffrir. Je déteste la souffrance.

Sauf chez les autres, pensa Eldicar en se rappelant la torture des communions, et le dédain de Deresh Karany pour la douleur que, lui, endurait.

Deresh avait toujours préféré communier plutôt que discuter. Il prétendait qu'il ne voulait pas qu'on les écoute. Mais, en de nombreuses occasions, personne n'était assez près pour entendre quoi que ce soit. Pourtant, Deresh avait insisté pour qu'ils communient. Karany savourait la souffrance qu'il infligeait à Eldicar.

Comme je te hais ! pensa celui-ci.

À cet instant précis, une grande chaleur envahit le mage. Il fixa le visage monstrueux de son maître et sourit. Il savait que le sort de charme en était de nouveau la cause, toutefois il était incapable de lui résister.

Deresh Karany est mon ami. Je l'aime. Je donnerais ma vie pour lui.

— Même Waylander ne pourra résister au sortilège, dit Eldicar. Il vous aimera autant que moi.

— Peut-être, mais nous le livrerons à Anharat de toute manière.

— À l'un de ses démons, vous voulez dire, seigneur, lâcha Manushan sans parvenir à maîtriser la peur dans sa voix.

— Non. Tu vas m'aider à préparer l'invocation.

En dépit de l'indolence confortable induite par le sort de charme, Eldicar sentit la panique l'envahir.

— Mais, maître, nous n'avons pas besoin d'Anharat pour tuer un mortel. Ne verrait-il pas là une insulte si nous l'invoquions pour une telle broutille ?

— Peut-être, concéda Deresh, mais même le Seigneur des Démons doit se nourrir de temps à autre. De plus, cela nous permettra de rappeler à Anharat qui est le maître et qui est le serviteur. (Deresh remarqua la terreur qui montait chez le magicien, et il rit.) Ne crains rien, Eldicar. J'ai une bonne raison de faire appel à Anharat. Ustarte voyage avec Waylander. Elle connaît nombre de sorts de protection. Elle va sûrement le faire bénéficier de cet avantage. Tu vois, si j'invoquais un démon moins puissant et que le sortilège de la prêtresse fonctionne, il se retournerait contre moi – ou plutôt, contre toi, mon *loachai*. Aucun sort de protection ne peut affecter le Seigneur des Démons. Quand on lui promet une victime, il est implacable.

Eldicar saisit la vérité dans ces paroles. Cependant, l'invocation demanderait une importante quantité d'énergie. Son cœur se serra quand il comprit ce qui allait suivre.

— Choisis dix serviteurs, continua Deresh. Des jeunes femelles de préférence. Amène-les ici deux par deux.

— Bien, seigneur.

En quittant la tour, Eldicar essaya de penser à des voiliers et à des lacs.

Mais il n'y trouva aucun réconfort.

Yu Yu trébucha au moment même où une énorme créature à la fourrure blanche s'élançait dans sa direction. Song Xiu se mit en travers de son chemin et entailla le cou de la bête. Elle grogna et lui donna un coup de griffes. Song Xiu attrapa Yu Yu et l'emmena hors de portée du démon. Ren Tang et Kysumu se jetèrent sur le monstre, lardant la bête de coups d'épée. Elle s'écroula. D'autres démons s'engagèrent dans la brèche. Yu Yu enfonça sa lame dans la tête d'un serpent. Kysumu décapita presque un *kraloth* qui lui sautait dessus.

La brume disparut.

Les *riaj-nor* se regroupèrent. Yu Yu regarda autour de lui. Ils avaient dû perdre une quarantaine de guerriers, et ils avaient à peine avancé de huit cents mètres. Les hybrides combattaient avec une férocité incroyable. Sans cris de guerre, sans invectives, sans un hurlement de la part des blessés ou des mourants – juste les toiles étincelantes tissées par les épées magiques quand elles mordaient dans les chairs démoniaques de leurs ennemis à grand renfort d'étincelles bleutées.

Kysumu avait raison. Yu Yu n'était pas à sa place. Il en était conscient maintenant. Il n'était qu'un humain maladroit et lent. Plusieurs *riaj-nors* étaient morts pour le protéger, et Song Xiu – tout comme Ren Tang – ne le quittait pas des yeux.

— Merci, souffla Yu Yu durant une brève accalmie.

— Il est de notre devoir de défendre le *Pria-shath*, dit Ren Tang en souriant.

— Je me fais l'effet d'un imbécile, répondit Yu Yu.

— Tu n'es pas un imbécile, Yu Yu Liang, intervint Song Xiu. Tu es un homme courageux qui se bat bien. Si tu étais Uni, tu deviendrais excellent.

— Ils reviennent, prévint Kysumu.

— Alors, ne les faisons pas attendre, répondit Ren Tang.

Les *riaj-nor* avancèrent. La brume roula vers eux, puis les entoura. Des créatures ailées apparurent, et déversèrent une pluie de barbillons sur les guerriers. Les *riaj-nors* sortirent leurs dagues, et les lancèrent sur les monstres. Ils chutèrent et les guerriers les découpèrent. L'un des *riaj-nor* arracha un dard fiché dans son épaule, et sauta, attrapant l'une des créatures par une patte. Ses grandes ailes noires claquèrent furieusement, et ils tombèrent tous deux sur le sol. Le guerrier enfonça le dard dans le cou du monstre. Dans les affres de la mort, la créature griffa le *riaj-nor* à la gorge. Le sang gicla sur Yu Yu, et ce dernier coupa la tête du démon.

Ren Tang s'effondra. Yu Yu se précipita sur lui et frappa de toutes ses forces l'énorme ours démoniaque qui venait de terrasser son ami. La créature hurla de douleur et s'écroula. Ren Tang se releva, le visage couvert de sang, et un morceau de peau pendant sur sa tempe.

La bataille faisait rage. Les démons submergeaient les lignes de leurs ennemis, les contournant ou les survolant. Pourtant, les *riaj-nors* continuaient à avancer, taillant dans la masse. Plus de la moitié des Hommes d'Argile avaient péri, mais les hordes de démons s'amenuisaient. Yu Yu était épuisé. De la glace s'accrochait à sa peau de loup. Il buta contre le corps d'un *riaj-nor* et tomba. Kysumu le releva.

La brume s'ouvrit. Une brise tiède courut sur les ruines et les démons s'évanouirent.

Song Xiu étreignit Yu Yu et désigna la ligne des falaises.

— Le portail est là-bas, dit-il.

Yu Yu scruta l'obscurité. Il discerna une étincelle bleutée dansant sur de la pierre grise. Mais ce ne fut pas la lumière qui retint son attention. C'était les deux cents *kriaz-nors* qui formaient des lignes de défense.

—Après tout ce que nous avons enduré, on mériterait quand même un peu de chance, non ? grogna le *Pria-shath*.

—Mais c'est une chance, répliqua Ren Tang. On ne peut pas se repaître du cœur des démons.

Le terrassier regarda le guerrier, mais s'abstint de répondre. En dépit de son ton léger, le *riaj-nor* semblait éreinté. Song Xiu s'appuya sur son épée, et fit le compte de leurs forces. Yu Yu l'imita. Il leur restait à peine une centaine de guerriers, et beaucoup étaient blessés.

—Peut-on les vaincre ? demanda Yu Yu.

—Nous n'avons pas à les battre, expliqua Song Xiu. Il nous suffit de franchir leurs lignes et d'atteindre le portail.

—Ça, on peut y arriver, non ?

—Nous sommes ici pour ça, lâcha Song Xiu.

—Alors, allons-y, dit Ren Tang. Après, je veux me trouver une ville avec une taverne et une femme à gros cul, voire deux.

—Deux… tavernes ou deux femmes ? demanda un autre guerrier.

—Tavernes, avoua Ren Tang. Je suis un peu trop fatigué pour exiger plus d'une femme.

Plantant son épée dans le sol, il pressa la main contre sa blessure, maintenant en place la peau pendante. Song Xiu s'approcha, sortit une aiguille courbe et piqua dans les chairs sanglantes.

—Bien, si tu ne veux pas de deux femmes, j'en prendrai une.

— Oui, acquiesça Ren Tang avec un sourire. Alors, ne perdons pas de temps. Balayons ces vermines, et allons nous saouler.

— D'accord, fit Song Xiu, avant de se retourner vers Yu Yu en soupirant. J'ai entendu ce que ton ami t'a dit tout à l'heure. Il avait tort à ce moment-là, mais à présent ses paroles sonnent juste. Tu ne peux pas nous suivre dans ce dernier combat. Nous ne pourrons pas te protéger. Et une fois que nous aurons traversé, nous ne pourrons pas *nous* protéger.

— Qu'est-ce que vous voulez dire ?

— Quand nos épées toucheront le portail, elles disparaîtront. Le sortilège les absorbera.

— Mais vous allez vous faire tuer ! s'exclama Yu Yu.

— Mais le portail sera clos, souligna le *riaj-nor*.

— Je ne vous quitterai pas, lâcha le *Pria-shath*.

— Écoute-moi, coupa Ren Tang. Même si je les hais, je dois admettre que ces *kriaz-nors* sont de féroces combattants. Nous ne pouvons pas les affronter et te protéger en même temps. Pourtant, si tu nous suis, nous nous sentirons obligés de le faire. Comprends-tu ce que ça implique ? Ta présence diminuera nos chances de réussir.

— Ne sois pas triste, Yu Yu, reprit Song Xiu. C'est pour défendre des gens comme toi que Qin Chong, moi et les autres avons abandonné notre humanité. Je suis heureux de t'avoir rencontré, car ça prouve que nous ne l'avons pas fait en vain. Ton ami Kysumu peut nous accompagner. Il représentera les humains lors de cet affrontement. Si c'est ce qu'il désire. Il ne tient pas véritablement à la vie. Ne connaissant pas la joie, il ne connaît pas la peur. C'est pourquoi il ne pourra jamais être le héros que tu es, et c'est pourquoi tu es devenu le *Pria-shath*. Sans la peur, il n'est point de courage. Tu t'es battu à nos côtés, terrassier, et je suis fier de t'avoir connu. (Il tendit la main, et Yu Yu la serra en refoulant ses larmes.) À présent, nous devons accomplir notre destin.

Les *riaj-nor* formèrent les rangs avec Ren Tang, Song Xiu et Kysumu au centre.

Tristement, Yu Yu les regarda avancer lentement vers l'ennemi ancestral.

Waylander plongea son regard dans les yeux dorés d'Ustarte.

— Vous êtes en train de me dire que je meurs ? Je me sens bien pourtant. Je ne sens aucune douleur.

— Et votre cœur ne bat plus, soupira la prêtresse.

Waylander se redressa et prit son pouls. Elle avait raison. Il ne trouvait pas de pulsations.

— Je ne comprends pas.

— C'est un talent que je ne me connaissais pas avant que nous traversions le portail. Une des fugitives, Sheetza, a été poignardée. Son cœur aussi s'est arrêté de battre. J'ai soigné sa blessure – comme je l'ai fait avec vous – et envoyé une portion de mon pouvoir dans son sang pour qu'il recommence à circuler. Elle a survécu quelques heures, puis, quand le sortilège s'est évanoui, elle est morte. Vous n'avez plus que quelques heures à vivre, Waylander. Je suis désolée.

Keeva émergea des ombres.

— Il y a sûrement quelque chose à faire ! dit-elle en s'agenouillant près de lui.

— Combien de temps ? demanda Waylander.

— Dix heures, peut-être douze.

— Le gamin ne doit pas le savoir, souffla-t-il en se relevant.

Il retourna à l'endroit où Niallad et Emrin les attendaient, assis près de la piste. Quand le jeune noble aperçut Waylander, il se leva d'un bond.

— Je ne voulais pas tirer, dit-il.

— Je sais, répondit Waylander. Le carreau a à peine transpercé la peau. Viens faire un tour avec moi. (Niallad se pétrifia, la peur creusant ses traits.) Je ne te ferai aucun mal, Niallad. Nous devons parler.

Waylander guida le jeune homme près d'un amoncellement de rochers non loin d'un ruisseau.

Ils s'assirent, et le soleil disparut derrière les montagnes.

— Le mal agit furtivement, murmura Waylander. Un homme entreprend une mission à laquelle il croit, et chaque mort assombrit un peu plus son âme. Il ne vit ni le jour ni la nuit. Un jour, cet homme du crépuscule, cet... Homme Gris... s'enfonce dans les ténèbres. Jeune, j'ai tenté de mener une vie décente. Un jour, je suis rentré chez moi et ai trouvé ma famille massacrée. Ma femme, Tanya, mon fils et mes deux petites filles. J'ai traqué les dix-neuf hommes qui avaient pris part au raid. J'ai mis presque vingt ans pour les retrouver. Je les ai tous tués jusqu'au dernier.

» Ils ont souffert comme Tanya a souffert. Ils ont tous péri dans des souffrances abominables. Quand j'ai regardé le tortionnaire que j'étais devenu, je me suis à peine reconnu. Mon cœur était de pierre. J'avais tourné le dos à toutes les valeurs que je chérissais. Je ne peux pas te dire pourquoi j'ai accepté ce contrat sur la tête du roi. Ça n'a plus d'importance. Une seule chose compte : j'ai accepté, et je l'ai tué. Quand je l'ai assassiné, je suis enfin devenu aussi mauvais que les hommes qui avaient massacré ma famille.

» Si je te révèle tout cela, ce n'est ni pour me justifier ni pour demander ton pardon, ce n'est pas à toi de me l'accorder. Je te raconte tout ça, car ça peut t'aider. Tu as peur d'être faible, je le sens. Mais tu ne l'es pas, Niallad. L'un des hommes ayant assassiné tes parents était à ta merci, et tu as respecté le code de la chevalerie. C'est une force que je n'ai jamais eue. Accroche-toi à ça, Niallad. Accroche-toi à la lumière. N'oublie jamais ce code, quelles que soient tes décisions. Et quand tu affronteras un rival ou un ennemi, ne fais jamais rien qui pourrait t'apporter la honte.

Waylander se leva, et ils rejoignirent leurs compagnons. L'Homme Gris récupéra son arme et appela les prisonniers. Ils approchèrent à contrecœur.

— Vous êtes libres, dit-il. Si je vous revois, vous êtes morts. Allez, partez.

Les quatre hommes restèrent immobiles un moment, puis l'un d'entre eux s'enfuit dans la forêt. Les autres attendirent pour voir si l'assassin allait l'abattre. Quand ils constatèrent qu'il ne faisait rien, ils prirent eux aussi leurs jambes à leur cou.

— Inutile de les poursuivre, souffla Waylander à Emrin. Leurs chevaux sont loin. Emprunte la route des cols et emmène Keeva et Niallad à la capitale. S'il est assez déterminé, Niallad se fera entendre des autres nobles et il deviendra duc. Je veux que tu le protèges.

— Très bien, monsieur. Où allez-vous ?

— Là où tu ne peux pas me suivre, Emrin.

— Non, mais moi je peux, intervint Keeva.

Waylander se tourna vers elle.

— Tu m'avais dit que tu ne voulais pas devenir une meurtrière et je respecte ce choix, Keeva Taliana. Si tu m'accompagnes, tu devras te servir de ton arbalète.

— Nous n'avons pas le temps de discuter, lâcha Keeva. Nous devons arrêter le magicien. On ne sait jamais, vous pourriez échouer.

— Alors, qu'il en soit ainsi ! Partons, nous avons une sacrée chevauchée devant nous.

— Inutile de vous épuiser, dit Ustarte. Approchez-vous de moi, et je vous transporterai où vous voulez.

Waylander et Keeva s'exécutèrent.

— Pour ce que ça vaut, Homme Gris, déclara Niallad, moi, je vous pardonne et je vous remercie de tout ce que vous avez fait pour moi.

La prêtresse leva les bras. L'air se troubla devant elle. Puis elle disparut, emportant Waylander et Keeva avec elle.

Chapitre 16

La nef du temple était noire de monde : des mères agrippées à leur enfant, des pères protégeant leur famille. Des centaines de citoyens de Carlis s'étaient réfugiés ici, mais aussi des marchands, des tanneurs et des clercs de passage dans la ville. Quelques soldats s'étaient mêlés à la cohue avec l'ordre de rechercher le prêtre Chardyn. Des prêtres sillonnaient la foule, offrant leur bénédiction et disant des prières.

Le cadavre d'un vieil homme avait été repoussé contre un mur, le visage recouvert d'une cape. Son cœur l'avait trahi. Ce corps rappelait à tous ce qui les attendait dehors. Partout, la peur semblait presque palpable, et on murmurait plus qu'on ne discutait. Les mêmes questions étaient sur toutes les lèvres. Les murs consacrés tiendraient-ils les démons en échec ? Était-on en sécurité dans cet endroit bénit ?

Une silhouette en robe blanche apparut et grimpa jusqu'au grand autel. Une clameur résonna quand la foule reconnut Chardyn. L'atmosphère se détendit immédiatement.

Chardyn écarta les bras.

— Mes enfants ! hurla-t-il tandis que des soldats s'approchaient. (Chardyn les observa.) Ne bougez pas !

Son charisme était tel que les soldats s'immobilisèrent en se regardant d'un air gêné. Quiconque porterait la main sur le prêtre serait réduit en pièces. Les soldats se calmèrent.

— Le duc est mort, reprit Chardyn, en regardant la foule, victime de la sorcellerie ! À présent, des démons rôdent dans le duché, je ne vous apprends rien. Vous savez aussi qu'un magicien a invoqué des chiens de l'enfer pour semer la mort et le carnage. C'est la raison de votre présence ici. Mais laissez-moi vous poser une question : pensez-vous que ces murs vous protégeront ? Ce bâtiment a été construit par des hommes.

Il laissa sa phrase en suspens avant de désigner un homme massif planté au milieu de la foule.

— Je te vois, Benae Tarlin ! reprit-il. Tes hommes et toi avez élevé le mur sud. Quels pouvoirs possèdes-tu qui repousseraient les démons ? De quelle magie as-tu imprégné ces pierres ? Quel sort de protection as-tu lancé ?

Il fit mine d'attendre une réponse. La foule se concentra sur le maçon puissamment bâti qui rougit et ne trouva rien à répondre.

— La réponse est : « aucun » ! hurla Chardyn. Ce ne sont que des murs de pierre. De la matière inanimée. Alors, vous allez me demander où est le sanctuaire qui nous protégera du mal qui s'étend à l'extérieur ? Où se cacher ? (Il laissa un silence pesant s'installer.) Quel est ce lieu où le mal ne peut pas nous atteindre ? C'est simple, il n'existe pas. On ne peut pas échapper au mal, il nous suit partout. On ne peut pas se cacher du mal, il fouillera au plus profond de notre âme et il nous trouvera !

— Et la Source ? demanda un homme. Pourquoi ne nous protège-t-Elle pas ?

— Oui, et la Source ? s'exclama le prêtre. Où est-Elle quand on a tellement besoin d'Elle ? Mais Elle est là, mes amis. Elle est prête. Elle attend avec son bouclier de tonnerre et sa lance d'éclair. Elle attend.

— Et qu'est-ce qu'Elle attend ? hurla le maçon que Chardyn avait humilié un peu plus tôt.

— Elle t'attend, Benae Tarlin, rétorqua le prêtre. Elle nous attend, toi et moi. Le magicien qui invoque des démons règne sur le palais de l'Homme Gris. Il a envoûté les seigneurs Panagyn et Aric, puis arrangé le massacre de nombreux citoyens importants. Il domine Carlis, et bientôt, qui sait ? Tout le Kydor. Un homme ! Un homme maléfique et vicieux, mais un seul homme ! Un homme qui pense qu'en assassinant un groupe de nobles, il brisera une population. A-t-il raison ? Bien sûr. Après tout, nous tremblons derrière nos murs de pierre. Et la Source attend. Elle attend de voir si nous avons le courage de croire, si nous avons assez de foi pour réagir.

» Chaque semaine, nous nous réunissons en ces lieux pour chanter les louanges de la Source. Y croyons-nous ? Bien sûr, quand l'époque est clémente. Vous avalez des sermons sur les héros de la Source, l'abbé Dardalion et ses prêtres guerriers, les Trente. De sacrées histoires, non ? Une poignée d'hommes qui s'arment de courage et de foi pour s'opposer à un terrible ennemi. Se sont-ils cloîtrés derrière des murailles en demandant à la Source de se battre pour eux ? Non, car la Source était dans leur cœur. La Source a alimenté leur courage, leur esprit et leur force. Cette même Source est en *nous*, mes amis !

— Alors, pourquoi est-ce que je ne La sens pas ? s'exclama Benae Tarlin.

— Parce que tu te caches, répondit Chardyn. Ton fils est tombé d'une falaise l'année dernière, et tu as descendu la paroi pour aller le chercher. Il s'accrochait à ton dos, et tu pensais ne pas avoir la force de remonter. Nous en avons déjà parlé, Benae. Tu as prié, et tu as eu la force de le ramener avec toi. As-tu attendu au sommet de la falaise en appelant la Source pour qu'Elle te rende ton fils sur un petit nuage ? Non. Tu as fait confiance à ta foi, et ta foi a été récompensée.

» Je dois maintenant vous avouer que la Source nous attend. Elle nous attend avec plus de pouvoir que n'importe quel magicien. Vous voulez voir ce pouvoir ? Alors, accompagnez-moi au palais de l'Homme Gris. Nous trouverons le magicien et nous le détruirons.

— Si nous marchons avec toi, dit un homme, nous promets-tu que la Source sera avec nous ?

— Avec nous et en nous, répliqua Chardyn. Je le jure sur ma vie.

Trois-Épées regardait la baie par la fenêtre, quand il aperçut un éclair de lumière sur l'une des terrasses inférieures. Il sortit sur le balcon et inspecta la zone en question. Deux gardes humains descendaient l'escalier. Ils se dirigeaient vers la source de la lueur. Le *kriaz-nor* se détendit et rentra dans la bibliothèque.

Bras-de-Fer était étendu sur un banc. Quatrième-du-Roc et Vif-comme-le-Vent étaient assis en bas des marches. Cela faisait quelque temps qu'aucun cri n'avait résonné dans la chambre supérieure. Trois-Épées n'aimait pas les hurlements, surtout ceux des jeunes femelles. Il n'avait aucun penchant pour la cruauté. Sur le champ de bataille, on affronte son ennemi et on le tue. On ne le fait pas souffrir. Bras-de-Fer se leva pour le rejoindre.

— Le magicien revient, dit-il.

Le capitaine des *kriaz-nors* hocha la tête. Il n'avait pas encore senti l'homme, mais son compagnon ne se trompait jamais.

L'odeur arriva peu après. Elle était un peu acide. L'odeur de la peur.

Le mage à la barbe noire monta l'escalier, puis s'arrêta. Il regarda un moment les marches menant à la chambre supérieure. Il se dirigea vers un siège et s'y effondra en se frottant les yeux.

— Tout est calme dehors, dit-il à Trois-Épées.

Le capitaine savait que Manushan lui faisait la conversation pour retarder le moment où il devrait rejoindre Deresh Karany.

— Pour l'instant, répondit le *kriaz-nor.*

L'énorme Bras-de-Fer sursauta avant de filer vers la fenêtre.

— Du sang, expliqua-t-il en ouvrant grand la bouche pour faire rouler l'air sur sa langue. Du sang humain.

Trois-Épées et Vif-comme-le-Vent se précipitèrent à leur tour.

Le capitaine ferma les yeux avant d'inspirer profondément. Oui, il discernait cette fragrance à présent.

— Au moins un homme saigne abondamment, souligna-t-il en se retournant vers Eldicar.

— Deux, corrigea Bras-de-Fer. Et il y a autre chose. (Il pencha la tête en arrière, et ses larges narines frémirent.) C'est très diffus, mais c'est là… un grand félin. Peut-être un lion. Non, pas un lion… Un Uni.

— Ustarte, s'exclama le magicien. (Il s'éloigna de la fenêtre, puis se tourna vers Vif-comme-le-Vent et Quatrième-du-Roc.) Allez-y ! Trouvez-la et tuez tous ceux qui l'accompagnent !

— Il vaudrait mieux ne pas se séparer, souffla Trois-Épées.

— Ce Waylander ne doit pas s'approcher de la tour, rétorqua Eldicar Manushan. Exécutez mes ordres !

— Avancez lentement, conseilla le capitaine aux deux *kriaz-nors*. Cet humain est un chasseur et un combattant averti. Il utilise une arbalète qui envoie deux carreaux.

Les deux guerriers descendirent l'escalier. Eldicar Manushan se rassit. Le parfum de la peur était puissant autour de lui maintenant. Trois-Épées resta près de la fenêtre avec l'énorme pisteur.

— La femme-félin est malade, souffla Bras-de-Fer, ou affaiblie. Je ne sais pas vraiment. Elle est hors de vue, juste à côté de ces jardins. Elle n'a pas bougé.

— Est-ce que tu sens des humains ?

— Non. Juste les blessés ou les morts. Je pense qu'ils ont péri, car ils ne bougent plus et ne font plus de bruit.

Depuis leur observatoire, ils suivirent la progression de Vif-comme-le-Vent et de Quatrième-du-Roc. Ce dernier avançait vite, mais son compagnon le saisit par l'épaule pour qu'il ralentisse.

— Ils ne prendront pas Vif-comme-le-Vent par surprise, murmura Bras-de-Fer, il est prudent.

Le capitaine ne répondit pas. Il observait Eldicar Manushan. Pourquoi cette terreur ?

Il s'approcha du magicien.

— Qu'est-ce que j'ignore et que vous savez ? lâcha-t-il.

— Je ne vois pas de quoi vous voulez parler.

— Que se passe-t-il ici, Eldicar ? Pourquoi a-t-on tué autant de femelles ? Que craignez-vous à ce point ?

Le magicien passa sa langue sur ses lèvres, puis il se leva et se colla au *kriaz-nor*.

— Si l'humain arrive jusqu'ici, chuchota-t-il, Deresh Karany effectuera l'invocation.

— Donc, il va appeler un démon pour le tuer ? La belle affaire, il l'a déjà fait auparavant !

— Pas n'importe quel démon, rectifia Eldicar. Il veut invoquer Anharat en personne.

Trois-Épées garda le silence. Que pouvait-il dire ? L'arrogance de ces humains dépassait l'entendement. Il remarqua que Bras-de-Fer l'observait avec curiosité.

Il savait pourquoi.

Il sent ma peur, pensa le capitaine.

Tandis que l'air scintillait autour d'elle, Keeva sentit un vent glacé caresser son corps. Des couleurs vives explosèrent sous ses yeux. Soudain, les appartements de l'Homme Gris apparurent, comme si on avait tiré un rideau. Le sol bougea sous ses pieds et elle manqua de tomber. La prêtresse gémit et s'écroula. Waylander s'agenouilla près d'elle.

— Qu'est-ce qui ne va pas ?

— Je suis… épuisée. Cela… demande beaucoup d'énergie. Mais ça va. (Ustarte s'allongea.) Il… il me reste… si peu de pouvoirs, murmura-t-elle en fermant les yeux.

Waylander s'approcha de la porte menant à ses appartements au moment où deux gardes s'engageaient sur le chemin de droite. L'un d'eux avait à la main un arc de chasse avec une flèche encochée. Le second tenait une lance. Les deux hommes se figèrent en contemplant la scène.

— Lâchez vos armes, dit Keeva en levant son arbalète.

L'espace d'un instant, les gardes furent sur le point d'obéir, mais l'archer arma soudain son arc. Un carreau noir s'enfonça dans sa poitrine. Le soldat grogna avant de s'effondrer. Sa flèche fendit l'air, ratant Keeva de quelques centimètres. Le lancier chargea la jeune femme. Instinctivement elle appuya sur les deux détentes de son arme. Un trait frappa la bouche du soldat, lui faisant éclater les dents, et l'autre se ficha entre ses yeux. Il trébucha, puis lâcha sa lance. Il porta les mains à sa bouche et tomba près de Keeva comme une outre vide.

Elle chercha l'Homme Gris des yeux, mais il avait rejoint ses appartements. Elle regarda le cadavre et sentit la nausée monter. L'archer gémit et roula sur le ventre. Il tenta de ramper à l'écart, mais Keeva s'approcha de lui, le dominant de toute sa taille.

— Ne bougez plus, souffla-t-elle. Plus personne ne vous fera de mal.

Elle s'agenouilla et l'aida à se mettre sur le dos. Il se détendit quand elle le toucha, et le regard de Keeva plongea dans le sien. Il était jeune et glabre, avec de grands yeux marron. La jeune femme sourit. Il sembla sur le point de dire quelque chose, mais un carreau se ficha dans sa tempe.

La fureur submergea Keeva et elle se tourna vers Waylander.

— Pourquoi ? cracha-t-elle

— Regarde sa main, répondit l'assassin.

La jeune femme obéit. La lune se reflétait sur la lame d'une dague.

— Vous ne saviez pas s'il allait l'utiliser.

— Je ne savais pas s'il s'en abstiendrait, répliqua Waylander en s'approchant pour arracher son carreau de la tête du soldat. (Il l'essuya sur la tunique du cadavre et le remit dans son carquois.) Nous n'avons plus le temps pour les leçons, Keeva Taliana. Les ennemis nous encerclent et ils brûlent de goûter notre sang. Hésite et tu mourras. Apprends vite, ou tu ne passeras pas la nuit.

Ustarte les appela d'une voix faible. Waylander s'agenouilla à côté d'elle.

— Il y a des *kriaz-nors* dans la tour. Le vent vient de la mer, ils vont sentir le sang.

— Combien en détectez-vous ?

—Quatre. Il y a autre chose, mais je n'arrive pas savoir quoi. On a assassiné pour ça, et l'atmosphère est agitée. De la magie s'anime, mais je ne sais pas dans quel but.

—Quand pourrez-vous marcher ? demanda Waylander en prenant la main de la prêtresse.

— Accordez-moi encore un moment. Mes membres tremblent. Je n'ai pas de forces pour l'instant.

—Alors, reposez-vous, souffla l'Homme Gris en se relevant. J'ai quelque chose qui va vous donner un avantage.

Ustarte ouvrit de nouveau les yeux.

—Deux *kriaz-nors* descendent l'escalier de la terrasse.

Vif-comme-le-Vent avançait avec précaution. Il n'avait pas encore sorti son épée. Il avait tout le temps pour ça. Pour l'instant, il utilisait tous ses sens. Il percevait l'odeur du sang à présent, et l'odeur piquante de l'urine. Les morts avaient relâché leur vessie. Le parfum de l'Unie était puissant lui aussi, et le *kriaz-nor* y détecta un arôme de maladie. La femme était en mauvais état. Quatrième-du-Roc progressait trop vite. Il était déjà à quelques pas devant. Irrité, le grand *kriaz-nor* le rattrapa.

—Attends ! ordonna-t-il.

Le jeune guerrier obéit, et ils abordèrent l'angle du jardin dans un silence absolu. À une quinzaine de pas, un humain vêtu de noir était tranquillement assis sur une pierre. Il tenait une arbalète à double courbure dans la main gauche.

La femme-félin était couchée à ses pieds.

—Laisse-moi le tuer, chuchota Quatrième-du-Roc. Je veux gagner mon nom !

Vif-comme-le-Vent hocha la tête et continua à humer l'air. Le premier *kriaz-nor* s'approcha de l'humain.

—Ton arme me semble formidable, dit-il. Et si nous testions ses performances ?

— Approche-toi un peu plus, répondit calmement l'humain.

— Ne me dis pas que sa portée n'est pas suffisante, répliqua Quatrième-du-Roc.

— Non, il n'y a aucun problème, mais tu ne voulais pas tirer ton épée ?

— Je n'en aurai pas besoin, humain. Je t'arracherai le cœur à mains nues.

— Il paraît que les *kriaz-nors* sont très rapides et que les projectiles ne servent à rien contre eux, continua l'humain en se levant. C'est vrai ?

— C'est vrai.

— On va bien voir, lâcha l'humain d'une voix soudain très froide.

L'autre connut un début d'appréhension en entendant le ton de l'humain, mais Quatrième-du-Roc était tendu et prêt. L'arbalète s'éleva, et le *kriaz-nor* attrapa de sa main droite le carreau en plein vol. Le second projectile suivit immédiatement, et le guerrier le saisit de la main gauche. Il eut un rictus de triomphe et risqua un coup d'œil à Vif-comme-le-Vent.

— Facile ! se gaussa-t-il.

Vif-comme-le-Vent n'eut pas le temps de le prévenir. L'humain fit un mouvement brusque et un couteau se ficha dans la gorge de Quatrième-du-Roc, sectionnant sa trachée. Le *kriaz-nor* fit deux pas hésitants vers l'homme, puis s'écroula sur le ventre.

Vif-comme-le-Vent dégaina son épée.

— As-tu encore quelques tours à me jouer, humain ? lâcha-t-il.

— Juste un, répondit l'homme en sortant une épée courte.

— Ah oui ? Lequel ?

Le *kriaz-nor* perçut un mouvement dans son dos. Il fit volte-face et inspecta les alentours. Il n'y avait rien à part quelques broussailles et de la rocaille qui n'auraient pas pu dissimuler quelqu'un. Soudain, il vit quelque chose de si étrange, qu'il ne comprit pas tout de suite de quoi il s'agissait. Une arbalète émergeait au ras du sol.

Vif-comme-le-Vent fronça les sourcils. Il n'arrivait pas à se concentrer sur l'endroit concerné. L'arme s'inclina, et, pendant une fraction de seconde, le *kriaz-nor* aperçut une main très fine qui la soutenait.

Deux carreaux s'envolèrent dans sa direction.

Il bloqua le premier d'un revers de son épée, mais le second se ficha dans sa poitrine, déchirant un poumon. Une lame s'enfonça dans son dos. Vif-comme-le-Vent se cabra et se retourna, l'épée sifflant dans l'air.

L'humain ne s'était pas approché pour l'attaquer. Il avait lancé l'épée !

Le *kriaz-nor* sentit ses forces l'abandonner. Il lâcha son arme et marcha bien droit pour aller s'asseoir lourdement sur une pierre.

— Tu es très habile, humain, souffla-t-il. Comment as-tu fait pour me tirer dessus avec l'arbalète ?

— Il ne l'a pas fait, dit une voix de femme.

Vif-comme-le-Vent regarda à sa gauche, et vit une tête de femme apparaître et flotter dans les airs. Un bras suivit, faisant un geste large comme pour écarter un vêtement.

Il comprit.

— Une cape *bezha*, dit-il en glissant de la pierre.

La souffrance le déchira quand il s'effondra. Il était tombé sur l'épée, l'enfonçant encore plus dans sa chair. Il lutta pour se relever, mais ses membres étaient sans forces. Son visage reposait sur une dalle froide.

Une sensation curieusement agréable.

Waylander et Keeva aidèrent Ustarte à entrer dans les appartements de l'Homme Gris.

— Laissez-moi me reposer une petite heure, dit la prêtresse. Faites ce que vous avez à faire.

Keeva rechargea son arbalète et marcha jusqu'à la porte.

— Vous avez un plan ? demanda-t-elle à Waylander.

— Toujours, répondit-il en souriant.

— Comment vous sentez-vous ?

Le sourire disparut.

— J'ai connu mieux.

Elle le dévisagea. Il avait les yeux cernés et la peau blême. Ses joues se creusaient.

— Je suis désolée, murmura-t-elle. Je ne sais pas quoi dire d'autre.

— Personne n'est immortel, Keeva. Es-tu prête ?

— Oui.

Waylander se fondit dans les ombres, emprunta le petit chemin et coupa par la chute d'eau. Keeva le suivit. Il escalada les rochers et s'approcha d'un accès plongé dans l'obscurité. Il l'attendit et prit sa main.

— Ces marches mènent au palais, dit-il. Quand nous serons arrivés, je veux que tu enfiles ta cape et que tu montes jusqu'à ce que tu puisses voir ce qui se passe dans la bibliothèque. Ne fais rien tant que je n'aurai pas agi. Tu comprends ?

— Oui.

Sans lâcher la main de Keeva, il s'engagea dans l'escalier. L'obscurité était complète. Arrivé en haut, il s'arrêta pour écouter.

Rien.

Il fit glisser un panneau secret débouchant sur le couloir longeant la Grande Salle. Les lanternes étaient allumées, mais tout semblait désert. Waylander libéra la main de sa compagne.

— Bonne chance, Keeva.

Il s'éloigna.

Keeva resta un moment sans bouger. La peur s'insinua en elle. Tant qu'il était là, elle se sentait protégée, mais maintenant, elle était seule. Ses mains tremblaient.

Sois forte, se dit-elle. Puis elle dévala le couloir et se rua dans l'escalier de la bibliothèque.

— Je ne les vois pas, déclara Eldicar Manushan en inspectant les jardins.

Trois-Épées ne répondit rien. Il lança un coup d'œil à Bras-de-Fer. L'énorme *kriaz-nor* hocha la tête. Le capitaine se retourna. Il avait toujours apprécié Vif-comme-le-Vent. C'était un guerrier expérimenté qui savait garder son sang-froid. Ce serait dur de le remplacer.

— Pourquoi sont-ils si longs ? s'inquiéta le magicien. Vous pensez qu'ils mangent son cœur ?

— Ils ne mangent rien, dit Trois-Épées. Ils sont morts.

— Morts ? s'exclama Eldicar d'une voix qui monta dans les aigus. Ce sont des *kriaz-nors* ! Comment peuvent-ils mourir ?

— Nous mourons aussi, magicien. Nous ne sommes pas invulnérables. Manifestement, cet assassin mérite votre peur. Vous êtes sûr que ce n'est pas un Uni ?

Eldicar Manushan essuya la sueur qui coulait sur son visage.

— Je ne sais pas ce qu'il est, mais il a tué un *bezha*. J'étais là. Il y a longtemps de cela, il a pénétré dans une maison pleine de gardes et de chiens de combat. Il a tué le marchand qui y vivait et a disparu. Personne ne l'a vu.

— Il utilise peut-être la magie, risqua Bras-de-Fer.

— Je l'aurais senti, souligna Manushan. Non. Ce n'est qu'un homme.

— Eh bien, continua Bras-de-Fer, *cet homme* a éliminé deux *kriaz-nors*, et maintenant, c'est votre tour.

— Taisez-vous ! explosa le magicien, en se retournant vers le balcon.

Il observa le sol quinze mètres plus bas, à la recherche du moindre mouvement dans l'escalier. Des nuages sombres cachèrent la lune et la foudre tomba dans la baie, suivie quelques secondes plus tard par un roulement de tonnerre. La pluie se mit à tomber, giflant les murs blancs du palais. Eldicar ne voyait plus rien. Il recula pour se mettre à l'abri.

Dans la bibliothèque, Trois-Épées était sur le point de se verser un gobelet d'eau, quand il se figea, les narines frémissantes. Bras-de-Fer avait saisi l'odeur lui aussi. Le capitaine reposa doucement le gobelet sur la table, et se retourna, son regard doré inspectant la pièce et l'escalier de fer qui en descendait. Il ne vit rien, mais il savait que quelqu'un n'était pas loin. Bras-de-Fer longea silencieusement le mur.

Trois-Épées marcha nonchalamment vers les marches, puis se rua en avant. Une arbalète apparut et décocha un carreau. Trois-Épées fit un pas de côté, et le trait le frôla. Un second partit, et le *kriaz-nor* leva le bras. La pointe du trait lui entailla la main avant d'aller se perdre dans la bibliothèque. Trois-Épées plongea dans l'escalier pour agripper le bras armé. D'un geste, il envoya l'assassin bouler par-dessus son épaule et atterrir dans la pièce. L'arbalétrier s'écrasa sur le sol. Trois-Épées se retourna et remonta l'escalier. L'assassin s'était mis à genoux, mais le *kriaz-nor* ne vit qu'une tête, un bras et un pied flottant dans l'air. Il arracha la cape *bezha* d'une main, et de l'autre releva l'inconnu. Il était sur le point de lui arracher la gorge, quand il s'aperçut qu'il tenait une jeune femme. Elle lui donna un coup de pied, mais il l'ignora et se tourna vers Eldicar.

—Ce n'est pas votre Waylander, dit-il. C'est une femelle.

—Eh bien, tuez-la ! cria le magicien.

La femme sortit une dague, et Trois-Épées la fit voler d'un geste désinvolte.

—Calme-toi, siffla-t-il. Tu commences à m'énerver.

—Mais qu'est-ce que vous attendez ? demanda Eldicar. Tuez-la !

—J'ai déjà tué une femme pour vous, magicien, et ça ne m'a pas plu. Mais je l'ai fait. Ce souvenir me pèse. Je suis un guerrier, pas un tueur de femmes.

—Alors, faites-le, vous ! dit Eldicar à Bras-de-Fer.

—C'est mon capitaine, répondit le colosse. Où qu'il aille, j'irai.

—Chiens insolents ! Je la tuerai moi-même !

Eldicar sortit sa dague et avança d'un pas. À ce moment-là, une forme sombre apparut derrière lui. Une main saisit son col, et l'entraîna en arrière. Ses hanches frappèrent la rambarde, et il bascula dans le vide. Bras-de-fer se précipita sur le balcon.

Personne. Il leva la tête. Une silhouette sombre escaladait la tour en direction de la terrasse supérieure.

Il baissa les yeux. Le magicien gisait sur le sol, quinze mètres plus bas. Le *kriaz-nor* rentra et se dirigea vers l'escalier de la tour.

Trois-Épées l'arrêta.

—Crois-moi, mon ami, tu ne devrais pas monter là-haut.

Il examina sa prisonnière, puis la libéra. Elle tituba. Le capitaine remarqua l'hématome sur sa tempe, et son œil gauche qui se fermait.

—Assieds-toi, et bois un peu d'eau. Quel est ton nom ?

—Keeva Taliana.

— Très bien, Keeva Taliana. Bois et reprends des forces. Après, si j'étais toi, je quitterais cette tour.

Eldicar Manushan ne bougeait pas. La souffrance menaçait de le submerger, mais il concentra ses pouvoirs, bloquant le supplice. Tout en luttant pour se calmer, il envoya son esprit examiner son corps brisé.

Il s'était écrasé sur le dos, mais, heureusement pour lui, sa colonne vertébrale était intacte. Sa hanche droite était brisée, et sa jambe gauche, cassée en trois endroits. Son poignet gauche était fracturé. Sa tête avait rencontré un parterre de fleurs, évitant de peu la pierre du chemin. Autrement, il aurait eu le cou cassé. Il souffrait aussi de blessures internes, qu'il soigna minutieusement. De temps à autre, la souffrance perçait ses défenses, mais il la contrôlait et continuait à s'occuper de ses blessures, accélérant leur guérison. Pour le moment, il ne pouvait pas faire grand-chose pour les os brisés, mais il gonfla les muscles qui les entouraient, et les força à se remettre en place.

La pluie s'abattait sur lui. La foudre déchirait le ciel. À sa lumière, il put repérer Waylander escaladant la tour : il avait presque atteint la terrasse. En dépit de ses os brisés, Eldicar sentit le soulagement l'envahir. Il n'aurait pas à se trouver dans la pièce quand Anharat répondrait à l'appel. Mieux encore, le prince démon ne pourrait pas être invoqué à travers *lui*.

Eldicar roula doucement sur le ventre, et se mit à genoux. La douleur embrasa sa hanche détruite, mais les muscles résistèrent. En se relevant, il gémit. Sa jambe cassée se tordit et un morceau d'os mordit dans le muscle de son mollet. Il se pencha et remit l'os en place avec ses pouces avant de rigidifier à nouveau ses muscles.

Il prit une profonde inspiration et s'appuya sur sa jambe blessée. Elle tint bon. Presque tout son Talent y était passé, et il devait trouver un endroit sûr pour se cacher et régénérer son pouvoir.

Il tituba vers le palais et emprunta un corridor à l'opposé de la salle Chêne. Il voulait rentrer chez lui. S'il atteignait les écuries et sellait un cheval, il pourrait chevaucher jusqu'au portail, et plus personne ne l'obligerait à servir des monstres comme Deresh Karany. Eldicar Manushan pensa à la demeure familiale près du lac, à la brise fraîche venant des montagnes aux neiges éternelles.

La douleur l'envahit et il s'immobilisa.

Je n'aurais jamais dû venir, pensa-t-il. *Cette aventure m'a anéanti.*

Il se remémora le mépris dans les yeux du *kriaz-nor* quand il lui avait demandé de tuer la jeune fille, et il repensa à cette nuit d'horreur quand les *kraloths* avaient déchiqueté la noblesse du Kydor.

— Je ne suis pas mauvais, murmura-t-il. Ma cause était juste.

Il tenta de se raccrocher aux enseignements de son enfance, à la grandeur de Kuan-Hador et à la mission divine de la cité : apporter paix et civilisation à tous les peuples. La paix et la civilisation ? Deresh Karany était en train d'invoquer le Seigneur des Démons au milieu d'une pièce remplie de cadavres desséchés.

— Je rentre chez moi, déclara Eldicar Manushan.

Il boita jusqu'aux grandes portes, les ouvrit et sortit dans la nuit orageuse.

Et tomba nez à nez avec la foule déchaînée menée par Chardyn.

Alors qu'il guidait les citoyens de Carlis jusqu'au Palais blanc, une multitude d'émotions et d'idées se télescopaient dans la tête de Chardyn, le prêtre de la Source. Une juste colère l'avait inspiré lors de son discours dans le temple, ça et la conviction qu'une horde de villageois serait de taille à triompher d'une poignée de soldats et d'un magicien.

Mais quand la foule s'ébranla, nombreux furent ceux qui l'abandonnèrent. Quand la tempête éclata, ses rangs s'éclaircirent un peu plus. Quand Chardyn arriva devant le Palais blanc, il était à la tête d'une centaine de fidèles, dont beaucoup de femmes.

Il leur avait donné sa parole que la Source montrerait son pouvoir. Il leur avait promis un bouclier de tonnerre et une lance de foudre. Il y avait certes eu l'orage et les éclairs, mais la pluie avait refroidi bien des ardeurs.

Peu d'entre eux avaient des armes. Ils n'étaient pas venus pour se battre, ils étaient là pour assister à un miracle. Benae Tarlin, le maçon, avait une lance de fer, et Lalitia une dague. Benae avait demandé au prêtre de bénir son arme. Chardyn avait solennellement apposé ses mains sur la lance avant de clamer :

— Voici l'arme d'un juste ! Qu'elle brille par la grâce de la Source !

C'était à Carlis, et la foule avait applaudi. Chardyn avait surtout remarqué que la lance était émoussée et que sa pointe était rouillée.

La foule avait franchi la colline, et le palais était apparu.

— Quand verrons-nous cette magie ? avait demandé le maçon.

Chardyn n'avait pas répondu. Sa robe était trempée, et une grande fatigue envahissait le prêtre. Sa colère avait depuis longtemps laissé la place au pressentiment d'une catastrophe imminente. Il savait seulement qu'il entrerait dans le palais et qu'il ferait de son mieux pour tordre le cou d'Eldicar Manushan.

Il continua à avancer, Lalitia à ses côtés.

— J'espère que vous avez raison pour la Source, chuchota la jeune fille.

Ils s'approchaient, et les grandes portes s'ouvrirent. Eldicar Manushan sortit à leur rencontre.

Chardyn le vit, et hésita. Le tonnerre roula au-dessus de leurs têtes, et il sentit la peur enfler au sein de sa troupe.

— Qu'est-ce que vous venez faire ici ? s'exclama le magicien.

— La Source m'a guidé jusqu'ici pour mettre fin à tes maléfices ! répondit Chardyn, en remarquant que sa voix d'ordinaire si puissante avait perdu de sa conviction.

Eldicar s'approcha. La foule recula.

— Partez ! tonna Eldicar. Ou j'invoquerai des démons pour vous détruire jusqu'au dernier !

Benae Tarlin battit en retraite. Lalitia poussa un juron et se rua sur lui.

— Donnez-moi ça ! cracha-t-elle en lui arrachant la lance des mains.

Elle se retourna, avança de deux pas, puis lança l'arme sur le magicien. Surpris, Manushan leva le bras, mais la lance s'enfonça dans son ventre. Il tituba, et manqua de tomber.

Il se redressa et, agrippant le manche de l'arme, il l'arracha.

— Je ne peux pas mourir ! cria-t-il.

Le tonnerre gronda, et un grand éclair blanc tomba sur la lance, qui explosa entre les mains du magicien. Le corps d'Eldicar fut projeté en l'air, et la violence de l'explosion envoya Lalitia au sol. Chardyn se précipita pour l'aider, puis il s'approcha de la forme carbonisée du magicien.

Il avait perdu un bras, et un côté de sa poitrine était ouvert. Un morceau de la lance s'était enfoncé dans son visage et lui avait traversé le crâne.

Sous les yeux du prêtre, le corps frémit. La main s'ouvrit, puis se referma. Une jambe trembla. Les yeux d'Eldicar s'ouvrirent. Le sang bouillonnait dans le torse massacré, mais la blessure commençait à se refermer.

Lalitia se jeta à genoux près du magicien et lui trancha la jugulaire. Le sang gicla. Eldicar garda les yeux ouverts encore quelques instants. Il était terrifié. Puis ses paupières retombèrent et il cessa de bouger.

Benae Tarlin rejoignit le prêtre, bientôt imité par le reste du groupe.

— Bénie soit la Source ! hurla quelqu'un.

— La lance de foudre ! cria un autre.

Chardyn releva les yeux et remarqua que les gens le regardaient avec adoration. Le maçon s'empara de sa main et l'embrassa. Chardyn comprit qu'on attendait qu'il dise quelque chose, une phrase percutante, une citation mémorable. Mais il ne trouva rien à ajouter.

Il se retourna et reprit le chemin de Carlis. Lalitia le rattrapa et l'agrippa par le bras.

— Eh bien, mon ami, dit-elle, vous êtes un saint à présent ! Un homme qui fait des miracles.

— Foutaises ! Il a été frappé par la foudre pendant un orage, répondit le prêtre. Et je ne suis qu'un imposteur.

— Comment pouvez-vous dire ça ? Vous leur aviez promis que la Source le châtierait. C'est ce qui s'est passé. Pourquoi doutez-vous encore ?

Chardyn soupira.

— Je suis un menteur et un charlatan. Quant à vous, même si je vous aime beaucoup, vous n'êtes qu'une putain et une voleuse. Vous croyez vraiment que la Source nous utiliserait pour accomplir son œuvre ?

— Peut-être que c'est ça, le vrai miracle.

Les doigts de sa main gauche commençaient à se paralyser. Waylander escaladait toujours le mur, s'accrochant aux fissures dans les joints du plaquage de marbre. Ces prises étaient minces, certaines ne faisaient guère plus d'un centimètre. Et la pluie s'en était mêlée. Il était trempé, et le marbre glissait. Waylander s'arrêta, ouvrant et refermant sa main pour redonner un peu de souplesse à ses doigts. Il reprit son ascension.

Une silhouette apparut sur le balcon juste au-dessus de lui. Waylander se figea. Un éclair tomba, éclairant une figure de cauchemar : une tête triangulaire étirée aux tempes avec des yeux énormes en forme d'amande. Le monstre était couvert d'écailles grises, comme un serpent.

Puis la créature rentra dans la tour. Waylander s'agrippa à un barreau du garde-fou et se hissa sur la terrasse. Il chargea son arbalète et se jeta dans la pièce. Un éclair éclata près de son visage. Il roula sur la droite. Un deuxième projectile incandescent le rata de peu. Il se mit à genoux, l'arme au poing, et il entrevit la créature qui levait la main. Une boule de feu se matérialisa dans sa paume.

Waylander tira.

Le carreau traversa le globe ardent pour finir dans l'épaule du monstre. Celui-ci sauta en avant, et sa queue s'abattit. Waylander se jeta sur la gauche, et un crochet acéré le manqua d'un cheveu. Il tira de nouveau. Le trait déchira le visage de la créature. Son dos s'arqua, et elle s'effondra. Waylander engagea un nouveau carreau.

Le monstre ne bougeait plus.

Soudain, une immense pitié envahit l'Homme Gris, et il eut envie de se lier d'amitié avec la créature. À cet instant, il comprit qu'elle ne pouvait pas être mauvaise, qu'elle ne désirait qu'amour et affection. Comment avait-il pu venir ici pour la tuer ?

Le monstre se leva lentement et se retourna. Waylander se détendit. Son regard glissa sur les corps affalés contre les murs. Dans un coin, il remarqua une enveloppe desséchée. Deux nattes blondes s'accrochaient encore au crâne émacié. Il reconnut la coiffure, c'était celle de Norda.

Il se tourna de nouveau vers la créature. C'était la première fois de sa vie qu'il aimait avec tant de passion. Quelque part dans son esprit la voix d'Ustarte résonna. Elle lui avait parlé d'un sort de charme utilisé par Deresh Karany.

Le monstre était proche maintenant. Sa queue se dressa, son extrémité en crochet luisant sous la lumière des lanternes.

— Donnerais-tu ta vie pour moi ? susurra la créature.

— Pas ce soir, répondit Waylander.

Il concentra toute sa volonté pour lever son arme et effleurer la détente. Le carreau transperça le cou du monstre, qui poussa un cri horrible.

Le sortilège se rompit.

Waylander lâcha l'arbalète et sortit un couteau de lancer qu'il projeta dans le torse de Deresh Karany. La créature gronda, puis chargea, toutes griffes dehors. Waylander se mit à genoux, et roula sur la droite. La queue du monstre claqua et le propulsa contre la table de chêne. Waylander se releva et tira son épée courte. La queue se dressa. La lame de l'assassin l'entama profondément. Le monstre couina et battit en retraite, le sang giclant de son appendice entaillé.

— Tu ne peux pas me tuer, mortel, siffla-t-il.

— Mais je peux te faire souffrir, répondit Waylander.

Un autre couteau fendit l'air et alla s'enfoncer dans le biceps de la créature.

Deresh Karany recula encore avant d'entamer un chant dans un langage inconnu de l'assassin. La mélopée était gutturale, mais possédait une indéniable rythmique.

La température chuta, et le chant gagna en puissance. Les murs se mirent à vibrer, et des étagères vomirent leur contenu. Comprenant que Deresh invoquait un démon, Waylander se jeta sur lui. Le monstre se retourna, et sa queue sanguinolente cueillit l'assassin en plein vol, le renvoyant à l'autre bout de la pièce. Il s'écrasa contre un mur et sa tête frappa durement la pierre. Au bord de l'inconscience, il lutta pour se relever. Une vive lumière scintillait de l'autre côté de la salle.

La pierre commença à se tordre. Désespéré, Waylander prit un autre couteau et le lança de toutes ses forces. Il perfora la main de Deresh Karany, qui poussa un nouveau grognement de douleur. Le chant s'arrêta quelques secondes, puis résonna de plus belle.

Le froid se fit plus intense. L'assassin frissonna. La peur envahit son esprit. Ce n'était pas la crainte de la mort, ou celle d'échouer, c'était la peur à l'état pur. Il sentit une présence invisible si primale, si puissante, que toute son ingéniosité et toute sa force ne lui seraient d'aucune utilité contre une telle manifestation. Comme si un brin d'herbe tentait de résister à un ouragan. Ses membres se mirent à trembler. Deresh Karany crachait de rire. Un son étrange, proche de la folie.

— Tu le sens, n'est-ce pas ? cria-t-il. Où sont tes couteaux à présent, petit homme ? Tiens, en voilà un !

L'*ipsissimus* retira l'arme plantée dans son visage et l'envoya près de Waylander. Le couteau claqua sur le sol non loin de celui-ci. Le monstre extirpa calmement les autres lames fichées dans sa chair.

— Dépêche-toi de les ramasser, ricana-t-il. J'ai hâte de te voir les utiliser contre le plus puissant des démons, le Seigneur de la Fosse. J'espère que tu mesures l'honneur qui t'est réservé. Anharat en personne va dévorer ton âme.

L'air frémit autour de l'assassin. Une terreur absolue s'empara de lui. Il devait fuir cet endroit !

— Pourquoi ne pas courir, se moqua Karany. Si tu es assez rapide, même ses ailes ne lui permettront pas de te rattraper !

La colère lui rendant quelques forces, Waylander leva son épée. Il n'était pas encore très solide sur ses jambes, mais il se prépara néanmoins pour une dernière attaque.

Une silhouette sombre apparut sur le mur bouillonnant, puis s'inclina pour entrer dans la pièce. La peau du démon était couverte d'écailles noires. Il avait une tête ronde et des oreilles pointues. Arrivé dans la pièce, il se redressa. Il devait bien mesurer trois mètres et effleurait les poutres. Ses ailes de cuir noir se déployèrent, touchant les murs de part et d'autre de la salle. Le feu brûlait dans ses orbites, et des flammes s'échappaient de sa bouche. Une puanteur imprégna l'atmosphère. Une odeur que Waylander reconnut : celle de la chair en décomposition.

— Je t'ai invoqué, Anharat, lança Deresh Karany.

— Dans quel but, humain ? répondit le démon.

Quand il parla, le feu dégoutta de ses mâchoires et s'accrocha à sa peau. Ses mots roulèrent sous le plafond dans l'air glacé.

— Pour tuer mon ennemi.

Les yeux du Seigneur des Démons se fixèrent sur Waylander. Il traversa lourdement la pièce. Quand ses pattes griffues se posèrent sur les tapis, ils s'embrasèrent. La fumée entoura la créature.

L'assassin fit pivoter son épée courte pour la prendre par la pointe. Il visa la poitrine du démon.

La bête s'immobilisa. Elle leva la tête et commença à rire. Des flammes frémirent dans sa bouche, et le sol trembla.

Waylander lança sa lame. Elle s'embrasa et partit se planter dans une poutre.

Le Seigneur des Démons se tourna vers l'*ipsissimus*.

— Ah, quel moment exquis ! dit-il. J'ai toujours méprisé les humains, Deresh Karany, mais toi, tu as dépassé les bornes. Ne t'avais-je pas prévenu que ce portail serait gardé ? N'avais-je pas précisé que seules les morts de trois rois ouvriraient les portails ? M'as-tu écouté ? Non. Mes suivants ont péri par centaines et tu as le culot d'appeler Anharat pour éliminer un seul humain ?

— Tu dois m'obéir, démon ! hurla Deresh Karany. J'ai respecté tous les anciens rituels. Jusqu'au moindre détail. Je t'ai sacrifié dix vies, et les incantations étaient parfaites. Tu n'as pas le choix, tu me dois obéissance.

— De mieux en mieux ! Tu es un sorcier expérimenté, Deresh Karany. Tu connais toutes les lois afférentes aux invocations. Tiens, pourrais-tu me donner la loi principale ?

— L'invocation doit se solder par une mort. Tel est le prix ! Il est là, Anharat. Tue-le, et le rituel sera achevé.

— Et combien de fois peut-on tuer un homme ? souffla le Seigneur des Démons en s'approchant lentement de l'*ipsissimus* jusqu'à le dominer de toute sa hauteur.

Waylander n'avait pas bougé. Le sorcier essaya de reculer, mais le mur l'en empêcha.

— Je ne comprends pas, balbutia Deresh Karany. Tue-le… et disparais !

— Je ne peux pas le tuer, mortel, car il est déjà mort. Son cœur ne bat plus. Son corps ne se dresse que par la grâce d'un sortilège.

— C'est impossible ! cria Deresh. Tu essaies de me tromper !

— La loi principale, répéta Anharat. L'invocation doit se solder par une mort.

Son bras colossal s'étira, et sa main griffue se referma sur le sorcier. Sous les yeux de l'Homme Gris, le Seigneur des Démons ouvrit le torse de l'*ipsissimus*, et lui arracha le cœur.

Le sorcier remuait toujours.

— Encore mieux, gloussa le démon. Tu as maîtrisé l'art de la régénération. Comme tu vas le regretter ! Tu mettras une centaine d'années à mourir.

Le démon cracha un jet de flammes qui enveloppa le cœur battant dans sa main. D'un pas lourd, il se retourna et se dirigea vers le mur chatoyant. Deresh Karany se débattait toujours, et le démon se pencha avant de traverser le portail.

Le passage se referma et Waylander entendit une dernière plainte désespérée.

Puis le silence retomba.

Kysumu ne s'était jamais aussi bien battu de sa vie. Il représentait l'humanité dans une bataille pour sauver son monde, et la fierté lui conférait une puissance comme il n'en avait jamais connu. Il était l'instrument du bien dans sa lutte contre le mal. Il était un héros, un héros invincible. Il se battait aux côtés des *riaj-nor* avec une férocité terrifiante.

Au début, ils s'étaient profondément enfoncés dans les rangs des *kriaz-nors*, et avaient progressé vers la grande arche. Quel spectacle insolite ! Même au plein cœur de la bataille, Kysumu trouvait cette vision merveilleuse. Au-dessus de sa tête, la lune et les étoiles dominaient le ciel ; en revanche, le soleil brillait à travers le portail, éclairant les ruines de Kuan-Hador d'un nimbe doré. De temps à autre, des éclairs bleutés couraient le long de la brèche et emplissaient l'air d'une odeur acide.

Les *riaj-nor* s'étaient frayé un passage à travers les rangs de leurs ennemis. Quatre guerriers avaient percé les lignes *kriaz-nors*, et ils se précipitèrent vers le portail. Une dizaine de *kriaz-nors* se ruèrent à leurs trousses. Quand les guerriers en gris atteignirent leur but, ils lancèrent leurs épées vers le globe doré. En franchissant la brèche, les épées brillaient comme des soleils. Un éclair bleu traversa l'arche.

Kysumu eut l'impression qu'elle était un peu plus sombre qu'avant, mais le soleil d'un autre monde scintillait toujours. Sans armes, les quatre guerriers s'étaient jetés sur leurs ennemis. Ils furent mis en pièces.

C'était il y a une heure.

Les éclairs étaient pâles à présent, et le jeune *rajnee* crut y discerner des nuances de blanc. Il ne restait plus qu'une trentaine de *riaj-nors*, et même s'ils avaient infligé de lourdes pertes à l'ennemi, ils étaient toujours en infériorité numérique, se battant à un contre deux. Ren Tang était tombé peu avant, écharpé par deux *kriaz-nors*. En tombant, le torse ouvert, il avait attiré l'un des guerriers avec lui et lui avait arraché la gorge à coup de crocs.

Le tonnerre gronda au loin, quand un orage se déchaîna sur la baie de Carlis. Le vent tourna, et une légère bruine poissa les ruines. La tunique de Kysumu était rouge de sang, et la pluie rendait le sol glissant. Pourtant, il se battait avec une fureur contrôlée. Deux *riaj-nors* réussirent à percer, filant vers le portail et sacrifiant leurs épées. Quand les lames disparurent, les étincelles blanches s'éteignirent, et les éclairs devinrent d'un bleu si sombre que le soleil ne parvint plus à filtrer. Trois *kriaz-nors* quittèrent la mêlée pour tuer les deux guerriers désarmés, et prendre position directement devant la brèche, prêts à éliminer tous ceux qui tenteraient de s'approcher.

Song Xiu tua deux guerriers *kriaz-nors*, puis s'infiltra dans une trouée. Kysumu évita une lame, éventra son porteur, et s'engouffra à la suite du *riaj-nor*. Un groupe de *kriaz-nors* les intercepta avant qu'ils n'arrivent au portail. Dos à dos, Song Xiu et Kysumu défendirent leur vie. Les derniers *riaj-nors* se précipitèrent à leur secours. Beaucoup périrent.

Seule une dizaine les rejoignit, et ils formèrent un cercle défensif. Ils étaient éreintés.

— Il ne manque plus qu'une ou deux lames, lâcha Song Xiu pendant une brève accalmie.

Il jura en jetant un coup d'œil furieux à l'arche de pierre. Ils en étaient si près que leurs visages, comme ceux de leurs ennemis, étaient baignés de lumière bleue. L'un des *riaj-nor* tenta de lancer son épée par-dessus les *kriaz-nors*, mais l'un d'entre eux sauta et attrapa l'arme par la garde. La lame vibra, puis se brisa.

Song Xiu lança un regard de haine aux derniers *kriaz-nors* qui se tenaient à trois mètres de là. Ils étaient aussi fatigués qu'eux.

— Une dernière charge, grogna le guerrier à la tunique pourpre.

Kysumu repéra un mouvement à la limite de son champ de vision. Il regarda à gauche. Une silhouette rampait derrière un mur éboulé ; une forme portant une peau de loup. Soudain, Yu Yu Liang se dressa et courut vers le portail. Les trois *kriaz-nors* stationnés devant vinrent à sa rencontre.

Yu Yu s'élança sur eux, son épée fendant l'air.

— Maintenant ! hurla Song Xiu.

Les *riaj-nor* chargèrent. Kysumu perdit Yu Yu de vue et il rejoignit Song Xiu et les autres. Ils se jetèrent sur leurs ennemis. Les *kriaz-nors* ne reculèrent pas d'un pouce, et les guerriers épuisés ne pouvaient rien pour forcer le passage.

La bataille se déroulait maintenant comme dans un rêve. Les mouvements des guerriers étaient lents et léthargiques. Enfin, les deux camps battirent en retraite en échangeant des regards assassins. Il n'y avait plus que huit *riaj-nors* et quatorze *kriaz-nors*.

Kysumu profita de la trêve momentanée pour chercher Yu Yu des yeux. Il savait ce qu'il allait trouver.

Son cadavre gisait non loin du portail. On lui avait coupé le bras, et l'épée *rajnee* était tombée juste à côté. Le chagrin submergea Kysumu. Puis il vit le corps frémir. Les *kriaz-nors* en faction devant la brèche étaient partis pour renforcer les rangs de leurs compagnons. Aucun ne pouvait voir Yu Yu.

Le jeune *rajnee* observa Yu Yu rouler sur le flanc. Il avait le ventre ouvert, et ses entrailles se déroulaient autour de lui. Pourtant, il se mit à ramper, laissant une trace sanglante derrière lui. Il récupéra son épée de la main gauche en poussant un grognement. L'un des *kriaz-nors* se retourna, et Yu Yu lança l'arme dans le portail.

Il y eut un éclair aveuglant, suivi par un bourdonnement aigu qui fit trembler le sol. Les éclairs bleus disparurent, et un halo argenté recouvrit le portail.

Les *kriaz-nors* se ruèrent vers l'arche. Treize d'entre eux parvinrent à la traverser, mais l'argent se transforma en pierre au moment où le dernier passait. Au début, on aurait pu croire que le guerrier s'était juste coincé dans le portail, mais son corps glissa lentement et bascula. Il avait été coupé en deux.

Kysumu se hâta de rejoindre Yu Yu. Il le retourna doucement. Le terrassier avait les yeux grands ouverts.

— Oh, mon ami ! dit Kysumu en pleurant. Tu as refermé le portail.

Le terrassier ne l'entendait plus, et Kysumu dévisagea le mort. Il serra Yu Yu contre lui et se balança d'avant en arrière. Song Xiu s'approcha et s'assit à côté de lui. Il resta longtemps sans rien dire pendant que le jeune *rajnee* sanglotait.

— C'était un homme bon, dit-il enfin.

Kysumu embrassa Yu Yu sur le front, puis le reposa sur le sol.

— Ça n'a aucun sens, répondit-il en essuyant ses larmes. Il aurait pu vivre. Il ne voulait pas être le *Pria-shath*. Il ne voulait pas affronter des démons et périr. Alors pourquoi ? Pourquoi a-t-il gâché sa vie ?

— Il ne l'a pas *gâchée*, humain. Il l'a *donnée*. Pour toi, pour moi, pour ce monde. Pourquoi penses-tu qu'il a été choisi ? Si la Source avait besoin du meilleur bretteur, elle t'aurait sélectionné. Mais non. Elle voulait un homme. Un homme ordinaire. (Song Xiu gloussa.) Un terrassier avec une épée volée. Et regarde ce qu'à accompli le terrassier en question.

— Ça me rend juste triste, souffla Kysumu en caressant le visage de son ami.

— Ça me rend fier, souligna Song Xiu. Je retrouverai son âme dans le Vide, et nous cheminerons ensemble.

Kysumu fixa le *riaj-nor*. Ses cheveux grisonnaient, et son visage vieillissait.

— Qu'est-ce qu'il vous arrive ?

— Je meurs, répondit Song Xiu. Nous serons bientôt à cours de temps.

Kysumu observa les alentours et remarqua que les *riaj-nors* s'étaient allongés sur le sol et ne bougeaient plus.

— Pourquoi ? demanda le jeune homme.

— Nous aurions dû mourir il y a des milliers d'années, murmura Song Xiu. Nous savions que nos jours étaient comptés quand nous sommes revenus. Yu Yu Liang nous a prouvé que le jeu en valait la chandelle.

Song Xiu glissa sur le sol. Ses cheveux étaient blancs comme neige, et sa peau aussi sèche que du parchemin. Kysumu s'approcha.

— Je suis réellement désolé. Je… vous ai mal jugé. Je me suis comporté comme un imbécile ! Pardonnez-moi !

Le *riaj-nor* ne répondit pas. Une brise souffla sur les ruines et son corps frémit avant de tomber en poussière.

Kysumu resta longtemps assis, perdu dans des souvenirs doux-amers. Puis il ramassa son épée et creusa une tombe pour Yu Yu. Il la recouvrit de pierres.

Il rengaina son épée et quitta les ruines de Kuan-Hador.

Waylander ramassa son arbalète et ses couteaux avant de descendre dans la bibliothèque inférieure. Keeva l'attendait sur un canapé, mais il n'y avait aucune trace des deux guerriers.

— Ils sont partis, dit la jeune femme.

Elle se leva et serra l'Homme Gris dans ses bras.

— Comment vous sentez-vous ? reprit-elle.

— Comme la mort, répondit-il avec un sourire sinistre.

— J'ai entendu le… démon. Je n'ai jamais eu aussi peur de ma vie. Pas même quand Camran m'a enlevée.

— C'était il y a si longtemps.

Il la prit par la main et ils descendirent sur la terrasse où Ustarte les attendait.

— Le portail est clos, annonça-t-elle. Yu Yu Liang s'est sacrifié pour le fermer. Kysumu a survécu.

Waylander inspecta les lieux à la recherche du cadavre d'Eldicar Manushan.

— Il est mort, dit la prêtresse.

— Vraiment ? s'inquiéta l'assassin. Je ne pensais pas que la chute le tuerait.

— Il avait des pouvoirs de régénération, expliqua Ustarte, mais ils n'ont pas fait le poids contre la foudre.

— Alors, tout est terminé, soupira Waylander d'un ton las. C'est bien. Où est Matze ?

— Toujours attaché dans la cave. Keeva peut le libérer. Vous et moi devons nous rendre dans l'écurie.

— Et pourquoi ?

— J'ai un dernier cadeau pour vous, mon ami.

Waylander sourit.

— Je sens la mort approcher, Ustarte. Mon sang circule lentement, et ton sort s'évanouit. Je ne crois pas que ce soit le bon moment pour un présent.

— Aie confiance, Homme Gris.

Elle le prit par le bras et l'entraîna dans le palais.

Keeva descendit en courant l'escalier de la cave pour délivrer Matze Chaï. Nu comme un ver, le marchand était ligoté sur sa chaise. Il leva la tête quand elle entra et lui jeta un regard interrogateur.

— Je viens vous libérer, dit-elle. L'Homme Gris a tué le sorcier.

— Bien entendu, grogna Matze. Mais j'aimerais bien savoir ce qui vous a prise de venir à mon secours sans m'apporter des vêtements ? Le moindre danger élimine-t-il toute notion de politesse ? Coupez ces liens, puis allez dans ma chambre et rapportez-moi une robe appropriée et des chaussures souples.

Keeva secoua la tête en souriant.

— Je suis désolée, seigneur, répondit-elle en s'inclinant. Désirez-vous autre chose ?

— Si l'un de mes serviteurs a survécu, dites-lui de me préparer une tisane.

L'aube pointait quand Keeva trouva enfin le temps de regagner l'écurie. Elle trouva Ustarte assise sous un saule pleureur, à côté des deux *kriaz-nors*. Il n'y avait aucune trace de l'Homme Gris.

— Où est-il ? demanda-t-elle.

— Il est parti, Keeva. J'ai ouvert un portail pour lui.

— Où l'avez-vous envoyé ?

— Là où il a toujours voulu aller.

Keeva s'assit. Une grande tristesse serra son cœur.

— J'ai du mal à croire qu'il n'y a plus d'Homme Gris, souffla-t-elle. Il semblait… je ne sais pas… immortel, invincible.

— Il l'est, très chère, sourit Ustarte. Il a quitté ce monde, mais Waylander ne mourra jamais vraiment. Les hommes comme lui sont éternels. Au moment même où nous discutons, il y a certainement un autre Homme Gris qui se prépare à affronter son destin.

Keeva jeta un coup d'œil aux deux guerriers, puis revint à la prêtresse.

— Et vous ? Qu'allez-vous faire ?

— Nous n'appartenons pas à ce monde, Keeva, répliqua Ustarte. Maintenant que je n'ai plus à mobiliser la plus grande partie de mes pouvoirs pour contrer Deresh Karany, j'ai assez d'énergie pour nous ramener à la maison.

— Vous retournez sur le monde de Karany ?

— La bataille est finie pour toi, mais pas pour moi. Je ne peux pas me reposer tant que le mal engendré par Deresh Karany continue à sévir.

Keeva se tourna vers les *kriaz-nors*.

— Et vous allez l'aider ?

— Je crois bien, oui, répondit Trois-Épées.

Épilogue

Tanya balayait le sol de terre battue. Elle faisait sortir la poussière par la porte ouverte, mais la moitié restait là, en nuage autour d'elle. Dakeyras avait gravé la terre glaise et fait une mosaïque de pierres colorées venues du lit de la rivière tout autour de la cheminée. La récolte de l'an passé avait à peine fourni au couple assez d'argent pour passer l'hiver, mais Dakeyras avait promis que les premiers bénéfices de la ferme serviraient à poser un véritable plancher.

Tanya avait hâte de voir ce moment arriver, mais alors qu'elle regardait la mosaïque, elle sentit un pincement de regret anticipé. Elle était encore enceinte des jumelles quand Dakeyras était revenu de la rivière avec les pierres dans son sac. Gellan, âgé de six ans, était à côté de son père, sautillant comme un cabri.

— J'ai trouvé toutes les rouges, Maman. C'est moi qui les ai toutes ramassées ! avait-il dit. Hein, c'est vrai, papa ?

— Tu t'es très bien débrouillé, Gel, avait répondu l'homme.

— Tu as aussi trempé tes nouveaux pantalons, avait fait remarquer Tanya à son fils.

— C'est impossible de ramasser des galets sans se mouiller, avait rétorqué Dakeyras.

— C'est vrai, maman. Et c'était rigolo d'aller dans l'eau. J'ai même failli attraper un poisson à mains nues !

Tanya plongea son regard dans les yeux bleus et brillants du garçon. L'enfant lui sourit, et le cœur de sa mère fondit.

— Très bien, dit-elle. Tu es pardonné. Mais pourquoi avons-nous besoin d'un sac de pierres ?

Les deux jours suivants, Dakeyras et Gellan avaient travaillé sur la mosaïque rectangulaire. Tanya s'en souvenait avec émotion : les rires et la joie, Gellan poussant de petits cris de bonheur, Dakeyras, le visage sali de glaise, chatouillant le garçon. Et, lorsqu'ils eurent fini, ils avaient retiré leurs vêtements, et fait la course jusqu'à la rivière. Dakeyras avait laissé gagner l'enfant. Un souvenir des jours heureux.

Tanya reposa son balai et alla sur le seuil. Gellan explorait la prairie avec son épée de bois et les jumelles dormaient dans leur berceau. Dakeyras était parti chasser. La journée était tranquille, le soleil étincelait dans un ciel parsemé de nuages blancs. Tanya pensa qu'ils ressemblaient à des moutons, pâturant dans un champ bleu.

Avoir du gibier serait une bonne chose. Leurs réserves n'étaient pas reluisantes et, bien que le boutiquier ait augmenté leur crédit, Tanya rechignait à creuser encore leur dette.

Les gens avaient été si gentils. Dakeyras était apprécié. Tout le monde se souvenait de lui comme de l'officier qui avait sauvé la communauté du raid sathuli grâce à sa présence d'esprit. Il avait combattu vaillamment, et avec son ami Gellan – dont leur fils portait le nom – ils avaient reçu des décorations. Gellan était resté dans l'armée. Tanya s'était toujours demandée si Dakeyras regrettait d'être devenu fermier.

Le lendemain de la démission de Dakeyras, son supérieur avait rendu visite à Tanya. À son avis, son mari faisait là une grave erreur.

— C'est un de ces rares combattants qui réfléchissent. Les hommes le respectent. Il pourrait aller loin, Tanya.

— Je ne lui ai pas demandé de quitter le service, monsieur, avait-elle répondu. Il a pris sa décision seul.

— C'est bien dommage, avait-il répondu. J'espérais que vous l'y aviez poussé et que je pourrais vous faire revenir sur votre position.

— Je serais heureuse avec lui, qu'il soit soldat, fermier, boulanger... Mais il m'a dit qu'il devait quitter le service.

— Il vous a expliqué pourquoi ? Était-il malheureux ?

— Non, monsieur. Bien au contraire.

— Je ne comprends pas.

— Je ne peux rien vous dire de plus. Ce ne serait pas bien.

L'officier n'était pas plus avancé quand il était parti. Comment Tanya aurait-elle pu lui expliquer ce que Dakeyras lui avait confié ? Les combats et les tueries, qui choquaient la plupart des hommes, avaient commencé à remplir Dakeyras d'une joie sauvage.

— Si je reste, avait-il dit, je deviendrai quelqu'un que je ne veux pas être.

À la fin, son officier supérieur lui avait octroyé une année sabbatique, sans rompre son contrat. Et cette année était presque écoulée.

Tanya sortit sous la lumière du soleil et défit le ruban qui maintenait ses longs cheveux blonds. Elle se dirigea vers le puits, secouant la poussière, avant de remonter lentement le seau. Elle tendit le bras, saisit le récipient puis le posa sur la margelle. Elle but à longs traits, puis se mouilla le visage.

— Des cavaliers, maman ! cria Gellan.

Tanya se tourna vers le nord et vit une colonne de cavaliers dévaler la côte. Elle se demanda s'ils étaient soldats, mais vit bien vite que, malgré leur armement lourd, ils ne faisaient pas partie de la garnison drenaïe.

Elle rebroussa chemin vers la maison pour les attendre près du porche.

Le premier homme, monté sur un grand cheval bai, tira sur les rênes. Il avait une triste mine et des yeux enfoncés dans leurs orbites. Tanya, qui appréciait la plupart des gens, le trouva quelque peu répugnant. Elle jeta un coup d'œil vers les autres cavaliers. Ils étaient mal rasés, et leurs vêtements étaient sales. À côté de l'homme de tête, elle vit un soldat aux traits nadirs : pommettes hautes et yeux bridés. Pas un n'ouvrit la bouche.

— Si vous voulez faire boire vos bêtes, dit Tanya, vous pouvez les mener à la rivière. C'est un peu plus loin derrière les arbres.

— Nous ne sommes pas venus pour l'eau, répondit l'homme au visage antipathique.

Il la dévisagea, les yeux brillants. Tanya sentit la peur et la colère la gagner, sous ce regard qui la jaugeait.

— Tu es bien mignonne, fermière, reprit-il. J'aime les femmes à gros seins. Je crois que tu vas pouvoir nous donner ce qu'on veut.

— Vous feriez mieux de partir, lança-t-elle. Mon mari… et ses amis… vont bientôt revenir. Vous n'êtes pas les bienvenus ici.

— Nous ne sommes les bienvenus nulle part, dit le cavalier. Maintenant, tu peux te laisser faire… ou rendre ça difficile. Je dois te dire que j'ai étripé la dernière femelle qui a compliqué les choses.

Tanya ne broncha pas. Une des jumelles se mit à pleurer pour réclamer à manger, un son haut perché et aigu. Le petit Gellan s'était approché.

— Qu'est-ce qu'ils veulent, maman ? demanda-t-il.

L'homme à la triste mine se tourna vers le Nadir.

— Tue le morveux ! lança-t-il.

Un coup de vent froid passa entre les cavaliers et les chevaux se cabrèrent. Ils furent rapidement maîtrisés. Tanya tourna la tête et vit un autre cavalier. Elle ne l'avait pas entendu arriver. Les autres hommes le regardaient tous.

— Foutre ! D'où il sort ? entendit Tanya.

— De derrière la maison, cracha Triste Mine. D'où, sinon ?

Tanya fixa le nouveau venu. Quelque chose en lui était familier à la jeune femme. Il était vieux, les traits mangés par une barbe grise. Et il semblait fatigué. Des cernes noirs autour des yeux. Il talonna son cheval, et Tanya remarqua une petite arbalète noire dans sa main gauche.

— Qu'est-ce que tu viens faire ici ? demanda Triste Mine.

— Je te connais, répondit le nouveau venu. Je vous connais tous. (Un choc parcourut l'échine de Tanya quand elle entendit sa voix, sans qu'elle sache pourquoi. L'homme amena sa monture tout près de celle du chef des soudards.) C'est toi, Bedrin, qu'on appelle « Rôdeur ». Il n'y a rien à sauver en toi. Je n'ai rien à te dire. (Soudain l'arbalète se leva, et Triste Mine tomba de sa selle, un carreau fiché dans le crâne.) Mais pour vous autres, continua le cavalier, la rédemption est peut-être possible.

Tanya vit le Nadir tirer son épée et presser son cheval en avant. Un carreau s'enfonça dans sa gorge, et lui aussi tomba au sol, son cheval partant au galop.

L'homme continua à parler. Il n'y avait aucune trace d'émotion dans sa voix. Il aurait aussi bien pu parler du temps. Les dix-sept cavaliers restant étaient figés sur leurs montures, fascinés par ce vieil homme à la barbe grise.

— C'est dans l'ordre des choses, que Kityan rejoigne son maître, dit-il en rechargeant son arbalète. Il vivait pour torturer, pour infliger la douleur. (Il jeta un coup d'œil sur les hommes restants.) Mais toi, lança-t-il en désignant une jeune recrue aux épaules carrées, toi, Maneas, tu avais d'autres rêves. À Gothir, dans ce village des Neuf-Chênes, il y a une fille. Tu voulais la marier, mais son père l'a donnée à un autre. Quand tu es parti sur ton cheval, ton cœur était brisé. Cela t'aiderait-il de savoir que son époux va se noyer cet été ? Elle sera veuve. Si tu retournes auprès d'elle, vous aurez deux fils et une fille.

— Comment le savez-vous ? demanda le jeune homme. Vous êtes magicien ?

— Tu peux me voir comme un prophète, répondit-il. Puisque je sais ce qui est et ce qui sera. J'ai vu l'avenir. Si tu abats cette femme et son fils, Maneas, tu pourras toujours retourner chez toi. Tu pourras toujours épouser Leandra, et elle te donnera les trois enfants dont je t'ai parlé. Et une nuit, le mari de cette femme te retrouvera. Il t'aura cherché pendant neuf ans. Il t'emmènera dans les bois et t'arrachera les yeux. Il te fichera en terre et allumera un feu sur ton ventre.

Tanya vit le jeune homme blêmir. La main du nouveau venu se pointa sur un homme d'âge mûr, assez maigre.

— Et toi, Patris. Quoi qu'il arrive ici, tu quitteras cette bande pour aller vers Gulgothir. Tu chercheras à réaliser un rêve qui te hante depuis tes tendres années : ouvrir ton commerce, faire des bijoux pour la noblesse, travailler de magnifiques bagues et broches. Tu découvriras que ce que tu prenais pour un talent est en fait du génie. Tu trouveras joie, prospérité et reconnaissance à Gulgothir. Mais si cette femme meurt, son homme te trouvera. Il te coupera les mains, et ton corps sera découvert, empalé.

Il ne dit plus rien pendant un moment, et tous attendirent. Il finit par reprendre la parole :

— Le plus chanceux d'entre vous survivra dix-neuf ans. Mais la plupart de ces années s'écouleront dans la terreur. Vous entendrez parler des meurtres de vos camarades. Un par un. Chaque jour, vous dévisagerez les étrangers, vous demandant si ce tueur inconnu est l'un d'eux. Et un jour, ce sera le cas. Voilà la vérité.

» Maintenant, l'heure est venue de faire un choix. Chevauchez loin d'ici, et vivez. Ou restez, et endurez le tourment sans fin des damnés.

Personne ne bougea, tout d'abord. Puis le jeune Maneas fit volter son cheval et galopa vers le nord. Un par un, les autres le suivirent, jusqu'à ce qu'il ne reste plus qu'un homme basané et massif.

— Et moi, prophète ? demanda-t-il. Est-ce qu'il y a quelque part un peu de bonheur pour moi ?

— Il y en a *maintenant*, Lodrian. Maintenant, tu peux aller en Lentria. Tu y trouveras un village, et, sans argent, tu y chercheras un travail. Une jeune veuve te demandera de réparer son toit. Et ta vie changera.

— Je te remercie, dit Lodrian. (Il baissa les yeux sur Tanya.) Je suis désolé de vous avoir fait peur.

Puis il partit également.

Le cavalier démonta lentement. Tanya le vit trébucher et faire tomber son arbalète au sol. Il fit plusieurs pas dans la direction de Gellan, et tomba à genoux. Tanya courut vers lui et lui entoura les épaules de ses bras.

— Vous êtes malade, monsieur. Laissez-moi vous aider.

L'homme roula sur le côté, et Tanya, avec difficulté, le coucha sur le sol. Il s'allongea, la tête auréolée des fleurs d'été de la prairie. L'homme regarda Tanya dans les yeux.

— Est-ce que je vous connais, monsieur ? demanda-t-elle.

— Non. Nous ne nous sommes… jamais rencontrés. Mais j'ai connu une femme, autrefois, qui était… comme vous.

— Mon mari sera bientôt de retour. Il m'aidera à vous mettre au lit. Nous ferons venir le médecin.

— Je serai mort à son retour, dit-il d'une voix plus faible.

Tanya prit sa main et l'embrassa.

— Vous nous avez sauvés, dit-elle, les yeux pleins de larmes. Il doit y avoir quelque chose à faire !

Le bruit d'un galop lui parvint. Tanya sursauta, saisie par la peur. Mais les cavaliers n'étaient pas de retour. C'était Dakeyras. Il sauta au bas de sa selle.

— Qu'est-ce qui se passe, ici ? demanda-t-il.

Tanya lui parla de l'arrivée des cavaliers, puis de l'homme à la barbe grise.

— Ils allaient tous nous tuer, je le sais, conclut-elle. Il nous a sauvé la vie, Dak. Je sais que je l'ai vu quelque part. Tu le reconnais ?

— Il me semble familier, répondit son mari en s'agenouillant près du corps. Il était peut-être soldat.

Gellan courut vers lui.

— Il a tué les méchants hommes, papa ! Et il a fait partir les autres. Puis il s'est couché et il est mort.

Le cri d'un bébé leur parvint de la maison. Tanya se leva et alla allaiter l'enfant.

Dakeyras ramassa l'arbalète de l'étranger. L'équilibre de l'arme était parfait, le travail superbe. Dakeyras tendit le bras et tira les deux carreaux. Ils allèrent se planter à l'endroit exact qu'il avait visé, percutant un des poteaux de la barrière, vingt pas à sa gauche.

Tanya sortit de la maison, tenant l'une des jumelles contre sa poitrine.

Son mari tenait l'arbalète.

Tanya frissonna soudain.

— Tu vas bien ? lui demanda-t-il.

— J'ai l'impression qu'on vient de marcher sur ma tombe, lui répondit-elle.

Achevé d'imprimer en août 2012
Par CPI Brodard & Taupin - La Flèche (France)
N° d'impression : 69620
Dépôt légal : septembre 2012
Imprimé en France
81120827-1